स्त्री-पर्व

स्त्री-पर्व

महाश्वेता देवी

अनुवाद

सुशील गुप्ता

वाणी प्रकाशन

वाणी प्रकाशन

4695, 21-ए, दरियागंज, नयी दिल्ली 110 002

फ़ोन : +91 11 23273167 फ़ैक्स : +91 11 23275710

शाखाएँ

अशोक राजपथ, पटना 800 004, बिहार

कॉफ़ी हाउस कैम्पस, महात्मा गांधी मार्ग, इलाहाबाद 211 001, उत्तर प्रदेश

महात्मा गांधी अन्तरराष्ट्रीय हिन्दी विश्वविद्यालय, वर्धा 442 001, महाराष्ट्र

सुल्तानिया रोड, मोतिया पार्क, भोपाल 462 001, मध्य प्रदेश

www.vaniprakashan.com
marketing@vaniprakashan.in
sales@vaniprakashan.in

ISTRI-PARV
by Mahashweta Devi
Translated by Sushil Gupta

ISBN : 978-81-8143-016-8
Women Studies

संस्करण 2006, 2010
आवृत्ति 2021

मूल्य : ₹ 495

आर. टेक ऑफ़सेट प्रिंटर्स, दिल्ली-110 032 में मुद्रित

वाणी प्रकाशन का लोगो मक़बूल फ़िदा हुसेन की कूची से

विषय-सूची

गांधारी-पर्व

नीलिमा–1992

ढेर-ढेर फूल, ढेर-ढेर मालाएँ, ढेर-ढेर लोग। एयरकंडीशनर चालू रहने के बावजूद, बेहद कामकाजी, कुछेक लोगों ने कमरे में एक तरफ, थोड़ी-सी जगह को चॉक के निशान से घेर दिया और खड़े होकर उसकी जाँच भी कर डाली।

नीलिमा दीवार के सहारे टिककर बस, खड़ी रहीं।

वे लोग किस दुविधा में पड़े थे?

"सिक्स या सिक्स वन?"

"सिक्स।"

"पाँच ग्यारह", नीलिमा ने धीरे से कहा।

"मैडम, आपने कुछ कहा?"

"रितु, ऋतुवाक बसु की लंबाई, पाँच फुट ग्यारह। आप लोग उसे वहीं तो रखेंगे न!"

"आप?"

"मेरा बेटा था वह!"

"ओह, सो सॉरी, मैडम! आप रिट्र बोस की माँ हैं? मैं हूँ, कपूर! मतलब मैं यहाँ उनके..."

उसी समय शुनू अंदर दाखिल हुई। चप्पल उतारकर, वह खाली पाँव आगे बढ़ आया। उद्भ्रांत, विमूढ़ शुनू! बाल रूखे-रूखे, अस्तव्यस्त!

"मौसी! मौसी, आप बैठ जाइए।"

"मैं ठीक हूँ, शुनू!"

"इस शहर का जो हाल हो गया है, कहीं, किसी फिउनरल पार्लर में जगह नहीं मिली।"

"यह तो अच्छा हुआ, शुनू! यह घर उसी का तो है। घर का बेटा...घर आएगा।"

नीलिमा ने कहा।

उनकी आवाज बीच में ही रुँधकर टूट गई। उन्होंने अपने होंठ कसकर दबा लिए।

बेहद मद्धिम आवाज़ में उन्होंने कहा, "फोन पर उसने कहा, रात को वह यहीं खाएगा, रहेगा..."

"हाँ, मौसी, मुझे भी पता है। सुनिए, कपूर साहब, प्लीज़, आप ज़रा बाहर खड़े रहें। किसी भी वक्त..."

"व्हाट एबाउट आइस, मिस्टर डट्टू? बर्फ का क्या हुआ?"

"आ रहा है, वह भी आ रहा है। अरे, रूमा, तुम आ गईं...?"

शुनू अपनी बहू रूमा पर काफी निर्भरशील था। रूमा थी भी काफी निर्भरयोग्य। बेहद कामकाजी लड़की। अब रूमा आ गई थी। वह सारी जिम्मेदारी सम्हाल लेगी।

"मौसी जी, मौसा कहाँ हैं?"

"ऊपर, लेटे हुए हैं!"

"आप...आप भी जरा आराम कर लेतीं। आप भी तो..."

"रितु आ जाए..."

"आप बैठिए...यहाँ बैठ जाइए..."

"बैठ जाऊँ? चलो, बैठ जाती हूँ।"

नीलिमा कुर्सी पर बैठ गईं। इक्कीस साल पहले भी, वे इसी कमरे में बैठी थीं। इसी कुर्सी पर! उस रात, घर की बत्तियाँ बुझाई जा चुकी थीं, समूचा घर सो चुका था। ऋतेन्द्र के सो जाने के बाद, नीलिमा उतरकर नीचे आई थीं। रितु सो रहा था। चौदह साल का रितु! उन दिनों उनकी क्या उम्र थी?

बयालिस! उस दिन नीलिमा दफ्तर में काफी व्यस्त थीं। पे-सेक्शन में क्लर्क थीं। महीने का आखिरी दिन! दोपहर को वे कैंटीन में खाने भी नहीं जा सकीं।

उस दिन दफ्तर में दिया आई थी। उन्नीस साला श्यामा, दीर्घांगी—दिया! जिसके चेहरे पर जड़ी दो आँखें देखते ही बनती थीं।

"मौसी जी...!"

"कौन? दिया..."

"हाँ, जी पी ओ तक आई थी...सोचा, यहाँ भी हो लूँ..."

"चाय पीओगी?"

"पहले, जरा बाथरूम बता दें, किधर है?"

"रुको, ज़रा!"

बाथरूम की तरफ जाते-जाते, दिया ने बेहद धीमी आवाज़ में कहा, 'ऋकू रात को करीब एक बजे आएगा। उसने कहा है, आप दरवाजा खोले रखियेगा। अच्छा, मैं चलती हूँ।"

ऋकू आ रहा है! उसका आना क्या सुरक्षित है? नीलिमा यह सब कुछ भी नहीं पूछ पाईं। दिया पिछवाड़े की सीढ़ी से नीचे उतर गई।

सारी रात! समूची रात! उन्होंने बैठे-बैठे ही गुजार दी।

ऋकू नहीं आया! न उस दिन, न किसी और दिन। ऋकू बसु कहीं नहीं लौटा।

अगले दिन अख़बार में खबर छपी थी–पुलिस से मुठभेड़ में...तिलजला में ...ऋक्वाक् बसु...उर्फ बादल...उर्फ बीनू...अच्छा, उनके बेटे के नाम के साथ इतना सारा उर्फ जुड़ा हुआ था?

''मौसी जी...''

नीलिमा ने आँखें ऊपर उठाईं। इन चालीस सालों में दिया के बालों में चंद रुपहली रेखाएँ झिलमिलाने लगी थीं। अब उसकी आँखों पर चश्मा चढ़ चुका था। लेकिन दिया अभी भी उनकी बेहद करीबी इंसान थी। ख़ैर, उसे तो करीब होना ही था। अमित और दिया का विवाह, इसी घर में, नीलिमा ने ही कराया था।

''दिया, तुम्हें कैसे...?''

''अमित ने फोन किया। वह आज शाम की फ्लाइट से बंबई चला गया। 'संध्या आजकल' में पढ़कर, उसने एयरपोर्ट से मुझे फोन किया।''

''अख़बार में भी छप गया?''

''जी, अख़बार में...टीवी में भी घोषणा हुई...।''

''आओ, बैठो, दिया!''

''आप...आप सबने खाना खाया?''

''नहीं...रितु ने कहा था, वह घर पर ही खाएगा...''

दिया ने बेहद धीमी आवाज़ में पूछा, ''मौसा ने?''

''हाँ, थोड़ी-सी कोको ली, एकाध बिस्कुट भी...वह भी भाभी ने काफी ज़ोर-जबर्दस्ती की, इसलिए...''

''वे भी आई हैं?''

''हाँ, भइया-भाभी, बेटी-दामाद, सभी लोग!''

''आपके लिए थोड़ा-सा शरबत ले आऊँ?''

''मेरे लिए?''

''हाँ, मौसी जी! आपके साथ, मैं भी थोड़ा-सा पी लूँगी।''

''रितु को आ लेने दो, दिया, उसके बाद न हो...''

''नहीं, मौसी, अभी ही ले लें। रितु को जब लायेंगे, तो मैं भी तो यहीं रहूँगी–''

''उस दिन...उस दिन तुमने कहा था न कि ऋकू आएगा...मैं यहीं...इसी कुर्सी पर, सा...री रात...''

दिया ने हौले से उनका हाथ दबाया।

''जानती हूँ, मौसी! अच्छा, मैं आती हूँ।''

"मेरा बैग यहीं है," यह कहकर दिया चली गई।

नीलिमा ने बेहद राहत महसूस की। दिया ने हल्के भूरे रंग पर जोगिया रंग के छोटे-छोटे सितारों वाली प्रिंट की साड़ी पहन रखी थी। ब्लाउज भी जोगिया रंग का! उसने काली किनारेवाली सफेद साड़ी नहीं पहनी थी। मौत का मतलब ही है, सफेद टांगाइल, सफेद पर प्रिंट। सफेद-काली ढाकाई साड़ी क्यों? नीलिमा ने हल्के नीले रंग की साड़ी पहन रखी थी, वे वही पहने रहीं।

भाभी ने सफेद साड़ी पर काली किनारेवाली ढाकाई पहनी थी। भाई को धोती-कुर्ता पहनने की आदत नहीं थी, इसलिए उन्होंने धुला-धुलाया कुर्ता-पायजामा पहन रखा था।

भाई की बेटी, विशाखा, हमेशा जींस-कुर्ता ही पहनती थी। इस वक्त उसने सफेद नायलॉन की साड़ी और सफेद रंग का ही बाँह-कटा ब्लाउज पहना था। विशाखा के दूसरे पति, साग्निक ने भी सफेद कुर्ता-पायजामा चढ़ा लिया था।

आजकल यही रिवाज है! कोई चीख-चीखकर नहीं रोता; लोग सफेद कपड़े पहनते हैं, सफेद फूल लेकर आते हैं। मृतक के साथ मन का कोई रिश्ता नाता हो या न हो, लोग फुसफुसाकर बातें करते हैं, नंगे पाँव या हल्की-फुल्की चप्पल पहनकर चलते-फिरते हैं।

नीलिमा चीख-चीखकर रो क्यों नहीं पा रही हैं? वे क्यों नहीं बता पा रही हैं कि इसी बेटे के प्रति, मेरे श्वसुर कहा करते थे कि ऐसा रिजल्ट लानेवाला बच्चा, सौ बेटों के बराबर होता है, बहू रानी!

इक्कीस साल पहले मेरा बड़ा बेटा चला गया, आज छोटा बेटा गया। इक्कीस साल पहले, एक बेटा, आज सौ बेटों के बराबर, छोटा बेटा भी चला गया। आज मैं गांधारी हूँ।

ना, उनसे रोया नहीं जा रहा था। रितु ने कहा था, वह आकर खाना खाएगा। उन्होंने उसी की दी हुई नीली साड़ी पहनी थी, नहा-धोकर बाल सँवारे थे। रितु को जो-जो पसंद था, उन्होंने याद से, वही वही खाना पकाया।

अर्से बाद, उन्होंने खाना पकाया था।

मीरा की माँ ने उन्हें टोका भी था, "यह क्या कर रही हैं, माँजी? रात के बखत कोई शुक्तो खाता है?"

"इसी खाने की फरमाइश की है।"

"........."

"अरे, इत्ता ज़रा-सा तेल दे रही हैं?" मीरा-माँ ने कहा।

मीरा झुँझला उठी, "मामा को तेल-घी की मनाही है, तुम नहीं जानतीं? तुम्हारी तरह क्या सब तेल उँड़ेलकर खाते हैं?"

माँ-बेटी की इस रोजमर्रा की तकरार को नीलिमा ने बड़े कौशल से रोक दिया।

''मीरा, आज स्टेनलेस नहीं, कांसे की थाली निकाल लो। उसने कहा है, वह बंगाली-रिवाज से खाएगा और मीरा की माँ, तुम खीरा काट लो।''

''आज रुकेगा न?''

''हाँ, कहा तो यही है।''

जाने कितने दिनों बाद, ऋत्वाक् अपने कमरे में सोएगा। जो कमरा छोड़कर, रितु सन् उन्नीस सौ अठहत्तर में दिल्ली चला गया। वह कमरा उन्हीं दोनों भाइयों का था।

रितु किसी दिन वहाँ आएगा, उस कमरे में रहेगा, इसलिए वह डॉलर भी भेजता रहा। उसे क्या-क्या चाहिए, उसने उसका भी विवरण लिख भेजा था। इसीलिए उसका कमरा और यह कमरा एयरकंडीशंड कराया गया। दूसरी मंजिल पर उनके बैठने का कमरा, नए सिरे से तैयार कराया गया। बड़ा-सा बाथरूम। बिस्तर-तकिए सारा कुछ बदल दिया गया।

''तुम लोगों का कमरा गर्म नहीं होता, अम्मू?''

''ना, रितु, हमें इसकी आदत नहीं है। तेरे बाबुम् तो खाट और पतले तोशक के अलावा कहीं सो ही नहीं पाते।''

''हाँऽ, बोर्न नाइंटीन ट्वेंटी, स्टिल गोइंग स्ट्रोंग! उन्नीस सौ बीस में जन्मे, अभी भी हट्टे-कट्टे! वाकई तुम लोग, आज भी खासे फिट हो। तुम लोगों को टेंशन नहीं होता?''

''किस बात का टेंशन, रितु?''

''कलकत्ता शहर का यह हाल...''

''मैं तो, कलकत्ता के अलावा और कहीं, कभी रही नहीं। तेरे बाबुम् भी यहीं रहे। मेरा दफ़्तर भी यहीं रहा। उनका कॉलेज भी यहीं। सो, कोई तकलीफ नहीं होती।''

''कहने को तो, मैं भी कलकत्ते का हूँ, मगर जब भी यह ख़्याल आता है कि यहीं रहना है, तो...''

''फिर घर के पीछे, इतना खर्च क्यों कर रहा है?''

''कुछ कहा जा सकता है, अम्मू? स्वामी की तो तीस सालों तक डॉक्टरी की रोरिंग प्रैक्टिस चली। बहुत बड़े हार्ट-सर्जन भी थे। लेकिन सब छोड़छाड़कर आखिर हैदराबाद ही लौट आए। मुझे भी क्या पता, किसी दिन लौट ही आऊँ।''

आज वह लौट रहा है। नीलिमा को लगा, उसके अंदर कहीं भयंकर टूट-फूट हो रही है। छाती के अंदर ही, कोई घर तोड़-फोड़ रहा है। सारा कुछ तोड़े डाल रहा है, दरवाजे, खिड़की, दीवारें, सभी कुछ! जैसे तेज़-तेज़ आँधी चल रही हो। सारा कुछ उड़ाए लिए जा रही हो; सब कुछ धूल-मिट्टी होता जा रहा है।

इस वक्त, ऊपर के कमरे में, बिस्तर पर हल्के हरे रंग की चादर बिछी हुई

थी, लिहाफ भी हल्के हरे रंग की। नीलिमा ने खुद उँगलियाँ फेरकर, यह जाँच की थी कि फर्श पर कहीं, हल्की-सी भी धूल तो नहीं रह गई।

रितु नहीं आया! टेलीफोन आया!

टेलीफोन आने के बाद, कपड़े बदलने का एक बार भी ख्याल नहीं आया। वे तो ऋतेन्द्र को थामे-थामे जमीन पर ढह गई थीं।

"मौसी जी..."

दिया शरबत ले आयी थी। नीलिमा को जैसा शरबत पसंद था—हल्की चीनी, चुटकी भर नमक और थोड़ा-सा नीबू का रस। उनकी आँखों से लगातार आँसू झर रहे थे, नीलिमा को होश नहीं था। दिया घुटनों के बल बैठ गयी और उसने उन्हें शरबत पिलाया और अपने आँचल से, उनकी आँखें पोंछ दीं। उनके गालों पर धार-धार आँसू! दिया ने मीरा को शरबत का खाली गिलास थमा दिया। मीरा का मुँह आँचल से ढँका हुआ।

"दादी, ज़रा लेटेंगी?"

नीलिमा ने सिर हिला दिया।

"तब से पत्थर की बुत बनी बैठी हैं।"

"............"

"तेरे ददू?"

"मामी-दादी ने उन्हें थोड़ा खिलाया है।"

"भाभी लोग?"

"रूमा भाभी ने सबको खिला दिया।"

"तुम लोग भी...खा...लो।"

"सबने खा लिया, दादी! अब तुम थोड़ा लेट रहो।"

"ना, मीरा, रितु आता होगा।"

उसी समय बाहर शोर उठा—आ गया! आ गया!

शुनू की आवाज़ सुनाई दी, "हम ले जाएँगे! आप लोग बाद में आएँ।"

जाने कौन तो धर-पकड़कर बर्फ की बड़ी-सी सिल ले आया।

"रितु को बर्फ पर रखोगे?"

"हाँ, वर्ना..."

"मौसी जी को जरा अंदर ले जाओ," शुनू ने कहा।

"मैं यहीं रहूँगी, शुनू!"

"रहिएगा मौसी, ज़रूर रहिएगा।"

करीब आकर, शुनू ने बेहद नरम आवाज में कहा, "हमेशा से ही बाबू साहब बना रहता था न! जरा अच्छी तरह सजा-धजा दूँ। आप तो रहेंगी ही। दिया, कुछ देर को तो बाहर जाना ही होगा।"

नीलिमा को जाने क्या तो ख्याल आया।

"दिल का दौरा ही पड़ा था न, शुनू? या कोई एक्सीडेंट वगैरह? मुझसे कुछ छिपा तो नहीं रही?"

"नहीं मौसी, जबर्दस्त दिल का दौरा पड़ा था। पहले भी ऐसा दौरा ज़रूर पड़ा था। जेब में दवा मौजूद थी। हे भगवान! कुल पैंतीस साल उम्र...! बाप-महतारी, बहू-बच्चे, सबको छोड़ छाड़कर..." शुनू रो पड़ी।

अगले ही पल उसने आँसू पोंछ लिए।

"उसने आखिर किसका ख़्याल किया? शुनू का कहीं, कोई नहीं था, वह उसे घर ले आया। शुनू की नौकरी भी हो गई। दिल्ली से ही उसने इंतजाम कर दिया। मौसी लोग को रुपए भेजना है, शुनू डॉलर कैश करा दे। नए मॉडल का घर बनवाना है, शुनू करा दे। लेकिन, आज तू शुनू के हाथों, यह क्या काम करा रहा है, रितु? ...जाओ दिया, मौसी को ले जाओ! यह कैसी विपदा आन पड़ी?...सुबह से लोगों की कुछ तो भीड़भाड़ होगी।"

दिया ने नीलिमा का हाथ पकड़कर, स्नेहभरे लहजे में कहा, "चलिए, मौसी!"

"चलो!"

"कहीं, कोई तकलीफ तो नहीं हो रही?"

"ना, दिया!"

नीला के होठों पर हल्की-सी मुस्कान झलक उठी, "देह बिल्कुल निरोग है, अभी भी खुद ही बाजार वगैरह जाती हूँ। हर दिन 'विमेन्स ओन' के दफ़्तर में बैठती हूँ। शाम को, इसी घर में हफ़्ते में तीन दिन कुछेक बच्चों को पढ़ाती हूँ। इतने दिनों तक रितु कितना-कितना कहता रहा, अमेरिका जाने के लिए! नहीं गई।"

"मौसा ही तो जाने को तैयार नहीं थे! आइए, इस कमरे में बैठते हैं।"

"हाँ, चलो! पहले इस कमरे में मेरे श्वसुर रहते थे, अब यह मेरा कमरा है! किसी-किसी दोपहर, यहीं आकर बैठी रहती हूँ। बाद में, ऋकू तो इसी कमरे में रहने लगा।"

नीलिमा बैठते ही, ढुलक गईं।

"ऋकू नहीं है! रितु नहीं रहा! हम ही रह गए, दिया! ऐसा किसी के साथ होता है भला?"

दिया उनका सर सहलाती रही।

"सुनो, रितु की ढेर सारी तस्वीरें हैं। ऋकू के बचपन की कुछ तस्वीरें..."

"मेरे पास तो उसकी वह तस्वीर है, जो मैगज़ीन में छपी थी। कैसी बकवास ...कुरूप-सी..."

"हाँ, रितु के जन्मदिन पर...दोनों भाइयों की तस्वीर..."

"आज तो...ऋकू का जन्मदिन है।"

“इसीलिए तो रितु आ रहा था। उसने कहा, किसी बार घर पर नहीं रहा, इस बार घर पर ही रहूँगा, अम्मू! न्यूयार्क से फोन किया था। आज सुबह भी...” नीलिमा की आवाज़ बीच में ही टूटने लगी, “इतनी-इतनी बार अमेरिका बुलाता रहा। लेकिन उसके बाबुम को हंफनी का रोग! उनकी कभी हिम्मत ही नहीं पड़ी। मैं भी उन्हें किसके पास छोड़कर जाती? सो, जिंदगी भर...इसी घर में...”

नीलिमा की भाभी कमरे में दाखिल हुईं।

किसी जमाने में, प्रमिता बिल्कुल गोरी-चिट्टी, साँवली-सी ढुलढुल बंगाली बहू थीं। उनके सिर से आँचल कभी नहीं खिसकता था, बिंदी हमेशा गोल-सुडौल। नीलिमा को वे 'ननद जी' कहती थीं।

उन दिनों नीलिमा के भाई, किसी चाय कंपनी के दफ़्तर में, एकाउंट्स विभाग में नौकरी करते थे। श्याम बाजार के पांचमाथा मोड़ के करीब, एक संयुक्त परिवार के मकान में, नीलिमा के मायकेवालों का भी हिस्सा था। हँडिया-बर्तन अलग-अलग, मगर एक ही छत तले निवास! चालीस के दशक में, खासकर सन् तैंतालिस के महामन्वन्तर के समय, नीलिमा और विनय, कम्युनिस्ट पार्टी की छात्र शाखा से जुड़ गए थे। नीलिमा के उसी जेठू-भाई क्षेमेन्द्र के असर से ही, वे उस शाखा में शामिल हुए थे। क्षेमेन्द्र राजनीति में ही चले गए, बाद में चुनाव में भी उतरे, अब परलोकवासी!

उस दिन के विनय और प्रमिता और आज के विनय और प्रमिता, बिल्कुल अलग-अलग!

विनय ने नौकरी छोड़ दी और अपने किसी वरिष्ठ सहकर्मी के साथ, वे जमीन-जायदाद के काम में जुट गए। पैतृक मकान का भी बँटवारा हो गया। विनय उत्तर से दक्षिण कलकत्ता के एकडालिया रोड में आ बसे। जब उनकी माली हालत बेहतर हो गई, तो वे फौरन 'टू बंगाली मुहाल' छोड़कर, बालीगंज सर्कुलर और उसके बाद अलीपुर चले आए।

यौवन और अधेड़ उम्र के संधिपल में पहुँचकर, प्रमिता ने विशाखा को जन्म दिया। अब उसी प्रमिता के कटे हुए बाल, बदन पर सफेद रंग की ढाकाई साड़ी, गले में रुद्राक्ष और सोने के दानों की लंबी-सी माला। प्रमिता अतिशय धर्मप्राण औरत थी! हर किस्म के शास्त्रीय आचार-व्यवहार में विश्वासी!

“नीलिमा, कपड़े नहीं बदलोगी?”

“क्यों, भाभी?”

“मतलब...इस वक्त सफेद ही ज्यादा शोभन लगता न? बहुतेरे लोग आएँगे...”

“पिछली बार रितु ने ही तो इसे खरीदकर दिया था। मैंने पहनी नहीं, इसलिए नाराज़ भी हुआ था। आज वह आ रहा है। इसीलिए मैंने यह नीली साड़ी...” नीलिमा को थकान लगने लगी।

"दिया, मीरा से कहो, एक सफेद साड़ी..."

मीरा हड़बड़ाई-सी कमरे में आई।

"दादी, शुनू मामा, मामा का कुर्ता-पायजामा माँग रहे हैं।"

"पायजामा-कुर्ता?"

कौन माँग रहा था? कब माँग रहा था?...हाँ, ऋकू के इंतज़ार की उस खौफ़नाक रात के बाद सुबह...सुबह के बाद रात...उस रात की और एक सुबह...ऋतेन्द्र का छात्र, विजित, अब पुलिस अफसर बन चुका था।

उसी ने कहा, "आप श्मशान क्यों जाएँगी?"

"वह मेरा बेटा है।"

"देखिए, सर, काफी समझदार हैं। उनका ख़्याल..."

"मैं जाऊँगी!"

"ठीक है! कोई डीसेंट...अच्छा-सा कुछ दें...कुर्ता-पायजामा, जो भी हो।"

ऋकू तो पायजामा-कुर्ता पहनता नहीं था। नीलिमा ऋतेन्द्र की अलमारी खोलकर कुर्ता-पायजामा ले आईं। उसके बाद विजित के साथ वे और कोई एक और...कौन? ...कौन था साथ में?

डोम ने ही कपड़े पहना दिए। गोरी चमड़ी जगह-जगह से कटी-फटी! जल्दी-जल्दी चीर-फाड़ करके, जल्दी-जल्दी सिलाई करने की वजह से चकत्ते-चकत्ते खून के निशान! ऋकू को काफी समय तक निहारने का मौका मिल गया।

विजित ने धीमी आवाज में पूछा, "कोई रिचुअल? कोई संस्कार-विधि?"

"ना।"

नीलिमा को इसके सिवा कुछ याद नहीं।

"दा...दी!"

उन्नीस सौ इकहत्तर से उन्नीस सौ बानवे में, वे कितनी जल्दी लौट सकती थीं? लेकिन मीरा वहीं खड़ी रही।

"उसके कमरे में ही, बिस्तर पर रखा है—पायजामा-कुर्ता-रूमाल! सब वहीं पर है।"

नीलिमा उठकर बैठ गईं।

"रितु के बाबुम कहाँ हैं?"

"ऊपर! नीचे आनेवाले हैं।"

विशाखा दबे पाँव कमरे में आई।

"हाइ, दिया!"

"कैसी हो?"

"ऑलराइट! लेकिन रितु'दा...? रियली, इतना ब्राइट, इतना इंटरप्राइज़िंग नौजवान।"

दिया ख़ामोश रही।

"बुआ...आइ मीन, कोई वेल लॉन्डर्ड...कोई धुली सफेद साड़ी, बाहर नहीं है?"

"सफेद साड़ी तो मैं पहनती नहीं...मीरा को साड़ी लाने को कहा है। ले आएगी।"

"अच्छा, सेकंड चैनल ने भी यह खबर कवर की?" विशाखा के गले में रुद्राक्ष की लंबी-सी माला!

"भई, उस कमरे में किसी को होना चाहिए...रितु को छूकर बैठे रहना चाहिए। कोई उसी के खानदान का?" अगले ही पल, उसने कहा, "नीना ने फोन किया था। उसने बार-बार मुझे इस बारे में हिदायत दी, इसीलिए कह रही हूँ।"

ऐसे वक्त भी, नीलिमा की आँखों में घोर अचरज झलक उठा, "क्या कहा?"

"यही कि, सारी संस्कार-विधियों का पालन किया जाए।"

नीलिमा ने सिर हिलाया। कितने अपरिचित, दुर्बाध लोग हैं! ये सभी लोग एक साथ ही आचार-नियम पालन, दूसरी तरफ असंभव प्रगतिशील!

उसी वक्त रूमा कमरे में आई।

उसने नीलिमा से कहा, "मौसी, आइए हाथ-मुँह पर ज़रा छींटे मार लीजिए! बाथरूम भी हो आइए और यह थोड़ी-सी कोक पी लें।"

रूमा की आवाज़ रुँधी हुई! आँखें और नाक की पोर भी लाल-सुर्ख! रूमा बेहद सहज-सच्ची इंसान! रितु'दा ने उसके पति की यथासाध्य देखभाल की; उसकी मदद की, आज अचानक उसका इंतकाल हो गया। रूमा को दुःख हुआ था; रूमा रो रही थी। उसमें कोई दिखावा या नाटक नहीं था।

प्रमिता की बातें उसके कानों तक भी पहुँच गईं, इसलिए उसकी भौंहें तन गईं, "नीना? रितु'दा को छोड़कर, वह जाने कब का जा चुका है, अब वह कुछ कहने वाली कौन होती है? पूजा को खबर भेज दी गई है, जो कहना है, पूजा ही कहेगी।"

"सच्ची मौसी!"

"यह हमारा आपसी मामला है, रूमा..."

"हम क्या बाहर के लोग हैं? रितु'दा जब भी कलकत्ता में होते थे, एक बार हमारे यहाँ ज़रूर आते थे। पूजा अगर न आए, तो मौसी-मौसा तो मौजूद हैं न!"

प्रमिता ने जहरबुझी आँखों से रूमा की तरफ देखा और बेहद बड़प्पन की भंगिमा में, अपने चेहरे पर करुणाभरी मुस्कान लपेटकर कहा, "भई, जो नियम होता है, मैंने वह बता दिया।"

ऋकू की मौत के काफी पहले से ही प्रमिता और विनय ने इस घर में आना छोड़ दिया था।

क्षेमेन्द्र ने कहा था, "ऋकू यह ग़लत-सलत, भ्रांत राजनीति छोड़ दे। मैं देखूँगा,

वह कहीं बाहर, विदेश चला जाए।''

नीलिमा ने जवाब दिया था, ''बड़े भइया, उससे नक्सलपंथी होने को हमने तो नहीं कहा था।''

''माँ होने के नाते, तुम्हारी जिम्मेदारी बनती थी, नीली!''

''एक वक्त आता है, जब बच्चे बड़े हो जाते हैं। तुम लोग भी जब पार्टी करते थे, बड़के बाबू कहते थे, आजादी अगर कोई ला सका, तो कांग्रेस ही लाएगी। कम्युनिस्ट राजनीति गुमराह करनेवाली है।''

''ख़ैर छोड़ो, वह ज़माना और था।''

यह बात वह शख़्स कह रहा था, जिसने सन् सैंतालिस की स्वाधीनता के बाद, 'यह आज़ादी झूठी है, भूलो मत! भूलो मत'—जुलूस में शामिल होकर, चीख-चीखकर नारे लगाये थे। बाद में वही क्षेमेन्द्र कैसे तो निर्णायक बन गए! ऋकू की मौत के कुछ दिनों बाद, कहीं जाते हुए, रास्ते में दस मिनट को गाड़ी रोककर, वे कई लोगों के साथ इस घर में भी चक्कर लगाने आ गए थे।

ऋतेन्द्र ने कहा, ''तुम अब आए, बड़े भइया? उस वक्त पुलिस ने कितना हैरान किया था?''

नीलिमा ने कुछ नहीं कहा। वे अपनी हथेली की उँगलियाँ निहारती हुईं, सिर झुकाए बैठी रहीं।

क्षेमेन्द्र को शायद अचानक याद आ गया, नीलिमा उसकी चचेरी छोटी बहन हैं, जो शिशु उम्र से मातृहीना रहीं।

...उन्होंने लंबी उसाँस छोड़ते हुए कहा था, ''भ्रांत राजनीति का शिकार हो गया है। खैर, रितु के बारे में तुम लोगों ने क्या सोचा है? उसे क्या यहीं रखोगे?''

''...उसे कहाँ भेजूँ?''

''...बाहर भेजकर पढ़ाना क्या असंभव है?''

...नीलिमा ने पूछा था, ''तुम अच्छे हो, बड़े भइया? घर की कोई खोज-ख़बर रखते हो? सब लोग सकुशल हैं न?''

''...नीली, मैं रितु के बारे में बात कर रहा था।''

''...चाय पीओगे? मँगवाऊँ?''

...उस दिन क्षेमेन्द्र ने अपने को बेहद अपमानित महसूस किया था। भला क्यों? उन्हें यह समझ में क्यों नहीं आया कि जो लोग ऋकू को जानते-पहचानते नहीं थे, उसे प्यार नहीं करते थे, उन लोगों की जुबान से ऋकू के बारे में एकाध मंतव्य भी, नीलिमा से बर्दाश्त नहीं हो रहा था?

''...नीली से बात करने से कोई फ़ायदा नहीं है। रवि! तुम भी तो मुझसे कोई रिश्ता नहीं रखते। ख़ैर, कभी ज़रूरत हो, तो बताना।''

ऋतेन्द्र को 'रवि' कहकर पुकारनेवाले शख्स गिनती के ही थी। क्षेमेन्द्र जितने

दिनों जिंदा रहे, उन्होंने ऋतेन्द्र और नीलिमा का पार्टी से रिश्ता तोड़ना, कभी बर्दाश्त नहीं किया। वे हमेशा क्षमता-आसीन पार्टी में बने रहे। उनका निधन तो अभी हाल ही में हुआ था। उनके यहाँ सभी प्रार्थी बनकर आते थे, लेकिन ये दोनों प्राणी उनके दरवाजे कभी नहीं आए और इस बात के लिए वे इन दोनों को कभी माफ़ नहीं कर पाए।

जब उन्हें ख़बर मिली कि रितु अमेरिका जा रहा है, उन्होंने कहा था, "सभी धनतांत्रिक, पूँजीवादी समाज के भक्त हैं, इस देश का क्या बनेगा?"

हैरत है! उसी क्षेमेन्द्र कहा, "उन लोगों ने रिकू की कोई श्राद्ध-संस्कार-विधि नहीं की।"

उन्होंने ऐसा क्यों कहा?

संस्कार-विधि ही बड़ी हो उठती है, शोक नहीं?

प्रमिता और विनयेन्द्र (नीलिमा के मायके में सभी के नाम के साथ 'इन्द्र' जुड़ा हुआ था) ऋकू नक्सल हो गया है, यह सुनते ही वे दोनों आतंकित हो उठे। ऋकू की मौत की खबर पाकर भी, वे नहीं आए।

हाँ, प्रमिता ने फोन ज़रूर किया था।

"बेहद दुःखद ख़बर है! सच ए लॉस!" इतना कहने के बाद, अगले ही पल उन्होंने जुमला जोड़ा, "वैसे तुमसे कहना तो नहीं चाहिए। सुना है, ननदोई जी का तो प्रेशर बढ़ गया है, वे लेटे हुए हैं। इसलिए मेरा कहना था..."

"क्या कहना है, भाभी?"

"ऋकू की मौत तो अस्वाभाविक ही है न! कल ही उसका...क्या कहते हैं, दाह-संस्कार किया गया है, लेकिन भई, आज ही उसका श्राद्ध भी हो जाना ज़रूरी है।"

नीलिमा ने फोन रख दिया।

और आज?

प्रमिता ने दुबारा कहा, "रितु के बाबुम ने भी मेरी बात पर कान नहीं दिया।"

"श्राद्ध के आचार-संस्कार, भाभी?"

"हाँ, नीलिमा उस बार तो तुमने कुछ भी नहीं किया, इस बार भी...नीना ने कोई ग़लत बात तो नहीं कही। वह काफी रो भी रही थी।"

"ऐसा करो न, तुम या नीना अपने-अपने घर में जो चाहो, करो। लेकिन उनसे यह सब मत कहो। उनको यह सब बर्दाश्त नहीं होगा। रूमा, मुझे बाथरूम जाना है।"

"दरवाजा बंद मत कीजिएगा। मैं बाहर ही खड़ी हूँ। जाइए, बाथरूम सूखा तो है न?"

"हाँ, वह बाथरूम कोई तो इस्तेमाल नहीं करता। रूमा, तुम और शुनू रुके

रहना।''

''यह क्या कहने की बात है? दिया है, हम लोग हैं। आज ही इतने लोग आते जा रहे हैं, कल तो पता नहीं, कितने लोग आएँगे।''

''तुम यहाँ रुकी रहना।''

बाथरूम बिल्कुल साफ-सुथरा! झकाझक्! यहाँ भी कमोड, नई फिटिंग्स, शावर! सब कुछ रितु के निर्देश पर! वह इस देश में रहता तो नहीं था, मगर देश के प्रति किस कदर खिंचाव था! वह कहता था—वहाँ सब कोई तो पूजा देखते हैं। लेकिन मैं कहता हूँ ब्लूमफील्ड का घर तुम्हारा, कलकत्ता का घर मेरा!

आईने में नीलिमा को कमोबेश मँझोले कद की एक महिला नजर आई! अभी भी उसकी पेशियाँ कसी हुईं। सिर के बाल दूधिया सफेद, फिर भी घने! माथे पर ढेर-ढेर झुर्रियाँ! तिरसठ साला उम्र को बुढ़ापा ही कहा जाना चाहिए न? सिर के सारे बाल बिल्कुल सफेद, लेकिन अभी भी वे तेज़-तेज़ चाल में चलती थीं! कसी हुई देह! बहरहाल, अगली सुबह का अभी भी ख़्याल नहीं आया था।

हल्की-नीली साड़ी, उस पर चिकेन के काम की डोरिया! नीले और सफेद डोरिया की किनारी!

रितु कहा करता था, ''अम्मू, यह नीला रंग तुम पर हमेशा-हमेशा बेहद सजता है।''

अब रितु के बारे में भी 'कहा करता था' कहना होगा? और क्या? अब और क्या बाकी है? इक्कीस वर्ष पहले, इक्कीस की उम्र पूरी होते-न-होते, ऋकू चला गया।

रितु पैंतीस साल गुज़रने से पहले ही, आज चला गया। नीलिमा अब और कितने दिन ज़िंदा रहेंगी? जितना दीर्घायु होने पर, काफी कुछ सहना पड़ता है, नीलिमा और ऋतेन्द्र इतने दीर्घायु तो नहीं थे?

नीलिमा की उम्र तिरसठ थी!

ऋतेन्द्र की बहत्तर!

सुना है, नीलिमा की परदादी बयानबे की उम्र तक जिंदा थीं। हर बेटा-बेटी मौत के बाद भी, काफी दिनों तक ज़िदा रहते हैं।

आखिरी साँस तक उनका दिमाग सही सलामत था। वे सब कुछ समझ सकती थीं। हर रात सोने जाने से पहले वे ईश्वर से मनाती थीं—हे प्रभु, अगली सुबह मुझे न देखनी पड़े।

नीलिमा इतने लंबे अर्से तक आखिर कैसे ज़िंदा रहेंगी?

प्रमिता की जावांज़ सुनाई दी, ''नीना से फोन पर क्या कहूँ? वह आना चाहती है।''

नीलिमा ने बेसिन का नल खोल लिया, ताकि पानी की आवाज़ तले, प्रमिता की आवाज़ दब जाए।

नीना!

रिचुअल!

नीलिमा आखिर किसे समझाएँ कि ऋकू किसी धार्मिक रीति-आचार पर विश्वास नहीं करता था। इसीलिए उन्होंने कोई श्राद्ध वगैरह के रीति-नियम निभाकर, ऋकू का अपमान नहीं किया।

ऋतेन्द्र ने कभी, किसी दिन नीलिमा से कुछ नहीं कहा। लेकिन वे, अपने कॉलेज-सहकर्मी, भवेन बाबू के साथ, जाने कहाँ तो, क्या करने गए थे।

लौटकर उन्होंने कहा था, ''उसको शांति मिले, ऐसा इंतजाम कर आया हूँ।''

ऋतेन्द्र जो अपने प्राचीन विश्वास की तरफ लौटें जा रहे थे, उन दिनों यह बात वे साफ़-साफ़ जाहिर नहीं करते थे। मुमकिन है, वे शायद खुद भी नहीं समझ पाए थे।

रितु! नीलिमा ऋतु के लिए क्या करें? आज उन्हें ऋकू इतना याद क्यों आ रहा है?

रितु ने अपनी कॉपी में भी लिखा था—मेरा भइया वीर था। उसने बेखौफ़ अपनी जान दे दी।

नीलिमा अपना चेहरा, गर्दन, पीठ पोंछकर बाहर निकल आईं।

बाहर रूमा हाथ में कोको लिए खड़ी थी।

''तुम लोग भी थोड़ा-बहुत कुछ खा-पी लो।''

''खा लूँगी, मौसी!''

''रूमा, अगर नीना का फोन आए, तो फोन तुम्हीं लेना। कहना, मैं नहीं चाहती कि वह यहाँ आए। इस वक्त रितु के मामले में, नीना का नाम वगैरह उठा, तो रितु का असम्मान होगा। फोन और कोई इस्तेमाल न करे, सिर्फ तुम कॉल रिसीव करना! पूजा का फोन भी आता होगा।''

''बच्चा तो काफी छोटा है।''

''लाली? लाली तीन साल का हो गया।''

''अगर वह आ जाए...''

''आएगी या नहीं, पता नहीं। अगर वह न भी आई, तो ऋतु का अपना कोई आस्था-विश्वास था या नहीं, पूजा क्या चाहती है, यह सब जानना होगा।''

''उन लोगों ने कोई बच्चा भी तो गोद लिया था?''

''हाँ, वहीं का कोई बच्चा! पूजा तो कह रही थी कि वह उसे भी लेकर आएगी।''

''चलिए, मौसी जी!'' दिया ने कहा।

''मैं जा रही हूँ। तुम उन्हें ले आओ। और कौन-कौन आ रहा है, रूमा? मतलब हमारे लोग?''

''श्याम बाज़ार से...वे लोग शायद आपके मायकेवाले कोई हैं...''

प्रमिता ने कहा, ''खूटू, बबलू और मॉण्टी! जवा'दी भी आई हैं।''

''दीदी भी आई हैं?''

''रितु तो सभी का गर्व था। अख़बारों में ही उसकी ख़बर पढ़-पढ़ कर, हम कितना गर्व महसूस करते थे। हमारा रितु, एन आर आइ बन गया है, सरकार के आमंत्रण पर वह आता है, ताज बंगाल में ठहरता है, सुंदरवन में इतना विशाल फिशरी प्रोजेक्ट शुरू करेगा, किसी द्वीप में वर्ड सैंक्चुरी बनाएगा...''

''हाँ, वह लड़का बंगालियों का गर्व था। इतनी कम उम्र में इतनी सारी दौलत कमाई! क्या कैरियर था! जवा'दी आएँगी नहीं भला? ज़रूर आएँगी।''

हाँ, नाते-रिश्तेदार तो आएँगे ही। नीलिमा ने ऋकू के वक़्त किसी का आते नहीं देखा था।

उन दिनों तो 'ऋकूवाक बसु' का नाम सुनते ही, लोग बौखला जाते थे। ऋकू की मौत का शोक, सिर्फ नीलिमा, ऋतेन्द्र और रितु को ही वहन करना पड़ा था। उन दिनों, रामाशय (या रामाश्रय) रिक्शेवालों ने एक दिन नीलिमा को हतबुद्ध करते हुए, उसके हाथ में एक ख़त थमा दिया।

—अम्मू, रामाशय को सौ रुपए दे दो—चन्दन!

नीलिमा के दूर के रिश्ते की एक ननद, उसे 'चन्दन' कहकर पुकारती थी।

नीलिमा ने रामाशय को रुपए दे दिए थे।

उससे पूछा भी था, ''चिट्ठी कब दी थी?''

''दस-बारह दिन पहले ही दिया था, माई जी, मैं तो अस्पताल में आता-जाता हूँ। इसलिए नहीं आ सका।''

''कहाँ भेंट हुई थी?''

''अस्पताल के सामने! मुन्ना बाबू मजे में हैं न, माई जी?''

''हाँ, रामाशय!''

बचपन में रामाशय उसे स्कूल लाता ले जाता था। ऋकू मुहल्ले के सभी लोगों की खोज-खबर रखता था। रिक्शेवाले, हमारा पुराना कागज़ विक्रेता, मोची, राशन वाले—सभी की उसे खबर थी। वह गली, अंधी गली थी, आज भी है।

किसी जमाने में, पहले ऋकू और बाद में, रितु, सड़क पर ही फुटबाल, क्रिकेट खेला करते थे। कितनी ही बार, उन दोनों ने घर की खिड़कियों के काँच तोड़े थे।

रूमा ने कोको आगे बढ़ा दिया। नीलिमा ने कोको पीने के बाद, थोड़ा-सा पानी पीया।

''कौन-कौन आया है, कौन-कौन आएगा, पता नहीं। मैं उस कमरे में बैठती हूँ, रूमा! दिया मेरे पास ही रहे। तुम और शुनू, सभी लोगों को बगलवाले कमरे में बिठाना।''

चार कमरे नीचे थे और चार कमरे ऊपर! नीचे डाइनिंग-रूम, रसोई और अंदर

चौड़ा, बरामदा!

"कुछ कमरे किराए पर चढ़ा दूँ, रितु?"

"आउट ऑफ क्वेश्चन, अम्मू, सवाल ही नहीं उठता। घर जैसा है, वैसा ही रहेगा। मैं 'आवास' को क्या बना दूँगा, बस तुम देखती रहो।"

"तू रुपए क्यों भेज रहा है। हमारी पेंशन है न?"

"अम्मू...!"

अब ज़्यादातर बातें टेलीफोन पर ही होती थीं। खतों का आना-जाना कम होता जा रहा था। ऋतेन्द्र तो ख़ैर, कभी भी ख़त-वत नहीं लिखते थे, नीलिमा फिर भी कभी-कभार लिखती थीं। अब तो...

नीलिमा कमरे में दाखिल हुईं। ठंडे, बंद कमरे में फूल और कीमती सेंट की खुशबू! बर्फ के ऊपर भारी पॉलिथीन, उस पर क़ीमती सफेद चादर! रितु लेटा हुआ! सीने पर पड़े हाथ की उँगली में नीलम जगमगाता हुआ! ईषत् फूला-फूला ललछौंहा चेहरा! बाल बैक-ब्रश किए हुए! हजामत किया हुआ, साफ-सुथरा चेहरा!

नीलिमा ने रितु के माथे पर हाथ रखा! रितु! रितु! वे घुटने मोड़कर बैठ गईं, "रितु!"

कुछेक पल बाद, दिया ने उनके कंधे पर हाथ रखा।

"मौसी जी..."

"दिया, रितु के चेहरे पर कुछ लगाया है?"

"फिउनरल पार्लर के बंदे ने क्या-क्या तो किया था! आप उठें! मौसा जी आए हैं..."

ऋतेन्द्र रितु के माथे पर हाथ रखकर कुछ बुदबुदाते रहे। शायद कोई मंत्र!

नीलिमा उठ खड़ी हुईं। अब नीलिमा और ऋतेन्द्र आमने-सामने! नीलिमा ने ऋतेन्द्र का हाथ थाम लिया। अरसे बाद, वे दोनों यूँ, इतने क़रीब आए थे। लंबे अर्से तक दो अदद ज़िंदगीं, आस-पास, दो समानांतर राहों पर चलती रहीं, जहाँ न संघात था, न विवाद, बस, जिए जाना, महज एक अभ्यास था। दोनों एक-दूसरे के बारे में संयत, बेहद औपचारिक बातचीत, संयमित आचार-व्यवहार! अब उन दोनों में कोई औपचारिकता नहीं थी।

ऋतेन्द्र ने सिर हिलाते हुए कहा, "ऐसी जेट-सेट जिंदगी हो गई है, इतने टेंशन में जीना...! काश, मैं ही चला जाता।"

"बैठो!"

"मैंने-तुमने ऐसा कौन-सा पाप किया था, नीली? इस तरह...इस तरह...।"

"इतनी जल्दी-जल्दी सारा कुछ घट गया! इलाज का मौका मिला होता, तो शायद..."

"उसकी जन्मपत्री तो बेहद जबर्दस्त थी..."

"इन सब बातों का जिक्र छोड़ो! तुमने तो ऋकू के वक्त भी...तुम बैठ जाओ।"

ऋतेन्द्र ने आँसू पोंछ लिए। इस उम्र में अनभ्यस्त अश्रुधार! उनका चेहरा काफी विपन्न नज़र आ रहा था। परिवार पर किसी भी किस्म के संकट के दिनों में, हमेशा ...हमेशा ही ऋतेन्द्र ने नीलिमा की तरफ ही विपन्न आँखों से देखा। हमेशा उन्हें ही तसल्ली देने की ज़्यादा ज़रूरत रही। हमदर्दी देने वाले लोग भी उनके लिए ज्यादा जुटते रहे हैं।

छात्र, यार-दोस्त, कद्रदान और प्रमिता! मीरा और मीरा की माँ हमेशा तटस्थ रहीं, ताकि उनकी सेवा-टहल में किसी किस्म की त्रुटि न रह जाए।

और चाहे जो भी काम हो, जैसा भी काम हो, कोशिश नीलिमा को ही करनी पड़ी है। यह बात तो सभी लोग बखूबी जानते थे कि मि. ऋतेन्द्र खासे अव्यावहारिक इंसान थे। चूँकि उन्होंने सन् 1943 के मनवन्तर में काम किया था, उस ज़माने में चावल के क्या भाव थे, यह तो बता सकते थे, 'क्योंकि वह तो इतिहास था', लेकिन दाल, आलू, तोरई, परवल की खबर नहीं रखते थे। उन्हें इस बात पर बिल्कुल विश्वास नहीं था कि 'पोस्ता इज़ फॉर द रिच!' जो पोस्ता बिल्कुल खाते ही नहीं थे।

ऋतेन्द्र बुढ़ापे में भी शिशु जैसे! लाड़-दुलार की वजह से चौपट, नासमझ बच्चे की तरह, उन्हें अपना हासिल, खुद ही वसूल कर लेने का अभ्यास था।

ऋकू का गृहत्याग, ऋकू का ढाई साल तक लापता रहना, ऋकू की मौत—इन सबके लिए ऋतेन्द्र ने हमेशा नीलिमा को ही दोषी ठहराया। रितु का बड़ा होना, नीना से ब्याह कर लेना, नीना का चले जाना, रितु और पूजा का ब्याह (पूजा एक तो तलाकशुदा, उस पर से एक बेटी की माँ...)। यह सारी जिम्मेदारी मानो अकेली नीलिमा की ही थी, नीलिमा ही मानो मुजरिम है। ऋतेन्द्र मानो कभी बड़े नहीं हुए, हमेशा नासमझ शिशु ही बने रहे।

"तुम बैठो!"

ऋतेन्द्र ने सिर हिला दिया।

"नहीं, यहाँ मुझसे नहीं बैठा जाएगा! घर इतना ठंडा है, चारों तरफ से बंद है..."

सिर हिलाते हुए, प्रमिता का हाथ थामे-थामे, ऋतेन्द्र कमरे से बाहर निकल गए। ऋतेन्द्र सुबह-सवेरे योग व्यायाम करते थे, शाम को टहलने जाते थे। गर्मी के मौसम में भी पंखा चलाकर नहीं सोते। सर्दी में रात के पहले पहर, राजस्थानी हल्का लिहाफ, आधी रात को, उससे भारी वजन का, कवरदार नरम कंबल, आखिरी प्रहर में रुई की रजाई ओढ़ते थे।

नीला ने कमजोर आवाज़ में हिदायत दी, "जाकर लेट जाओ।"

"तुम भी..."

नीलिमा कुर्सी पर पीठ टिकाकर बैठ गई।

दिया दबे पाँव कमरे में दाखिल हुई।

"मौसी जी..."

"क्या बात है, दिया?"

"पूजा आपको बुला रही है। नीचे ही, फोन उठा लें।"

"मैं...इस कमरे में?"

"रितु के पास मैं बैठती हूँ।"

रूमा भी कमरे में आई, "चलिए, मौसी, बात कर लें।"

नीचे, इस कमरे में, जरा देर पहले नीलिमा मौजूद थी। अब यहाँ ढेरों लोग थे।

नीलिमा ने फोन तक जाते-जाते कहा, "विशाखा, मुझे पूजा से बात करनी है।"

विशाखा बिस्तर से उठकर, बाहर चली गई।

नीलिमा के हाथ काँप रहे थे, आवाज़ भी कँपकँपा आई। वे कुर्सी पर बैठ गईं।

"पूजा, मैं हूँ अम्मू!"

उधर से फफककर रोने की आवाज सुनाई दी।

"रितु..." गला रुँध आया!

नीलिमा अंग्रेजी संवाद में चुस्त नहीं थीं। रितु ने कहा था—बंगला सीख रही है, जल्दी ही सीख जाएगी। उसने गुजराती काफी जल्दी सीख ली थी।

"हाँ, पूजा...रितु को घर ले आए हैं..." उनकी आवाज टूट गई..."बिल्कुल अचानक हार्ट-अटैक...जरा-सा भी वक्त नहीं मिला..."

"माँ, यह दूसरा अटैक था।"

"क्या कहा, पूजा?"

"हाँ, माँ अभी पिछले साल...इसीलिए तो उन्होंने वहाँ पूँजी लगाई...कि हम वहीं रहेंगे, आराम से रहेंगे। वैसे वे ठीकठाक थे...बेहद ठीकठाक थे।"

"मैं...मुझे इसकी ख़बर नहीं थी, पूजा!"

"ख़बर देनी नहीं चाही! माँ, फिउनरल कब है?"

"तुम क्या आ रही हो?"

"नहीं माँ, लाली ने अभी तक आँखें नहीं खोलीं।"

"यह तुम क्या कह रही हो?"

"रितु ने तुम्हें खबर नहीं दी माँ, लाली को तो...शी वाज़ बॉर्न विथ कनजेनिटल ग्लकोमा...। उसे ग्लकोमा है, माँ!"

"मुझे तो यह पता ही नहीं था। रितु को भी जानकारी नहीं थी कि उसका ऑपरेशन होगा?"

"डॉक्टर ही वक्त नहीं दे पा रहा था...वैसे लाली का नाम सबसे पहले की सूची में था। इसलिए परसों ही उसे...रितु को मैं ख़बर करनेवाली थी, लेकिन...?"

"नहीं, पूजा आने की ज़रूरत नहीं है। तुम्हारे पास कोई है? या तुम अकेली हो?"

"हमारी जो 'वीमेन्स प्रोटेस्ट' संस्था है, वहाँ की सहेलियाँ हैं।"

"पूजा, यह पूछने का वक्त तो नहीं है...पूछना शोभा भी नहीं देता, फिर भी पूछना ज़रूरी है। फिउनरल के बारे में तुम कुछ चाहती हो? तुम लोगों का कोई विश्वास...?"

"माँ, रितु हमेशा कहा करता था—जस्ट फ्लावर्स और म्युज़िक। उसे रवीन्द्र संगीत प्रिय था...पसंद करता था और डी वी पलुस्कर के भजन...और शुभलक्ष्मी के भजन। पहले अटैक के बाद उसने लिख भी दिया था कि अगर मैं मर जाऊँ, तो नो रिचुअल...सिर्फ फूल और गीत....माँ! वह अपने भाई की बातें किया करता था ...कहता था, मैं भी नास्तिक हूँ।"

"पूजा...इसके बाद, तुम लोग नहीं आओगे, पूजा?"

"हाँ, माँ आऊँगी...तुम लोग...बाबू जी...? हाउ इज़ ही? उनका क्या हाल है?"

"हम ठीक हैं! ठीक से रहना...अपने सबका ख़्याल रखना। अब बेटे-बेटी की जिम्मेदारी..."

"हाँ, माँ प्लीज़ 'फ्रॉम पूजा एंड चिल्ड्रेन' की तरफ से एक गुच्छा सफेद गुलाब ...फोन रखती हूँ, माँ।"

नीलिमा ने रिसीवर रख दिया।

"मौसी..." रूमा ने आवाज दी।

"बहुत सारा काम पड़ा है, रूमा!"

"आप सिर्फ हुक्म कीजिए..."

ऐसे वक्त में भी नीलिमा ने अंदर से आत्मबल महसूस किया। ऐसा हमेशा से होता रहा है। जब भी कोई ऐसी स्थिति आई कि लगा देह-मन जवाब दे गया है, तब अचानक उन्हें नज़र आया, सारी जिम्मेदारी, अकेले उन्हीं पर आ पड़ी है। ऐसे में जिम्मेदारी निभाना ही उनका परम लक्ष्य बन गया, देह और मन को चलने. ..आगे बढ़ने को उन्होंने विवश कर दिया है।

...सन् उन्नीस सौ इकहत्तर में, जब वे सोना भूल गई थीं, जब वे भुतहे इंसान की तरह या नींद में चलने-फिरने वाले, स्वप्नजीवी इंसान की तरह, इस कमरे से उस कमरे में चक्कर लगाती रहती थीं, वे ऋकू की टेबल छू-छूकर महसूस करती थीं, उसका विस्तर सहलातीं, ऋतेन्द्र चिंतित हो उठे। उन्होंने डॉक्टर बुला भेजा। काजल बाबू इस घर के डॉक्टर थे। ऋकू जब मैलिंगनेण्ट मलेरिया का शिकार हुआ, उन्होंने ही उसे पी जी में भर्ती कराने के लिए दौड़-धूप की थी।

"नींद नहीं आती, भाभी?"

"ना, काजल बाबू!"

"नींद आए भी तो कैसे? आप दफ़्तर वगैरह नहीं जातीं?"

"अब तो जाने लगी हूँ।"

"थकान नहीं लगती?"

"नहीं तो! मुझे तो कुछ भी नहीं हुआ। वे तो फिजूल ही फिक़र कर रहे हैं।"

रितु की जुबान से एकदम निकल गया, "अम्मू, तुम न खाती हो, न सोती हो। ऐसे तो तुम...तुम जान से जाओगी, अम्मू! मर जाओगी तुम!"

नीलिमा ने हैरतभरी नज़रों से रितु की दर्दभरी, ख़ौफ भरी आँखों की तरफ देखा था।

"नहीं, रितु मरूँगी क्यों?"

रितु तू डर मत! तू अभी काफी छोटा है। तुझे अभी समझ नहीं है, तेरा भाई मरा नहीं। पुलिस ने तेरे भाई को मार डाला। पहले तो उसे पकड़ लिया, फिर तिलजला में उतार दिया कि जाओ, चले जाओ।

...और जब तेरा भाई दौड़ पड़ा, तो उसे गोली मार दी।

...काजल बाबू ने कहा था, "नसों में बर्दाश्त करने की एक हद होती है, भाभी! मैं सिडेटिव लिख देता हूँ। रात को खाने से पहले, यह दवा ले लिया करें! आपको सोना होगा! नींद बेहद ज़रूरी है! आप रितु के बारे में सोचिए..."

सन् इकहत्तर में उनकी उम्र थी बयालीस! शक्ल-सूरत से लोग उन्हें बत्तीस का समझते थे। लोग कहा करते थे—वे ऋकू की दीदी लगती हैं। सन बयानबे में उनकी उम्र है, तिरसठ!

अब चाहे देह हो या मन, आखिर कितना मज़बूत रह सकता है?

लेकिन अब, इस वक्त तो रितु की शेष-यात्रा, रितु के विश्वासों के मुताबिक हो, वह इंतज़ाम भी उन्हें ही करना होगा, हालाँकि इसमें भी ऋतेन्द्र ही सबसे ज़्यादा दुःखी होंगे।

"रूमा!"

"जी, मौसी...?"

"पूजा या रितु ने कभी नहीं बताया कि लाली की आँखों में जन्म से ही ग्लकोमा है।"

"अरे? हम लोगों को भी तो..."

"लाली का ऑपरेशन हुआ है। पूजा नहीं आ पाएगी।"

"उसने क्या करने को कहा?"

"तुम्हारे, शुनू और दिया के अलावा, यह काम कोई नहीं कर सकता।"

"जी, कहिए!"

"पूजा ने बताया कि रितु को यह दूसरा अटैक आया था।"

"ए माँ! रितु'दा ने तो कभी..."

"इसीलिए वह कहता था, तेल-मसाला नहीं चाहिए, अम्मू, इसकी आदत छूट गई है। खैर, अब जानने से क्या...पहले अटैक के बाद ही उसने लिख-पढ़ दिया था—मेरी मौत पर कोई रिचुअल, कोई संस्कार न किया जाए। सिर्फ फूल...सिर्फ गीत!"

"वैसा ही होगा..."

"गीत...उसे रवीन्द्र संगीत, डी वी पलुस्कर, और शुभलक्ष्मी पसंद थे! अब वह सब कहाँ से लाऊँ?"

"और क्या?"

"पूजा और बच्चों की तरफ से सफेद गुलाब चढ़ाना होगा।"

"उसे बुलाती हूँ—"

"चलो, उसी कमरे में चलते हैं।"

रितु के कमरे में कुर्सी पर सिर टिकाए-टिकाए शुनू फफक-फफककर रो रहा था। दिया उसका सिर सहला रही थी।

"ना शुनू, ना! राजा शुनू! ऐसे नहीं करते..."

"रितु ने मुझे बिट्रे किया, दिया'दी, मुझे धोखा दे गया।"

"उसने सबको धोखा दिया! शांत हो, शुनू! काम-काज पूरा हो जाने दो, तब रोना! अभी तो..."

नीलिमा ने आवाज दी, "शुनू..."

"जी, मासी!"

नीलिमा ने उसके माथे पर हाथ रखा, "अभी बहुत काम पड़ा है, बेटा! पूजा ने फोन किया था। तुमसे, दिया और रूमा के अलावा मैं किससे कहूँ?"

"कहिए, मासी!" शुनू ने अपनी आँखें और चेहरा पोंछ लिया।

"जाओ, मुँह धोकर आओ," रूमा ने कहा।

"जाता हूँ।"

नीलिमा रितु के पास जा खड़ी हुईं "अभी क्या फिउनरल पार्लरवालों ने कोई इंजेक्शन दिया है? यह माथे पर कौन-सी दवा लगाई है? कौन कहेगा, रितु चला गया है? लग रहा है, वह सोया हुआ है।"

उन्होंने उसके माथे पर हाथ रखा।

वे मन ही मन बुदबुदाती रहीं, "तूने जो-जो कहा है, तेरी अम्मू सब करेगी। तूने कहा था, तू अपने भाई की तरह अनास्थावादी है? लेकिन अपने भाई को तू नहीं भूला। तुझे याद था, आज उसका जन्मदिन है। इसलिए तूने कहा था, आज

की तारीख, मैं यहाँ तो नहीं रहता। आज मौजूद हूँ। आज आऊँगा, अम्मू, खाना खाऊँगा, तुम्हारे पास रहूँगा! तुम देखना।''

अब तो जन्मदिन एक तारीख बन चुका था। तुम दोनों के बचपन के बाद तो कभी इस घर में, तुम लोगों का जन्मदिन मनाया नहीं। बस, थोड़ा-बहुत खाना पका लेती थी। ऋकू तो उन्नीस सौ अड़सठ के बाद चला ही गया था।

उसके बाद, तूने मेरे सामने कभी भाई का नाम नहीं लिया लेकिन ऋकू का जो एटलस तू इस्तेमाल करता था, जिस पर उसने लिख भी दिया था... 'ऋतूवाक को...दादा'। उसके बाद वह एटलस यहाँ मुझे नजर नहीं आया। तू क्या वह एटलस ले गया था?

शुनू ने हाथ-मुँह ही नहीं धोया, पूरी तरह नहाकर लौटा।

''कमीज-पैंट लेकर आए थे, शुनू?''

''रूमा ही सहेजकर ले आई थी। मुझे ज़रा-सा शरबत ला दोगी, रूमा? बेहद प्यास लगी है।''

''अभी लाई।''

''हाँ, कहिए, मासी?''

''पूजा ने फोन किया था...रुक, जरा बैठ जाऊँ।''

''हाँ, मासी...बैठ जाइए!''

''पूजा ने बताया, यह उसका पहला नहीं, दूसरा अटैक था।''

''उसने एक बार भी यह बात नहीं बताई।''

''उसने किसी को भी नहीं बताया था।''

''बूथ पहुँचते ही, अगली फ्लाइट से आज सुबह वह यहाँ चला आया। ज़रा-सा जेट-लैग तक नहीं हुआ! ज़रा-सा आराम भी नहीं किया, आज ही मीटिंग रख ली...''

''बूथ पहुँचकर, वह दो दिनों वहाँ रहा! मीटिंग करता रहा। वह भी बताया था उसने कि काफी व्यस्त रहा वह, जरा भी आराम नहीं मिला...''

''कल आ जाता, तो इतना स्ट्रेन नहीं होता।''

''अब, यह सब...हाँ, पूजा ने बताया, पहले अटैक के बाद, उसने लिख दिया था, अगर मेरी मौत हो जाए, तो मेरा कोई श्राद्ध-संस्कार न किया जाए। सिर्फ गीत और फूलों का इंतज़ाम कर दिया जाए। उसने कहा था, मैं भी भाई की तरह अनास्थावादी हूँ।''

दिया की आँखों में विस्मय भर उठा।

''हाँ, दिया, पूजा ने कहा...पूजा बेचारी की जुबान से तो आवाज ही नहीं निकल रही थी...उसने बड़ी मुश्किल से कहा, 'फ्राम पूजा एंड चिल्ड्रेन' लिखकर थोड़े-से सफेद गुलाब उस पर रख दें।''

"सुबह होने दीजिए..."

"रवीन्द्र संगीत, डी वी पलुस्कर और शुभलक्ष्मी...?"

"बटू बाबू!"

"कौन?"

"आप उन्हें नहीं पहचानेंगी। उनके पास रिकॉर्ड प्लेयर, प्लेइंग रिकॉर्ड सभी कुछ है। पलुस्कर और शुभलक्ष्मी के तो रिकॉर्ड ही बजाने होंगे। रवीन्द्र संगीत..."

"रूमा गा देगी," नीलिमा ने कहा।

"कोई नामी-गिरामी गायक..."

"रूमा तो रवीन्द्र संगीत ही सिखाती है। उसका कोई कैसेट नहीं बना, उसे टीवी या रेडियो पर चांस नहीं मिला—ये बातें फिजूल हैं। रूमा, रितु को प्यार करती थी। रितु भी उससे काफी स्नेह करता था...तो बात तय!"

"सब हो जाएगा!"

दिया ने धीमे से कहा, "रूमा भी ज़रा सो ले!"

"और तुम?" शुनू ने पूछा।

दिया ने उदास लहजे में कहा, "रोज-रोज़ तो रितु के लिए जागूँगी नहीं..."

"और तुम्हारा दफ़्तर?"

"कन्सल्टेंसी की नौकरी है! सुबह एक फोन कर दूँगी।"

"घर में भी..."

"बेटे-बेटी भो तो हैं!"

"वे सब अपने पैरों पर खड़े हैं, शुनू! इसके अलावा, आजकल अमित की बहन भी आई हुई है।"

"अमित'दा?"

"वह तो काम पर बैठ गया है। उसी ने एयरपोर्ट से मुझे बताया..."

"शुक्र है, तुम आ गईं।"

"शुनू, यह वेरी मच मेरा ही घर है। मौसी ने ही इसी घर से हमारा ब्याह किया था। मेरे माँ-बाप तो ऐंठे बैठे थे। अब भले वह सब भूल गए हों। जाने क्यों तो..."

"दिया..."

"जी, मौसी...!"

"एक बार ऊपर जाऊँगी, ज़रा साथ चलो।"

"क्यों, मौसी?"

"पूजा ने जो कहा, रितु के बाबुम को बताना होगा...!"

"तो फिर ऐसा करते हैं, मौसी कल सुबह दस बजे निकलना तय किया था,

वह ग्यारह बजे सही...।''

''हाँ, लोग-बाग भी तो आएँगे...''

''पता है, सारा 'डील' तय हो गया, उसने दस्तखत कर दिया! हैरत है, दस्तख़त करने के बाद ही...''

''तुम भी अंदर थे?''

''नहीं, नहीं, जैसा कि हम दोनों हमेशा करते हैं। एयरपोर्ट से आते वक्त, रितु मुझे उठाता आया। उसने रूमा से कहा—उसके पति को वह शाम को लौटाएगा। जैसा कि हमेशा होता है, हमने ताज बंगाल में नाश्ता किया, वहीं नहाया-धोया, गपशप की! हाँ, लंच में उसने थोड़ा-सा ही खाया। ज़रा देर आँख मूँदकर लेटा रहा। मैंने भी कसकर नींद ली! मीटिंग के वक्त मैं लाउंज में बैठा रहा। अचानक...अचानक कपूर दौड़ा-दौड़ा आया...! उडलैंड्स बिल्कुल क़रीब ही था, लेकिन वक्त कहाँ मिला?''

''तुम भी ज़रा देर सो लो, शुनू!''

''एक ही रात की तो बात है! स्कूल जीवन से हम दोस्त रहे! हमारी दोस्ती पक्की होकर टिक गई। उसके बाद मैंने लेकटाउन में जो फ्लैट ख़रीदा...! छोटी-सी ही जगह, अपनी निजी जगह! रोजगार-पाती शुरू की...सब, स...ब रितु की वजह से! 'एलेन मेनाड' जैसी कंपनी, शुनू बागची को मेडिकल रिप्रजेण्टेटिव के रूप में मुझे कबूल करती भला? वह तो रितु ही बड़े साहब से कह-सुनकर...''

''भरोसा भी तो एकमात्र तुम्हारा ही करता था। रुपए-पैसे...हर मामले में!''

''सबसे बड़ी बात, पता है, क्या थी? मैं नौकरी करता रहा, रूमा गाना सिखाती रही, कितने-कितने तरह के हालात से गुजरते रहे। लेकिन उसने कभी नहीं कहा—शुनू, ले, ये रुपए रख ले। वह जानता था, रुपए मैं नहीं लूँगा। रुपयों का 'गिव एंड टेक' हममें नहीं था। लेकिन कभी भी...यह वह लाना, वह नहीं भूलता था। आपको पता है न, उन दोनों ने एक बेटा गोद लिया है?''

''हाँ, बताया था! वह क्या भारतीय है?''

''मुझे कुछ नहीं मालूम! बस, इतना ही कहा, जब वह आएगा, तो एक सरप्राइज़ देगा। इसी बार, उसने कहा कि तुम दोनों कोई बच्चा गोद ले लो। रूमा ने भी बताया कि हम दोनों भी यही सोच रहे हैं! नाश्ता खाने के बाद, उसने कहा—पूजा जब आएगी, तो देखना, अम्मू को कैसा सरप्राइज़ मिलेगा!''

''अच्छा, उसने यह कहा था?''

नीलिमा की आँखों से आँसू बह निकले। सबसे बड़ा सरप्राइज़ तो रितु ही दे गया।

ऋकू के वक्त भी सब किया था। इस बार भी हो जाएगा न?

''उस बार भी तो...''

''उसका कोई भरोसा नहीं था। मैंने भी उसका अपमान नहीं किया। रितु भी

तो...''

''लेकिन, क्यों मौसी?''

''उन लोगों ने तो कुछ नहीं कहा, शुनू, मगर मैं इसकी वजह समझ गई हूँ। खैर, अभी ये बातें रहने दे। चलो, ऊपर चलो, दिया!''

''बारह बज गए, अभी वे जगे होंगे?''

''चलो, देख तो आऊँ। तुम यहीं हो न?''

''हाँ, मासी! आपके भाई लोग भी बगल के कमरे में मौजूद हैं।''

''देखती हूँ...''

खूटू! बबलू और मॉण्टी! खूटू और बबलू कॉन्ट्रैक्टर थे। छोटे काका कहा करते थे, ''ठेकेदारी करना असभ्यता है। इंसान को बेईमान बनना पड़ता है।''

लेकिन, छोटे काका के दोनों ही बेटे ठेकेदार बन गए। संपन्न चेहरा, तेल से चिपचिपे बाल! इनकी गर्दन में भी रुद्राक्ष की माला! विशाखा का पति, साग्निक, एक किनारे बैठा-बैठा सिगरेट फूँक रहा था। चचेरा दामाद उन लोगों के सामने ही सिगरेट पर सिगरेट पीये जा रहा था, इसलिए खूटू और बबलू के चेहरे पर विरक्ति के निशान!

''नीली दी...!''

''आओ, बैठो!''

''शुनू कहाँ है?''

''उस कमरे में...रितु के पास...!''

''ऐसा भला कोई सोच सकता था? ऐसा सोना-सा बेटा! कुल पैंतीस साल की उम्र में इतना-इतना काम कर डाला। अमेरिका जाकर, कृत्रिम 'लिम्ब' तैयार करके, कितना-कितना नाम कमाया, इतनी दौलत बटोरी...कितने-कितने देशों में लेक्चर देता फिरता था। अंत में कनसल्टेंट बन गया...यहाँ आकर फैक्टरी और रिसर्च लेबोरेटरी लगानेवाला था... सरकार ने जमीन वगैरह भी दी...वही बंदा, देखो, आज कैसे...।''

''परिवार में सबसे ब्रिलिएंट लड़का था!'' बबलू ने कहा।

''तुल लोग क्या ठहरोगे?'' नीलिमा ने पूछा।

''नहीं, नीली दी, घर ही जाते हैं। कल, दस बजे न?''

''ग्यारह बजे...!''

''घर से वे लोग...शुचिस्मिता और रूमकी...वे लोग आज नहीं रुके! संस्कार से पहले ही आ जाएँगे।''

''संस्कार तो नहीं होगा, खूटू!''

''मतलब?''

''पूजा ने फोन किया था। रितु मना कर गया है, कोई श्राद्ध-संस्कार न किया जाए। अब क्या उपाय, बताओ? रितु की इच्छा का तो सम्मान करना ही होगा।''

"रितु कहीं ईसाई तो नहीं हो गया था?"

"ईसाई क्यों होने लगा?"

"क्योंकि पूजा शायद ईसाई है।"

"यह तो मुझे नहीं पता, बबलू! वैसे वे लोग आएँगे, ज़रूर आएँगे! उन सबने तो रितु के एक बार दर्शन भी नहीं किए।"

"अब जो स्थिति है, नीली दी, ऐसी एक-एक घटना-दुर्घटना की ख़बर मिलती है, तब हम जमा होते हैं। वो जो कहते हैं न, 'डेथ युनाइट्स ऑल' मृत्यु ही सबको मिलाती है।"

"काफी देर से आए हो तुम दोनों! चाय-शरबत कुछ लोगे?"

दोनों भाइयों ने एक-दूसरे की आँखों में देखा।

उन दोनों में से ही एक ने कहा, "हमारा गुरुपक्ष चल रहा है...उनका उत्सव चल रहा है, इसलिए बाहर कुछ खाना..."

"चलो, ठीक है।"

"जीजा जी तो जा रहे हैं। तुम भी न हो..."

"मैं ऊपर जा रही हूँ, खूटू! तुम लोग..."

"हम भी...चले ही जाएँ? वीनू'दा, भाभी, विशाखा...वे लोग क्या करेंगे, पता नहीं।"

"दे शुड गो होम!" साग्निक ने कहा, "उन्हें भी घर चले जाना चाहिए।"

"मैं ऊपर चलती हूँ।"

"मैं साथ चलूँ?"

"नहीं, नहीं दिया है न!"

दोनों भाइयों ने एक बार फिर, एक-दूसरे की आँखों में झाँका। आज भी दिया उन लोगों के लिए जबर्दस्त गपशप की विषय थी। दिया के ब्याह के दिन, नीलिमा ने उसे अपने नेकलेस, बाला और बुंदे पहनाए थे, यह बात उन्हें आज भी याद थी? वे लोग आज भी उस बारे में बतकही करते थे। वे सब नीलिमा के मायके के ज़ेवर थे, काफी क़ीमती ज़ेवर!

नीलिमा कमरे से बाहर निकल आई।

"चलो, दिया!"

"चलिए!"

सीढ़ियों से ऊपर जाते हुए, नीलिमा ने कहा, 'अब समझ में आया..."

"क्या?"

"भइया, भाभी, विशाखा, विशाखा का दूल्हा, मेरे काका के बेटे–सब एक ही गुरु के भक्त हैं। इसीलिए सबके गले में रुद्राक्ष है।"

"मालूम है, पूर्णानंद भारती!"

"दिया, तुम?"

"अख़बारों में नाम छपता रहता है।"

"रितु के बाबुम भी शायद..."

"होने दीजिए न!"

"लेकिन, दिया...!"

"साँस तो नहीं फूल आई?"

"ना, दिया। इस वक्त हंफनी पकड़ ले, तो काम कैसे चलेगा? सारा कुछ ठीक-ठाक पूरा हो जाने तक, मुझे तो खड़ा ही रहना होगा। कोई माँ, अपने बेटों का आखिरी क्रिया-कर्म करती हैं भला? किसी ने सुनी है, ऐसी बात?"

"आपके बेटे...आप...सभी तो अनयूज़ुअल थे...बिल्कुल असाधारण! आप तीनों बिल्कुल अलग तरह के हैं, बाकी वे लोग और तरह के! आप ही को तो सब कुछ देखना होगा। दूसरे-दूसरे लोग तो...अपने-अपने अविश्वास को सम्मान नहीं दे सकते ...देना मुमकिन भी नहीं है।"

"देखो, मैं आस्थावादी हूँ या अनास्थावादी, आस्तिक हूँ या नास्तिक, मैंने कभी नहीं सोचा! मैंने सिर्फ दूसरों के विश्वास को सम्मान दिया है, उनके प्रति श्रद्धा की है। मेरे श्वसुर इन सबनें बेहद विश्वास करते थे। जब उनकी मौत हुई, मैंने वही सब कुछ किया था।"

ऋतेन्द्र अपनी खाट पर लेटे हुए थे! सिर के नीचे, फूले हुए बड़े-बड़े नरम तकिये! वे हमेशा इसी मुद्रा में लेटे रहते थे।

ऋकू कहा करता था, "अवनीन्द्रनाथ ठाकुर के आंके हुए मुगल सम्राट शाहजहान लेटे-लेटे आराम फरमा रहे हैं।"

ऋकू और नीलिमा में कभी-कभी काफी हल्के-फुल्के मूड की गपशप भी हुआ करती थी, हालाँकि बाद में यह कम होता गया।

नीलिमा ने ऋकू के मंतव्य का जवाब भी दिया था, "उनका ताजमहल कहाँ है? शाहजहाँ तो ताजमहल को निहारा करते थे।"

"क्यों, बाबुम की वह कन्वोकेशनवाली तस्वीर! बड़ौदा के साइंस कांग्रेस में नेहरू जी के साथ खींची हुई तस्वीर, मॉस्को जाकर, वहाँ के कॉन्फ्रेंस की तस्वीर? सच्ची, डॉक्टर ऋतेन्द्र बोस ने अजायबघर तैयार कर डाला है।"

रितु ने पूछा, "कौन?"

"है एक शख़्स, तू नहीं समझेगा।"

"अच्छा, तू तस्वीरें क्यों नहीं खींचने देता?"

"तुझे तो कैमरा थमाकर, ग़लती की मैंने। कौए-बिल्लियों की तस्वीरें उतारता

फिरता है!"

"क्या करूँ? कोई मेरे कैमरे के सामने खड़ा होता है, जो मैं उनकी तस्वीर उतारूँ? बस, ले-देकर खड़ी होती हैं—मनु'दी और मीरा!"

"तो अम्मू की तस्वीरें उतार..."

"अम्मू की तस्वीरें तो ले ली हैं।"

"अच्छा, बता सवाल के पर्चे में तुझे सौ नंबर कैसे मिल गये? नकल टीपा था?"

"नकल टीपना मुमकिन है भला? वह भी वशिष्ठ सर के सामने?"

"मैं तो शान से नकल टीपता था और पूरे एक सौ नंबर लाता था।"

"अम्मू! देखो भाई क्या कह रहे हैं?"

दोनों भाई सात साल छोटे-बड़े थे, लेकिन उनमें इसी तरह का रिश्ता था। रितु जब ग्यारह साल का हुआ, ऋकू एकदम से बदलने लगा। बदलकर वह बिल्कुल नया बन गया। अब वह गंभीर रहने लगा, घर देर-देर से लौटने लगा। इससे पहले वह झुग्गी-झोंपड़ी के इलाके में पढ़ाने जाया करता था। बाद में तो वह कुछ बताता ही नहीं था।

उन्होंने ऋतेन्द्र से पूछा, "सो गए?"

"नहीं, सोच रहा हूँ।"

"क्या?"

"हमारे वंश में अब कौन बचा? सोच रहा हूँ, आखिरकार तापस से ही बात करनी होगी।"

"क्यों?"

"मुखाग्नि, श्राद्ध—सभी कुछ तो है। मौत के बाद भी कर्तव्य ख़त्म नहीं होता।"

नीलिमा, ऋतेन्द्र के करीब आ बैठीं। बगल के कमरे से प्रमिता, विनयेन्द्र, विशाखा और जवा भी उठकर, इसी कमरे में चले आए।

"मैं वही तो बताने आई थी। पूजा का फोन आया था।"

"वह नहीं आएगी?"

"ना! बेटी की आँख का ऑपरेशन हुआ है।"

"रितु चला आया, उसके बाद ऑपरेशन?"

"जन्म से ही तो बच्ची को ग्लकोमा था। डॉक्टर ऑपरेशन के लिए वक्त नहीं दे पा रहा था। जैसे ही उसने समय दिया..."

"ओ!"

"पूजा ने बताया, पिछले साल, रितु को पहला अटैक हुआ था!"

"हमें बताना, उन्होंने अपना कर्तव्य नहीं समझा?"

"रितु ने ही नहीं बताया। पूजा को तो हमने देखा भी नहीं।"

"तो?"

"रितु ने तभी लिख-पढ़ दिया था कि उसकी मौत के बाद, कोई क्रिया-कर्म न किया जाए। वह नास्तिक है। सिर्फ गीत और फूल दिया जाए।"

"माँ नास्तिक! बेटे नास्तिक! लेकिन यह अमेरिका तो नहीं है। यह कलकत्ता है। यहाँ समाज नामक कोई संस्था मौजूद है।"

"रितु ने जो चाहा, वही होगा। इससे उलट कुछ करना, उसका अपमान करना होगा।"

"मॉडर्न था न! पश्चिमी भाव में विभोर! क्यों, देश के रीति-रिवाज मानने से, उस देश में लोग उसकी निंदा करते?"

"उस देश में सभी लोगों को सभी कुछ मानने की आजादी है! वहाँ इसका इंतजाम भी है। रितु तो किसी मंदिर वगैरह में नहीं जाता था।"

"सब, तुम्हारी खातिर!"

"तुम्हारे बेटे, आजाद बंदे थे! उसने भी नहीं माना, जो चला गया, वह भी नहीं मानता था और तुम भी यह मानने को तैयार नहीं कि उन दोनों के जीवन या कर्म पर, मेरा कोई प्रभाव नहीं था। तुम मानो या न मानो, जो रितु चाहता था, जो उसकी बीवी ने कहा है, उसी के मुताबिक सब काम होगा।"

"यह तुम्हारी कैसी सोच है?" ऋतेन्द्र ने लगभग हाहाकार के लहजे में कहा, "तुम...तुम...।"

"मुझे ये सब बातें अच्छी नहीं लग रही हैं!"

विनयेन्द्र और प्रमिता दरवाजे पर आ खड़े हुए!

"सुबह, किस वक्त, नीली?"

"करीब ग्यारह बजे। तुम लोग रुकोगे नहीं?"

मॉन्टी, नीलिमा की मँझली बुआ की बेटी ने जवाब दिया, "मैं रुकी हूँ, नीली'दी!"

"शुक्र है! भाभी तुम?"

"नहीं जी, हमारा तो गुरुपक्ष चल रहा है। अभी भी पाँच दिन बाकी हैं। बाहर कहीं खाना भी नहीं चलता। कल सुबह आऊँगी।"

"इतनी रात हो चुकी है..."

"क्या फर्क पड़ता है, नीली! इस वक्त सभी के पास गाड़ी है।"

नीलिमा के पास ही गाड़ी नहीं थी। अभी भी वे ट्राम, बस, मिनी बस और शायद ही कभी टैक्सी से आती-जाती थीं। इन दिनों शट्ल ऑटो से भी काफी सुविधा हो गई है, काफी दूर तक जाया जा सकता है।

विनय ने नीलिमा के सिर पर हाथ रखा।

"पता नहीं, क्यों तो ऐसा होता है। जिनको रहना चाहिए, वे ही क्यों चले

जाते हैं? भगवान की यह कैसी मर्जी है? चलता हूँ, कल आऊँगा।''

विनय ऐसे शख़्स थे, जो अपनी एकमात्र सन्तान, विशाखा का तलाक और पुनर्विवाह दिल से कबूल नहीं कर पाए। हाँ, हाँ, इसे मजबूरी में मानना ज़रूर पड़ा, क्योंकि साग्निक उन्हीं के यहाँ रहता था। सब कुछ विशाखा का ही तो था और वह चाहती थी कि उसका पति उसी घर में रहे।

नीलिमा ख़ामोश हो रहीं।

प्रमिता, ऋतेन्द्र के करीब आ पहुँची।

''चलती हूँ, कल आऊँगी।''

''हाँ, देख लिया न, मेरे घर में, मेरी कोई भी बात...क्या पता था कि रितु इस उम्र में...ऐसे समय चला जाएगा? अब बाकी ज़िंदगी कैसे गुजरेगी, पता नहीं...''

''ज़िंदगी भर लिखाई-पढ़ाई में ही मगन रहे, हमेशा अच्छा सोचा...अब ईश्वर पर भरोसा रखें, वही आपको शांति देगा।''

''आप ज़रा उसके नाम से...''

''हाँ, ठाकुर जी को उसके नाम से तुलसी-पत्र चढ़ाऊँगी! चलती हूँ, नीली!''

''दीदी कहाँ हैं?''

''जवा'दी बरामदे में बैठी हैं।''

''मॉन्टी, तू जरा उनके पास बैठ। अगर वे जरा सो रहें, तो बेहतर! ज़रा देर सो लें, तो...''

''और तुम?''

''मैं इनके पास बैठती हूँ।''

''नीला'दी, समूची रात?''

''एक ही रात न! इसके बाद तो रितु के लिए...''

मॉन्टी ने सिर हिलाया, ''यही तो होता है, नीला'दी! उठना भी पड़ता है, खाना भी होता है, सब कुछ करना पड़ता है।''

''हाँ, तुझे तो मालूम है।''

''तुम्हें भी मालूम है। ऋकू अगर ज़िंदा होता, तो पूरे बयालीस साल का हुआ होता।''

''तूने कुछ खाया?''

''हाँ, खाया न! मीरा, मीरा के दूल्हे और मीरा को भी थोड़ा-बहुत खिलाया। सुबह नौकरी के लिए निकली थी, शाम का अख़बार देखा, तो घर जाना ही नहीं हुआ! रास्ते से, मकान मालिक को फोन कर दिया था। वे खबर दे देंगे।''

''कोई टेलीफोन आया, तो नीचे ही उठाऊँगी।''

''अच्छा, नीली'दी!''

मॉन्टी बेहद जिद्दी किस्म की लड़की थी। नीलिमा के मायके में लड़कियाँ ही ज़्यादा सख्त-समर्थ थीं। मॉन्टी ने जिद करके ही, अमल से विवाह किया था। अमल कोई प्रेस चलाता था। मॉन्टी ने टाइपराइटिंग सीखी, कॉमर्शियल कॉलेज में नौकरी ली। उसका एक ही बेटा था, बेटी नहीं थी। बेटे ने कुल तीस साल की उम्र में कैंसर में दम तोड़ दिया। अब अमल, मॉन्टी और उनकी पुत्रवधू ने मिलकर, खुद टाइपराइटिंग, शॉर्ट हैंड सेंटर खोल लिया है और अब बैंक से कर्ज़ लेकर, जेरॉक्स मशीन चलाने की दुकान खोल ली है।

मॉन्टी अपने मायके में ख़ास प्रिय नहीं है, क्योंकि अमल जाति का तेली था। जिस घराने में सभी लोग समता के गीत गाते थे, जाति-भेद नहीं मानते थे, उन्हीं के घर में यह बहुत बड़ा गुनाह था।

मॉन्टी की अगली बग़ावत थी—उसकी विधवा पुत्रवधू ने फिर विवाह कर लिया। अब वह पुत्रवधू, उनकी बेटी बन गयी। बेटी-दामाद और उनकी बेटियों को लेकर, मॉन्टी की गृहस्थी! अमल ही पिछले साल, असाध्य हेपाटाइटिस का शिकार होकर, चल बसा। उन लोगों का दो मंज़िला मकान! नीचे जेरॉक्स चलता है। वहाँ मॉन्टी बैठती थी, मालिनी और नंदन भी बैठते थे। मॉन्टी सुबह के वक्त कुछ पढ़ने भी जाती थी। इस उम्र में अब उसे यह शौक चढ़ा है कि वह अंधों के लिए, ब्रेल किताब तैयार करके, प्रशिक्षण देगी।

मॉन्टी जीवंत इंसान थी, मृत नहीं थी! वह अपने इह जीवन में ही व्यस्त थी। परलोक के लिए अभी भी उसे किसी सहारे की ज़रूरत नहीं पड़ी। वह अपने घर में हर बृहस्पति को लक्ष्मी-पूजा करती थी। पिद्दी जैसे दो अदद नाती-नातिन के लिए, जिन्होंने अभी बस, अ आ ही सीखा था, घर में सरस्वती पूजा होती थी। इसके बावजूद नीलिमा का मॉन्टी से संपर्क बना हुआ था।

जवा बरामदे में पीठ-टिकाए बैठी हुई थी। क्षेमेन्द्र की सगी बहन! लेकिन चूँकि वे अपनी आदि पार्टी में आज भी बनी हुई थीं, इसलिए अपने भाई के विराग भाजन की शिकार थीं। प्रताप मित्र से विवाह करके, वे पांशकुड़ा चली गयीं। वहाँ वे स्कूल में पढ़ाती रहीं, उन्होंने शिक्षिका आंदोलन में भी हिस्सा लिया। प्रताप के ही गाँव, घटमाटी में इन दिनों वे महिलाओं के लिए तांत सेंटर, शिशु रक्षणागार वगैरह चला रही हैं! भारत सरकार की तरफ से कोई पुरस्कार भी ले चुकी हैं! अब वे घटमाटी से, शायद ही कभी बाहर निकलती हों।

एक बार ऋकू, सातेक दिनों के लिए जवा'दी के यहाँ भी रहा था। नीलिमा उनकी प्रिय बहन थी! ऋकू उनका प्रिय भांजा! रितु ने उनके आश्रम के कल्याण के लिए, एक बार पाँच सौ डॉलर भी दिए थे। जवा'दी ने लिखा था—ख़ानदान में अब तो मेरे अपने भाई लोग भी तो दौलतमंद, अमीर हैं, मगर कोई मेरी खोज-खबर नहीं लेता। लेकिन ऋतवाक मुझे हमेशा याद रखता है!

शीर्ण और गोरे चेहरेवाली जवा'दी! दूधिया-सफेद बालों की पतली-सी वेणी लहराती हुई। वे कुर्सी पर टिककर बैठी हुई थीं।

नीलिमा को देखते ही, उन्होंने कहा, "आ, बैठ!"

"दीदी, मुझे नीचे जाना है।"

"चल, नीली तूने ही लिखा था—रितु आ रहा है। उससे भेंट करने भी चली आई। सोचा था, कुछ दिनों रहूँगी तेरे यहाँ..."

"सच्ची, दीदी?"

"हाँ नीली, लेकिन मेडिकल चेकअप क्या..."

"फिर भी रुक जाओ! मैं बेहद अकेली हो गई, दीदी! भइया लोग, भाभियाँ, रितु के बाबुम, सब क्रिया-कर्म करने के लिए पीछे पड़े हैं। अगर मैं खड़ी न होऊँ, तो रितु जो चाहता था..."

"रिचुअल! गुरुदीक्षा! यह सब रितु के लिए नहीं है, इन सबकी तो उन्हें अपने लिए ही ज़रूरत है! किसी जमाने में उसने ईश्वर के अस्तित्व से इंकार कर दिया था। 'मैं धर्म नहीं मानता' यह कहते हुए, वह गर्व महसूस करता था। उसके बाद, उसने देखा, अब कोई भी राजनीति भी नहीं करता, इनका जनता से भी कोई वास्ता नहीं है, अब किसी को देश की भी फिक्र नहीं है, इसलिए सबने अपने-अपने तरीके से, जमाने की हवा क़बूल कर ली!"

"दीदी, मैं चली, तुम कुछ?"

"रूमा और मॉन्टी हैं न, उन्होंने दिया था! देखो, यह शॉल मैंने रितु के लिए बनाई थी, लेकिन कहाँ पता था।"

जवा रो पड़ीं, "ऋकू की जब मौत हुई, मैं उसके बाद पहुँची थी। सतहत्तर में भी जेल में राजनैतिक कैदियों पर अत्याचार होता था। मैंने उसका प्रतिवाद किया। प्रतिवाद तो खैर, आज भी करती हूँ।"

"चलो, तुम ही उस पर शॉल डाल देना।"

"चलो, मैं हूँ, दिया लोग हैं, तू अकेली क्यों होने लगी?"

सब मिलकर, रितु के कमरे में दाखिल हुईं। सफेद रंग पर, सफेद कसीदाकारी की हुई, खूबसूरत-सी शॉल से उन्होंने उसके पैर ढँक दिए और हाथों से अपना चेहरा ढँक लिया।

"हू ब हू ऋकू ही था, नीली, बस उसकी उम्र कुछ ज़्यादा थी!"

"वे दोनों तो हमेशा ही एक जैसे लगते थे।"

"आप लोग बैठें।" दिया ने कहा, "मैं ज्यादा-सा दूध डालकर कॉफी बना लाती हूँ। जागने में सुविधा होगी।"

नीलिमा बोल उठीं, "शुनू, रूमा, तुम लोग उस कमरे में जाकर, जरा कमर सीधी कर लो। कल ढेर सारे काम हैं। शुनू तो आज सुबह से ही..."

वे दोनों चले गए।

जवा ने नीलिमा के हाथ पर अपना हाथ रख दिया। दिया दीवार के सहारे ही बैठ गई।

"दिया, तुम क्या ज़रा सो लोगी?"

"ऋकू के वक्त तो मुझसे कुछ देखा नहीं गया था। आज रात आपके पास ही बैठी रहूँगी, मासी!"

"कॉफी नहीं बनाएगी?" जवा ने पूछा।

"जी, अभी जाती हूँ।" दिया उठ गई।

"कितनी प्यारी बच्ची है!"

"इन्हीं लोगों, रूमा वगैरह को लेकर ही तो मेरी दुनिया है!"

"दिया खूब सुखी है न?"

"हाँ, दीदी, दोनों प्राणी कामकाज में लगे हैं। दिया तो 'राइट टु लिटरेसी' के साथ है। सियालदह के उस तरफ, कलकत्ता में जो लोग झुग्गी-झोंपड़ी बनाकर रहते हैं, उनके स्कूल के लिए, उसने टीचिंग मैमोरियल तैयार किया है। दोनों प्राणी ने मिलकर, और भी बहुत-से काम कर रहे हैं।"

"चलो, यह भी देख लिया। भाभी ने नीना के बारे में कुछ बताया?"

"हाँ, कुछ बताया तो था, मैंने ध्यान नहीं दिया। वह बतानेवाली कौन होती है कि क्रिया-कर्म कैसे होगा?"

"अगर वह आ जाए?"

"आए, देखकर चली जाए। ख़ैर, उसकी बात रहने दें। उन दिनों, रितु को उसने जो तकलीफ दी थी..."

दिया कॉफी ले आई।

उसने सकुचाकर कहा, "मैं, नहा भी आई, मौसी!"

"अच्छा किया!"

दिया ने अपने लिए भी कॉफी की प्याली उठा ली। उसके बाद, अपने बाल खोलकर, दीवार से टिककर, फर्श पर बैठ गई।

उसने मन ही मन बुदबुदाकर कहा, "सारी बातें कोई नहीं जानता, रितु, कोई जानेगा भी नहीं।"

दिया–1971 के बाद

रितु से सारी बातें कहने-सुनने का, कभी मौका ही नहीं मिला। आज भी सारी बात धरी रह गई।

जो रितु कभी खत नहीं लिखता था, अर्से से जिसके साथ मेरा कोई वास्ता

नहीं था, उसने पूजा से ब्याह कर लेने के बाद, अचानक ही मुझे ख़त लिखा।

उसने लिखा था—दिया, तुम मेरे लिए हमेशा ही ख़ास रही हो, यह बात तुम भी जानती हो। आज तुमसे कहता हूँ, तुम बिल्कुल ठीक कहती थीं। तुम्हारे प्रति मेरे मन में जो अहसास थे, वह काफी कुछ भाई की वजह से थे।

तुमने कहा था, "जो सच है, उसे मान लो, रितु! ऋकू अब नहीं रहा। और तुमसे विवाह का ख़याल, मुझे कभी सपने में भी नहीं आया।"

हाँ, तुम प्यारे नौजवान थे। उम्र में तुमसे छः साल बड़ी थी मैं। लेकिन यह भी सच है कि उम्र का फर्क, कोई फर्क नहीं होता। उम्र में इससे भी ज्यादा फर्क होने के बावजूद, कभी-कभी पति-पत्नी सुखी होते हैं।

लेकिन मैंने तो तुम्हें, हमेशा ऋकू के भाई के तौर पर देखा था। अमित से मैंने इसलिए ब्याह किया, क्योंकि उससे, अतीत की मैं से उसका कोई वास्ता नहीं था। मैं जानती हूँ, मैं सुखी होऊँगी। देखो, सुख तो रचना-गढ़ना पड़ता है। मुझमें बहुत कम-सी महत्वाकांक्षाएँ हैं, अमित भी बेहद नम्र, शरीफ, बुद्धिमान, सहनशील और दरियादिल इंसान हैं।

मेरी बातें उसे याद रह गईं।

बाद में उसने लिखा—मैं जो चाहता था, मुझे मिल गया। मैं पूजा देसाई से विवाह करने जा रहा हूँ। गुजराती लड़की है। उसका पहला पति, इस देश में खुद तो कुछ कर नहीं पाया। पूजा काफी कर्मठ लड़की है, काफी तेजस्वी भी है। कानून की डिग्री ली है। मुसीबतज़दा लड़कियों-औरतों की काउंसलिंग करती है। उसका पति उसे तलाक देकर, यहीं अकेली छोड़ गया। उन दोनों की एक बेटी भी है।

बेटी होने के बाद, पूजा के अंदर कोई गड़बड़ी रह गई थी, इसलिए उसका ऑपरेशन करना पड़ा। अब उसे बच्चा नहीं हो सकता। लेकिन मैं जानता हूँ, मैं सुखी होऊँगा। तुम पूजा को देखोगी, तो समझ जाओगी, वह मुझे क्यों अच्छी लगी।

दिया, तुमने सच कहा था। हर किसी को अपने-अपने ढंग से ही जीना होता है। उसकी बेटी लाली को मैंने बाक़ायदा गोद ले लिया है। यहाँ कोई-कोई भारतीय, इस बात से खफा भी हैं। सुना है, मैं इनका अच्छा 'कैच' था।

तुम ठीकठाक रहना! अम्मू से तुम्हारा जो रिश्ता है, मैं उसकी श्रद्धा करता हूँ।

—रितु!

यह ख़त मिलने के बाद ही, उनका ब्याह हो गया। कुछ दिनों से उसकी कोई चिट्ठी नहीं आई। मैं भी निश्चिंत थी। वह सुखी हुआ, उसे घर मिल गया, उसे पूजा मिल गई। मुझे अच्छा लगा! मैं खुश थी! रितु सेटल हो गया था, मुझे बेहद चैन मिला!

वह तो मेरा बेहद करीबी इंसान था! ऋकू चला गया, मुझे मौसी और रितु

दे गया। अगर मौसी न होतीं, तो मैं क्या करती?

मुमकिन है, मौसी अब तक यही समझती हैं कि ऋकू और मैं...हमारा प्यार का रिश्ता था। उनका ऐसा सोचना, स्वाभाविक भी है।

असल में, मौसी और मौसा, अविभक्त कम्युनिस्ट पार्टी के लोग थे। इसी तरह, एक ही आदर्श में विश्वास करनेवाले, दो प्राणियों का विवाह हो गया। किसी ज़माने में वे दोनों इस ब्याह से खुश भी थे। लेकिन उसके बाद, वे दोनों भी पहले की तरह नहीं रहे। एक जैसा रहना, शायद बहुत मुश्किल होता है!

उस जमाने में कम्युनिस्ट पार्टी में होने का मतलब था—डटकर जंग करना! लेकिन मौसा के बापू जिन्दा थे। उन्होंने ही अपनी लब्धप्रतिष्ठ वकालत की कमाई से यह घर बनवाया था।

सन् उन्नीस सौ बीस में, भवानीपुर में, दस हज़ार रुपयों में खड़े किए गए इस मकान की कीमत, आजकल के बाजार में काफी है।

मौसा जी कॉलेज से जुड़ गए, मौसी केंद्रीय सरकार के दफ़्तर में क्लर्क हो गईं। चूँकि पार्टी में उनका पूरा-पूरा समर्थन था, इसलिए उनके बर्ताव, चलने-फिरने, बातचीत में एक तरह का मूलबोध था, ईमानदारी थी। वे दोनों ऐश-विलास से नफरत करते थे।

हालाँकि अब वे दोनों पार्टी नहीं करते थे, मगर वे दोनों किताबें वगैरह खरीदते थे, पार्टी के कागज रखते थे, ज़रूरत पड़ने पर, अभावग्रस्त कॉमरेड्स की मदद भी करते थे।

ऋकू से रितु सात साल छोटा था। दोनों ऋकुओं को अपने बचपन में यही परिवेश मिला।

वे दोनों, कुछ बड़े हुए! मौसा धीरे-धीरे कॉलेज प्रिंसिपल बन गए। गणित के प्रोफेसर थे। ढेरों किताबें भी लिखीं, काफी नाम कमाया और दौलत भी! धीरे-धीरे वे इधर-उधर भी जाने लगे, कई-कई कमेटियों के सदस्य भी हो गए, सभा-समितियों में भी शामिल होने लगे। नतीजा यह हुआ कि पहले जैसा, मिट्टी से जुड़ा मूल्यबोध नहीं रहा। छात्र-हड़ताल, शिक्षक-हड़ताल—इन सबके वे विरोधी प्रवक्ता बन बैठे।

ऋकू की नजर में, उसके बाबुम, जो कभी कम्युनिस्ट थे अचानक इस्टैब्शिमेंट बन गए।

उनमें और भी ढेर-ढेर स्तरों में सूक्ष्म बदलाव आता गया। हमारे देश में मर्द अगर कोई काम करता है, तो उसे काफी बड़ा करके देखा जाता है। उस जमाने में कम्युनिस्ट लोग भी, घर-गृहस्थी, संतान वगैरह की जिम्मेदारी औरतें भी निभा सकती हैं, इस बारे में एकमत थे।

नीलिमा ने भी ऐसा क्या किया? बस, दफ़्तर आती-जाती रही। काम जैसा काम तो ऋतेन्द्र करता है—अक्सर लोग यही कहते थे।

मौसी जो किसी जमाने में, दराज आवाज़ में तत्कालीन गण-नाटकों के गीत गाती थीं, छात्र संगठन की कर्मठ और कुशल कर्मचारी थीं, खूबसूरत पोस्टर आँकती हैं—उनका यह सारा परिचय मिट गया। हाँ, उनके पति ज़रूर सफल और प्रतिष्ठित इंसान थे! लेकिन आज भी इस देश में हर सफल मर्द के पीछे, कोई न कोई औरत ज़रूर होती है। जो समय और सेवा देकर, अपने पति को घर-गृहस्थी की जिम्मेदारी से मुक्त रखती है और पति की सफलता की राह संभव करती है। अधिकांश औरतों की नजर में यह कोई अन्याय भी नहीं है।

लेकिन मौसी थी उनकी कॉमरेड! लेकिन विवाह के बाद, एक जन तो कॉमरेड रहा, मगर दूसरी सिर्फ औरत बन गई। बाद में, वे शिक्षा जगत की राजनीति में एक क्षमतावान कॉमरेड बन गए, जो सबसे ज़्यादा अपने को प्यार करते थे।

मौसी को तभी अपने पति की सीमाबद्धता का अहसास हो गया। अब उन्हें अपने कामकाज में ही राहत मिलती थी। वे ब्रिटिश काउंसिल की मेंबर बन गईं, खूब किताबें पढ़ा करती थीं, अपने बेटों में मगन रहती थीं।

मौसा जी अब जैसे विग्रह बन गए। भोर के वक्त कविराजी दवा, उसके बाद हल्की चाय-बिस्कुट! नाश्ते में काटापोना मछली की तरी और दही खाकर कॉलेज जाना, रात को गोश्त का सूप और रोटी! धुले-धुलाए कपड़े-लत्ते, चमचमाते काबुली जूते। जब वे घर में दाखिल होते थे, बच्चों की बातों पर भी झुंझला उठते थे—यह थी उनकी जीवनचर्या!

अपने आभिजात्य स्वभाव के मुताबिक मौसी ने अपने को हटाकर ओट में कर लिया। लेकिन उन दिनों भी उन्हें मौसा पर तरस नहीं आता था। वे उन पर करुणा नहीं करती थीं।

मौसा जब अपने कार्य-जीवन में बेहद सार्थक हो उठे, उन्हीं दिनों वे मौसी के भइया-भाभी के साथ धर्म में भी सिर खपाने लगे। धीरे-धीरे संस्कार, शास्त्रीय नियम, विधि-विधान के प्रति उनका असीम अनुराग नजर आने लगा।

मौसी बस, इसे ही कबूल नहीं कर सकीं। उनका ख्याल था, एक बार जिसे मानने से इंकार कर दिया, उस बारे में अपनी राय बदलने में कोई तुक नहीं है।

लेकिन उन्होंने अपनी राय किसी पर थोपी नहीं! वे किसी के भी विश्वास का अपमान नहीं करती थीं।

ऋकू को अपने बाबुम का स्नेह या साथ कभी नहीं मिला। मौसी ने उसे और रितु, दोनों को ही पूर्णतः आजाद ख़यालों के साथ बड़ा होने दिया।

दफ्तर की छुट्टियाँ जमा करके वे बच्चों को लेकर बाहर चल देतीं। कितनी ही बार, वे घटमाटी जाकर, जवा मासी के साथ भी रह आती थीं। ऋकू ही बताता था कि अम्मू का कहना है, देखो, कितने ही लोगों को खाना नसीब नहीं होता। क्या खाते हैं बेचारे! देखो, मेरी उम्र के कितने ही बच्चे गाय चराते हैं, काम करते हैं।

उन लोगों को किसी दिन गाँव के स्कूल में भी जाने का मौका नहीं मिला।

मौसी ने ही उन दोनों को वीघा का समुद्र, झाड़ग्राम का शालवन, पुरी, कोणार्क, भुवनेश्वर वगैरह दिखाया। उन्होंने अपने बेटों को कीमती जूते नहीं पहनाए, मगर किताबें खरीदती रहीं।

ऋकू मेरे भइया, सोम का दोस्त था! ऋकू के दो दिनों बाद ही, भइया का भी कत्ल हो गया। मैं उन लोगों के कामकाज में हाथ बँटाती, यह तो निहायत स्वाभाविक था।

भइया या ऋकू या कुन्तला'दी मुझे खबर दे देने की हिदायतें देते, मैं खबर दे आती थी! रात जाग-जागकर मैं पोस्टर लिखा करती थी। मैं उन लोगों की तरह समझदार तो नहीं थी, लेकिन मुझे पक्का विश्वास था कि इस किस्म की नई कम्युनिस्ट पार्टी की बेहद ज़रूरत थी।

भइया और ऋकू जब नॉर्थ बंगाल चले गए, मेरा काम और बढ़ गया था। कोई रुपए सौंप जाता था, मुझे कहीं पहुँचा देने होते थे। किताबें, कागज, कितना कुछ! मुझे हमेशा ही ऐसा लगता था कि हमारे सपनों का विप्लव, बस, आने वाला है। मैं पार्टी के कागज वगैरह पढ़ा करती थी, पार्टी के लड़के-लड़कियाँ मुझे बेहद अपने लगते थे।

ऋकू तो जाने कितने-कितने दिनों हमारे घर में ही रहा था। हम दोनों कितनी गपशप किया करते थे।

हम ब्याह करेंगे, गृहस्थी बसाएँगे—इस किस्म की बातें हममें कभी नहीं हुईं, हालाँकि मुझे मालूम था कि ऋकू और मैं, एक-दूसरे पर भरोसा करते हैं। मैं उसे शायद प्यार भी करने लगी थी।

चूँकि भइया और ऋकू बचपन के दोस्त थे, इसलिए हमारा काफी आना-जाना था। हमारे घर की मालकिन थीं—हमारी सौतेली माँ और उनके भाई! सौतेली माँ के बेटे, पुरुलिया के रामकृष्ण मिशन में, हॉस्टल में रहकर पढ़ा करते थे। बापू की फर्नीचर की दुकान थी, कालीघाट में तीन-तीन मकान! मेरे काका भी थे। उन्होंने कहा था—दिया बुद्धिमती है, उसे पढ़ने दें।

इस काका ने, काकी की मौत के बाद, दूसरी शादी नहीं की।

घर में उनका हंडिया-चौका अलग था। अपनी सौतेली माँ को हम रेणु माँ पुकारते थे। रेणु माँ को उम्मीद थी कि काका के दोनों घर और मैकनील बेरी में नौकरी के रुपए पैसे हमें ही मिलेंगे।

काका समझ गए थे, भइया किस काम में जुटे हैं। वे भइया को बेहद प्यार करते थे। हमारा खर्चा-पानी काका ही वहन करते थे। ऋकू भी काफी दिनों उनके यहाँ रहा था। हम अपने कागज-पत्तर, किताबें भी, काका की मदद से, तीसरी मंजिल की गौरी'दी के घर में छिपा रखते थे।

भइया की मौत के बाद, काका ने गौरी'दी से ब्याह कर लिया और घर में अपना हिस्सा, मेरे नाम लिखकर, यहाँ से चले गए। ऋकू से मैंने प्यार नहीं किया था। प्यार, हम नहीं करते थे। लेकिन हम दोनों के बीच समझौता बिल्कुल सच्चा था।

इसीलिए, ऋकू और भइया की मौत के बाद, पुलिस ने जब मुझे गिरफ्तार किया, उसे उम्मीद थी कि वह मेरे जरिए, काफी कुछ सुराग पा सकेगी।

पुलिस की हिफाजत में, मेरी स्वीकारोक्ति वसूल करने के लिए, मुझ पर जो बीती, उसका बयान क्या करूँ? सन् इकहत्तर से जेल में क़ैद रही, चौहत्तर में बुखार और खूनी-आंव की शिकार होकर, अस्पताल पहुँच गई। उस वक्त काका और मौसी, मुझे कैसे उस क़ैद से छुड़ा लाए, वही जानें।

मेरे बापू या काका के लिए, मुझे अपने यहाँ रखने में जो परेशानी और असुविधा थी, (काका के घर में जगह नहीं थी, बापू के मन में जगह नहीं थी) मौसी, उस बहस में ही नहीं गईं। वह मुझे सीधे अपने पास ले आईं। उन तीन सालों में रितु सत्रह साल का हो चुका था, उसका कद भी लंबा हो गया था। वह मेरे लिए किताबें लाता, रिकॉर्ड सुनाता।

उन दिनों मौसा मुझसे बिल्कुल बात नहीं करते थे। हाँ, उन्होंने मौसी से यह ज़रूर कहा, "अब, उसकी वजह से घर में पुलिस आए और क्या?"

"आती है, तो आए! ऋकू ही तो पुलिस को यह घर दिखा गया है।"

"ग़लत किया था उसने। अपनी ग़लती की वजह से ही, वह जान से गया।"

"जिस लड़की ने ऋकू के कागज-पत्तर छिपाए रखने के जुर्म में, पुलिस का इतना-इतना अत्याचार सहा, उसे मैं शरण नहीं दूँगी तो और कौन देगा?"

"उसके माँ-बाप ने उसे क्यों नहीं रखा?"

"डरते हैं!"

"सिर्फ तुम्हें ही डर-भय नहीं है। मैं, रितु..."

"तुम समाज के प्रतिष्ठित मानस हो। तुम जो नक्सल-विरोधी हो, यह सभी जानते हैं, विजित भी जानता है। रितु इस मामले में पड़ता ही नहीं है। मैं सरकारी दफ्तर में नौकरी करती हूँ। अनगिनत मृतक, लापता, कैदी लड़कों के माँ-बाप, भाई-बहन, बीवी, जिस भी नौकरी में, जो भी काम करते थे—सब बहाल हैं।"

"और घर?"

"यह घर तुम्हारा अकेले का नहीं है। बाबू जी इसका आधा, मुझे भी थमा गए थे, जब तुम पर ऑक्सफोर्ड या ससेक्स जाने का भूत सवार था, यह उस वक्त की बात है।"

सुना है, मौसा के बाप ने कहा था, "जो लड़का अपने बूढ़े बाप, नौ साल और दो साल के बच्चे को, बीवी के कंधों पर फेंककर जाने की बात करता है, वह..."

मौसी ने उन्हें तसल्ली दी थी, "असल में मौका मिला है, इसीलिए सोच रहे हैं, लेकिन चले जाएँगे, ऐसा नहीं लगता।"

"मैं अपनी वसीयत बदल दूँगा।"

"नहीं, बाबू जी, मुझ पर इतना वजन मत लादिए।"

"तुम्हारे लिए नहीं, बहू अपने पोतों के लिए..."

बहरहाल, मौसा विदेश नहीं गए, मगर पिता के प्रति उनके मन में ढेर-ढेर अभिमान बैठ गया।

जब मेरे रहने को लेकर, इतनी-इतनी बातें हो रही थीं, मौसी मुझे तसल्ली देती रहीं।

"तू बिल्कुल चिंता मत कर! बस, इम्तहान दे डाल और अपने पैरों पर खड़ी हो जा। लड़कियाँ अगर स्वावलंबी और आत्मनिर्भर न हों, तो बेहद असहाय होती हैं।"

सन् पचहत्तर से सतहत्तर में जवा मौसी के यहाँ रही। पुलिस मुझे वहाँ भी खोजती रही और कलकत्ता में भी! घटमाटी में, जवा मौसी के शिशु रक्षणागार में, मैं बच्चों की देखभाल करती, उन लोगों को खिलाती-पिलाती, दवा वगैरह देती। उन्हीं दिनों मैंने जवा मौसी को भी पहचाना।

बहरहाल, महिला और शिशु-आश्रम में कामकाज चलता रहा, साथ ही और भी सैकड़ों तरह के काम जारी थे। जवा मौसी ये सारे काम मुझ पर टिकाकर, परम निश्चिंत हो गईं।

"दिया, नूरपुर से आयशा लोग आई हैं। मुहल्ले में किस की तो गाय चोरी हो गई है। यह ज़रूर मुसलमानों की करतूत है, यह शोर उठाते हुए कोई उसकी बकरियाँ उठा ले गया है। थाने में जबर्दस्त-सी शिकायत लिख दे..."

"ये लोग आदिवासी हैं। रानीडांगा आदिवासी महिला हॉस्टल में सीट मौजूद है, फिर भी इनकी लड़कियों को जगह नहीं दे रहे हैं। एक पत्र तो लिख दे..."

ऐसे ही सैकड़ों काम चलते रहते थे। मैं कार्बन में खत लिख देती थी, ताकि उनकी कॉपी अपने पास रहे। जवा मौसी दस्तखत कर देती थीं।

वे लड़कियों पर खूब जोर डालती थीं, "पढ़ना-लिखना सीखो, अपने नाम से दस्तखत करना तो जान ही लो। मूरख बने रहने से भला चलेगा?"

वे लड़कियाँ कहती थीं, "लिखना-पढ़ना सीखने से औरत विधवा हो जाती है।"

"अच्छा? इतनी सारी औरतें टीचर हैं, डॉक्टर हैं, विधवा कौन है?"

"तुम्हारे घर में नहीं होतीं, हमारे घर में होती हैं।"

"नहीं होतीं, जी, हरगिज नहीं होतीं।"

सिर्फ बातों से काम नहीं बना। आखिरकार, रानीडांगा में जब शेफाली माइती

और पद्मा माइती इम्तहान पास कर गईं, उन दोनों का ब्याह हो गया। उन्होंने स्कूल में नौकरी कर ली, तब जाकर, वे औरतों और लड़कियों को थोड़ा-बहुत समझा पाईं। जवा मौसी परम खुश!

"अब जो औरतें, अपना-अपना बच्चा लेने आएँगी, तो मैं उन्हें रोक लूँगी। घंटा-आध घंटा रहकर, जरा मुरमुरे-लड्डू खाएँ और थोड़ा लिखना-पढ़ना करें।"

'साक्षरता मनुष्य का हक़ है' वगैरह की डुगडुगी पीटना, और करोड़ों-करोड़ रुपए लगाकर, सरकारी कार्यसूची के ऐलान से, काफी-काफी पहले, मेदिनीपुर की आदि कम्युनिस्ट पार्टी के प्रताप मित्र की बीवी—कॉमरेड जवा मित्र ने ('कॉमरेड' कहनेवाले लोग अब नहीं रहे) बेहद कम खर्च में नारी साक्षरता अभियान शुरू कर दिया।

इन्वेस्टमेंट? मुरमुरे, गुड़, प्याज, मिर्च, वर्ण-परिचय, भाग एक और स्लेट-पेंसिल!

यह ख़र्च उन्होंने चंदा माँगकर उठा लिया। चूँकि उन्हें ग्राम-सेवा के लिए 'पद्मश्री' मिल गया, इसलिए उन्हें अपने कामकाज में सुविधा हुई। बाद में, 'खादी एंड विलेज इंडस्ट्रीज़ बोर्ड' ने उन्हें खर्च देना शुरू कर दिया।

जवा मौसी कहा करती थीं कि मैं वहीं रुक जाऊँ। कभी ऋकू भी यहाँ हफ़्ते भर रह चुका था।

"ठीक है, मैं यहीं रह जाऊँगी।"

"ना, दिया, ना अभी तुम कुल बाईस या तेईस की हो। अपना कैरियर बनाओ, कमाओ-खाओ, अपने पैरों पर खड़ी होओ।"

"यहाँ मैं काम नहीं कर रही?"

"ये सारे काम सविता, अमली—उन्हीं औरतों को सीखने होंगे। वे लोग ही रह जाएँगी, वे ही सीख-पढ़ लें।"

रितु? रितु? ये सारी बातें मैंने तुम्हें बताई थीं।

एक दिन तुम ही तो कागज-पत्तर लिए-दिए आ खड़े हुए थे। किताब वगैरह भी ले आए थे।

"यह फॉर्म भर दो, दिया!"

"दिया?"

"बड़ा हो चुका हूँ मैं, अब 'दीदी' बुलाना संभव नहीं है।"

"यह कैसा फॉर्म है?"

"अरे भई, बी. ए. का इम्तहान देना है या नहीं? चलो, पास-कोर्स ही दे डालो या स्पेशल ऑनर्स लोगी? वैसे स्पेशल ऑनर्स का कोई मोल नहीं है। जो भी चुनो, परीक्षा दे डालो।"

उस बार तुम दो दिन रुके थे। तुम ऋकू के बारे में ढेर-ढेर बातें जानना चाहते थे। मैं क्या बताती तुम्हें?

ऋकू और मैंने अलग-अलग कहानियाँ तो शुरू नहीं की थीं। ऋकू को तो कभी ज़रा आराम करते भी नहीं देखा। हर बार, वह यही कहता था—अभी नहीं! अभी नहीं ।

अभी नहीं, तो कब?

वह वक़्त तो कभी नहीं आया।

जब भी वह ऋकू का जिक्र छेड़ता, मैं कहती थी, "बताने को कुछ भी नहीं है, रितु! ऋकू...तुम्हारा भाई...क्या बताऊँ? जोर-जुल्म तो बहुत होता था न? भयंकर अत्याचार होता था! उन दिनों इमरजेंसी भी जारी थी।"

अठारह साला उम्र में ही तुम खासे लंबे, स्वस्थ और सुदर्शन हो उठे थे। ऋकू से आश्चर्यजनक हद तक मिलते-जुलते!

तुम अक्सर ही आते रहते थे। तुम डॉक्टरी पढ़ रहे थे, इतना वक़्त कहाँ से मिल जाता था तुम्हें?

जवा मौसी पूछा करती थी, "गाँव में आकर डॉक्टरी करेगा न, रितु? या दौलत कमाने चल देगा?"

"क्या कहती है? मुझे क्या टकसाल खोलनी है?"

"डॉक्टरों के पास तो टकसाल ही होती है।"

"मैं प्रॉस्थेटिस्ट बनूँगा। कृत्रिम अंगों की अभावपूर्ति करूँगा।"

"यह क्या होता है?"

"समझाता हूँ! मैं कृत्रिम हाथ-पाँव बनाऊँगा... जरा सोचो, कुन्तला'दी को अगर चलने के लिए पैर दिया जाए, मधु'दा को एक अदद सजीव दाहिना हाथ लगा दिया जाए, तो कैसा रहेगा?"

"तू वह सब बनाएगा?"

"अलबत्त! सपना है! अभी भी मेरा सपना है।"

"इस देश में इसका स्कोप कैसा है?"

"भई, मैं सपना क्यों न देखूँ?"

तुम ईषत् हँसते हुए कहते थे, "हज़ार हो, इकलौता बेटा हूँ! बाप अब मशहूर प्रोफेसर है, माँ क्लर्क! अब बेटा, पंगु-अपाहिजों को पहाड़ की चढ़ाई पार कराएगा।"

वह भी पूरा हुआ, रितु! जब तुमने सुना, अंधे लोग एवरेस्ट की चढ़ाई पर जा रहे हैं, तुमने लिखा था—इंसान सब कुछ कर सकता है।

मैं कलकत्ता गई! इम्तहान भी दे डाला। मैं मौसी के यहाँ ही ठहरी थी।

लेकिन काका ने, मेरे बापू को खूब-खूब बुरा-भला कहा, "बेटा तो चला गया, बेटी को भी खदेड़कर दम लिया? तुम कैसे इंसान हो? अपना घर होते हुए, वह ऋकू की माँ के यहाँ रहेगी?"

काका मुझे ले गए और अपना घर खोल दिया, "अपनी देखभाल तू खुद कर,

दिया! स्टोव पर खाना पकाना, खाना। परीक्षा दे डाल, नौकरी-चाकरी खोज ले।''

मैं उसी अजीब, अवास्तविक परिवेश में रही! काका दो सौ रुपए महीना, खर्च के लिए देते थे। बापू चोरों की तरह, आते-जाते थोड़ा-बहुत सौदा डाल जाते थे। कभी-कभी वे बाजार के थैले, ढोंगा भर 'छेना मुड़की' मिठाई भी थमा जाते थे। एक बार, कुछ रुपए भी थे। चूँकि मैंने रुपए लेने के बारे में एतराज नहीं किया, इसलिए वे कभी-कभार रुपए भी सौंप जाते थे।

इस अत्यन्त भीरु इंसान ने मेरी माँ से विवाह किया था। माँ के निधन के बाद, हम बच्चों के लालन-पालन के लिए, बापू की दुकान की बगलवाली फर्नीचर दुकान के मालिक ने अपनी बहन को, बापू के सिर मढ़ दिया और उसने खुद भी इसी मकान में डेरा जमा लिया।

बापू पर मुझे बेहद तरस आता था, भाई को अतिशय गुस्सा! बचपन में अगर मोती-माँ नहीं होती, तो हम लोगों का बड़ा होना ही असंभव था। अपनी सौतेली माँ के बारे में, मैं सिर्फ इतना ही कह सकती हूँ कि वे निर्बोध थीं। हमारी देखभाल वे बिल्कुल नहीं करती थीं, इसीलिए हम दोनों इतने आजाद ख्याल के साथ सयाने हुए।

मौसी के पास मैं अक्सर जाती रहती थी और तुम मेरे साथ पैदल-पैदल चलते हुए, मुझे ट्राम-रास्ते तक पहुँचा जाते थे।

इम्तहान पास करते न करते, किसी एड्वर्टाइज़मेंट कन्सर्न में, जो संक्षेप में 'कानसा' नाम से परिचित थी, वहाँ नौकरी मिल गई। वहाँ मैं कॉपीराइटर एप्रेन्टिस के तौर पर बहाल हो गई।

सरकारी नौकरी तो मिलने से रही, टीचरी मुझे पसंद नहीं थी। अचानक ख़ासी अच्छी-अच्छी बंगला कॉपी लिखने लगी। तनख्वाह के तौर पर चार सौ रुपए पाकर, मैं हतबुद्ध रह गई।

उन्हीं दिनों, मैंने अंग्रेजी सीखने और अंग्रेजी संवाद सीखने की क्लासें भी शुरू कर दीं। मैं गोल पार्क के वर्किंग वुमेन हॉस्टल में चली गई।

इस तरह कामकाज करते हुए, काम सीखते हुए, मैं परम आनंद में थी। सन् अठहत्तर में तुमने फाइनल परीक्षा दी।

एक दिन तुमने कहा, ''दिया, तुमसे कुछ ज़रूरी बात करनी है।''

''कैसी बात?''

''दफ्तर की छुट्टी कब है?''

''शनि और रवि!''

''तो शनिवार मेरे लिए रख लो।''

''मतलब?''

''तुमसे एक दिन ही तो माँग रहा हूँ।''

"करोगे क्या?"

"घूमने चलेंगे।"

हम दोनों डायमंड हार्बर घूमने निकल गए और नदी-किनारे जा खड़े हुए।

तुमने कहा, "अम्मू, भाई और मैं...यहाँ पहले भी आ चुके हैं। हिज़ हाइनेस तो कभी हमारे साथ आते नहीं थे।"

"हाँ, ऋकू उन्हें इस्टैब्लिशमेंट कहता था और तुम हिज़ हाइनेस!"

अचानक तुम पूछ बैठे, "दिया, मुझसे ब्याह करोगी?"

मैं बेतरह अचकचा गई।

"क्या कहा?"

"मुझसे ब्याह करोगी? परीक्षा मैं अच्छी तरह पास कर लूँगा, कहीं-न-कहीं नौकरी भी मिल जाएगी।"

"तुम्हें अपनी उम्र मालूम है? कुल बाईस साल!"

"और तुम्हारी अट्ठाईस! इससे क्या फर्क पड़ता है?"

"नहीं रितु, तुम सबके साथ जो खूबसूरत-सा रिश्ता है, उसे तबाह मत करो।"

"तुम क्या भाई को अभी तक नहीं भूल सकीं?"

"उनमें से, मैं किसी को भी भुला नहीं पाई। लेकिन, वह वक्त, मेरे लिए, ऋकू से प्यार करने का नहीं था। मेरे लिए, वह कोई और वक्त था।"

"जो लोग विप्लव के सपने देखते हैं, वे प्रेम-मुहब्बत के चक्कर में नहीं फँसते।"

"प्यार हमने भी नहीं किया। मुमकिन है, मन ही मन, एक-दूसरे के प्रति कहीं, कोई कमजोरी जाग उठी हो। सब तो..."

"दिया, तुम्हें मैं पिछले पाँच सालों से प्यार करता रहा हूँ। बेहद प्यार करने लगा हूँ।"

"तुम क्या इसीलिए घटमाटी पहुँचे रहते थे?"

"हाँ, दिया!"

"लेकिन, मैं...ऐसा नहीं कर सकती। थोड़ा-सा अतीत, थोड़ा-सा वर्तमान, सब आपस में गड्डमड्ड हो जाएँगे।"

"तुम क्या ब्याह करोगी ही नहीं?"

"नहीं, अगर करना ही हुआ, तो कभी कर लूँगी। पता है, मौसी मेरी बिल्कुल अपनी हैं, तुम मेरे दोस्त हो—ये सारे रिश्ते, एकबारगी गुम हो जाएँगे। अब ऐसा प्रस्ताव मत दो।"

"क्या बिल्कुल ही असंभव है?"

"बेहद असंभव?"

"चलो, ठीक है।"

तुम्हारे लिए मुझे बेहद तकलीफ हुई थी, रितु! लेकिन तुमने जो कहा, उस

बारे में राजी होना, मेरे लिए कतई संभव नहीं था। तुम भी तो असमय ही चले गए। कुछ भी कहना-सुनना नहीं हो सका!

पूजा को पाकर, तुम सुखी हुए हो, यह भी सुनने का मौका नहीं मिला।

सिर्फ वही एक दिन! उसके बाद वह बात तुमने कभी नहीं दोहराई। वह बात तुम्हारी जुबान पर फिर कभी नहीं आई। लेकिन तुम मेरी तरफ एकटक देखा करते थे। जब हमारी आँखें एक-दूसरे से मिल जाती थीं, तुम अपनी नज़रें हटा लेते थे।

आखिरकार, तुमने क्या किया?

अपनी सहपाठिन नीना से ब्याह कर लिया। नीना के पापा भी डॉक्टर थे। मैंने सुना कि वे अपनी बेटी-दामाद को अमेरिका भेजेंगे, काफी फैशनेबल क्लीनिक खोलेंगे, ढेर-ढेर रुपए आएँगे।

मौसी ने कहा, "जाने कैसा तो ब्याह किया है! सुखी होगा? वह लड़की ख़ासी फैशनेबल है? आजकल तो भाँति-भाँति की डॉक्टरी निकली है। हमेशा से सुनती आई हूँ कि एक फैशनेबल क्लिनिक खोलना, नीना का सपना है। कलकत्ता में भी एक और तबका तैयार हो रहा है, जिनके हाथों में ढेर-ढेर रुपए होंगे, जो लोग अस्पताल नहीं जाना चाहते होंगे, उनके लिए एक अदद उडलैंड या वेलेव्यू नहीं! कोई अलग किस्म का छोटी-सी, फिर भी काफी महँगी-सी जगह पर फैशनेबल क्लिनिक!"

अच्छा, रितु क्या सुखी होगा?

इस बारे में, मैं क्या कह सकती थी, रितु? डायमंड हार्बर में, मेरी-तुम्हारी जो बातचीत हुई थी, उसके वाद, कितने दिन गुज़रे थे भला? तीन-चार महीनों में ही तो तुमने ब्याह कर लिया!

नीना में कुछ कमजोरियाँ भी थीं, यह बात तुमने बाद में बताई।

तुम्हारे बाबुम बेहद खुश थे! नीना, इतने बड़े डॉक्टर की बेटी थी!

अब रितु को कुछ भी फिक्र करने की ज़रूरत नहीं।

मौसी ने कहा, "रितु से कुछ पूछो, वह सिर्फ इतना भर कहता है कि ब्याह मुझे करना ही होगा, अम्मू। लेकिन इसी उम्र में?"

तुमने कहा, "आजकल तो काफी छोटी-छोटी उम्र के लड़के-लड़कियाँ ब्याह कर रहे हैं।"

"लेकिन तू तो उस लड़की से ख़ास..."

"अब वह ज़माना नहीं रहा, अम्मू! तुम लोगों के हाथों में ढेर-ढेर समय था। हमारे हाथ में उतना समय नहीं है। दिया, कार्ड तो तुम्हारे पास जाएगा ही, लेकिन मेरी तरफ से आज ही निमंत्रण कबूल करो!"

मौसी हँस पड़ीं, "तू क्या न्यौता देगा? तेरे बाबुम तो बाकायदा निमंत्रण-पत्र छपा रहे हैं।"

"ब्याह धूमधाम से तो नहीं होगा, अम्मू!"

"अरे! रजिस्ट्री ब्याह किया, तो डॉक्टर चौधरी क्या छोड़ देंगे? वे तो और ही स्टेटस के इंसान हैं, भई!"

"पुरोहित तो नहीं आएगा न, बस्स! काफी है! बाबुम क्या सोच रहे हैं, मुझे नहीं पता और मैं सबको मुँहज़ुबानी ही न्यौता दिए दे रहा हूँ।"

तुम चले गए।

मौसी ने कहा, "ये अचानक क्यों...क्या वजह हो सकती है?"

तुमने मुझे बताया, "वक्त नहीं है, दिया! बेहद कम समय में यानी फटाफट सारा काम कर डालना होगा। जब तुम मुझसे ब्याह करने का सोच ही नहीं सकतीं, तो...हैरत है! नीना कितना खुश-खुश राजी हो गई। काफी दिनों से उसकी मुझ पर नज़र थी। अपनी गाड़ी में उसने मुझे कई बार लिफ्ट भी दी है..." वह हँस पड़ा, "उसका बाप मेरा कैरियर बना देगा! चलो, बनाने दो।"

"ठीक रहना, रितु, खुश रहना।"

"ऐसा कुछ ड्रैस्टिक...विकट नहीं किया, तो तुम मुझे हॉन्ट करोगी! तुम्हारी यादें मेरा पीछा करेंगी।"

"इससे बड़ी चोट तुम क्या दे सकते थे? मुझमें आखिर ऐसा क्या है? तुम मुझसे क्यों उम्मीद लगा बैठे, रितु?"

"असल में, तुम भाई की यादों में ही कैद होकर रह गई हो, दिया!"

"ना! ना! ना!"

अट्ठाईस साल काफी बड़ी उम्र होती है!

"मैं ठीक हूँ!"

"तुम लोगों के केस का क्या हाल है? पुलिस के खिलाफ अत्याचार का केस?"

"विजित सेन प्रमोटेड! तरक्की हो गई है उसकी!"

"होगी ही! उसकी तरक्की होनी ही थी! यह बड़ा दुःसमय है! अभी तो और ज्यादा दुर्दिन आनेवाले हैं। मैं ही डरपोक हूँ, दिया! मैं अभी भी...बस, सोच ही रहा हूँ कि मैं एडवांस्ड मोटराइज़्ड कृत्रिम हाथ-पाँव तैयार करूँगा, अपने देश के लोगों के लिए! मैं भाग रहा हूँ। मैं ऋतवाक् नहीं हूँ! नहीं हूँ मैं ऋत्वाक्! मौत की परवाह न करना, साहस का काम है, लेकिन जीना...जिए जाना, और भी ज्यादा साहस का काम है।"

"वह भी...मरना नहीं चाहता था, उसे मार डाला गया।"

"हाँ, तुम्हारे भाई! मेरे भाई!...इसीलिए तो मैंने सोचा...चलो! आना ज़रूर!"

नीना और तुम्हारे विवाह के मौके पर, उन लोगों की कोठी में 'ग्रैंड रिसेप्शन' ...शानदार पार्टी हुई! तुन लोगों के घर में धूमधाम! खाना-पीना! क्या नहीं हुआ!

नीना, किसी ज्वेलर की विज्ञापन लग रही थी। तुम्हारे बाबुम भी परम गर्वित! परम आनन्दित! उस दिन मौसी भी काफी खुश नजर आ रही थीं।

मौसी ने कहा, "बगलवाले पड़ोसी की छत मिल गई, सड़क पर भी छादन डाल दी! इसकी जगह, कोई मकान किराए पर ले लेते, झमेला खत्म होता। लेकिन रितु ने ऐसा करने ही नहीं दिया।"

"सब कुछ ठीकठाक ही तो हो रहा है।"

"रितु को नहीं देखा? वह तो मानो इन सबमें होकर भी न हो। पता नहीं क्या होगा! कुछेक साल ब्याह न करता, तो क्या हो जाता?"

"नीना बेहद खूबसूरत है! जोड़ी बेहद प्यारी है।"

"बिल्कुल हमउम्र!"

रितु, तुम्हारी और नीना की कितनी-कितनी बातें, आज वाकई सच हो गईं!

हमउम्र, जवान लड़के-लड़की ने सचमुच ब्याह कर लिया और बिल्कुल हिंदी फिल्मों की तरह, फिल्मी शादी!

अमीर, दौलतमंद लोगों से लेकर मध्यवित्त तक, सभी ने अस्पताल में इलाज कराना छोड़ दिया! असप्ताल का भी अधःपतन! इंसान, छोटी जगह ही सही, महँगी जगह की तरफ दौड़ पड़ा।

नीना का 'बेस्ट केयर' क्लिनिक-कम-नर्सिंग होम, इतने धड़ल्ले सें चल पड़ा कि नीना ने डॉक्टरी ही छोड़ दी। डॉक्टर नीना चौधरी, अब बिजनेस देखने लगी। तुमने कहा था, यह बड़ा दुःसमय है। अभी और बदतर दुर्दिन आने वाले हैं!

हाँ, रितु आ गया, विकराल दुःसमय आ पहुँचा! भयंकर दुर्दिन का वक़्त! आम इंसानों की बात कोई नहीं सोचता! ऋकू जैसे अनगिनत नौजवानों का आत्मदान, इतना-इतना आंदोलन, सारा कुछ विफल करने के लिए, शासनतंत्र की कैसी जी-तोड़ कोशिश! विजित सेन के नाम केस! दीवारों पर लिखा गया, अख़बारों में लिखा गया, क्या-क्या कुछ हुआ! कितना-कितना कुछ हुआ! उसकी दिनोंदिन तरक्की होते-होते ...तरक्की होते-हाते...

विवाह के महीने भर बाद ही, नीना अपने मायके चली गई। तुमने डॉक्टर त्रिवेदी को ज्वाइन कर लिया। वे केंद्रीय सरकारी संस्था में लोगों के लिए प्रॉसथेमिक लिम्ब सप्लाई करते थे। नीना और नीना के पापा किस कदर भड़क गए थे।

उन दिनों मैं तुम्हारे यहाँ कम आया करती थी। मैं समझ गई थी, तुम सुखी नहीं हो सके! मौसी का दुःख भी मुझे समझ में आ गया था।

उसके बाद, खबर मिली, सब कुछ ठीक ठाक हो गया है। तुम और नीना ...दोनों ने दिल्ली में 'रोज़मेरी' नर्सिंगहोम-कम-क्लिनिक ज्वाइन किया है। मोटी तनख्वाह! खूबसूरत फ्लैट, गाड़ी वगैरह-वगैरह!

तुम्हारे श्वसुर की संस्था!

तुमने कहा, "नीना का तो कोई कसूर नहीं है, दिया! उसे एक मौका दे रहा हूँ। तुम्हें पता है न, यह सब किसने किया?"

"तुम्हारे श्वसुर ने?"

"हाय, दिया! वह इंसान नहीं, सुपरमैन हैं। उन लोगों के गुरु हैं—पूर्णानंद भारती! अलीपुर और न्यू अलीपुर के ढेरों अमीर बंगाली उनके भक्त-शिष्य मौजूद हैं। गुरुदेव का मंदिर और अनगिनत शिष्यों की संख्या दिल्ली में ज्यादा है। उन्होंने ही अपने एक शिष्य के नाकारा दामाद और दुःखिनी राजकन्या का बोझ किसी और शिष्य की गर्दन पर लाद दिया।"

"यह तुम क्या कह रहे हो, रितु?"

"तुमने कहा नहीं था, दुर्दिन आ रहा है! समूचे देश भर में गुरुवाद, सुपरमैन, सुपर वुमैन...इनकी संख्या किस कदर बढ़ गई है, देख नहीं रही हो?"

"लेकिन, तुम..."

"कलकत्ते में रह नहीं सकता, दिया। नीना को भी एक चांस देकर, देखूँ।"

"हाँ, ठीक!"

"लेकिन, मुश्किल है! वह बेहद बिगड़ैल, भयंकर जिद्दी, बहुत ज्यादा रुपए-पैसे पहचाननेवाली! उसने सोचा था कि वह किसी मिट्टी के माधो से ब्याह कर रही है, उसे नए सिरे से रच-गढ़ लेगी।"

"ग़लती तो तुम्हारी ही है, रितु!"

"क्या होता, अगर तुम मेरी बात मान लेती?"

मैं रो पड़ी थी! रितु, तुम कमरे से बाहर चले गए। उसी वक्त गुच्छा भर गेंदा फूल खरीदकर लौट आए।

"सॉरी, दिया और कोई फूल नहीं मिला।"

"यह क्या?"

"फूल है! शांति-प्रस्ताव! आँसू पोंछ लो! हाँ, अब ठीक है, लक्ष्मी-मुनिया!"

उसने मेरे माथे पर हाथ रखकर कहा, "तुम बिल्कुल फिक्र न करो। मैं ठीक रहूँगा! बस, तुम जरा अम्मू के पास जाती-आती रहना! मैं तुम्हें खत लिखता रहूँगा। वेरी फ्रेंडली खत! अब तो हँस दो, दिया!"

मैं सचमुच हँसी थी!

मौसी क्या थोड़ा-बहुत समझ गई थीं? उन्होंने क्यों कहा, "तुम ब्याह कर लो, दिया! उम्र बढ़ रही है! रितु भी चला गया। तुम्हारे माँ-बाप भी अब काफी सहज हो आए हैं।"

"हाँ, सो तो हुए हैं।"

"तुम्हारे पिता भी निश्चिंत हो सकेंगे।"

"जी-हाँ, बापू तो कहते हैं। दरअसल, मेरी सौतेली माँ का भाई, बापू के रुपए-पैसे चुराकर, खिसक गया। सौतेली माँ के बेटे, अपने मामा पर भड़क गए हैं। अब, जब मैं वहाँ जाती हूँ, तो वे लोग भी 'दीदी', 'दीदी' कहकर करीब आ जाते हैं।"

"हॉस्टल में पढ़े-लिखे न, अलग परिवेश में।"

"छुटका लिखाई-पढ़ाई में काफी तेज़ है। बड़ा वाला उतना धारदार नहीं है, फिर भी ठीकठाक ही है।"

"सौतेली माँ?"

"मैं तो वहाँ अक्सर ही जाती रहती हूँ। उस दिन वे अचानक मेरे लिए खाना ले आईं।"

"अब ब्याह कर लो..."

"देखती हूँ..."

"एक बंदा तो तैयार बैठा है, है न?"

"आप अमित की बात कर रही हैं?"

"हाँ, दिया, काफी सालों से तुम दोनों एक साथ काम कर रहे हो। तुमने देखा है, वह कितना कर्मठ इंसान है! विज्ञापन का काम करता है, शराब नहीं पीता। कॉमर्शियल आर्टिस्ट के तौर पर काफी नाम भी कमाया है। तुम्हारी कंपनी की वह एक धरोहर है! काफी व्यवस्थित, हिसाबी, शरीफ बंदा है।"

"ज़रा सोच लूँ, मौसी!"

"सोचते हुए तो काफी दिन गुज़र गए..."

"हाँ रितु, अमित काफी दिनों से इंतजार ही कर रहा था। उसका कहना था ...तुम वक्त लो! अगर न चाहो, तो विवाह मत करो! मुझे वह भी कबूल है।"

मैंने भी सोच कर देखा, अमित ही क्या, मैं तो किसी को भी प्यार नहीं करती। तुमने मुझसे ब्याह करना चाहा, मगर विवाह-बंधन नीना से जोड़ लिया! अब ज़ोर-ज़बर्दस्ती एक समझौता किए बैठे हो—यह सब सोच-सोचकर, बेकार दुःखी होकर क्या करूँगी? मैंने विवाह कर लिया, कहीं सेटल हो गई हूँ, यह जानकर, मुमकिन है कि तुम्हारी जिन्दगी थोड़ी तो सहज हो जाए।

तुमसे विवाह करने की बात, मैंने कभी नहीं सोची, रितु! लेकिन मेरा शुरू-शुरू का स्नेह, बाद में दोस्ती, मौसी की प्यार-ममता—इस घर से आज भी तो मैं बेतरह जुड़ी हुई हूँ!

मेरी और अमित की शादी बेहद सफल रही है। दोनों ही प्राणी बालिग, तजुर्बेकार, कामकाजी हैं। हमारी महत्वाकांक्षाएँ काफी कम हैं। हमारे मूल्यबोध भी कमोबेश एक-दूसरे से मेल खाते हैं। हम दोनों ही शांतिप्रिय हैं, हम दोनों को ही निरुद्विग्न जीवन प्रिय है; रोजमर्रा के जीवन में जो-जो नियम-कानून ज़रूरी हो, हम दोनों ही पालन करते हैं।

लेकिन, कुल मिलाकर, सारा कुछ मेल कहाँ खाता है?

अमित को भारतीय शास्त्रीय संगीत प्रिय है। मुझे इसकी खास समझ नहीं है। वह क्रॉसवर्ड हल करता है, मैं नहीं करती। घर-गृहस्थी के मामले में अमित मुझसे

बहुत ज्यादा व्यवस्थित्त है।

हम दोनों सारा कामकाज मिलजुलकर करते हैं। अमित काफी हद तक मेरा हाथ बँटाता है। मौसी जब भी हमारे यहाँ जाती हैं, अक्सर कहती हैं–औरत-मर्द बराबर हैं, यह नारा तो लोग हमेशा लगाते रहे। लेकिन घर-गृहस्थी में बच्चों की देखभाल, बीमारों की सेवा, खाना पकाना, बाजार से सौदा-सुलुफ लाना–ये सारे काम हमेशा औरतों के जिम्मे ही रहा। बस, यहीं आकर देखती हूँ, यहाँ सचमुच इक्वैलिटी है...बराबर की समानता है।

अमित भी मौसी को बेहद प्यार करता है। तुम्हें भी काफी पसंद करता है। तुम यहाँ कुल एक बार ही आए थे और यहीं खाना भी खाया था।

खाने की मेज़ पर तुमने कहा था, ''बिल्कुल ऐसी ही गृहस्थी का मैंने भी सपना देखा था।''

मेरे बच्चों से तुमने पूछा था, ''ऋता और ऋक् काफी हसीन नाम हैं। किसने रखे?''

''क्यों? नानी-माँ ने!''

मैंने बताया, ''ये नाम मौसी ने दिए हैं।''

''तुम उन दोनों के लिए कैलिकुलेटर लाए थे! अमित के लिए वाकमैन; मेरे लिए एक पेंसिल टॉर्च!''

बच्चों से तुमने कहा, ''तुम लोगों की उसी नानी-माँ का बेटा हूँ मैं। लेकिन, तुम लोग मुझे 'मामा' मत कहना। मैं सिर्फ रितु हूँ।''

उस दिन हमने कितनी-कितनी बातें, कितनी गपशप की थी। मुझे कितना सुखद लगा था! तुम भी खूब-खूब हँसते रहे, अमित भी खुश था।

अमित ने कहा, ''अब, चले आइए!''

''हाँ, आना तो है, तभी तो इंतजाम में लगा हूँ।''

मैं और अमित, कुछेक इने-गिने क्लाइंट्स के साथ, छोटी-सी एड-फ़िल्म बना रहे हैं, यह सुनकर तुम किस क़दर खुश हुए थे।

तुमने ऋता और ऋक् से वादा किया था कि तुम उन्हें कैसेट भेजोगे।

तुमने वहाँ से बच्चों के लिए कैसेट, अमित और मेरे लिए तकनीकी किताबें, अमित के लिए हजार क्रॉसवर्डवाली भारी-भरकम किताब भेजी थी।

उन दिनों तुम अकेले थे।

दिल्ली में ही नीना तुम्हें छोड़कर चली आई थी। उसे तलाक वसूल करने में भी देर नहीं लगी। सुना था, तुम दोनों के रिश्ते काफी कड़वा चुके थे। नीना के पिता खुद ही जाकर अपनी बेटी को ले आए थे। रिश्ते बिगड़ने की अहम वजह थी–तुम्हारा बार-बार जयपुर जाना! जो लोग जयपुर लिंब सप्लाई करते थे, तुम अक्सर उन लोगों के साथ कैंप पर चल देते थे।

नीना ने सोचा था, शुरू-शुरू में दिल्ली चले गए, तो तुम्हारी विषम-बुद्धि खुल जाएगी। उसके बाद। तुम दोनों कलकत्ता लौट आओगे और, गुरु जी की कृपा से, यहाँ अपना फैशनेबल नर्सिंग होम खोलकर, जम जाओगे। तुम्हें यह मानना ही पड़ेगा कि नीना ने तुम्हारी जिंदगी बदल डाली।

दो अदद इंसान, जिनका मूल्यबोध सुमेरु जैसा था, जिनमें फर्क कुमेरु जैसा, उनमें मेल होना बेहद मुश्किल है, रितु! काश, तुम उससे विवाह न करते!

नीना का वर्तमान पति, उसके खानदान का कोई शख्स! वह भी उसी गुरु जी का भक्त! गुरु जी के शिष्य परिवारों में विवाह हो, तो वह विवाह टिका रहता है!

तुम्हारे बाबुम क्या नाराज हुए थे?

"तलाक! ऐसे किसी ब्याह के बाद, तलाक! यह सब महज मानसिक अस्थिरता का सबूत है! रितु आखिर चाहता क्या है?" वे दहाड़ उठे।

तुमने जवाब दिया, "मेरी जिंदगी, आखिर मेरी जिंदगी है, बाबुम! स्वधर्मे निधनम् श्रेया!"

"संस्कृत बोलकर, देव भाषा का अपमान मत करो! नीना के पिता काफी..."

"काफी ऊँचे इंसान हैं, यही न?"

"वह इस घर में तो नहीं रहती थी न, बाबुम! उसे यह घर अस्तबल लगता था! अस्तबल! कितनी ही बार उसने लानतें भेजी हैं।"

मौसा ख़ामोश हो रहे थे।

नीना अपने गहने-जेवर, असबाब-पत्ता, सारा कुछ साथ ले गई थी और मौसी के दिए हुए गहने, उसने वापस लौटा दिए थे।

मौसी ने कहा भी था, "पढ़ी-लिखी लड़की, ऐसी गँवार-गंवई भी हो सकती है?"

तुमने उन्हें समझाया था, "हर औरत ऐसी नहीं होती, अम्मू! तुम क्या गँवार-गँवई हो? दिया क्या गँवई है? मेरे मामा के घर पर नजर डालो, वहाँ के प्रायः सभी लोग ...हाँ, जवा मौसी और मॉन्टी मौसी जरा हटकर है।"

"इस उम्र में, तुझे इतना दुःख मिला?"

"रिश्ते अगर सिर्फ आदत बन जाएँ, और कुछ भी न बचे, वह तो महा-भयंकर हो उठता है, अम्मू! वहाँ तक पहुँचकर, मुझे जीने की कोई चाह नहीं थी। इस स्थिति में, रिश्ते गौण हो जाते हैं, और और बातें बड़ी हो उठती हैं। मैंने ऐसा नहीं चाहा था, अम्मू! वैसा झूठा रिश्ता..."

उसके बाद, जाने कौन-सा तो फेलोशिप जुटाकर, तुम अमेरिका चले गए। हम सबने तुम्हारी सफलता-कथा पढ़ी थी, रितु!

लेकिन फिर भी मन में तुम्हारे लिए उत्कंठा थी, फिक्र थी।

तुमने एक बार लिखा था—मेरा अपार्टमेंट काफी बड़ा है। मैंने तमाम कमरे बिल्कुल खाली-खाली रखे हैं। किसी दिन, कोई आ गई, तो वही इन कमरों को सजाएगी, वर्ना ये ऐसे ही पड़े रहेंगे। वैसे यह घर मैं काफी साफ-सुथरा रखता हूँ। अब मैं अमित से भी बेहतर खाना पकाता हूँ। कभी-कभी अपने यार-दोस्तों को दावत पर बुलाकर, उन्हें भी खिलाता-पिलाता हूँ। अकेले-अकेले भारतीय शास्त्रीय संगीत सुनता रहता हूँ। अमित ने मुझे ख़ासा प्रभावित किया है, भई! वैसे मैं अपने काम में लगा हूँ, काम कर पा रहा हूँ, यही बड़ी बात है।

तुमने एक बार मौसी को भी लिखा—अम्मू, कुन्तला'दी को अगर टिकट भेजूँ, तो वे चली आएँगी? उनके लिए नए हाथ तैयार कर देता।

कुन्तला'दी ने कहा, "चलो खत लिखकर, रितु को अवाक् कर दें, क्यों? मैं बाएँ हाथ से लिखती हूँ, कामकाज करती हूँ, यह बात तो उसे नहीं मालूम। जाने कब देखा था। उस वक्त वह कितना-सा था? लेकिन उसने याद रखा! कैसा प्यारा बच्चा है!"

मौसी ने कहा, "रहता वहाँ है, लेकिन उसका आधा प्राण, यहाँ पड़ा होता है। मेरी दीदी को घटमाटी रुपए भेजता है। मुझे लिखा था—मुहल्ले की लाइब्रेरी में, भाई के नाम से एक अलमारी दे दो, अम्मू! मुहल्ले के क्लब को थोड़े-से रुपए भेज दो। पिछली बार उन लोगों ने कहा था।"

शुनू ने कहा, "सिर्फ भाई! भाई! और भाई! अच्छा, हाँ, इस बार आपका चश्मा आर सी घोष में बनेगा।"

"अरे! हमेशा तो इसी मुहल्ले की..."

"रितु का हुक्म है।"

रितु जब सफल इंसान बन गया, तो मौसा की राय भी बदल गई। जब उसकी बातें 'स्पैन' पत्रिका में प्रकाशित हुईं, मौसा का चेहरा गर्व से चमक उठा।

रितु, खुशी तो मुझे भी होती थी। लेकिन तुम्हारे हर खत में जो शून्यता और खालीपन हाहाकार करता था, वह तो सिर्फ मैं और अमित ही समझते थे। अब मैं सिर्फ यह चाहती थी कि तुम्हें कोई मिल जाए, जो तुम्हें चैन दे, तुम्हारा खालीपन भर दे।

वह 'कोई' तुम्हारी जिन्दगी में दाखिल हुई। काफी लंबी राह तय करने के बाद, तुम्हें छाँह नसीब हुई, पनाह मिली। तुमने लिखा था—तुम पूजा को जब देखोगी, तो समझ जाओगी, मैंने उससे ब्याह क्यों किया।

पूजा को अभी तक मैंने नहीं देखा, रितु! लेकिन आज मेरी छाती दुःख से फटी जा रही है।

तुम्हारे दिल की हालत गड़बड़ करने लगी थी।

तुम उसी हालत में भागते चले आए?

तुम अपनी दौलत और सरकारी मदद से, इसी कलकत्ते के सीने पर एडवांस्ड आर्टिफिशियल लिंब, व्हील चेयर, थ्री-व्हीलर तैयार करके, सिर्फ बीस से एक सौ रुपए में, लोगों में बाँटना चाहते थे न? तुम्हारे और पूजा के सांझे स्वत्वाधिकार में? जहाँ एक सौ लड़के-लड़कियाँ काम करनेवाले थे? तुम इनको सृजन की ट्रेनिंग देने वाले थे?

तुम यहीं बस जाने वाले थे; यहीं सेटल होने वाले थे।

सही-साबुद भी हो गया; सारा काम पूरा हो गया और उसके बाद, रितु तुम ही चले गए।

ऋकू का जन्मदिन और तुम्हारा मृत्युदिन एक हो गया, रितु!

दिया ने सिर उठाया।

नीलिमा ने कहा, "दिया, पुरानी बातें मत याद करो, बिटिया! रितु सुखी हो सका था। वह सुख जीकर गया।"

"हाँ मौसी, सब कुछ पा लिया, तो ऐसे समय वह चला गया।"

"तुम रो रही हो, दिया?"

दिया ने आँसू पोंछ लिए।

"रुकिए, मैं हाथ-मुँह धो आऊँ। दो चादरें भी लेती आऊँ। आपको और जवा मौसी को ठंड लग रही होगी।"

"सारा इंतजाम उसी का है!"

"कल केया ऋकू और ऋता को भी लाएगी..."

"उन बच्चों को लाना, क्या...?"

"अलबत्! रितु उन बच्चों को प्यार करता था। वे बच्चे भी रितु को ख़त लिखा करते थे। किसी अपने की मौत हो गई, वे लोग देखेंगे नहीं? अमित भी शायद कल ही लौट आए।"

"तुम्हारा दफ्तर?"

"यहीं से चली जाऊँगी।"

"चलो, जान बची! मैं सोच रही थी, कल क्या होगा।"

"थोड़ी कॉफी बना लाऊँ!"

"कल प्रेस...लोग ही लोग..."

"केया आ जाएगी, अच्छा ही है।"

"वह भी तो जर्नलिस्ट है।"

"प्रेस से वही बात करेगी।"

"रितु का प्रोजेक्ट क्या अब खत्म हो जाएगा, दिया?"

"शुनू ही जाने, क्या लिखा है!"

"लाली अच्छी हो जाए, पूजा चली आए, तो..."

"उसने कभी पूजा की तस्वीर तक नहीं भेजी?"

"न्ना! फोन पर सिर्फ इतना ही कहता था—सरप्राइज़!" नीलिमा ने उसाँस भरी।

"ये बच्चे अपनी माँ को इस क़दर निःस्व क्यों कर गए! इतना खाली-खाली! क्यों? पहले ऋकू, बाद में रितु! रितु, अपने भाई, ऋकू पर इतनी श्रद्धा करता था, मैं तो यह भी नहीं समझ पाई।"

"वह उसे प्यार करता था, उसकी हीरोवरशिप करता था।"

"ऐसी आकस्मिक मौत! यह भी जैसे..."

"मैं कॉफी ले आऊँ, मौसी!"

जवा और नीलिमा

जवा ने पूछा, "दिया, जरा देर लेट लोगी?"

"ना! रितु के पास ज़रा बैठूँगी।"

दिया उठ गई। वह रितु के सिरहाने, कुर्सी से टिककर बैठ गई।

जवा ने धीमी आवाज़ में कहा, "लड़की बेकार ही इतनी तकलीफ पा रही है, नीली!"

"तकलीफ पा लेने दो! दर्द गुजर जाएगा।"

"हाँ, गुजर ही जाता है। मगर जिनकी उम्र कम होती है, उन्हें लगता है, यह आघात भूलेंगे कैसे?"

"दिया, हिम्मती लड़की है, दीदी! उसने दर्द ही जाना है, सुख तो, उसके हिस्से में कम ही आया। लेकिन, अमित से ब्याह के बाद, खासा चैन मिल गया उसे।"

जवा ने धीमी आवाज में ही कहा, "घटमाटी में रितु अक्सर आता-जाता रहता था...दिया के पास ही आता था!"

"जानती हूँ दीदी, सारा कुछ जानते-समझते हुए भी, खामोश रही मैं।"

"हमें, इतना ही यूँ ही खामोश रहना पड़ता है। मैंने देखा न, बीनू की बहू, रवि से खूब-खूब बतकही कर रही थी। ऋकू की मौत पर क्रिया-कर्म नहीं हुआ, इस वजह से घर में अमंगल तो होना ही था। अब अगर रितु के समय भी कुछ नहीं किया गया, तो...वगैरह-वगैरह!"

"दीदी, ऋकू का मामला तो ऐसा था कि वह इन सब पर विश्वास ही नहीं करता था। ऐसे में, अगर हम 'रिचुअल' मानते, क्रिया-कर्म करते, तो यह उसका असम्मान होता। पूजा ने बताया, रितु कहा करता था, वह भी अपने भाई की तरह अनास्थावादी है। वह सिर्फ फूल और गाना चाहता था। अब मुझे देखना होगा कि

रितु की इच्छा का अपमान न हो।"

"पूजा ने जो-जो कहा है, वही करना! सिर्फ ये लोग ही क्या...अभी कुछ दिनों पहले तक, जो लोग कम्युनिस्ट थे, जो लोग आज भी अपने कम्युनिस्ट होने का दावा करते हैं, वे ही लोग...! इन सब विश्वास, पूजा-पाठ, गुरु भक्ति, ज्योतिष वगैरह में किस कदर बढ़चढ़कर विश्वास करने लगे हैं...! उफ! कैसा संक्रामक रोग है यह!"

"बेहद हताशा होती है! लोग अपने विश्वास-भक्ति-संस्कार, दूसरों पर लादने क्यों लगते हैं?"

"रवि ऐसा क्यों हो गया?"

"बड़ी लंबी दास्तान है, दीदी!"

"तू परेशान न हो! एक बात समझ ले, ये लोग, जो रिचुअल को कसकर दबोचे हुए हैं, वह मृतक या किसी और के लिए नहीं, अपने लिए! रुपए-पैसे, ऐश्वर्य, सम्पत्ति, राजनैतिक क्षमता वगैरह का इस्तेमाल करके, सुविधा वसूल करने के लिए! जो लोग यह सब करते हैं, उनके अंदर सुरक्षा की कमी है। उनके लिए किसी सुपर पावर की शरण लेना, ज़रूरी होता है।"

"खैर, तुम आ गईं, यही..."

"कलकत्ता आई, ख़बर मिली, आती नहीं?"

"अब क्या होगा, दीदी? सब कुछ इस क़दर अवास्तविक लग रहा है! वह लड़का मेरे पास नहीं रहता था...आखिरी समय...उस दिन, ऋकू ने फोन पर, रात को आने को क्यों कहा था...आने को कहकर, वहाँ से चल भी पड़ा...पकड़ा गया ...और..."

"ऋकू और दिया क्या?"

"पता नहीं! कभी पूछा नहीं!"

"दिया बता रही थी, उसे रितु की वही बात याद आती है..."

"मैं समझ गई थी...मगर कोई बात नहीं हुई। लेकिन उसका नीना से ब्याह करना..."

"गलती की, इसीलिए तो विदेश चला गया। उसने अपना काम किया! आखिरकार, पूजा से ब्याह करके..."

"हाँ, जाने से पहले, थोड़ा तो चैन मिला उसे।"

"और क्या?...चलो, रात भी गुजरने वाली है।"

"कितना बजा?"

"तीन बजा होगा।"

दिया उठकर, उनके करीब चली आई, "मौसी, कॉफी?"

जवा ने कहा, "नहीं दिया, जरा चाय बना लाओ। ऊपर मॉन्टी और रवि भी शायद जगे हुए हैं। तुम लोग भी सारे दिन...अभी तक..."

दिया के होठों पर दर्द भरी हँसी तैर गई, "भाई और ऋकू ने कम रातों मुझे नहीं जगाया। मेरा घर तो यही है, जवा मौसी! आप...मौसी, रितु की खातिर इतना-सा भी नहीं करूँगी?"

दिया चली गई।

जाते-जाते उसने कहा, "मौसी के साथ तो रहना ही होगा। उन्हें अकेला तो छोड़ा नहीं जा सकता न?"

नीलिमा ने धीमे से जवाब दिया, "अपनी माँ को अकेली छोड़कर नहीं जा रहा है?"

"बहुत बड़ा नुकसान है यह, नीली! यह क्या जाने की उम्र है?...छोड़कर जाने का समय है?"

"सेंसिटिव इंसान ही चले जाते हैं, दीदी! अभी मैं जाने कितने दिन, कितने साल..."

"मैं तुझसे दस साल बड़ी हूँ, नीली!"

नीलिमा, ऋकू, रितु

ओ ऋकू, रितु तुम दोनों के साथ ही बात करूँ। ये सब बातें मैंने कभी नहीं कहीं! कहने का वक्त या मौका ही नहीं मिला। सुबह नींद टूटते ही याद आई, आज ऋकू का जन्मदिन है। अगर वह जिंदा होता, तो पूरे बयालीस साल का होता।

रितु ने जब फोन किया, तो मुझे लगा, ऋकू के जन्मदिन पर, हमारे पास होने के लिए ही, रितु दौड़ता हुआ आ रहा है। अब तो तुम दोनों ही मेरे पास हो, मेरे भीतर! हाँ, सिर्फ फोन बजने पर, चौंक उठूँगी।

हाँ, नीलिमा चौंक उठी थीं। सितंबर की उस भयानक सुबह, जब आसमान में शरत की नीलिमा छाई हुई थी, दिन के मुकाबले, भोर जब ज्यादा बर्फ हो आई थी, जब हवा में हरसिंगार की खुशबू घुलीमिली थी, वे चौंक उठी थीं।

ऐसी सुबह, फोन बज उठा था।

"कौन? मॉन्टी?"

"नीली'दी...आज के अख़बार में..."

"क्या बात है?"

नीलिमा ने फोन रख दिया। वे अख़बार देखने क्यों जाएँ? ऋकू ने क्यों कहा, वह आएगा? ऋकू आया क्यों नहीं? सन् अड़सठ के आखिर तक, ऋकू घर छोड़कर चला गया था। जाने से पहले उसका अपने बाबुम के साथ...

पिछले ढाई साल से जिसके बारे में सिर्फ दिया की जुबानी छुटपुट खबरें मिलती रही थीं उसने यह क्यों कहा कि वह आ रहा है?

इतने दिनों तक, उसकी जो भी खैर-खबर होती थी, उसने मुँहजुबानी ही बताई, कभी लिखकर नहीं बताई।

दिया को वे खबरें आखिर किसके जरिए मिलती थीं? उसे ये खबरें कैसे मिलती थीं? कौन देता था?

नीलिमा इस बात से अनजान नहीं थीं कि उनके घर पर पुलिस कहाँ से नजर रख रही थी।

दिया ने ही एक बार आगाह किया था—किसी पर भी भरोसा मत कीजिएगा।

वे भला किस पर अविश्वास करें? अख़बारवाला, चपरासी, बिजली-मिस्त्री, दुकानदार, पड़ोसी, पानवाला, राहगीर? आखिर किस पर अविश्वास करें?

नीलिमा तो पिछले ढाई साल से, हर रात, खाना बनाने के बारे में, मीरा की माँ को हिदायतें देती थीं। सुबह-सवेरे वे ऋकू को नींद से जगाती थीं, ऋतेन्द्र को चाय भेजती थीं, खुद भी चाय पीते हुए, अख़बार पढ़ती थीं और नहाने चली जाती थीं। वे रितु की ज़रूरतों की खोज-खबर लेतीं। उसके बाद ऋतेन्द्र के कपड़े चुनतीं, मछली का हल्का शोरबा, शुक्तो—सब ठीकठाक है या नहीं, इसकी जाँच करतीं। उसके बाद, खुद खाना खाकर, दफ़्तर के लिए निकल पड़ती थीं।

उनकी प्यासी-प्यासी निगाहें, सड़क पर, ऋकू को ढूँढ़ती फिरतीं। अपने बरामदे में बैठी-बैठी, वे मुहल्ले में पूजा की भीड़ पर निगाहें गड़ाए रहतीं। अचानक उन्हें लगता, ऋकू पैदल-पैदल पंडाल के स्टॉल की तरफ बढ़ा जा रहा है। वे उसे आवाज दें या दौड़कर नीचे उतर जाएँ?

अचानक दुकान की रोशनी, लड़के के चेहरे पर पड़ी।

नहीं, वह ऋकू नहीं था।

लेकिन ऋतेन्द्र चीख उठे थे, "नीली!"

वे लोग तो उनकी चीख सुनकर ही नीचे उतर आए थे।

नीलिमा ने तो ऋकू के ख्यालों में डूबे-डूबे, अख़बार खोला, पन्ने उलटे-पलटे! भीतर के पन्ने पर छोटी-सी खबर छपी थी। नीलिमा की निगाह उस ख़बर पर गड़ गई—"ऋकवाक् बसु उर्फ...उर्फ..."

आकाश चीरती हुई नीलिमा की चीख गूँज उठी, "ना! ऋकू, ना!"

ऋतेन्द्र दौड़ते हुए, नीचे उतर आए।

रितु भी आ पहुँचा।

विजित अपने सर से मिलने आया था। नाम छप जाने पर, वह वेरी, वेरी सॉरी था।

इसी वजह से, जब अगले दिन बड़ी-सी रिपोर्ट छपी, उसमें ऋकू का नाम

गायब था।

ऋकू! ऋकवाक्! रितु! ऋतवाक्! दिए हुए नाम में प्राचीन गंध हो, अश्रुतपूर्व नाम हो, इन सब मामलों में उस जमाने के माँ-बाप पर मानो झख सवार हो गयी थी। श्वसुर के उत्साह पर ऋकू का अन्नप्राशन हुआ। उसका जन्म, उन्नीस सौ पचास में हुआ था। वह समय कम्युनिस्ट परिवारों के लिए सुखद नहीं था। पुलिस पीछे पड़ी थी, सरकार की नजर में शक भरा हुआ! उस जमाने में कोई धंधा या रोजगार करना तक मुश्किल हो आया था। यह वही समय था, जब सौ रुपए भी काफी रुपए होते थे।

इतनी धूमधाम से अन्नप्राशन होते देखकर, नीलिमा मन ही मन शर्म से गड़ गई थी। ऋतेन्द्र के मन पर उन्हीं दिनों सह-अस्तित्व का असर छाने लगा था।

उन्होंने कहा, "भई, मैं खुद तो कुछ कर नहीं रहा। अब बापू का मन है ...अगर वे धूमधाम चाहते हैं..."

थोड़ा ठहरकर, क्षेमेन्द्र ने व्यंग्यभरी हँसी बिखेरते हुए कहा, "पार्टी के कॉमरेड लोग किस हालत के शिकार हैं, ऐसे में बेटे का अन्नप्राशन! असल में यह शरणार्थियों जैसी स्थिति है। काशीपुर में जाने कितने ही बच्चों ने दम तोड़ दिया...काकद्वीप में अभी 'तेभागा' जारी है...पार्टी के कितने ही लोग, इस वक्त अंडरग्राउंड हैं...ऐसे वक्त..."

"यह मेरी इच्छा से नहीं हो रहा है, भाई!"

उस वक्त क्षेमेन्द्र आत्मकेंद्रित, नेता इन मेकिंग थे! नेता लोग सुनते नहीं, अपनी कहे जाते हैं। क्षेमेन्द्र ने नीलिमा की बातों का जवाब नहीं दिया।

उन्होंने उपेक्षाभरी हँसी बिखरेते हुए कहा, "एक बात तो बिल्कुल सच है कि पार्टी में मध्यवित्त मानसिकता कूट-कूटकर भरी हुई है। तुम लोगों का मामला यह है...कि पार्टी के लोग भी हों और मध्यवित्त बंगाली की तरह। अंतःसारशून्य अचार-नियमों का भी पालन किया जाए।"

नीलिमा इन बातों की मार से एकबारगी फक्क रह गईं।

उन्होंने थोड़ा ठहरकर कहा, "मैंने हजार बार कहा, मेरी बातों की यहाँ कोई कीमत नहीं है। ऋकू के दादा अपने खर्च पर यह सब कर रहे हैं।"

"इसलिए क्या बातों और जीवनचर्या में कहीं, कोई मेल नहीं रहेगा?"

"तुमने भी तो घर में कदम रखते ही, महीन धोती-कुर्ता पहना? ऑरेंज पीको चाय की चुस्कियाँ ले रहे हो! ज्ञान बाबू ने कहा नहीं था कि क्षेमेन्द्र के घर में घंटी बजाकर दाखिल होना चाहिए? दूसरों को छोटा क्यों करती हो? दूसरों को छोटा किए बिना, खुद बड़ा नहीं हुआ जाता?"

"एक अदद हिस्टीरिकल...पागल औरत के संग..."

"वह तुम्हारी बहन है! अब और नहीं, भाई साहब! हम सब तुम्हारी श्रद्धा

करते हैं..."

अब वे अपने श्वसुर से मुखातिब हुईं, "इस वक्त पार्टी-फंड में भी तो कुछ रुपए दिए जा सकते हैं!"

"मैं तो पार्टी-मेम्बर नहीं हूँ, बहूरानी! रवि और तुम्हारा आदर्शवाद अच्छा है। लेकिन किसी जमाने में, स्वदेशी आंदोलन मैं भी करता था। लेकिन बाद में, मुझे अहसास हुआ कि रोज़गार करना होगा, अपने पैरों पर खड़ा होना होगा। तुम लोग भी किसी दिन खुद रोज़गार करना और सब दे डालना, मैं टाँग अड़ाने नहीं आऊँगा।"

हाँ, तो ऋकू का अन्नप्राशन हुआ! सारा घर रोशनी से जगमगा उठा! धूमधाम से जश्न मनाया गया! लोग-बाग को खाना खिलाया गया।

श्वसुर जी ने कहा था, "उन दिनों रवि तीन साल का था। मेरी उम्र सत्ताईस साल थी। उसकी माँ चली गई। मेरे बाप ने कहा—दूसरा ब्याह कर लो, बेटे की देखभाल कौन करेगा? लेकिन मुझे ही भरोसा नहीं हुआ। अगर कहीं बेटे की उपेक्षा हुई? उसी रवि का एक दिन ब्याह हो गया, ऋकू उसका बेटा है! सब लोग उसे आशीर्वाद दें कि वह खानदान का नाम रौशन करे।"

ऋकू की मौत के बाद, विजित ने ऋकू के बाबुम से कहा, "कैसे आला खानदान का लड़का! उसे क्या यूँ जाना चाहिए था? सैड! वेरी सैड!"

रितु ने जब कहा कि उसके वर्कशॉप और क्लिनिक का नाम, ऋकू के नाम पर होगा, तो ऋतेन्द्र को खुशी नहीं हुई थी।

उन्होंने कहा भी, "अपने दादा के नाम पर..."

"उन्हें तो मैं पहचानता भी नहीं! ऐंड आइ एम प्राउड ऑफ भाई! मुझे अपने भाई पर गर्व है।"

"उसकी जान तो असमय ही..."

"देखिए, अब सभी को सुरक्षा की तलाश है। सोम'दा, भाई, कुश'दा—उन लोगों ने तो अपने-अपने आदर्श पर स्थिर रहकर, अपनी जान दे दी! दि यंग मेन मस्ट मी ऑनर्ड! कमउम्र नौजवान शहीदों का हमें सम्मान करना चाहिए। उन्हीं लोगों ने सबसे ज़्यादा कीमत चुकाई है।"

नीलिमा ने कमजोर-सी हँसी बिखेरते हुए पूछा, "क्यों, तू क्या बूढ़ा हो गया है?"

"बेशक! भाई की उम्र तो इक्कीस पर ही ठहरी रहेगी। मेरी उम्र तो कितनी ज्यादा है।"

ऋकू! ऋकू! मैं आज समझ पाई हूँ कि रितु तुझे कितना प्यार करता था।

इस घर पर जब उसने पैसे खर्च करना शुरू किया, मैंने कहा भी था—"पता नहीं यह सब वह क्यों कर रहा है! रितु खुद तो यहाँ रहेगा नहीं, फिर भी..."

तेरे बाबुम ने राय दी, "बुद्धिमानी का काम कर रहा है। यहाँ घर-मकानों के

दाम दिनोंदिन आसमान छू रहे हैं। यह घर उसका है। वह इसे और कीमती बना रहा है।"

"खुद तो रहेगा नहीं, इसके बावजूद...?"

तेरे बाबुम ने ईषत् हँसकर जवाब दिया, "तुम ठहरीं सुखी जीव! घर-संपत्ति में तुम्हारी कोई दिलचस्पी नहीं है..."

"मेरी तो कोई अचल संपत्ति थी नहीं..."

"थी न! तुम्हारे गहने-जेवर थे। तुमने सारा कुछ दिया को दे दिया।"

"वे गहने मेरे थे! मुझे मायके से मिले थे।"

"आजकल के बाजार में गोल्ड..."

"उससे पहले तुमने भी तो लिए थे, जब तुम्हारी पहली किताब छप रही थी और हाँ, पार्टी फंड में भी मैंने थोड़ा-कुछ दिया है।"

"और वो...मेरे बापू का दिया हुआ बाला...?"

"मुझे वे गहने दिए नहीं गए थे, रखने को दिया गया था, यह मैंने नहीं समझा था।"

"सुनो, हर बात का मतलब अगर इस तरह..."

"खैर, छोड़ो! सुना है, तुमने तय किया है कि रात को तुम वेजीटेरियन खाना खाया करोगे?"

"हाँ 'हेल्थ इज़ वेल्थ' नामक किताब में पढ़ा, इसलिए सोचा, चलो खाकर ही देखें।"

मेरा जन्म उन्नीस सौ उन्तीस में हुआ, उनका जन्म उन्नीस सौ बीस में!

हमारा ब्याह हुआ, सन् उन्नीस सौ अड़तालीस में! उन्नीस सौ पचास में ऋकू पैदा हुआ। उन्नीस सौ बावन में, मैं नौकरी में बहाल हुई।

रितु उन्नीस सौ सत्तावन में पैदा हुआ। उसका नाम रखा गया ऋतवाक्! नहीं, रितु का कोई अन्नप्राशन नहीं हुआ। अचानक श्वसुर जी को इलहाम हुआ कि गाँव का घर-जमीन रखने में कोई सार्थकता नहीं है। वे घर बेचने के इरादे से हुगली गए हुए थे। जब वे घर बेचकर लौटे, तो बाप-बेटे में पता नहीं, क्या सलाह-मशविरा हुआ!

नीलिमा ने सुना, वसीयत बनाई जाएगी।

लेकिन मैंने कोई दिलचस्पी नहीं दिखाई। मुझे हमेशा यही लगा कि कोई बतानेवाली बात होगी, वे खुद ही बता देंगे। बाप या बेटा, मुझे तो कुछ बताते नहीं थे। बहरहाल, कम्युनिस्ट पार्टी के साथ जाना-आना मिलना तो उनके बाप ने, उन्हीं दिनों ही कम कर दिया था। उन्हीं दिनों, बड़ी आसानी से कॉलेज की नौकरी भी जुट गई।

अब ऋतेन्द्र बड़े फ़ख्र के साथ अपने यार-दोस्तों में बताने लगे, वर्किंग फैमिली

है, समझे? मेरे पिता कोर्ट जाते हैं, मैं कॉलेज, और बीवी दफ्तर करती है।

तुम दोनों को टूनी'दी ज़रूर याद होंगी। रिश्ते में वे तुम लोगों की जाने कैसी तो फूफी लगती थीं। वे विधवा हो गईं! बेटी को ब्याह दिया, जेठ-देवरों ने, उसी उम्र में, उन्हें बदनाम करके, घर से बाहर निकाल दिया। बेचारी को बेघर और निराश्रित होकर, दामाद के दरवाजे जाना पड़ा। वे लोग भी ख़ासे विरक्त हुए!

चूँकि तुम दोनों के दादा ने ही उनको ब्याह दिया था, इसलिए उन्होंने आकर, उनके पैर पकड़ लिए।

''मामा, मैं जी-तोड़ मेहनत करूँगी। दासी-बांदी की तरह रहूँगी! मुझे अपने यहाँ थोड़ी-सी शरण दे दें।''

श्वसुर साहब ने जवाब दिया, ''भई, घर तो बहूरानी चलाती है। रुको, उससे बात करता हूँ।''

उस वक्त उन्होंने 'घर बहूरानी चलाती है' सुना दिया, लेकिन मैं अच्छी तरह समझती थी, मुझे यह मकान बेचने या किराये पर देने, घर कहीं से तोड़-ताड़कर उसे बढ़ाने का कोई हक नहीं था।

ना, गृहस्थी चलाने का मुझे हक नहीं था।

मैंने कहा, ''टूनी'दी, आप सिर्फ ऋकू और रितु की देखभाल करती रहें। आप उन दोनों की बुआ हैं, दासी की तरह भला क्यों रहेंगी?''

तेरे दादा और बाबुम से किस क़दर डरती थीं! चूंकि मैं उनकी इतनी इज़्ज़त करती थी, इसलिए मुझसे भी इज़्ज़त से पेश आती थीं।

यह बात मैंने बाद में समझी कि ज़िंदगी भर वे दूसरों पर आश्रित रहीं, मामूली ही लिखी-पढ़ी थीं, उनमें आत्मविश्वास कभी जागा ही नहीं!

मैं उन्हें अच्छे कपड़े पहनाती थी, मीरा की माँ के साथ फिल्म वगैरह देखने भी भेज देती थी, सब कुछ अपने ही पैसों पर! जैसे ही मुझे तनख्वाह मिलती थी, कुछ रुपए मैं उनके हाथ पर भी रख देती थी, ''हाथ-ख़र्च के लिए रख लें।''

वे तुम दोनों की देखभाल करती थीं। ऋकू को मंटू बुलाती थीं, तुझे बापी!

उनके बेटी-दामाद, नाती-नातियों को दावत देकर, मैं अजीब फज़ीहत में पड़ गई थी।

तेरे दादा का कहना था, ''इन सबको बढ़ावा देना ठीक नहीं है! एक बार आए, तो बार-बार आ धमकेंगे।''

तेरे बाबुम ने कहा, ''एक बार पूछ तो लेतीं? टूनी'दी तुम्हारी रिश्तेदार नहीं हैं, मेरे बापू के दूर के रिश्ते की बहन की बेटी हैं।''

उन्होंने उन लोगों के साथ दो-एक औपचारिक बातचीत की। इतवार का दिन था। मैंने ही उन्हें बिठाकर खाना खिलाया। खा-पीकर, वे लोग फौरन विदा हो गए। टूनी'दी समोसे बनाने चल दीं।

इतवार के दिन, तेरे बाबुम के यार-दोस्त ब्रिज खेलने आते थे। घर के दरवाजे पर ही दुकान थी, लेकिन रमेश बाबू बाहर का खाना नहीं छूते थे।

मैंने देखा, टूनी'दी की आँखों से टप्-टप् आँसू झर रहे हैं।

"मामा या रवि, सुधीर से एक शब्द भी नहीं बोले! कितनी बेइज़्ज़ती हुई उन सबकी! अब, दामाद सेवा को बात सुनाएगा! वह तो व्यंग्यबाणों की बौछार किए रहता है।"

मेरी छाती फट गई थी। मैं टूनी'दी को कोई भी तसल्ली नहीं दे सकी। आखिर क्या कहती मैं? वे आईं और आते ही, तुम दोनों की जिम्मेदारी अपने सिर ले ली, तभी तो मैं दफ़्तर जाती रही। उम्र में वे मुझसे दस साल बड़ी थीं। लेकिन सूरत-शक्ल से वे साठ साल की नजर आती थीं।

इकहरी, छरहरी देह! गेहुँअन रंग, सिर पर कच्चे-पक्के बाल! चेहरे पर कितनी-कितनी लकीरें! आँखें बेतरह सहमी हुईं, हर वक्त माफी माँगती हुईं! महज एक साबुन या ज़रा-सा तेल, कितना सकुचाकर माँगती थीं! मानो उन्हें किसी चीज़ का अधिकार न हो।

मैं कोशिश करती थी कि उनकी ज़रूरत की चीजें, पहले से ही ला रखूँ, ताकि उन्हें माँगना न पड़े।

पता नहीं क्यों, तेरे बाबुम कुछ समझना ही नहीं चाहते थे, रितु! टूनी'दी तो सबके लिए ही यथा साध्य करती रहती थीं। टूनी'दी को पाकर, तेरे दादा, तेरे बाबुम, कितने ही तरह के खाने की फर्माइश जड़ते रहते थे। पहले, वे दोनों हमेशा, एक ही गृहस्थी में रहते-सहते रहे, जहाँ किसी औरत का नामोनिशान तक नहीं था! रसोइया, नौकर-चाकरों का घर!

टूनी'दी के आने के बाद, तेरे दादा सैकड़ों तरह के खाने की फर्माइशें करने लगे।

"वैसी तरी बना न, जैसी तेरी माँ बनाती थी!"

"सुन केले का थोड़ और चिंगड़ी पका सकती है?"

"मोचके की भुजिया, नारियल देकर..."

तेरे बाबुम की फरमाइशें शौकीन पकवान के लिए होती थीं।

"फूलगोभी और मटर का पुलाव..."

"परवल का दोरमा, टूनी'दी..."

"बैंगन का कटलेन बनाना तुम भूल गईं?"

टूनी'दी मानो धन्य हो जाती।

"अहा, मामा जैसा इंसान भला कहीं दिखाई पड़ता है? मामी के इंतकाल के बाद, मामा ने दूसरा ब्याह तक नहीं किया। हमेशा रसोइया-बावर्ची के हाथ का खाते रहे। वह तो जब तुम आईं, तब घर का रंग-रूप बदला!"

टूनी'दी को शायद यह लगता था कि मुझे नौकरी नहीं करनी चाहिए। लेकिन वे जुबान से कुछ नहीं कहती थीं।

'पूजा' के वक्त मैंने तेरे बाबुम से कहा, "टूनी'दी, उनके बेटी-दामाद और नातिनों को नए कपड़े देने हैं, लाओ, रुपए दो।"

"क्यों? उनके लिए क्यों?"

"याद करो, टूनी'दी हमारे लिए क्या नहीं करतीं। उन्हें कुछ दिया जाए, तो वे लोग भी खुश होंगे। वे भी इसी घर की सदस्य हैं! बिल्कुल अपनी!"

"मुझे यह सब बिल्कुल फिजूल लगता है! टूनी'दी अच्छी साड़ी का क्या करेंगी? तुम जरा उपयोगिता की बात भी सोच लिया करो। जिस चीज की उन्हें आदत नहीं है, उनमें वे आदतें मत डालो, नीली! तुम्हें भगवान का वास्ता! बाद में वे ही परेशानी में पड़ेंगी।"

"बाद में, परेशानी में क्यों पड़ेंगी?"

"वे क्या चिरकाल यहीं रहेंगी?"

"उनका कोई और ठिकाना नहीं है, तभी तो वे यहाँ आईं। बाद में भी वे यहीं रहेंगी।"

"खैर, देखा जाएगा। बच्चे बड़े हो जाएँ, तो..."

"तो किसी भी जगह रह सकती हैं, सिर्फ खर्च भर देने से चल जाएगा। यही न?"

मुझसे अब बर्दाश्त नहीं हो पा रहा था!

मैंने अवाक् होकर कहा, "किसी दिन मैं भी काम की नहीं रहूँगी। उस दिन क्या मुझे भी चले जाने को कहोगे?"

"नीली! यह तुम क्या बकवास कर रही हो?"

"कुछ नहीं! चलो, छोड़ो!"

"ठीक है, जो मन में आए, करो।"

ऐसी ही छोटी-मोटी बातें, मन में गहरी लकीर खींच गईं, रितु! अपने आचार-व्यवहार, जुबान और दिनचर्या में सामंजस्य रखकर चलना, कितना मुश्किल है, वह तो आजकल के कम्युनिस्ट लोगों को देखकर ही समझ में आ जाता है, वे चाहे जिस भी दल में शामिल हों, उनके जीवन में 'कम्युनिस्ट' शब्द भी जुड़ा होता है। नेताओं की चाल-चलन में उद्धत हरकतें, अंग्रेज जमाने के छोटे लाट साहब जैसी! नेत्रियाँ भी ज्यादातर ऐसी ही होती हैं! ये तमाम कम्युनिस्ट पार्टियाँ और कुछ भले हों, गरीबों की पार्टी नहीं होतीं।

उन दिनों ये बातें मुझे समझ में नहीं आई थीं। बस, तकलीफ होती थी। टूनी'दी को देखकर, मैंने समझा, इस देश की लड़कियाँ-औरतें कितनी असहाय और निरुपाय होती हैं।

वैसे टूनी'दी को यह घर छोड़कर जाना नहीं पड़ा। बिल्कुल अचानक ही तुम लोगों के दादा बीमार पड़ गए। शुरू-शुरू में डॉक्टर पकड़ नहीं सका, बाद में वह टायफाइड निकला!

उन दिनों टूनी'दी ने जिस तरह उनकी सेवा की, वह बताने की बात नहीं है। दिन और रात के वक्त, अस्पताल की आया रहती थी, लेकिन असली नर्सिंग टूनी'दी ने ही की। पूरे एक महीने, आठ दिन बाद, उन्होंने भोजन-पथ्य लिया।

बाप और बेटे, दोनों को अक्ल आ गई कि अगर टूनी-दी न होतीं, तो कितनी मुसीबत होती। मैं ही क्या कर पाती? तुम लोगों की देखभाल कौन करता?

खैर, मेरे श्वसुर जी रोगमुक्त हो गए। ठीक साल भर बाद, टूनी'दी अपने दामाद के कर्मस्थल जमालपुर चली गईं। दामाद ने पत्र लिखा—काफी दिन तकलीफ उठा ली, अब हमारे पास रहिए। आपकी बेटी की तबीयत ठीक नहीं चल रही है। नातिनें स्कूल जाने लगी हैं, इत्यादि-इत्यादि!

मैं समझ गई, ज़रूर उनकी गृहस्थी में उनकी ज़रूरत पड़ी है। इसीलिए टूनी'दी की खोज पड़ी है। उनकी गृहस्थी में अगर सच ही जगह होती, तो वे इस घर में नहीं आतीं।

लेकिन, मुझसे कुछ कहा नहीं गया। इस गृहस्थी में तो वे कोल्हू का बैल ही बनी रहीं, दिन-रात काम ही करती रहीं। मैं उन्हें 'घर की ही प्राणी' की मर्यादा देती थी, जो इस घर में पराई थीं।

मैंने उनसे कहा, "मेरे यहाँ आपकी जगह हमेशा रहेगी।"

टूनी'दी रो पड़ीं। रितु, वे तेरे जन्म के बाद, इस घर में आईं, जब वे यहाँ से गईं, तेरी उम्र आठ साल थी, ऋकू की उम्र पंद्रह!

उन्होंने कहा, "ज़िंदगी में तुमसे काफी प्यार मिला। किसी ने भी मुझे इंसान नहीं समझा। सारी उम्र लात-झाड़ू खाते-खाते ही गुज़र गई। अब ऋकू, रितु को छोड़कर मैं रहूँगी कैसे? तुम्हारी देखभाल कौन करेगा?"

मैं क्या जवाब देती, बताओ?

"सेवा शायद बीमार है। उसे स्वस्थ, सेहतमंद देखकर लौट आइएगा।"

"सुधीर का दिया अन्न, मुझसे खाया कैसे जाएगा? कभी, उसी ने मुझे बेइज़्ज़त करके निकाल बाहर किया था। लेकिन अगर मैं नहीं गई, तो...शायद सच ही सेवा बीमार है..."

ऋकू ने कहा, "बुआ, चलो मैं तुम्हें पहुँचा आता हूँ। इसी बहाने सबसे मिल भी आऊँगा और बाद में भी आता-जाता रहूँगा। खूब मजा आएगा।"

जाने से पहले जवा'दी उनसे मिलने आईं।

उन्होंने भी कहा, "टूनी, तुम उस वक्त आई थीं, जब नीली को बेहद ज़रूरत थी। मेरी भी बात सुन रखो, जब तुम्हारा मन करे, मेरे पास चली आना। वहाँ तुम्हारी

ही तरह एक और जन भी हैं, सरला'दी! बड़ी भली और प्यारी!''

टूनी'दी ने सिर हिला दिया। उनकी बेटी का ब्याह, उनके जेठ ने किया था। सुधीर काफी मिज़ाजी बंदा! उसने सेवा को काफी सताया था।

''एक बार गई, तो...नीलिमा को छोड़कर जाते हुए...''

टूनी'दी के साथ, ऋकू के जाने की ख़बर सुनकर, तेरे दादा ने कहा, ''उससे हो सकेगा?''

''खूब हो सकेगा! बड़ा हो गया है! बुआ को और कौन पहुँचाएगा! उन्हें अकेले तो नहीं भेज सकती।''

ऋकू ही उन्हें पहुँचाने गया।

उन्हें वहाँ छोड़कर, जब वह लौटा, तो गुमसुम हो रहा।

रात को उसने मुझसे कहा, ''सेवा'दी का दूल्हा कैसा अजीब आदमी है, अम्मू! स्टेशन पर लेने भी नहीं आया! कितना खोजने-भटकने के बाद, उनका घर मिला। वह ऑफिस जा चुका था। घर-खर्च के लिए पैसे भी रखकर नहीं जाता। सेवा'दी बहुत रो रही थीं। कहने लगी–माँ, तुम क्यों आईं, माँ? तुम दूर थीं, वही भला था। यहाँ जो देखोगी, सह सकोगी? मुझसे पूछा, तू आज रहेगा न, ऋकू? मैं पड़ोस के घर में कह आऊँ। इस घर में तो कुल दो ही कमरे हैं।''

''सुधीर नहीं आया?''

''शाम को आया बातचीत का तरीका कैसा अजीब!–भई, अमीरजादे हो, यहाँ का खाना निगलने में अच्छी-ख़ासी तकलीफ हुई होगी न? तुम्हारी अम्मू तो हाहाकार मचाए होंगी, बिना तनख्वाह की नौकरानी जो हाथ से फिसल गईं।''

''इश्श! ऐसी टुच्ची बातें?''

''दीदी को भी वह बेहद तकलीफ देता है। बच्चे भी बाप से थर-थर काँपते हैं। मैं तो बुआ को अपने साथ ही वापस ले आता, लेकिन बुआ खूब-खूब रोती-कलपती रहीं। उन्होंने कहा–अपनी अम्मू से कहना, सुख मेरे नसीब में नहीं है। तुम लोगों के पास ही, मैं अच्छी-भली थी। लेकिन बेटी अब बिल्कुल हाड़-हाड़, कंकाल बन गई है, उसे छोड़कर कैसे चलूँ?...मुझे बहुत बुरा लग रहा है, अम्मू!''

मैं खामोश रही!

''अच्छा, अम्मू, बुआ, दीदी, सोना और रूपा क्या हमारे यहाँ नहीं रह सकते?'' ऋकू ने कहा।

''सुधीर क्या आने देगा?'' मैंने कहा।

''बाबुम भी तो गुस्सा करेंगे न?''

''अब तू बड़ा हो जा, ऋकू! कोई नौकरी-चाकरी करके, एक बड़ा-सा घर ले लेना। अपनी बुआ और उन लोगों को अपने घर ले आना।''

''और तुम?''

"मैं भी आ जाऊँगी। पहले तू बड़ा तो हो ले!"

"पता है, जमालपुर में, मेरी उम्र के लड़के 'लेबर' हैं, मजदूरी करते हैं? जिस घर में मैं सोने गया था, वहाँ एक सन्थाल लड़का घर के सभी काम-काज करता था, कुएँ से पानी लाता था, गायों की देखरेख करता था! मुझसे भी छोटी उम्र का था! उसकी माँ पत्थर तोड़ती है।"

"इस देश में यही तो रिवाज है।"

"मुझे इतनी शर्म आ रही थी...वह बार-बार मेरी शर्ट पर एकटक नज़रें गड़ाए था।"

"तू अपनी शर्ट दे आया?"

"हाँ अम्मू, अपनी शर्ट, पैंट, बनियान—मैं दे आया। मेरे पास तो एक और सेट है न!"

मुझे पता नहीं, टूनी'दी को वहाँ जाकर कौन-कौन सी स्थिति झेलनी पड़ी। महीने-महीने मैं उन्हें तीस रुपए भेजती रही। टूनी'दी रुपए पाकर, एक पोस्टकार्ड लिख भेजती थीं। कुछेक महीनों बाद, 'पूजा' के लिए भेजे गए दो सौ रुपए, वापस लौट आए, साथ ही वहाँ के पड़ोसी, नवीनदास का एक ख़त भी मिला। उस ख़त से पता चला कि अतिशय मेहनत करते हुए, कुएँ से पानी लाते हुए, वे बीमार पड़ गईं। 'छः दिन यंत्रणा भोगते रहने के बाद, बिना दवा-दारू-इलाज के चल बसीं।' सुधीर दत्त की नौकरी चली गई, इसलिए दस दिन हुए, वे घर छोड़कर, सपरिवार कहीं चले गए। चूँकि अपना ठिकाना बताकर नहीं गए, इसलिए ठिकाना बताने में असमर्थ हूँ।

मैंने हिसाब लगाया, टूनी'दी की मौत के बाद, दो महीने उन लोगों ने रुपए लिए। मैं बेतरह उदास हो गई। उसके बाद, उन लोगों की कोई ख़बर नहीं मिली। कलकत्ते में सेवा के ससुर के यहाँ भी मैंने ख़त लिखा, लेकिन कोई जवाब नहीं आया। टूनी'दी की बेटी की परिणति भी ज़रूर उन्हीं की तरह हुई होगी। बड़े होकर ऋकू का बड़ा-सा घर लेने का मौका भी नहीं आया, टूनी'दी, सेवा और सोमा-रूपा को भी वहाँ नहीं लाया जा सका। इस घटना के दो-तीन साल बाद ही, ऋकू घर छोड़कर चला गया।

टूनी'दी के निधन के साल भर बाद ही तुम्हारे दादा भी चल बसे!

नीलिमा, ऋकू और रितु

ऋकू जब मेरे करीब था, उस वक्त भी बहुत सारी बातें कहना-बताना तो छूट ही गया। तेरे कई-कई सवाल थे, मेरे पास कई-कई जवाब थे। बेहद खुले-खुले मन से अगर बातें करते, दिन पर दिन अगर लगातार बातें करते रहते, तो शायद

तेरे सामने काफी कुछ साफ़ हो जाता, जिसका वक्त ही नहीं मिला।

जब तेरे दादा मरे, तेरे बाबुम किस कदर फूट-फूटकर रोए। वे असंभव तरीके से लगातार रोते जा रहे थे, वह दृश्यकर देखकर तू अभिभूत रह गया था।

तूने मुझसे पूछा, "बाबुम, दादा जी को बेहद प्यार करते थे न?"

"खूब! तेरी दादी काफी कम उम्र में चल बसीं। सौतेली माँ बेटे का अनादर करेगी, यह सोचकर, उन्होंने ब्याह नहीं किया। वे तेरे बाबुम को बेतरह प्यार करते थे।"

"लेकिन, दादा तो इन दिनों हमेशा बिस्तर पर ही पड़े रहते थे, लेकिन बाबुम तो उनके पास न बैठते थे, न उनके लिए रात जागते थे। वे तो आवाज़ देकर तुम्हें बुलाते थे और खुद बेख़बर सो जाते थे।"

"दिमाग का काम करते थे न! आराम ज़रूरी था..."

"और तुम क्या पैरों से काम करती थीं?"

"ख़ैर, ये सब बातें छोड़! तेरे दादा, तुम दोनों को भी बेहद प्यार करते थे।"

"तुम लोग ये सब क्या कर रही हो, अम्मू? बाबुम, दाढ़ी-मूँछ लिए, नंगे पाँव घूम रहे हैं...क्या सब खाना पका रही हो तुम!"

"तू तो रहेगा नहीं..."

"नहीं, नहीं, मैं इन सब पर विश्वास नहीं करता! झूठमूठ का ढोंग-ढकोसला मुझसे नहीं होगा। तुम ये सब क्यों कर रही हो? यूँ तो तुम पूजा-पाठ के करीब भी नहीं जाती।"

"तेरे बाबुम तो विश्वास करते हैं! मैं किसी के विश्वास पर चोट नहीं कर सकती। इन सबमें तेरे दादा भी विश्वास करते थे।"

"तुम सब...उस जमाने के कम्युनिस्ट निपट हिपोक्रेट हो! बाबुम की हिपोक्रेसी की भी हद है, तुम्हारे भाई, क्षेमेन्द्र राय को भी...तुम सबको, यूँ कम्युनिस्ट होने में कोई नुकसान नहीं होता, बल्कि फ़ायदा ही होता है..."

"ऋकू, धीरे! तेरे बाबुम सुन लेंगे।"

"सुनते हैं, तो सुन लेने दो। मैं, भइया, फूटता हूँ। यह सर्कस ख़त्म कब होगा।"

"ऋकू! सोमा बेटे! कम-से-कम मेरा ख्याल करके ही..."

"छिः, अम्मू, छिः! तुम पढ़ी-लिखी हो, नौकरी करती हो, कोई ढोंग-ढकोसला भी नहीं करतीं। लेकिन इस वक्त बाबुम के लिए...कितना खर्च कर रहे हैं बाबुम?"

तेरे बाबुम ही आगे बढ़ आए। मैं दीवाल से टिककर खड़ी थी। कभी-न-कभी बाप-बेटे का आमना-सामना होगा, यह मुझे मालूम था, मगर अभी ही हो जाएगा, यह नहीं मालूम था। तेरे बाबुम के चेहरे पर दाढ़ी-मूँछ! रूखे-सूखे बाल! बदन पर शॉल! कमर में कंबल का आसन! चेहरा-मोहरा ख़ासा उत्तेजित! वे आत्मा के अस्तित्व के बारे में चर्चा कर रहे थे।

"कितना खर्च, मतलब?"

"दादा की श्राद्ध में..."

"दस हज़ार रुपए तो होंगे ही..."

"दस हजार?"

"ये सब सवाल क्यों? जान सकता हूँ?"

"सिर्फ कौतूहलवश! क्योंकि टूनी बुआ जब यहाँ गुलामी करती थीं, तब उनके हाथ में एक भी रुपया नहीं टिकाया जाता था, न उनकी बेटी को 'पूजा' की साड़ी दी जाती थी।"

"गुलामी करती थी, मतलब? वह मेरी दीदी थी।"

"नहीं, बाबुम वह बिना तनख्वाह की नौकरानी थी। उनकी थोड़ी-बहुत देखरेख, बस अम्मू ही करती थीं। जब मेरे दोस्त, तीर्थ का किडनी ट्रांसप्लांट हुआ। तुमने कहा, चैरिटी माँगकर कोई काम नहीं किया जाता। इसी मुहल्ले में, जाने कितनी बार, हम सबने चंदा उठाकर, मृतक का दाह-संस्कार किया, तुमसे दो रुपए से ज्यादा कभी कुछ देते नहीं बना! श्राद्ध में दस हज़ार, बाबुम? चार हजार रुपयों के लिए मीरा का ब्याह नहीं हो रहा था, मीरा की माँ तो यहीं, इसी घर में ही रहती है न? सच्ची..."

तेरे बाबुम हुंकार उठे!

"ऋकू, अभी भी तुम नाबालिग हो!"

"चंद अश्लील ब्राह्मण जो-जो कह रहे हैं, तुम..."

"मत भूलो, ये बापू के ही रुपए हैं।"

"इसीलिए यह सब कर रहे हो? फिजूल का झूठा ढोंग?"

"इसके अलावा, तुम अभी भी..."

"ऐंड अपने को कम्युनिस्ट कहते हो? भाषण झाड़ते फिरते हो? फैसला सुनाते फिरते हो?"

"तुम मेरे घर में रहते हो! मेरे ही पिता के श्राद्ध में..."

"कहो, कहो, कहो न, यह सब तुम उनकी आत्मा की शांति के लिए कर रहे हो?"

"मेरी जो खुशी, मैं करूँगा। जब मैं मर जाऊँ, तब तुम..."

ऋकू! ऋकू!

तूने उँगली उठाकर कहा, "तुम? तुम अभी सौ साल ज़िंदा रहोगे। रोज योगासन करते हो! बारहों महीने संतरे का रस पीते हो...खैर, मैं चला। तुम्हारा घर है, अपने घर में मजे से सर्कस करो! हिपोक्रेट!"

मैंने बमुश्किल कहा, "ऋकू! चुप कर!"

तेरे बाबुम ने कहा, "देखा? क्या बेटा तैयार किया है! उसमें कोई सेंटिमेंट

का नाम-गंध तक नहीं है।"

मेरी बात कौन सुनता?

तू दनदनाता हुआ नीचे उतर गया।

मैंने कहा, "यह तुम्हारा घर है, यह नारा मैंने बहुत सुन लिया। अब बेटे को भी सुनाना मत शुरू करो!"

तेरे बाबुम ऐसा मौका छोड़ने वाले नहीं थे। लेकिन उसी वक्त भाभी और भइया आ गए।

भाभी ने पूछा, "ऋकू यूँ हनहनाता हुआ कहाँ चल दिया?"

उन्होंने मुझसे मुखातिब होकर पूछा, "ये सब कहाँ रख दूँ?"

सच्ची, कैसे अर्थहीन नियम होते हैं। जब ये नियम तैयार किए गए थे, मुमकिन है, इसकी वजह भी रही होगी। लेकिन, उन्नीस सौ सड़सठ में, जिनकी उम्र सैंतालीस वर्ष थी, जो किसी जमाने में पार्टी करते थे, अभी भी जो कम्युनिस्ट के तौर पर जाने-माने जाते हैं, उनके बाप की मौत पर, उन्हीं की तरह एक और पूर्व कम्युनिस्ट, अपनी पत्नी समेत अरवा चावल, घी और मिठाई लेकर क्यों आए थे? किसलिए?

"इन सबकी क्या ज़रूरत थी?"

"ज़रूरत तो होती ही है! यही सब नियम है!"

उन चीजों की तरफ मेरी आँखें नहीं उठ रही थीं।

उस दिन जो भी आ रहा था, अपने साथ फल, मिठाई, घी, चावल लिए चला आ रहा था। उसके बाद ऋकू...

उसके बाद, श्राद्ध, गौ दान, सोड़व दान, ब्राह्मण भोज, कंगाली भोज वगैरह-वगैरह मैराथन कार्यक्रम चलता रहा। तेरे बाबुम का काफी नाम-यश हुआ। मुहल्ले की लाइब्रेरी में सौ रुपए, तेरे दादा के प्रिय श्री चैतन्य आश्रम में सौ रुपए दान किए गए।

तेरी अनुपस्थिति पर सभी ने गौर किया। मुझसे जिस किसी ने भी पूछा, मेरा एक ही जवाब था--ऋकू इन सब पर विश्वास नहीं करता, इसलिए इसमें शामिल नहीं हुआ।

सिर मुंड़ाने के बाद, तेरे बाबुम की सूरत एकदम अपरिचित हो आई।

उन्होंने कहा, "अपने को इतनी सच्ची न भी दिखातीं, तो भी चलता।"

"बना-बनाकर बोलने से फ़ायदा?"

"लेकिन...वह गया कहाँ?"

"मुझे नहीं मालूम!"

"मैं देख रहा हूँ, तुम्हें कोई चिंता-फिक्र भी नहीं है।"

मैंने कोई जवाब नहीं दिया।

रितु ने कहा, "भाई ठीक-ठाक है, तुम फिक्र न करो।"

"तुझसे भेंट हुई थी?"

"यह तो मैंने नहीं कहा। तुम पूछना भी मत! यह मेरा और भाई का गुप्त-रहस्य है।"

"तुझमें और भाई में गुप्त बातें होती हैं?"

रितु हँस पड़ा, "गुप्त बातें तो हर किसी के पास होती हैं।"

मैं निश्चिंत हो आई। ऐसे भी तू मुझे अपने कमरे में-नहीं घुसने देता था। जब तू चला गया, मैंने उस कमरे में ताला लगा दिया था। जिस दिन तेरे बाबुम कॉलेज गए थे, कॉलेज के बाद मीटिंग में जानेवाले थे और देर से लौटनेवाले थे, उस दिन दफ़्तर जाते ही ख़बर मिली, हमारे एकाउंटेंट की मौत हो गई है। सुरेश्वर बाबू हमारी यूनियन के पंडा थे। दफ़्तर में छुट्टी घोषित की गई। मैं घर लौट आई।

मुझे आज भी याद है, ऋकू, आज भी! रितु स्कूल में था और मीरा तथा उसकी माँ सो रही थीं। मीरा, दरवाजा खोलकर, दुबारा सोने चली गई।

समूचे घर में इस कदर सन्नाटा हो, तो जाने कैसा तो लगता है। तेरे दादा की मौत के बाद, तेरे बाबुम उनके कमरे में चले गए थे। हमारे सोने का कमरा, अर्सा हुए, अलग-अलग हो चुका था। रितु के जन्म के बाद से ही!

तू तो रुअंटा नहीं था, मगर रितु हद रुअंटा था। बेटे की रुलाई से उन्हें डिस्टर्ब होता है, इसलिए तेरे बाबू ने रात को अलग कमरे में सोने की व्यवस्था कर ली थी। जो व्यवस्था बहाल हुई, वह जरा भी आसान नहीं थी। अब वे सब बातें मैं किसे बताऊँ?

उस दिन तेरे कमरे की साफ़-सफाई के लिए अंदर दाखिल हुई। तेरे पलंग पर गद्दा तो था, मगर तोशक गायब! अलमारी में ताला जड़ा था। मेज़ पर किताबें बिखरी-छितरी हुईं। बिस्तर पर किताबें, तकिए के नीचे किताबें। अब्दुल्ला रसूल, मार्क्स, लेनिन...इतनी सारी राजनैतिक किताबें क्यों? 'तेलंगाना विप्लव की राह पर'—ऋकू ये सब किताबें पढ़ता है?

मैंने देखा, उसकी कमीज़, पैंट, स्वेटर, चादर—सारा कुछ, कमरे के एक कोने में, तिपाई पर, ढेर की शक्ल में पड़े हुए! फिर अलमारी में क्या है?

अचानक मुझे ख़्याल आया, ऋकू बिल्कुल नहीं चाहता था कि कोई उसके कमरे में आए। फिर मैं क्यों चली आई? ऋकू, मैंने तेरी किसी किताब-कॉपी को हाथ भी नहीं लगाया। लेकिन तेरे कमरे से बाहर निकलकर, मैंने ताला चढ़ाया, तब अचानक लगा, अब तू कुछ-कुछ समझ में आने लगा है।

लेकिन तू तो राजनीति, वाम-राजनीति, बाबुम और मेरे जैसे कम्युनिस्ट लोगों से नफ़रत करता था।

तूने ही एक दिन कहा था, "जाने कब तो राजनीति करती रहीं, कब छोड़ दी, अब कुछ भी नहीं करतीं, लेकिन फिर भी अपने माथे पर कम्युनिस्ट होने का लेबल चिपकाए घूमती हो।"

यह सब क्या तू पार्टी-समर्थकों के लिए कहता था? मेरे बड़े भाई क्षेमेन्द्र तो सी पी एम पार्टी में शामिल हो गए। मैंने तुझे उनके प्रति भी आग्रही नहीं देखा।

घर में तो तू राजनीति का नाम भी नहीं लेता था। मुझे तो बस, इतना पता था कि तू स्टूडेंट फेडरेशन में शामिल है, मुझे वह नितांत स्वाभाविक भी लगा। छात्र जीवन में राजनीति करता है, यह तो अच्छी बात है! लेकिन इतनी-इतनी किताबें? इतनी किस्म की किताबें?

देख न, मुझे उस वक्त भी अंदाज़ा नहीं हो सका कि तेरे मन में, तुझ जैसे नौजवानों के मन में, उस पूरी पीढ़ी के मन में, तथाकथित वाम-राजनीति के बारे में ऐसी प्रबल घृणा जन्म ले चुकी है। मुझे पता ही नहीं था कि तुम लोग वोट की राजनीति का मुखौटा चीरकर, उनके भीतर के असली चेहरों को पहचानने लगे हो। मुझे यह बिल्कुल अंदेशा नहीं था कि अनगिनत लड़के अपना-अपना घर छोड़कर चल देंगे! तू भी चला जाएगा।

तेरा कमरा बंद करके, मैं ऊपर चली आई, ऋकू!

रितु जब घर लौटा, मैंने उससे कहा, "भाई को घर लौटने को कह दे..."

मैंने तेरे बाबुम को भी आगाह किया, "ऋकू जब घर लौट आए, तो उससे ऐसी कोई बात मत करना कि वह दुबारा घर छोड़कर, बाहर निकल जाए।"

तेरे बाबुम ने भी हुंकारी भरी, "वाकई, यह उम्र! बड़ी आसानी से भड़क जाते हैं। इसके अलावा उन पर किसी तरह का शासन या लगाम भी नहीं थी, सिर्फ लाड़-प्यार, स्नेह-ममता..."

मैंने सिर्फ सिर हिला दिया।

बच्चों को लेकर मैं कभी होटल-रेस्तरां में खाने नहीं गई, मैंने उन्हें कभी कीमती कपड़े नहीं पहनाए, कभी खाना बर्बाद नहीं करने दिया। मैंने उन्हें हमेशा समझाया है कि जिस मुल्क में इतने-इतने लोगों को खाना-कपड़ा नसीब नहीं होता, उस मुल्क में विलासिता गुनाह है, असभ्यता है।

मैं तेरे बाबुम को जवाब दे सकती थी, "तुमने अपने पिता से जितना लाड़-प्यार पाया है, इतनी बड़ी उम्र तक मुन्ना-बेटा बने रहे, उसके मुकाबले ऋकू-रितु को तो कुछ भी नसीब नहीं हुआ।"

ऋकू को कौन-कौन सा खाना पसंद है, रितु को कौन-सा खाना अच्छा लगता है, इस ओर किसी ने ध्यान नहीं दिया।

रवि भेटकी मछली नहीं खाता।

रवि सूजी की रोटी पसंद करता है।

कपड़ों में मांड़ दिया जाए, तो वह कपड़ा नहीं पहनता।

जूते अगर रोज पॉलिश किए जाएँ, तो...

बच्चों की चीख-चिल्लाहट रवि को...

तेरा घर पिता के इर्द-गिर्द केंद्रित था। जिस शख़्स से मैंने विवाह किया था, वह कोई और ही शख़्स था। यह बात, विवाह के कुछ ही दिनों बाद बिल्कुल साफ़ हो गई। विवाह के महीने भर बाद, हम रांची गए थे। वहाँ मेरी ही एक मौसेरी बहन और उसके पति रसे-बसे हुए थे। गगन'दा सिविल सर्जन थे। रिटायर होने के बाद, उन्होंने रांची में अपना घर बनवा लिया। उन दिनों तेरे बाबुम गगन'दा को बेहद पसंद करते थे।

गगन'दा के मन में भी तेरे बाबुम के लिए असीम श्रद्धा थी। ऐसे लिखे-पढ़े इंसान, जब राजनीति कर रहे हैं, तो ज़रूर यह देश के लिए कल्याणकर है। वे खुद अंग्रेजों की नौकरी करते रहे, इस बात के लिए वे कहीं शर्मिन्दा भी थे।

वे कहा भी करते थे, ''बड़ी नौकरी की, ठाठ-बाट से रहा, मातहत लोग मुझे 'सर' बुलाते रहे, मैं भी साहब लोगों को 'सर' कहता रहा। बस, इसी में ज़िंदगी गुज़र गई।''

दूसरी तरफ, वे निहायत खुशदिल, दिलदरिया इंसान थे। दिल से खाते-खिलाते, चंदा माँगते ही, फौरन निकालकर दे देते। चूँकि वे एक पैर से लंगड़े थे, इसलिए जंग पर नहीं जा सके। लेकिन जंग के दौरान तेरे बड़े मामा, मेरे भाई विनय के लिए ढेरों दवाएँ लाकर देते थे।

उनका कहना था, मेरी माँ उनकी बीवी, मेरी दीदी, डॉली'दी की प्रिय मासी थीं। मुझे तो अपनी माँ की बिल्कुल याद नहीं, लेकिन मैं उन लोगों को पसंद करती थी।

हमारे विवाह के फौरन बाद ही, गगन'दा हम दोनों को रांची लिवा ले गए।

उन्होंने कहा, ''अभी सैर-सपाटे नहीं करोगे, तो कब करोगे? कलकत्ते में रहना, तो नर्कवास है। रांची है, स्वर्ग! समझे, जनाब?''

हम रांची पहुँचे। गगन'दा का घर, बंगले की शक्ल में था। सुसज्जित, व्यवस्थित! डॉली'दी को घर-कमरे चमकाए रखने का शौक था। अब तो यह उनकी आदत बन चुकी थी। तीन नौकर, एक माली! गगन'दा सुबह के वक्त, बिना किसी फ़ीस के, मरीज देखते थे, शाम को क्लब जाते थे या फिर घर में ही अड्डा जमाते थे। सुबह-सवेरे टहलने जाया करते थे, डॉली'दी भी उनके साथ जाती थीं। वे दोनों एक-दूसरे पर किस कदर निर्भर करते थे, जुबान से बताया ही नहीं जा सकता।

उन लोगों ने जितने उन्मुक्त मन से हमारा स्वागत किया, तेरे बाबुम उतने ही सकुचा गए। रात के वक्त मेरे सामने उन्होंने शिकायतों का पिटारा खोल दिया।

''ये लोग बुर्जुआ हैं! हम जैसों के साथ बिल्कुल मेल नहीं खाते। कांटे-चम्मच सजाने का मतलब है, वे मज़ा देखते हैं। उन लोगों को पता है कि ऋतेन बसु हाथ से खाता है; उसके पास सूट-बूट नहीं है। इसीलिए तो सुना दिया—नेतारहाट गए, तो सर्दी में जम जाओगे। सोलहों आने दिखावा! शो-बाज़ी! बीवी कोई काम कर

देती है, तो जनाब कहते हैं—थैंक यू, डॉली!''

मैं झेंप जाती।

मैं उन्हें समझाने की कोशिश करती, ''उन लोगों का यही स्वभाव है।''

लेकिन गगन'दा एक दिन अचानक कह बैठे, ''तुमने मेरी प्रिय साली से ब्याह रचा लिया, रवि! अब डॉली बुढ़ाती जा रही है। मैंने तो सोचा था, नीली से मैं ब्याह कर लूँगा।''

''सुनो, तुम्हारा यह हँसी-ठट्ठा रवि नहीं समझता।''

''अरे, भई समझना तो पड़ेगा ही! आखिर मैं उसका साढ़ू हूँ। साढ़ू होना आसान नहीं है।''

तेरे बाबुम ने सच ही वह मजाक नहीं समझा। खाने की मेज़ से, वे बिना खाए ही उठ गए। रात को मुझे जो-जो सुनाया, मेरी जो दुर्गत बनाई, वह बताना असंभव है। गगन'दा ने परसों मेरी पीठ पर हाथ रखकर बातें क्यों कीं? मोदाबादी जाकर, मैंने और गगन'दा ने क्यों...सच बात तो यह थी कि उन लोगों की लाइफ-स्टाइल देखकर, मैं तो मुग्ध रह गई थी। ऐसी ही जाने कितनी-कितनी बातें!

काफी असभ्यता दिखाते हुए, वे मुझे लेकर चले आए। उन दिनों, मेरी उम्र कुल बीस साल और उनकी अट्ठाइस साल! मुझसे कुछ कहते भी नहीं बना। उस शख्स की असभ्यता देखते ही, मैं संकोच से गड़ जाती थी, हालाँकि इस घर में भी स्वच्छ-निर्मल मध्यवित्त लाइफ-स्टाइल ही प्रचलित थी। यहाँ भी रसोइया था, नौकर-नौकरानी थे। ड्राइंगरूम में सोफासेट सजा था, खाने के कमरे में आसन बिछाकर, कांसे की बड़ी-बड़ी थालियों में खाना खाया जाता था। तुम लोगों के दादा से जब कोई मिलने आता था और जब वे मुझे आवाज देते थे, मैं सिर पर आँचल रखकर, उनके सामने जा खड़ी होती थी।

असल में, मैं बेहद अनाड़ी थी। ब्याह से पहले, तेरे बाबुम के बारे में, हमारे भाई उनकी प्रशंसा में इतने पंचमुख हो उठे कि मैं भी उनसे प्रभावित हो गई।

उन्होंने मुझसे आखिर ब्याह क्यों किया? वे मुझसे आखिर क्या चाहते थे? मैंने तो यह देखा कि सुघड़ बीवी वह होती है, जो घर-गृहस्थी की देखभाल करेगी, जो गृहस्थी 'रवि' के इर्द-गिर्द ही घूमती है, उसे समझकर चलेगी। उसका चलना-फिरना-बोलना ऐसा कतई नहीं होगा, जो लोगों में बदनामी या चर्चा का विषय बने।

मज़ेदार बात यह थी कि जब मैंने दफ़्तर में नौकरी ली, उन्होंने बढ़-चढ़कर समर्थन किया।

''हाँ, तुमने लिखाई-पढ़ाई की है, नौकरी क्यों नहीं करोगी?''

उस जमाने में ढेरों कम्युनिस्ट दंपतियों में औरतों का नौकरी-चाकरी करना स्वीकृत था। जब मैंने वह दफ्तर ज्वाइन किया, तब तक दफ्तर में, बहुत ज़्यादा

औरतों की भीड़ नहीं जुटी थी। लेकिन अब भीड़ शुरू हो गई थी। देश के बँटवारे के बाद, आर्थिक बदहाली के प्रचंड दबाव की वजह से, औरतों ने रोज़गार दफ़्तर में नाम लिखवाया था।

ऋकू, मैं तुझसे मन ही मन बातें किया करती थीं। लेकिन, फिर भी... कितनी-कितनी बातें छूट गईं। मैं तो जानती हूँ, अपने बाबुम के बारे में, तेरे मन में दिनोंदिन कितनी-कितनी शिकायतें जमा होती जा रही थीं। अंत में, बकौल तेरे, तेरे बाबुम जब धीरे-धीरे अतिशय 'रिलीजियस' हो उठे, तब तेरा मन इस घर से बिल्कुल ही उचट गया।

बहरहाल, जैसे खट् से तू घर से चला गया था, उसी तरह खट् से वापस भी लौट आया।

मैं समझ गई, रितु ने ही ख़बर दी होगी।

तुमने आते ही दरियाफ़्त किया, "इस बीच, मेरे कमरे में कौन दाखिल हुआ था?"

"मैंने ही एक बार दरवाजा खोला था।"

"कोई साफ़-सफ़ाई तो नहीं की?"

"तेरे कमरे की साफ़-सफाई तो मैंने जाने कब की छोड़ दी। ले, चाबी सम्हाल! अच्छा, ऋकू, तू अपने कपड़े-लत्ते भी लेकर नहीं गया था..."

"कोई परेशानी नहीं हुई, अम्मू!"

तुझसे सच ही कहूँगी ऋकू, मन ही मन मुझे ईर्ष्या हुई थी। तेरा चेहरा देखकर ही मैं समझ गई थी कि तुझे खाना वगैरह ठीकठाक ही मिलता रहा, ख़ासा मजे में था। तेरी देखभाल करनेवाला, तुझे खिलानेवाला, कोई और भी है, इस बात से मुझे कहीं ईर्ष्या हुई थी, ऋकू!

"अभी कुछ खाएगा?"

"पागल हुई हो? मुझे अभी ही निकलना है।"

"तू सोम लोगों के यहाँ था न?"

"नहीं, नहीं, मैं इस अहाते में ही नहीं था।"

तूने मुझसे झूठ कहा था। तू अगर आस-पास के अहाते में न होता, तो रितु को तेरी खोज-ख़बर कैसे होती?

"मुझे बता दिया कर ऋकू, मैं तेरी दुश्मन नहीं हूँ।"

"बिल्कुल बंगला फ़िल्मों के डायलॉग मत बोलो।"

"तू राजनीति कर रहा है?"

"अम्मू! अम्मू! राजनीति तो बहुत देखी...राजनीति करने का मतलब, अगर बीस साल बाद, बाबुम या अपने बड़े मामा, उसके बाद क्षेमेन्द्र बाबू बन जाना होता है, मैं वैसी राजनीति नहीं कर रहा हूँ। मैं ऐसा कुछ नहीं कर रहा हूँ। मैं तो छात्र

फेडरेशन करता हूँ।"

"देख, मैं तेरे किसी भी काम के लिए 'ना' नहीं कहूँगी।"

"तुम्हें कुछ भी नहीं करना होगा। बस, रात को एक साथ खाने का 'रिचुअल' बंद करो। देखो न, लिखाई-पढ़ाई में भी काफी नागा हो चुका है, अब..."

"तेरे कमरे में ही खाना रख जाया करूँ?"

"तुम्हें कुछ नहीं करना है। मैं और मीरा की माँ, सारा बंदोबस्त कर लेंगे। इश्श्, एक बार नहा तो लूँ।"

कुछेक दिनों बाद ही मैंने देखा, तेरे कपड़े-लत्ते तिरपाई पर नहीं थे। मैं समझ गई, तू वे कपड़े किसी को दे आया है।

कुछ ही दिनों के अंदर, घर में मौजूद रहते हुए भी, अपने बाबुम से कतराकर चलने का इंतज़ाम भी तूने पक्का कर लिया। तू या तो मीरा की माँ के पास बैठकर ही खाना खा लेता था या वह तेरा खाना ढँककर रख देती थी। जिस दिन बाहर निकलता था और देर से आता था, उस दिन अपनी खिड़की पर बाहर से ताला मारकर चला जाता था। जब लौटता था, खिड़की का ताला खोलकर, सीधे अपने कमरे में आ जाता था। तेरे कमरे में टेबललैंप जलता रहता था, लेकिन हर रोज तू घर पर नहीं होता था। बंद कमरे में सिर्फ टेबललैंप जला रहता था। तू किसे धोखा दे रहा था, ऋकू? मैं जो ऊपर जगी रहती थी। जब दरवाजा खुलने की आहट होती थी, तब जाकर मैं आँख मूँदती थी, ऋकू!

पहले दिन, खाते हुए तेरे बाबुम ने पूछा, "ऋकू कहाँ है?"

मीरा की माँ ने ही जवाब दे डाला, "खाकर बाहर निकले हैं। बता रहा था, कहीं पढ़ने जा रहा है।"

"तुमसे कहकर गया है, नीली?"

"हाँ, बताकर गया है।"

बाद में वे भी समझ गए थे।

"मुझसे बच-बचकर चल रहा है, यही न?"

"उससे ही पूछ लो न!"

"मैं? मैं तो उसका दुश्मन हूँ, भई!"

"रितु घर में ही है। ऐसी बातें..."

एक तरफ तेरे बाबुम की जिद, दूसरी तरफ तेरी ज़िद! मैं क्या करती, ऋकू क्या करती? तब तक मैं जान गई थी, तू अब छात्र फेडरेशन में नहीं है। बड़े भइया को उसके बारे में जाने क्या तो ख़बर मिली थी, उन्होंने भाई को बुला भेजा। भाई ने अपने दफ्तर से फोन करके, मुझे सारी ख़बर दे डाली थी।

उन्होंने नक्सलवाड़ी में कृषक-विद्रोह के बारे में बताते हुए कहा कि ऋकू के कॉलेज के छात्र, चीन की तरह सांस्कृतिक विप्लव करने की सोच रहे हैं और उसमें

तू भी शामिल है। अगर मुझमें ज़रा भी बुद्धि है, तो मैं तुझे समझाऊँ।

मैंने कहा, "मैं उसे क्या समझाऊँ?"

"ये लोग क्या सोच रहे थे, यह चीन देश है? कांग्रेस हार गई है, मुल्क में संयुक्त-मोर्चा का राज है! सच्ची, नीली..."

"ऋकू के बाबुम को बताया?"

"ना! उनकी बात ऋकू सुनता कहाँ है?"

"खैर, छोड़ो तुम फिक्र न करो..."

"तू न! बेटे को प्यार दे-देकर बिल्कुल सिर पर चढ़ा लिया है तूने।"

"जब वह कुल दो साल का था, तब से नौकरी कर रही हूँ। लाड़-प्यार देने का वक्त कहाँ मिला? फोन रखती हूँ।"

"ना, सुनो नीली, मैं उससे बात करूँ? ऋकू से?"

"तुमसे उसका कोई वास्ता नहीं है, वह तुम्हारी बात भला क्यों सुनने लगा?"

"फिजूल का रोमांच! रोमांच की दुम!"

ऋकू, मैंने फोन रख दिया था। खैर, भाई को तो बात करनी ही थी। मुझे याद आई, तेलंगाना की घटना, काकद्वीप की घटना! कम्युनिस्ट पार्टी के नेतृत्व में ही, खून में भीगा, एक महान अध्याय! उसके बाद ही नेताओं ने फरमाया, यह संग्राम ग़लत रास्ते से लड़ा गया। इसे बंद करो! सुना है, वह भी महज रोमांचक अभियान ही था! एडवेंचर!

घर में मैं पूछती भी किससे? तुझसे मेरी ही भेंट कहाँ होती थी? सुबह जब निकलती थी, तू उससे पहले ही निकल जाता था। आठ बजे ही झटपट खा-पीकर, खिड़की की राह निकल जाता था।

मीरा की माँ ने कहा, "तू न तो मांस खाता है, न मछली। सिर्फ दाल-भात-तरकारी खाकर निकल जाता है।"

बड़े भइया और भइया, अगर तेरे बाबुम को सब कुछ न बताते, तो शायद तुम दोनों में तकरार न होती। तब भी क्या तुझे जाना ही होता, ऋकू? कहा न, ऋकू ढेर-ढेर बातें हैं, जिनके बारे में कहने-सुनने का मौका नहीं मिला।

किसने, क्या कहा, मुझे नहीं पता। सुबह-सवेरे, तेरे बाबुम दनदनाते हुए नीचे उतर आए।

"ऋकू कहाँ है? ऋकू?"

"चिल्लाओ मत, धीरे बोलो।" तूने कहा।

मैंने पहली बार गौर किया, कितना लंबा हो गया है तू! साथ ही किस क़दर दुबला, लेकिन किस क़दर सख़्त चेहरा! आँखों में कितना गहरा आत्मविश्वास!

"कुछ कहना है?"

"यह ख़बर मुझे दूसरों की जुबानी मिली। छिः छिः छिः।"

"क्या ख़बर मिली है तुम्हें?"

"तुम क्या राजनीति में चले गए हो?"

"वह तुम नहीं समझोगे।"

"तो समझा दो।"

"अख़बार नहीं पढ़ते? तुम्हें पता नहीं, नक्सलबाड़ी के किसानों पर गोली बरसाई गई है? तुम्हें ख़बर नहीं कि विक्षोभ उमड़ पड़ा है? भयंकर असंतोष फैल गया है?"

"कुछ भी नहीं होगा! निरर्थक हो जाएगा।"

"हाँ, तुम तो यह कहोगे ही।"

"वह सब छोड़ दो! अपना नाम कटा दो आज गिरोह से! मैं...मैं तुम्हें दिल्ली भेज देता हूँ।"

"मुझे पता है, मुझे कहाँ जाना है।"

"कहाँ? चीन? सुनो ऋकू, यह सब एडवेंचर करके..."

"यह तुम लोगों का, सुरक्षित सीमा रेखा में राजनीति का खेल, वोट की सर्वोपरि राजनीति...अब और नहीं चलेगी। चल सकती नहीं। हम तुम्हारे चरण चिह्नों पर हरगिज नहीं चलेंगे। एडवेंचर? रोमांचवाद? ठीक है, चलो, हो जाए फैसला, किसकी राह सही है।"

"तुम्हें स्टेट मशीनरी की क्षमता का अंदाज नहीं है?"

"हमारी ताकत जनता-जनार्दन है, बाबुम!"

"मैं,..मैं तुम्हें...लेट मी फोन क्षेमेन्द्र..."

"ऐंड हू इज़ ही? वे कौन हैं?"

"तुम्हारे मामा!"

"अम्मू का जेठू भाई? जिंदगी में कभी तो उन्हें अम्मू के पास आते नहीं देखा। ऐसा शख़्स, कैसा मामा?"

"देखा, देखा, बातचीत का क्या अंदाज़ है! जिंदगी में तुम करोगे क्या?"

"तुम्हारी तरह, डॉक्टरेट दिलाने का धंधा नहीं करूँगा। तुम्हारे नाम पर, लोग किस क़दर हँसते हैं, कुछ ख़बर है?"

मैं बोल पड़ी, "चुप! चुप कर तू! तुम...तुम जाओ।"

"क्या हुआ, बाबुम फोन नहीं करोगे?"

"करूँगा! इस घर में काफी कादा-कीचड़ घुस आया है। माइ हाउस मस्ट बी क्लीन्ड! मेरा घर है, कीचड़ साफ हो जाना चाहिए।"

वे बाहर निकल गए।

मैंने पूछा, "ऋकू, अब तू क्या करेगा?"

"कोई बुरा काम नहीं करूँगा, अम्मू! ऐसा काम करूँगा कि तुम्हें गर्व हो!"

"यह तू बैग क्यों भर रहा है?"

"जाना तो होगा, अम्मू कुछ दिन पहले या कुछ दिन बाद! प्लीज!"

"कहाँ? तू जाएगा कहाँ?"

"यह मैं नहीं बता सकता, अम्मू! कुछ रुपए दोगी?"

मैं रुपए ले आई।

"कहाँ जा रहा है, बताकर जा! लौटेगा कब?"

"सब...सब सीक्रेट है, अम्मू! आ जाऊँगा।"

"अरे, तेरी किताबें कहाँ गईं?"

"हटा दी हैं।"

"मैं कैसे रह पाऊँगी?"

"मैं आऊँगा न! सुनो, रितु बहोत अच्छा लड़का है। उसका ख्याल रखना। तुम भी ठीकठाक रहना। तुम्हें...दिया तुम्हें ख़बर देती रहेगी। दिया पर भरोसा करना और किसी पर भी नहीं।"

"कहाँ जाएगा, ऋकू?"

"यह मुझे क्या पता? पार्टी ही तय करेगी।"

"पार्टी?"

"जब तुम लोग पार्टी करते थे, तब तेलंगाना गण-संग्राम नहीं हुआ था? काकद्वीप, तेभागा नहीं बना था? सभी लोग क्या शहर में सुरक्षित बैठे रहें?"

"ऋकू!"

तूने एक बार पूरे कमरे में यहाँ से, वहाँ तक निगाह दौड़ाई। तूने पैंट और बुश्शर्ट पहन रखी थी। उसने कलम उठा ली।

"अम्मू..."

मैंने उसके सिर पर हाथ रख दिया।

"चलता हूँ, अम्मू! बाबुम भड़के हुए हैं। हो सकता है, अपने प्रिय छात्र, विजित को फोन ठकठका दें..."

मैंने बमुश्किल कहा, "मुझे अपनी ख़बर देते रहना। मेरे दफ्तर का फोन नंबर..."

इससे आगे मुझसे बोला नहीं गया। मैं तेरे बिस्तर पर ही ढह गई। तू बाहर निकल गया। जिस घर में तू पैदा हुआ, बड़ा हुआ, वही घर त्याग कर, तू चला गया? तू हमेशा...हमेशा के लिए जा रहा है, यह तो मैंने समझा ही नहीं!

पलंग का हत्था कसकर थामे-थामे, मैं खामोश बैठी रही। मैं थर-थर काँप रही थी। अपने को डाँटकर, सँभालने की कोशिश कर रही थी। उस तरह मैं कब तक बैठी रही, मुझे होश नहीं रहा।

उसके बाद, ऋकू?

काफी, काफी देर बाद, मैंने तेरे कमरे की खिड़कियाँ बंद कर दीं, दरवाजा

बंद करके ताला चढ़ा दिया।

मैंने मीरा की माँ को हिदायत दी, "बाद में, इस कमरे की सफाई मैं खुद करूँगी।"

मेरे चेहरे पर कुछ लिखा हुआ था, मीरा की माँ ने कोई सवाल नहीं किया। मैं ऊपर चली आई। मैंने देखा, तेरे बाबुम सिर पर हाथ रखे, मेज़ के सामने बैठे हुए थे।

मुझे देखकर उन्होंने सिर उठाया। उनकी आँखें लाल! चेहरा तमतमाया हुआ!

"ऋकू चला गया।" मैंने सूचित किया।

"देखा..."

अगले ही पल उन्होंने बच्चों-सा सवाल किया, "लेकिन, क्यों, नीली? क्यों? क्यों चला गया?"

"राजनीति...करने चला है।"

"तुम जानते थे, वह कौन-सी राजनीति करता है?"

"मुझे तो यही पता था कि वह छात्र फेडरेशन से जुड़ा हुआ है।"

"मैंने...तुमने...क्या ग़लती की थी "

मैं कोई जवाब नहीं दे सकी, ऋकू! आखिर कहती भी क्या? हमने भूल नहीं की थी, तुमने भी नहीं की थी? हमने भूल की, तूने नहीं की? हमें पक्का विश्वास था, तू गुमराह हो गया है। हम क्या हिसाब मिलाकर नहीं देखते?

नहीं, मुझे नहीं मालूम था! मैंने अपने को टटोलकर भी नहीं देखा। अपने को मेज़ पर लिटाकर, तीखी रोशनी डालकर, सर्जन की छुरी से अपनी चीर-फाड़ करके नहीं देखा।

इसलिए पिछले इक्कीस सालों से मैं अपने से खुद ही जिरह करती रही हूँ! अपनी चीर-फाड़ खुद ही करती रही हूँ।

उसके बाद ऋकू, उसके बाद?

तेरे चले जाने और दिया के ख़बर देने के दौरान, जो वक्त गुजरा, उस बारे में क्या बताऊँ? जो लोग शहर से गाँव चले गए थे, वे लोग गाँव से शहर लौट आए, इस ख़बर ने ही उन दिनों मेरे दिन-रातों की नींद छीन ली थी।

तुम लोग भी शहर लौट रहे थे।

अपनी मौत को गले लगाने के लिए लौट रहे थे।

उन्हीं दिनों तो कलकत्ता इस कदर खून में नहाने लगा था।

उसके बाद, एक दिन दिया आई थी।

सारी रात, सारी रात, मैं इसी कमरे में बैठी रही।

सुबह के अख़बार में तेरी ख़बर थी।

कोई-कोई माँ-बाप अपनी संतान को जानते-पहचानते नहीं थे।

उन लोगों को सज़ा मिली।

जो लोग हमारी तरह थे, उन्हें तो सज़ा मिलनी ही थी।

कभी, किसी ज़माने में राजनीति करना, बाद में लोग-बाग से पूरी तरह कट जाना, यह माफी के क़ाबिल नहीं था, तुम लोगों की मौत, मुझे कम से कम यह शिक्षा तो दे ही गई।

नहीं, मैंने कोई बड़ा तामझाम नहीं किया। बस, अपनी नजर में सच और ईमानदार बने रहने की कोशिश की। अब मैं क्या करूँ, जब यह सवाल मुझे जलाए डाल रहा था, उस वक्त दिया मिल गई।

रितु भी काफी तकलीफ से गुजरा, ऋकू! वह तुझे एक दिन भी नहीं भूला, यह भी मैं काफी बाद में, काफी बाद में जान पाई।

मेरे दो-दो बेटे थे। तेरे दादा की जुबान में एक ही बेटा, पचास बेटों के बराबर होता है।

आज मैं गांधारी बन गई हूँ। मैंने अपने सौ बेटे खो दिए। पता है ऋकू, आज यह अहसास हो रहा है, मानो महाभारत अधूरा है, क्योंकि गांधारी-पर्व नहीं लिखा गया।

जननी की बात, जाया की बात, दुहिता की बात, भगिनी की बात तो लिखी ही नहीं गई।

हमारी ही बात, किसी ने लिखी? किसी ने भी नहीं लिखी, ऋकू, किसी ने भी नहीं। मैंने सन् इकहत्तर में मारे गए, एक नक्सल लड़के, देवांजन की माँ की लिखी हुई एक छोटी-सी पुस्तिका पढ़ी थी। रितु ने ही लाकर दी थी, अपने रितु ने!

उसने मुझसे कहा, "तुम भी क्यों नहीं लिखतीं, अम्मू?"

"लिखूँगी, मैं भी, किसी दिन लिखूँगी।"

हाँ ऋकू, रितु ने ही यह बात कही थी, जब वह काफी टूट-फूट गया था, बिल्कुल लहूलुहान था।

जब वह दिया को प्यार करने लगा, तब!

तेरी मौत के बाद, सब कुछ सन्नाटे में बदल गया था।

रितु की मौत मानो सामाजिक घटना है! ए सोशल इवेण्ट!

कल जितने फूल आएँगे, आज जितने फूल आए—आज जितने लोग आए, कल जितने लोग आएँगे—उनमें से कोई भी रितु को नहीं जानता। रितु के लिए वे सब झूठ हैं।

सच है, दिया का उसके पास बैठे रहना!

सच ही, शुनू और रूमा की आँखों में आँसू भरे हुए हैं, "काश, पूजा आ जाती।"

तू तो जानता भी नहीं था, रितु तुझे कितना-कितना प्यार करता था, तेरी श्रद्धा करता था। तू कुछ भी जानकर नहीं गया।

रितु तेरे जन्मदिन पर, इस घर में वापस आना चाहता था।

"मौसी ...!"

"क्या बात है, दिया?"

"चार बज गए। ज़रा लेट रहें न!"

"ना, दिया!"

दिया ने बेहद ममताभरे लहजे में कहा, "आइए, आप मेरे साथ आएँ। ज़रा हाथ-मुँह धो लें। गर्दन-पीठ पर पानी छिड़क लें। रूमा ने चाय बनाई है, आप 'चाय-टोस्ट..."

"ना, दिया!"

"मौसी, अगर आप नहीं खाएँगी, तो वे लोग भी नहीं खाएँगी।"

"यह क्या खाने का वक्त है?"

"आज का सारा वक्त, रितु का वक़्त है। सुबह होने के बाद, वक्त नहीं मिलेगा।"

"रितु के बाबुम?"

"अभी ज़रा आँख लगी है! मॉन्टी मासी भी सो गई हैं।"

"दीदी भी सो गई हैं..."

"जवा मौसी की अब काफी उम्र भी तो हुई..."

"तुम भी..."

"चलिए, मौसी!"

"रितु कितना खूबसूरत लग रहा है! उसका चेहरा अपने भाई से कितना मेल खा रहा है! कौन कहेगा कि..."

नीलिमा दिया का हाथ थामकर उठ खड़ी हुई।

"पाँव जकड़ गए हैं।"

"सुबह पानी गर्म कर दूँगी, आप नहा लीजिएगा, तब अच्छा लगेगा। उसके बाद तो समूचा दिन ही गुज़रना है। चलिए।"

"चलो! अगर तुम न होतीं, तो..."

"मैं तो...हूँ, मौसी!"

रितु, आज अगर दिया न होती, तो मैं क्या करती? नहीं, तब भी, सारा कुछ करती ज़रूर, लेकिन अंदर-ही-अंदर अपने को बेहद अकेली महसूस करती। शुनू और रूमा बेहद अपने हैं, मगर वे लोग दिया तो नहीं हैं न।

तू जवा दीदी के पास, सिर्फ और सिर्फ दिया को देखने जाता था, वह क्या मुझे समझ में नहीं आया था रे? ऋकू के चले जाने के बाद, मैंने तुझे ही कसकर थाम लिया था, रे रितु! ऋकू को मैं पहचान नहीं सकी, उसे समझ नहीं सकी, उसके लिए तेरी अम्मू, अपने को कभी माफ नहीं कर सकी।

इसीलिए छोटे बेटे की दोस्त...संगी बनने की कोशिश कर रही थी।

सन् सत्तावन का तेरा जन्म! जब तेरा भाई गया, उस वक्त तेरी उम्र चौदह साल थी। मुझे याद है, जब सभी लोगों ने नारा बुलंद किया कि तुझे कलकत्ता से हटाकर कहीं और भेज देना चाहिए, तूने मुझसे कहा कि जिस स्कूल में भाई पढ़ते थे, मैं भी उसी स्कूल में अंत तक पढ़ूँगा। बाद में भाई के कॉलेज में ही दाखिला लूँगा।

मेरी छाती में जैसे तूफान उमड़ आया था।

तूने धीमी आवाज में बताया, "भाई के ग्रुप की तस्वीर स्कूल में टँगी है। मैंने देखा है।"

तू सारी बातें कितनी हल्की-फुल्की बनाकर, हौले-हौले कहा करता था, रितु! तेरे होठों पर हमेशा ही मंद-मंद मुस्कान खेलती रहती थी।

तेरा वह चेहरा देखकर, मेरे सीने पर हमेशा छुरियाँ-सी चलती रहती थीं। अगर तू हाहाकार करके रो पड़ता, तो मैं राहत महसूस करती।

मेरे बेटे इतने चुप्पे क्यों थे? उनका चेहरा देखकर या उनकी बातें सुनकर, यह क्यों नहीं समझ में आता था कि अपने अंदर का असली 'मैं' वे दोनों ढँके रहते थे, अपने को छिपाए रखते थे।

मेज पर रखी घड़ी को चाबी देते-देते तूने कहा, "हेड सर से कहकर मैं बाद में उस तस्वीर की कॉपी बनवा लूँगा। सबकी तस्वीर मौजूद है, अम्मू! सुकेश'दा ...दीपक'दा...वासुदेव'दा...।"

वे चार साथी थे! स्कूल के काफी तेज़ छात्र! उन लोगों ने एक साथ ही स्कूल पास किया, एक साथ ही कॉलेज में दाखिला लिया और थोड़ा-थोड़ा आगे-पीछे ही, सबने दम तोड़ दिया। सुकेश का तो, तेरह साल पहले ही, उत्तरी बंगाल में खून हो गया था।

ऋकू की मौत के बाद, तेरे बाबुम को अध्यात्म चिंतन की ज़रूरत, कुछ और ही ज़रूरी लगने लगी। अब उन्हें 'पेजमार्क' लगा-लगाकर गीता पढ़ते हुए देखा करती थी। अब वे चाहते थे, तू उनके और ज़्यादा करीब-करीब रहे।

जिन बातों को ऋकू नहीं मानता था, वे बातें उसके लिए असहनीय थीं। इसी वजह से वह तेरे दादा के श्राद्ध के समय, घर से चला गया था।

लेकिन, तू बेहद सहनशील था।

तेरे भाई का कोई अनुष्ठानिक क्रिया-कर्म नहीं किया गया, उस बारे में तेरे मन में कोई सवाल नहीं था। विशाखा ने जाने क्या तो कहा था।

तूने मुझसे ही पूछा, "अम्मू, लोग कह रहे हैं, भाई की आत्मा को शांति नहीं मिलेगी?"

"किसने कहा?"

"बेबी कह रही थी।"

"तूने क्या जवाब दिया?"

"मैंने कहा, धत्, आत्मा-वात्मा कुछ नहीं होती।"

तेरा भाई भी तो यही कहता था। उससे बढ़कर और कौन जानेगा, भला?

"तेरा भाई, तुझसे शायद यही सब बातें करता था?"

"वह तो ढेर-ढेर बातें करता था।"

"दादा की श्राद्ध के समय, तेरा भाई कहाँ जाकर रहा था, रे?"

"नन्द के घर!"

"नन्द के घर?"

"हाँ, वे लोग भाई को बेहद प्यार जो करते थे!"

"...हालाँकि...नन्द...आया भी तो उस वक़्त आया, जब..."

"कैसे बताता? भाई का सीक्रेट जो था।"

नन्द इसी मुहल्ले का ही लड़का था। यहाँ आता-जाता था! मुझे मौसी बुलाता था। ज़्यादा लिखा-पढ़ा नहीं था...।

मैंने ही अपनी किसी सहकर्मी के पति को धर-पकड़कर, बिजली-सप्लाई के दफ़्तर में उसे बैरे की नौकरी पर लगा दिया था।

सुबह के वक्त नन्द अख़बार बाँटता था।

वह ऋकू और रितु का नन्द'दा भी था। घर में उसका हमेशा आना-जाना था, छुटपुट मदद भी कर देता था। मसलन वह इस्त्री की मरम्मत कर देता, प्लम्बर पकड़ लाता, यही सब छुटपुट काम।

बाद में उसने अपना घर बदल दिया और आदि गंगा की तरफ चला गया। वह भी बस्ती ही थी। हाँ, दो बड़े-बड़े कमरे ज़रूर थे। किराया भी कम था! बिहारी लोगों की बस्ती। वहाँ उसने किसी बिहारी लड़की से विवाह भी कर लिया था।

"ऋकू वहीं था?"

"तू वहाँ जाता है?"

"कभी-कभी। नन्द'दा की बेटी काफी मज़ेदार है। भाई ने उसको नाम दिया था—आलो! रोशनी!"

"किसी दिन मुझे वहाँ ले चलेगा?"

"धत्! तुम क्या वहाँ कभी गई नहीं हो?"

"नन्द तो बहुत दिनों से आता भी नहीं।"

"श्मशान गया था, तुमने गौर नहीं किया। वैसे उसका यहाँ न आना ही भला है, कोई पसंद नहीं करेगा।"

यही बेहतर था, रितु! यहाँ वाले पसंद भी नहीं करेंगे और अपनी नापसंदगी छिपाएँगे भी नहीं। लेकिन इस तरह, सोच-विचार, ख़्यालों के आदान-प्रदान में, हम

दोनों...मैं और तू, करीब आते गए। अचानक मुझे लगा, ऋकू ही इसकी शुरुआत कर गया है। कभी, हम तीनों ही आपस में बेहद करीब थे। अचानक मुझे आभास हुआ, ऋकू का शोक, अकेले मैं ही वहन नहीं कर रही हूँ। तुम दोनों के बाबुम को भी आघात लगा था, लेकिन उन्होंने अपने को घर-गृहस्थी और परिवार के रोजमर्रा के दायित्वों से बहुत दिनों पहले ही हटा लिया था, इस वजह से उनसे ख्यालों का आदान-प्रदान संभव ही नहीं था। भविष्य में भी कभी यह संभव होगा या नहीं, पता नहीं।

रितु की उम्र चौदह थी, तो क्या हुआ? ऋकू की मौत ने उसे वयस्क बना दिया था, उसे एकदम से बड़ा कर दिया था।

दो महीने बीतते-न-बीतते, तूने उसके कमरे में बैठकर पढ़ना-लिखना शुरू कर दिया।

पुलिस ने तो पहले ही, बार-बार, उस कमरे का चप्पा-चप्पा छान डाला था। ऋकू की तस्वीर, ऋकू की किताबें...वहाँ कुछ भी नहीं था। फिर भी तू उसी कमरे में पढ़ाई-लिखाई करता था, छुट्टी के दिन, दोपहर को उसी के बिस्तर पर लेटा-लेटा वक्त गुजारता था।

अंत में, मैंने उससे कहा, "तू इसी कमरे में चला आ न!"

तेरे बाबुम को यह बात पसंद नहीं आई।

"उस कमरे में...? बिल्कुल अकेले...? हमारी आँखों के सामने रहता, तो बेहतर नहीं होता?"

"मिट्टी की मेंड़ उठाकर, दरिया को बाँधा नहीं जा सकता।"

"मतलब?"

"इस उम्र के बेटे को भला लगाम दी जा सकती है? उसने जो माँगा, मैं राजी हो गई। अगर बाधा देने जाती, और कहीं वह अड़ जाता, तो?"

तेरे बाबुम ने, इससे आगे कुछ नहीं कहा। ऋकू का कमरा, रितु का हो गया। भाई की टेबल, उसकी टेबल! भाई ने पुराने सुए से कभी लिखा था—ऋकवाक् बसु! एक दिन, रितु ने उसी के नीचे लिख दिया—ऋतूवाक् बसु!

उन दिनों ऋकू से घर पर मिलने के लिए बहुत कम ही लोग आते थे।

धीरे-धीरे, नीचे वाले कमरे में तुझसे मिलने के लिए, कितने ही लोग आने लगे। तेरे ही हमउम्र तड़के!

"रितु, चल श्मशान चलना है। फलाँ आदमी चल बसा।"

"इस बार की 'पूजा' हम करेंगे। हम सिर्फ रवीन्द्र संगीत बजाएँगे और अच्छी-अच्छी पत्रिकाओं का एक स्टाल लगाएँगे।"

"लाइब्रेरी की भी कैसी जो-सो हालत हो गई। अब टेक्स्ट किताबों की एक लाइब्रेरी तैयार करनी होगी।"

उस उम्र में ऋकू जो-जो करता था, रितु ने वही-वही करना शुरू कर दिया।

मेरे भाई जी ने कहा, "समाज सेवा! अच्छा है! अच्छा है! लेकिन इसके बाद, कहीं राजनीति में न पहुँच जाए।"

मैंने जवाब दिया, "एक दिन तुम लोगों ने भी यह सब किया था। उसके बाद राजनीति भी की।"

"वह ज़माना कुछ और था! हमारे आदर्श थे।"

"मेरे बेटे के आदर्श नहीं थे? अपना कोई आदर्श न हो, तो इतने सारे लड़के, गोलियों के सामने अपना सीना नहीं तान देते।"

"उस वक्त तो तुमने नहीं कहा?"

"समझने-बूझने में थोड़ा वक्त लगा।"

"ख़ैर, छोड़िए, रितु के भले के लिए ही..."

"रितु का भला, मेहरबानी करके आप लोग न सोचें!..."

फोन मैंने ही रख दिया।

"तुझसे मैंने कहा है न, जो भी करना, मुझे बताते रहना।"

"बताता तो रहता हूँ।"

"देख, जब तू पढ़ ही रहा है, तो मन लगाकर पढ़ना।"

"तुम बिल्कुल फिक्र मत करो, अम्मू।"

"मैं अकेली ही फिक्र नहीं करती, तेरे बाबुम भी परेशान हैं। बेहद दुःखी हैं। वैसे चुप्पे जीव हैं।"

"अरे, मैं क्या भाई हूँ। मुझमें उतनी हिम्मत ही नहीं है। तुम इतना सोचा मत करो।"

हाँ, तू मन लगाकर पढ़-लिख रहा था। जब तूने डॉक्टरी पढ़ने की इच्छा जाहिर की, मेरे जितना अवाक् कोई नहीं हुआ।

फर्स्ट ईयर में पढ़ते-पढ़ते ही तूने कहा, "कुछ लोगों को डॉक्टरी पढ़ने का मौका ही नहीं मिलता और कुछ लोग कभी, किसी दिन भी सीरियस डॉक्टर नहीं बन सकंते, फिर भी पढ़ने चले आते हैं।"

"सभी लोग क्या एक जैसे होते हैं?"

"मेडिकल कॉलेज क्या फैशन परेड है?"

तूने नीना के बारे में भी बताया था। वह इस घर में भी आने-जाने लगी थी। बेहद व्यवस्थित, सजी-धजी, जिसे कहते हैं—अमीरज़ादी!

उस वक्त तो मुझे यह मालूम ही नहीं था कि वह तुझसे ब्याह करने की सोच रही है।

तू जितना ही उसे नज़रअंदाज़ करता था, उसकी ज़िद उतनी ही बढ़ती गई।

क्यों? यह मुझे नहीं मालूम।

एक मर्द अगर किसी औरत को, किसी शर्त पर भी अहमियत देने को राजी न हो, तो यह सरासर मुमकिन है कि औरत को चोट लगे। उस पर ज़िद क्यों न सवार हो कि उस मर्द को जीतना ही होगा?

यह बात मुझे बाद में समझ आई कि नीना को अंदाजा हो गया था कि तू किसी दूसरी औरत के ख़यालों में डूबा रहता है। बस, उस पर ज़िद सवार हो गई।

ज़िंदगी का उसका तजुर्बा तो यही था कि उसने जो भी चाहा, हासिल किया। कभी गाड़ी की चाह, कभी बिल्कुल नए फैशन का बाथरूम! जिन दिनों उसने बीस हज़ार रुपयों का अपना बाथरूम बनवाया था, उन दिनों, उतनी दौलत से, लाइन-पार, कस्बे में भी तीन कट्ठा बेहतरीन ज़मीन मिल जाती थी।

नामी-गिरामी और दौलतमंद डॉक्टर की इकलौती बेटी—नीना! रितु की दुनिया में उसकी जगह होनी ही चाहिए, यह समझकर, उसके सिर पर जैसे ज़िद सवार हो गई थी।

यह सब मुझे बहुत बाद में समझ आया, रितु, पहले समझ में नहीं आया था। बाद में, मेरा ही मन सवाल करता रहा—क्यों? क्यों? क्यों? और मैं इसका जवाब खोजती रही। बचपन में ऋकू का एक खिलौना था—चाइनीज़ पज़ल, जिसमें टुकड़े-टुकड़े खोजकर जोड़े जाते थे और पहेली का जवाब बूझा जाता था। वह खिलौना, बाद में तेरा हो गया। इसका एक भी टुकड़ा अगर इधर-उधर हो जाता, तो तू उसे बेतरह खोजता फिरता था।

वह चाइनीज़ पज़ल आज भी मेरी अलमारी में मौजूद है, रितु! इसके अलावा, ऋकू की हॉकी-स्टिक भी मौजूद है, जो बाद में तेरी हो गई थी। वहाँ तेरा बेगाटेली, खिलौना भी पड़ा है। कभी तेरे बच्चों से भेंट हुई, तो उन लोगों को सौंप दूँगी।

अच्छा, एक बात तो बता, तू दिया को कब से प्यार करने लगा? कैसे प्यार करने लगा? तुझसे तो वह उम्र में भी बड़ी है। उससे तेरी जान-पहचान, ऋकू की मित्र के रूप में हुई थी।

ऋकू नहीं रहा, दिया आज भी मौजूद है, तुझे कब अहसास हुआ कि तू उसे प्यार करने लगा है?

मुझसे तू कुछ भी छिपा नहीं पाया, रितु! दिया जब दीदी के पास चली गई, तू वहाँ भी बार-बार उससे मिलने जाता था। लेकिन मुझे सिर्फ यही लगता था कि, खामख्वाह तू दुःखी होगा।

रितु, उस दिन दिया अगर तुमसे विवाह कर लेती, तो मैं ज़रूर मान लेती; अलबत् मान लेती।

बातों के आँधी-तूफान उठते, सब लोग एकदम से टूट पड़ते, लेकिन मैं मान लेती।

दिया तुमसे विवाह नहीं करेगी, यह बात मेरे मन ने ही मुझे बता दी थी।

दिया के लिए क्या मैं कम चिंतित थी? अब, वह क्या करेगी? उसका क्या बनेगा? अब, उसका भाई नहीं रहा, ऋकू नहीं रहा, सौतेली माँ का घर, बाप दूसरी बीवी के खौफ से, उसी के काबू में। उसका भी तो कोई नहीं था।

तुम्हारा ख़्याल था, दिया तुम्हारे भाई को प्यार करती थी, उसकी मौत का आघात वह भुला नहीं पाई।

मेरा ख्याल था, दिया ऋकू को प्यार करती थी या नहीं, इसकी मुझे सच ही जानकारी नहीं है। मैंने उससे कभी पूछा भी नहीं। लेकिन मैं यह ज़रूर जान गई थी कि वह तुम्हें ऋकू के छोटे भाई के रूप में ही देखती है। विवाह, घर-गृहस्थी के बारे सोचने की हालत में, वह अभी भी नहीं थी।

मुझे बार-बार फिक्र होती थी—रितु को चोट लगेगी! वह आहत होगा।

रितु, तेरी अम्मू कितनी असहाय थी, तू समझ सकता है? तेरी अम्मू जानती थी कि तू आहत होगा।

लेकिन, तुझे बचाने की क्षमता, तेरी अम्मू में नहीं थी।

उस बार जब तू घटमाटी से लौटा, तो रातों को आँखों पर हथेली रखे लेटा रहता था।

हर रात एक ही जुमला दुहरा देता था—खाकर आया हूँ। भूख नहीं है।

मैं क्या समझती नहीं थी?

उस दिन की बात तुझे याद है? मैं तेरी राह देख रही थी। तू अंदर आया। तेरी भौंहें तन गईं। अपनी आँखों पर तो तूने पर्दा खींच रखा था। अच्छा, तू क्या अपने को इसलिए छिपाए रख़ता था, क्योंकि अंदर से तू बेहद नरम और कोमल था?

"तुम यूँ बैठी क्यों हो?" तूने पूछा।

"रितु, दिया ने क्या कहा है, तुझसे ब्याह नहीं करेगी?"

"नहीं, इस बारे में कोई बात नहीं हुई।" तूने सिर हिला दिया। अगले ही पल तू हँस दिया, "अब क्या उपाय?"

"अब क्या करने की सोच रहा है?"

"करूँगा कुछ! कहीं दूर चला जाऊँगा।"

"रितु, तूने तो कोई..."

"नहीं, अम्मू, मैं आत्महत्या नहीं करूँगा।"

"ऐसा कर, तू कोई काम लेकर, कहीं चला जा।"

"मैं भी यही सोच रहा हूँ। दिया, भाई को ही..."

"मुझे नहीं पता, रितु!"

"वह बेहद अकेली है, अम्मू, तुम उसे..."

"नहीं, मैं उसे अपने से कभी जुदा नहीं करूँगी।"

"वक्त ऐसा आन पड़ा है, अम्मू, कि इन दिनों, किसी भी समस्या का सहज समाधान नहीं होता। देखना, कहीं वह..."

"देख, दिया तुझे प्यार करती है। लेकिन जिस रूप में तू चाहता है..."

"उस रूप में वह नहीं चाहती, यही न? जानता हूँ, अम्मू! ग़लती मुझसे ही हो गई।"

"खैर, अब तू कपड़े बदल ले और लेट जा। मैं तेरा सिर सहला देती हूँ।"

"मुझे थोड़ी देर अकेला छोड़ दोगी, अम्मू?"

"तू कुछ खा तो ले।"

"नहीं, अम्मू अज नहीं..."

तुझे कमरे में छोड़कर मैं बाहर निकल आई। ऋकू के लिए मैंने रातें जाग-जागकर बिताई थीं, उस रात से तेरे लिए रतजगे की शुरुआत हुई। मैं दबे पाँव ऊपर चली आई। तेरे बाबुम जगे हुए थे।

"रितु लौट आया?" उन्होंने दरियाफ़्त किया।

"हाँ, लौट आय है।"

"रात को अक्सर खाता-पीता नहीं..."

"दोस्तों के यहाँ खा आता है।"

"हाउस-सर्जन का कोर्स पूरा करने के बाद, वह क्या करेगा?"

"इधर-उधर खोज में तो है..."

"कैरियर बनाना चाहता है, तो गाँव की ओर रुख न करे।"

"उससे तुम ही बात कर लो न!"

"अगर वह चाहे, तो उसे विलायत भेज दूँगा। वहाँ से एफ.आर.सी.एस. कर आए। इतना अच्छा रिजल्ट किया है उसने।"

"यह तो काफी रुपयों का धक्का है।"

"फिर भी सार्थक होगा।"

ना, रितु, दिया को अपने मन से पोंछ डालने के लिए, तू कुछ और ही सोच रहा था। तू कोई और रितु होना चाहता था। मेरा स्नेह। दिया की फिक्र, ये सब तुझे बंधन लग रहे थे।

सन् सतहत्तर में राजनैतिक कैदी रिहा कर दिए गए।

उन दिनों मैंने तुझे, अजय और विलय को हैरान-परेशान मुद्रा में कैदियों की खोज-ख़बर लेते हुए देखा था।

एक दिन तूने कहा, "हमारे पास मकान है। इतना बड़ा घर है मेरा, लेकिन क्या फ़ायदा? अनिल राय फेफड़े में टी.बी. लेकर निकला है, सुधीन पाल की कमर टूटी हुई है, किसी के हाथ नहीं, किसी के पाँव नहीं...काश इन लोगों के लिए मैं कुछ कर पाता! अगर अनिल राय को यहाँ लाकर रख पाता..."

"यह कैसे हो सकता है, रितु?"

"ऐसा हो नहीं सकता, यह तो मैं भी जानता हूँ। यह घर ऋतेन्द्र बसु का जो है।"

"यह घर तेरा भी है।"

"नहीं, अम्मू, यह मत कहो। उस वक्त...भाई के वक़्त...अगर मेरा अपना नर्सिंगहोम होता, तो मैं सब कुछ कर पाता। विलय के माँ-बाप, इस मामले में, बेहद भले और शरीफ हैं।"

"विलय के भाई भी..."

"हाँ, उसके दो-दो भाई—प्रलय और निलय!"

तू ज़्यादातर बाहर रहने लगा था, लौटता भी बहुत कम था। मैंने सोचा, चलो, अच्छा है, तू इसी में व्यस्त रहे। तभी, एक दिन तू नीना को लेकर आया। उस दिन, मैंने तुझे नए सिरे से देखा। नीना तेरा हाथ थामे-थामे अंदर आई।

"अम्मू, नीना! और नीना, अम्मू!"

नीना ने साष्टांग प्रणाम किया।

"उठो, बैठ जाओ! तुमने भी तो पास कर लिया।" मैंने पूछा।

"जी, हमने साथ-साथ ही पास किया है।"

"अम्मू, मैं और नीना, शादी कर रहे हैं।" रितु ने कहा।

"शादी? कब?"

"जल्द से जल्द! चलो, बाबुम को बता दें।"

असंभव फुर्तीला; तरोताज़ा, खुश-खुश तू, मुझसे आँखें नहीं मिला पा रहा था, बल्कि आँखें चुरा रहा था! इतनी चट् जल्दी फैसला! इतनी जल्दीबाज़ी। मैं भी चेहरे पर हँसी लपेटे, उनके साथ ऊपर आई।

"बाबुम!"

"क्या बात है, रितु?"

"मैं...मैं नीना से ब्याह कर रहा हूँ, बाबुम।"

नीना ने उन्हें भी प्रणाम किया। उसके बदन पर तांत की नई साड़ी! साड़ी की चौड़ी किनारी के रंग का ब्लाउज़! उसी रंग की चप्पल! गले में सोने का हार, कान में सोने की इयरिंग, हाथ में सिर्फ घड़ी!

"शादी...लेकिन..."

"नीना के पिता हैं..."

नीना के पितृ-परिचय वगैरह ने तेरे बाबुम को खुशी-खुशी सहमत कर लिया।

"लेकिन, तुम दोनों काफी यंग हो, न?"

"मेरा पच्चीस चल रहा है! कुल एक साल और एक महीना कम है! हमारी ढेरों योजनाएँ हैं, बाबुम।"

“कब कर रहे हो शादी? रुको, शुभ मुहूर्त देख लूँ।”

नीना ने लाड़भरे लहजे में कहा, “मेरे डैडी ने देख लिया है। आपसे बातचीत करने आएँगे।”

“मैंने कहा था न, मेरे अम्मू-बाबुम को लेकर कोई प्रॉब्लम नहीं होगा?” रितु ने नीना से कहा।

“तुम्हें यहाँ रहने में तकलीफ तो नहीं होगी?” मैं पूछ बैठी थी।

“ऐसा कहीं होता है भला? मेरी मॉम कहती है, पति जहाँ रखे, वहाँ रहना।”

“नीना काफी ट्रेडिशनल है!”

तेरे बाबुम ने कहा, “यह तो अच्छी बात है। ट्रेडीशन की बात, तो सिर्फ मैं ही करता हूँ। चलो, नीना अगर कुछेक पुराने मूल्यबोध वापस ला सके। वेलकम! वेलकम! स्वागतम्!”

“नीना के मॉम-डैडी, मामा-मामी, मॉम के खानदान के अनगिनत लोग, सब के सब एक ही गुरु जी के भक्त हैं।” तूने बताया।

“हाँ, सुना है...”

“अच्छा, मैं चलतो हूँ, चाय बना लाऊँ।”

वह दिन जाने कैसा तो था! इतवार का दिन! मैंने कपड़े-लत्ते धोए, अपने और रितु के कमरे की साफ़-सफाई की, कुछ देर रसोई की तरफ भी हो आई। उसके बाद, अख़बार, पत्र-पत्रिका लेकर बैठ गई।

मैंने सुबह के वक्त पूरी-सब्जी बनाई। नीना ने बताया, वह शाम को जाएगी, घर में वह बताकर आइ है।

रितु ने मीरा की माँ से फरमाइश की, “मछली तरीदार, छौंका हुआ थोड़ और वह जो एक क़िस्म का भुजिया बनाती है, तोरु में पोस्ते का पेस्ट देकर...आज वही बनाओ।”

एक-एक करके, मैंने सारे व्यंजन बना डाले। नीना ने काफी मज़ा ले-लेकर खाया।

बाद में तेरे बाबुम ने कहा, “काफी घरेलू लड़की है। भई, मैं तो बेहद खुश हूँ। तुम्हें कैसी लगी?”

“रितु की पसंद है। उसकी खुशी में ही मेरी खुशी है। वह सुखी हो, बस...”

“सुखी होगा! होगा! हम दोनों को नहीं देख रहीं?”

उस दिन मुझे पता चला कि उनकी नज़र में हमारा उनका रिश्ता, सुखी दंपति का रिश्ता है!

“मैं अपनी अकादमी से जुड़ी जिंदगी में, तुम अपने दफ्तर और सहेलियों तथा दिया में...वे दोनों अपनी जिंदगी में मगन रहेंगे।”

"हाँ, ऐसा ही होगा।"

"ख़ैर, मुझे तो यह डर था कि रितु कहीं दिया-दिया करते हुए, उसी के पीछे दीवाना न हो जाए।"

"अच्छा, मैं सोने जा रही हूँ! बड़ी थकान लग रही है।"

शाम को बाल भिगोकर दुबारा नहा आई। उसके बाद, बिस्तर पर लेट रही। रितु! रितु यह तू क्या कर रहा है? किस ज़िद में आकर? बिल्कुल और किस्म की ज़िंदगी में घुलमिलकर, तू दिया को भूल सकेगा? नीना से ब्याह करके, तू दिया की यादों को मिटा सकेगा?

रितु और नीना के विवाह में, पहले संघात, फिर समझौता!

रितु का कहना था—रजिस्ट्री, रिसेप्शन, बस्स!

नीना ने रो-रोकर आँसुओं की नदी बहा दी। अपने ब्याह के मामले में, अर्से से उसके ढेर-ढेर सपने थे। हल्दी की रीत...दहेज...

"वह सब प्रागैतिहासिक है, भई!"

"वाह! चलो, रजिस्ट्री मान लिया। लेकिन सामाजिक फंक्शन में क्या दोष है?"

रितु ने जितनी जोर से विरोध किया था, वह उतनी ही जोर से चीख उठा, "होगा! होगा! चलो, ठीक है।"

वह मुझसे मुखातिब हुआ, "करने दो! नीना से मेरा समझौता हुआ है, हम दोनों में से कोई भी, किसी की व्यक्तिगत आज़ादी में दखल नहीं देगा। वह सर्कस चाहती है, चलो, सर्कस ही सही।"

"तू क्या चाहता है?"

"नीना से ब्याह! नई जिंदगी! मैं कैद होकर रह गया हूँ, अम्मू, रिहाई चाहता हूँ! हाँ, दिया आ रही है न?"

"दीदी का पाँव टूट गया है, वहाँ गई है।"

"हुँहः साहस नहीं है! बचकर निकल गई। दिया का भी यही ख़्याल है कि मैं खुदकुशी कर रहा हूँ! ग़लत! ग़लत! बिल्कुल ग़लत! सब जो चाहते हैं, वह क्या उन्हें मिलता है? फिर भी जिंदा रहते हैं। बाबुम परम प्रसन्न हैं। मैंने खानदान की इज़्ज़त रख ली।"

नीलिमा को सब कुछ याद है।

ऋकू नक्सल हो गया। उसकी मौत पर किसी भी संस्कार, रीति-रिवाज का पालन नहीं किया गया। यह घर 'गॉडलेस'...ईश्वरविहीन हो गया था। अनेक लोगों के लिए रीति-रिवाज, आचार-विचार, नियम-संस्कार और ईश्वर समानार्थी होते हैं।

रितु के ब्याह में हर कोई परम खुश!

रितु ने नीलिमा से कहा, "तुम ज़रा हाथ बँटाओ, वर्ना मुझसे नहीं होगा। हाँ, निमंत्रित मैं ही करूँगा।"

"वह काम, तेरे बाबुम कर रहे हैं।"

नीना के यहाँ हल्दी और उपहार भेजे गए। भाभी, विशाखा, रप्टू, बबलू की बीवी थाल लेकर गए! जबर्दस्त हो-हल्ला, धूमधाम!

रितु के बाबुम ने बाजार की जिम्मेदारी शुनू को सौंप दी।

नीना के यहाँ हल्दी चढ़ने के तमाम रीति-आचार का पालन किया गया।

रजिस्ट्री के बाद शानदार, विराट, रिसेप्शन पार्टी!

ऋतेन्द्र ने भी सारे नेम-नियम निभाए।

नीलिमा को अतिशय अचरज में डालते हुए, दिया आ पहुँची।

"बड़ी मौसी को ले आई। मौसी! उन्हें मॉन्टी मौसी के यहाँ ठहरा दिया है। अभी वे लेटी रहें। यह सब हंगामा गुज़र जाए, तो यहाँ ले आऊँगी।"

"यही ठीक रहेगा। हाँ, दिया आज तू रुकेगी न?"

"हाँ, मौसी इस वेला, यही रुकूँगी, सारा इंतज़ाम...तैयारी कर जाऊँगी। शाम के बाद चली जाऊँगी। मॉन्टी मौसी अकेली सब कुछ नहीं कर पाएँगी! बड़ी मौसी को बाथरूम ले जाना होता है।"

दिया ने दुल्हन को दिए जाने वाले सारे उपहार सजा दिए, बहू के स्वागत में द्वारचार की तैयारी कर डाली। वे लोग बहू समेत लौट आए। रितु ने उस पर निगाह डाली।

"जोड़ी बेहद सुंदर है, रितु!" दिया ने कहा।

"नीना बेहद खूबसूरत है न?"

"सचमुच, रूपवती!"

"कंधे पर ये बैग क्यों चढ़ा रखा है?"

"बड़ी मौसी का पैर टूटा हुआ है, कमर में भी चोट है। उन्हें मॉन्टी मौसी के यहाँ ठहरा दिया है। उनका सारा काम, अपने हाथों करना पड़ता है। मैं जाऊँगी, तब मॉन्टी मौसी आएँगी।"

"उन्हें यहीं क्यों नहीं ले आई?"

"अभी वे काफी दिनों रुकेंगी। मौसी बाद में आएँगी।"

"अब इस घर में दो-दो डॉक्टर हैं।"

"हाँ, अब हमें काफी सहूलियत हो गई।"

लेकिन नीना इस घर में नहीं रही! यह घर हॉरिबल था! बाथरूम पुराने ज़माने का था, वगैरह-वगैरह।

रितु के श्वसुर के खर्च पर दोनों मियाँ-बीवी काश्मीर में हनीमून भी मना आए। उसके बाद से ही वे लोग नीना को बार-बार अपने साथ लिवा जाते थे।

नीलिमा देख रही थीं, रितु कैसी अजीब फजीहत में फँस गया था। नीना के घरवालों को ऐसे दामाद की ज़रूरत थी, जो उनका ज़रख़रीद गुलाम हो, जो उनके साथ मिलजुलकर एक अदद आधुनिक नर्सिंग होम और क्लिनिक खोले।

नीना चाहती थी वे दोनों हेल्थ सर्विस ज्याइन करेंगे, और रितु अपना रिसर्च जारी रखेगा।

नीना चाहती थी एक विशाल नर्सिंग होम खोला जाए और वह मालकिन बनी बैठी रहेगी।

इन्हीं सबसे तकरार! तू-तू, मैं-मैं। झगड़ा! संघात!

रितु, कितनी जल्दी, तू नीना के लिए असहनीय हो उठा!

उसके बाद, दिल्ली!

उसके बाद, अमेरिका!

नीना से तलाक! नीना ने दूसरा ब्याह भी कर लिया। उसका प्राइवेट नर्सिंग होम भी खूब धड़ल्ले से चल रहा है। नीना, अपने पति-बच्चों को लेकर तफरीह के लिए, भारत से बाहर, विदेश जाती रहती है।

तूने रिसर्च पूरा कर लिया। तूने अपना कामकाज शुरू किया, कृत्रिम अंग-प्रत्यंग बनाने का, अपना वर्कशॉप खोल लिया। तेरा काफी नाम-यश भी फैल गया।

लेकिन, मुझे उसके हर ख़त में, किसी अकेले इंसान का हाहाकार सुनाई देता था।

तुझे पता है, मेरे दिन कितने मुश्किल गुजरते थे!

अब, ऋकू नहीं है।

तेरी ज़िंदगी भी बांझ होकर रह गई।

यहाँ से आठ हजार मील दूर जाकर, तुझे अहसास हुआ कि इस घर के प्रति तेरा कितना खिंचाव है? इसीलिए तू रुपए भेजता रहता था कि घर की मरम्मत करा लो, घर में कमरे बढ़ा लो। मुझे लिखा था, तुझे बैठने का कमरा चाहिए, सोने का कमरा चाहिए। रसोई में ओवन रख लो, अम्मू! कितने कम समय में कितना सारा खाना पकाया जा सकता है।

तूने दिया को भी लिखा था, "भाई के वे सब साथी, जो जिंदा हैं, कहाँ हैं। उनकी ज़रूरतों का पता करो और मुझे लिखो।"

अच्छा, तुझे क्या लगता था? भाई का इक्कीससाला जीवन, तुझसे ज्यादा ...बहुत ज्यादा महान् था?

तुझसे तो किसी दिन इत्मीनान से, कभी बातें ही नहीं हुईं, रितु! तीन-तीन बार तुमने टिकट भेजने की कोशिश की, मगर तेरे बाबुम को हार्ट की तकलीफ!

वे नहीं गए। मैं भी उन्हें किसके पास छोड़कर जाती?

हमारा जाना ही नहीं हुआ।

पूजा से ब्याह करने के बाद, तेरे खतों का सुर बदल गया, कुछ और ही किस्म का हो गया।

तू अपने मुल्क लौटेगा! यहाँ कामकाज करेगा! कृत्रिम अंग-प्रत्यंग तैयार करेगा। फीज़िओथेरापी का काम शुरू करेगा!

तूने सारा इंतज़ाम भी कर डाला। मैंने भी सोचा, इतने दिनों बाद, अब जाकर मेरी ज़िंदगी भरी-पूरी होगी। मेरे पास तू होगा। दिया और अमित होंगे, शुनू और रमा होंगे, तुम सबके बाल-बच्चे होंगे! हम सब...सब मिलकर रहेंगे! हमारा कर्ममय जीवन होगा।

लेकिन...तू चला गया!

पैंतीस...क्या जाने की उम्र होती है, रितु?

दिल के दौरे का शिकार होकर जाने की उम्र होती है?

इतने कम से समय में इतना काम करने की तैयारी में...

"मौसी..."

"हाँ, दिया..."

"सुबह हो गई...!"

"सुबह हो गई?"

"हाँ, मौसी उठिए! अब उठें! नहा लीजिए, पानी गर्म कर दिया है! अब दिन भर आपकी जिम्मेदारी! उठिए!"

"हाँ, दिया, रूमा कहाँ है?"

"मैं यहीं हूँ, आपके पास!"

"रूमा, कुछ गाओ! तुम तो जानती हो, रितु को गीत बेहद प्रिय थे।"

बाथरूम में नहाते-नहाते, नीलिमा के कानों में आवाज आई, "इस परदेस में कौन रहे...!"

नीलिमा का सिर चकराने लगा। आँखों के आगे, सारा कुछ अँधेरा हो आया।

नीलिमा अँधेरे के अतल में डूब गई थीं। धीरे-धीरे वे अपने में लौटीं! उन्होंने आँखें खोलीं।

उन पर कई-कई चेहरे झुके हुए! ऋतेन्द्र, जया, डॉक्टर काजल, दिया, शुनू, रमा!

"मौसी!"

"दिया, रितु...?"

ऋतेन्द्र ने उसके हाथ पर हाथ रख दिया, "सारी तैयारी हो गई, नीली!"

"लेकिन...लेकिन!"

"जैसा तुमने चाहा था, बिल्कुल वैसा ही हुआ।"

"कब...?"

"परसों!" दिया ने कहा, "आप दो दिनों से पड़ी हैं। सिडेटिव...नींद की दवा देनी पड़ी।"

"मुझे क्या हुआ था?"

"नर्वस कोलैटस, प्राय स्ट्रोक जैसा..."

"रितु...?"

"मौसी, देखिए..."

नीलिमा ने गर्दन घुमाई। छरहरी, साँवली, एक औरत, दो नन्हे-नन्हे बच्चों का हाथ थामे-थामे, आगे बढ़ आई। एक नन्ही-मुन्नी बच्ची! एक नन्हा-सा बच्चा!

"माँ, मैं पूजा हूँ..."

हूबहू दिया जैसी! दिया की तरह गढ़न! माथा तक, बिल्कुल दिया जैसा! रितु ने कहा था—देखोगी, तो अवाक् रह जाओगी!

नीलिमा ने पूजा का गाल छुआ!

"हीयर इज़ ऋकू, हमारा बेटा! और हीयर इज़ रीता हमारी बेटी!"

"रिकू! रीता!"

"रितु गेव द नेम्स, माँ! ये नाम उसी के दिए हुए हैं।"

नीलिमा की आँखों के आगे से पर्दा खिसक गया। उन्होंने आँखें खोलकर देखा।

"मैं बैठूँगी! सहारा लेकर बैठूँगी!"

मौत आती है, ज़िंदगी टिकी रहती है, मृत्यु आती है, फिर भी जीना होता है, साँस लेते रहना होता है। ज़िंदगी का दावा अंतहीन है।

नीलिमा ने दोनों विस्मित बच्चों की तरफ देखा। उनकी आँखों से धार-धार आँसू बह चले।

पहले धीरे-धीरे, उसके बाद, अविरल!

आँसुओं में भीगी, उन्होंने भर्राए गले से आवाज़ दी, "रीता! ऋकू! रीता! ऋकू!"

पूजा ने उनके आँसू पोंछ दिए।

दिया बस, उसे निरखती रही! उसके चेहरे पर मुस्कान! आँखों में आँसू!

ऋतेन्द्र ने कहा, "अपसेट न हो, नीली...प्लीज़!"

लेकिन नीलिमा रोती रहीं...रोती ही गईं। इक्कीस सालों से, ऋकू के लिए आँसू जमा थे! रितु के लिए कब से जमा थे?

काजल डॉक्टर ने कहा, "उन्हें रो लेने दीजिए। जब वे रो पड़ी हैं, तो अब कोई डर नहीं रहा! लेट हर बी..."

दोनों नन्हे-मुन्ने बच्चों की आँखों में अपार विस्मय! नीलिमा को अहसास हुआ, वे घनघोर अँधेरे से लौट रही हैं! उफ! जिन्दा रहने की प्यास कितनी प्रबल होती है! उन्होंने बच्चों को अपने करीब खींच लिया!

वेदनाबाला की आत्मकथा

मेरा जन्म हुआ था, सन् 1910 में! यह क्या आज की बात है, जी! उस वक्त भी महायुद्ध शुरू नहीं हुआ था। मैंने भी जन्म लिया था, पक्के प्रसूति-कमरे में, हमारे लिए, हमारे बप्पा ने सीखी-पढ़ी दइया बुलाई थी। बाक़ायदा छठ्ठी-बरही वगैरह, जो रीत-नियम, गृहस्थ घरों में होते हैं, मेरा भी हुआ।

बप्पा को चाव था, इसलिए हुआ था।

जिस औरत को मेरी माँ ने मुझे 'नानी' कहना सिखाया था, उसने माँ से कहा, "कमल, बाबू ने तुझे गिरस्त बहुरिया की तरह रखा है, इसीलिए तोरा चालचलन, हाव-भाव गिरस्तों जइसा है। लेकिन, ई छठ्ठी-बरही? एका हम बिलावेंगी कहाँ, बताओ तो?"

"क्यों? तुम्हारी राह में मकानों की कमी है क्या? या वेश्याएँ कम हैं? वहाँ बिला देना। तुम लड़के नहीं रखतीं, चलो, मान लिया, लेकिन लड़कियों की कमी तो नहीं है? ढेरों लड़कियाँ हैं।"

माँ की बातें ऐसी ही टके-सी होती थीं! बिल्कुल टकोरी-सी! यह स्वाभाविक भी था। कहाँ तो बाली के जमींदार घराने में बेटी का जन्म हुआ। मेरी इसी माँ का जन्म! हाँ, तो माँ को गोद में लेकर, नौकरानी उसे घुमाने ले जाती थी।

और नानी का काम ही था सुन्दरी, रूपसी लड़कियाँ खोजते फिरना! अमीर घराने की ख़ूबसूरत बेटी! नानी की शक्ल-सूरत पर भी शरीफ घर की छाप! उस नौकरानी को बहला-फुसलाकर, नानी ने वह बच्ची हड़प ली!

उसने नौकरानी को लालच दिया, "ले, ये सोने का हार, सोने का कंगन, ये नूपुर–सब कुछ तेरा, बस, यह बच्ची हमका दे दे।"

"हाय दइया, अगर उनको पता चला, तो हमको कुट्टी-कुट्टी काट डालेंगे।"

"देख, हम का नहीं जानतीं, तू सिरामपुर कइसे आई? देख, मउगी, इस लड़की हम ही लेवेंगी। तू उतरनी के मेले में, इसे हमरे हाथ में दै देना और खुद लापता

हो जाना।''

''अगर कहीं पुलुस को पता चल गया?''

''अल्लो! बड़के दरोगा हमरे हाथ का हुक्का गुड़गुड़ावत हैं। अरे, ई बचिया को हमका दै भी देगी, तो ओकी माँ बिन-बेटी नाहीं होगी। ओभी हुइ बिटिया अउर हैं।''

इतनी बातचीत के बाद, नानी ने उस डेढ़ साल की बच्ची को ख़रीदकर, अपनी गोद में दबोच लिया।

उस ज़माने में सारे कामकाज का रंग-ढंग ही बिल्कुल और तरह का था। नानी का ख़ासा नाम-धाम था। सात-सात पीढ़ियों से धंधा करने वाली, पुश्तैनी वेश्या थी, तो भी क्या! लेकिन उस ज़माने में वेश्याओं की भी रीति-नीति होती थी। दूध-भात, लाड़-प्यार, सेवा-जतन से माँ का लालन-पालन हुआ। नीली-नीली आँखें! भर-पीठ घुँघराले बाल! वेश-भूषा से बिल्कुल शाहज़ादी!

नानी कहा करती थी, ''देना हुआ, तो किसी रईस के हवाले करिहौं। बँधी-बँधायी तनख़ाह, नौकर-नौकरानो! राजसुख में रखेगा। हमका भी महीने-महीने रुपइय्ये मिलेंगे, टनाटन!''

सुना है, नानी के तीन-तीन मकान थे। मकान में कमरे ही कमरे। कमरों में लड़कियाँ ही लड़कियाँ! कोई थियेटर करती थी, किसीका बँधा-बँधाया मर्द! पुराने वक्त की वेश्याएँ, उनके रीति-नीति ही बिल्कुल अलग थी।

नानी का अपना निजी घर-मकान! अपनी महाराजिन! निजी दासियाँ। लड़कियों-औरतों को धंधे में उतारकर, नानी रुपइय्ये गिनती थी। उसने माँ को नाम दिया था—कमलिनी!

नानी का पुरान दल्लाल और बाद में बरख़ास्त बाबू और बनवारीलाल वकील कहा करते थे, ''कमल को किसी राजघराने का, कोई शाहज़ादा ही ले जाएगा। तुम लालच में मत पड़ना, कामिनी! इस लड़की के लक्षण ही बिल्कुल अलग और अनोखे हैं।''

''तो बिचौलिया लगा दूँ?''

''अरे, ब्याह-शादी तो होना नहीं है, फिर, बिचौलिये की क्या ज़रूरत?''

''नहीं, तुम कहे न कि राजकुमार लाओगे।''

''अरे उसे गाना सिखाओ, लिखना-पढ़ना सिखाओ। ग्राहक हम जुटा देंगे। और हाँ, घर से बाहर मत जाने देना। रूप देखकर, जाने कब, कौन पीछे लग ले।''

''थियेटर में डाल दूँ?''

''थियेटर की औरतों की, आजकल पौबारह है! उन औरतों की तो तूती बोलती है, लेकिन समाज तो नहीं मानता। गिरीश घोष जब मरे थे, तुम लोगों को सभा करने दी?''

"नहीं, सो तो नहीं करने दी।"

"वेश्याओं की तकदीर में गृहस्थी का सुख नहीं होता, कामिनी! फिर भी अगर सुलोचना की तरह तकदीर का ज़ोर हो, तो ज़िन्दगी सुख से गुजर जाती है।"

"सुना है, अब तो वह काशी में रहती है।"

"उसके पास अपनी गाड़ी है। बहुत सारी दासियाँ हैं। रोज गंगा नहाने जाती है; दान-ध्यान करती है। ऐश में ही है।"

"हाँ, ऐश में तो है।"

"कभी जो कामकाज किया है, वक्त पर उसकी पेंशन वसूल करने का हुनर भी आना चाहिए।"

"उस बखत, उसका इश्क भी तो हो गया। भरी जवानी में थियेटर के मुँह पर एक जोड़ी लात मारकर चल दी। नन्द बाबू भी ठहरे कासी के जिमीदार—हिम्मतदार! बाप-दादों के जमाने से ऊ लोगन वेश्या अउरतन को भी अपनी बहुरिया की तरह राखत हैं। उनके लिए घर बनवा देत हैं। हम तो वैसी तकदीर लेकर नाहीं आयी।"

"तकदीर लौटाने की तुमने कोशिश भी नहीं की।"

"का बात करत हो, सात-सात पीढ़ी का धंधा छोड़कर पापिन बनूँ?"

"अरे! अब भी, काली किनार की फरासडांगा साड़ी पहनकर, बालों के काकुल पत्ते काढ़कर निकलो, तो साक्षात् शिव तक तुम्हारा रूप देखकर, सुध-बुध खो देंगे।"

"न्ना! अब और नाहीं! तुमरे बाप, तुमका वकील बनाए। तुम वकील बन गए। हमें तो अपने बाप का अता-पता तक नाहीं मालूम। हमरी माय कहत रही, आदिकाल से हमरी माँ, नानी वेश्यागीरी करत आयीं। हमरी तकदीर में भी वोही लिखा था, सो सरधा-भक्ति से हम भी चला रही हैं।"

"अब रिटायर हो जाओ।"

"देखौ, सात पीढ़ी का धंधा है, उसका रीत-नेम निभाये पड़त है। घर माँ छीली भई मछरी नाहीं आवेगी, घाट के पुरोहित से मन्तर लै लिया है, अब कउनो बाबू नाहीं रखबों। मंदिर-मंदिर मारबल की तली बैठालकर रुपइय्ये गाड़े, उस पर पाथर बिछा दिया। लोगन ऊ पाथर पर पाँव से रौंद-रौंदकर चलिहें। ऊ धूल में भी परम पुण्य है। अब हम सरग भले न जावें, नरक माँ भी नाहीं जाइबों। जितना समरथ है, लड़कियन को अगोरेंगी। अरे, वेश्वा का कारबार का आज का है? हमरी माँ, नानी सिखाय-पढ़ायकर गई हैं। हम ऊ सब मानकर चलत रहबों।"

"तुम्हारी गुलब्बो तो अब उड़ने ही वाली है।"

"थियेटर में उतरी है, उड़ ही सकत है।"

"सूरत-शक्ल से भी काफी हसीन है।"

"एइ, नज़र मती लगाओ। सर्वस तो गवरमिंट लै लेत है। अब भला है न, पेट भर खाए, बदन भर लगाए, अंग भर पहिने। तुम ई बात तो मानोगे न? हमारी

छोकरियन का दिन खतम भी हो जावे, तो उनका भीख ना माँगे पड़त।''

"हाँ, यह गर्व तो तुम कर सकती हो। लेकिन, अपनी सगी बेटी का क्या किया, जी?''

"हमने ओका नाम तो नहीं लिया।''

"वह हसीना जो मुहब्बत में पगला गई, वो? साहा के बेटे ने उसे कितना-कितना समझाया—बियाह करें या जो भी करें, तुम्हारी किसी को नहीं बिठाऊँगा।''

"नहीं मानी न?''

"नहीं मानी।''

"उस दिन कितना साज-सिंगार किहिस! गंगाजली साड़ी पहिनी। हमका परणाम किया। कहा—चन्नन की आज बहू-भात की पार्टी है न?''

"हाँ, यही सब कह-सुनकर...''

"ज़हर खाकर, जान दे दिहीस! चन्नन का भला का गवा? कुछ दिन हाहाकार किया। अब देखौ, दुइ-दुई बहुरियों के साथ सुख से गिरस्ती चलाय रहा है। बीच से हमरी बिटिया, भरी जवानी में, विदा हुई गई।''

"यह कमल शक्ल-सूरत से थोड़ी बहुत उसी की तरह दिखती है।''

"न्ना! बेटी के शोक में मोरी छाती में अंगारा जलत है, फिर भी झूठ कइसे कहूँ? मोर बिटिया का रंग तो दबा-दबा था, हँसती हुई आँख! चन्नन को मन ही मन पति मानत रही...''

"आज अगर वह ज़िंदा होती...''

"तब का होता, कउन जाने? गिरस्त जिंदगानी का लोभ बहुत ज्यादा था उसमें।''

"इसी से तो धंधा चौपट हो जाता है।''

मेरी नानी तेज-तेज आवाज़ में कहा करती थीं, "अरे, धंधा चौपट होवे की बहुत-सी वजह है, रे! रंडी-छिनाल तो सिरिश्टी के आदि काल से ही रहीं। अब सब अगर गिरस्त जीवन के लोभ में परतीं, तो तारमनी माडर होता भला?''

तारामणि मर्डर केस ने उन दिनों काफी तहलका मचाया था। तारामणि थियेटर की नचनिया थी! काफी रंगीली, छमकछल्लो! खूब आँखें नचाती थी! बिंदास औरत भी! रेस के जौकी, सलीम से इश्क हो गया।

नानी ने उसे लाख समझाया, "उस राह ना जा, तारा! बहु बाज़ार का लक्खी दास बाबू, तोका गिरस्ती का सुख देगा।''

तारामणि ने झमककर कहा, "गृहस्थी में क्या सुख है, जी? तेरह पूरा होते-न होते, दन्न से बेटे की माँ और कोड़ी की उमिर हुई नहीं कि बूढ़ी! घूँघट काढ़े, पोटली बनकर घुसो और मरने के बाद पोटली बनकर निकलो।''

"तोका तो सुखी रखेगा।''

"हुंहः पिंजरे में जली-झुलसी पाखी का सुख!''

"ए-हो अउरत का सुख इसी में है।'

"झाड़ मारूँ ऐसे सुख के मुँह पर!"

"सलीम तो मुसलमान है।"

"हँसाओ मत, बाबू, रंडी के लिए क्या हिंदू, क्या मुसलमान! इसके अलावा मैं ही कौन-सी आला खानदान की राजकुँवरी हूँ जी? जन्म से देखती आई, माँ धंधा करती है! मैं भी रंडी हूँ! जाओ तो, फिजूल बकबक मत करो।"

तारामणि थी अलमस्त! लापरवाह! बिंदास! जब उसके हाथ में रुपए होते, वह और सलीम टमटम पर सवार होकर सैर-तफरीह को निकल जाते। ईडन गार्डेन जाकर, मैदान के गाजे-बाजे सुनते थे। बड़े दिन पर चौरंगी की रोशनी देखने जाते थे।

सुना है, लक्खी दास बाबू ने अपने आदमी भेजकर, तारामणि को टमटम से उतारा और उसको क़त्ल कर दिया। सलीम की जान बच गई। उस ज़माने में तारामणि मर्डर केस के बारे में सैकड़ों गीत रचे गए, बरतला में किताबें छापी गईं, काफी धूमधाम हुई थी।

नानी ने कहा, "फिजूल का बकर-बकर ना करो। गिरस्तिन होवे के लोभ में का सिरिफ रंडी मरतं है? गिरस्तिन नाहीं मरतीं? अरे, कउन नाहीं मरत? रंडी तो तब मरत है, जब देही ढल जात है। जो अउरत सम्हल-सम्हलकर चलना जानत है, वह बच जात है। जेकी तकदीर वैसी ना होत है, ऊ कालघाट में, कंगाली हाल में टें बोल जात है। जिस युवनी को हम पारसी साड़ी-जाकिट पहिने, इठला-इठलाकर घूमत देखी रहीं, ओहीको बाद में टिन का कटोरा लेकर भीख माँगते भी देखी। हमका मरने का किस्सा ना सुनाओ।"

"तुम्हारी जैसी तकदीर कितने लोगों की है, कामिनी?"

"अरे, तकदीर बनावे परत है–"

ख़ैर, ऐसी बात, नानी ही कर सकती थी! जवानी से ही, मुचकुन्द बाबू, उनके बँधे ग्राहक थे। पिछले दस सालों से वे उनके पास आ-जा रहे थे। महीने-महीने उनके आगे रुपए गिनते थे।

मुचकुन्द बाबू ही बनवारीलाल वकील को ले आए।

उन्होंने नानी से कहा, "आजकल ज़मीन-जायदाद को लेकर लट्ठबाज़ी हो रही है। दो-दो बहुओं और बेटों ने जीना हराम कर रखा है, सो, कामिनी, यह बनवारी काफी विश्वासी आदमी है, बेहद भरोसे का आदमी! इसकी बात मानकर चलोगी, तो तुम्हारा भला होगा।"

नानी की तो सच ही चाँदी हो गई। वकील बाबू ने उनके लिए तीन सौ रुपए का एक मकान ख़रीद दिया। धीरे-धीरे नानी ने खुद ही पानी के मोल, दो अदद मकान और खरीद लिए। अपनी पेट-जायी, सगी बेटी ने खुदकुशी कर ली।

उन्होंने कहा, "पतुरिया को जब गिरस्तिन बनने का लोभ जागत है, तो ओकी अकाल मौत होगी ही होगी। पतुरिया बनी रहती, तो बहुत दिन जिन्दा रहती।"

वकील बाबू आते-जाते रहे, शरबत पीते रहे, हुक्का गुड़गुड़ाते रहे। नानी उनकी हिदायत मुताबिक रुप्यों का लेन-देन करती रहीं।

बस, यही गलती कर बैठी।

सूद-ब्याज के कारबार में कम पूँजी लगाओ, दुगना लाभ पाओ! ऐसा भी नहीं था कि उन्होंने रुपयों को अपने हाथ से फिसलने दिया। सारी धन-दौलत कमरे की दीवार में गड़े संदूक में वे एहतियात से जमा करती रहीं।

'बैंक' का नाम नानी ने सुना ही नहीं था। वे बैंक नहीं जानती थीं : उन्होंने हवागाड़ी नहीं देखी, रेल पर सवार होकर, कभी कहीं तीर्थ करने नहीं गईं।

वे कहती थीं, "गंगासागर हो आई। ठनठनिया काली मंदिर क्या, कालीघाट भी गई हूँ। अब और तीरथ करके का फ़ायदा? मरने के बाद, दनदनाते हुए, का सरग पहुँच जावेंगी? कोई रंडी-पतुरिया कभी सरग नहीं जाती, जी! "

इसी तरह, वे अक्सर कहा करती थीं, "इतनी-इतनी अउरत-छौंड़ी हमरी जिम्मेदारी में हैं! उनकी देखरेख करना, का हमार फरज नाही है?"

मेरी माँ का जन्म सन् 1892 में हुआ। माँ ने तो नहीं देखा, मगर नानी किराए की नाव पर, मुचकुंद बाबू के साथ, घूमते-घूमते दक्षिणेश्वर काली मंदिर पहुँच गई। वहाँ के घाट पर, उन्होंने परमहंस को बैठे हुए देखा था।

कहते हैं, परमहंस ने विनोदिनी के सिर पर हाथ रखकर 'सद्बुद्धि आए' आशीर्वाद दिया था। यह सुनकर नानी के मन में अतिशय भक्ति जाग उठी। जिस दिन परमहंस का निर्वाण हुआ, नानी ने घर में चूल्हा नहीं जलाया। लड़कियों के साथ जाकर गंगा में डुबकी लगाई थी। उस दिन उन्होंने किसी भी कमरे में रोशनी नहीं करने दी। दरवानों ने मकान का फाटक नहीं खोला।

नानी ने लंबी उसांस फेंककर कहा, "कुछ भी हो! साक्षात्, सशरीर देवता थे। मेरे इत्ते-से करने से अगर पाप का बोझ ज़रा कम होता हो, तो भला!"

जो औरत देह का धंधा करती है, वह महापापी होती है—नानी यह सुनते-समझते हुए ही बड़ी हुई थीं।

अब मैं सत्तासी साल की हुई। अपने निजी मकान में, शान से रहती हूँ! किताबें पढ़ती हूँ, अख़बार पढ़ती हूँ। अब कोई 'वेश्या' नहीं कहता। अब तो दिन-काल, बातचीत का ढंग सभी कुछ बदल गया है।

मेरी नानी, मेरी माँ, इतना कुछ देखकर नहीं गयीं। नानी ने एक युद्ध जरूर देखा था। माँ ने दो-दो युद्ध देखे थे। नानी ने बिजली बत्ती नहीं देखी थी, माँ ने देखा था। नानी ने बायस्कोप नहीं देखा, माँ ने देखा था। मेरा वक्त तो टीवी के सामने बैठे-बैठे गुज़रता है। माँ टीवी नहीं देख पायी।

नानी के जमाने में पीने का पानी, भारी, गंगा नदी से ढोकर लाता था। घर-घर उठौवा पखाना था। नानी अगर मेरा बाथरूम देखती तो क्या कहती?

ख़ैर, गुज़रे ज़माने की बासी बातें छेड़ने से क्या फ़ायदा? अपनी माँ, कमलिनी की ही बात करूँ!

कहना चाहिए, नाम भी कमल और रूप में भी खिला-खिला कमल! नानी को तो यही नहीं सूझता था कि माँ को वे कहाँ सहेजकर रखें। उन्हें अपने सिर पर बिठायें या सिंहासन पर? माँ की देखभाल, सेवा-जतन के लिए एक नौकरानी, मानी, नियुक्त की गई थी। रानी गाँव की मानी भी नानी के वेश्या-ख़जाने की ही, कोई पतुरिया थी। नदिया जिला में घर, कृष्ण नगर के बारोदोल के मेले से उन लोगों को उड़ाकर लाया गया था। वैसे लड़की पकड़कर लाना, कोई आसान बात नहीं थी। खासे अमीर की बेटी हो, तो लड़की की दाइयों को अपने हाथ में करना होता था।

मेरी माँ को उसी तरकीब से लाया गया था।

कहते हैं, मानी आसानी से कब्ज़े में नहीं आयी थी। वह महज चवन्नी या अठन्नी भर ही पतुरिया थी। जब उसकी उम्र बीस या इक्कीस साल थी, अपनी सारी जमा-पूँजी लेकर वह लापता हो गई। उसके बाद, उड़िया पानवाले का भाई भी नज़र नहीं आया।

नानी ने कहा, "पुलुस को घूस देवें, हम! लड़कियाँ अगर पेट से हों, तो बच्चा गिरावे की दवा दें, हम, बेटा भया, तो गलत नाम से आश्रम के हवाले करें, हम, उस पर भी ये बेईमानी? अब उसे हम घुसने नहीं देंगी।"

हालाँकि कहती वह यही थी, लेकिन ऐसा कर नहीं पाती थी। करीब साल भर घूमने-फिरने के बाद, मानी फिर यहीं चली आई। कहते हैं, नानी उसे देखते ही, हँसिया उठकार उसे मारने दौड़ी थी।

मानी ने कहा, "हमें काट डालना चाहती हो? लो, काट डालो! लेकिन मैं तुम्हारे पैर नहीं छोड़ने वाली।"

जूते-मार खाकर, वह एक दिन लेटी रही। उसके बाद, खुद नानी ने ही उसको दवा-दारू देकर तेल मालिश करके सैकड़ों उपाय करके, दुबारा ठीकठाक कर लिया।

करीब दो साल बाद मानी फिर भाग गई।

इस बार नानी ने कहा, "पता नहीं कहाँ बिला गई। खैर जहाँ भी जाए, कोई ओका रखेगा नाहीं! फौरन निकाल बाहर करेंगे।"

मालती, छोटी चंपा, बड़ी चंपा ने मिलकर सवाल किया, "इस बार भी वह लौटकर आई, तो तुम उसे अपने घर में घुसने दोगी, मौसी?"

"अब देखेंगे, बिटिया! मन भया, तो रख लेबों, ना तो दुरदुरा देबों! हमें डर अउर बात का है।"

"डर? कैसा डर?"

लड़कियों ने सहमकर पूछा। नानी और-और कोठेवालियों जैसी नहीं थी, लेकिन आखिर थी तो मालकिन। औरतें, देह के धंधे में काफी मेहनत-मशक्कत से रुपए कमाती थीं और उसे भी घर-किराए के तौर पर रुपए चुकाती थीं। उन्हीं रुपयों की बदौलत ही तो नानी अमीर बनी थी।

नानी बंगला अखबार पढ़ती थी। कभी-कभार बंगला किताबें भी उलट-पलटकर देख लेती थी। प्राणहरि मास्टर को रखकर कुछेक लड़कियों को थियेटर के गाने भी सिखाती थी। मास्टर जब गाना सिखाता था, वह सामने जमी बैठी रहती थी। मास्टर कहीं उनसे लपटा-झपटी या छेड़छाड़ न करे।

नानी कहने को तो यही कहती थी, "मोरा बड़ा नाम-डाक है, छोकरियो! अगर वह खो गया, तो समझो हम गई। हमारे साथ तुम सब भी गई।"

ये बातें, मानी ने ही माँ को बताई थीं, माँ ने मुझे बताई थीं। जब मैं बड़ी हुई, तो नानी को तो मैंने अपनी आँखों से देखा ही नहीं!

मानी ही बता गई थी, "वह रंडी की बेटी ज़रूर थी, अपना पुश्तैनी धंधा चलाती थी, अपना तन बेचती थी। ज़िंदगी भर वेश्यागीरी का कारोबार चलाती रही। लेकिन उनका बाप बड़ा नामी-गिरामी आदमी था। उन दिनों हर कोई उनको जानता-पहचानता था।"

माँ ने पूछा, "ये नामी-दामी लोग यहाँ आते ही क्यों थे, भला?"

मानी ने उसाँस भकर बताया, "स्वाद बदलने के लिए। उन लोगों को तो कोई पापी-तापी नहीं कहता था! जितना पाप, जितना गुनाह, हमारा!"

वैसे मानी के बारे में नानी को एक ख़ौफ तो हमेशा ही घेरे रहता था। कुछ दिनों बाद, पता नहीं कौन-सी ख़बर पाकर, नानी वकील बाबू के साथ घोड़ागाड़ी में बैठकर, जाने कहाँ तो गई।

दो दिनों बाद, वह मानी को लेकर लौट आई। मानी के मानो जुबान न हो, गूँगी निगाहें, कैसी तो दिशाहारा नजर आई।

नानी ने कहा, "चल, अब मजे में खा-पी और जी भरकर गहरी नींद ले। गई तो थी, उसके बाद क्या भया?"

मानी का रो-रोकर बुरा हाल!

मानी कहाँ गई थी?

नानी ने माँ को जब बताया, तब तक मानी के लिए भी सारा मामला काफी पुराना पड़ गया था।

पिछली बातों के जिक्र पर, उसने ऐसे निस्पृह लहजे में जवाब दिया कि माँ एकबारगी अचकचा गई और बेतरह डर भी गई।

मानी को सिर्फ इतना याद था कि जब उसे पहली बार पकड़कर वापस लाया

गया, तब वह लगभग छः साल की थी। उनका गाँव और नवद्वीप, बैलगाड़ी से कुछेक घंटों का रास्ता! उन दिनों मानी को अपने माँ-बाप और बड़े भाई का चेहरा, धुँधला-धुँधला-सा याद था।

उसे यह सोच-सोचकर बेहद बुरा लगता था कि वह अपनी मर्जी से यहाँ नहीं आई। वह और रानी, बाकी सहेलियों के झुंड से बिछड़कर बकुल के पेड़ तले बैठी हुई थीं। उस ठसाठस भीड़ से उन्हें दहशत होने लगी थी।

उस वक्त उनके पास एक अधेड़ औरत भी आ बैठी। दाँतों में मिस्सी! कानों में सोने की लटकन!

उसने उन दोनों से कहा, "रो काहे रही हो? माँ के लिए? हम भी तो गोयाल-हरिपुर ही जाय रही हैं। तुम मेरे साथ चलो। आज रात, मेरी बहन के यहाँ सो रहना, सुबह हम तुम्हें पहुँचा देंगी।"

बस, उस दिन जो उन्हें वहाँ से ले जाया गया, वहीं उनके जाने-पहचाने बचपन का अन्त हो गया।

पता नहीं, मानी को ही यह ख्याल क्यों आया! अगर वह अपने घर लौट जाए, तो उसके माँ-बाप उसे ग्रहण करेंगे?

मानी को यह ख्याल नहीं आया।

अगर वह उनके सामने जा खड़ी हो, तो उन्हें शर्म में डाल देगी?

नहीं, मानी को यह ख्याल नहीं आया।

सुनने में आया कि मानी नवद्वीप गई थी। गौर-पूर्णिमा के दिन कितने ही पुण्यार्थी गंगा-स्नान को आते हैं। उनमें शायद उसकी माँ भी हो।

मानी घाट पर बैठी-बैठी आने-जाने वालों को देखती रही। हैरत है, अपनी माँ को देखकर भी वह पहचान नहीं पायी। माँ जब पीठ घुमाकर, चली जा रही थी, उनकी चाल देखकर, वह फौरन पहचान गई।

माँ को बैलगाड़ी की तरफ जाते देखकर, मानी ने उन्हें आवाज़ दी, 'माँऽ–'

माँ बेतरह अचकचाकर पीछे मुड़ी।

"कौन हो तुम, बिटिया? तुमने मुझे पुकारा?"

"मैं...मैं...!"

मानी को यह समझ में नहीं आया कि वह क्या कहे।

"तुम कौन हो? तुम्हें तो मैं नहीं पहचानती।"

मानी का मन कह रहा था–तुम मुझे पहचान गई हो, माँ! अलबत् पहचानती हो! तुम एक बार मुझे अच्छी तरह देखो तो सही!

"कहीं तुम पागल तो नहीं हुई! जवान-जहान लड़की हो! अच्छे कपड़े पहने हो! सज-धजकर...?"

"मैं मानी हूँ, माँ! तुम्हारी बड़ी बेटी, मानी! तुम्हें याद नहीं, उस बार दोले

के मेले में...''

माँ हनहनाकर उसके सामने आ खड़ी हुई। उसने आपादमस्तक उसे देखा। माँ के साथ जो अन्य औरतें आई थीं, वे लोग भी कौतूहलवश करीब आ गईं।

माँ की आँखों में आतंक! साँसे इतनी तेज-तेज, मानो वे हाँफ रही हों। मानी की तरफ वे बार-बार चुभती हुई निगाहों से घूरती रहीं।

''तुम्हें याद नहीं, माँ, उस दिन मैं और रानी...''

माँ ने दुःखभरी उसाँस बिखेरते हुए कहा, ''तुमने अभी-अभी रानी का नाम लिया...यह रानी कौन है?''

''पिता का नाम नन्दगोपाल...दीदी का नाम शिउली! तुम्हारे चेहरे-मोहरे से लग रहा है, तुम मुझे पहचान गई हो, माँ!''

माँ, कुछेक क़दम आगे बढ़कर, उसके और करीब आ गई। एक तरफ, आतंक! बदनामी का ख़ौफ! दूसरी तरफ बेटी को देखकर भयंकर विस्मय!

''हाँ, है तो तू मानी ही!...लेकिन...लेकिन, तू क्या कोठेवाली हो गई? वेश्या हो गई है?''

''हम दोनों को...पकड़ ले गए थे...''

माँ को फैसला लेना ही पड़ा।

''सभी जानते हैं, तुम दोनों नर्क में जा चुकी हो। उसी दिन से लोग अपनी बेटियों को मेले में भेजने से डरने लगे हैं। गोयाल में अब हरिपुर की कोई भी लड़की क़दम नहीं रख सकती। इसके बावजूद, सुनती हूँ, यहाँ-वहाँ लड़कियाँ चुरायी जा रही हैं।''

''माँ, तुम सबको एक बार देखना चाहती थी, इसीलिए...''

''अब यह मुमकिन नहीं है, मानी!''

माँ ने एक बार इधर-उधर चोर-निगाह डालकर दुबारा कहा, ''गाँव से हमें निकाल बाहर करेंगे। गाँव की लड़कियों का शादी-ब्याह नहीं होगा। तेरे बाप ने तुझे देख लिया, तो तुझे चीर डालेगा।''

मानी ने पूछा था, ''तो फिर...?''

माँ जार-जार रो पड़ी।

उसने भर्रायी हुई आवाज़ में कहा, ''अब तू जवान-जहान, भरपूर औरत बन गई है! अब तक तो तू तीन-तीन बच्चों की माँ बन गई होती। मेले में आई थी तू...''

''नहीं, माँ, नहीं, मैं किसी के साथ नहीं आई थी।''

''हम लोगों के लिए तू मर चुकी है, मानी! उस समय तुझे इतना-इतना खोजा ...इतनी-इतनी आवाजें दीं।''

''अब, मैं क्या करूँ, माँ?''

"उन कमबख्तों ने भी तुझे खदेड़ दिया न?"

मानी ने इनकार में ज़ोर-जोर से सिर हिलाया। वे लोग कभी नहीं खदेड़ते। भरी-गदरायी देह हो, तो वे लोग भला क्यों खदेड़ने लगे।

"इससे तो बेहतर है, तू गंगा में डूबकर, अपनी जान दे दे। जा मर जा!"

"माँ ओ!"

"या फिर, चल, हम और तू, दोनों ही जान दे दें।"

मानी ने अपने आँसू पोंछ लिए, एक बार नाक सुड़की और तनकर खड़ी हो गई। तब तक माँ की साथिनें भी करीब आ गईं। मानी दावे के साथ कह सकती थी कि उनमें से कुछेक औरतों को वह पहचानती थी। उसके ख्यालों में ये चेहरे हर वक्त ही घूमते-फिरते रहते थे। मानी पैर जमाकर खड़ी हो गई।

उसने साफ और सपाट आवाज़ में कहा, "ना, माँ, ना, मुझसे भूल हो गई। मैं अपनी माँ को खोज रही थी—"

जाने किसने तो झुँझलाई हुई आवाज में कहा, "मैं तो यह साज-सिंगार देखते ही समझ गई थी। सिर पर आँचल डाल लेने से क्या होता है? सधवा-सुहागिन जैसा तो कोई भी लक्षण नजर नहीं आ रहा है। चल, विनी की माँ, चल! ऐसी औरतों से..."

मानी की माँ मुँह फेरकर, उन औरतों के साथ, हनहनाती हुई चल पड़ी थी। मानी को उसी वक्त अहसास हुआ, उसके सिर पर भूत सवार हो गया था। जिस औरत का नाम थाने के रजिस्टर में दर्ज़ हो चुका हो, ऐसी वेश्या को घर लौटने का कोई हक़ नहीं होता।

वैसे ये सब काफी पुरानी बातें हैं। उस जमाने में मानी जैसी औरतें जानती थीं, वे लोग रूपाजीवा हैं; धंधा करने वाली हैं और समाज उन्हें 'बदचलन, गिरी हुई औरत' कहता है।

समाज उन्हें 'पतिता' कहता था। मानी और उस जैसी औरतें भी जानती थीं, वे लोग पतिता हैं। नष्ट औरत! उनका पेशा ही है, मर्दों को कलंकित और बर्बाद करना!

माँ ने सच ही तो कहा था। मानी जिन्दा है! वह किसी जबरजंग औरत, कामिनी बाला दासी के अधीन, महज वेश्या है, अगर यह ख़बर लोगों में फैल जाए, तो उसकी जन्मदायिनी जननी को आत्महत्या करनी होगी, लोग उसके बाप को बिरादरी-बाहर कर देंगे।

मानी ने मेरी माँ को बताया था, 'मेरी माँ ने मुझे डूब मरने को कहा था, मुझे भी मालूम था, लौटने के सारे रास्ते बन्द हो चुके हैं। तब मैं क्या करती?"

मानी ने सच ही नदी में छलाँग लगा दी।

उसके बाद? उसके बाद? उसके बाद?

मौत चाहने भर से तो नहीं मिल जाती। मानी भी नहीं मर सकी! मल्लाहों ने उसे नदी से बाहर निकाल लिया! किसकी बेटी है? क्यों डूबी? वगैरह-वगैरह सैकड़ों सवाल!

अन्त में वे लोग उसे वैष्णव-भक्तों के आश्रम में छोड़ आए। नानी उसे वहीं से ले आई थीं।

नानी ने उसे अपने कमरे में ले जाकर कहा, "मानी, गाँव-गिराम की लड़की हम हमेसा नहीं लेतीं। तुम लोगन को तो प्रेमदा लायी थी। अरे, वही, हाड़कट्टा गली की प्रेमदा! लड़कियों से जइसा सलूक ऊ करती थी! माहवारी भी नाही होतीं, कि ऊ लड़कियन को कोठे पर बिठाल देती थी! धंधा कराती थी। उनके कमरों में गाहक घुसाती थी। खलासी-भलासी, तेलवाला, कपड़ेवाला!"

"हाय मेरी माँ..."

"ऊ सब गाहक कइसे होत हैं, तू जानत है न? हमको सिखावे की ज़रूरत नाहीं! दुनिया भर के घाट-घाट पर, रंडियों के कोठे पर घूम-घूमकर गंदा-मंदा रोग लगाय आवत हैं। माहवारी नाही भई, ऐसी कच्ची छोकरी माँगत हैं। वो लोग समझत हैं कि कच्ची उमिर के साथ रहे, तो उनका रोग-पाप खतम हो जावेगा। अब उन लोगन का रोग दूर होत है कि नाहीं, ई हमका नाहीं पता, लेकिन बिचारी लड़कियाँ ज़रूर सड़-गलकर, मर जात हैं। लेकिन, हमारे ईहां कउनो लड़की, अइसे मरी है? तुम ही बतावे! हाँ, परेम-प्रीत का किस्सा ज़रूर भया! हमरे ही कोख-जायी बेटी ने ज़हर खाय लिया। ऊ आतमहत्या कर लिहिस, इशक किया और भाग गई—ई सब हम कबूल करती हैं। हमने तुम लोगन को ख़रीद लिया।"

"............"

थोड़ा रुककर दुबारा उसाँस भरते हुए, नानी ने अगला वाक्य जोड़ा, "गाँव-गिराम की लड़कियन के मन से गँवारपन कभी नाहीं जाता! गँवई हाव-भाव! वो राम की माँ है न? जो उपले, गुल बेच-बेचकर अपना गुजारा करत है? ऊ तो ई घर की पहिले खेप की लड़कियन में से एक है! यहाँ से चली गई अउर गोयालवालों के नौकर से माला अदल-बदल करके, बियाह रचा लिया। अब ऊ औरत-मरद लोगन जी-तोड़ मेहनत करत हैं! अब तो घर भी बनाय लिया, बाल-बच्चे भी हो गए।"

"वही...जो ढेर-ढेर-सा सिन्दूर लगाती है?"

"हाँ, सो तो पहनती है। लेकिन, लड़की, तोरा का होगा? तुझसे तो ई सब होवेगा नाहीं।"

"मेरा मन नहीं चाहता—"

"सुना है, बाबू लोग उद्धार आसरम बनावे की सोच रहे हैं। लेकिन अभी बनाया नाहीं! पतिता लोग घिन्ना जोग हैं, ऊ लोग उद्धार करिहैं—जब तक हम अपनी आँखिन से नाहीं देख लेंगी, हम मानने को राजी नाहीं हैं।"

"मौसी, मैं क्या करूँ? माँ ने मुझे...?"

"देखौ, तकदीर में बदा था, सो तुम पतुरिया हो गई। अगर अब तुम ऊँहा जावोगी, तो जमींदार, तुमरे बाप को निकाल बाहर करेगा। ओकी बेटी का बियाह नाहीं होगा..."

"हाँ, मेरी माँ ने भी यही कहा था–"

"अब तू बता, का करेगी तू?"

"तुम मुझे अपने यहाँ दासी बनाकर, क्यों नहीं रख लेतीं?"

"सुन, ऊ जो मउगी है, थियेटर करती है...बकुलबाला...ढेर-ढेर पइसा है। कउनो जमींदार की रखैल है–उसके ईहां नौकरी करेगी? हम ओका जानत हैं..."

"तुम अपने यहाँ रखोगी, तो रहूँगी। और किसी जगह नहीं जाऊँगी।"

"अभी भी तुम जवान जहान्न हो..."

"तुम मुझे अपने पास रखकर देखो तो सही!"

पाँच चवन्नी तनखाह पर, मानी मेरी माँ की दासी नियुक्त हो गई। जब मेरी माँ नहीं रही, वह मेरे यहाँ आ गई।

अन्त में उसने कहा, 'मुझे तू काशी भेज दे। मैं जिस गौरनिताई आश्रम में जाती हूँ, वे लोग ही सारा इन्तज़ाम कर देंगे।"

मैंने साफ मना क़र दिया, "नहीं, यह मुझसे नहीं होगा। मेरे बाबू भी तुम्हें मौसी कहते हैं। मैं भी तुम्हें अपनी मौसी ही मानती हूँ। अब तक तुमने दुःख ही दुःख देखे हैं। मेरी माँ भी तुम्हें 'दीदी' मानती थी। उसने तुम्हें सुख से नहीं रखा?"

"वह कैसे चली गई, बताओ?"

"बप्पा के जाते ही, माँ ने भी जीने की चाह त्याग दी। खाना-पीना छोड़ दिया। धीरे-धीरे..."

"तेरी नानी नहीं रही; माँ नहीं रही। मुझे जाने..."

"माँ से मैंने वादा किया था, तुम्हें मैं कभी नहीं छोड़ूँगी। अब तुम जैसा सोचो..."

"न्ना! तू मुझे तीरथ-धर्म करा रही है, खुद भी धर्म के पथ पर है! यहीं रहूँगी।"

"और मेरे बच्चों को कौन देखेगा?"

"बच्चे तो अभी हुए भी नहीं।"

"होंगे तो सही!"

"ठीक है, रह जाती हूँ।"

इस तरह, मानी मौसी मेरी माँ के साथ रही, उसकी 'दीदी' बन गई। जब मेरे पास आई, तो मेरी मौसी बन गई। उसके बाद, मेरी जिन्दगी में एक भयानक संकट आया और शायद मुझे बचाने की कोशिश में ही, मानी मौसी ने अपनी जान दे डाली।

अब मैंने जो सोचा है, अगर उसे सच कर पाई, तो मानी मौसी के नाम एक घर बनवाऊँगी।

'पतिता पुराण' काव्य अब कहीं नजर नहीं आता। मेरी प्रति काफी फट-फटा गई है। किसी जमाने में, मैं वह किताब अक्सर पढ़ा करती थी, अब नहीं पढ़ती। उस किताब से तो यही राय बनती है कि औरत जात गुनाहों की पोटली बनकर ही जन्म लेती है।

नानी, मेरी माँ कमलिनी के बारे में काफी बड़े-बड़े सपने देखा करती थी। खुद उनके अंदर भी कोई खौफ़ समा गया था। उनके मन में यह डर पैठ गया था कि जिस दिन वह मर जाएँगी, उनका सारा कुछ गवरमिंट ले लेगी। ऐसे में अक्सर उन्हें सूर्यमुखी की याद सताने लगती थी।

उसका नाम सूर्यमुखी नहीं था, वह तो 'छुटकी-पटली' नाम से ही परिचित थी। लेकिन 'विषवृक्ष' नाटक में सूर्यमुखी की भूमिका निभाते हुए, वह सूर्यमुखी हो उठी।

थियेटर में उसे देखकर, जाने कहाँ किसी नवाब खानदान का नौजवान, एकदम से पगला ही गया। वह अपना देश, घर-द्वार परिवार—सब छोड़-छाड़कर, सूर्यमुखी के चरणों में आ बसा।

नानी ने कहा, "अरे, सब तकदीर का खेल है। तकदीर का! ऐसा तो नाहीं है कि वह मुनि-मनमोहिनी है—"

वकील बाबू ने कहा, "यह मत भूलो कि सूर्यमुखी ज़्यादा बुद्धि रखती थी।"

"पढ़ी-लिखी भी थी।"

"वर्ना ऐसी किताब लिख पाती?"

"क्या बुद्धि भिड़ायी है, बताओ तो?"

"बुद्धि जैसी बुद्धि?"

"साफ-साफ सुना दिया, अपना सारा घरद्वार-संसार उड़ा-पड़ाकर, यहाँ पड़े हो! जमींदारी चौपट हो रही है। चलो, मान लिया कि आज मैं तुम्हारी दिलपियारी हूँ, लेकिन जब तुम्हारा मन, मुझसे उचट जाएगा, तब मैं क्या करूँगी?"

"बताओ, क्या करना होगा?"

"कर सकोगे?"

"हाँ, करूँगा।"

नानी ने अपनी राय जाहिर की, "कहेगी नाहीं? ओकी माय वसीकरण जानती थी। हमेसा कहती थी, स्त्री-धन के नाम पर मेरे पास, मेरी बेटी है। अब ऐसा कुछ तो करना ही होगा, जिसको ओकी बेटी भुना-भुनाकर खाती रहे।"

सूर्यमुखी ने कहा, "मैं मुसलमान बन जाती हूँ। तुम मुझसे निकाह कर लो। एक मकान चाहिए और मासिक तनखाह! मेरी माँ चाहे मेरे पास रहे या काशी में।

उसे ज़िन्दगी भर पाँच रुपए मासिक राशि मिले! लेकिन यहाँ नहीं, मुझे और कहीं ले चलो।"

नवाब खानदान का लड़का, उन दिनों आँखें मूँदकर भी सूर्यमुखी को ही देख रहा था।

उसके बाद, सूर्यमुखी यहाँ नहीं! वहाँ नहीं! कहीं नहीं!

बाद में पता चला, उसने धर्म भी दिया, निकाह भी कर लिया और बरेली या जाने कहाँ तो, आराम से एक खूबसूरत मकान भी हथिया लिया। उसकी माँ को भी कोई तकलीफ नहीं रही। वे भी काशी में, गंगा-तट पर मजे में रस-बस गई थीं। नवाब पाँच रुपए देता था, दस रुपए बेटी भेजती थी, और क्या चाहिए? सूर्यमुखी की खबर लोगों में आग की तरह फैल गई।

"देखा? इसे ही कहते हैं बुद्धि! अब वह नाम-दर्ज वेश्या नहीं रही, जिसका नाम था—छुटकी पटली। छुटकी पटली तो धर्म से हिन्दू थी। लेकिन धर्मांतरित फिरोजा बेगम किसी की बीवी थी। गवर्नमेंट के नियम-कानून का जाल लाँघकर, वह हाथ से फिसल गई थी।"

वकील बाबू ने कहा, "ऐसा लाखों में एक होता है।"

"लेकिन हुआ तो सही? उसने अपनी ज़िंदगी तो सँवार ली न? हालाँकि ऐसा हमेशा-हमेशा नहीं होता। ऐसा होना पाप भी है।"

"बताओ! बताओ! तुम तो 'पतिता पुराण' पढ़ती हो न?"

नानी लम्बी उसाँस फेंकते हुए कहतीं, पुराणों की क्या बात है? वेश्या हमेशा मौजूद थी, हमेशा रहेगी। ज़रा, सोच देखो, सत्‌युग में क्या नहीं घटा? हाँ, तुम कह सकते हो कि यह देवी-देवताओं की लीला है। लेकिन शकुंतला का तो ब्याह हुआ था न? उर्वशी ने ही क्या नहीं किया?

"ऐसा करो, तुम एक पाठशाला खोल लो।"

"हाँ, जी सच्ची, खोल सकती थी। मोरी बुद्धि भी थी, पढ़ना-लिखना भी सीखी थी। लेकिन तकदीर की मार! एक तो औरत जात, उस पर से वेश्या की कोख से जनम...ऐसा ही होता है। मोरी माइयो पाप काम में जुट गई। हम भी पाप करम कर रही हैं! कमल को देखकर ही, हमका भर पेट सिच्छा मिल गई। अब अउर नाहीं! अब लड़की-चोरी का काम बंद! चोरी गई लड़किन को ई काम में नाहीं झोंकूँगी।"

"यह लिख-पढ़कर तुम काम से गईं!"

"उफ! बड़े आए ज्ञानी कहीं के! 'चाणक्य श्लोक' पढ़ो न! औरत अगर रूप और जवानी का भंडार हो, तब भी नहीं होता! पेट में विद्या होवे चाही। लड़की अगर अमीर घर में भी पैदा हो, तो उसकी इज्जत नाही होती—ई सब वे ही लिखे हैं। सच्ची, बड़े पहुँचे हुए मुनी थे।"

"अब ये बातें नहीं चलतीं। अब तो बड़े-बड़े घराने की लड़कियाँ, अगर 'क'

अक्षर भी न पहचानें, तो भी सयानी हो जाती हैं, उनका शादी-ब्याह भी हो जाता है।"

"इस्स! लड़कियाँ लिखे-पढ़े लागीं, मगर कब से? कित्तने दिन भए, उनको पढ़ाई सुरू किए? यह खबर रखते हो? अपनी कमल...ओका इस्कूल में लेवे को राजी ही नाही थे, रंडी की लड़की जो थी! उस पर से इतना-इतना रूप लेकर, अगर पढ़े जाती, तो लोग ही पीछे लग जाते। सच्ची! विद्यासागर इत्तना कुछ किए, हम अउरतों के लिए भी कुछ इन्तजाम कर जाते..."

"क्यों? कमल को विद्यावती बनाओगी?"

"चाहेगी, तो बनाय दूँगी।"

"अरे, चौदह पूरा होते-न होते लाइन में उतरना है, लिखना-पढ़ना सीखने से फ़ायदा?"

"तुम्हरे मुँह में कीड़े पड़ें, समझे?"

आखिरकार, काफी सोचने-समझने के बाद नानी ने माँ को घर में ही पढ़ाना शुरू कर दिया।

उन्होंने कहा, "हम जितना-सा जानत हैं, उतना तो पढ़ा-सिखा देवें। ओकी किस्मत में होगा, तो अउर पढ़ लेगी।"

नानी को बंगला अच्छी-खासी आती थी। चाहे बटतला की किताब हो या खना-वचन, कालिदास की खामख्याली कहो या नाटक-नॉवेल या फिर 'वसुमती साहित्य मंदिर' की किताबें हों—वे सारी किताबें पढ़ती थीं। कहानी की किताबों का तो उन्हें नशा था। उनके पास विषय-बुद्धि भी थी। पहले मुचकुन्दु बाबू, बाद में बनवारी लाल वकील—उन दोनों ने नानी को पक्की तौर पर हिसाबी-किताबी बना डाला।

'रामकृष्ण कथामृत' जब प्रकाशित हुआ, नानी को लिखना-पढ़ना ख़ास नहीं आता था।

माँ ने कहा, "आदमी रख देती हूँ, वह आपको पढ़-पढ़कर सुनाया करेगा।"

नानी ने उन्हें बरज दिया, "फालतू बकवास ना कर। अपने-आप पढ़ने में जो सुख है, वो पढ़कर सुनावे में भला मिलता है?"

वकील बाबू धर-पकड़कर, एक सिलाई-मास्टरनी ले आए।

मेरी माँ लेस-बुनाई करती, कसीदाकारी करती, ऊन-सिलाई भी पकड़ी थी।

उस ज़माने में भी माँ सिर पर मैकासा तेल के अलावा और कुछ नहीं लगाती थी; लैवेंडर साबुन के अलावा, किसी दूसरे साबुन से नहीं नहाती थी; न्यू मार्केट की जैकेट-पेटीकोट-साड़ी, पैरों में कार्पेट के जूते पहनती थी।

नानी मानो कोई और ही इंसान बन गई थी! माँ उनके लिए कोई आम लड़की

नहीं थी, बल्कि किसी परीकथा की राजकुमारी थी। ऐसी लड़की, किसके हाथों सौंपे? कौन उसको प्यार-जतन करेगा?

उनके मन के भीतर बैठा मन ही उन्हें याद दिलाने लगा—और ज्यादा देरी नहीं करनी चाहिए, कामिनी। जिंदगी भर जाने कितनी-कितनी लड़कियों को, इस दिन, इस उम्र में दिन-दिन भर उपासी रखकर, शाम को हल्दी के पानी में नहलाया है। उसके बाद, पीढ़े पर दाँव या कटारी या कठौती रखा। पाँच-पाँच वेश्याओं की 'उलू' ध्वनि की गूँज में, नई-नकोर, अनछुई लड़की, हाथ में दीया लिए, उस पीढ़ी की सात बार परिक्रमा करती थी। उसके बाद, पीढ़ी पर रखे हुए दाँव या कटारी पर माला चढ़ाती थी और 'छड़ा' गाती हुई लड़की से माला बदल करती थी। घटवारी पुरोहित छड़ा की तरह ही गा-गाकर मन्त्र पढ़ता था—

लोहे के साथ बियाह किया
आफ़त-विपदा दूर किया
थी मैं अकेली, अब, सबकी हुई
थी मैं बटोरनी, अब वेश्या हुई

लो, अपने घर में लो! अपने घर में क़बूल करो, देवियो? लो, कलाई में कामाख्या देवी का कंगन पहनो! इस बाँह में हड़ाहचंडी की ताबीज धारण करो; लो, माँग में शीतला मइया का सिंदूर भरो! आज से तू 'बारह भतारी' हुई। ले, चरण में, ये पाँच पैसे चढ़ाकर, परणाम कर! शीतला मइया का यह सेन्दुर, अपनी माँग में रोज छुआ लेना। जो आवे, उसकी सेवा करना।

कामिनी ने कहा, "जन्मजन्मान्तर की बात करते हो? मसान का बाम्हन सब भूल गया?"

"भई, तेरा तो न परलोक है, न जन्मजन्मान्तर! एक ही जन्म में सौ-सौ जन्म होगा! कल ही पता चल जाएगा।"

आज भी घटवारी ब्राह्मण था, कामिनी के ज़माने में भी घटवारी ब्राह्मण ही हुआ करता था। हाँ, पहले के पंडित संस्कृत बोला करते थे, और आज के पंडित बंगला बोलते थे।

पाँच पैसे, एक अदद आठ-हाथ की धोती, तेल और एक अदद गमछा पुरोहित का प्राप्य होता था।

वेश्याओं के साथ पुरोहित की सिर्फ दो बार भेंट होती थी। एक बार जब किसी लड़की के वेश्या के धंधे में पदार्पण करते वक्त, उसके विवाह के समय और दूसरी बार, जब उसका इन्तकाल होता था। उस जमाने में भी वेश्या की लाश, वेश्याएँ ही ढोती थीं। घटवारी पुरोहित सिर्फ नेम-नियम के कर्म निभाता था।

ढेर सारे! ढेर-ढेर सारे रीत-नियम! ये सब रीत-नियम तब शुरू होते हैं, जब लड़की चौदह-पंद्रह साल की होती थी।

नानी ने कहा, "यह हमसे नाही होगा! लड़की को सोलह-सतरह का होने दो।"

उन दिनों नानी अपनी जान-पहचान की फिटिन, किराए पर मँगाकर, माँ को लेकर, शाम को सैर पर निकल जाती थी। कभी-कभार किराए पर नाव लेकर, गंगा नदी की तरफ भी हवाखोरी के लिए पहुँच जाती।

वकील बाबू ने कहा, "एक ही उम्मीद लेकर तो बिचारी कामिनी निकलती है। किसी अच्छे घर के लड़के की कमल पर नजर पड़ जाए, माँ पर उसका दिल आ जाए। बस, यही..."

"मैं बँधा-बँधाया बाबू खोज रही हूँ। मैंने कौन-सा पाप किया है, यही सोचती हूँ। ऐसे कौन-से घर में लड़की ब्याह दूँ कि घर की बेटी, घर में ही रहती? अब ऐसा अपरूप रूप देखकर, भँवरे तो मँडराएँगे ही। लेकिन, उसके बाद? कमल भी वेश्या बन जाएगी?"

"वेश्या नहीं, तो और क्या होगी?"

"तुम कुछ नहीं कर सकते?"

"तुम्हारी ख़ातिर, कर सकता हूँ।"

"मेरे लिए?"

"तुम मेरी बात सुनो तो सही।"

वकील बाबू ने कहा, "देखो, बाहर की हवा अब बदल रही है। अब इस देश में नई हवा आ रही है, तुम्हें पता नहीं? अख़बार में तो पढ़ा ही होगा, अभी, उसी दिन तो खुदीराम को फाँसी हो गयी।"

"हाँ, पढ़ा। कितना साहस भरा था उस छोरे में, मोरे बाप! साहब को मारकर, फाँसी चढ़ गया?"

"हाँ, देश में अब नई-नई नस्ल के नौजवान पैदा हो रहे हैं। यह स्वदेशी हवा है! नई हवा!"

"इसमें हमारी बात कहाँ आती है?"

"सत्यभामा थियेटर की पंचकौड़ी दासी, लिखी-पढ़ी औरत है न! उन लोगों के घर में उस दिन चूल्हा नहीं जला। और... और उस नए हिन्दू मिशन में जाकर, रुपए दे आईं।"

"उन लोगों ने वे रुपए लिए?"

"लेंगे क्यों नहीं? ये लोग बिल्कुल अलग तरह के इंसान हैं। उनका कहना है—औरत मात्र ही माँ होती है। तुम लोग इस राह पर उतरी हो, इसके लिए क्या सिर्फ तुम ही कसूरवार हो? और ऐसा कौन-सा पाप है, जिसका प्रायश्चित्त संभव नहीं? आओ, पाठ सुनने आओ, हमारे दरवाजे खुले हैं?"

"पाठ सुनकर क्या होगा?"

"उनका कागज-पत्तर तो मैंने ही बनाया है न! सत्यभामा किसी शरीफ घराने

की ही बेटी थी। पैर फिसल गया, सो इस लाइन में चली आई। वहाँ उसकी कोई दूर के रिश्ते की, भांजी रहती है। शायद साधु बन गई है।''

''सत्यभामा वहाँ जाती है?''

''हाँ, जाती है। मैं तो कहता हूँ, तुम भी जाया करो। वे लोग मिशन बनाएँगे। अनाथ-लाचारों के लिए होमियोपैथी चिकित्सालय खोलेंगे। सत्यभामा ने कहा है, वह रुपए देगी। गवरमिंट क्यों ले? मैं अपने रुपए, भले काम में क्यों न दे दूँ।''

''समझ गई! अपना यथासर्वस्व दे दिया जाए तो सचमुच काम आएगा।''

''हाल में प्लेग की जो महामारी फैली थी, उन लड़कों ने लोगों की कितनी सेवा की। विवेकानंद को देखकर इन्हें बेहद उत्साह मिला। इनमें से कुछ लड़कों ने तो यहाँ तक कह डाला कि हिंदू धर्म में मिलावट आ गई है, वे लोग इसमें सुधार लाएँगे।''

''सुनो, कमल का क्या होगा?''

''यहाँ अच्छे-अच्छे शिक्षित लोग आते हैं। चलो, वहीं जाएँ। पता नहीं, कौन कब आ जाए, किसी की नजर को कमल भा जाए, उसे क्या पता!''

''पुलिस पीछे नहीं लगी .है?''

''वे लड़के स्वदेशी तो नहीं करते। सेवाव्रत करते हैं। धीरे-धीरे उनका नाम भी फैल रहा है।''

उस दिन किसे पता था कि एक दिन इन वेश्याओं को समझ में आ जाएगा कि सभी लोग उनसे नफरत नहीं करते और धंधा करने वाली औरतें, यथासंभव अपना सब कुछ नव्य हिन्दू मिशन, नव्य हिंदू सभा को लिख-पढ़ देंगी?

नानी, माँ को लेकर वहीं जाने लगीं। वहाँ स्वामी सदानन्द को देखकर, उनकी बातें सुनकर विस्मय-विमुग्ध रह गईं। इससे ज्यादा अभिभूत वे यह देखकर हुईं कि सत्यभामा जैसी नामी-दामी अभिनेत्री सिर पर तसर की चादर लपेटे उनका गीता-पाठ सुनती है।

सदानन्द महाराज ने खानदानी, पैतृक घर में अपना हिस्सा बेचकर, एकमंज़िला घर खरीद लिया और वहाँ नव्य हिन्दू मिशन की स्थापना की। वहाँ उन्होंने भगवान शिव की प्रतिष्ठा की और नियम से नित्य-पाठ करते थे; बेहद सहज सरल भाषा में पुराण की कथाएँ सुनाते थे। नानी ने नानक, कबीर, तुकाराम, मीराबाई वगैरह का नाम, पहली बार वहीं सुना।

माँ लाल किनारवाली डोरिया .साड़ी पहनकर नानी के साथ जाती थी।

सत्यभामा ने पूछा, ''यह लड़की तुम्हें कहाँ से मिल गई, कामिनी? ऐसा कमल फूल, तू कूड़े के ढेर में फेंक देगी?''

नानी ने सत्यभामा के पाँव पकड़ लिए, ''जल-जलकर भसम हुई जाय रही हैं, बिटिया! इस लड़की से बड़ा मोह हुइ गवा है। अगर मोरा बस चलता, उसको

बियाह देती। लेकिन, बिटिया, लड़का कहाँ मिलेगा? कउन इस फूल की कदर करेगा, बोलो?"

"भगवान से मनाओ! देख, स्वामी महाराज को मत बताना। वे बिचौलिया नहीं बनेंगे। हाँ, मैं एक बात बता सकती हूँ। मैं अपना यथासर्वस्व अर्पित करके काशी में आश्रम बनाने वाली हूँ। वहाँ पतिता औरतों को शरण दूँगी; देवता की प्रतिष्ठा करूँगी। अपना सब कुछ देवत्तर कर दूँगी, तो गवरमिंट नहीं ले सकेगी।"

"लेकिन, तुम तो अभी भी..."

"मैं थियेटर छोड़ दूँगी। पतिताओं की सम्पत्ति तो सरकार ले लेती है, लेकिन उनके कल्याण के लिए, कोई भला काम करती है?"

"हाँ, सो तो नहीं करती।"

"तब? वैसे ये लोग भी उद्धार-आश्रम बनाने वाले हैं। सारा कुछ अर्पित करके, वहाँ भी रहा जा सकता है।"

"हाँऽ, यह तुमने सोचने जोग बात सुझायी।"

"और क्या? हम अपनी लाश खुद ढोती हैं; अपने हित की बात भी खुद सोच लेंगी।"

सत्यभामा ने अपना वादा पूरा किया था। उसकी देखादेखी बहुत-सी औरतों ने भी रुपए दिए। इसके अलावा मिशन की तरफ से काशी में जो आश्रम बना, सुना है, जिन पतिताओं ने वहाँ जाकर दम तोड़ा, वे सीधे स्वर्ग गईं।

हालाँकि यह बहुत बाद की बात है।

माँ वहाँ बैठी-बैठी, अचरज से मुँहबाए, गीत-भजन सुना करती थी। जिस दिन कीर्तनिया राखाल दासी गाती थी, उस दिन वे जरूर जाती थीं। वैसे मिशन को लेकर तरह-तरह की अफवाहें भी गर्म हो उठी थीं।

पुलिस भी उस आश्रम पर नजर रखे हुए थी कि यहाँ स्वदेशी बाबू लोग तो नहीं आते।

जबरजंग दारोगा, सहाय बाबू ने कहा, "नरक की लड़कियाँ यहाँ आती ही क्यों हैं?"

सदानन्द ने जवाब दिया, "देवता के द्वार आने की मनाही किसे है? उन औरतों की कोई आस-उम्मीद भी नहीं मिटती। यहाँ वे कंगाली-भोजन कराती हैं; चिकित्सालय के लिए धन देती हैं। यह सब नहीं चलेगा, पहले यह कानून बनवाकर लाइए।"

"चलिए, हम नज़र ज़रूर रखेंगे।"

"देखिए, हम रामकृष्ण मिशन में दीक्षित नहीं हैं, लेकिन मैं वहाँ के स्वामी जी का यह आदेश ज़रूर मानता हूँ—जीव की सेवा करना ही, ईश्वर की सेवा है।"

"हाँऽ, देख रहा हूँ, बहुत सारे लोग आने लगे हैं।"

"हाँ, आते हैं! शांति पाने के लिए। देखिए, यहाँ कुछ गैर-कानूनी चलता है,

अगर साबित कर सकें, तभी आइयेगा, वर्ना हम पर मेहरबानी रखें।''

''वसुमती-अखबार में भी आपलोगों की तारीफ छपी है।''

''पता नहीं—''

''खैर, छोड़िए, बीच-बीच में, मैं आता रहूँगा।''

''अपना यह जिरह-बख़्तर उतारकर आइयेगा। हमारे देवता का अगर अपमान हुआ, तो याद रखिए, हम चंड भैरव हो उठेंगे।''

इसके बाद ही, दामोदर का भयंकर सैलाब आ गया। नव्य हिन्दू मिशन के लोग, सड़कों पर गीत गा-गाकर भीख माँगते, घूमते फिरे और चावल, कपड़े और भी कितना कुछ लेकर, बाढ़-पीड़ितों की सहायता के लिए पहुँच गए। इस सिलसिले में कलकत्ता के मशहूर वेश्या-मुहाल से दान में मोटी रकम प्राप्त हुई।

बड़े बाबू यहीं आया करते थे। भागलपुर के जमींदार खानदान के बेटे! उम्र लगभग तीस साल! बेहद सुपुरुष, बेहद शौकीन-तबीयत! उनके मन में जाने कौन-सा दुःख बसा था, नानी को तब तक भी जानकारी नहीं थी।

वे लैंडो में सवार होकर आते थे। हाथ में हाथी दाँत की मूँठवाली छड़ी, फूली-फूली-सी धोती, कुर्ता! जबर्दस्त मूँछें! जिसे कहते हैं, भरपूर मर्द का चेहरा!

वे भी वहाँ जाते थे और चोर-निगाहों से माँ को निहारते रहते थे। माँ को देखते हुए, मानो उनकी आँखें नहीं जुड़ाती थीं, माँ थी बिल्कुल सीधी-सादी, निपट भोली-भाली! वे किसी तरफ भी नहीं देखती थीं, नानी ने मना कर रखा था। लेकिन कोई अगर एकटक देखता रहे, तो वह नजर शायद तन-बदन में चुभ जाती है, इंसान को अहसास हो जाता है।

जब नानी वहाँ से उठ आती थी, वे भी उठकर आ जाते थे। नानी जब तक घोड़ागाड़ी में बैठ नहीं जाती थीं, वे दूसरी तरफ मुँह घुमाए खड़े रहते थे। सुना है कि नानी के कान खड़े हो गए, वह बंदा मेरी बेटी को घूरता क्यों रहता है? न वह ब्याह करेगा, सम्मान भी नहीं करेगा।

माँ ने उसे एक बार भी नहीं देखा, ऐसा भी नहीं था, क्योंकि दिन भर माँ का भी मन उड़ा-उड़ा रहता था। वे एक कमरे से दूसरे कमरे में उड़ती फिरती थीं। अब वे बाल उलटकर सँवारने लगीं, बार-बार कपड़े बदलने लगीं।

नानी ने मानी से ही कहा, ''यह रागरंग तो सही नाहीं लग रहे हैं, मानी! लगता है, किसी पर दिल आय गया है।''

मानी को अपना अतीत याद आ गया।

उसने कहा, ''दिल आए तो क्या? न आए, तो क्या? ब्याह तो उसी दाँव-कटार से ही दोगी और थाने के रजिस्टर में उसका नाम चढ़ जाएगा।''

नानी ने सिर हिलाते हुए कहा, 'ऊ अइसी लड़की नाहीं है—''

व्यंजनाहीन चेहरा लिए, घर का काम करते हुए, मानी ने कहा, ''कौन-सी लड़की

वैसी होती है, माँ? मुँह से अभी बोल भी नहीं फूटा होता, दूध का दाँत भी नहीं टूटा होता, तुम उन्हें चुरा लाती हो; मुर्गी पालने की तरह उसे खिला-पिलाकर बड़ा करती हो और उसके बाद उसकी बलि चढ़ा देती हो। ये लोग, अगर अपने-अपने घर होतीं, तो आज उनकी भी घर-गृहस्थी बसी होती।''

और कोई वक्त होता तो वह नानी की लात खाती। लेकिन कमल तो उनके दिल की धड़कन थी, आँखों की मणि थी।

''तभी तो कमल को प्यार करके मन प्रायश्चित्त करना चाहता है।''

''कमल का इन्तजाम हो जाए, तो तुम यह धंधा बन्द कर दोगी?''

''सोचा तो यही है।''

''और इन्हें सियार-कुत्ते नोच खाएँ, यही न? जितना पाप तुमने किया है, यह उससे डबल पाप होगा।''

नानी की भौंहें सिकुड़ आईं।

''हमने जो सीखा है, वही करत हौं, मानी! इसके अलावा हमने अउर कउनो काम सीखा है?''

''मैं बताने वाली कौन होती हूँ, माँ?''

''यह जो तू भरी जवानी में ही बैठ गई, हमने कुछ कहा? हम का इन अउरतों का दबा-दारू नाहीं कराती? पेट से होती है, तो पेट नहीं गिरवाती? या जरूरत पड़ने पर दाई बुलाकर, प्रसव नाहीं कराती?''

''कमल को हम जितना-जितना देखती हैं, उतना-उतना मोरा मन कचोटता है। हमने कितना बड़ा पाप किया है।''

''ख़ैर, उसकी तकदीर!''

''कोई ओकी नजर में बसे भी कैसे? हम उसको कहीं निकलने भी तो नाहीं देती।''

''अरे माँ, जब दिल आ जाता है, तो उस वक्त दिशा-ज्ञान नहीं रहता।''

''अब नई लड़कियाँ हम ले भी नाहीं रही।''

''मन में शायद वैराग्य पैठ गया है।''

''जा तो, अपना काम कर, जा!''

काश, नानी जान पातीं, माँ जो-जो गीत सीख रही थी, कॉपी में नोट भी करती जा रही थी। साथ ही मन में जो-जो भाव जाग रहे थे, वह भी लिखती जा रही थी।

मानी को यह बात मालूम थी, मगर उसने नानी को नहीं बताया।

मानी के मन में तो नानी के लिए गुस्से की भयंकर आग धधक रही थी। वह गुस्सा कभी-कभार जाहिर भी जो जाता था।

वह मेरी माँ को प्यार भी करती थी, उससे ईर्ष्या भी करती थी। लेकिन माँ उसे इतना-इतना प्यार करती थी कि हर वक्त आँखों में बसाये रखती थी। बाद

में, मानी ने कबूल किया, किसी-किसी समय, जाने कितने-कितने लोग उसके आगे रिरियाते रहे, लोभ भी देते रहे कि उस लड़की को लाकर उन्हें सौंप दे, वे उसके आगे रुपयों का टोकरा उलट देंगे, उसे मालामाल कर देंगे।

"तो वह काम तूने किया क्यों नहीं, मानी?"

लेकिन वेश्याओं की भी तो अपनी रीति-नीति होती है। वेश्या की बेटी है—कमलिनी! रीति-रिवाज का पालन करते हुए, वह वेश्या बनेगी। कोई उसे अपनी बहुरिया बना लेगा।

अगर उसने यह नियम तोड़ा होता, तो परलोक तो क्या, इहलोक में ही नानी शायद उसका खून करा देती।

वेश्या को क्या अपनी बिरादरी का धर्म तोड़ना चाहिए?

माँ मोमबत्ती की रोशनी में, अपने गाने की कॉपी में, अपने मन की बातें लिखती रही। उस कॉपी के कुछेक पन्ने तो आज भी मेरे पास मौजूद हैं।

माँ की लिखावट! बप्पा की लिखावट! माँ-बप्पा की तस्वीर!

ये सब मेरी चिता तक, मेरे साथ जाएँगी। मैं कोई भी निशानी छोड़कर नहीं जाऊँगी। अगर मुझे किसी रोग ने धर दबोचा, तो मैं खुद ही, अपने हाथों से वह सब जला डालूँगी!

माँ के हाथों की कच्ची लिखावट! बड़े-बड़े अक्षरों में लिखा हुआ—

देखना चाहूँ,. देख न पाऊँ
क्यों मन बेचैन, उचाट?
क्या होना था, हुआ क्या
कौन बताए, कहो?
बड़ा दगा दिया मन ने
दुःखबा किसे सुनाऊँ?

माँ ने एक और जगह लिखा था—"मुझे अगर धंधे में उतारा, तो मैं फाँसी लगा लूँगी।"

उसी कॉपी में अन्यत्र लिखा था—"मुझे मानी से भी डर लगता है! मुझे सबसे डर लगता है। कहीं, कोई मेरे मन की बात जान न ले।"

मेरी माँ भी कम नहीं थी।

नानी उससे पूछती थी, "का, हो, कमल, मिशन नहीं चलेगी?"

"तुम कहोगी, तो चल पड़ूँगी—"

"हाय बाप, निंदा-अपजस नाही होगा?"

नानी का यही ख्याल भी था कि उसकी बेटी का मन अभी भी वह फूल है, जिसकी खुशबू, अभी तक किसी ने नहीं ली। जैसे वह जल हो! चाहे कटोरी में डालो या मिट्टी पर, जल, जल ही रहता है। लेकिन वह लड़की भी तो उदासपारा थी!

अपनी साधों की पाखी को दाना चुगने ही नहीं देती। इन दिनों वह गमले से तुलसी दल तो तोड़ती मगर उसे पीसकर मधु में मिलाना भूल जाती थी, भीगे बालों में ढीला-ढाला जूड़ा बाँध लेती थी; खिड़की पर बैठी-बैठी झरती हुई बारिश देखा करती थी।

बारिश! बारिश! बारिश!

इन्हीं सबके बीच, एक दिन, मिशन के सदानन्द ने कहा, "सुनो, आज घर मत जाना! तुमसे जरूरी बात करनी है।"

"बेटी को जो लेकर आई हूँ।"

"तो क्या हुआ? तुम्हारी बेटी कोई दूध पीती बच्ची नहीं है! क्या फर्क पड़ता है, जो बातचीत उसके सामने ही हो!"

"ठीक है, स्वामी जी!"

"जाओ, बगलवाले कमरे में जाकर बैठो। वहाँ दो-एक पहचाने चेहरे भी होंगे, तुम घबरा मत जाना।"

नानी तसर की साड़ी पहनकर, सिर पर तसर की चादर डालकर मिशन जाती थी। माँ लाल किनारवाली चुन्नटदार साड़ी पहनकर। उन दिनों धोती ही कीमती तांत की साड़ी, उसमें ढेर-ढेर चुन्नट डालकर, खड़ाऊँ जैसे पेंचदार स्टाइल में लपेट दिया जाता था। मिशन जाते हुए माँ सिर्फ एक चोटी बाँधकर जाती थी! बदन पर पूरी बाँह की जैकेट, कानों में लौंग जैसा कर्णफूल! इसके अलावा, कोई जेवर नहीं होता था। कमरे में दाखिल होते ही, उनकी निगाह, चटाई पर बैठी हुई सत्यभामा ठकुराइन पर पड़ी। सिर झुकाए हुए, वह सुदर्शन सज्जन भी बैठा हुआ! उनके अलावा, बीस-बाईस साल का एक और लड़का, जिसके हाथों पर पट्टी बँधी हुई थी।

किसी ने, किसी से बात नहीं की। सभी काठ! काठ!

सत्यभामा गाल पर उँगली रखे, माँ को देखे जा रही थी।

सिर्फ उसी ने जुबान खोली, "नाम क्या रखा है, कामिनी?"

"कमलिनी! वैसे बुलाती हूँ, कमल!"

"यह तो खिला हुआ कमल है, जी! वा-ह!"

उसी वक्त मिशन के महाराज ने कमरे में क़दम रखा। वे कोने पर बिछे हुए, कम्बल के आसन पर बैठ गए। दीपक जलता हुआ! वह बाबूसाहब, गर्दन घुमाकर, दीवार पर टँगा काशी-विश्वनाथ मंदिर का तैलचित्र निहार रहा था। माँ जमी हुई, मानो पत्थर की बुत!

सदानन्द महाराज ने कहा, "ये हैं, भागलपुर के जमींदार घराने के—बलराम राय! सौतेले भाइयों की वजह से, जायदाद में अपना आधा हिस्सा लेकर कलकत्ता चले आए हैं। यहाँ ननिहाल की जायदाद भी मिल गई है।"

नानी खामोश!

"और यह लड़का स्वदेशी है, देश के लिए काम करता है। बम बनाते हुए अपने हाथ जख्मी कर बैठा।"

"बम बनाते हुए?"

"अलीपुर बम केस चल रहा है न? शुक्र है कि यह लड़का पकड़ा नहीं गया! बाल-बाल बच गया। इसे तीन दिनों के लिए आश्रय की जरूरत है। बलराम उसे कल ले आया। लेकिन, पुलिस यहाँ कभी भी आ सकती है।"

"यहाँ?"

सत्यभामा विरक्त हो उठी, "पुलिस कहीं भी आ-जा सकती है! सब जगह पहुँच सकती है, कामिनी! स्वदेशियों की धर-पकड़ के लिए, पुलिस हाथ धोकर पीछे लगी है। वर्ना उपिन दारोगा जब-तब मिशन के चक्कर लगाता?"

"मैं इतना सब नहीं जानती, दीदी।"

सदानन्द महाराज ने कहा, "उसे सत्यभामा ने दो दिनों अपने यहाँ रखा था। लेकिन उसके घर के सामने ही बाजार है। हर वक्त लोगों की भीड़। पुलिस को अभी भी यह अन्दाज़ा नहीं है कि स्वदेशी तुम लोगों के यहाँ भी रह सकते हैं। लेकिन फिर भी....कहा तो नहीं जा सकता। इसके अलावा, उपेन दारोगा छोटी चमेली के घर आता-जाता भी है।"

नानी ने पूछा, "हमका का हुकुम है, बाबाजी? हमें का करना है?"

"तुम्हें इस लड़के को दो दिन अपने यहाँ रखना होगा।"

"अभी ले जावें?" नानी ने पूछा। इस बार बलराम बाबू ने जुबान खोली, "ना, माँ, मैं उसका बैंडेज बदल दूँगा, मलहम वगैरह लगाऊँगा, कपड़े वगैरह भी बदल दूँगा। उसके बाद अपनी गाड़ी से ले आऊँगा। पहुँचाकर चला आऊँगा। आज सोमवार है। बुधवार को आपके यहाँ से ले आऊँगा।"

"बाबू साहब भी क्या स्वदेशी करते हैं?"

"इसके बड़े भाई के साथ पढ़ता था मैं। इसे मेरा छोटा भाई ही समझ लें। आप लोगों में से किसी का भी कोई अपमान नहीं होगा।"

"बाबू साहब भी क्या स्वदेशी करते हैं?"

"जमींदार वंश का हूँ, अमीर का बेटा हूँ, अबेर-सबेर रुपए-पैसे देता हूँ, यथासंभव मदद करता हूँ। बस, यही..."

"आपको भी तो खतरा हो सकता है।"

"वह तो सबको...किसी को भी हो सकता है। मुसीबत कब आ पड़े, कोई जानता है?"

नानी, माँ, सत्यभामा मासी उठकर चली आईं।

गाड़ी में नानी ने कहा, "सत्यभामा दीदी, साधु महाराज इतने महान मानस हैं...वो बाबू साहब भी हैं...हम पर इतना भरोसा करते हैं, देखो!"

"यह पुण्य का काम है।"

माँ ने समूचे रास्ते कोई बात नहीं की।

"कमल का नेम-कर्म कर डाला, कामिनी?"

"ना, दीदी, मोरा मन गवाही नाही देता–"

"नहीं किया? अगर कहीं रजिस्टर में नाम चढ़ गया, तो..."

"ओका हम का करें, कुछ समझ में..."

"देखो, क्या होता है! ऐसी लड़की को तो किसी राजघराने की बहू होना चाहिए, जी..."

"अब ओकी तकदीर में जो बदा हो..."

घर लौटकर नानी ने छत के कमरे का ओना-कोना साफ-सुथरा कर डाला। चौकी पर बिछावन, सुराही में पानी, गिलास सब सलीके से सजा दिया। सर्दी के दिन थे। खिड़की उढ़काकर, फर्श पर दीया जलाकर रख दिया।

उन्होंने मानी से कहा, "खबरदार, अगर एक बात भी बाहर गई, तो काट डालूँगी।"

"बात क्या है?"

"वकील बाबू के दोस्त का बेटा है। हमारे ईहाँ दो दिन रहेगा। सौतेली माँ अत्याचार करती थी, सो भाग आया है, बिचारा! जा, तू कमल को ले जा और कमरे में अन्दर से सिटकिनी लगाकर, सो जा।"

लेकिन माँ को भला नींद आ सकती थी? जिससे आँखें मिलते ही, उन्होंने उसको अपनी जान हार दी थी, अपना सब कुछ अर्पित कर दिया था, वह आज आनेवाला था। माँ क्या सो सकती थी?

स्वदेशी! यह क्या कोई भला काम है? बम बनाना, पुलिस के डर से छिपते फिरना....लेकिन, अगर बुरा काम होता, तो सत्यभामा मासी उस लड़के को अपने यहाँ क्यों रखती? साधु महाराज भी भला बीच में क्यों पड़ते? और बाबू साहब जैसा इंसान, भला उसके बारे में परेशान क्यों होता?

माँ लेटी रही, मगर वह सोयी नहीं। रात, करीब ग्यारह बजे, लैंडो गाड़ी आ पहुँची।

गाड़ी आई, कुछ देर बाद चली भी गई।

मानी ने कहा, "पता नहीं कैसे तो लोगों का मुँह बन्द रखेंगी। सभी को मालूम है कि तुम्हारा नेमकर्म नहीं हुआ; नाम भी नहीं चढ़ा। इस घर में सिर्फ मैं, तुम और मासी रहती हैं। वह मरद किसके पास आया है?"

"मानी, माँ ने कहा है कि इस बात की किसी को भी खबर न होने पाए।"

"नहीं, ख़बर तो नहीं होने दूँगी। उन्होंने ज़रूर हम सबके लिए ढेर-ढेर काम किए होंगे। बेईमानी करके कहाँ जाऊँगी भला?"

"एक बात तो बताओ, मानी, तुम तो ब्याह कर सकती थीं?"

"उफ! दाँव-कटार से ब्याह हुआ तो था। लेकिन राँड़ चिरकाल सधवा ही रहती है, कमल! वे औरतें कभी विधवा नहीं होतीं। अगर किसी इंसान से ब्याह हुआ होता, तो विधवा हो जाती। लोहा-लक्कड़ की तो उम्र नहीं घिसती। इसके अलावा, भागती भी किसके साथ, बताओ? भागकर गई तो थी, क्या हुआ? नाती ने मेरा यथासर्वस्व छीन झपटकर; मुझे मार-पीटकर निकाल बाहर किया।"

"मेरा क्या होगा, मानी?"

"जो हमारे साथ हुआ, वही तुम्हारे साथ भी होगा। रंडी के यहाँ पली-बढ़ी, जवान हुई! रंडी ही बनेगी।"

"इससे तो मर जाना बेहतर है।"

"मरना इतना आसान नहीं है। नदी में छलाँग लगाई तो थी, लेकिन जैसे ही नाक-मुँह में पानी भर गया, जान बचाने के लिए ऊब-डूब करने लगी। मौसी कहती है, आदिकाल में भी वेश्या मौजूद थीं, आज भी हैं। फिर तू ही बता? रूप हो, जवानी हो, फिर भी क्या होना है? वही, कपड़े उतारकर...क्यों, तू क्या कहती है?"

"नानी पता नहीं क्यों तो..."

"फिर भी, वे बुरे-बुरों में अच्छी हैं। आजकल मिशन भी जाने लगी हैं, अच्छी-सच्ची बातें सुन रही हैं, यह सब पहले तो कभी नहीं हुआ।"

"मेरा मन बड़ा बेचैन रहता है।"

"देखो, कमल, और चाहे जो भी करना, प्यार-मुहब्बत करके मत जान देना। सत्यभामा की बहन ननीबाला थियेटर के फूलुट बाबू से इश्क कर बैठी। अपनी देह बेच-बेचकर उसे पैसा देती थी। लेकिन उस मरदूद ने न तो उससे ब्याह किया, न उसे अपनी रखैल ही बनाया। लेकिन, ननीबाला ने उसी के लिए जहर खा लिया।"

"छोड़ो, मरने की बात मत करो।"

"फिर और क्या बात करें? चलो, सो जाओ।"

अगले दिन नानी, ऊपर पानी पहुँचा आई। खाना भी दे आई, मगर बाघिन-निगाहों से निगरानी भी करती रही। सारा दिन उत्कंठा, उत्सुकता में ही कट गया। शाम ढलते ही बलराम बाबू आ पहुँचे।

उस लड़के को लेकर नीचे उतरते-उतरते, उन्होंने नानी से कहा, "एकाध दिन में, मैं फिर आऊँगा। आपसे कुछ बातें करनी हैं।"

"उस बच्चे का क्या बनेगा, बेटा?"

"ये लोग मरने से नहीं डरते। देखूँ, कहीं भेजकर, इसकी हालत ठीक कर सकूँ उसके बाद..."

"तुम भी क्या, बेटा...?"

"नहीं, नहीं, देख नहीं रहीं, जमींदार का पूत हूँ। साज-पोशाक चढ़ाकर घूमता

फिरता हूँ। उसके अलावा अपने यहाँ पुलिस के आला कमानों को दावत देता हूँ। बड़े दिन पर उन्हें नजराना भेजता हूँ! अच्छा, फिर आऊँगा।''

''आइएगा जरूर?''

''हाँ, बेटी का नेम-कर्म मत कर बैठियेगा।''

वह था, सन् 1909 का समय! माँ की उम्र सत्तरह वर्ष!

नानी ने कहा, ''पत नहीं, तकदीर में का लिखा है, बिटिया! बँधी-बँधायी अउरत ही रख छोड़े! बस इससे ज़्यादा हम कछु नाही चाहतीं। बँधी-बँधायी तनखाह आएगी, देखभाल-जतन होता रहे, अउर का चाहिए?''

सच ही, सन् 1909 में, उनहत्तर साला औरत, उस जैसी बूढ़ी गणिका, इससे ज्यादा और क्या उम्मीद कर सकती थी? वेश्या! वेश्वा! रांड़! रंडी जैसी अनगिनत संज्ञाएं, निहायत अपमानजनक होती हैं, यह बात न समाज जानता था, न वे औरतें। ये तमाम शब्द तो, भारत की मिट्टी खोदते-खोदते, जितना-जितना इतिहास के अतीत युग में जाएँ, वहाँ शिलालेखों में खुदे हुए, ऐसे अनगिनत शब्द मिल जाएँगे।

मैं 'पतिता पुराण' तो पढ़ती ही थी, इस बारे में जितनी भी किताबें हाथ लगीं, मैंने ख़रीद-ख़रीदकर पढ़ डालीं। अब, मोतियाबिंद के ऑपरेशन के बाद, ज़्यादा पढ़ना, कम हो गया है। हिमानी या रूमी, कभी-कभार पढ़कर सुनाया करती थीं। अब अली पढ़-पढ़कर सुनाता है।

ख़ैर, अली की बात, बाद में।

अली जैसे बंदों को अक्सर यह सवाल बेचैन किए रहता है कि समाज उन जैसों को चिरकाल से 'पापी' क्यों कहता आया है।

मैंने उसे बताया, ''देखो, जितनी गहराई में जाओगे, उतना ही तुम्हें पता चलेगा, ये औरतें युग-युगान्तर से अनगिनत नामों में मौजूद रही हैं। शब्दकोश में ही इनके कितने-कितने नाम मिलते हैं—

बार-विलासिनी
बारपोषिता
कुंभा
मंजिका
देहोपजीवी
जनपदवधू
रूपाजीवा
हाटविलासिनी
स्पर्श पण्यांगना

अविद्या
कामलेखा
कामरेखा
पुंश्चली
परपुष्टा
नगरनटी
नटिनी

जाहिर है, प्राचीन काल में यही सब नाम प्रचलित थे। इनके साथ और भी नाम जुड़े हुए थे—क़सबी, कुचनी, गंभली, रांड़, खानगी, छिनाल...

विभिन्न राज्य-राज्य में, भाषा-भाषा में, 'वेश्या' नाम के पर्याय शब्द बटोरे जाएँ, तो आठ करोड़ से भी ज़्यादा नाम मिल जाएँगे।

खैर, छोड़ें। आज लगता है, उन दिनों की नानी जैसी औरतें, अगर आज के अली जैसे लोगों को देखतीं, तो हद दर्जे दंग रह जातीं।

बलराम बाबू ने कहा, "बेटी का नेमकर्म मत कर बैठियेगा।"

उन्होंने यह क्यों कहा था?

अगर नेमकर्म हो गया, रीतिधर्म के मुताबिक लड़की को बारहभतारी भी बना दिया गया, उसके बाद रजिस्टर में नाम भी चढ़ गया, तो ख़ैरियत नहीं। ज़िंदगी भर मर्द उसकी बोटी-बोटी नोच खाएँगे, मरने के बाद, सरकार उनका यथासर्वस्व हड़प लेगी।

इस बारे में उपाय भी क्या था? यह धन-दौलत, जायदाद आखिर कौन भोगता था?

सत्यभामा ने बेहद दुःखी होकर कहा, "उम्र के आखिरी दिनों में हूँ। वेश्याओं के लिए एक आश्रम ही बना दूँ।"

खैर, अभी भी वह समय नहीं आया था, जब देश के कुछेक लोग भी यह समझ सकें कि वेश्याएँ सिर्फ लात खाने के लिए ही पैदा नहीं हुईं, वे भी इंसान हैं।

वारांगना-महाकाव्य लिखा जा रहा है, मगर यह कभी पूरा नहीं होगा। मेरी माँ या मेरी तरह विरल किस्मत, कम ही औरतों की होती है।

उसके बाद, बलराम बाबू और नानी में जाने क्या-क्या तो बातें हुईं, माँ नहीं जानती थी। वकील बाबू, बलराम बाबू और नानी में एक दौर फिर बातचीत हुई। इस बारे में भी माँ को किसी ने कुछ नहीं बताया।

जिस दिन माँ की पुकार हुई, वाकई वह ख़ास दिन था!

बलराम बाबू ने नानी से कहा, "जिस दिन से आपकी बेटी को देखा है, मुझे लगा है, अगर वह मुझे मिल जाए, तो उससे ब्याह करके, मैं समझूँगा, मुझे सब कुछ मिल गया।"

"लेकिन, तुम तो..." नानी हिचकिचायीं।

"भागलपुर से अब मेरा कोई रिश्ता-नाता नहीं है। यहाँ-वहाँ थोड़ी-बहुत जमींदारी है—सब इसी तरफ या कटक में है। दो बार ब्याह हुआ। पहला ब्याह मेरे पिता का फैसला था। उस वक्त मेरी उम्र चौदह वर्ष थी। विदा होकर, मेरे घर आने से पहले ही, वह मायके में चल बसी। दूसरा ब्याह मेरी सौतेली माँ की मर्जी से हुआ। लेकिन वह बीवी मेरे यहाँ नहीं रही। उसके बाद ही, मैंने भी देश छोड़ दिया। ब्याह का कभी ख्याल भी नहीं आया। अब मैं तीस साल का हो गया। लेकिन, जबसे आपकी बेटी को देखा है,..."

"उससे ब्याह करोगे?"

"करूँगा क्यों नहीं? कहावत है—स्त्रीरत्न दुष्कुलादपि! आपने तो अपनी बेटी को लिखाया-पढ़ाया भी है, उसे सुशिक्षा दी है, ऐसी पत्नी पाना तो क़िस्मत की बात है।"

"वह मेरी..."

"पालिता बेटी है! हाँ, नाम लिखा देतीं, तो आपको भी बँधी-बँधायी आमदनी होती, यही न? आमदनी होगी! मैं आपको महीने-महीने रुपए बाँध दूँगा।"

"बात यह नहीं है! हमारे रुपए तो गवरमिंट ले लेती है। लेकिन....बातें नहीं बनेंगी?"

"देखिए, मैं उनसे विवाह करूँगा। विवाह से पहले, मैं अपना मकान, उनके नाम लिख दूँगा। बैंक में उनके नाम रुपए होंगे।"

माँ सिर उठाकर, उनकी तरफ देखती रही।

"अब आप लोग सोच लीजिए।"

"ब्याह कहाँ होगा?"

"गंगा नदी के वक्ष पर! नाव में! वैष्णव धर्म में यह चलता है। हम वैष्णव हैं, आपकी बेटी भी..."

"ठीक है! हम ज़रा सोच लें।"

"हम और आप सोचेंगे? आपकी बेटी की भी तो कोई राय होगी?"

"वह मैं पूछ लूँगी।"

"मुझे सिर्फ एक बात कहनी है। आर्थिक जरूरत न हो, तो आप भी अब रिटायर हो जाइए।"

"वह मैं समझूँगी। लेकिन, एक बात का पक्का वादा, इस लाइन में रही, तो बेटी के घर में पैर नाहीं रखूँगी। उसे लेकर तो इसी इरादे से आयी थी कि उसे

लाइन में उतार देवों, लेकिन अब जइसा दिन-काल आय रहा है, हमरी तो छाती में चुप मार गवा है। अगर तुम उसे न बियाहते, तो हम उसे नद्दी में डुबाकर, ख़त्म कर देती, लेकिन...तुम सचमुच उससे ब्याह करोगे न? कसम खाकर कहते हो?"

"अब आप वकील बाबू से ही पता कर लें। मैं चलता हूँ। नमस्कार!"

नानी ने पूरी-पूरी खोज-खबर ले डाली।

वकील बाबू ने कहा, "कितने ज़बर्दस्त-जबरजंग लोग उनकी मुट्ठी में हैं ...उनको अगर अपनी बेटी दी, तो...दान-ध्यान के मामले में भी वे काफी दरियादिल हैं...उनमें कोई ऐब भी नहीं है।"

"अरे, दान-ध्यान कोई ऐब है भला?"

"अब तुम इसे जो भी कहो—"

"जाऊँ, जरा वैद्यनाथधाम दर्शन कर आऊँ—" यह कहकर नानी, माँ और मानी को लेकर निकल पड़ी। वह वैद्यनाथधाम के दर्शन भी कर आई। वापसी में, वह बलराम बाबू की बंगला-कोठी में रुक गई। वहीं से, नौका में सवार होकर, गंगा नदी के वक्ष पर! सोलह पतवारोंवाले बजरे में, राधा-कृष्ण की मूर्ति को साक्षी रखकर, माला-बदल सम्पन्न हुआ। नानी और मानी को एक अन्य नाव में सवार करा दिया गया। बलराम बाबू माँ को लेकर घाट पर लौट आए।

इसके बाद, लैंडो में सवार होकर मेरी माँ वहाँ आ पहुँची? यहीं, इस कोठी में, जहाँ आज में बैठी हूँ।

कोठी के अन्दरमहल में ढेरों दासियाँ; नौकर बाहर-महल में! बनारसी साड़ी, जैकेट, हीरे-मोतियों से सजी-धजी मेरी माँ और मूँछों पर मोम की पॉलिश चढ़ाए, हाथ में छड़ी, बदन पर चुन्नटदार धोती और मखमल के कुर्ते में मेरे बप्पा—वह तस्वीर आज भी मेरे पास मौजूद है। मैंने उसे बड़ी दुकान से री-टच करा लिया है। और एहतियात से रख छोड़ा है।

वह तस्वीर, मेरे साथ ही जाएगी।

बप्पा ने हेसू साहब या जाने किससे तो माँ का एक तैलचित्र भी बनवाया था। भरपूर निगाहों से देखें, तो लगता है, मानो कोई देवकन्या बैठी हुई है। पारसी तरीके से साड़ी पहने हुए, गले में सोने की सतलहरी मटरमाला, हाथों में कंगन, कानों में झुमके!

मानी ने बताया था कि कमल और जीजा जी, मानो एक-दूसरे की आँखों में, अपनी दुनिया हार बैठे थे। ऐसा प्यार, ऐसी संवेदना, जिन्दगी में उसने कहीं नहीं देखी, कहीं देखेगी भी नहीं।

मानी कभी-कभार यहाँ आया-जाया करती थी। आजकल तो यहाँ चारों तरफ

मकान ही मकान, सड़क ही सड़क, गाड़ी-बस-ऑटो की भीड़। उन दिनों, बेलगछिया राजमहल को पीछे छोड़कर, आगे बढ़ते ही हमारी यह कोठी। कोठी को घेरे हुए विशाल बाग! अनगिनत बड़े-बड़े लम्बे-तड़ंगे पेड़!

मेरी माँ क्या बाहर भी निकलती थी?

क्यों, निकलेगी नहीं?

वह गंगा-तट पर सैर करने जाती थी, मैदान के वाद्य सुनने जाती थी, थियेटर देखती थी, दमदम से पंछी-चिड़िया ख़रीदकर लाती थी, चिड़ियाखाना घूमने जाती थी।

मेरी माँ और क्या-क्या करती थी?

अरे, वे क्या कम बड़ी हस्ती थीं? वे मुझे बंगला, अंग्रेजी, खुद पढ़ाती थीं। बंकिमचन्द्र, हेमचन्द्र नवीन सेन—किसकी रचनाएँ, मेरी माँ ने नहीं पढ़ी थीं? उन्होंने रवि ठाकुर की किताबें भी पढ़ी थीं।

वे पढ़ाते थे, माँ पढ़ती थीं। उन्हीं के शौक पर प्रमोदिनी कमल-माँ को गाना सिखाने आती थी। प्रमोदिनी की आवाज में—'रोओ ना, ना रो, निमाई जननी'—गीत, जिसने भी सुना...वन के पंछी तक रुककर, उसका गाना सुनने लगते थे।

उन्हें तरह-तरह के कीर्तन पसन्द थे। कमल कीर्तन और भजन गाने लगी। सच्ची, ऐसा प्यार मैंने कहीं नहीं देखा, कहीं देखूँगी भी नहीं।

कमल कहती थी, "माँ की बात तो मैं नहीं जानती, मानी अगर मुझे वे न मिलते, तो मैं जहर खा लेती।"

"और वे भी...ज़हर तो वे भी खा लेते।"

"हाँ, खा ही लेते। कितने-कितने जन्मों से हम एक-दूसरे के हो चुके हैं।"

यह जो कोठी, तुम लोग देख रहे हो, यह तो सिर्फ दो मंजिला है! इसकी एक मंजिल तो मैंने तुम लोगों को दे दी है। जब मैं नहीं रहूँगी तो ये समूची कोठी तुम लोगों की हो जाएगी। यहाँ स्कूल बनेगा, लड़कियाँ रहेंगी,—इन्हीं सब कामों के लिए, मैंने ट्रस्ट भी बना दिया है। मेरे माँ-बप्पा की यादगार बनी रहे! स्कूल, बप्पा के नाम पर; औरतों का आश्रम, माँ के नाम पर!

नानी का मन भी अपने धंधे से उचाट हो चुका था। जब सत्यभामा ने अपना सर्वस्व, मिशन को दान कर दिया, नानी का मन भी उचाट हो गया।

ख़ैर, कारोबार समेटने का इरादा कर लेने से ही, कारोबार सिमट नहीं जाता।

पच्चीस-तीस लड़कियाँ! मँझोले-छोटे तीन अदद मकान!

बप्पा उनसे एक रिश्ता ज़रूर रखते थे। वकील बाबू के साथ वहाँ जाते थे।

वे नानी से कहा करते थे, "मिशन तो अच्छा ही काम कर रहा है। अपना सब कुछ उन लोगों को ही दान कर दीजिए न! खुद तीर्थ-धर्म कीजिए।"

"इनमें से कुछेक लड़कियों को मैंने ही इस राह पर उतारा है। अब अगर अचानक दाता कर्ण बन जाए, तो ऊ लोग का कहेंगी? अब, उनको हम कहाँ फेंक

देवें?"

"अच्छा, तो इन्हीं लोगों को दान कर दो।"

मानी मुँह छिपाकर हँसती रही। नानी चाहे जितना कुछ भी कहें, अपनी जायदाद खुद, अपने हाथों से उठाकर नहीं दे सकतीं।

"हम क्या सत्यभामा हैं?"

"उन्होंने तो अपना सर्वस उठाकर दे दिया।"

"ओकी बात अलग है। वह तो मेरी तरह मकान मालकिन नहीं है। अपनी चीजें हैं, बेच-बेचकर दे रही है, डंके की चोट पर सुनाय रही है। हमने इतना-इतना पाप किया है, इतने लोगन का घर अँधियार किया, चलो, इत्ता-सा प्रायश्चित्त सही! हाँ, बेटा कमल मजे में है न?"

"हाँ, खूब मज़े में है।"

मानी ने भी बताया था कि वह सिलाई-पुराई सीख रही है। कैसे-कैसे नक्शेदार फूल काढ़ती है!

"अच्छा...?"

"तुम तो नानी बनने वाली हो, जी!"

"अच्छा, सच?"

नानी की आँखों से धार-धार आँसू बह निकले।

"ना, हम ओका देखने भी नहीं जावेंगी, तोफा-भेंट भी नहीं भेजेंगी, हम तो सिर्फ भगवान से मनायेंगी कि हे प्रभु, कमल का सुख-सेंधुर अक्षत रखना!"

"यह सब कहना नहीं होगा, साहब डॉक्टर मौजूद रहेगा। मेडिकल कॉलेज की बड़ी धाय रहेगी! कोठी में रंग-रोगन हो रहा है...कितनी-कितनी तैयारियाँ हो रही हैं!"

वकील बाबू ने कहा, "तुम देखकर भी भला क्या करोगी? तुमने तो यह सब किसी जन्म में भी नहीं किया।"

"क्यों? क्या बिल्कुल...कुछ भी नहीं किया?"

"अरे, वह सब और तरह की तैयारियाँ होती थीं।"

"अरे, जी, सुनकर भी, खुशी रहना, हम जानती हैं, जी! हम तो भगवान से पराथना करती थी, नन्ही-सी बच्ची, हम धंधा कराने के लिए ख़रीदी थी। हाँ, महापाप किया था।"

वकील बाबू ने धीमे से कहा, "पाप तो तुमने ख़ैर, अनगिनत किए हैं।"

"हाँ, वकील बाबू, लेकिन कमल ने हमका सुमति दी। अब तो मुझसे वह कुछ भी नहीं किया जाता, पहले जो छाती ठोंककर करती थी। अगर ई सच नाहीं होता, तो मानी के बारे में हम और तुम पूरे दुइ दिन हम दोनों को नहाने-खाने का होस नाहीं था।"

मानी ने भी लंबी उसाँस भरकर कहा, "हाँ, जी सच्ची! हमसे तो हमारे माँ-बाप तक नफ़रत करते हैं।"

बप्पा ने कहा, "तो फिर सोच लीजिए। अगर कोई फैसला कर लें, तो वकील बाबू को बता दीजिएगा। सब, इंतज़ाम हो जाएगा। कमल के लिए बिल्कुल फिक्र न करें। कमल ने मेरी जिंदगी...आप लोगों का जाना-आना ठीक नहीं रहेगा, क्योंकि फिजूल बातें फैलेंगी।"

"बीच-बीच में, सिर्फ मानी ही तो जात है।"

"वह भी न जाए, तो बेहतर!"

बप्पा, माँ के लिए बंबई से एलीफेन्सो आम, कहाँ से तो चेरी वगैरह कमाल के फल वगैरह मँगाते रहे।

माँ के लिए कपड़े बदलने का कमरा, सितार बजाने और गाना गाने का कमरा, सिलाई सीखने का कमरा, पढ़ने का कमरा—सारे कमरे अलग-अलग!

बप्पा के यार-दोस्त जब घर आते-जाते थे, माँ उनके सामने नहीं आती थी।

बप्पा कहते थे, "लोगों के सामने आने की जरूरत भी क्या है। तुम्हें सिर्फ मैं ...सिर्फ मैं देखूँगा।"

सन् 1909 में माँ का विवाह हुआ; सन् 1910 की दिसंबर की सर्दी में, मैं पैदा हुई।

माँ ने कहा, "बेटा नहीं, बेटी आयी है, जी!"

"बेटी का मुँह देखना भी मेरे लिए सौ बेटों के बराबर है।"

"वह क्या तुम्हारी जमीन-जायदाद की देखभाल करेगी?"

"क्या पता, कर ही ले! मेरे दादी...जमींदारी की देखभाल करती हैं और आमदनी भी अच्छी-खासी बढ़ गई है। मेरी बेटी भला क्यों नहीं कर सकेगी?"

"ख़ैर, तुम खुश हो, यही मेरे लिए काफी है।"

मेरे पैदा होने के वक्त नानी नहीं आईं।

मानी जब कुशल-सामाचार लेने आई, तो माँ ने पूछा, "माँ बहुत ललक रही है न?"

"ना! सुन रही हूँ, बेटी की छठ्ठी-बरही करोगी?"

"जमींदार घराने की जो-जो रीत है, सब होगा। छठ्ठी पूजा, आठवें दिन का डाला, इक्कीसवें दिन का नहान—सब होगा।"

नानी से यह सब बर्दाश्त नहीं हुआ।

उन्होंने कहा, "अरे, गृहस्थिन की तरह रखा है, वह रह रही है। मगर यह छठ्ठी-बरही?"

माँ ने मानी से ही कहा, "गृहस्थिन की तरह रखा है, क्या मतलब? जा अपनी माँ या मौसी को बता दे कि मैं बहुत बड़े खानदान की बहू हूँ। ठाकुर जी की पूजा

किए बिना, पानी तक नहीं पीती! आठवें दिन का डाला? जाकर कह दे, रंडियों के वाल बच्चों में बाँट दें। अब से तू भी यहाँ मत आना, मानी! जब मैं बुलाऊँ, तभी आना।''

''अच्छी बात है।''

''नर्क में ही तो थी मैं! स्वर्ग में न आती, तो जान भी नहीं पाती कि वह सचमुच नर्क ही था। सुन, मानी अब मैं किसी शरीफ आदमी की बीवी हूँ। तू आती-जाती रही, तो बेकार बदनामी होगी।''

बात दरअसल यह थी कि माँ के अनन्य रूप की शोहरत, बहुत ज्यादा ही फैली हुई थी। वह जो सड़क की नुक्कड़ पर टैक्सी स्टैंड नजर आ रहा है? पहले वह हमारी जमीन में ही था! राधाकृष्ण मंदिर बागान, तालाब! होली के दिन वहाँ कीर्तन का मजमा लगता था। माँ कुछ देर चिक की आड़ में बैठी-बैठी कीर्तन सुनती थी। बस, इतने से ही माँ के अपरूप सुंदरता की चर्चा लोगों की जुबान पर! अब लोग-बाग कीर्तन सुनते या माँ को देखते? माँ का वह भुवमोहिनी रूप, लाल किनारवाली गाद-सिल्क में लिपटा, माँ का चेहरा! माँ जब अपने आलतारंजित पाँव जमीन पर रखती थी, तो कमल खिल उठते थे।

मेरी माँ ने कभी घर-गृहस्थों की दुनिया नहीं देखी थी, खानदानी रईसों का हाव-भाव-चाल भी नहीं देखी थी।

हालाँकि, मानी ही बताती थी कि, बिन्दु मासी ने कितनी अच्छी तरह, माँ को वह सब कुछ की तालीम दी थी। माँ ने सब कुछ सीख लिया। ऐसा होता भी क्यों नहीं? नानी ने खानदानी घर की लड़की ही तो चुरायी थी!

कौन हैं वे लोग? जो नन्ही-नन्ही बच्चियों की चोरी करते हैं? सब लोग इसे मान भी लेते हैं, माँ ने एक बार भी खोज नहीं की?

ये सब काफी पुरानी बातें हैं, काफी सालों बाद की बातें! तब तक माँ के नाम पर दीवार पर झूलती हुई, दो-दो तस्वीर बन चुकी थीं। तब तक मैं इस कोठी की अधीश्वरी बन चुकी थी।

मानी ने इतने अर्से बाद, ये बातें क्यों बतायीं?

क्योंकि, तब, माँ किसकी बेटी थी, बप्पा उन्हें कहाँ से ब्याहकर लाए थे—इन सब बातों के प्रति कौतूहल व्यक्त करने वाले लोग नहीं रहे।

सच तो यह है कि देश का समूचा परिवेश ही बदल चुका था। वैसे पतिता-मुहाल की दशा में अभी भी कोई सुधार नहीं आया था, अभी भी वे किसी ऊँचे सम्मामित दर्जे में शामिल नहीं हुई थीं। लेकिन इतना जरूर हुआ था कि स्वदेशी आंदोलन के बड़े-बड़े नेतागण में से कोई-कोई उन लोगों का दान भी कबूल करने लगा था। वे

औरतें दल बाँधकर, कभी-कभी रास्तों पर भी निकलने लगी थीं।

उस वक्त मेरी माँ की बातें बताना सम्भव हो आया था।

मैंने कहा, "मेरी माँ मुझे आँखों-आँखों में रखती थी; मुझे पलकों पर बिठाए रहती थी। मगर मेरी माँ की असली माँ कैसी थी?"

मानी ने ही बताया, "उसकी ख़बर भला कौन रखता? लेकिन, हाँ, शोभना मौसी की जुबानी ही सुना है, यह बनहुगली या श्रीरामपुर के किसी जमींदार घर की बेटी, अपनी नौकरानी के साथ पाठशाला जाया करती थी। खानाबदोश कबीले के लोग, स्कूल की आया या घर की नौकरानी को फुसला करके लड़की को चुरा ले गए। लड़की के माँ-बाप ने काफी खोजा, काफी पड़ताल करते फिरे, मगर वे लोग किसी दूसरे देश के खानाबदोश थे। वे आते थे, कनातें लगाते थे। उनके साथ घोड़े, कुत्ते, कितने कितने जानवर भी होते थे। उनकी औरतें नाचती-गाती भी थीं और घर-घर जाकर दवा, जड़ी-बूटी भी बेचती थीं। काफी झाबड़झोल घाघरा, ओढ़नी, पीतल के गहनों में सजी-धजी! मर्द-औरत किस्म-किस्म के खेल भी दिखाते थे।"

"मैंने ऐसे खानाबदोश नहीं देखे।"

"उस किस्म के खानाबदोश अब आते भी नहीं। वे लोग तो आते थे, कुछ दिन रुकते थे और चले जाते थे। बहरहाल, उस बच्ची की खोज-खबर नहीं मिली। उसके बाद बच्ची के माँ-बाप तीर्थ करने, पुरी धाम गए। पुरी में रथ की भीड़ से सभी परिचित हैं। उस भीड़ में ही माँ चिल्ला उठी—वह रही...वह रही मेरी बच्ची! उसके बाप को भी बस, एक झलक भर मिली। इधर बेटी भी चीख उठी, दौड़कर आने की भी कोशिश की, लेकिन अगले ही पल जाने किन लोगों ने उसे खींच लिया।

"माँ ओ ऽऽऽ!"

"उसके बाद, वह नहीं मिली...."

मुझे लगा, शायद...शायद मेरी माँ की जन्मदायिनी भी उसी तरह पछाड़ें मार-मारकर रोयी होगी।

आज मैं समझ सकती हूँ, माँ नानी के घर को 'नर्क' क्यों कहती थी। अपने को रखैल कहने के बजाय, परम गर्व से 'विवाहिता पत्नी' क्यों कहती थी।

यह सच है कि नानी ने उसे काफी आदर जतन से पाल-पोसकर बड़ा किया; उसे बेहद प्यार भी करती थी। माँ को अतिशय ममता देने की वजह से ही शायद उसमें पहली बार सद्‌बुद्धि जागी कि लड़की उड़ाकर लाना या जुटाना, उनसे धंधा कराना, उनकी कमाई के पैसों से अमीर बनना, महापाप है।

लेकिन उन्हीं नानी से, एक दिन माँ ने सवाल किया था, "हमेशा बातें तो बड़ी-बड़ी करती हो कि यह पाप का काम है। जो यह काम करती है, वह पाप करती

है। अपने-आपको भी महापापी कहती हो। फिर ऐसा काम करती क्यों हो?"

"और क्या करती? वेश्वा की बेटी, वेश्वा ही होत है।"

"क्यों, और कुछ नहीं हो सकती थी?"

"भगवान की मर्जी होत है, तो किसी किसी को हमदर्द मानस मिल जाता है अउर वो मुक्ति पा जाती है। लेकिन गिनती की कितनी अउरतें?"

"माँऽऽ!"

"मगर हमने, तोको तो उस राह..."

"लेकिन, मैं भी तो..."

"ना, कमल, ना, तोका जइसे भी हो, हम तोका बचावेंगी।"

नानी जिन औरतों को लेकर अपना कारोबार चलाती थी, उनमें मेरी माँ सबसे ज्यादा खूबसूरत थी। माँ को अगर पूँजी के रूप में इस्तेमाल करतीं, तो नानी को सबसे ज्यादा मुनाफा होता।

लेकिन नानी ने ऐसा नहीं किया।

यह आज की बात नहीं है कि लड़कियाँ पूरे दम-ख़म से कहतीं, "हाँ, करती हूँ यह काम! मैं धंधा करती हूँ, पैसों के लिए करती हूँ।"

वह जमाना भी आज कल का जमाना नहीं था कि उन्हें 'यौनकर्मी' पुकारा जाता; उनके बाल-बच्चों को पढ़ाया-लिखाया जाता; बच्चों की माताओं को दवा-दारू देकर, बुरी-बुरी बीमारियों से छुटकारा दिलाया जाता।

मेरी माँ सन् 1892 में पैदा हुई। उस वक्त नानी, ज़रूर पचास साला बूढ़ी रही होगी। वैसे शक्ल-सूरत का जलवा उन्होंने सलामत रखा था।

उस जमाने में तो खैर समझा ही गया, उसके बाद भी काफी लम्बे अर्से तक उन्हें 'पापी' ही माना जाता रहा, ताकि उनके उद्धार के लिए कोई-कोई आता रहे।

किसी शरीफ घराने का मरद!

गृहवधू होना विराट सम्मान की बात है, पतिता-मुहाल की औरतें यह हकीक़त बखूबी जानती थीं, लेकिन एक और बात भी उन्हें मालूम थी—कितनी औरतें सत्यभामा या कामिनी हो सकती हैं?

माँ खुद भी यही सोचा करती थी। उनका भी यही ख्याल था।

इसीलिए उनकी हमेशा यही कोशिश रहती थी कि किसी को यह पता न चले कि वे किस ठिकाने से आई हैं।

बप्पा को माँ ने, माँ को बप्पा ने डूब-डूबकर प्यार किया था। माँ ने हमेशा यही कोशिश की कि वे बप्पा के मनमुताबिक चलें, उनकी मान-मर्यादा को ठोकर न लगे, इस बारे में सतर्क रहें।

जब मैं पैदा हुई, मेरी माँ पूरे अठारह साल की थी। बप्पा खुद भी माँ के बारे में हमेशा सजग रहते थे।

उन्होंने मेरे जन्म से भी पहले, माँ के लिए, हिमी को उनकी खास दासी बहाल किया था। हिमी काफी कड़ियल-सी अधेड़ औरत थी। वह पूरी लगन से, माँ की सेवा करती थी।

हिमी बहुत कम बोलती थी! माँ-बप्पा के घर की साफ-सफाई, कपड़े-लत्ते तहाकर रखना, झाड़-पोंछकर असबाब चमकाए रखना, माँ के पीछे-पीछे चलना—यह सब काम हिमी के जिम्मे था।

माँ के आने से पहले, घर गृहस्थी के कामकाज की देखरेख बिंदु ही करती थी। बिंदु लम्बी, मजबूत काठी वाली औरत थी, जिसके गले में तुलसी की माला, छाँटे हुए बाल और गले-हाथ में गोदना! सुना है, उसका अपना देश-ढेनकनाल था!

बिन्दु यानी खाना पकाना, भंडार देखना, जाड़ा ख़त्म होते ही लिहाफ-रजाई धूप में डालना, सारे कुछ का हिसाब रखना। बिंदु का बेटा, नवनी, घर के किसी मालिक का नौकर था। नवनी के बीवी-बच्चे भी थे। बच्चा पाठशाला जाता था, बीवी ठाकुर जी के बर्तन वगैरह माँजती थी।

ये सभी लोग वैष्णव थे।

मानी कहा करती थी, माँ कितनी आलीशान कोठी में दुलहन बनकर जा रही है! चार-चार माली, सईस, कोचवान, कोठी के अंदर दस-बारह दास-दासी! वहाँ वह राज करेगी।

सभी लोग बप्पा के हुक्म के गुलाम!

यह कैसे सम्भव था?

हालाँकि बप्पा जमीन-जायदाद में अपना हिस्सा छोड़ आए थे, लेकिन थोड़ा-बहुत तो उन्हें मिला ही था। कटक में जो उनकी जमींदारी थी, ये लोग वहाँ की प्रजा थे। बप्पा इनके बाप-चाचाओं को जानते थे, इसलिए वे इन लोगों को अपने कलकत्ते वाली कोठी में ले आए। उस वक्त इस बात का तो अंदाज़ा ही नहीं था कि जमींदारी कभी ख़तम भी हो सकती है। सन् 1910 में यह बात भला कौन सोच सकता था? कटक से, कभी-कभार नीलमणि गुमाश्ता आया क़रते थे। कोठी की पहली मंजिल पर, जहाँ बीच से दीवार उठाकर, कमरों की माप छोटी और तादाद बड़ी कर दी गई है, पहले वहाँ बप्पा की कचहरी थी। बगल में बैठक खाना!

माँ जितना-जितना देखती थी, अवाक् होती थी। सबके लिए वह 'बड़ी माँ' थी, क्योंकि बप्पा खानदान के बड़े बेटे थे।

उस जमाने में सत्तरह-अठारह साल की उम्र, काफी बड़ी, उम्र होती थी। उन दिनों लड़कियाँ ग्यारह वर्ष की होते ही, ब्याह दी जाती थीं; चौदह-पन्द्रह की होते ही माँ बन जाती थीं! लड़कियों को घर के दाय-दायित्व की तालीम लेने में लगा दिया जाता था।

बप्पा, माँ से उम्र में बारह साल बड़े थे। उनका दूसरा विवाह, जो उनकी सौतेली

माँ ने कराया था, उस पत्नी के बारे में, बप्पा ने न कभी बताया, न माँ ने कुछ पूछा।

बप्पा के फरमाबरदार लोगों ने तो बप्पा को हमेशा से अकेला ही देखा था।

"अब विवाह कर लो, घर में पत्नी लाओ—" यह बात नीलमणि गुमाश्ता ही कह सकते थे, जो बप्पा को 'मुन्ना बाबू' कहते थे।

वे पूछते थे, "चूंकि ब्याह कराने वाला कोई नहीं है, इसलिए तुम यूँ वैरागी बने रहोगे?"

बप्पा का सीधा-सा जवाब था, "वैरागी कहाँ से हूँ? कचहरी में बैठता हूँ, जमींदारी पर भी जाता हूँ। ऊपर से सैर-सपाटे भी करता हूँ। शरीफ लोगों से मिलता-जुलता भी हूँ। नहीं, काका, नहीं, बापू ने जिससे ब्याह कराया, वह मर-मरा गई। छोटी माँ ने दूसरा ब्याह कराया, वह...अच्छा, छोड़ें, अगर ऐसी कोई लड़की मिल गई, तो ब्याह कर लूँगा।"

बप्पा, माँ को ब्याहकर ले आये, घर-संसारी हो गए। इस बात से सभी खुश थे। इसलिए माँ की उम्र के बारे में भी किसी ने कोई सवाल नहीं उठाया। माँ अल्पना-रचे कमल पर पाँव रखते हुए, जब कोठी की चौखट के अंदर दाखिल हुई, माँ का अपूर्व रूप देखकर ही सब दंग रह गए।

उसके बाद, माँ की बातचीत, चालढाल, निष्पाप नीली आँखें देखकर नीलमणि गुमाश्ता ने ही कहा, "बैकुंठ से साक्षात लक्ष्मी उतरी हैं।"

बप्पा को सुखी देखकर ही, सब निश्चिन्त हो गए।

बिन्दु कहती थी, "इतने दिनों बाद, इस दहलीज पर चिराग जला।"

जब मैंने बोलना सीखा, बप्पा ने सिखाया, कोठी में जितने भी लोग हैं, सबको मैं 'काका' या 'बुआ' कहूँ।

मैंने भी उन्हीं सम्बोधन से बुलाना सीखा।

हाँ, मुझे यह जानने की बेहद चाह होती है कि बप्पा का तीन महीने का बेटा, जब भगवान को प्यारा हो गया, तो उन्हें कितना दुःख हुआ था।

मैं बिल्कुल समझ नहीं पायी।

बप्पा कहते थे, "बेटी को मैं लिखना-पढ़ना सिखाऊँगा! उसे इंसान बनाऊँगा।"

माँ पूछती थी, "और विवाह? उसका विवाह नहीं करोगे?"

"बड़ी तो हो लेने दो। ब्याह भी कर दूँगा, कोई सुपात्र देखकर! वह घर जमाई होगा। ऐसा तो होता है। सुना है, मेरी माँ, दो बहनें थीं। माँ जमींदार घर में पड़ी, मेरी मौसी को, मेरी नानी ने किसी गरीब, मगर कुलीन चरित्रवान से ब्याह दिया। उसे घर जमाई रख लिया। नतीजा कोई बुरा तो नहीं निकला।"

बप्पा ने ही मेरा नाम भी रखा था—वेदनाबाला! उन्होंने ऐसा पुरातनपंथी नाम क्यों रखा? बप्पा ने इस सवाल का कभी जवाब नहीं दिया।

उन्होंने पहले ही कह रखा था, "बेटी हुई, तो उसका नाम रखूँगा—वेदनाबाला; बेटा हुआ, तो उसको नाम दूँगा—मनोरंजन! यह मेरी बहुत दिनों की साध है।"

माँ ने पूछा भी था, "मेरा नाम तो आधुनिक है। उसका इतना पुराना-धुराना नाम क्यों?"

"तुम्हारा नाम किस क़दर सार्थक है, तुम समझती हो? कमलिनी कहाँ खिलती है?"

"कीचड़ में!"

"नहीं, जी, नहीं, पानी में! कमलिनी जल में खिलती है, खुशबू बिखेरती है।"

ख़ैर, वेदनाबाला को किसी ने 'वेदना' नाम से नहीं पुकारा! मेरी पुकार का नाम पड़ा—बीवी!

बिंदु बुआ की वजह से!

माँ ने पूछा, "तुम उसे 'बीबी' नाम से क्यों बुलाती हो, दीदी? कोई बंगला नाम भी तो दे सकती हो।"

लेकिन बिंदु बुआ, माँ को 'बड़ी माँ' ही कहती थी।

उन्होंने जवाब दिया, "साहबों की बीवी की तरह सुंदर-सलोनी बेटी को, और कोई नाम दिया जा सकता है भला?"

बप्पा जब जमींदारी के काम से बाहर जाते थे, माँ बेहद दुःखी हो जाती थी।

बप्पा ने दिलासा दिया, "ले चलूँगा, भई, तुम्हें और अपनी बेटी को भी ले चलूँगा। उसे ज़रा बड़ी तो हो लेने दो।"

बप्पा के बैठकखाने में भाँति-भाँति के लोग आते थे, लेकिन वे लोग कौन हैं, वहाँ क्या होता था, माँ को इसकी जानकारी नहीं थी।

बप्पा ने सिर्फ माँ से ही कहा, "अब से विलायती चीजें नहीं खरीदूँगा, जी! अब यह शोभा नहीं देता।"

"जैसा तुम कहो—"

"मैं जो कहूँगा, तुम वही करोगी न?"

"कहकर देखो तो सही!"

"याद रखना—"

उसके कुछेक दिनों बाद ही, बप्पा ने कहा, "रात को दो लोग आएँगे, ऊपर ही रहेंगे।"

"कोई भागलपुर से आ रहे हैं?"

"नहीं! देखोगी, तो शायद पहचान भी लो।"

बप्पा के साथ दो घनी-घनी मूँछोंवाले नौजवान! बदन पर शर्ट और फेंटा बँधी धोती। दोनों ही हट्टे-कट्टे जवान। उन्होंने माँ को नमस्कार किया। माँ ने भी हाथ जोड़कर जवाब दिया।

"आइए, अन्दर आकर बैठें!"

कमरे में आकर बैठ जाने के बावजूद उन नौजवानों ने कोई बात नहीं की।

जिसकी आँखें काफी उजली-उजली थीं, माँ ने हँसकर, उसी से दरयाफ़्त किया, "आपका हाथ ठीक हो गया न?"

नौजवान स्तंभित रह गया।

"आप...?"

"अरे, वाह, मिशन से आप हमारे घर आए, दो दिन रहे। मेरी पालक-माँ ने आपका सेवा-जतन किया, आप भूल गए?"

"ना...मगर, बलराम भाई...?"

"हाँ, कहो, भाई?"

"आपने..."

"ये मेरी धर्मपत्नी हैं। हमारे बीच कोई दुराव-छिपाव नहीं है। जो कहना चाहते हो, कह डालो।"

अब उस नौजवान से नहीं रहा गया।

"आपने ब्याह कर लिया?" उसने पूछा!

"अच्छा? कुछ बुरा किया? अगर तुम ऐसा सोचते हो, तो समझो, तुमने मुझे खो दिया। ऐसे संकीर्ण ख्यालात के साथ देशमाता की सेवा करना असंभव है।"

"लेकिन..."

ईषत हँसी में अपनी नाराज़गी व्यक्त करते हुए, बप्पा ने व्यंग्य के लहजे में कहा, "वा-ह! पहले सत्यभामा के यहाँ शरण ली। उसके बाद, मिशन में! बाद में, कामिनी के घर में आश्रय! उसकी सेवा-टहल कबूल! मिशन में चंदा दिया, तो वह भी कबूल और वक्त आने पर शरीफ बन जाओगे और सवाल करोगे—इनसे ब्याह कर लिया?"

"लेकिन, वे लोग तो..."

"पतिता हैं! मैं पूछता हूँ, पतिता के घर में जाता कौन है? हमारे-तुम्हारे घर के मर्द! उन्हें पाप नहीं लगता। जितना पाप करती हैं, वे ये औरतें? नहीं शंकर, अगर ऐसा है, तो तुम सबसे संपर्क रखना फिजूल है। बंग-भंग में कैसा कांड हो गया, देखा नहीं? खुदीराम, प्रफुल्ल चाकी, कानाइलाल, सत्येन बोस—इतनी सारी अनमोल जानें चली गईं, कहाँ सभी लोग एकमत, एकजुट होकर आगे बढ़ोगे....सच, बेहद निराशा हुई।"

सब चुप!

माँ जड़-पत्थर!

"मेरे लिए काफी कुछ सम्भव नहीं है, इसलिए सोचता हूँ, जहाँ तक हो सके, मैं वही बना रहूँ, जो मैं हूँ लेकिन मैं मदद जरूर करता हूँ। मैंने क्या नहीं किया,

बता सकते हो? उधर कीर्तन चल रहा था, मैं चन्दननगर से पिस्तौलें खरीदकर, तुम लोगों के लिए जुटाता रहा। कहो कि मैं झूठ बोल रहा हूँ?"

"................."

"शहीद कानाई दत्त की तस्वीर चाहिए थी...भोर-भोर, उनकी तस्वीर खींचकर, उस तस्वीर की कम से कम सौ प्रतियाँ जुटाकर नहीं दीं?"

"हाँ, दी थीं, भाई!" दूसरे युवक ने कहा।

"आजादी आएगी; एक-एक इंसान सिपाही बनेगा। लेकिन मन में ऐसे प्राचीन संस्कार पाले रहोगे? सिर्फ विलायती कपड़े ही जलाते रहोगे? दिल में जमा कुसंस्कार, रत्तीभर भी कम नहीं करोगे? खैर, छोड़ो, तुम लोगों को बुलाकर ही, मैंने भूल की! मेरा ख्याल था, जरूरत पड़ने पर, ऐसे मुहल्लों में ही छिपाया जा सकता है। वे लोग भी प्रभु-सेवा करेंगी, बूँद भर ही सही, देश के लिए कुछ किया, यह सोचकर, वे औरतें भी अपने को सार्थक महसूस करेंगी।"

उन दोनों युवकों ने एक-दूसरे की आँखों में झाँका। उसके बाद, दोनों एक साथ उठे और उन दोनों ने ही माँ को प्रणाम किया, उसके बाद, बप्पा को भी!

दूसरे नौजवान ने कहा, "आप लोग माँ की जाति हैं, भाभी। इस बार हमें माफ कर दें।"

उन्होंने बप्पा से भी कहा, "ऐसे ही...बिल्कुल ऐसे ही तालीम दी जाती है! आप आगे भी हमें यूँ ही राह दिखाते रहिएगा।"

"आचार धर्म आप लोग सिखाएँ! साहस का सबूत देने के लिए कई-कई राहें हैं, भइए! जो लड़कियाँ, औरतें, मर्द के हाथों तबाह नहीं हुई हैं, मुझ जैसे लोग उनसे विवाह कर लें, तो कुछ बुरा होने के बजाय भला ही होगा। कम से कम मेरी यही राय है।"

"तुम्हारे जैसा साहस किसका है? एक तरफ, हमारी मदद करते हैं, दूसरी तरफ, बड़े दिन पर अँग्रेज साहबों को फूल भेजते हैं।"

"उन लोगों के मन शक बोने से क्या फ़ायदा? उन्हें तो यही पता है कि भरोसे का कोई आदमी है, तो वह है—बलराम राय! कटक में आए दिन, दुर्भिक्ष पड़ता है। उनका ख़जाना भी माफ करना पड़ता है और चावल भी बाँटना होता है। मैजिस्ट्रेट इसके लिए कितने-कितने प्रशंसा-पत्र थमाता है, पता है?"

अचानक शंकर ने कहा, "बहुत कसकर भूख लगी है, भाभी।"

माँ ने आसन बिछाकर, पानी छिड़ककर, तीनों लोगों को परम तृप्त मन से खिलाया। जब उन्होंने खा-पी लिया, माँ ने जूठे बर्तन समेटकर बरामदे में रख दिये! खाने की जगह भी पोंछ डाली।

बप्पा ने कहा, "इन्हें पहचान रखो, कमल। मैं कहाँ, क्या रखता हूँ, ये लोग दिखा देंगे। ये लोग कभी माँगें, तो दे देना।"

शंकर ने कहा, "मिशन के साधु सदानन्द तुम्हें धन्य-धन्य कहते हैं।"

"और विनोद दत्त क्या कहते हैं?"

"वे कहते हैं—यह बलराम कमबख़्त रसातल में चला गया है। बिल्कुल चौपट हो गया है। बुढ़ापे की उम्र में एक परकटी परी को ब्याहकर, घरघुसरा बन गया है। मैंने कितना कहा—मुझे अपने बगीचे में मीटिंग कर लेने दे..."

बप्पा ने बीच में ही उनकी बात काटकर कहा, "भई, यह नामुमकिन है। मैं जैसा हूँ, वैसा ही रहूँगा। लड़कों के लिए यह सुरक्षित आश्रय है। जरूरत पड़ने पर, बंदूक, टोटे, गुप्त कागज-पत्र छिपाने के लिए, मुझ जैसा बन्दा चाहिए।"

"मैंने भी कुछ गलत कहा, भाई?" शंकर ने पूछा।

"जो सुना, वही कहा। लेकिन तुम लोग यह सब क्यों कहो? तुम लोगों को तो नई-नई बातें कहनी चाहिए। लेकिन, मैं यह भी बता दूँ कि स्वदेशी आन्दोलन में इन लोगों की भी भूमिका जरूर रहेगी। अच्छा अब और नहीं, चलो, सो जाओ। कूड़ा-कर्कट फेंकने की ट्रेन निकलने से पहले, निकल पड़ना है।"

उन दोनों के जाने के बाद, बप्पा ने माँ से कहा, "एक ही दिन में तुम्हारे मन की उम्र बढ़ गई।"

"मुझे बंगवासी अखबार ला देना। उसमें सारी ख़बरें होती हैं।" माँ ने कहा।

"क्यों, जी, तुम्हें डर लग रहा है?"

"डर? डर किस बात का?"

"हाँ, भय को तो जय किया था, कानाइ दत्त ने! जानती हो न, फाँसी का हुक्म सुनाए जाने के बाद, उनका वजन और बढ़ गया था?" माँ ने हाथ जोड़कर, माथे से लगा लिया।

जैसे वक्त की जानकारी मेरे बप्पा और मेरी माँ को हुई थी, वैसा वक्त फिर कभी नहीं आया।

ये सब मेरी सुनी हुई बातें हैं। अलीपुर जेल में फाँसी देने वाले जल्लाद ने कानाइ दत्त को फाँसी चढ़ाने के खौफ से, नौकरी ही छोड़ दी।

मुजफ्फरपुर में जिस जल्लाद ने खुदीराम को फाँसी दी, उसे टेलीग्राम देकर बुलाया गया था और कानाइ दत्त ने जैसे वीर जांबाज़ की तरह अपने गले में फाँसी पहन ली, वह तो अब किस्से-कहानियों की बात बन चुकी है। वहाँ ऐसा जनसमुद्र उमड़ पड़ा था कि उनकी अर्थी को अलीपुर से केवड़ातला तक ले जाने में पूरे पाँच घंटे लग गए थे। इसीलिए जेल अधिकारियों ने सत्येन बसु को फाँसी देकर, जेल के अहाते में ही, उनका दाह-संस्कार कर दिया था।

बप्पा की ज़िंदगी में यह बेहद सुखद समय था, क्योंकि माँ को सबकुछ पता चल गया था।

बप्पा ने गंगा-घाट पर दूर से ही कानाइ दत्त की माँ के दर्शन किए थे। बेटे

की मौत पर उनके चेहरे पर शोक का कोई निशान नहीं था; गर्व से सिर ऊँचा किए वे गंगा-स्नान के लिए बढ़ी जा रही थीं।

और जितेन बैनर्जी? वे तो बंगाल के छोटे लाट, एंड्रू फ्रेजर को गोली मारकर हत्या करने गए, मगर विफल रहे।

जो मन-प्राण से बाग़ियों के पक्षधर थे, हालाँकि वे दीक्षित सेनानी नहीं थे। ऐसे लोगों में ही एक शख्स थे—मेरे बप्पा!

बाद में, मैंने देखा कि उनकी गोली हमेशा लक्ष्य भेद करती थी। जमींदार जीव हैं, शिकार खेलते हैं, इस बहाने से, बप्पा ने कम आग्नेयास्त्र नहीं ख़रीदा, हालाँकि शिकार वे कम ही करते थे। उन्होंने तो माँ से भी कहा था—शिकार कभी खेलता था, अब छोड़ दिया है। वैष्णव हूँ न!

"क्यों, जी पुलिस को कहीं तुम पर तो शक नहीं हो गया है! मुझे बड़ा ख़ौफ़ आता है।"

"नहीं, नहीं, साहब लोग यही समझते हैं कि हम लोग घोर वैष्णव हैं, इसलिए मैं उन विद्यार्थी, अँग्रेजों को अपने घर नहीं बुलाता। हाँ, बीच-बीच में बजरे में, मैं बोट-पार्टी ज़रूर देता हूँ। इसके अलावा बड़ा दिन पर मैं डाला भी तो भेजता हूँ कि नहीं?"

"ए जी, तुम्हें जितना-जितना जान रही हूँ, मैं ताज्जुब में पड़ती जा रही हूँ।"

"मैं भी, जी, मैं भी! भई, एक बात तो माननी ही होगी। तुम्हारी पालनकर्त्री माँ ने तुम्हें यथासाध्य मालिन्य-मुक्त रखकर, तुम्हें बड़ा किया। यह सच है न?"

"हाँ, सो तो है! लेकिन बाद में जब सोचा, तो मुझे समझ में आया, इन मर्दों की वजह से ही यह वेश्या-कारोबार टिका हुआ है। लेकिन माँ जैसी.....वे लोग ही तो स्वच्छंद भाव से दूसरों की बेटी उड़ा लाती हैं...इसलिए सोचती हूँ, ऐसी औरतें भी क्या कम निष्ठुर होती हैं?"

"यह तो चिरकाल का पाप है, कमल, पुराना पाप! चलता है, चलता रहेगा...!"

"कुछ औरतें कितनी...कितनी गरीब होती हैं, मानी ने ही बताया था।"

"वे औरतें, नाम लिखाई हुई वेश्या होती हैं। लेकिन तुम इतना मत सोचा करो। वे औरतें खुद ही उस राह जाती हैं। चार-महला मकानों की शान-शौकत, सुखी जीवन त्यागकर, कोई-कोई खुद ही चली जाती हैं।"

बस, वहीं तक! माँ और किसी भी तरह, उस महिला के बारे में नहीं जान पायीं जिसे उनका पति ब्याहकर लाया था। सुना है, वे ही घर छोड़कर चली गई थीं। उसके बाद, क्या हुआ था?

काफी-काफी सालों के बाद, बप्पा की अलमारी खोली, तो कुछेक ख़त मिले थे, जो कभी खोले ही नहीं गए थे। छपरा शहर के किसी ठिकाने पर भेजे गए रुपयों

के हिसाब का भी एक कागज मिला था। वे रुपए किसी वकील के नाम भेजे गए थे। लेकिन, सन् 1916 के बाद रुपए जाने बन्द हो गए थे।

माँ ने उन ख़तों का ढेर बनाकर जला डाला। बप्पा जब कुछ बताकर नहीं गए, तो क्यों उसे खोलने जातीं?

मेरी माँ, बप्पा का स्पर्श पाकर, मानो हजारहा पाँखुरियों में खिल उठी थी।

बिन्दु बुआ ने तो माँ को काफी आवाज़ें दीं, मगर कोई जवाब नहीं मिला। किसी-किसी दिन माँ जाने किस काम में महा-व्यस्त हो जाती थी।

हिमी ने ही पूछा, "कॉपी में क्या लिखती हो बड़ी माँ।"

"जो भी मन में आता है, वही कुछ..."

"नाउन मासी जाने कौन-सी तो किताब लाई है, तुम सुनोगी नहीं?"

"जाओ, तुम लोग सुनो, हिमी!"

इसी नाउन मौसी के हाथों बिन्दु बुआ अपना सिर मुड़वाती थी। माँ अपने नाखून कटवाती; आलता पहनती थी। नाउन मौसी कोठी की महिला-फौज की परम प्रिय थी।

बाजार में किस्से कहानियों की जितनी भी किताबें प्रकाशित होतीं, वह उनके बारे में सुना जाती थी। सभी औरतें, अंदर के आँगन में उसे घेरकर बैठ जातीं। इसके अलावा, किसी-किसी दिन वह और-और तरह की कहानियाँ भी सुना जाती थी।

"ओ मौसी, तुम्हें इतनी सारी कहानियाँ कहाँ से मिल जाती हैं, जी?"

"अरे वो मरदूद नउआ है न, बटतला से किताबें खरीद-खरीदकर ले आता है। शाम को पढ़-पढ़कर सुनाता है, बहुत से लोग सुनने आते हैं। सिर्फ दो बार सुनकर ही, मुझे तो कहानी रट जाती है!"

"आज जैसे मैं 'सर्पिणी माँ और रतन कुमार' की कहानी सुनाने वाली हूँ। और सुनो, आज सिर्फ चावल और कौड़ी से नहीं चलेगा, जी! आज तो पूरा सिद्धा लूँगी। अरे, हाँ, बड़ी माँ नहीं सुनेंगी?"

"नहीं, जी, आज उनको काम है।"

"भई, मैं तो कहती हूँ, बड़ी माँ के रूप के आगे लक्ष्मी की मूरत भी फीकी पड़ जाए—"

"अच्छा, चलो, सिद्धा ही मिलेगा।"

"हाँ, तो सुनो—राजा को बेटा नहीं हो रहा था....बहुत पूजा-पाठ किया, बेटा नहीं हुआ। अन्त में ब्याह किया किससे? एक नागकन्या से! नागकन्या ने खूबसूरत औरत का रूप धरकर, छल-छद्म से राजा से ब्याह कर लिया। शादी में क्या धूमधाम! रोशनी, बाजे, धूम-धड़ाका! समूचे राज्य के लोग न्योता खाने आए। बड़े-बड़े पोखर-तलैया काट-काटकर, उसमें खीर भर दिया गया; पकवानों का पहाड़ खड़ा कर दिया गया,

मिठाइयों का हौज! पूजा, यज्ञ-हवन! कुछ भी नहीं छूटा! लेकिन?..."

इतना कहकर नउआ बहू ने गरूर से पलटकर देखा। नाक में चाँदी का फूल, कान में पाँच-पाँच कनफूल, गले में चाँदी और मूंगाकाठी की माला, बदन पर तिरंगे किनारवाली साड़ी! वह गा उठी।

'दिन में घरनी, रात में नागिन!
पल में सांपिन, पल में रानी
लेकिन आखिर तो बेटा जना...'

उसके बाद रानी अंतर्धान हो गई! कहीं नहीं मिली, त्रिभुवन में कहीं नहीं! कौन करे बेटे की देखभाल? कौन पिलाए दूध?

बेटे का पेट तो हरदम भरा-भरा! बेटा तो दूध की डकारें लेता रहा और सुख की नींद सोता रहा। उसके बाद?"

इसी तरह वह शब्दों का खेल दिखाते-दिखाते, पूरे तीन दिन गुजार देती; तीन-तीन सिक्के बटोर ले जाती।

कभी-कभार वह अपनी सौतन के साथ 'बहुरिया-नाच' भी दिखाने आती।

"ओ नउआ बहू, सौतन ले आई?"

"हाय-माँ, हमने ही तो बियाह कराया, जी! हमरी कोख में तो एक भी नहीं आया, वही बच्चा जने। वैसे भी हम दोनों प्राणी कामकाज में जुटे रहते हैं। छुटकी पकाती है, परोसती है, गिरस्ती चलाती है। वह मेरी सखी की बहिन है, जी।"

इसी नउआ बहू की वजह से कोठी में एक दिन पुलिस आ धमकी, जिस दिन उसने गुस्से में आकर परम-प्यारी सौतन की नाक काट डाली थी।

बप्पा ने कहा, "गुनाह किया है, अब जाओ जेल!"

"ओ बड़े बाबू, जेल गई, तो नउआ हमको घर में नहीं घुसने देगा। हमको कबूल ही नहीं करेगा। हमको प्राचश्चित्त करके, बिरादरी-भोज देना होगा। जेल में सैकड़ों जात का पकाया भात खाना पड़ता है।"

बप्पा ने खुद ही ढेर सारे रुपए खर्च करके, वह केस मिटा दिया।

मैंने उस नककट्टी औरत को देखा है।

जब मैंने उसकी सौतन को देखा था, वह बूढ़ी हो चुकी थी। वह अपनी घर-गृहस्थी चलाती थी। हमारे यहाँ वह नककट्टी भी आती थी, पाँवों में झांवा घिस देती थी, नाखून काट देती थी, आलता लगा देती थी। नककट्टी की नाक नहीं काटी गई थी, उसकी नथ नोच ली गई थी।

नककट्टी कहानी-किस्से नहीं कहती थी। वह चटपट अपने काम ख़त्म करती और चल देती।

हिमी बुआ ने बताया, "भई, वह बाज़ार से सौदा-सुलुफ लेकर जाएगी, तभी तो उसके यहाँ खाना पकेगा! अब घर की चाबी उसकी कमर में बँधी होती है, वही

घर की मालकिन है।"

उस वक्त, मेरी उम्र ग्यारह या बारह वर्ष रही होगी।

दो अलग-अलग दिनों की दो घटनाएँ मुझे आज भी याद हैं।

उस दिन बप्पा काफी उत्तेजित मुद्रा में कोठी के अंदर दाखिल हुए।

"कमल! कमल!" आवाज देते हुए, वे साथ कई-कई सीढ़ियां लाँघकर सीधे ऊपर चले आए।

माँ बाहर निकल आई, "क्या बात है, जी? कुछ हो गया?"

"तुम सोच भी नहीं सकतीं..."

खैर, "तुम सोच भी नहीं सकतीं," यह जुमला बप्पा ने सन् 1905 में भी कहा था। नरेन गोंसाई की हत्या या कानाइ दत्त, सत्येन बोस वगैरह के फाँसी चढ़ने के वक्त भी। नहीं! उस दिन कोठी में काफी सन्नाटा छाया हुआ था। कानाइ दत्त के दाह-संस्कार के दिन, बप्पा और माँ लैंडो में सवार होकर, नंगे-पाँव गंगा नहा आए थे। उस दिन घर में चूल्हा नहीं जला, अब लोग फल, दूध खाकर सो रहे।

"तुम सोच भी नहीं सकतीं"—बेहद उत्तेजित होकर, उन्होंने माँ को आवाज़ देते हुए, लगभग चीखकर कहा, "इधर इन लोगों का केस चल रहा है, उधर आड़बेलिया के जितेन चौधुरी ने छोटे लाट, फेजर को तीन-तीन गोलियाँ दाग़ दीं। वाकई आड़बेलिया गाँव सार्थक हो गया। देश को कितनी सारी क्रान्तिकारी सन्तानें दीं।"

उन दिनों क्रांतिकारियों ने जितेन के बारे में जो कविता लिखी उसे गुपचुप छपाकर बाँटा गया। वह कागज मैंने भी देखा था। माँ मुझे पढ़-पढ़कर सुनाया करती थी।

"चाहे जाओ जेल या द्वीपान्तर जीतेन्द्र! पूजेंगे तुम्हारी स्मृति, रोज-रोज! तुम हो आराध्य देव, बाहर भी, अंदर भी! कहीं नहीं अन्यत्र, रहोगे बंगाली अन्तस में!"

नहीं, यह 'तुम सोच नहीं सकतीं'—का लहजा बिल्कुल और तरह का था। बप्पा खुशी से उमड़ पड़े।

उन्होंने कमल को आवाज़ देकर कहा, "ए जी कमलिनी, रवि बाबू, हमारे रवीन्द्रनाथ ठाकुर को नोबेल पुरस्कार मिला है।"

"यह नोबेल क्या होता है, जी?"

"दुनिया का सबसे बड़ा पुरस्कार! भारत के किसी इंसान को पहली बार मिला है। वे हैं बंगाली कवि! मुझे कितनी खुशी हो रही है, तुम्हें क्या बताऊँ। गोविन्द राय ने तो लिखा ही था—कितने अर्से बाद, कहो भारत हे आधार दुःख सागर तैरकर करोगे पार? ख़ैर, जब तक आज़ादी नहीं मिलेगी, यह नहीं होने का लेकिन इस भारत सन्तान, बंग-संतान ने देश के सिर पर ताज पहना दिया।"

"ए माँ, तुम तो बड़े उतावले हो रहे हो, जी!"

"मेरा मन हो रहा है, समूचे शहर को रोशनी से सजा दूँ, दिवाली मनाऊँ।

आज ही उनकी किताबें झाड़-पोंछकर...''

''किताबों की अलमारी तो मैं खुद ही झाड़ती हूँ! वहाँ तुम धूल का एक कण भी नहीं पाओगे।''

बप्पा घर के सभी दास-दासियों के लिए शांतिपुरी साड़ी और धोती ख़रीद लाए। माँ के लिए जो नीली साड़ी लाए थे, वह आज भी मेरे पास सलामत है। मैंने उस साड़ी की हर तह में कपूर और नीम पत्ते बिछाकर, आज भी सहेज रखा है। नाक गड़ाकर सूँघो, तो आज भी माँ की खुशबू मिलती है।

मेरे बप्पा समाज के बारे में बहुत कुछ सोचते रहते थे, यह कई-कई तरह से समझ में आता था। इसीलिए तो मेरी माँ कहा करती थी कि रोज-रोज देखती हूँ, रोज-रोज सीखती हूँ।

''सोचो, कमल, सोचो, समाज के बारे में सोचो! औरतों को आखिर कौन बचाएगा?''

ब्याह के लिए दहेज जुटाने में बाप दिवालिया हो जाता है, यह देखकर, उन्हीं दिनों, स्नेहलता नामक लड़की ने अपने कपड़ों में आग लगाकर आत्महत्या कर ली।

देश में जबर्दस्त कोहराम मच गया। उन्हीं दिनों पुराने यूनिवर्सिटी इंस्टीट्यूट हॉल में एक सभा आयोजित की गई। बप्पा उस सभा में भी गए थे।

वहाँ से लौटकर उन्होंने माँ को ढेर सारी बातें बताईं।

''विपिन पाल अभी हाल ही में विलायत का चक्कर लगाकर आए हैं। उन्होंने काफी गर्मागर्म भाषण दिया, कमल! उन्होंने सरकार से भी दहेज विरोधी कानून बनाने की माँग की।''

''लेकिन सरकार तो ऐसा नहीं करेगी।''

''क्यों? ज़रा समझाकर कहो न!''

''तुमने ही तो कहा था कि राममोहन राय ने पहले भी, किसी बड़े लाट से सती-दाह बन्द कराने को कहा था। लेकिन विलायत में वे लोग राजी नहीं हुए। उनका कहना था कि इससे धर्म को चोट लगेगी।''

''हाँ, कमल, दहेज वगैरह के बारे में सिर भिड़ाये, उनकी बला! वे लोग तो यही चाहते हैं कि हमारा देश कुसंस्कार में डूबा रहे। अभी तो सिर्फ एक स्नेहलता की जानकारी मिली है। देश में ऐसे हजारों हादसे होते रहते हैं, वर्ना कलकत्ते में तमाम चकले, यूँ ज़ोर-शोर से चल सकते हैं? नए-नए पतितालय आबाद हो सकते हैं?''

''हाँ, जी, सो तो है। तुम भी वहाँ कुछ बोले?''

''नहीं, मैं तो बस, सुनता हूँ और चला आता हूँ। सभा में काफी बड़े-बड़े लोग आए थे। सभापति थे, टाकी के जमींदार—राय यतीन्द्रनाथ चौधुरी! टाकी में ये लोग काफी दान-ध्यान करते हैं। उन्होंने सड़कें बनवाई हैं। स्कूल शुरू किए, यहाँ

तक कि लड़कियों के लिए भी स्कूल खोले हैं, खैराती अस्पताल स्थापित किए हैं—ऐसे-ऐसे अनगिनत काम किए हैं। बड़े-बड़े विद्वानों ने भी अपने विचार रखे।"

"सुना है, बाल-विवाह अब उठ जाएगा?"

"हाँ, ऐसा कोई क़ानून तो शायद पास होने वाला है। लेकिन देश में घर-घर बाल-विवाह ही चलता रहेगा। कानून मुताबिक काम हो रहा है, या नहीं, यह भला कौन देखने जाता है, बताओ?"

ऐसा था, मेरे बप्पा और माँ का जीवन! उन्हीं दिनों दामोदर नदी में बाढ़ आ गई, समूचा वर्धमान उसमें बह गया। वर्धमान तक पहुँचने के सारे रास्ते बन्द! वहाँ जाने का कोई उपाय नहीं रहा।

इसके बावजूद चंद लोग पहुँच ही गए। अखबारों में भी खबर छपी।

बिन्दु मौसी बताती थी, "कैसी सर्वनाशी बाढ़ थी, क्या बताऊँ?"

अखबार में ही एक स्वेच्छासेवी की खबर प्रकाशित हुई थी। उसने कहा था—बाढ़ के पानी की प्रबल गर्जना के साथ, बाढ़ के शिकार लोगों की आर्त पुकार भी सुनाई दे रही है। कलकत्ता से ढेर-ढेर रिलीफ और स्वयं सेवकों की बेतरह ज़रूरत है।

यह प्रत्यक्षदर्शी का विवरण था, इसका अलग ही वजन था।

बप्पा और माँ मिशन पहुँच गए।

साधु सदानन्द ने कहा, "स्वयंसेवक आ रहे हैं। अब चावल, चिड़वा, कपड़े-लत्तों की जरूरत है।"

"यहीं ले आऊँ?"

"हाँ, हाँ, स्वयंसेवकों के तो कई-कई दल जा रहे हैं। ये लोग भी जा रहे हैं। हम सब तो सड़कों पर घूम-घूमकर भीख माँग रहे हैं।"

उस ज़माने में आए दिन, यही सब लगा रहता था! वर्धमान बरिशाल जगह-जगह बाढ़ आती रहती थी। उस ज़माने में ट्रकों पर बैठकर मदद नहीं माँगते थे। नौजवान साधु-संन्यासी एक बड़ी-सी चादर के चारों कोने थामे-थामे, गाना गा-गाकर, पूरे शहर की परिक्रमा करते थे। लोग-बाग भी यथासाध्य दान देते थे।

साधु सदानन्द ने ही बप्पा-माँ को एक कमरा दिखाया। उस कमरे में ढेरों कपड़े-लत्ते भरे हुए थे।

उन्होंने बताया, "कामिनी लोग यह सब दे गई हैं, रुपए भी दिए हैं।"

बप्पा पन्द्रह दिनों के अंदर घर से कपड़े-लत्ते, दुकान से कपड़ों की गाँठें, साड़ी-धोती के थान, बोरी-बोरी चावल, चिड़वा वगैरह लाद-फाँदकर, मिशन में दे आए। शंकर और उसके साथ, वे सामान हावड़ा स्टेशन ले जाकर जमा करते रहे। वहाँ से वे सब सामान, वर्धमान तक ले जाने वाले लोग भी मौजूद थे।

बंगाली-गैर बंगाली, कलकत्ता शहर के सभी लोग इस काम में उतर पड़े थे। हाँ, श्यामसुंदर चक्रवर्ती, कृष्णकुमार मित्र, माखन सेन वगैरह लोग, किसी तरह वहाँ पहुँचकर रिलीफ-सामानों के सही-सही वितरण की कोशिश में जुट गए थे।

बप्पा ने हावड़ा स्टेशन से लौटकर कहा, "हावड़ा स्टेशन में कितने ही लोगों के दर्शन हुए! अगर न जाता, तो आड़बेले के मानवेन्द्रनाथ राय, बाघाजतिन, विपिन बिहारी गांगुली, डॉक्टर अमूल्य वकील जैसी महान् हस्तियों को भला देख पाता?"

अपनी आत्मकथा के नाम पर, अब तक मैं अपने बप्पा-माँ के ज़माने की ही बात करती रही। अब सोचती हूँ, तो बेहद गर्व होता है कि मेरे बप्पा-अम्मा ने वह जमाना देखा था और बहुत कुछ किया भी था।

इसी दौरान प्रथम विश्वयुद्ध छिड़ गया।

इतने दिनों में मिशन का कामकाज और ज्यादा बढ़ गया था। नारी उद्धार आश्रम का काम भी, बस, शुरू होने वाला था।

हमारे यहाँ भी क्रांतिकारी नौजवानों का आना-जाना काफी बढ़ गया था। अन्त में बप्पा ने सियालदह के करीब एक मकान किराए पर ले लिया। वहाँ रहकर क्रांतिकारी लोग शहर की व्यस्तता में घुलमिल सकेंगे, गायब भी हो सकेंगे। वहाँ से निकल भागने के भी ढेरों रास्ते! बेलगछिया में, हमारी कोठी के दरवाजे तो उन लोगों के लिए खुले ही थे। लेकिन वहाँ नौजवानों का बार-बार आना-जाना शक़ पैदा कर सकता था। इन बागियों में, किसका असली नाम क्या है, माँ यह कभी नहीं जान सकीं।

लेकिन माँ कहा करती थीं—"उन्हीं में एक बंदा था। सब उसे 'नबू' बुलाते थे। वह थोड़ा उम्रदार और गुस्सैल था।"

वह लड़का हमेशा यही जुमला दुहराता था, "जर्मनी के कैजर के साथ लड़ते-जूझते हुए, ये अँग्रेज जितना ज्यादा नेस्तनाबूद हों, उतना ही भला है।"

बप्पा पूछते थे, "क्यों, भला क्या होना है?"

"यही वक्त है, जब भारत के सभी क्रांतिकारी, बगावत का ऐलान कर दें और अँग्रेजों के हाथ से सारे अधिकार छीन लें।"

"मुझे ऐसा नहीं लगता।"

"ज़रूरत है...हथियारों की बेहद जरूरत है।"

हथियारों की उम्मीद में ही बाघा जतिन बालेश्वर गए थे। बूढ़ी बालाये तट पर टेगार्ट की सेना का मुकाबला करते हुए, बंगाल के कई-कई क्रांतिकारियों ने अपनी जान के नज़राने भी दे डाले।

कलकत्ता और आस-पास, जबर्दस्त धर-पकड़ शुरू हो गई। क्रांतिकारी होने के संदेह में ही, अनगिनत गिरफ्तारियाँ जारी रहीं।

ऐसे में ही, उपेन दारोगा बप्पा के यहाँ आ धमका।

उसने पड़ताल शुरू कर दी, "आप मिशन में क्यों जाते हैं?"

बप्पा तो एकबारगी आगभभूखा हो उठे।

"मैं कहाँ जाता-आता हूँ, इससे आपको मतलब?"

"मिशन के साधु पर हमारी कड़ी नज़र है। उनके पास तरह-तरह के लोग आते-जाते हैं। कहीं आप भी...?"

"देखिए, वह इंसान जितने निःस्वार्थ भाव से स्वेच्छा सेवा करता है, मैंने वहाँ ऐसा-वैसा कुछ नहीं देखा। हाँ, आप ठहरे पुलिस के दारोगा! आप लोगों के सोचने-समझने का ढंग ही अलग है। आप लोगों को अगर मौका मिलता, तो आप लोग तो, स्वामी विवेकानन्द का नाम भी अपने रजिस्टर में चढ़ा लेते। है कि नहीं?"

"यह क्या बात हुई? वे तो नमस्य महापुरुष थे। उनके कामकाज बिल्कुल अलग तरह के..."

"जीव-सेवा करे जो जन, वही करे प्रभु की भी सेवा-जतन! देखिए, मैं हमेशा से अच्छे और सच्चे कामों से जुड़ा रहना पसन्द करता हूँ। स्वदेशी कामकाज...विप्लव ...क्रांति...यह सब मेरी समझ में नहीं आता। स्वामी जी भी सचमुच सेवा-कार्य ही करते हैं। मैं भी अय्याशी या विलास में अपनी धन-दौलत उड़ाने के बजाय, उनकी मदद करता हूँ।"

"खैर, अभी तो मैंने शराफत से आपको आगाह कर दिया! आपको बताया गया।"

"बताया गया, क्या मतलब? आप धमका रहे हैं? बलराम राय को धमकी दे रहे हैं? मैं कल ही लाल बाजार जाऊँगा। धमकाने का फल आपको मिल जाएगा। मुझे धमकाने का मजा आप जरूर चखेंगे।"

"बस, यही तो... हम लोग तो बस, हुक्म के गुलाम हैं। आप लोग यह नहीं समझते।"

"इसीलिए तो आपके हेड-कर्ता के पास ही जाऊँगा। अच्छा, अब कृपया तशरीफ ले जाएँ।"

"आपकी कोठी बेहद खूबसूरत है।"

"सर्च? तलाशी लेने का लोभ हो रहा है न?"

"छिःछिः बलराम बाबू! आप कैसी बात करते हैं!"

"तलाशी मैं लेने नहीं दूँगा। तलाशी लें भी, तो कुछ हाथ नहीं आएगा। यह वैष्णवों का मकान है। मेरे मकान में, मेरे गृह-देवता बिराजते हैं; बाहर मंदिर भी है। आप लोगों ने अंदर क़दम रखा, तो सारा कुछ धोकर, फिर से शुद्ध-पवित्र करना होगा।"

''मैं क्या...?''

''अरे, भई, आप मांस-मछली तो खाते हैं न? हमारा परिवार बेहद पुरातनपंथी है! बज्र दकियानूस! गौर पूर्णिमा में साहब-अफसर भी आते हैं, तो उनके लिए भी चाँदनी तानकर, बाहर ही इंतजाम करना पड़ता है।''

''अच्छा! अच्छा! बहुत अच्छा है।''

''अच्छा, तो अब...''

बप्पा लाल बाजार गए थे या नहीं, मुझे नहीं पता। लेकिन, उपेन दारोगा, उस दिन के बाद, फिर कभी नहीं आया।

उस वक्त मेरी उम्र कुल पाँच बरस रही होगी। मुझे अच्छी तरह याद है। बप्पा हमें साथ लेकर कटक, पुरी जा रहे थे। माँ उसी आनंद में महा-मगन! क्या-क्या जाएगा, कौन-कौन जाएगा, कौन-कौन यहाँ रहेगा, बप्पा के घोड़े, पहलवान और लैंडों के घोड़े-बादशाह की देखभाल ठीक तरह होगी या नहीं, माँ यह सोच-सोचकर बेहद परेशान!

बिन्दु मौसी ने आश्वासन दिया कि 'जय जगन्नाथ' कहकर हम रवाना हो जाएँ, वे सब देख लेंगी; हर किसी की देखभाल करेंगी। मंदिर में ठाकुर जी की पूजा-पाठ भी निपटा लेंगी।

बप्पा ने कहा, ''कटक में नीलमणि काका हैं, वहाँ का सबकुछ वे देख-सुन लेंगे।''

माँ हँसते-हँसते बेहाल!

अगले ही पल उन्होंने फिर हिदायत दी, ''देखो, सब चिड़ियों को ठीक तरह दाना-पानी मिलता रहे।''

कुछेक दिनों में ही हम रवाना होने वाले थे। हिमी बुआ मुझे सम्हालने में लगी रहीं।

बप्पा ने याद दिलाया वर्ण-परिचय और स्लेट-पेंसिल ले जाना मत भूलना।

मेरा बक्सा तैयार किया जा रहा था।

ऐसे में सुबह-सुबह, कोठी के फाटक पर एक घोड़ागाड़ी आकर रुकी। मानी थी! घोड़ागाड़ी से उतरकर, वह कोठी के अंदर आई।

बप्पा को प्रणाम करते हुए, उसने कहा, ''ज़रूरी बात है, दादा बाबू!''

पता नहीं कैसे तो बप्पा को अंदाज़ा हो गया।

''ज़िंदा हैं?'' उन्होंने पूछा।

मानी ने इनकार में सिर हिलाया।

''कब गईं, मानी?''

''चार दिन हो गए। कह गयीं, कमल को चौथा नहीं करना है और कहा कि तू ऊंहा चली जाना। दामाद जी तुझे नहीं फेंकेंगे। बस, यही...''

"हुआ क्या था?"

"इधर...यानी कुछ महीनों से रह-रहकर छाती में दर्द उठता था। इसके बावजूद, मिशन में कीर्तन सुनने जरूर जाती थीं। उस दिन दर्द काफी बढ़ गया। मैं वकील बाबू को खबर करती या डॉक्टर खाने से दवा लाती...उन्हें ऐसी हालत में अकेली छोड़कर कैसे जाती...। उन्होंने मुझे कसकर पकड़ लिया, कहा, बस, तू मेरे पास रह! और क्या, घंटे भर में वह 'हाँ' से 'नहीं' हो गईं! अभी प्राण था, अभी निकल गया।"

"तुमने अपने बाल कटा लिए?"

"वह मेरी माँ न सही, इंसान तो थी। कोई आचार-नियम भला नहीं करती? गंगा-घाट पर ही चौथा कर दिया। सिर मुंडाया, गंगा में डुबकी लगाई और सीधे आपके पास...उन्होंने कहा जो था। लेकिन आप फिकर ना करें। अगर आपको असुविधा हो, तो मैं काशी चली जाऊँगी। आजकल तो वे भी कहा करती थीं—चल, मानी, काशीवास ले लें! बहुत बदल गई थीं, दादा बाबू!..."

"मिशन रोज जाती थीं?"

"अरे, बहुत कुछ करती थीं। वहाँ जाती थीं। तुम तीनों लोगों के नाम पूजा देती थीं। बिटिया के जन्मदिन पर हर साल कंगाली-भोजन कराती थीं। उन्होंने पाँच सौ रुपए मेरे भी हाथ पर रख दिए। कहा, तेरे दादा बाबू ये रुपए कहीं लगा देंगे, महीने-महीने ब्याज दिला देंगे। लेकिन, दादा बाबू, आप लोगों को अगर परेशानी हो, तो मुझे यहाँ नहीं रहना है। तीरथ-धरम में मेरी बाकी जिन्दगी गुजर ही जाएगी।"

"आओ, ऊपर चलो—" बप्पा ने कहा।

मानी पहले भी इस कोठी में आई-गयी थी। बिन्दु बुआ हिमी बुआ उसे पहचानती थीं।

बिन्दु बुआ ने कहा, "बहुत दिन बाद आईं?"

"अरे, सैकड़ों काम होते थे न!"

बप्पा मानी के साथ जैसे ही कमरे में दाखिल हुए, माँ शायद समझ गईं। हाथ का काम अलग रखकर, उन्होंने खुद ही कहा, "समझ गई।"

"वह तो तीर्थ पर जाने का मन बनाकर आई है।"

माँ ने पलंग की बाजू थामकर, अपने को किसी तरह संयत किया। छलछलायी आँखों से बप्पा की तरफ देखा। उन आँखों में मूक विनती थी!

बप्पा कुछ देर खामोश रहे।

उसके बाद, मानी के सामने ही माँ के कन्धे पर हाथ रखकर, उन्होंने कहा, "तुम ऐसी मिन्नतभरी आँखों से क्यों देख रही हो?"

कुछ देर के लिए फिर खामोशी!

उन्होंने धीमी आवाज में दुबारा कहा, "घर तुम्हारा है। तुम इस घर की मालकिन हो। अधीश्वरी हो! सबकुछ तुम्हारा ही तो है। तुम जो कहोगी, वही होगा। मानी

को तो तुम कब से देख रही हो! वह न तो घर के दरवाजे पर खड़ी होकर, ग्राहक की राह देखती है, न धंधा करती है। तुम्हारी पालक माँ ने उसे दासी बनाकर रखा था, और कुछ तो नहीं? अब तुम जो चाहोगी, वही होगा। आज तो उसे आराम करने दो।''

मानी जहाँ खड़ी थी, वहीं बैठ गयी, ''मैं कुछ देर सोना चाहती थी, कमल, कितनी ही रातों से मुझे नींद नहीं आई।''

''चलो, ऊपर चलो।''

तीसरी मंज़िल पर एक के बाद एक, दो कमरे! एक कमरे में, फर्श पर दरी बिछी हुई थी। मानी वहीं लेट गई। लेटते ही फौरन सो गई। उस वक्त जो सोयी, एकदम से सुबह ही जागी। वह उठकर नीचे आई, थोड़ा-बहुत खाकर, वह दुबारा सो गई।

बप्पा ने कहा, ''कई-कई दिनों की आधी-अधूरी नींद है।''

माँ मेरी चुटिया बाँध रही थीं। उन्होंने जवाब में कुछ नहीं कहा।

''इतना क्या सोच रही हो, कमल? मानी को यहाँ रखना चाहती हो न? रख लो।''

माँ ने हिमी बुआ को बुलाकर कहा, ''बीबी को ले जाओ तो! मंदिर में नमो-नमः करा लाओ।''

मेरे जाने के बाद, माँ ने कहा, ''देखो, मानी अगर रही, तो समझ-बूझकर ही रहेगी, कितने दिनों से वह मुक्ति चाह रही थी। मुझे तो मालूम है। वहाँ इसलिए पड़ी हुई थी, क्योंकि उसके लिए जाने की और कोई जगह नहीं थी। वे भी तो दूसरी किसी लड़की को अपने यहाँ घुसने नहीं देती थीं।''

''अपनी संपत्ति का क्या इंतजाम कर गई हैं, जानना चाहोगी?''

''यह या तो वकील बाबू जानते होंगे या मिशन! लेकिन मेरा उन्होंने भला ही चाहा। इतनी-इतनी लड़कियों के बारे में जो उन्होंने नहीं चाहा।''

''वे बेचारी भी क्या करतीं? और कुछ तो उन्हें आता नहीं था!''

ना, मेरी नानी को और कुछ भी नहीं आता था। मेरी नानी...जो मेरी माँ की माँ नहीं थी, जो उत्तर वेद काल से ही जनपदवधू, जन्मकलंकिनी, पापिन, पतिता—यही कुछ थी। अगर यही सच है, तो जिस समाज के मर्द माँ की कोख में ही उनकी ऐसी तकदीर लिख देते हैं, उसी समाज के वे मर्द वार-वनिताओं के दरवाजे पर जाते ही क्यों हैं? वे वारांगनाओं के दरवाजे तक जाए बिना रह भी तो नहीं सकते; उन्हें कुत्सित रोग दे डालते हैं, खुद भी रोग भोगते हैं। उसके बाद, वारांगन अपने घर, गृहस्थ और कहीं अपने घर, सहमरण ही चुनते हैं। मेरी नानी उसी शानदार परंपरा की संवाहक थीं।

बप्पा ने अगला जुमला जोड़ा, "वे चिरकाल यही करतीं! तुम कुछ करना चाहती हो?"

"हाँ, चाहती हूँ। मानी अपने बाल मुंड़ाकर, अपना पिछला जीवन गंगा को अर्पित कर आई। अब वह अपना शरीर नहीं बेचेगी। उसके लिए जाने की कोई जगह नहीं। उद्धार आश्रम जब बन जाएगा, तो शायद वह चली जाए। तब तक वह यहीं रह जाए?"

"अगर किसी भी तरह, तुम्हारे पुनर्जन्म को लेकर...?"

"नहीं, वह कुछ नहीं कहेगी। मैं उसे दीक्षा दिला दूँगी। मंदिर के बाहर, वह झाड़ू-बुहारू किया करेगी, फर्श वगैरह की धुलाई करेगी, पर्व-उत्सव के दिन, भक्तों के लिए मालाएँ गूँथा करेगी। पढ़ाई-लिखाई वह जानती है, और और पढ़ेगी, किताब अखबार पढ़ना सीख जाएगी। अगर वह इनसे एक बाल भी इधर-उधर हुई, तो उसे निकाल बाहर करूँगी और..."

"और क्या?"

"और नहीं तो, उसके रुपए ब्याज पर लगाकर, कहीं उसके लिए छोटी-सी कोठरी बनवा देना। भीख माँगेगी, जप-तप में वक्त गुज़ार देगी। और..."

"और क्या?"

"हम-तुम मिशन जाएँगे! साधु जी को चुपचाप कुछ रुपए थमा देंगे, वे कंगाली भोजन करा दें या और जो चाहें, करें—"

"नहीं, कमल, नहीं। उनसे कोई दातव्य होमियो अस्पताल खुलवा दें। अस्पताल के लिए घर बनवाने और उसे चलाने के रुपए हम दे देंगे! दान देने वाला मिशन होगा! सारा कुछ मिशन के नाम पर होगा।"

"हाँ, यही अच्छा है, बहुत अच्छा है! मिशन से ही फैलते जाएँगे, दरिद्रों के लिए दातव्य होमियो अस्पताल! इसलिए इन लोगों का नाम भी..."

"फिर क्या बात है? चलो, मिशन तक हो आएँ। कटक हम बाद में चलेंगे।"

"कटक जाओगी?"

"जाऊँगी क्यों नहीं? मानी, बीबी की भी देखभाल कर लेगी और छुटपुट कामकाज भी कर दिया करेगी। उसका तीरथ भी हो जाएगा।"

मिशन में सारा इन्तजाम करके, वापसी में माँ ने कहा, "वह औरत अच्छा काम ही कर गई है। अपना मकान बेचकर, वह रुपए, अपने पास जमा रुपए, अपने गहने, सारा कुछ वह लिख-पढ़ गई हैं।"

"हाँ, सुना तो यही..."

"कह गई हैं, अच्छे काम में वे रुपए लगाए जाएँ? सो, अच्छे काम में ही ख़र्च होंगे?"

"हाँ, साधु जी ने भी यही कहा है—"

"आज बड़ी शांति मिली, जी! जितने दिनों वे ज़िन्दा रहीं, मन ही मन बड़ा ख़ौफ़ था।"

नहीं, मेरी नानी का घर कहाँ था, उसे जानने-पहचानने का संयोग नहीं मिला।

सच्ची, उस जमाने में और भी ढेर-ढेर पतितालय की जरूरत थी। किताबें पढ़-पढ़कर पता चला है, मुक्ताराम बाबू स्ट्रीट, पन्थी दोशानी लेन, हेरम्ब दास लेन, बेचू चैटर्जी स्ट्रीट, जैसे छब्बीस मुहल्ले अब उठ चुके हैं।

अब तो, उन इलाकों की शक्ल सूरत ही बदल चुकी है और यह बदलाव सिर्फ बाहरी-बाहरी है! कलकत्ता ही क्यों, जिला-जिला में, हाट-बाजारों में, पब्लिक पार्कों में, रास्ते-घाट में, होटलों में, बंदरगाहों में, सरहद पर, स्टेशनों पर—हर जगह यह धंधा धूमधाम से फल-फूल रहा है... डाल-पत्तों समेत बढ़ता जा रहा है।

अच्छा क्या है? इनके लिए वक्त, यह कहने की आजादी लेकर आया है कि—हम यौनकर्मी हैं! यह हमारी जीविका है! माँ के नाम से संतानों का परिचय होता है।

कहीं-कहीं साक्षरता, बच्चों के लिए स्कूल! यह सब जान-समझकर ही मैंने नाम दिया—रोशनी का अधिकार!

बस, इत्ती-सी बात सलामत रहे, मैं भी परम चैन से मर सकती हूँ!

मैंने उन्हीं की बातें कीं, जो उस जमाने में धंधा करने वाली, वेश्या थीं। इसमें मुझे कहीं अपनी जड़ों की तलाश है। मेरे चाहे जितने भी ठाठ-बाट हों, मेरी माँ का भी तो ऐसे ही किसी चकले में, लालन-पालन हुआ था।

मेरी अपनी बात? वह तो बताऊँगी ही! मेरी बात भी, उत्तर-वेद के युग से लेकर आज तक की औरतों की ही बातें हैं, जिन्होंने कहा है—'समूचा आसमान, अगर कागज होता, धरती की समूची घास की फुनगी अगर कलम होती, सातों समुन्दर में अगर स्याही होती—ये सब खत्म हो जाएँगे, मगर उनकी बातें खत्म नहीं होंगी।'

वेदनाबाला की निजो आपबीती? वह तो मैं कहकर ही जाऊँगी। मैंने भी काफी लम्बी राह, पैदल-पाँव तय की है, जी! इसीलिए मेरा भी यही कहना है, तमाम यौनकर्मियों को रोशनी का अधिकार है। यह उन लोगों को जानना होगा; समझना होगा। यह अधिकार अर्जन करना होगा।

पोस्टमॉर्टम

बेहद! बेहद बुरा लग रहा है मुझे! वासवी की ख़बर पढ़ने के बाद, मुझे बेहद बुरा लग रहा है। सुबह अख़बार पढ़ने की मुझे फुर्सत ही नहीं होती। कॉलेज से रिटायर हो जाने से क्या हुआ? परित्यक्त-अवांछित महिलाओं के सेंटर का काम हाथ में लेने के बाद, मुझे वक्त कहाँ मिलता है? अभी-अभी जिस संगठन का नाम मैंने लिया, उसका अँग्रेजी नाम बड़ा लंबा और लटपटिया था। लेकिन आज़कल तो ऐसे ही नामों का चलन है। जैसे मेरी सास, गृहस्थी के कामकाज निपटाकर, हाथ में खादी का एक झोला लिए, रिक्शे में सवार होकर समिति जाती थीं, हम लोग वैसे नहीं जातीं। हमारे संगठन का मकान, दो-मंजिला था। दफ्तर में महिलाएँ काम करती थीं और तीन हजार रुपए के हिसाब से तनखाह पाती थीं। वैसे और भी बारह अदद लोग तनखायाफ़्ता थे। हमें विदेश से आर्थिक-मदद मिलती थी। हम लागों का काफी सुनाम भी था।

मेरी सास, मेरा नौकरी करना, बेहद पसन्द करती थीं।

वे कहा करती थीं, "आज के जमाने की लड़की हो! पढ़ी-लिखी हो, घर में क्यों बैठी रहोगी?"

इसके अलावा, मैंने जो अपनी पिछली पदवी बहाल रखी थी, उन्हें इसमें भी कोई एतराज नहीं था।

औरतें जब नौकरी करती हैं, उसमें परिवार का समर्थन मिल जाए, तो उन्हें काफी सहूलियत हो जाती है। शादीशुदा औरतों को अगर ससुराल से भी स्वीकृति मिल जाती है, तो ज़्यादा भला होता है।

मुझे वह सहूलियत नसीब हुई थी। मेरी सास के चार बेटे थे। मेरे बेटे और दोनों बेटियों को बचपन में उन्होंने ही सम्हाला वर्ना मेरा नौकरी करना नामुकिन था।

अब मैंने अवकाश ले लिया है, मेरे पति ने नहीं लिया। डॉक्टर भला कभी रिटायर होते हैं? वे अपने कामकाज में व्यस्त रहते हैं। कॉलेज जीवन के आखिरी

दिनों में इस काम में मेरी बहन, लीला ने ही दिलचस्पी जगाई। इससे पहले मैं कभी-कभार लीला के काउंसलिंग सेंटर में भी आया-जाया करती थी। अगर वहाँ न जाती, तो वासवी से जान-पहचान भी नहीं होती।

अब जिस सेंटर से जुड़ी हूँ, वहाँ कभी-कभार दूसरी-दूसरी वासवी और दूसरे बच्चों से भेंट होती है। अब मैं अवांछित और परित्यक्त शिशुओं के लिए ही काम करती हूँ। बीच-बीच में क्या वासवी की याद नहीं आती?

वासवी को एक नहीं, दो-दो बार अपने कोख-जाये बच्चे दे देने पड़े। ना, आज काम पर नहीं जाऊँगी।

कहा न, रिटायर होने के बावजूद, ढेर-ढेर काम होते हैं। मेरा बेटा अपनी बीवी के साथ बम्बई रहता है। बेटी का ख्याल आते ही, मैं बेतरह उदास हो जाती हूँ। उसने ब्याह किया, एक बेटे की माँ भी बन गई। अब वह खुद किसी स्कूल में टीचर है, पति उड़ीसा सरकार में कोई अच्छी सी नौकरी करता है। लेकिन जाने क्यों तो उन दोनों के बीच, दूरी बढ़ती ही जा रही है। उससे कई बार कहा, यहाँ आकर, महीने दो महीने रहे। हमेशा ही तो दोनों साथ-साथ होते हैं। कभी-कभार जरा अलग भी होना जरूरी है।

लेकिन मेरी बेटी सुनती ही नहीं। अपने पति के बारे में, वह अतिशय अधिकार-सजग है। वह चाहती है, दोनों अपना-अपना कामकाज करें, बाकी वक्त वे सिर्फ एक-दूसरे के साथ गुजारें। अस्तु, इसमें हैरत की क्या बात है, अगर भास्कर बीच-बीच में थकान महसूस करने लगा है?

आपस में दुर्व्यवहार या एक पक्ष की नाइंसाफी! नतीजा? दाम्पत्य जीवन में दरार! यह तो आम बात है।

लेकिन, इतने असंभव तरीके से एक-दूसरे को जकड़े रहने के बावजूद, बहुत मुमकिन है, पति-पत्नी थकने लगें। विशाखा का दिमाग तो यहाँ तक चल गया है कि वह अपने बेटे के लिए बोर्डिंग खोज रही है, ताकि वे दोनों एक-दूसरे के साथ, अकेले-अकेले रह सकें।

मेरा ख्याल है, विशाखा थोड़ा बहुत अपना मानसिक संतुलन ही खो बैठी है। दो साल मुहब्बत करने के बाद, ब्याह किया। उसके बाद, आठ सालों में तो उन दोनों का प्यार और गहरा, और पुष्ट होना चाहिए था। लेकिन, ऐसा नहीं हुआ।

सचमुच, मैं बेतरह चिन्तित हूँ। अपनी छोटी बेटी विशोका या मोटू के लिए मुझे कोई फिक्र नहीं है। वह बचपन से ही काफी मोटी-मुटल्ली थी, उसे खाने का बेतरह शौक था। उसके डैडी, उसे 'विशु' पुकारते थे, उसका भाई, उसे 'मोटू' बुलाता था। लेकिन विशोका को इसमें भी कोई एतराज नहीं था।

सयानी होने के दौरान, खेल-कूद के जरिए, उसने अपने बदन की अतिरिक्त चर्बी झाड़ फेंकी, लेकिन उसका नाम, 'मोटू' ही रह गया। मोटू काफी व्यावहारिक

और यथार्थवादी लड़की थी, अपनी दीदी की तरह वह भावुक नहीं थी। वह कानून पढ़ रही थी और लीगल काउंसलिंग की क्लासें भी करती थी।

वह भी मुझसे अक्सर कहा करती थी, "दीदी को लाकर, कुछ दिनों काउंसलिंग कराना बेहद जरूरी है। उस वक्त भास्कर जीजा जी को भी यहाँ रहना होगा।"

उसके डैडी ने भी बात छेड़ी, "विशाखा ऐसा क्यों कर रही है?"

"आत्मविश्वास का अभाव है, और क्या? मैं ही सड़क पर लड़कों के साथ बाल खेलती थी, उसे तो तुम लोगों ने आँचल तले ढँककर बड़ी किया। घर में भी लाड़ लड़ाया। भास्कर जीजा जी के साथ ब्याह हुआ। वहाँ भी जरूरत से ज़्यादा लाड़-प्यार मिला..."

"मैंने ऐसा कौन-सा लाड़ किया? मुझे वक्त ही कहाँ मिलता था?"

"अब नतीजा देख रही हो न? कितनी स्वार्थी हो गई है दीदी! डैडी को छोटा-मोटा हार्ट-अटैक हो गया, जनाब ने सिर्फ फोन पर ख़बर लेकर, फर्ज़ निभा दिया। भास्कर जीजा जी, टूर से लौटते ही, दौड़-दौड़े यहाँ आ पहुँचे।"

मेरे तीन बच्चे, तीन तरह के हैं।

बेटे-बहू आर्किटेक्ट हैं। आर्किटेक्चर में डिग्री लेकर, दोनों बम्बई के किसी विशाल और जबर्दस्त टीवी चैनल की कंपनी में शामिल हो गए। बेटे का अच्छा नाम तपांशु! लेकिन यह बताने से क्या फायदा? तपांशु अब टीपू बन गया है और बेहुला, अब बिनी!

वक़्त नहीं है। बहुतों के पास वक्त नहीं है। समाज के एक स्तर के बहुत-से लोगों में, किसी के पास बिल्कुल फुर्सत नहीं है।

बड़े-बड़े नामों से पुकारने के लिए
बड़े-बड़े नाम लिखने के लिए
अपने माँ-बाप को ख़त लिखने के लिए
अपने बाल-बच्चों को समय देने के लिए

कितने-कितने कुछ के लिए, उनके पास वक्त नहीं है। हम लोग ख़त लिखते हैं। बच्चे फोन पर ही बात कर लेते हैं।

मोटू कहती थी, "समय बचा-बचाकर, काश, वे लोग समय-बैंक में जमा रख पाते! कितनी सुविधा होती, बताओ तो! जब ज़रूरत पड़ती, खट् से तीन महीने का समय उठा लेते और ऐश से ख़र्च करते।"

मोटू में शायद काफी बचपना है।

मैं हूबहू उन लोगों की तरह नहीं हो पाई।

"भई, तुम तो जैसी हो, वैसी ही रहो।" मोटू की साफ सलाह थी!

वैसे हम लोग, भवानीपुर में, ससुर जी के बनाए हुए, पुराने मकान में ही रहते थे। मेरे एक जेठ और दोनों देवर भी वहीं रहते थे। वे लोग अपने-अपने हिस्से में

रहते थे। बड़े जेठ का अचानक निधन हो गया। अब उस हिस्से में अपनी इकलौती बेटी, दामाद, नाती को लेकर, मेरी जिठानी रहती हैं।

दोनों देवर-देवरानी, सभी अपनी-अपनी गृहस्थी में मगन! मेरी एक देवरानी टीचर थीं और एक प्रोफेसर! सभी के हिस्से में ऊपर-नीचे के चार-चार कमरे वगैरह! वैसे हम सबने मिलकर, वह मकान बेच भी दिया है। अब बैंडेल रोड पर बड़े-बड़े फ्लैट मिलने वाले थे। छोटा देवर इंजीनियर था, घर-मकान तैयार कराने के अलावा, वह प्रमोटर भी था। उसी ने सारी जिम्मेदारी लेकर, पूरा इंतज़ाम किया है। फ्लैट में हम कभी नहीं रहे, आज भी नहीं रहते, लेकिन अब रहना ही होगा।

यही वक्त! सही वक्त है!

पुराने ढंग के बड़े-बड़े कमरों की झाड़-पोंछ कौन करे? इतने-इतने खिड़की दरवाजे बन्द करो और खोलो!

इसके अलावा मकान की मरम्मत, चूना-पट्टी, रंग-रोगन, पॉलिश!

कहाँ तो सोने का कमरा और उससे कितनी दूर किचेन!

इस पीढ़ी में ऐब निकालने से क्या फ़ायदा? जैसे-जैसे उम्र बढ़ रही है, यह बात भी समझ में आने लगी है कि इसके बजाय फ्लैट में रहना, कितना सुविधाजनक है!

नहीं, सुबह के वक्त मुझे फुर्सत नहीं होती।

भोर, नींद से जागकर, मैं अपनी विशाल छत पर ही कई एक चक्कर टहल लेती हूँ। नीचे उतरकर, ऊपर से लेकर नीचे तक तमाम फर्नीचरों की झाड़-पोंछ करती हूँ। नहा-धोकर, चाय-नाश्ता करती हूँ। वैसे चाय-नाश्ता मोटू ही तैयार करती है। उसके बाद, कौन से कपड़े धोने को देने हैं, कौन-से इस्त्री को, बाजार से क्या-क्या सौदा लाना है, इन सबका इन्तजाम करके, मैं भी बाहर निकल पड़ती हूँ। खाना पकाने का मामला, उम्र की वजह से भी संक्षिप्त ही रहता है।

सुबह-सुबह मैं एक टोस्ट और एक प्याली दूध लेती हूँ। हमारे साहब लस्सी, थोड़े-से फल और जाड़े में कभी-कभी दूध-पॉरिज!

लंच मैं दफ्तर में ही लेती हूँ। साहब का लंच, उनके साथ ही दे दिया जाता है। छोटी-छोटी दो अदद रोटियाँ, उबली हुई सब्जी और थोड़ा-सा सलाद! मोटू के लिए लंच की कोई बला ही नहीं है। नाश्ते की भी नहीं है! बारहों महीने, वह सुबह, करीब नौ बजे दाल-भात, उबले आलू अंडे, भर पेट खा लेती है। जिस दिन शाम को काउंसलिंग की क्लास नहीं होती, लौटकर वह पूरी या परांठा और तरकारी खाती है।

रात का खाना, हम साथ ही खाते हैं। हम दोनों रोटी और मोटू भात! खाना चाहे निरामिष हो या सामिष, मोटू पूरे शौक से खा लेती है।

उसके छोटे काका तो उसे छेड़ते रहते हैं, "देख, तेरा कैरियर तो बनने से

रहा। दौड़-धूप तुझसे होगी ही नहीं। जो कमायेगी, पूरा का पूरा चट् कर जाएगी। ऐसा करना, तू किसी सरकारी दफ्तर में क्लर्क बन जाना। काम-काज होगा नहीं, बस, जाना और आना। मन भरकर खाना और मुटियाती रहना।''

अर्से पहले, सास जी की समिति से मैं पूर्णिमा और उसकी माँ को ले आयी थी। वे दोनों ही घर का सारा कामकाज चला लेती हैं। इसके अलावा पार्ट-टाइम लोग भी हैं। पूर्णिमा का तो हमारे इनके ड्राइवर से ब्याह होने वाला है। उस वक्त पहले मंज़िले के भीतरी चौड़े बरामदे में दीवार खड़ी करके, रसोई बनवा लूँगी और उस बड़े रसोई-कमरे में पूर्णिमा अपनी गृहस्थी बसा लेगी। अभी तो माँ-बेटी नीचे वाले कमरे में ही सोती थीं।

इस तरह, घर संसार की तरफ, मेरा सारा कुछ काफी व्यवस्थित है। बीच-बीच में, मैं और वे कलकत्ते से बाहर भी निकल पड़ते हैं। हम सब समाज के सुविधा भोगी तबके के ही लोग हैं। मुझे तो कोई समस्या होनी ही नहीं चाहिए। संगठन में जो काम करती हूँ, वह भी तो निपटाकर चली आती हूँ।

मोटू कभी-कभी ताना भी दे बैठती है, ''तुम लोग न, बिल्कुल आज के जमाने के जीव हो, माँ! ऐसी दुःखी लड़की, ऐसा अभागा बच्चा...और तुम उसे सिर्फ प्रेस्क्रिप्शन थमाकर चली आयीं?''

वहाँ तो मेरा काम है, उन लोगों को पढ़ाने के लिए किताबें प्लान करना, किसको कहाँ, क्या पढ़ने को या लिखने को दिया जाए, यह देखना!

मुझे अलग किस्म का काम करना चाहिए।

मसलन?

उनकी समस्याओं की गहराई में जाना चाहिए।

हाँ, मैं भी शुरू-शुरू में, कभी-कभी यही सोचती थी। लीला तो खैर, अभी भी सोचती रहती है। वासवी जो उस दिन मेरे पास चली आई, इसलिए कि लीला से उसकी भेंट नहीं हुई।

हैरत है! अभी दस दिन पहले ही वासवी आई थी और आज अखबार में वासवी डेढ़ इंच की संक्षिप्त समाचार बन गई?

मैंने अखबार उठाकर मेज पर रख दिया।

पूर्णिमा ने पूछा, ''मौसी, बाहर नहीं जाना है?''

''नहीं, पूर्णिमा, आज तबीयत गिरी-गिरी लग रही है।''

''तबीयत तो खराब नहीं?''

''नहीं...बस, ऐसे ही!''

''तब तो, दोपहर को खाना खाएँगी न?''

''वो...जो बनेगा...देखा जाएगा! मैं जरा अपना काम करूँगी।''

मैं अपनी मेज पर आ बैठी, अखबार दुबारा खोल लिया। ऐसी खबरें बंगला

अखबारों में ही छपती है। नीरेन का नाम 'नीलेन' लिखा था। वासवी की पदवी 'सामंत'! वासवी को अब 'कैमिलिया' कैसे लिख दिया? सामंत तो नीरेन की पदवी थी...लेकिन, शायद ठीक ही लिखा है।

मैंने अखबार समेटकर रख दिया। अब मैं अपने को कैसे माफ करूँ? चूंकि लीला नहीं मिली, इसीलिए तो वासवी मेरे पास आई थी।

उस वक्त करीब एक बजा होगा। उस दिन की बात मुझे बखूबी याद है।

पिछली रात ही, हमें बड़ी बेटी का फोन मिला था।

असम्भव उत्तेजित आवाज! असंलग्न बातें!

मोटू अपने कमरे में ही एक्सटेंशन पर उसकी बातें सुन रही थी। दीदी का फोन आने पर, वह कुछ देर उसकी बातें सुनती रहती थी, उसके बाद, अपने हैरान-परेशान माँ-बाप को सलाह देती रहती थी। उसका ख्याल था, अपनी दीदी को वही डाँट-डपटकर काबू में रख सकती थी।

उसका ख्याल आधारहीन नहीं था।

बेटी आँधी-तूफान की रफ्तार से बोले जा रही थी और पीछे से भास्कर की आवाज़ सुनाई दे रही थी—"अब, चुप करोगी? रीकू डर गई है। अब चुप करोगी?" विशाखा के कानों में उसकी कोई बात नहीं पहुँच रही थी। वह जो कुछ बोले जा रही थी, उसका सार-मर्न था, भास्कर विशाखा से थक चुका है। अब वह विशाखा को हमेशा नजरअंदाज करने की कोशिश करता है। कुल दो दिनों के लिए वे दोनों चाँदीपुर जाने वाले थे, अचानक भास्कर ने उसे खारिज कर दिया क्योंकि उसी वक्त भास्कर के बहन-बहनोई आ रहे थे। कोई बात नहीं! ठीक है! विशाखा पत्नी के तौर पर बुरी है, माँ के तौर पर बुरी है, विशाखा कल ही कलकत्ता चली आएगी। कुछ दिन वह अलग रहना चाहती है, वगैरह, वगैरह!

हालाँकि विशाखा अलग बिल्कुल नहीं रहना चाहती थी, क्योंकि वह आई ही नहीं। बाद में ख़बर मिली, भास्कर के बहन-बहनोई, विशाखा, भास्कर—चारों लोग एक साथ ही चाँदीपुर की सैर कर आए। विशाखा के लिए भास्कर की बहन हैदराबादी मोतियों के जेवर और टेंपल डिज़ाइन की साड़ी लाई थी।

वैसे ये सारी ख़बरें, हफ़्ते भर बाद, खुद विशाखा ने ही दीं, लेकिन जिस दिन उसने फोन किया, उस दिन यह पता नहीं था कि वह इतनी गैर-जिम्मेदार है। उस दिन, यानी जिस दिन वासवी आई थी, उस दिन मेरी हालत कुछ और थी।

उफ! मैं अपने को आखिर कैसे माफ करूँ? एक्सटेंशन पर अपनी दीदी की बातें सुनकर जितनी नहीं, उससे कहीं ज़्यादा मेरी बौखलाहट देखकर, वह घबरा गई। यह बात भी वह समझ गई थी कि यह ख़बर मैं उनके डैडी को नहीं देना चाहती थी। हल्का-सा ही सही, उन्हें हार्ट-अटैक पड़ चुका था। उनकी उम्र भी दिनोंदिन घटने के बजाय बढ़ रही थी। मैं उन्हें कोई टेंशन नहीं देना चाहती थी। मैं और मोटू,

दोनों ही यथासंभव उन्हें टेंशन से बचा-बचाकर चलते थे।

इसीलिए वासवी जिस दिन आयी, उस दिन मैं या मोटू बाहर नहीं निकले। हम उत्कंठित मनःस्थिति में विशाखा के आने का इन्तजार करते रहे। हम दोनों में बातें भी कम हुईं। वैसे मैं अपने को बेहद समझदार, धीर-स्थिर समझती हूँ यह भी सही तो नहीं था। यह बहुत बड़ा झूठ था और महज आत्मतुष्टि थी। गैरों के घर में आग लगी हो, तो मैं बढ़-चढ़कर उपदेश दे सकती थी। मुसीबत में पड़ी औरतों को भावुक होने से मना कर सकती थी। किसी और को तर्कसंगत ढंग से सोचने-समझने की सलाह दे सकती थी। लेकिन अपनी लाड़ली, प्यार दे-देकर चौपट, नासमझ बेटी का फोन पाकर, मैं इस कदर विचलित हो उठी थी, उससे साफ ज़ाहिर था कि अपनी सजी-सजायी दुनिया में अगर हल्की-सी हलचल जाग उठे तो मैं एकदम से बेरहम हो उठती हूँ।

वर्ना वासवी से मैंने ऐसा बर्ताव क्यों किया?

आज मोटू भी जब लौटेगी, तो मुझसे यही सवाल करेगी।

मुमकिन है, वह मुझे ही इल्जाम दे, "तुम ही उसे..."

अगर वह ऐसा कहे, तो झूठ नहीं होगा। मुझे खुद ही यह अहसास हो रहा है।

अखबार में इतना कम लिखा हुआ था! बेहद कम! उसका घर कस्बा बाजार के पीछे कहीं था। काफी पहले की बात है। उसका पता-ठिकाना भी कहीं लिखा रखा है या नहीं, अब तो यह भी याद नहीं!

हाँ, अब याद आया, उसे लीला ही लेकर आई थी।

उसने कहा, "सिमी, लाओ, चंदा दो! मैं आसानी से नहीं छोड़ने वाली! कम से कम पाँच हजार चाहिए। इतना तुम दे सकती हो। वासवी का ब्याह हो रहा है, किसी बेहद, बे-हद भले और शरीफ लड़के के साथ!"

वासवी! वही वासवी!

मैं अचकचा गई। मैं पूछने ही जा रही थी, "कौन वासवी?" लेकिन तुम पर निगाह पड़ते ही, मैं पहचान गई।

वासवी को इसलिए भी पहचान गई थी कि उसके चेहरे पर ऐसा ग़ज़ब और अपार्थिव-सा कुछ था! चेहरे पर कोई अपार्थिव भाव जरूर था, लेकिन अलौकिक जैसा कुछ नहीं था। बेहद खूबसूरत, किसी सतेज लता में मानों जान पड़ गई हो। उसके चेहरे पर ऐसी ही कोई निष्पाप निजता थी।

उसका चेहरा, माथा अंग-अंग मानो बादामी मोम से गढ़ा हुआ! गर्दन की गढ़न भी बेहद हसीन। शंख की तरह वहाँ तिहरी धारियाँ! सँकरी-सी माँग! घने बाल! मँझोला कद! आँखें और होठों की रेखाएँ बेहद बाँकी! और निष्पाप!

पिछले दो-दो तजुर्बों के बावजूद ग्लानि का कोई निशान उसके चेहरे को मलिन

नहीं कर सका था।

गले में दीघा से खरीदी हुई, नन्हे-नन्हे शंखों की माला! बदन पर पीले रंग की नायलॅन साड़ी! कानों में नकली मोती! एक हाथ में घड़ी! मैं जानती हूँ, वह घड़ी नीला ने दी थी।

"वह लड़का कौन है?"

"तुम्हें अन्दाज़ा नहीं हो सकता, सिमी! उसका नाम है—नीरेन सामन्त! अरे हमारे यहाँ पिओन हैं न—रेवा'दी! उन्हीं का बेटा है।"

"बैठो, तुम लोग बैठो। ज़रा पूर्णिमा को आवाज़ देकर मिठाई लाने को कहूँ।"

"सिमी! मैं मिठाई कब खाती हूँ, जी? और आज तो वासवी और मैं, दुकान में बैठकर, खूब ठांस-ठांसकर मोगलाइ परांठा और मांस खाकर आई हैं।"

"क्या कहा, लीला? कहाँ से खाकर आयी हो?"

"अजन्ता लोगों की कैंटीन से! सच्ची, खाना बेच-बेचकर वो लड़कियाँ अपने पैरों पर खड़ी हो गईं। देखकर ही कितना अच्छा लगता है! तुम लोग खासी नकचढ़ी हो, वरना तुम्हें चलने को कहती। अब तो वे लोग पचास-पचास, सौ-सौ लोगों के लिए खाना तैयार करती हैं?"

लीला हँसती रही। उसके बाल तक नाचते रहे। वह वासवी की पीठ भी सहलाती जा रही थी।

"हाँ, लीला, मैं दूँगी, रुपए जरूर दूँगी। रेवा खुश है न?"

"अरे, भई, उसी की पसन्द सब कुछ हो गई? वासवी तो खैर, उसकी पसन्द थी ही! नीरेन कभी-कभी मेरे पास भी आता है। इसी आने-जाने में...?"

मेरे मन में ढेर-ढेर सवाल थे! लेकिन मैं पूछूँ कैसे? बहुत-सी बातें हैं, जो मैं जानना चाहती थी। ना, मेरे मन में कोई टुच्चा कौतूहल नहीं था, बल्कि किसी परेशानी की वजह से था।

वासवी की निविड़ आँखें अपने हाथों की उँगलियों पर गड़ी हुई थीं। उसकी उम्र कितनी होगी? बाईस?

"नीरेन करता क्या है, जी?"

'स्टेट ट्रांसपोर्ट के दफ्तर में है। सरकारी नौकरी में कितनी निश्चिन्तता होती है न?"

"हाँ, बेशक!"

"हमारे समाज में, हमारे बच्चे या जो लोग मुझ जैसे हैं, उनके बाल-बच्चे तो सरकारी नौकरी करने की बात सोच भी नहीं सकते, हाँ, विशाखा का दूल्हा ज़रूर सरकारी नौकरी करता है, लेकिन वह तो आइ.ए.एस. है। बाकी लोग? बाकी लोग हज़ारहा तरह के कामों में लग जाते हैं। समाज के एक तबके में सुपरसोनिक पीढ़ी मौजूद है! और जगह.. और-और किस्सा है, हर कोई, हर किसी के साथ-साथ रहते-

सहते हैं।"

वासवी के ब्याह में मैंने सिर्फ रुपए ही नहीं दिए, गले की एक चेन भी तोहफे में दी।

लेकिन ये बातें बाद में!

वासवी ने भी तो आखिर कुछ किया होगा?

हमारे क्रेश में वह बच्चों की देखभाल करती है। हमारा छोटा-सा क्रेश है। हम पन्द्रह बच्चों को वहाँ रख सकते हैं। खैर, ये सब बातें भी बाद में होंगी। अच्छा, हम चलती हैं।

लीला और वासवी के चले जाने के बाद भी मैं सोचती रही...सोचती रही।

आज मुझे ख्याल आया, वासवी का, क्रेश के बच्चों की देखभाल करना ही तो प्रत्याशित था। वह बच्चों को बेहद-बेहद प्यार करती थी।

जब मैंने उसे पहली बार देखा था...

अच्छा, छोड़ें, ये सब बातें बाद में!

उस दिन वासवी कसबे से निकलकर, ठाकुरिया लेक, क्या पैदल गई थी?

दिन की रोशनी, अभी लेक के पानी पर नहीं उतरी थी।

वह क्या अँधेरा खोज रही थी? आड़ खोज रही थी?

वह बेहद लाचार हो गई थी या लीला के बिना दिशाहारा हो उठी थी?

ना, मैं अब कुछ भी नहीं जान पाऊँगी।

मैंने अख़बार उठाकर दुबारा पढ़ा। उसके बाद काफी कोशिश करके, काफी हिम्मत जुटाकर, मैं लीला को फोन करने के लिए उठ खड़ी हुई।

फोन बजता रहा! बजता रहा!

घर में कोई न हो, मगर करुणा तो होगी ही। लीला की भी कल ही लौट आने की बात थी।

करुणा ने बेहद अजीब सी आवाज में पूछा, "कौन?"

"मैं हूँ, बड़ी'दी! लीला नहीं है?"

करुणा रो रही थी।

"लीला कहाँ है?"

"वह कहाँ है, मुझे पता है? कल का दिन तो थाना, मुर्दाघर वगैरह में गुजरा होगा। नीरेन को तसल्ली देने में! रात ग्यारह बजे तो लौटी हैं।"

"आज?"

"आज चीर-फाड़ होगा। उसके बाद...उसे शमशान ले जाया जाएगा।"

"केवड़ातला?"

"और कहाँ? ऐसा घर-वर पति...सब उदार हाथों से देते रहे, उस अभागी ने यह क्या कर डाला बता सकती हैं?"

मैं खामोश!

"दीदी की खोज नें वह कई-कई बार आई, वापस लौट गई। अभी तो तरसों ही जब वह आई, मैंने उससे यहीं रुक जाने को भी कहा। मैंने कहा, नीरेन को फोन कर दे। वह मानो काँप उठी। उसने कहा—ना, ना, घर लौटकर अगर उसने मुझे घर में नहीं देखा, तो...। अंत में उसने तुम्हारे बारे में पूछा।"

"हाँ, आयी थी मेरे यहाँ।"

"पता नहीं, वह क्या तो कहना चाहती थी। मगर कह नहीं पा रही थी। दर्द से उसकी छाती मानों फटी जा रही थी। मेरे पास रही...खाना खाया..."

मैंने फोन रख दिया और अवसन्न-सी बैठी रही।

मैं क्या कहूँगी? लीला को ही भला क्या सफाई दूँगी? करुणा तो रोएगी ही! करुणा ही तो वासवी को लेकर लीला के पास आई थी।

"इसे मैं अपने पास रखूँगी, दीदी, इत्ती-सी लड़की इसके दुःख का कोई ओर-छोर नहीं है..."

उस दिन लीला के पास मैं भी बैठी हुई थी।

वासवी के बदन पर बड़े साइज़ कपड़े! नंगे पाँव! बालों में मानो जट पड़े हुए!

"लीला, बिना कुछ जाने..."

"उत्ती-सी लड़की उसके बारे में जानना क्या है, सिमी? देख नहीं रहीं, कैसा जीर्ण-शीर्ण असहाय-सा चेहरा है। पाँवों में ज़ख्म! चलो, छोड़ो। जानने को ढेरों वक्त मिल जाएगा। सुनो, करुणा, पहले उसे खाना-वाना खिलाओ। उसके बाद, उसे साबुन पकड़ाओ और अच्छी तरह नहा लेने को कहो। कपड़े...कपड़े! ओ-हाँ, मिसेज दस्तूर बाँटने के लिए काफी सारे कपड़े रख गई हैं। उनमें से ही, कुछ पहनने को दे दो। बाद में, उसे खरीद देंगे।"

मुझे हैरत में डालते हुए, वासवी छोटे-छोटे डग भरते हुए आगे बढ़ आई और उसने लीला की उँगली थामकर कहा, "मेरा नाम वासवी कैमिलिया है।"

उसने सही इंसान की उँगली थामी थी।

बाद में मैंने देखा, लीला के घर में वासवी बखूबी फिट हो गई है। वह खुद ही नहा आई और अपने कपड़े भी धो डाले।

विशाखा जैसी लड़कियाँ हमेशा बेबी ही रह जाती हैं।

वासवी जैसी लड़कियाँ पाँच साल की उम्र में ही बालिग हो जाती हैं।

करुणा ने बताया, "क्या लड़की है, जनाब! कप-डिश धोती है, घर में झाडू लगाती है! क्या करे! दुखियारी लड़की है, मेहनत-मशक्कत करके ही तो खाना होगा—"

लेकिन लीला ने वह सब बंद करा दिया।

"देखो, करुणा के पास बैठकर थोड़ा-बहुत पढ़ना-लिखना सीखो। उसके बाद, स्कूल जाना होगा, और ज्यादा लिखाई-पढ़ाई सीखनी होगी।"

"मेरे बाबू जी कहते थे, लड़कियों को पढ़ाया नहीं जाता।"

"और क्या कहते हैं?"

"लड़कियाँ बस, कामकाज करती हैं।"

"लिखना-पढ़ना सीखना भी एक काम ही है।"

साल भर से भी कम समय में वासवी ने लीला के घर में खुद को बिल्कुल फिट कर लिया। लीला को भी उससे काफी मोह हो गया था।

लीला ने मुझसे पूछा, "ए सिमी, कैसा रहे, अगर मैं इसे गोद ले लूँ?"

"तो ले ही लो न!"

"ऐसा सम्भव नहीं है, उसके बाप की वजह से! बाप को पता चल गया है कि वासवी कहाँ है! उसके बाद...?"

उसके बाद क्या हुआ, उसकी जानकारी तो मुझे बाद में मिली। लेकिन...यह बात भी बाद में सही!

फिलहाल, मैं अभी की बात सोच रही थी...सोचे जा रही थी! लीला को मैं क्योंकर बताऊँगी? वासवी आई थी। मैंने ही उसकी बातें ध्यान से नहीं सुनीं। विशाखा का फोन पाकर मन इस क़दर परेशान था कि उसकी बात सुनने का धीरज नहीं था।

उसके आगे जीने-मरने की समस्या थी।

मैंने तो समझने की कोशिश ही नहीं की।

अचानक जैसे मैं विचारक की कुर्सी पर आ बैठी और उसे कटी-कटी सी कुछ सलाह दे डाली।

वह रोती रही!

मैंने लगभग चीखकर कहा, "देखो, मैं अपनी बेटी के बारे में व्यस्त हूँ! बेहद व्यस्त! इस वक्त मुझे तुम्हारे झमेलों के बारे में सोचने की बिल्कुल फुर्सत नहीं है, वासवी! ब्याह तुम लोगों ने खुद किया है; इसलिए अब अपने मसले भी खुद हल करो।"

"वह मुझे माफ नहीं करेगा।" वासवी ने कहा!

और मैं?

मैंने उससे बेझिझक कहा, "अब यह सब तुम लोग खुद समझो-बूझो या फिर लीला आ जाए, तो उससे कह देखना।"

वासवी ने अपना चेहरा-आँखें पोंछ लीं।

"अच्छा, चलती हूँ, मौसी, सारी बातें, हर किसी से तो नहीं कही जा सकतीं। ख़ैर!"

वासवी चली गई।

मोटू की आँखें मुझ पर यूँ गड़ी रहीं, मानो वह मुझे पहली बार देख रही हो।

"पता नहीं, तुम क्या कामकाज करने जाती हो वहाँ! हाथखर्च की मोटी रकम और समाज सेवा! दूरदर्शन में मुखड़ा दिखा आती हो, बस्स! आज तुमने इस लड़की से कैसा व्यवहार किया? छिः छिः," उसने कहा!

"मोटू, तुम्हारी दीदी..."

"उसे कुछ नहीं होगा। हिस्टीरिया का नाटक करते हुए, वह तुम लोगों को ब्लैकमेल करती ही रहेगी। तुम लोग भी उसके झूठमूठ के घाव पर मलहम लगाती रहोगी।"

"तो तुम बैठी क्यों हो?"

"डैडी को बचाने के लिए। डैडी के लिए टेंशन नुकसानदेह है। दीदी को तो मैं ही सबक सिखा सकती हूँ। लेकिन तुम्हारा...मातृस्नेह...ममता...दुलार..."

"मोटू! इस वक्त तू चुप कर जा!"

"क्यों चुप रहूँ? वासवी बेहद मुसीबत में तुम्हारे पास आई थी। कितनी आसानी से तुमने सजे-सजाए, दो-चार लच्छेदार जुमले झाड़ दिए और उसे भगा दिया।"

"मो-टू, मैं तुम्हारी माँ हूँ।"

"सो व्हाट? सिर्फ 'माँ' होने की वजह से ही उसकी श्रद्धा करना ज़रूरी है? श्रद्धेया बनने के लिए माँ को कोई काम नहीं करना चाहिए? तुम्हें तो मैंने आज ही पहचाना।"

उस दिन की हर बात, मेरे मन में चुभकर रह गई थी। बेटा, दूर परदेस में रहता है। विशाखा के पास कोई असली समस्या नहीं है, इसलिए वह समस्याएँ गढ़ती रहती है। मोटू और मेरे बीच, उसी दिन दरार पड़ गई थी। हाँ, उसी दिन से हम दोनों एक सूक्ष्म, मगर दुर्लंघ्य रेखा के इस पार–उस पार चले गए हैं।

उस दिन के बाद, मैंने बार-बार कोशिश की मोटू समझ सके कि मैं हर वक्त आत्मकेंद्रित नहीं रहती। मोटू मुझे समझ सकी या नहीं, मुझे नहीं मालूम!

लेकिन फिलहाल मेरा मन हो रहा है कि मैं लीला के पास पहुँच जाऊँ। इस वक्त लीला के सीने में कैसा तूफान मचा होगा, मुझे मालूम है। इसके अलावा मुर्दाघर, मरघट, नीरेन को दिलासा देना–लीला क्या-क्या सम्हालेगी?

लीला के यहाँ जाने का ख्याल आते ही, मुझे जरा राहत मिली।

अचानक फोन बज उठा!

मैंने रिसीवर उठा लिया।

"माँ, मैं हूँ, मोटू!"

"क्या बात है?"

"परसों वासवी ने आत्महत्या कर ली, यह तो तुमने अखबार में देखा ही होगा?"

"मैं...."

"हाँ, हाँ, मैंने तुम्हारी कम्पनी में फोन किया था। जैसे ही सुना कि तुम दफ्तर

नहीं गई हो, मैं समझ गई कि तुमने अख़बार पढ़ लिया।''

''कम्पनी...? मोटू?''

''एक ही बात है! डिरेक्टर्स बोर्ड है, चीफ डाइरेक्टर है, बड़ी-सी फर्म ऑडिट करती है, कई हाइ-फाइ एन.जी.ओ. मौजूद हैं, इसलिए यह छोटी-मोटी कम्पनी ही तो है। ख़ैर, छोड़ो, इस वक्त मैं मौसी के पास हूँ, रात को शायद न भी लौटूँ, डैडी को बता देना।''

''लीला...कहाँ है?''

''मोमिनपुर में...तुम नहीं पहचानोगी।''

''मैं आ रही हूँ।''

''बेकार तकलीफ क्यों करती हो? मौसी ऐसी स्थिति में पहले भी पड़ी है, खुद ही सम्हाल भी लिया! तुम...इस वक्त तुम न ही आओ, तो बेहतर!''

''तुम आज नहीं लौटोगी?''

''बाद में बात होगी—''

मोटू ने फोन रख दिया। हाँ, मोटू वहाँ अक्सर जाती है! वह महिलाओं को कानूनी मदद दिलाने में मदद करती है। लीला को वह बेहद प्यार करती है। अचानक मुझे भी अहसास हुआ, इस वक्त मोटू ही अगर लीला के पास मौजूद हो, तो उसकी ज्यादा मदद होगी। मेरा उसके पास होना, ख़ास मदद नहीं करेगा।

'तुम न ही आओ, तो बेहतर!'

यानी लीला को मालूम हो चुका है कि उस दिन मुसीबत में पड़कर, वासवी मेरे ही पास आई थी, मगर मैंने उसकी बात नहीं सुनी।

लीला इस बात के लिए हरगिज माफ नहीं करेगी।

लीला मेरी बहन है, एकमात्र बहन! सिज़ारियन ऑपरेशन के समय, डॉक्टर की हल्की-सी लापरवाही की वजह से उसके हाथ पर कटने का एक दाग रह गया है।

लीला सूरत-शक्ल से सुन्दर नहीं थी, यह बात लोगों की जुबानी पहले भी सुनी थी, अब भी सुनती हूँ। उसने ब्याह भी किया, मगर वह टिका नहीं। मेरे माँ-बाबू जी वह घर उसे ही दे गए थे। लीला ने सी.ए. पास किया, कुछेक साल प्रैक्टिस भी की। मेरे बाबू जी खुद भी सी.ए. थे।

उसके बाद, सब कुछ छोड़छाड़कर उसी मकान में उसने एक सेंटर खोल लिया।

उसने हँसते-हँसते ही कहा, ''बगान की तरफ दो कट्ठा ज़मीन रख ली है, बाकी दो कट्ठे बेच दी। कुछ रुपए बैंक में जमा कर दूँगी, कुछ इन्वेस्ट कर दूँगी।''

''मकान में ही सेंटर चलाओगी?''

''क्यों न उसी में चलाऊँ, सिमी? मेरे तो बाल-बच्चे भी नहीं हैं। पीछे से कोई खिंचाव भी नहीं है, जिसमें सुख-शान्ति मिले वही करूँगी।''

"तुम दुबारा ब्याह भी तो कर सकती थीं। जयन्त ने कितना-कितना कहा।"

"चूंकि मैंने ब्याह के लिए मना कर दिया इसलिए जयन्त कितनी खूबसूरत-सी बीवी ब्याह लाया। हमें एक के बजाय दो-दो डॉक्टर मिल गए। बिन ब्याहे ही, मेरी कितनी-कितनी बेटियाँ मौजूद हैं।"

मुझे यह सोचना, बेहद भला लगता था कि लीली के मन की गहराइयों में कोई खालीपन बच रहा है। यह बात मुझे बाद में समझ आई कि ऐसा बिल्कुल नहीं था। लीला बेतरह भरीपूरी थी। बेहद सुखी थी। वह मुसीबत में फँसी औरतों और बच्चों को शरण देती थी। 'आवर होम' कितना सार्थक नाम है! उसने हमारी माँ के नाम पर छोटा-सा क्रेश भी बनाया है—सुलभा मवलंकर क्रेश! इन सब कामों में उसका दाहिना हाथ थी—करुणा, मीना, रेवा, सरस्वती जैसी कुछेक औरतें!

मोटू का वहाँ काफी आना-जाना है! लीला ने कहा, "तुझे तो अपनी सेक्रटरी बनाना ही होगा।"

लीला मेरी एकमात्र बहन थी। उसका गहरा रिश्ता मेरे साथ ही होना चाहिए था। लेकिन ऐसा नहीं हुआ।

लीला और मुझमें जमीन-आसमान का अन्तर था।

मेरी जिन्दगी काफी सजी-सजी और सुव्यवस्थित है। हाँ, पहनने-ओढ़ने में मैं दकियानूस हूँ, बिल्कुल पुराने जमाने की। सर्दी, गर्मी—बारहों महीने, आधी बाँह का ब्लाउज पहनती हूँ। टीचर जो ठहरी! मैंने नौकरी भी की है, समाज-सेवा भी! लेकिन पति, बच्चे, घर-गृहस्थी, रीत व्यवहार, लेना-देना, सारा कुछ सम्हालने-निभाने के बाद!

लीला का वैवाहिक जीवन काफी संक्षिप्त था। जब उसका तलाक हुआ, उस वक्त हम सब लीला का पक्ष नहीं ले पाए।

लीला ने कहा, "सोचा तो यही था कि जिन्दगी साथ-साथ गुजर जाएगी, लेकिन मुझसे ही निबाह नहीं हुआ—"

अपने पूर्व पति जयन्त और उसकी बीवी, नीली से लीला के काफी अच्छे रिश्ते हैं। लीला के बदन पर हर वक्त जीन्स की पैंट और खादी का कुर्ता चढ़ा रहता है। उसके कच्चे-पक्के बाल छोटे-छोटे छँटे हुए! बातचीत में काफी चटर-पटर! लेकिन दिल, जितना नरम, उतना ही उदार!

लीला मेरे पति को बेहद पसन्द है।

उनका कहना है, "विशाखा से तो ख़ैर, अब कोई उम्मीद ही नहीं रही। मोटू अगर अपनी मौसी जैसी निकले, तो मैं जी जाऊँ—।"

"लीला अगर मेरे सामने आ खड़ी हो, तो मैं उसे क्या जवाब दूँगी?"

"मामी जी!" पूर्णिमा मेरे सामने आ खड़ी हुई।

"खाने के लिए बुलाने आयी है? मुझे कुछ नहीं खाना है! तुम लोग खा लो! मुझे न हो, ज़रा चाय दे जा! खाने का मन नहीं है।"

"छोटी'दी क्या लीला मौसी के यहाँ गई हैं?"

"हाँ, कहा तो यही!"

"उस दिन वासवी दीदी रोते-रोते नीचे उतर गई। मैंने कितना कहा कि चलो, मैं तुम्हें घर छोड़ आती हूँ। लेकिन उन्होंने किसी हाल नहीं सुना।"

"तुम लोगों को भी खबर हो गई?"

"अखबार में ही तो छपा है।"

"हाँ, अखबार में तो..." मैंने मुँह फेर लिया।

"मामा को जब पता चलेगा..."

"खैर, पता तो चलेगा ही...! हाँ, मोटू अपनी मौसी के यहाँ गई है, आज नहीं लौटेगी।"

"आज भला क्या लौटेंगी। कल मैं और माँ भी ज़रा जाएँगे। रेबा मासी और नीरेन'दा की पता नहीं क्या दशा होगी।"

"चली जाना! हाँ, ज़रा चाय दे जाओ।"

पूर्णिमा की माँ ने चाय, डबल रोटी, चीज़ का डब्बा, मक्खन की कटोरी लाकर मेरे सामने रख दिया।

"तुम अगर बिना खाए रहोगी, तो वह क्या लौट आएगी? ज़रा हिम्मत रखो—" उसने तसल्ली दी।

थोड़ा ठहरकर उसने दुबारा कहा, "उस दिन कितना-कितना पूछा कि क्या हुआ है, मुझे बता। उस अभागी ने जवाब दिया—जब बड़ी मौसी को ही सुनने का वक्त नहीं है, तो तुम सुनकर क्या करोगी, मौसी?"

ना, उस दिन वासवी पूरी बात नहीं बता पायी।

उसने सिर्फ इतना ही कहा, "बहुत जरूरी बात है। मुझे तुम्हारी बहोत जरूरत है, मौसी! मेरे मरने-जीने का सवाल है।"

"आज रहने दो, वासवी!" मैंने कहा था।

"एक बार...सिर्फ एक बार अगर तुम मेरे दूल्हे को समझा दो..."

"मैं क्या कहूँगी, भला?"

"यही...कि बाल-बच्चा जो नहीं हुआ, उसमें मेरा कोई कसूर नहीं है, जी! तुम कह देखो न, मौसी! तुम तो सारी बात जानती हो। बस, जरा उसे समझा दो—"

"नहीं, वासवी, इस वक्त मैं खुद ही बेतरह परेशान हूँ! मेरी बड़ी बेटी..."

"लेकिन, उधर जो सर्वनाश हो रहा है, दीदी..."

वासवी और भी बहुत सारी बातें करना चाहती थी। वह बार-बार अपने हाथ मल रही थी।

मुझे ही समझ में नहीं आया।

"देखिए न, वह किसी हाल भी यह मानने को तैयार नहीं है कि मुझमें कोई दोष नहीं है, वह अपनी जाँच करने को राजी ही नहीं है–"

"उफ, वासवी, मैं भी आखिर इंसान हूँ! इस वक्त अपनी बड़ी बेटी को लेकर ही मेरी जान सांसत में है। मुझे तो यह समझ में नहीं आता कि तुम लोग इतनी उम्मीद क्यों लगा बैठते हो। खुद सयाने हो, समझदार हो। तुम लोगों का ब्याह हो चुका है। अब आपस में ही बातचीत करके तय करो। नीरेन भी अपनी जाँच क्यों नहीं कराएगा? हमारे यहाँ के मर्द भी न....ना, वासवी, इस वक्त मैं कुछ भी नहीं कर पाऊँगी।"

मुझे इस वक्त वो सारी बातें याद आ रही हैं। नीरेन अपनी जाँच कराने को राजी क्यों नहीं है? मैंने यह सब कितनी आसानी से कह दिया। समाज के ऊपरवाले तबके के मर्द-पति ही क्या इस बारे में बहस करते हैं? वासवी और नीरेन से मैंने गणित के अंक की तरह, तर्कसंगत बहस की अपेक्षा क्यों की थी?

लीला ठीक ही कहती है!

जो लोग जिन्दगी में सबसे कम पाते हैं, हम उन्हीं लोगों से सबसे ज़्यादा सभ्यता, नम्रता, युक्ति, बुद्धि और सहनशीलता की उम्मीद करते हैं।

हम क्यों करते हैं ऐसा?

मोटू

आज सुबह, ट्राम में बैठे-बैठे, मैंने अखबार देखा। उस खबर पर नजर पड़ते ही, मुझे और कुछ नहीं सूझा। मैं सीधे मौसी के पास दौड़ गई। मौसी अभी-अभी लौटी थी। लौटते ही यह खबर! मुझे तो पहले से ही पता था, मौसी दौड़ पड़ेगी।

यह बेहद दुःसमय है! जयन्त मामा और नीली मामी, जाने किस सेमिनार के सिलसिले में बैंगलोर गए हुए हैं। आजकल तो सेमिनार का युग है न!

अगर वे लोग यहाँ होते, तो मौसी के साथ जरूर खड़े होते। इसीलिए तो मैं मौसी की इतनी तारीफ करती हूँ।

जयन्त मामा से मुहब्बत करके ही, उन्होंने उनसे शादी की थी। शादी से पहले भी मैं उन्हें 'मामा' कहती थी, शादी के बाद भी! एक दिन सुना, वे दोनों अलग हो गए हैं। माँ 'तलाक' शब्द, जुबान पर लाने में हिचक रही थी। बस, कुछ दिनों ख़ासी गंभीर, दुःखी-दुःखी और उदास नजर आई।

मेरी काकी, चचेरी दीदियों को बातें करने की अगाध खुराक हाथ लग गयी। लेकिन मुझे 'तलाक' या 'डाइवोर्स' शब्द से बचने-छिपने की कोई ज़रूरत नहीं थी। हमेशा अँग्रेजी मीडियम स्कूल में पढ़ी थी। अब चाहे अंग्रेजी मीडियम हो या बांगला, सातवीं क्लास से ही, इन सब शब्दों से मैं परिचित हो चुकी थी! मेरी सहेली, कोयली

के माँ-बाप का ब्याह टूट गया। कोयली बोर्डिंग में रहने लगी। एक शनि-रवि माँ के पास जाती थी और दूसरे शनि-रवि को अपने पापा के यहाँ वक्त गुज़ारती थी।

लीला मासी और जयन्त मामा की शादी टूट गई। लेकिन जयन्त मामा और नीली मामी का ब्याह हो जाने के बाद भी, वे दोनों मौसी की मदद के लिए हर वक्त तैयार रहते थे। अद्भुत सहज संपर्क! मासी ने तो पहले से ही कह रखा है। अब वह अपने संगठन के लिए एक ट्रस्ट बनाएगी और उस ट्रस्ट में वे दोनों मौजूद रहेंगे।

बहरहाल, मौसी के यहाँ जब मैं पहुँची, वे घर पर नहीं थीं। करुणा से ही सारी कहानी सुनने के बाद, मैंने रुपाइ को बुला भेजा। रुपाइ मेरा दोस्त था और उसके बाबू जी पुलिस में थे। आफत विपद में रुपाइ हमेशा मेरी मदद करता था। शरीफ लड़का था। पिछले साल उसे जुआ खेलने की धुन चढ़ी रहती थी। उसने ऐलान किया, वह ज़िन्दगी भर जुआ खेलता रहेगा। कुछेक बार चैम्पियन हो जाए, तो वह 'ग्रेट' हो जाएगा।

इस साल उसकी घोषणा है—वह मदर टेरेसा के कामकाज में अपना जीवन अर्पित करेगा।

रुपाइ फौरन आ पहुँचा।

सारी बातें सुन-समझकर उसने कहा, "यह तो लेक थाने का केस है।"

"फिर?"

"लड़की का घर कसबा थाने के मातहत है।"

"तू थाने का सवाल क्यों उठा रहा है?"

"शादीशुदा लड़की ने अगर खुदकुशी भी की हो, तो भी उसके पति और सास को रिहाई नहीं मिल सकती।"

करुणा'दी रोते-रोते ही फूत्कार उठी।

"तुम यह क्या कह रहे हो? उस वक्त रेवा'दी दफ़्तर में थी, नीरेन अपने दफ़्तर में था। वासवी ने क्रेश से छुट्टी ले ली थी। अरे, घर लौटकर, उसे घर में न पाकर, नीरेन ने कम खोज मचायी। अंत में कसबा थाने में डायरी भी लिखा आया। न वह यहाँ आया, न मोन्टू लोगों के घर गया। उस छौंड़ी के जाने-आने की जगह तो उँगली पर गिनी हुई थीं।"

"मौसी बाहर कब निकली हैं, जी?"

"नीरेन और उसके दोस्त, कल सुबह दस बजे के करीब आए। वे रात ग्यारह बजे के बाद लौटी। बाथरूम में देर तक नहाती रही। उसके बाद, थोड़ी-सी चाय पी। मुझे बगल में लिटाकर, खुद भी लेट गई। आज तो उसे ढेरों काम है—"

"कहाँ-कहाँ जाएँगी?"

"पहले कांटापुकुर मॉर्ग, उसके बाद श्मशान घाट।"

"केस-वेस तो नहीं होगा?" रुपाइ ने पूछा।

"नीरेन तो ऐसी-ऐसी हरकत कर रहा है, जैसे वासवी का खून उसी ने किया हो। उफ! लड़की ने कैसा भयंकर सर्वनाश कर डाला!"

"अच्छा, तो फिर मैं...!"

"मॉर्ग चलोगी?"

"चलूँगी। मौसी अकेली होगी।"

"अकेली कहाँ हैं? कस्बा के कुछ लोग, हमारे मुहल्ले के क्लब के तपन-तरुण, दोनों भाई—सभी लोग उनके साथ हैं। दीदी के लिए लोक-बल की कोई कमी है?"

"रेवा'दी क्या घर पर हैं?"

"उन्हें तो पल भर के लिए होश आता है, अगले पल फिर बेहोश! वैसे उनकी बहनें हैं, उनके पास!"

"तुमने कुछ खाया?"

"मुझसे भला कुछ खाया जाएगा? उसकी माय नहीं थी; बाप अमानुष! पाँच बरस की बच्ची को मैं ही तो यहाँ लेकर आई थी। बाप उतनी-सी बच्ची को काम करने के लिए, चाय की दुकान पर छोड़ आया।"

"चलो, तुम कुछ खा लो!"

"ना, मोटू, आज न गैस जलाऊँगी, न कुछ पकाऊँगी।"

"दीदी ने अभी तक कुछ नहीं खाया..."

"खा लो, करुणा'दी, थोड़ा कुछ खा लो। तुम्हारा यूँ अकेले रहना, मुझे अच्छा नहीं लग रहा है।"

"आ रही है...सुमति आ रही है। चाय लाने, दुकान तक गई है।"

"अच्छा, आत्महत्या करने जैसी क्या बात हो गई थी?"

"उसे बाल-बच्चों की बड़ी साध थी।"

"अच्छा तो हम चलें?"

"मॉर्ग ही जा रहे हो न?"

"हाँ, मौसी के साथ ही लौटूँगी। किताब-कॉपी का बैग, यहीं छोड़े जाती हूँ।"

बाहर निकलकर मौसी के क्रेश पर नज़र पड़ी। क्रेश आज बन्द था। बन्द तो रहना ही था! यह क्रेश वासवी का जान-प्राण था।

रुपाइ को बताते-बताते भी मेरी जुबान अटक गई कि करुणा'दी के कमरे में, अपने हाथों से बनाई हुई, छः-सात गुड़ियाँ भी पड़ी थीं। वासवी उन गुड़ियों से खेला करती थी।

वासवी कहा करती थी, "ये सब मेरे बच्चे हैं।" रात के वक्त भी, वह उन गुड़ियों को साथ लेकर सोया करती थी।

मासी कहती थी, "यह लड़की, बच्चों की इस क़दर दिवानी है..." इतना कहते हुए, वे लम्बी साँस छोड़ती थीं।

रुपाइ किसी सोच में डूबा हुआ था।

अचानक मुझे लगा, इस लड़के को इतनी तकलीफ न भी दूँ, तो चल जाएगा। वह मेरी मौसी या वासवी, किसी को भी तो खास नहीं जानता! मुमकिन है, उसका जाने का मन न हो, मगर कहने में संकोच कर रहा हो।

"तू अब मार्ग में जाकर क्या करेगा? न भी जाए, तो चलेगा।"

"तू भी न, क्या बात करती है।"

"फिजूल तेरे लिए हैरानी होगी।"

"तू फिक़र मत कर! मॉर्ग में मैं पहले भी गया हूँ।"

"घरवाले परेशान नहीं होंगे?"

"माँ-पापा को इतनी फुर्सत नहीं है। पॉप दफ्तर में हैं। मॉम दीदी को लेकर, उसके ब्याह के सामानों की खरीदारी के लिए गई है।"

"सुना है, टुम्पा दीदी की ज़िद है, कोई धूमधाम नहीं, सिर्फ रजिस्ट्री!"

"रजिस्ट्री तो ख़ैर होनी ही है। लेकिन साथ ही हिन्दी रीति से भी धूमधाम से ब्याह होगा।"

"और डॉक्टरी?"

"अरे, वह बात छोड़! बड़ा धूम-धड़क्का है, यार! इतना सब न देने से मॉम-पॉप की प्रेस्टीज नहीं रहेगी।"

"खैर, छोड़! हम चलेंगे कैसे?"

"क्यों? ट्राम या बस से।"

हम दोनों लगभग ठीक समय पर ही मॉर्ग पहुँच गए, क्योंकि नीरेन के साथी ने बताया—वासवी को मेज पर लिटाया गया है। उसने यह जुमला ऐसे ही कहा, मानो उसे ऑपरेशन टेबल पर लिटाया गया हो।

मौसी कुछ दूर पर, मेटाडोर से टिकी हुई खड़ी थी। हमने बस, हल्के से उनका कंधा दबाया।

वे स्वगत ही बुदबुदायीं, "पुलिस केस तो होना ही था। ब्याहता लड़की की खुदकुशी है।"

नीरेन घुटने मोड़कर उकड़ूँ बैठा हुआ था। उसकी सूरत-शक्ल से ऐसा लग रहा था, मानो वह बातें करना भूल गया हो।

"अगर मैं न आयी होती..."

"तुम आईं कैसे?"

"मेटाडोर में। दो-दो मेटाडोर आए हैं। हैरत है! तैरना जानने वाला इंसान, सुना है, डूबता नहीं। लेकिन, देखो, वासवी ने अपना हाथ, अपने ही आँचल से बाँध

लिया था...?"

"इसके बावजूद क्या पुलिस केस होगा?"

"हुआ भी, तो कुछ नहीं होने वाला! तरुण का बाप वकील है; उसकी आत्महत्या का नोट है! नीरेन के लिए फिक्र हो रही है। पहले जरा रोया भी उसके बाद से पथरा गया है।"

वासवी को बाहर लाया गया। बदन पर नए कपड़े। नई चादर से ढँकी हुई। मानो कोई दुःस्वप्न हो!

"सिमी को मैं माफ नहीं करूँगी, मोटू!"

"पता नहीं, उस दिन, उन पर हिस्टीरिया का दौरा क्यों आया था?"

"सिमी को मैं कभी माफ नहीं करूँगी।"

मैंने धीमी आवाज में रुपाइ से कहा, "जा, तू घर चला जा। अभी मैं मौसी के साथ ही रहूँगी। यहाँ से उनके साथ मरघट जाऊँगी, फिर उन्हीं के घर लौटूँगी। पुलिस का मामला भी जुड़ा है।"

"अच्छा, तो मुझे बताना..."

"हाँ, बताऊँगी और सुन, घर पहुँचकर एक फोन कर देना। डैडी से कहना, वे किसी तरह के टेंशन में न रहें।"

"कह दूँगा। और कुछ?"

"नहीं और कुछ नहीं।"

"ज़रूरत हो, तो फोन कर देना–"

"हाँ, तू जा, रुपाइ, बारिश आने वाली है।"

मैं मौसी के पास जाकर खड़ी हो गई।

वे लोग वासवी को झटपट एक खाट पर लिटा रहे थे। खाट मेटाडोर में चढ़ा दी गई। वासवी के पैरों के तलवे दूधिया सफेद नजर आ रहे थे।

डेथ बाइ ड्राउनिंग के केस में ऐसा होता है।

नीरेन जस का तस बैठा रहा।

मौसी ने आगे बढ़कर उसका हाथ थाम लिया। नीरेन ने उनकी तरफ देखा। यंत्रचालित-सा वह उठ खड़ा हुआ।

"जा, उसके साथ जा।"

"तुम?"

"हम दूसरी मेटाडोर से आ रहे हैं।"

किसी ने नीरेन को सहारा दिया। आज्ञाकारी बच्चे की तरह, वह मेटाडोर में सवार हो गया। उसका एक तरफ का गाल फूला हुआ था। पुलिस ने क्या उसे मारा है?

मौसी का हाथ थानने की जरूरत नहीं पड़ी। वे खुद ही उठ खड़ी हुईं। मैं

भी उठ आई। मौसी ने आज साड़ी पहन रखी थी।

उन्होंने तरुण को आवाज देकर कहा, "तरुण, रुपए पैसे मेरे ही पास हैं।"

मौसी की आँखों पर काला चश्मा! लेकिन मेरा अंदाज़ा था, वे रो नहीं रही थीं। बस, एक बार मेरा हाथ दबाया। मैंने उनका हाथ थाम लिया। कलकत्ते के रास्ते-घाट सर्र-सर्र करके पीछे गुज़रते रहे। मैं जैसे काफी दूर से देखती रही।

वासवी हमारे यहाँ से कब निकली? किस दिन?

मुझे लगा, अभी उसी दिन की तो बात है।

अचानक मौसी ने कहा, "सेवा को पहुँचाने भुवनेश्वर गई थी, कुल चार दिनों के लिए! सेवा का पति उसे भले कबूल न करे, उसके माँ-बाप तो उसे खोज ही रहे थे। भुवनेश्वर शहर में भी नहीं...काफी भीतरी हिस्से में..."

"सब काम भले-भले हो गया?"

"हाँ, भले-भले ही निपट गया। सेवा को केस करने का पूरा हक़ है! उसका पति सरकारी नौकरी में है। सेवा के जीते-जी उसने दूसरा ब्याह कर लिया। लेकिन सेवा के माँ-बाप, रुपए के निपटारे से ही खुश हैं। वे लोग शहर में आ जाएँगे। बेलवाड़ी सेंटर के बस्ती इलाके में सेवा को भी शायद नौकरी मिल जाए।"

"जब तुम यहाँ नहीं थीं..."

"वासवी के मन में प्रचंड तूफान मचा था। मुझे तो अचानक जाना पड़ा। इसीलिए वह सिमी के पास गई थी। सिमी इतनी...इतनी बेरहम निकली? उसकी एक बात भी नहीं सुनी?"

"जयन्त मामा भी तो यहाँ नहीं थे..."

"वे लोग नहीं थे...मैं नहीं थी, बेचारी लड़की श्मशान-घाट पहुँच गई।"

"साथ-साथ पुलिस क्यों है?"

"उनका यही नियम है।"

"नीरेन को क्या...?"

"मेरे रहते ही...।"

बादल-घिरी एक उदास...दुःख में डूबी शाम! बीच-बीच में झुटपुट बारिश! वासवी को अंदर लाते ही, किसी औरत की आर्त रुलाई सुनाई दी।

मौसी ने कहा, "सेवा नहीं है। और भी तो कितनी औरतें..."

उस वक्त दो ही चुल्लियाँ चालू थीं। नीरेन, पानी में सड़ी-गली, वासवी की उँगलियाँ थामे बैठा रहा। उसके बाद, अंतिम संस्कार! वासवी सामन्त (कैमिलिया) चुल्ली में धकेल दी गई।

क्रिया-कर्म ख़त्म होते ही, मौसी ने कहा, "मैं नीरेन को लेकर उसके घर जाऊँगी। कब लौटूँ, पता नहीं! तू घर जा, मोटू!"

"मैं तुम्हारे साथ रहूँगी।"

"तेरी माँ...?

"मैंने माँ को ख़बर भेज दी है।"

"पहली बार बग़ावत की न?"

हाँ, मौसी ने ग़लत नहीं कहा। माँ के खिलाफ अगर यह बग़ावत थी, तो बग़ावत ही सही! आमतौर पर, माँ-बाप को अपने बच्चों का, घर से बाहर रात गुज़ारना कतई पसंद नहीं आता। बस, सिर्फ एक बार! अपनी सहेली की दीदी के विवाह में, मैंने न्यू अलीपुर में रात गुजारी थी। आज की बात तो बिल्कुल अलग थी।

मन ही मन मैं हिसाब-किताब लगाती रही...लगाती ही गई।

वासवी कुछ कहने आई थी।

उसने माँ से मदद माँगी थी।

कहना चाहिए, माँ ने उसे खदेड़ दिया।

मौसी उसी दिन भुवनेश्वर के लिए रवाना हुई थी।

वासवी अपनी किसी समस्या के बारे में बात करने आई थी, जिसका समाधान मौसी या माँ ही कर सकती थी।

माँ ने उसकी बात नहीं सुनी।

उस वक्त माँ का चेहरा ऐसा बन गया था, मानो वासवी के मसले सुलझाते-सुलझाते वह थक गई है। हालाँकि यह बात सच नहीं थी। उसके बाद ही, वासवी को अहसास हो गया कि वह सच ही बेहद अकेली है।

मामला उसका और नीरेन का था। लेकिन मदद की ज़रूरत उसे ही थी, जो उसे नहीं मिली।

उसके बाद, उसने एक दिन चुन लिया।

उस वक्त रेवा सामन्त मौसी के होम में ही थी।

नीरेन सामन्त अपने कर्मस्थल में!

वासवी तो यह बताकर ही गई थी कि वह काम पर नहीं जाएगी।

उसके बाद किसी समय वह बाहर निकल पड़ी।

वहाँ से पैदल पाँव चलते-चलते ठाकुरिया लेक! ढलती शाम। गोधूलि! झुटपुटा आसमान! किसी वक्त उसने आँचल का फंदा बनाकर, उसमें अपने दोनों हाथ डाल दिए और दाँत पर दाँत दबाए उसने फंदे की गाँठ को कस लिया।

उसके बाद वह पानी में उतर गई।

वासवी फिर क्रेश में नहीं लौटी। वह घर में भी नहीं थी, मौसी के पास भी नहीं गई। नीरेन और रेवा'दी ने कसबा थाने में रिपोर्ट लिखायी।

पुलिस ने भी पूछताछ की।

"उनके माँ-बाप मौजूद हैं?"

"माँ नहीं है। बाप पहले संदेशखाली थाने में रहता था। पिछले सात सालों

से उससे कोई संपर्क नहीं है।''

''किसी के साथ...मतलब...कोई शक?''

''ना—''

''आप दोनों में किसी तरह की...?''

''यह सब आप हमारे मकान-मालिक, मुहल्ले, क्लब, लीला मवलंकर के 'आवर होम'...इन सब जगहों में पूछताछ कर लें। झगड़ा-झमेला कौन करता? वासवी? हमारा कितने दिनों का...हमारी लव-मैरेज थी! आप पता कर लें, सर!''

उन लोगों की वह रात, इसी तरह गुज़री! लगभग सुबह होते-होते तो वह बहती हुई नज़र आई।

बहरहाल मौसी नीरेन को लेकर टैक्सी में आ बैठी। पीछे-पीछे मैं भी बैठ गई। नीरेन का चेहरा मौसी के कंधे से दुबका हुआ! वह फफक-फफककर रो रहा था।

बिजन सेतु पार करके, हम बांयी तरफ मुड़ गए। रेवा'दी की रुलाई दूर से ही सुनाई दे रही थी। मैं जिस परिवार और सखी-सहेलियों के दायरे में रहती हूँ, वहाँ किसी के मरने पर, कोई इंसान यूँ छाती-फोड़ रुलाई नहीं रोता। हमारे तबके में शोक भी काफी शोभन और खूबसूरत होता है। मातम का घर काफी निस्तब्ध रहता है। सफेद साड़ी, काली साड़ी, फुसफुसाहट में बातचीत, रजनीगंधा की मालाएँ या गुच्छा सम्मानसहित रखा जाता है, कभी-कभी रवीन्द्र संगीत का स्वर!

यहाँ वह सब हवा नहीं थी। यहाँ शोक का मतलब था—पछाड़ें खाना, छाती-तोड़ रुलाई!

मौसी ने कहा, ''रेवा को उसी दिन मलेरिया हुआ था! देह काफी कमजोर हो गई थी।''

मौसी, नीरेन का हाथ थामे-थामे टैक्सी से उतरी। नीरेन दरवाजा पकड़कर ठिठक गया। उसके दोस्त उसे पकड़कर कमरे के अन्दर ले आए। समूचा घर यानी दो कमरे, बरामदा, रसोई, आँगन, बाथरूम—सबकुछ धुला-पुछा, चमचमाता हुआ! यह मैंने अपने यहाँ भी देखा था। जैसे ही मेरी दादी की अर्थी बाहर निकली, समूचे मकान की धुलाई शुरू हो गई।

यह कमरा रेवा'दी का ही होगा। रेवा'दी फर्श पर बैठी-बैठी, दीवार से पीठ टिकाए और पाँव पसारे रोए जा रही थी।

नीरेन ठिठक गया।

अगले ही पल, वह जोर-जोर से रो पड़ा, ''कमरे में कैसे जाऊँ? अन्दर पाँव कैसे रखा जाएगा?''

मौसी ने कहा, ''तरुण, नीरेन को कहो नहा ले। कल से उसका नहाना-खाना नहीं हुआ। उसे नहला दो। ज़ोर-जबर्दस्ती चाय-नाश्ता कराओ, कुछ देर उसे सो लेने दो। रेवा, अब और नहीं! अब, उठो। तुम रेवा की बहन हो न? इसका जरा हाथ-मुँह

धुला दो! सिर धो दो! कपड़े बदलवा दो और कुछ देर सो ले! उन दोनों को ही आराम की ज़रूरत है! काश, इस वक्त सीतांशु होता...''

''सीतांशु आ गया है, दीदी!''

मझोला क़द! मज़बूत काठी! चालीससाला व्यक्ति कमरे में दाखिल हुआ।

''मैं आ गया—''

''ख़तों की ज़ेरॉक्स प्रति?''

''मूल पत्र तो थाने में है। एक जेरॉक्स मैं अपने पास रखता हूँ। बाकी सब आप रखिए। ये...?''

''मेरी भांजी, मोटू है।''

''मैंने छुट्टी ले ली है। अब तो स-ब...अभी तो ढेरों काम पड़ा है। देखते ही देखते तीन दिन गुजर गए...कल तो संस्कार-कर्म है!''

''कल ही? कल कौन-सा...?''

नीरेन रुँधी आवाज में बोला, ''दुर्घटना में मौत हुई! चार दिन पर चौथा...''

''वह तुम करा देना, सीतांशु!'' मौसी ने कहा।

''हाँ, दीदी...कल काली घाट में...''

''नाऽ, इसी घर में! उसके अपने घर में।'' नीरेन ने सिर हिलाकर कहा।

''कोई, मौसी के लिए, चाय ला दें न!'' अब मैंने जुबान खोली।

''सीतांशु...।''

''हाँ, मैं देखता हूँ! देखता हूँ मैं।''

मैंने गौर किया, सीतांशु का प्रभाव सभी मान रहे हैं। मैं भी उससे 'सीतांशु'दा' कहकर ही बातें करती रही। अभी थोड़ी देर पहले तक मुझे लग रहा था कि इस घर में वक्त जैसे थम गया है, अब कहीं कोई हरकत नहीं जागेगी, जिंदगी का नित्यछंद अब कभी नहीं लौटेगा। लेकिन कीचड़ में फँसे अचल पहिए को, धकेलकर ऊपर लाना और उसे दुबारा गतिशील करना, आम-नियम है।

सीतांशु ने रेवा'दी के माथे पर हाथ रखकर कहा, ''अब तो चाहे जितना भी रोओ...जितना भी आँसू बहाओ...वह नहीं लौटेगी, मणि!''

''मणि?''

''हाँ, अब नीरेन का मुँह देखो, अपने को सम्हालो। उठो, दीदी को देखो। सेवा का इंतज़ाम करके लौटी, अब तुम्हें लेकर पड़ी। वासवी तो अब रही नहीं, जो लोग बच रहे हैं, उनको....''

''क्यों? क्यों? उसने ऐसा क्यों किया, भइया?''

''अगर यही पता होता, तो मैं साक्षात् भगवान होता। उठो, चलकर नहाओ-धोओ।''

सीतांशु'दा ही केट्ली में गर्म चाय ले आए।

"घर में न बने, बाहर से चाय लाने में तो कोई दोष नहीं है न? बाहर से दो मुट्ठी भात खाकर, कुछ देर सो लेने में भी क्या दोष है? ख़ैर, चाय तो पी ले–"

उसने मौसी से भी कहा, "इधर जो करना है। मैं करता हूँ, आप घर चलें–"

"चली जाऊँ?"

"अरे, मैं हूँ न! नीरेन के बाप को जब गुंडों ने कत्ल कर दिया मैं इसकी माँ का धर्म-भाई तो था ही, उसका सगा भाई बन गया। पहले मेरे यहाँ, फिर आपकी शरण में...मैं कब मौजूद नहीं था। मैं हूँ न–"

"तुम्हारे घर...?"

"घर के नाम पर गैरजे के ऊपर एक कोठरी! हो जाएगा, सब हो जाएगा! ये सब लड़के, कल से ही...! चलो, तुम सब घर जाओ! मैं यहाँ हूँ! इश्श्, अपने हाथ से ब्याह कराया, स्कूल किराए पर लेकर सबको भोज-भात कराया! आगमन न होते-होते विसर्जन हो गया?"

मैं मुग्ध हुए बिना नहीं रह सकी।

उस बंदे ने सबको सम्हाल लिया। नहा-धोकर, थोड़ा-थोड़ा दूध पीकर, रेवा' दी, उनकी बहन, भांजी, नीरेन सब लोग उसी कमरे में जमीन पर लेट रहे!

सीतांशु दा, जयन्त मामा के नर्सिंगहोम में एम्बुलेंस चलाता था। उनके यहाँ दो-दो एम्बुलेंस थे! वह गैरेज में ही रहता था।

वही मुझे और मौसी को पहुँचा गया।

"दिन भर तुम थे कहाँ?"

"मॉर्ग में भेजकर, थाना-पुलिस वगैरह-वगैरह में उलझा रहा। वे लोग नीरेन का कुछ भी नहीं बिगाड़ पाएँगे। खत में वह सारी बातें लिख गई है। मैंने उन्हें यह भी समझा दिया कि इन लोगों से ज्यादा खोद-बीन करने से कोई फ़ायदा नहीं होगा। मैं नीरेन का मामा हूँ। रुपए खिलाने का तो सवाल ही नहीं उठता।"

मौसी ने पूछा, "रुपए? कैसे रुपए? मकान-मालिक को घर की चाबी सौंप गई। इस्त्री की दुकान से नीरेन की पैंट लाई। अड़ोसी-पड़ोसी किससे बातें नहीं कीं? कोई...कोई साक्षी देगा भला कि उन लोगों ने कोई चीख-चिल्लाहट, कोई शोर-शराबा सुना था? हम तीनों प्राणी मेहनत-मशक्कत करके आहार जुटाते थे, खूब हिलमिलकर रहते थे..."

"पता नहीं, क्यों तो ऐसा किया?"

मौसी अवाक्!

"सुनिए, आप घर जाकर, हाथ-मुँह धोएँ, कुछ खाएँ-पीएँ और सो जाएँ–"

"हाँ, मेरी भांजी भी मेरे साथ है।"

"फिर तो..."

"कल काम यहीं होगा?"

सीतांशु ने बेहद दुःख से ईषत मुस्कराते हुए जवाब दिया, "हाँ, इससे नीरेन और रेवा को शांति मिलेगी। संस्कार भी तो आखिर कोई चीज़ होती है। आपने तो देखा है, समूचे घर को घिस-माँजकर, सजा-सँवारकर वह लड़की किस क़दर चमकाए रखती थी, फिर भी उसकी साध नहीं मिटती थी। सो, उसका क्रिया-कर्म भी वहीं हो। वासवी की आत्मा को शांति मिलेगी।"

"मैं अपने को माफ नहीं कर सकती, सीतांशु!"

"आप कोई घूमने तो गई नहीं थीं, दीदी, सेवा को उसकी माँ के हाथों सौंपने गई थीं।"

"पाँच साल की उम्र से वह मेरे पास...?"

"उसके बाप को कोई ख़बर न कर दे। पशुपति कैमिलिया अगर यहाँ आया, तो ज़िन्दा नहीं लौटेगा।!"

"छोड़ो सीतांशु!"

"उसका तो तुरुप का पत्ता ही गोल हो गया।"

हम लोग घर आ पहुँचे।

घर में दाखिल होते हुए, सीतांशु'दा ने कहा, "सुनो, करुणा, कल उस घर में ही श्राद्ध होगा। तुम और अन्य जो लोग जाएँ, सुबह-सुबह ही पहुँच जाना।"

"पाँच साल की जिस दुधमुँही बच्ची को उसके बाप ने 'जाकर जांगर खटा और खा'—हुक्म देकर घर से खदेड़ दिया। उसे मैं ही लेकर आई और दीदी के पाँव पड़ गई! बाप तो जालिम राक्षस था। दो-दो बार...अंत में कितने जतन से उसे सँभाला ...सँजोकर रखा...अब उसी के क्रिया-कर्म में जाना पड़ेगा। भला मुझसे जाया जाएगा?"

"मैं भी जाऊँगी, करुणा, उसी की बात सोचकर ही न! वह ये सब बहोत मानती थी। और नीरेन...रेवा..." मौसी ने कहा।

सीतांशु ने कहा, "शोक मनाते बैठे रहने से दुनिया नहीं चलती, करुणा! आज न हो, दो साल बाद सही, नीरेन भी एक न एक दिन ब्याह करेगा। लेकिन जो चला जाता है, वह चला ही जाता है। जो लोग जिन्दा रह जाते हैं, करुणा, बस, वे लोग ही..."

"सीतांशु, तुम क्या अब वहाँ जाओगे?" मौसी ने पूछा।

"हाँ, एक बार हो आऊँ। सुबह पुरोहित और पूजा-सामग्री लेकर हाज़िर हो जाऊँगा। यह सब काम तो नमो-नमो कहकर निपटा देना है। उन लोगों के मन को तसल्ली हो जाएगी कि मैंने यथाविधि काम निपटा दिया। चलता हूँ, दीदी!"

"चलो, हम दोनों नहा-धो लें! दिन भर काफी धक्के खाए। करुणा, मुझे थोड़ा-सा दूध और कोको और कई एक टुकड़े डबल रोटी! तुम भी कुछ खा लो।"

"किस दिल से खाऊँ, बोलो?"

"सीतांशु कह गया है न, रेवा और नीरेन को भी देखना होगा..."

"मैं डैड को एक फोन कर लूँ। डैड तो टेंशन के मारे..."

"घर जाएगी?"

"नहीं! तुम्हारे पास रहूँगी।"

"अगर सिमी फोन उठाए, तो मुझे मत देना।"

"नहीं, मौसी।"

मैंने मौसी के सामने ही फोन किया।

डैड तो ठहरे धीर-गम्भीर इंसान!

उन्होंने कहा, "हाँ, रह जाओ! तुम्हें वहीं रुक जाना चाहिए। सोच रहा था, हम दोनों भी एक बार आएँ वहाँ?"

"आज रहने दो, डैडी, मौसी बेहद थकी हुई है।"

"ओ, अच्छा, लीला कहाँ है?"

"नहाने गई हैं। तुम फिक्र न करो। मैं दीदी नहीं हूँ। अपने को सहेज-सँभालकर चल सकती हूँ।"

"हाँ, मोटू! मैं बेहद निश्चिन्त हो गया, जब सुना कि तू वहाँ दौड़कर पहुँच गई।"

"अब तुम या माँ फोन न करना। ठीक है।"

"सुबह वहाँ एक चक्कर लगाता जाऊँ?"

"नहीं, नहीं, सुबह तो वासवी का कामकाज है। हम वहीं होंगे।"

मैंने फोन रख दिया।

वासवी क्या कहने गई थी? उसकी कौन-सी बात, माँ ने सुनकर भी अनसुनी कर दी?

अच्छा, माँ उसकी बात अगर सुन लेती, उसकी मदद कर देती, तो वासवी क्या आत्महत्या नहीं करती?

मौसी ने इसीलिए तो कहा—"सिमी को मैं किसी दिन भी माफ नहीं कर पाऊँगी।"

जानना होगा, मुझे जानना ही होगा। मुझे इंसानी रिश्तों की गहराई में उतरना होगा। कुछ दिनों बाद, मुझे भी अपनी मर्जी मुताबिक अपना कैरियर गढ़ना है। मैं जान लूँ, तभी तो मेरी सोच परिपक्व होगी।

"मौसी की कोई आहट, कोई आवाज़ क्यों नहीं सुनाई दे रही?" मैंने करुणा से पूछा।

"नहा रही हैं।"

"मुझे भी कुछ पहनने को ला दो, करुणा'दी, मैं भी नहाकर ये कपड़े बदल लूँ।"

"दीदी ने निकालकर रखे हैं। और हाँ, सुनो, मोटू, कल वहाँ जाना, तो साड़ी

पहनकर जाना।''

''पहन लूँगी! पहन लूँगी।''

''वासवी से मैंने कितना कहा, कुर्ता-पायजामा पहनाकर या सलवार-कमीज ही सही! शरीफ पोशाक है।''

''लेकिन, वह तो ये सब पहनती नहीं थी।''

''अरे, उसको लाज-शरम कुछ ज़्यादा ही थी न! तभी तो अफसोस है! इतनी-इतनी बार जली, फिर भी जरा सख्त-पुख्ता नहीं हो पाई, अभागी!''

''हर कोई क्या हर काम कर सकते हैं?''

''इस वक्त जयन्त'दा और नीली'दी होतीं, तो अच्छा होता।''

करुणा'दी की जुबान पर उस वक्त ज़रूर कोई अलौकिक शक्ति विराज रही थी, वर्ना दरवाजे की घंटी क्यों बज उठती? और दरवाजा खोलते ही, करुणा ज़ोर-ज़ोर से रो क्यों पड़ती?

''वासवी नहीं रही, भइया! पानी में डूबकर, अभागी ने...''

''लौटते ही, खबर मिली, करुणा! मुहल्ले में, घर-घर में सभी लोग तो...'' नीली मामी ने कहा।

''आओ, मामी—''

''तू यहाँ?''

''सुबह से ही हूँ...''

'शुक्र है! बुद्धि का काम किया। नीली तो लीला के पास रहने आ रही थी।'' जयन्त मामा ने कहा।

''आओ, नीली, आओ, जयन्त!'' मौसी एक हाउसकोट पहनकर आगे बढ़ आईं।

''चाय या कॉफी पीयोगे?''

''ना—''

''तुम लोग लौटे कब?''

''अभी ही! घंटे भर पहले! सीतांशु ने ही...'' नीली ने जवाब दिया।

''सब सुना! सुनो! मुसीबत के वक्त हम यहाँ नहीं थे...''

''यूँ अचानक, ऐसे वक्त बज्र गिरा! मैं भी तो यहाँ नहीं थी।''

''उस वक्त...''

''कोई भी मौजूद नहीं था। रेवा यहीं थी, नीरेन दफ्तर में, अकेले-अकेले! अकेले-अकेले...''

सब चुप!

''कैसा भयंकर वेस्ट! विराट बर्बादी!'' जयन्त मामा ने अफसोस जाहिर किया।

नीली मामी ने कहा, ''मेरे पास आई थी। मैंने बार-बार कहा—नीरेन को मेरे

पास ले आओ, मैं उसे समझाऊँगी।''

''वह हिम्मत नहीं जुटा पायी!''

''नीरेन क्या सारी बातें जानता था?''

''बाकी बातें बाद में होंगी, नीली, इस वक्त मैं बेहद थकी हुई हूँ।''

''रात को क्या खाओगी?'' जयन्त मामा ने कहा।

''थोड़ा-सा दूध, कोको और डबलरोटी...?''

''नथिंग डूइंग! नीली अच्छा-सा घना-घना सूप बनाकर भेज रही है। तीनों जन सिर्फ वही पीना। लीला, तुमको अपनी ताकत बनाए रखनी होगी। भूलना मत, पिछले दो साल में तुम दो-दो बार लेट चुकी हो। अपने प्रति लापरवाही बरती, तो तुम्हारे होम का क्या होगा? और हम लोग भी भला कहाँ जाएँगे?''

''भई, अब नीली को...''

''हम आकर, तुम्हें खिला-पिला जाएँगे।''

वे दोनों बाहर निकल गए। इंसानी रिश्ते ऐसे होते हैं, यह भी नहीं जानती थी। उनका ब्याह हुआ, तलाक हुआ। वे दोनों या मौसी, कोई भी चौदह मंजिल इमारत की बाशिन्दा नहीं थीं। लेकिन उनके मन कितने उदार! उनके दिलों में किस क़दर इंसानियत!

''करुणा, सुन लिया न?'' मौसी ने कहा।

''भगवान हैं! मैंने मन ही मन उन दोनों को कितना-कितना पुकारा है!...जा, नहा ले, मोटू!''

नहा-धोकर मैंने मौसी का ही एक ढीलमढाल हाउसकोट पहन लिया। वासवी का अस्तित्व मानों ज़्यादा ही करीब आता गया। अभी, उसी दिन तो वह आई थी। चेहरा बेहद उदास! आँखें बेतरह असहाय! वासवी क्या कहना चाहती थी?

जयंत मामा और नीली मामी दुबारा आ पहुँचे। वे अपने हिस्से का सूप भी यहीं ले आए थे।

''हम साथ-साथ नहीं खाएँगे, तो लीला खाएँगी या नहीं, हमें भरोसा नहीं है।'' जयन्त ने कहा।

चिकेन सूप! थोड़े-से सैंडविच! कंडेंश्ड मिल्क में बना हुआ फ्रूट सलाद!

नीली मामी ने कहा, ''आज सो रहो! कल से जो-जो करना है, हम मिलकर करेंगे! हम आ गए हैं, लीला!''

''मिमी और मोमो को कहाँ छोड़ आईं?''

''अपनी माँ के यहाँ। तुम्हारे क्रेश में...अब वासवी तो रही नहीं...''

''कुछेक दिन वे दोनों वहीं रहें—'' जयन्त ने कहा।

''संतान! शिशु! वह तो सभी बच्चों को अपनी ही संतान मानती थी। यह क्या अस्वाभाविक था?''

"ना, बिल्कुल स्वाभाविक था!"

"मैं सोचती थी, संतान न हो तो क्या अकारथ हो जाती है जिंदगी? लेकिन वासवी मुझे...संतान-शोक ही दे गई।"

"वह नहीं है, यह मान लेने में का-फी दिन लगेंगे। उफ! यह क्या हो गया?"

जयंत मामा ने कहा, "वासवी को तो अब जिंदगी भर वहन करना होगा, लीला। हमें ही...चलो, आज सो जाओ। मोटू, तू मौसी के पास ही रहना।"

"रहूँगी—"

"तेरी माँ...?"

"माँ को अच्छा ही लगेगा, मौसी!"

"तो, रह जा!"

रात को मैं मौसी की बगल में ही सोयी। मेरा नहीं ख्याल था कि मौसी सो पाएँगी, लेकिन कुछ देर के लिए उनकी आँख लग गई। इसी कमरे में, एक फोल्डिंग खाट पर करुणा'दी लेट गईं।

वासवी क्या कहने आई थी, मौसी से पता करना ही होगी।

लीला मवलंकर

मोटू मुझसे बार-बार वासवी के बारे में जानना चाहती है।

मैंने उसे कितनी ही बार समझाया कि अब पोस्टमॉर्टम करने से क्या होगा, मोटू? मोटू मानने को तैयार नहीं है।

"मेरे लिए यह जानना बेहद जरूरी है, मौसी!"

"तू क्या अब घर जाएगी ही नहीं?"

"अभी तो नहीं। ठीक इसी वक्त, जब मैं होम भी देख रही हूँ, कानूनी काउंसलिंग भी करती हूँ।"

"हाँ, मेरी भी देखभाल कर रही है।"

"तुम तो हमेशा से ही मेरी मॉडल रही हो। लेकिन अगर मैं तुम्हारे पास नहीं रहती, तो तुम्हें जान नहीं पाती। यह मेरे लिए..."

"सिमी...जीजा जी...?"

"घर तो रोज ही जाती हूँ। पिछले शनि-रवि रह भी आई। डैडी तो आए थे..."

"हाँ, वे तो फोन भी करते रहते हैं।"

"माँ हिम्मत नहीं बटोर पा रही है। विवेक दंशन से बेतरह तकलीफ पा रही है। उस दिन अगर..."

"उस दिन क्या तुम लोगों पर भूत सवार था?"

"हाँ, कह सकती हो। असल में, दीदी का हिस्टरिक फोन आया कि वह अकेली ही आ रही है। उस वक्त मैं भी घर में ही थी। दीदी की इस बनावटी हिस्टीरिया से अभी भी काफी परेशान हो जाती है माँ। टेंशन का मतलब है, डैडी को भी टेंशन! डैडी का तो..."

"तू न, हद से ज्यादा सोचती रहती है।"

"डैड ने भी यही कहा। उन्होंने कहा—विशाखा ने कहा, वह आ रही है, आने दो, नहीं आती, तो न आए। उसकी काफी उम्र हुई, जो करती है, करने दो। मुझे इससे कोई टेंशन नहीं है। मैं देख रहा हूँ, तेरी माँ...जितनी-जितनी उसकी उम्र बढ़ रही है, उतना ही हल्के-फुल्के पंख के स्पर्श से बेहोश हो जाती है।"

"अच्छा उन्होंने ऐसा कहा?"

"डैडी काफी धीर-स्थिर हैं। उन्होंने कहा—तेरा भइया तो बेहद खूबसूरत, आत्मनिर्भर, न्यूक्लिअर जीवन जी रहा है। मैं बेहद निश्िंचत हूँ। विशाखा की ज़िंदगी भी, वैसी ही होनी चाहिए थी, लेकिन नहीं हुई। असल में, वह भी न्युक्लिअर जीवन बिताती है, फिर भी अपनी ज़िंदगी की परिपाटी पर क़ायम, हम सबको तंग करती रहती है। तेरी माँ के अपने अवचेतन में ही, यह पक्की धारणा बन चुकी है कि उसके बेटे या छोटी बेटी को अब उसकी जरूरत नहीं रही। लेकिन उसकी बेटी को है। इसीलिए...तेरी माँ लीला तो नहीं है। तेरी माँ मन ही मन पुरातनवादी है! कट्टर पुरातनपंथी। नए फ्लैट में घर की साज-सजावट कैसी होगी, यही सोचते-सोचते वह काफी सारा वक्त गुजार देती है। तेरी ऐसी माँ के पास अगर विशाखा का फोन आया हुआ हो, तो उस वक्त वासवी के बारे में सोचना, उसके मसले पर ध्यान देना कहाँ तक संभव है? इंसान की सीमाबद्धता भी तो समझनी होगी तुझे?"

हाँ, सिमी ने मेरे तलाक़ के बारे में कुछ नहीं कहा। जयन्त, नीली और मेरे बीच जो मित्रता है, उसके लिए पहेली है। उसने मुझसे कहा भी था।

"जयंत अगर अब भी तेरा दोस्त बना हुआ है, तो तूने उसे छोड़ा ही क्यों?" उसने पूछा था।

मैं उसे किसी तरह भी नहीं समझा सकी कि दोस्त जयंत, पति जयंत के मुकाबले बेहद...बेहद भला है।

"लेकिन, मौसी, तुमने वासवी की बात तो बताई ही नहीं।"

"अपनी बात वह खुद ही खोलकर लिख गई है। लगता है, मैं थी नहीं, सिमी ने उसकी बात सुनी नहीं, तभी उसने मन ही मन तय किया कि वह लिख जाएगी ...तीन-चार दिनों लगातार लिखती रही।"

"नहीं, तुम ही बताओ—"

"यही तो मुश्किल है किसके बारे में तुझे मैं पहले बताऊँ? वासवी कामिल्या

या वासवी सामन्त? मोटू, अभी भी तेरी नजर में ज़िंदगी सिर्फ श्वेत और श्याम, उजले और काले में बँटी हुई है। यह जो सफेद यानीं उजला हिस्सा होता है न, वह धीरे-धीरे धूसर पड़ता हुआ, अंत में काला हो आता है। इन धूसर लकीरों की भी पहचान ज़रूरी है।''

''............''

''तू क्या समझती है, तू वासवी का पोस्टमॉर्टम कर सकेगी?''

''...''

''कहना शुरू करो, तो बहुत सी बातें खुलती जाएँगी। ख़ैर, कोशिश करूँगी। लेकिन वासवी के प्रति सही इंसाफ कर पाऊँगी, यह मुझे सचमुच नहीं पता।''

अब तो पंद्रह दिन गुजर गए।

नीरेन भी वासवी का ख़त लेकर आ पहुँचा।

''पुलिस यह केस खड़ा ही नहीं कर पा रही है। इधर तू जानने को उतावली है; नीरेन भी जानना चाहता है। सभी जानने को उत्सुक हैं।''

लेकिन....सब कुछ कह डालने के बावजूद, बहुत कुछ बताने को रह जाता है! सब कुछ बताकर भी, काफी कुछ छूट जाता है, यह मैं किसे समझाऊँ? वासवी अपने बारे में, अपनी तरफ से लिख गई है, उसे मैं बार-बार पढ़ती रही! बार-बार! बार-बार!

वासवी सामंत

''माँ! माँ ओ!''

अर्से से 'माँ' कहकर संबोधित करने को जी चाहता है, लेकिन मुझे संकोच होता है, डर भी लगता है। वैसे सिर्फ जन्म देने भर से कोई माँ नहीं बन जाती। आप ही मेरी माँ हैं। मेरी माँ!

आप तो मेरे जीवन की सारी बातें जान चुकी हैं। और कोई इंसान होता, तो मेरे पंद्रह साल की उम्र में मुझे खदेड़ देता। आपने मुझे अपनी गोद में समेट लिया। पंद्रह से सत्तरह साल की दहलीज पर पहुँचते ही, मैं एक बार फिर मुसीबत में पड़ गई। उसके बाद ही न, आपने पुलिस बुलाकर, मेरे बप्पा को गिरफ्तार करा दिया। काफी मार-पीट खाने, मुचलका लिखकर देने के बाद, उसने मुझे मुक्ति दी।

किसी को मैं 'माँ' कहकर बुलाऊँ, किसी से 'माँ' पुकार सुनूँ, मेरी बड़ी साध थी, माँ! आप देवी हैं, तभी तो देवता जैसा दूल्हा मिला, कौशल्या जैसी सास नसीब हुई! किसी दिन कोई कहा-सुनी तक नहीं हुई। लेकिन बच्चे के लिए में अतिशय व्याकुल थी। कम से कम दो बच्चे! उन्हें मैं खिलाऊँगी, अपने से लिपटाए रहूँगी,

प्यार करूँगी, पलकों पर रखूँगी—कितने-कितने सपने थे मेरे!

लेकिन बच्चा नहीं हुआ!

जयंत मामा और नीली मामी ने कहा, मेरे पति से ही कहा कि आओ, तुम दोनों की जाँच कर लेते हैं।

यह बात मेरे पति ने सही ढंग से, सही अर्थों में नहीं ली।

उन्होंने मुझे साफ-साफ सुना दिया, "कोई दोष होगा, तो तुममें होगा। मेरी तो जन्मपत्री में ही लिखा है कि मैं तीन-तीन बच्चों का बाप बनूँगा। मैं अपनी जाँच कराने क्यों जाऊँ?"

मुझे अपने पति से जितना प्यार मिला है, वैसा कम ही औरतों को नसीब होता है। उन्हें तो देवता कहना चाहिए, उनका मन इतना बड़ा...इतना विशाल है...

वही पति किसी शर्त पर भी यह मानने को राजी नहीं हुआ कि दोष उसमें भी हो सकता है।

जयंत मामा, नीली मामी ने उसे कितना-कितना समझाया, "भई, यह तो पता चल ही गया है कि वासवी में कोई दोष नहीं है। मुमकिन है, तुममें भी कोई दोष न हो...?"

उन दोनों ने कितने जतन से, कलम से लकीर खींच-खींचकर, नक्शा बना-बनाकर समझाया। उन्होंने क्या-क्या कहा, वह तुम मामा-मामी से ही पूछ लेना। मुझसे नहीं बताया जाएगा, मुझे शर्म आती है।

मुझे बड़ा ख़ौफ हो आया, मामा-मामी कोई ऐसी बात न कह बैठें, जिससे मेरा जीवन तहस-नहस हो जाए। लेकिन भगवान है! हर जगह विद्यमान है। उन लोगों ने कुछ भी नहीं बताया। अगर बता देते, तो मैं कहाँ जाती?

तुम अपने दामाद को जरा समझाकर कहना।

उसने ही कहा था, "मैं तुझे इत्ता-इत्ता प्यार करता हूँ, वासवी, तेरे लिए मेरे दिल में हर वक्त हाहाकर मची हुई थी। जिस दिन तुझे देखा, मेरे मन ने कहा—यही ...यही है मेरे मन की मीत!"

उसने मुझसे यह भी कहा था, "वैसे हमारी गृहस्थी बसने की बात तो नहीं थी। कारखाने के गुंडों ने मेरे बाप को मार डाला। हम लोग जगद्दल से भागकर यहाँ चले आए। मामा थे, माँ के 'धर्म भाई'; अंत में आपके भइया बन गए। माँ को मौसी के यहाँ दे दिया और मुझे अपने पास रखकर उन्होंने 'माध्यमिक' पढ़ाया। उसके बाद, स्टेट ट्रांसपोर्ट में नौकरी! वह भी उन्हीं की कोशिश से!"

जब मेरे पति ने कसबा में कमरा किराए पर लिया, तो मामा ने कहा, "मेरी बहन को गृहस्थी बसाने का बड़ा शौक है। अब तुम माँ-बेटा अपनी गृहस्थी सजाओ। आज नहीं तो कल बहू आएगी। बाल-बच्चे होंगे, सारा शौक-चाव पूरा हो जाएगा।"

उसके लिए कई-कई रिश्ते भी आते रहे, माँ, मगर वह राजी नहीं हुआ।

सरकारी नौकरी में उसने देखा था दे-लेकर सभी उसे पाना चाहते थे। काफी दे-लेकर ब्याह भी करेंगे। लेकिन उसके बाद, बीवी रट लगाएगी, चलो, हम अलग घर बनाएँ, जी! उस पर से ससुर आ-आकर टाँग अड़ाएगा। इससे तो बेहतर है, माँ, जो लड़की मन में बस जाए, वह चाहे जितनी भी अनाथ, जितनी भी गरीब क्यों न हो, उसी से ब्याह करना धर्म है।

माँ, मेरी सास जी ने कहा, "वासवी ने तो जन्म इसीलिए लिया है कि वह नीरेन की हाँड़ी में भात पकाएगी। वह तो लजाती-शर्माती आती ही और उसके बाद धूमधाम से ब्याह!"

शादी से पहले मेरे मन में कितनी दहशत थी! वे लोग जानते हैं कि मैंने ज़िंदगी भर दुःख ही उठाया है। वे लोग यह भी जानते हैं कि मेरा बाप अमानुष था! मुझे बेचने भी चला था।

लेकिन सब कुछ जानते-समझते हुए भी उस शख्स ने मुझसे ब्याह कर लिया।

लेकिन...सारी बात वह नहीं जानता था।

सारी बात जानने के बाद, अगर वह मुझसे ब्याह करता, तो कर लेता, माँ, अगर न करना चाहता, तो न करता। मुमकिम है, वह मुझसे नफरत करने लगता। पता नहीं...!

उसे तो पूरा सच मालूम ही नहीं था।

बच्चा क्यों नहीं होता, इस बारे में वह डॉक्टरों की बात भी मन से कबूल करने को राजी नहीं था।

वह मुझे ही अक्षम! अक्षम! नाकाबिल कहता रहा।

वह बात सच नहीं है, यह तुम जानती हो, तुम्हारी दीदी जानती हैं; करुणा-माँ को भी खबर है। डॉक्टर मामी धुँधला-धुँधला जानती हैं।

यह 'अक्षम' शब्द मुझसे बर्दाश्त नहीं हो रहा है। तुम्हारी दीदी के पास गई। वे ही नीरेन को समझाकर कहें। सारा कुछ जानने के बाद, मुमकिन है, वह आगभभूका होकर लंका कांड मचा दे। लेकिन वह मान भी तो लेगा। तब तो हम कोई बच्चा गोद भी तो ले सकते हैं। तुम्हीं ने तो दिखाया है, कितने ही लोग बच्चा गोद लेते हैं।

लेकिन बड़ी मासी ने मेरी बात ही नहीं सुनी।

अब अगर मैं उसके पास लौटती, तो मुझे उससे सिर्फ यही सुनना पड़ता कि मैं अक्षम हूँ। मैंने उसके जीवन में राख उँड़ेल दी है।

अब यह सब मुझसे बर्दाश्त-बाहर होता जा रहा है। जिन लोगों को मैं पाकर भी पा नहीं सकी। अगर वे मेरे साथ होते, तो मैं इसी दुःख का कारोबार खोल लेती और तुम्हारे पैरों पर पड़ी रहती।

मुझे बेहद उम्मीद थी, माँ, कि मैं 'माँ' बनूँगी। माँ बनने के लिए ही तो मैं ब्याह करने के लिए राजी हुई थी। अब मुझे सिर्फ उन लोगों का ख़्याल आता है, सिर्फ उन्हीं लोगों का! मेरा बाप कहाँ है, अगर मुझे उसका पता होता, तो उसकी गर्दन पर छुरी रखकर जान लेती।

मुझे तो उसका भी पता नहीं मालूम!

जिधर भी देखती हूँ, अँधेरा ही अँधेरा नज़र आता है। इसीलिए अब जीने की कोई ख़्वाहिश नहीं रही।

हाँ, जनम-जनम तुम्हें अपनी माँ के रूप में पाऊँ। मेरी माँ!—तुम्हारी वासवी।

आत्महत्या का नोट काफी संक्षिप्त था।

"मैं...वासवी सामंत...पति का नाम...पता....पूरी तरह अपनी इच्छा से आत्महत्या ...मेरी आत्महत्या के लिए कोई जिम्मेदार नहीं है।"

वासवी कामिल्या

"मोटू! कुछ समझी? उसे मदद की ज़रूरत थी।"

हाँ, मदद की ज़रूरत तो थी।

सच ही क्या नीरेन नपुंसक था?

मोटू, यह सब नीली काफी आसानी से समझा सकती थी। नीरेन और वासवी को बच्चा क्यों नहीं हो रहा है, जैसा मुझे समझाया गया है, वह बता सकती हूँ।

मुझे मालूम है कि मर्दों का सीमेन टेस्ट किया जाता है।

नीरेन ने नहीं कराया।

अगर वह कराता, तो?

नीरेन तो कितना दकियानूस...कितना कट्टर था! निम्न मध्यवित्त तबके का लड़का। इस समाज में पढ़े-लिखे या ऊँचे तबके के लड़के ही क्या आसानी से यह जाँच कराते हैं? बाँझपन के लिए औरत ही जिम्मेदार! यह धारणा तो समूचे समाज के मन में घर कर चुकी है।

हालाँकि नीरेन अक्षम है, मुमकिन है, ऐसा भी न हो।

सीधी-सादी बात यह है किसी ख़ास वक्त औरत-मर्द के मिलन से संतान-प्राप्ति का मौका बनता है। नीरेन अपनी नौकरी से रात करीब आठ बजे लौटता था। दोनों प्राणी ही टेंशन में रहते थे।

लेकिन वासवी ने तो कोई और बात कही है।

हाँ, यही तो बात है। उतने दिनों में नीरेन और उसके बीच काफी दूरी आ गई थी। वासवी एक असाधारण औरत थी। वह चाहती थी, मैं या सिमी, नीरेन को खुलकर समझाएँ।

लेकिन, वह बोल नहीं पाई।

नहीं, उससे यह नहीं हो सका।

बस, सर्वनाश हो गया।

हाँ, सर्वनाश तो हुआ न! वासवी के दिमाग के लॉजिक ने काम करना बंद कर दिया था।

"वासवी को क्या हुआ था?"

"शायद नया कुछ भी नहीं। वृहत्तर भारतीय समाज में यह तो आम बात है न कि तमाम पिता यानी लड़कियों के पिता, बेटी का जैसे-तैसे बस, ब्याह कर देते हैं। इसके अलावा...अमानुष किस्म के बाप, अपनी बेटियों को इस्तेमाल भी करते हैं। खैर, तू यह सब जानकर क्या करेगी?"

"लीगल काउंसिल! कानूनी फैसला पाने में मदद मिलती है।"

"इसका तो कोई अंत नहीं है।"

"खैर, शुरू तो था—"

मौसी ईषत् मुस्करा उठी, "तूने कभी 'भारत प्रेमकथा' पढ़ी है?"

"मैं तो बंगला किताबों की कीड़ा थी न!"

"कुछ भी याद है?"

"सब तो नहीं।"

"आजकल क्या पढ़ती है?"

"सुकुमारी भट्टाचार्य पढ़ती हूँ, औरतों के बारे में सरकारी रिपोर्ट भी पढ़ती हूँ। खाने और किताबें पढ़ने के बारे में कोई ख़ास चुनाव नहीं करती। जॉन ग्रीशम भी पढ़ती हूँ।"

'भारत प्रेमकथा' तो पौराणिक कथाओं का पुनःकथन मात्र है। उसमें एक कथा है, किसी एक मुनि को, किसी को भेंट देने के लिए या अपने ही लिए, कई हज़ार घोड़ों की ज़रूरत थी। उन्होंने पता लगाया कि कौन-कौन सा राजा घोड़ा दे सकता है। उसके बाद, उन्होंने अपनी कुँवारी बेटी को राजा के पास भेजा। वह बेटी साल भार राजा के पास रही। राजा के सहवास से उसने एक पुत्र को जन्म दिया। वह पुत्र राजा ने स्वीकार किया। बेटी ने अपने बाप को असंख्य घोड़े लाकर सौंप दिए। ऐसा चार-पाँच बार हुआ। यानी बेटी को अपने स्वार्थ के लिए पूँजी के तौर पर लगाने की रीत, ऋषि-मुनि भी जानते थे।"

शाश्वत और महान् भारत!

ऐसा होता था, तभी तो कथाओं में उन्हें जगह मिली।

बेशक!

वासवी कामिल्या को उसके बाप ने लगभग उसी तरह इस्तेमाल किया था। हाँ, वह समय पुराण युग नहीं था। वासवी का बाप भी कोई ऋषि-मुनि नहीं था।

"रुको, चाय बनाकर ले आऊँ! देखा न? कुछेक बूँद नीबू का रस निचोड़कर, पतले लिकर की चाय! गर्मागर्म पीओ, ठंडी पीओ! जबर्दस्त होती है यह चाय!"

"करुणा से चाय बना लेने को कहती हूँ।"

"क्यों? घर में तो मैं हरदम ही चाय बनाती हूँ। बप्पा बेतहाशा चाय पीते थे, अंत में डॉक्टर सेन ने ही यह युक्ति सुझाई।"

"कैसे हैं वे लोग?"

"मजे में ही हैं।"

"तेरी माँ ने तुझसे घर लौटने को नहीं कहा?"

"ना! एकदम चुप है।"

"फिर भी...अब तू जा!"

"चली जाऊँगी! चली जाऊँगी, इतनी हड़बड़ी क्यों है?"

"नीरेन अपनी ही नजर में बेहद अपराधी बन गया है! उन लोगों को भी बताना होगा।"

"सीतांशु'दा?"

"वे जानते हैं। वे मेरे जीवन के बारे में सब कुछ जानते हैं। उन्हीं लोगों में तो मैं ज़िंदा हूँ।"

"बताओ न, मौसी!"

"बताती हूँ–"

वासवी कामिल्या का नाम था–घूंची या विशी या ऐसा ही कुछ! संदेश खाली थाना के किस गाँव में उनका घर था, यह बताना भी मुश्किल है, क्योंकि उसका बाप रह-रहकर अपना डेरा बदल देता था। उसका काम था, शराब-ताड़ी बनाना और चालान करना। उसका महाजन ही उसे तीन-चार गाँव के चक्कर लगवाता। जब वे लोग खैरपुर में थे, वासवी की माँ ने पहली बार जुबान खोली।

"घर-गिरस्ती, बाल-बच्चन का तो खियाल ही नहीं रखते। दूनो बेटा अब सयाने भए। उनको भी अपने कारबार में खींच लियो। रह गईं तीनों बिटिया और हम! हमलोगन का सुखाय मरिहौं या पड़े-पड़े लात-जूता खइबों?"

"क्या करेगी, बिटियन का? आइने में अपनी सूरत देखी है?"

"धान कूटे का काम करबों।"

करुणा जब खैरपुर की जाग्रत शीतला मइया की बार-बार पूजा करने जाती थी, उसने वासवी को पहली बार वहीं देखा था। करुणा का जो बेटा बाइस साल पहले चला गया था, करुणा जान गई थी, अब वह नहीं लौटने वाला! वासवी की माँ भी जानती थी कि उसके पति और बेटे, दारू-ताड़ी की लाइन में ही भरते-खपते

रहेंगे। लेकिन देर-सबेर जब वे घर लौटें और उन्हें भर पेट खाना न मिला, तो धोबी-पिटान पीटेंगे।

वे लोग जेल में भी शीतलाथान जाया करती थीं, क्योंकि यह शीतला मइया बेहद क्रोधी-स्वभाव की देवी थीं। अगर एक बार पूजा करने आओ, तो आठ बार और आना होगा, वर्ना जिस लिए आई हो, वह तो हरगिज पूरा नहीं होगा, इसके अलावा नए-नए सर्वनाश होते रहेंगे।

मोटू की मौसी करुणा ने कितना-कितना समझाया, "सोलह बरस का लड़का, अपनी माँ को मार-पीटकर, उसकी चेन झपटकर भाग गया, मेरी घड़ी, रेडियो, सब कुछ ले गया। उसके बाद, जुवेनाइल होम से भी भाग खड़ा हुआ! कितना समझाया कि मोटर चलाना सीख ले, नौकरी मिल जाएगी, उस लड़के ने मेरी एक बात नहीं सुनी। उस बेटे के लिए तुम साल साल वहाँ जाती हो?"

"अरे, जाती तो हूँ अपनी जान के डर से! एक बार गई, तो आठ साल तक जाना होगा।"

"अगर न गईं, तो?"

"महा-सर्वनाश!"

"होने दो सर्वनाश!"

"अब तो मैं तुम्हारे नाम से भी पूजा देने लगी हूँ।"

"जाओ, मरो!"

करुणा और वासवी की माँ, दोनों ही दोनों से मन लगा बैठीं। शीतलाथान में पूजा देने के बाद, वासवी की माँ, गमछे में चिड़वा बाँधकर, पोखर में डुबाकर भिगो लेती और उसमें नमक-गुड़ मसलकर खातीं।

करुणा ने कहा, "चल, तो, तेरा घर देख आऊँ।"

बाद में वे बताती रहीं, "कैसा तो घर है, दीदी! बांस का ठेका देकर, तालपत्ते की छादन! फटी चटाई पर सोती है, मिट्टी की हंड़िया में खाना पकाती है। उसके दुःख का आर-पार नहीं है। लेकिन इंसान कितनी भली! कितनी शरीफ!"

करुणा ने वासवी की माँ को भी कितना-कितना समझाया, "चल, कलकत्ता चल! कितनी ही औरतें, बस्ती में रहती हैं! ठीके पर काम करती हैं। वे लोग क्या ज़िंदा नहीं हैं? चल, वहाँ मेहनत करना और खाना।"

वासवी की माँ ने अपना रक्तशून्य फीका चेहरा और निष्प्रभ आँखें, उस पर टिकाकर जवाब दिया, "तीन-तीन बिटिया लेकर? उनका बाप हम सबको कुट्टी-कुट्टी काट डालेगा।"

करुणा और भी तीखी बातें कर सकती थी, मगर वह चुप रही। ऐसी गरीब, असहाय औरत से यह सब कहने-सुनने से क्या फ़ायदा?

लेकिन उस दिन से करुणा, उसकी 'दीदी' बन गइं और खुद 'बहना'! करुणा

के मन में मानो उसके लिए स्नेह उमड़ आया। उससे जब, जितना हो सकता था, उसके लिए चावल, सब्जी, बेटियों के लिए कपड़े-लत्ते ले जाती थी। उसने वासवी की माँ को भी दो साड़ियाँ दी थीं।

इसी तरह करुणा अपनी से बिल्कुल अपनी बन गई। उसने दो-एक बार वासवी के बाप को भी देखा था। उस इंसान की आँखें कभी स्थिर नज़र नहीं आती थीं, कभी इधर नाचतीं, कभी उधर! उसने भी करुणा को 'दीदी' कहना शुरू कर दिया। उसने वचन दिया कि अब वह अपने परिवार की उपेक्षा नहीं करेगा। वह खुद मेहनत-मशक्कत करेगा और परिवार को खिलाएगा।

उसने कहा, "बेटे दोनों तो जहन्नुम में चले गए, अब बेटियाँ मुझे देखेंगी।"

वासवी का बाप जब सच ही, बस-सड़क पर, साइकिल-रिक्शा चलाने लगा, करुणा को लगा वह शख्स शायद सचमुच बदल गया है।

वैसे लीला ने ज़रूर कहा, "इतनी उम्मीद मत लगाओ।"

करुणा ने जब शीतला थान में नौवीं बार यानी आखिरी बार पूजा दे डाली और फिर भी उसका जाना जारी रहा, इसकी वजह वासवी थी। उस बार जब वह पहुँची, वासवी की माँ कहीं नजर नहीं आई। उस गाँव में उसने जिससे भी पूछा, सब चुप!

अंत में एक बूढ़ी ने जुबान खोली, "वे लोग तुम्हारे कौन होते हैं?"

"वह मुझे 'दीदी' कहती थी, मैं उसे 'बहना' कहती हूँ।"

"कितने दिनों से तुम नहीं आईं?"

"तीन महीने से!"

"पता नहीं उन दोनों में क्या हुआ था! भतार ने मेहरिया को खूब-खूब मारा! बेचारी मेहरिया रोती रही, रोती रही!"

"गाँव का कोई आदमी नहीं गया?"

"एक तो यहाँ, कोई, किसी की विपदा में दौड़कर नहीं जाता, ऊपर से उस आदमी के संगी-साथी शराबी, दंतियल! हाँ, थाने में जाने की बात जरूर उठी, मगर बेचारी बहुरिया इतना जोर-जुल्म सह नहीं पाई।"

"क्या किया उसने?"

"औरत के लिए और कितने रास्ते खुले होते हैं? तीन दिन की उपासी माँ ने पता नहीं कहाँ से तो उसने ताकत बटोरी होगी..."

"..............."

"अपनी दोनों बिटियों के संग उसने पोखर में छलाँग लगा दी। तीनों को तो वह अपनी छाती में दबोच नहीं सकती थी। इसलिए बड़ीवाली तो बच गई।"

"कितने दिन हुए?"

"दो महीने हो गए। अब उसका बाप कहता है कि वह उस पाँच साला वच्ची

को काम पर लगा देगा। उसका कहना है कि बैठाकर खिलाने से औरत का सर्वनाश होता है। अब उस नन्ही-सी बच्ची को नौकरी कौन देगा?''

करुणा ने इसके आगे कुछ नहीं सुना। वह सीधे उनके घर पहुँची। उस वक्त वासवी के बाप की बिल्कुल अलग ही मूर्ति थी।

''मेरी बेटी को ले तो जा रही हैं, हड्डी-तोड़ मेहनत कराने के लिए, लेकिन इसकी तन्खाह लेने मैं आया करूँगा।''

''रुपए ही चाहिए न तुम्हें? एकमुश्त ले लो! एक बार! चलो, मेरे साथ! उसे बेच ही दो।''

इसी तरह के ढेरों बहस-मुबाहसों के बाद, वह बच्ची करुणा के साथ कलकत्ता चली आई। उसका क्या तो एक नाम भी था, लेकिन उसी दिन से वह 'वासवी' हो गई।

वासवी कामिल्या

शुरू-शुरू में काफी दिनों तक उस बच्ची ने जुबान नहीं खोली। फटे-पुरानी गूदड़ से वह गुड़िया बनाती और खेलती रहती थी।

लेकिन चूँकि करुणा को वह पहचानती थी, इसी से उसे धीरे-धीरे सहज कर लेना संभव हो सका। मोटू की मौसी की हिदायत पर, करुणा उसे हमेशा आँखों-आँखों में रखती, हर पल अपने साथ-साथ रखती थी।

धीरे-धीरे वह सहज हो आई। उसके बदन से अपुष्टि और अनाहार के निशान भी मिट गए। उसने लिखाई-पढ़ाई जरूर की, लेकिन वह सुरक्षित है, यह समझने में उसे कुछ वक्त लगा था।

शुरू-शुरू में, जब वह बर्तन माँजती, कमरे में झाडू लगाती, तो हमेशा डरी-डरी रहती थी।

मोटू की मौसी ने पूछा, ''हाय, माँ, तूने हाथ में यह झाड़ू क्यों उठा ली, बिटिया?''

''तभी तो मौसी खाना देगी!''

''झाड़ू देने के लिए क्या तुझे मौसी ने कहा था?''

वह सिर हिलाकर 'ना' कहती और अचकचायी हुई आँखों से टुकुर-टुकुर देखती ही रहती।

मोटू की मौसी ने खेद के लहजे में करुणा से कहा, ''वह जान गई है, अगर वह काम नहीं करेगी, तो उसे खाना नहीं मिलेगा इसीलिए वह ऐसा करती है।''

''क्या करे बिचारी? समूचे देश में ही तो...''

''हैरत है, अब वह अपनी माँ का नाम भी नहीं लेती थी।''

''ना! रात को वह मुझसे कसकर लिपटकर सोती है।''

"उफ! क्या हालत है उसकी!"

"कहीं उसका बाप न आ धमके!"

"उसे ठिकाना कहाँ से मिलेगा?"

"लेकिन, शीतलाथान के रजिस्टर में तो उसका पता लिखा है!"

"अगर वह आ धमका, तो शोर मचाकर, उसकी बेदम पिटाई कराऊँगी और तुम थाने में ख़बर देना।"

"नहीं, करुणा, इससे उसका आक्रोश बढ़ेगा। वह कोई नुकसान न कर बैठे।"

मोटू के डैडी ने कहा, "पुलिस को पहले से ख़बर दिए रखना बेहतर होगा।"

पुलिस को खबर देकर भी कोई लाभ नहीं हुआ, क्योंकि उस गाँव में उसका अता-पता ही नहीं मिला। उन दिनों मोटू की माँ ने वासवी की काफी देखभाल की थी।

वासवी को सबसे ज़्यादा पसन्द था गुड़िया खेलना और क्रेश के चक्कर लगाना।

नन्हे-नन्हे बच्चों को वह हद प्यार करती थी। अपनी गुड़ियों की दुनिया में वह अपनी गुड़ियों की माँ बन जाती थी और गुड़ियों का झुंड, उसके बच्चे!

खेलते-खेलते, वह स्वगत बड़बड़ाती रहती थी—हर वक्त खांव-खांव! अब मैं क्या करूँ, बताओ? पहले खाना तो पकाऊँ तब न तुम सबको खाना दूँगी।

वासवी की नन्ही उम्र की बे सब गुड़ियाँ, आज भी करुणा की हिफ़ाज़त में कहीं पड़ी होंगी।

लेकिन वासवी का बाप आखिर एक दिन आ ही पहुँचा।

आते ही वह मोटू की मौसी के पाँवों पर गिरकर बेभाव रोता रहा, "मैंने महापाप किया है, माँ, इसीलिए सती-लक्ष्मी मुझे छोड़कर चली गई। अब बेटे रिक्शा चलाते हैं, सब अपनी-अपनी राह! अलग-अलग!"

"तुम्हारे बेटों की उम्र क्या है?"

"पहली बहुरिया के हैं न? सोलह और अठारह के होंगे या कुछ ज़्यादा।"

"यहाँ क्यों आए हो?"

"अब तो गड़िया में रहता हूँ। तरकारी ख़रीद-फ़रोख्त करता हूँ।"

"पुलिस भेजकर, जाँच-पड़ताल कराऊँ?"

"यह क्यों? हम बेटी को लेने तो आए नहीं हैं, बस, देखने आए हैं।"

चौदह साला वासवी को देखकर भी उसका बाप जोर-जोर से, चीख-चीखकर रोता रहा।

"बिल्कुल तेरी ही तरह थी, तेरी माँ! मुझ जानवर के हाथ पड़कर..."

वासवी सकुचायी हुई! वह अपने बाप को पहचान गई।

जाते-जाते, उसका बाप यह जरूर कह गया, "अब मेरा बैरागी का संसार है। गड़िया-कामडहारी में 'नवीन मिष्टान्न भंडार' दुकान है। वहाँ भूषण कामिल्या को

पूछें, कोई भी आपको मुझ तक पहुँचा देगा। बस्ती में रहता हूँ न!''

नहीं, उसने रुपए-पैसे नहीं माँगे। हाँ, अनुमति ज़रूर माँगी। सबकी 'साखी' में कभी-कभार बेटी को देख जाया करेगा।

मोटू ने बीच में ही बात काटकर पूछा, ''तुमने उसे कानूनी तौर पर गोद क्यों नहीं लिया?''

''लिख-पढ़कर नहीं लिया। लेना मुमकिन नहीं था।''

''क्यों?''

''किससे गोद लेती? वासवी तो अनाथ नहीं थी।''

''क्यों? उसका बाप तो 'वेरी मच' था वहाँ। यहाँ का ठिकाना भी वह जानता था।''

''हीरेन वकील ने ही मना कर दिया।''

''क्या हो जाता, अगर उसकी पदवी बदलकर, गोद ले लेतीं?''

''रुकावट थी, मोटू!''

''उसके बाप को यहाँ आने की अनुमति क्यों दे दी?''

''अनुमति दी नहीं थी।''

''फिर भी वह आ धमकता था?''

''वह आता था। वासवी के लिए भी कुछ-कुछ लाता रहता था। जयंत ने पता किया था, वह शख्स वाकई वहाँ रहने लगा था। उसे सब लोग पहचानते भी थे। थाने वालों ने बताया, वह बेहद शांतिप्रिय बंदा है। मुहल्ले भर को वह बताता फिरता था कि वह भले अभागा हो, लेकिन उसकी बेटी शाहजादी की तरह पल-बढ़ रही है।''

''जरूर कोई मतलब रहा होगा?''

''मतलब जरूर था, तभी तो उसका आचार-व्यवहार, जाना-आना, बातचीत, सभी कुछ बिल्कुल अलग नजर आने लगा था। वासवी तक को भी यह लगाने लगा था कि विचारा, अनुतप्त बाप, अपने पुराने पाप का प्रायश्चित्त करने के लिए, बार-बार दौड़ा-दौड़ा आता है।''

यूँ भी, वह स्वभाव से ही सरल, विश्वासी, बेहद नरमदिल की डरपोक लड़की थी। जिस बाप के जोर-जुल्म, अत्याचार से उसकी माँ मर गई, उस बाप के बारे में उसे अब भी बेतरह ख़ौफ था। लेकिन अब जो बाप उसकी नजरों के सामने था, वह तो इतना शांत, दीन-हीन हावभाव का शख्स था, कि...! वह जब भी आता, कमरे में क़दम नहीं रखता था, बरामदे में ही बैठा रहता था कि उसके प्रति वासवी के मन में ममता ही जागती थी। वह तो आता था, करुणा और वासवी भी उसके सामने आ खड़ी होतीं। दो-चार बातें करता और वापस लौट जाता।

उसका बाप कहता था, ''मेरा कोई नहीं है, बिटिया, तेरे भाई तो होकर भी

नहीं हैं। इसलिए तुझे ही...''

उन्हीं दिनों क्रेश की कोई आया, अचानक बीमार हो गई। वासवी ने वहाँ इतना सुघड़ काम किया कि लीला के मन में एक नया ख्याल जाग उठा। वह यही काम करे और रात के स्कूल में अपनी पढ़ाई करे। वासवी तो धन्य हो गई। बच्चों को बहलाना, खिलाना, साथ-साथ रहना—उसे सबसे ज्यादा प्रिय था। जब भी कोई नया बच्चा क्रेश में आता, वह वासवी से ही चिपक जाता। वॉयेल की नीली साड़ी, सफेद ब्लाइज, ऊँची गुँथी हुई चोटी, चमचमाते दाँत, हँसमुख चेहरा, भरीपूरी, तेजभरी सेहत!

करुणा ने कहा, ''उससे जो ब्याह करेगा, वह बड़ा तकदीरवाला होगा।''

पन्द्रह-सोलह की वासवी पद्मपुकुर का चड़क पूजा देखने गई थी। शिखा, नीलिमा और अपर्णा उसके साथ थीं। पता चला, वासवी का बाप, वहाँ पंछी बेचने आया था और वहीं से वासवी गुम हो गई।

कैसे? पद्मपुकुर तो कितना करीब है!

गुम हो जाने का मतलब है, बिल्कुल ही गुम हो जाना! पुलिस! खोज-बीन!

नहीं, गड़िया कामडहारी में कामिल्या नहीं रहता। कुछ महीनों पहले, वह चला गया है। भाग-दौड़, पूछा-ताछ, तलाशी! मैं तो बिल्कुल पागल ही हो गई। काफी खोज के बाद, कुछ महीनों बाद, उसे कैमिंग थाने से उद्धार किया गया। वासवी, फिर वही पाँच वर्ष की बच्ची—वासवी हो चुकी थी। उसी तरह डरी हुई! असहाय दृष्टि। वही जुबान पर ताला-चाबी लगा हुआ! लेकिन, वह कम से कम पाँच महीने की गर्भवती!

जयंत और नीली वासवी को ले गए।

लीला बेतरह परेशान!

उन्होंने लीला को बताया, ''बच्चा अब नहीं गिराया जा सकता।''

हैरत की बात यह थी कि संतान होने की ख़बर सुनकर वासवी मानो स्वाभाविक हो आई।

कैसे क्या हो गया?

पता चला, वासवी का बाप उसे पास बिठाकर उससे बातें करता रहा। वासवी की साथिनें तो जानती ही थीं कि वह वासवी का बाप है, कभी-कभार वह उनके यहाँ आता भी है। उसके बाद क्या हुआ, वासवी ने नहीं बताया। लेकिन, कैमिंग में पुलिस ने उसके बाबा को ही गिरफ्तार किया। काफी मार-पीट खाने के बाद, उसके बाप ने बताया कि उसने वासवी का ब्याह कर दिया था।

लेकिन वह कैसा ब्याह था, वासवी अपने बाप के साथ कैसे चली गई, इसकी कोई जानकारी, कोई हवाला नहीं मिला।

नीली ने कहा, ''अभी तो वह मानसिक धक्के से ही बौखलायी हुई, बिल्कुल

दिशाहारा है। अब कोई उपाय नहीं।''

जिन दिनों उसका शैशव थोड़ा-बहुत सुरक्षित था, वह तो शैशव की उसी उम्र में लौट गई थी। उसके होश-हवास गुम थे। वासवी की जिंदगी में क्या हुआ? उसने अपने बाप का भरोसा कैसे कर लिया? वह क्यों चली गई?

काफी दिनों बाद, वासवी की सद्यः संतान को किसी को गोद ही देना पड़ा। वासवी को यही बताया गया कि उसने मृत संतान को जन्म दिया है। अपनी नीली की ही, बम्बई प्रवासी भांजी मीला और उसके इतालियन पति ने वह बच्चा गोद ले लिया। उसके भी बाद, ऐसा लगा कि वासवी ने भी यह स्थिति कबूल कर ली।

उन्हीं दिनों उसने आपात्, असंलग्न कुछेक बातें बताईं, जिसके हर वाक्य से कई-कई खौफनाक सच्चाइयाँ उभरकर सामने आईं।

बाप ने कहा था, वह उसका विवाह कर देगा।

''बाप ने जुल दिया और तू चली गई?''

''खैर, मैंने मिठाई खाई, नींद आने लगी, बप्पा ने कहा, जरा पीठ टिकाकर आराम से बैठ जाऊँ...''

''तू गई क्यों?''

वासवी ने निंदियायी आवाज में जवाब दिया, ''ब्याह होगा...बाल-बच्चे होंगे ...उनको प्यार करूँगी...छाती में दुबकाये रहूँगी...!'' थोड़ा ठहरकर वह फिर बुदबुदायी ...''बाल-बच्चे बिना कैसी जिंदगी?...''

अच्छा माँ बनने की यह भूख क्या उसके खून में थी? वह क्या इस भूख के साथ ही, इस दुनिया में आयी थी? कितना कुछ जानना, अधूरा रह गया! लेकिन इस दौरान उसने एक भयंकर खौफनाक सच उगल दिया।

''नस्कर ने मुझसे ब्याह किया। बप्पा को ढेर-ढेर रुपए दिए...ढेर-ढेर रुपए।''

जब उसका बाप गिरफ्तार हुआ, उसने भी यह कबूल करने से इनकार नहीं किया। वासवी की सन्तान के बारे में उसे अंदाजा नहीं लग सका। उसे तो इसी बात का घोर दुःख था कि बेटा होता या बेटी होती, उसे भी बेचने भर से रुपइय्ये मिल जाते।

अब बता, मोटू, मैं क्या करती? 'भारत प्रेमकथा' मैंने पढ़ी है। राजकुमारी, माधवी को उसके पिता ने किसी मुनि-पुत्र के हाथ सौंप दिया और कहा, ''अपने गुरु को कई हजार घोड़ों का दान देना होगा। तुम मेरी इस रूपवती कन्या को ले जाओ। विभिन्न राजा-महाराजा इसे सन्तानवती बनाएँगे। इस कन्या से केवल एक पुत्र होगा। वह पुत्र राजा ग्रहण करेंगे, माधवी तुम्हारे पास लौट आएगी।'' कन्या के पिता ने अपनी बेटी को इसी तरह, इस्तेमाल के लिए सौंप दिया था। वासवी के बाप ने भी अपनी बेटी को पूँजी के तौर पर इस्तेमाल किया, जिस पर उसका पूरा हक था।

बहरहाल, पूरी तरह स्वस्थ और स्वाभाविक होने में वासवी को पूरा एक साल लग गया।

उन्हीं दिनों उसने बेहद धीमी आवाज में पूछा था, "मेरा ब्याह कर दोगी न, मौसी? मेरी बड़ी साध है कि मैं घर-गृहस्थी बसाऊँ...मेरे भी बाल-बच्चे हों। गरीब हुई तो क्या हुआ, मौसी? करुणा मासी तो कहती है, मुझे भी याद है...हम लोग बिल्कुल 'मुर्दा गरीब' थे। उन दिनों बप्पा भी बिल्कुल और ही इंसान थे। करुणा माँ ने तो हमें ग्रहण किया था।"

"देखती हूँ, वासवी! लेकिन तू अपना कामकाज मन लगाकर कर, अपने पैरों पर खड़ी हो जा। विवाह से पहले, लड़कियों को अपने पैरों पर खड़ी होना जरूरी है।"

वासवी के लिए मेरी परेशानी बढ़ती ही गई।

तुम्हारी माँ ने सलाह दी, "एक बार जो हुआ, सो हुआ। बार-बार अगर ऐसा हुआ, तो मुसीबत होगी। बेहतर है, उसे किसी 'होम' में रख दो, कड़े पहरे में रहेगी।"

जिनकी ज़िंदगी बेहद सुनिश्चित और निहायत व्यवस्थित होती है, वे दूसरों के बारे में फौरन सलाहकार और भाषणबाज बन जाते हैं। तुम्हारी माँ ने किसी दिन भी यह नहीं सोचा कि वासवी भी विशाखा की तरह ही बच्ची ही तो थी।

अगली घटना भी दुर्घटना ही थी। उन दिनों मैं अपने घर को बिल्कुल नया रूप देने में जुटी हुई थी। अपना पुराना मिस्त्री नहीं मिला, इसलिए सीतांशु ही कोई नया मिस्त्री पकड़ गया।

घर में करुणा, वासवी, सीतांशु के भक्त, भोला और राजीव! हाँ, वही राजीव, जो पिछले साल बस-दुर्घटना में खत्म हो गया। उसकी बीवी, शीला की कैंटीन में नौकरी करती थी।

अपने चेक-अप के लिए, मैं चार दिनों के लिए घर से बाहर गई हुई थी। मैं ब्लडप्रेशर की गड़बड़ी की शिकार थी। मैंने सोचा, इसी बहाने चेकअप भी हो जाएगा। शाम के वक्त अक्सर वासवी ही आया करती थी। उस दिन वह नहीं आई। क्यों नहीं आई? क्यों नहीं आई? घर पर फोन, नीली लोगों का फोन! सारा कुछ गड़बड़!

अब क्या बताऊँ? ख़बर मिली कि दोनों नए मिस्त्री और दो अन्य लोग उसे पहुँचाने गए थे। उसके बाद कोई खबर नहीं! आखिरकार वासवी का लिखा हुआ एक ख़त, मेरे लेटर-बॉक्स में! काली घाट की गली से लिखा गया खत—"मुझे यहाँ से ले जाओ! ले जाओ! ले जाओ!"

मोटू, पुलिस की मदद से ही वहाँ से उसका उद्धार किया गया। पहले वह लिलुआ होम में रही जब केस कोर्ट में उठा और जब वे लोग मुजरिम साबित हो गए, तब जाकर उसे रिहाई मिली।

उसे घर ले आने के बाद ही उसकी हालत समझ में आई।

मैंने खासे सख़्त लहजे में ही पूछा, ''लिलुआ होम में रहेगी?''

वह चुप!

''पता है, तुझे क्या हुआ है?''

''पता है।''

''अब यह बता कि इस लफड़े में तेरा बाप भी शामिल है या नहीं?''

वासवी ने दीवार का सहारा लेते हुए, बेहद थकी-थकी आवाज में जवाब दिया, ''तुम खबर लगा पाओगी? बप्पा ही तो खबरें जुटाता है। कौन लोग लड़की उड़ा ले जाते हैं? कौन लोग उन्हें बेचते हैं? कौन-कौन से नर्सिंगहोम में ऐसी औरतें बच्चे पैदा करती हैं? कैसे उन बच्चों की खरीद-फरोख्त होती है—इन सबका पता लगा सकती हो?''

उसके बाद, वासवी का नाम गुप्त रखने के करार पर, पुलिस-ऐक्शन में जिन लोगों को गिरफ्तार किया गया, उनमें वासवी का बप्पा भी था। मुकदमा अभी चल ही रहा था, फैसला होना बाकी था कि उसका इन्तकाल हो गया।

वासवी को समझा-बुझाकर, इस बार ऑपरेशन कराना ही पड़ा। अभी शुरुआत ही थी, जान का खतरा नहीं था।

''मोटू, वासवी सन्तान चाहती थी, फिर मैंने यह ऑपरेशन क्यों कराया? क्यों?''

मोटू और उसकी मौसी के ख़यालात में एक पीढ़ी का अंतर था। यह नौजवान पीढ़ी, सच की हिमायत में बेहद निर्मम भी हो सकती है।

मोटू ने जवाब तलब किया, ''तुमने ऑपरेशन क्यों कराया? क्यों?''

''कुँवारी और अविवाहिता लड़की को माँ बनने का पूरा-पूरा हक़ है, यह तर्कसंगत है, मुझे इसकी जानकारी है। लेकिन मेरी हिम्मत नहीं पड़ी। वासवी, दिल्ली की इन्द्रा पारिख तो थी नहीं, जो अपने ब्वॉयफ्रेंड की संतान को जन्म देती; ब्वॉयफ्रेंड छोड़कर चला भी जाए, तो शान से सिर ऊँचा किये, अपनी बेटी का लालन-पालन करे! बिल्कुल न डरे। इन्द्रा एडवोकेट थी; उसकी संस्था 'साथी' काफी जबर्दस्त संस्था थी। वह काफी अमीर और उच्च-शिक्षिता थी। वासवी तो वैसी नहीं थी...''

''वासवी राजी थी?''

वह कई-कई दिनों तक सोचती रही। हम भी आपस में सलाह-मशविरा करते रहे, यह काली करतूत किसकी हो सकती है? नहीं उसे तो यह भी नहीं मालूम था कि उसकी कोख में बच्चा किसने डाला? हाँ, सिर्फ एक दिन उसने अपने को किसी से बातें करते, जरूर सुना था।

''राजू, तू उससे ब्याह तो करेगा न?'' बप्पा ने पूछा।

यह राजू, वह राजीव नहीं था।

उसने जवाब दिया, ''कालीघाट जैसा ब्याह? क्यों? मेरी बीवी मौजूद है।''

"उसका बप्पा क्या शुरू से अंत तक मौजूद था?"

"पता नहीं! लेकिन उसे देखकर, उसका बप्पा चौंक गया था। उसने राजू और उसके साथियों को बताया कि वह उसकी बेटी है। लेकिन राजू लोगों ने उसकी बातों पर विश्वास नहीं किया। उसने वासवी के बप्पा को खूब-खूब पीटा। वासवी का ख्याल था कि नस्कर-अध्याय के बाद, उसका बप्पा पाप-चक्र में शामिल हो गया था।"

"उसके बाद?"

"उसके बाद, मैंने उससे काफी बातें कीं, काफी समझाया-बुझाया! उसे ऊँच-नीच भी समझाया। उसने असहाय मुद्रा में, अकुलायी आवाज़ में पूछा था—क्या होगा, अगर मैं अपना बच्चा लेकर, यहाँ से चली जाऊँ? माँग में सिंदूर भर लूँगी, मौसी, लोग यही समझेंगे कि पति ने खदेड़ दिया है।"

"और-और लड़कियाँ भले यह ऐक्टिंग कर लें, लेकिन तू निरी अनाड़ी है। तू अपने को बचाना नहीं जानती।"

"अच्छा, डॉक्टर मौसी, ऐसा बार-बार होता रहा, तो बाद में मुझे बच्चा होगा न?"

नीली ने उसे बेहद ममता से समझाया, "जरूर होगा! ऐसा तो कितनी ही लड़कियों के साथ हुआ है, हो रहा है। अमीर घरानों में जब ऐसा होता है, तो वे लोग ढेर सारे रुपए ख़र्च करके, जाने कहाँ तो लड़की को भेज देते हैं। लड़की वहीं रहती है। बच्चा जब महीने भर का हो जाता है, तो उसे किसी को गोद देकर, अपने घर लौट आती हैं। औरतों को अपनी लाज-शरम ढाँकने के लिए ऐसा करना होता है।"

वासवी ने ज़ोर-ज़ोर से सिर झटककर कहा, "ना! ना!! ना!!! यह तो महापाप है।"

वह खूब-खूब रोती रही।

करुणा ने उसे कितना-कितना समझाया, "तू हर ऐरे-गैरे मर्द की संतान को अपनी कोख में रखेगी, यह कैसे हो सकता है? पता नहीं, वह बच्चा कैसा निकले! वक्त आने दे, शादी-ब्याह होने दे, तब अपने बच्चे को सुख-चैन से पाल-पोसकर बड़ा करना।"

ऑपरेशन के बाद, उसकी सेहत सुधारने और उसे बहलाने के लिए, इस बार मैं उसे पुरी ले गई। पता नहीं, मैं उसे कितना-सा बहला पाई। मंदिर तो खैर, वह रोज जाती थी। हम हीरेन बाबू की दीदी के गेस्टहाउस में ठहरे थे।

उसने कहा, "यह बड़ी खूबसूरत जगह है, मौसी! तुम मुझे यहीं छोड़ जाओ न! मंदिर में प्रसाद मिलता रहेगा, इसी अहाते में कहीं सो लूँगी।"

मैंने कहा, "अब मैं तुम्हें क्रेश की ट्रेनिंग दिलाऊँगी! स्कूल का इम्तहान भी दे लेना। बचे-खुचे वक्त में, मैं तुम्हें और-और काम भी सिखा दूँगी। तुम सख़्त बनो,

अपने पैरों पर खड़ी होओ। औरत अगर सख्त पुख्ता न हो, तो वे सैकड़ों मुसीबत झेलती हैं।''

''अच्छा, मौसी, तुम्हारी भी तो शादी हुई थी?''

''हाँ, हुई थी।''

''फिर टूट भी गई!''

''हाँ, टूट गई।''

''मेरे डॉक्टर मामा और मामी तो एक तरह से तुम्हारे अपने...सगे हैं।''

''हाँ यह तो तूने देखा है—''

''फिर भी...बाल-बच्चा नहीं हुआ!''

''अब तुम लोग ही मेरे बच्चे हो। देख तो सही मैं कितने-कितने बच्चों की माँ हूँ!''

''हाँ, सो तो है।'' थोड़ा ठहरकर उसने दुबारा कहा, ''तुम ठहरीं भगवान का अंश! हर कोई तो ऐसा नहीं है न?''

''सुन, लड़की, कामकाज करके, अपने पैरों पर खड़ी हो जा। मैं तेरा बड़ी धूमधाम से विवाह कर दूँगी।''

''खैर, उसका विवाह भी आखिर हो ही गया, मौसी! वह सुखी भी हुई!''

''बेशक! कैसी सुंदर-व्यवस्थित गृहस्थी! रेवा से कैसा सुंदर रिश्ता! मैंने तो यहाँ तक तय कर लिया था कि वासवी और नीरेन को हमेशा के लिए अपने घर में ही रख लूँगी। लेकिन, पल भर में, प्रलय टूट पड़ी, मोटू!''

''हुआ क्या था?''

''सिमी को मैं कभी माफ नहीं करूँगी।''

''क्या हुआ था?''

''सिमी को मैं...मोटू! फर्ज़ कर, कोई इंसान पानी में बहा जा रहा है। उसकी तरफ एक रस्सी या कपड़ा फेंक दें, तो उसे पकड़कर, मुमकिन है, वह बच जाए। जो शख्स इतना भी नहीं करता...''

''मौसी?''

''वासवी भी...हो सकता था, वह... उसने ज्यादा कुछ तो नहीं चाहा था।''

वासवी सामंत

ना, वासवी सामंत ने ज्यादा कुछ नहीं चाहा था। जो बात, वह अपनी जुबान से नहीं कह सकती थी, जनाब मौसी वह बात खुद नीरेन से समझा दें, वह उनसे यही प्रार्थना करने आई थी।

संतान! संतान! दोनों मियाँ-बीवी संतान के लिए आकुल-व्याकुल हो उठे थे।

रेवा ने कहा, "तू मेरी शादी के पूरे चार साल बाद पैदा हुआ था। तेरे बाप ने तो मुझ पर एक बार भी इल्जाम नहीं लगाया कि मेरे किसी दोष की वजह से बच्चा नहीं हो रहा है। जब इतना ही शौक चर्राया है, तो जा न, डॉक्टर मामी के पास चला जा!"

"खैर, दिखाना है, वासवी ही दिखा ले।"

"डॉक्टर मामी ने कहा है कि बेहतर हो, दोनों ही जाँच करा लें।"

वासवी ने भी धीमे से कहा, "माँ ठीक ही तो कह रही हैं।"

"मैं भी तो यही कह रहा हूँ, चलो, तुम्हें दिखा लाऊँ, औरतों को कितनी ही तरह की..."

बस, यहीं से, इसी तरह शुरू हुआ!

नीरेन पर जाने कैसी तो ज़िद सवार हो गई वह किसी हाल...किसी भी शर्त पर अपनी जाँच कराने को राजी नहीं था।

नीला ने कहा, "यह भी इस समाज में आम बात है, वासवी! हर कहीं यही हाल है। संतान न होती हो, तो औरत को ही जिम्मेदार ठहराया जाता है।"

"फर्ज़ कीजिए, मियाँ-बीवी, किसी में भी कोई ऐब नहीं है, फिर भी तो यह मुमकिन है! क्यों, डॉक्टर, यह मुमकिन है या नहीं? मेरे ममेरे भाई को ही लें। उसकी इकलौती बच्ची, ब्याह के पूरे दस साल बाद पैदा हुई। इसकी कई-कई वजहें होती हैं। मन का टेंशन, शरीर में भी..."

"लेकिन, वह तो कुछ समझने को तैयार ही नहीं है।"

"तुम लोगों से तो उसकी काफी बनती है। उस बुद्धू को पकड़ लाओ, मैं उसे समझाऊँगा।"

लेकिन नीरेन नहीं गया। डॉक्टर को दिखाने का मतलब था खुद अपनी पराजय कबूल करना।

कैसी हार? कैसी जीत?

वासवी को अहसास होने लगा था, उन दोनों के रिश्तों में कहीं दूरी आती जा रही थी।

उसने सोचा, नीरेन उसके अतीत से बेख़बर है। अगर उसे सब बता दिया जाए...?

यह बात सुनते ही, करुणा एकदम से सिहर उठी। अगर उसे पता चला, तो वह उसे निकाल बाहर करेगा।

"क्यों? मैंने तो कोई कसूर नहीं किया?"

वासवी का मन ऐसा ही था। उसकी सोच, उसका विश्वास भी कुछ इसी तरह का था। नीरेन प्रमांध की तरह उसे प्यार करता था। रेवा भी नीरेन के विवाह से खुश है। लीला दीदी तो उसे दहेज भी नहीं लेने देती। लेकिन उसने वासवी को भी

गहने दिए और नीरेग को अँगूठी-बटन! प्रीति-भोज का ख़र्च भी उसी ने दिया। उसने बार-बार कहा—"वासवी मेरी बेहद दुलारी है, उसे जतन से रखना। इस लड़की ने बहुत दुःख झेले हैं।"

वासवी ने भी मान लिया कि लीला दीदी की मदद का दरवाजा उसके लिए हमेशा खुला रहेगा।

दीदी ने तो यहाँ तक आश्वासन दे डाला, "सोच रही हूँ, पहले मंज़िले के पिछले दोनों कमरे तुम दोनों के लिए खोल दूँ। तुम लोगों को वहीं लाकर रखूँ! ज़िंदगी भर तुम लोग वहीं रहना। तुम लोगों के बाद तो यह घर ट्रस्ट ले लेगा। उस वक्त भी तुम लोगों के लिए रुपयों का इंतजाम रहेगा। तुम सब...तुम, करुणा...तुम सब अब कहाँ जाओगे?"

अर्थ-विषय की नजर से यह तसल्ली भी कुछ कम नहीं थी।

रेवा ने कहा, "भई इतनी बातें किसलिए? हो जाएगा, वक्त आने पर सब हो जाएगा। अगर सब्र नहीं हो पा रहा है, जाओ, डॉक्टर को दिखाओ। अगर उससे भी दिल थिर न हो, तो ठाकुर-देवता के दरवज्जे धरना दो!"

वासवी इस बारे में निश्चित थी, वह पूरी तरह सक्षम है।

नीरेन को वह डॉक्टर के पास नहीं ले जा सकी।

नीरेन के कहने पर उसने गंडा-ताबीज, जन्तर...सभी कुछ धारण किया।

लेकिन नीरेन को हमेशा यही लगता रहा, इन सबमें, वासवी की ख़ास श्रद्धा-भक्ति नहीं है!

नीरेन ने कहा, "दो बरस गुज़र गए, और कितनी देर? अगर इसी उम्र में बेटा हो जाए, तो हमारे अधेड़ होने तक वह सयाना हो जाएगा।"

"तुम्हें बेहद साध है न?"

"तेरी साध तो मुझसे भी ज्यादा है।"

"मैं तो चाहती ही हूँ...खूब चाहती हूँ। मुझे तो बेटा भी चाहिए और बेटी भी! मैं उन्हें कभी दुःखी नहीं होने दूँगी, हमेशा प्यार से अपनी छाती में दुबकाए रहूँगी।"

"शायद तुझमें ही कोई दोष है। मेरे हाथ में तो सन्तान की लकीर मौजूद है।"

"यह दोष होने या न होने का मामला ही नहीं है। ए जी, चलो, न! अपन दोनों चलें।"

ना, नीरेन राजी नहीं हुआ।

"बच्चा कभी-कभी देर से भी तो होता है।"

"होना होता, तो अब तक हो जाता।"

वासवी को भयंकर धक्का लगा।

"तुम क्या सोचते हो, मेरे ही क़सूर से ऐसा हो रहा है...?"

"हाँ मुझे ऐसा ही लगता है।"

नीरेन बेतरह चीखा-चिल्लाया था।

"ए जी, तुम शांत हो जाओ।" वासवी दो क़दम आगे बढ़ आई।

नीरेन ने उसे जोर से धकेल दिया। वासवी दीवार से जा टकरायी।

"तुम...तुमने मुझ पर...हाथ उठाया?"

नीरेन दरवाजा खोलकर बाहर निकल गया।

बाद में, अपने सिर की चोट और फूले हुए गुमड़े के लिए लोगों के आगे कई-कई सफाइयाँ देती फिरी।

"अरे, कुछ मत पूछो! नहाते हुए पैर फिसल गया...!"

लीला इन सब बातों से बिल्कुल बेखबर थी।

वासवी को तो अपने आँसू पोंछकर, दुनिया-जमाने के साथ हँसने का हुनर आता था। हाँ, नीरेन और उसके बीच जो दूरी पनपने लगी थी, वह बढ़ते-बढ़ते, बढ़ती ही जा रही थी।

वासवी के लिए भी रोज-रोज यह बाँझपन का इल्जाम सहना बर्दाश्त-बाहर हो गया था।

मौसी ने कहा, "यह स्थिति दिनोंदिन बद से बदतर होंती जा रही थी। उस वक्त मैं भी वहाँ मौजूद नहीं थी। वासवी ने करुणा को सबकुछ बता दिया था। वे ही उसे बता दें कि वासवी बाँझ नहीं है।"

"मैं दो-दो बार..." उसने रोते-रोते कहा था।

"लेकिन बताए कौन?"

"जो लोग जानते थे, वे लोग ही बता दें।"

"अगर नीरेन यह सब जान ले, तो वह उन लोगों को..."

"वे लोग आखिर क्या वताएँ? जो कुछ घटा, उसमें उन लोगों का दोष नहीं था?"

ब्याह से पहले, उसने खुद नीरेन से सैकड़ों बार कहा था कि वह सारी बातें नहीं जानता। वह सब कुछ जान-सुन ले, तभी ब्याह करे, यही बेहतर है।

उस वक्त नीरेन ने उसकी बात फूँक में उड़ा दी। उसकी बात को उसने तरजीह ही नहीं दी।

"भई, तुम्हारे अतीत से मुझे क्या मतलब? मैंने तो जिस दिन से तुम्हें जाना। बस, वही जानकारी, मेरे लिए सब कुछ है।"

लेकिन समझौते का संकट, जब घना हो आया, वासवी सारा कुछ बता देना चाहती थी। सारी बातें सुनकर नीरेन क्या उसे सह पाएगा? क्यों नहीं सह पाएगा?

दरअसल, वासवी आकाशकुसुम की चाह कर बैठी थी। यह सब जानने के

बाद भी तो सर्वनाश हो सकता था, यह जान-समझकर भी वह चाहती थी कि वह सबकुछ जान ले। इसके बाद, अगर उसे नीरेन को छोड़कर जाना भी पड़े, तो वह चली जाएगी। लेकिन, अपने मातृत्व पर व्यंग्य....वह हरगिज बर्दाश्त नहीं करेगी। सब कुछ बताने के बाद, अंत में वह यह भी कहती, "पहली बार की बात तो मैं नहीं जानती। लेकिन, हाँ, दूसरी बार जो संतान हुई, अगर उसे रखने देते, तो मैं उसी को लेकर रह जाती।"

लेकिन, लीला तो थी नहीं, बताता कौन?

जयंत भी नहीं थे, लीला भी नहीं थी।

उस वक्त अगर लीला मौजूद होती, तो वह उसे समझा-बुझाकर सबकुछ बता देती; नीरेन को वह शायद जाँच कराने के लिए भी राजी कर लेती।

वासवी का दुनिया-संसार शायद सहज हो जाता।

शायद!

या फिर शायद न होता।

फिर भी सारा कुछ साफ तो हो जाता।

इसीलिए वासवी सिमी के पास गई थी। सिमी तो सबकुछ जानती थी। सिमी ही अगर खुलकर सबकुछ बता देती, तो नीरेन सबकुछ जान-समझ लेता। उसके बाद, जो समझौता होता, वह नीरेन और वासवी के बीच होता। वह सब कुछ जान ले और खुले मन से एक बार फिर सोचे और मान ले। काश, ऐसा हो पाता, तो जिंदगी कितनी आसान हो जाती। अगर फिर भी जिंदगी नहीं चल पाती, तो न सही! लेकिन जब सिमी ने उसे खदेड़ दिया, तब उसके लिए जाने की कोई एक भी जगह नहीं बची थी।

इसीलिए...

और क्या?

मौसी ने दुख भरी, उदास हँसी बिखेरते हुए कहा, "उस वक्त अगर मैं यहाँ मौजूद होती, तो मैं उसे अपने साथ ले आती। दोनों को ही समझाती। नीरेन मेरी बात शायद मान भी लेता। लेकिन वासवी ने उसका मौका ही नहीं दिया।"

असल में, उस लड़की के चारों तरफ अँधेरा घिरता आ रहा था। घनघोर अँधेरा! उसका दिमाग काम नहीं कर रहा था।

वासवी ने बहुत ज्यादा तो नहीं चाहा था। बस, वह माँ बनना चाहती थी। आज मुझे लगता है, उसका दूसरा बच्चा अगर इस दुनिया में आ जाता, तो उसे विवाह का ख़्याल तक नहीं आता।

"यह तो बहुत बड़ा नुकसान है! बहुत ज्यादा बर्बादी!"

"महा-भयंकर बर्बादी। अगर उसकी माँ जिंदा होती, तो...?"

"ख़ैर माँ तो सीमाबद्ध थी! तुम्हारी तरह बाधा-बंधनहीन तो नहीं थी।"

"पता है, वह नीरेन को ख़त में सारा कुछ लिखकर गई है।"

"अच्छा?"

"हाँ, सब कुछ! एक-एक अक्षर! उसके बाद ही तो नीरेन टूट-फूट गया!"

वासवी के जीते जी अगर सारी बातें पता चल जातीं, तो मुमकिन है, नीरेन इसे स्वीकार कर लेता। या फिर...!

"चल, अब सो जाएँ।"

नीला का हाथ थामकर, मोटू उसे कमरे में ले आई। शायद इसे ही कहते हैं, पोस्टमॉर्टम! पोस्टमॉर्टम के बाद ही तो सब कुछ पता चलता है।

मोटू ने हौले से लीला का हाथ दबाया। सारा कुछ जान लेने के बाद, वासवी उसे बेहद सच्ची...बेहद परिचित...बेहद करीब की इंसान लगी।

लेकिन...लेकिन वासवी को यह बताया नहीं जा सका...

छलनी-कड़ाही-चिमटा-कलछी

मेरा नाम सुनयनी है। कितने ही सालों से मैं अपने जीवन की कथा लिख रही हूँ। हमेशा तो फुर्सत मिलती नहीं, लिखने का मन भी नहीं होता।

लेकिन सन् 1956 में, मेरी सँझली दीदी के बेटे ने कहा, "दूध मासी, ये कुछेक कॉपियाँ दे रहा हूँ तुम्हें। आप जिस ढंग से हमारे खानदान के किस्से सुनाया करती हैं, उसी ढंग से उन्हें लिख डालें। अब तो आपको फुर्सत ही फुर्सत है।"

"अरे, बच्चे, फुर्सत जब मिली, तब तो हाहाकार हालत हो गई थी। जो गइया हमें जान से ज्यादा प्यारी थी, वह लक्ष्मीमणि मर गई, तो सूने गऊथान की तरफ टकटकी बाँधे देखते-देखते और आँसू बहाते-बहाते, आँख से अब..."

"नहीं, दूधमासी, आपको आँखों से धुँधला इसलिए दिख रहा है, क्योंकि डॉक्टर ने दवा डाली है। जब धुँधलापन कट जाएगा, तो आपको चश्मा लग जाएगा। आपको चश्मा दिलाकर, सब देख-दिखाकर ही मैं जाऊँगा।"

"हमरी सारी गइयां भी कलावती ले गई।"

"ले कहाँ गई? बगीचे के इस तरफ आपका और उस तरफ उन लोगों का घर है। अब कलावती भी कहाँ रही? उसकी पुत्रवधू को भी आप कलावती नाम से ही बुलाती थीं, उसकी नाती-बहू को भी उसी नाम से बुलाएँगी?"

"वजह तुम क्या समझोगे? उसकी पुत्रवधू का नाम तुम्हारी मँझली मौसी के नाम पर है। हमारी मँझली दीदी के नाम पर!"

वह नौजवान हँसते-हँसते लोटपोट हो गया।

"ओ दूधमासी! दूधमासी! तुम हमेशा से जस का तस रह गईं। ससुर-जेठ का नाम नहीं लेते, यह तो देखा है। आप मौसी का भी नाम नहीं लेंगी?"

"तू उनको जानता भी है? हमरी मँझली दीदी का कैसा रौब-दाब था। उनके तो माय-बाप भी कभी उनके कामकाज में बाधा देने की हिम्मत नहीं करते थे।"

"पता है, दूधमासी, पता है। इसीलिए तो आपको लिखने को कह रहा हूँ।

आप यह बात समझ लीजिए, दिन-काल अब बहोत बुरा है। हम सब यानी सभी भाई-बहन तो सारी कहानी प्रायः जानते हैं। लेकिन हमारे बाल-बच्चों में, दो-एक को छोड़कर, कोई भी नहीं जानता। ये सब कहानी-किस्से कूड़े के ढेर में चली जाएँगी?''

''अब बचा ही क्या है, बेटा? तुम्हारे मामा, अमल, मोरे बप्पा की सारी डायरी उठा ले गए, कहा छपवाएँगे। उसके बाद, वह असमय ही चला गया। सब अमूल्य लिखाई, गुम-गुमा गई।''

''अब आप तो हैं न, आप लिख डालिए।''

''तुम उनका क्या करेगा?''

''छपाऊँगा! खानदान के लोग तितर-बितर हो गए। मेरी माँ भी जब तक सक्षम थीं, उन्होंने नहीं लिखा, फिर तो पक्षाघात की शिकार होकर, पंगु ही हो गईं...''

''हाँ, सँझली दीदी असमय ही चली गई। हमरे बप्पा कहा करते थे कि उनकी पाँच बेटियों, चार बेटों में, सँझली दीदी जितनी बुद्धि, विद्या-प्रेम और व्यक्तित्व किसी का भी नहीं है, तुमरे बाप के वकील दोस्त, निवारण बाबू कहा करते थे—भउजी, आप तो जिला की जज हो सकती थीं।''

''हाँ, सच्ची वे जज हो सकती थीं। ख़ैर, अब वे नहीं रहीं। उनका वार्षिक श्राद्ध निपटाकर ही तो आपके पास भाग आया। अच्छा, एक बात तो बताएँ, मैं रुपए भेजता हूँ, यहाँ के डॉक्टर-वैद्य आपकी जान-पहचान के हैं। कलावती का एक नाती भी कम्पाउंडर है और आपकी पूरी तरह सेवा-टहल भी करता है, आपने आँखों की जाँच क्यों नहीं कराई?''

''हमरी बुद्धि में ही नहीं आया, बेटा!''

''आपका घर-द्वार...ठीक-ठाक ही है।''

''हाँ, अभी तक तो ठीक-ठाक ही है! शायद रहेगा भी! यह घर हमरे बप्पा ने बनवाया, हमारी माय हर साल मकान की मरम्मत, चूना-कलई वगैरह कराती रहती थीं। अब बड़े कमरे में नीरेन्द्र रहता है। उसकी नजर खूब कड़ी है। समुच्चे मकान की मरम्मत वगैरह कराता रहता है।''

''आपको...?''

''काफी ख्याल रखता है। जब मुझसे नहीं बन पड़ता, तो उसकी बहुरिया ही हमारे लिए खाना पका देती है। तुम जो रुपइय्ये भेजते हो, उसे ले जाकर पोस्टऑफिस में जमा कर देता है। जब हमका जरूरत पड़ती है, रुपए निकालकर, सौंप जाता है। तुम कउने कमरा में सोते हो?''

''कल तो नानी के कमरे में सोया था। आज से आपके पास रहूँगा।''

''नीरेन्द्र और बहुरिया तो जबलपुर चली गई। बहुरिया की भांजी और भांजे—दोनों का बियाह पड़ा है। नीरेन्द्र ने ही तो हमरी माय के बगीचे का झोंपझाड़ साफ कराया। अब वहाँ पेड़-पौधे लगाएगा।''

"किसी जमाने में यह पूरा का पूरा बाग काफी फला-फूला रहता था...बेहद खूबसूरत था! समूचा बाग, फल-फूलों से जगमगाता रहता था।"

"ख़ैर, वह बाग तो हम आँख मूँदते ही, आज भी देखती रहती हैं। हमरे दिल में वह सब तस्वीर की तरह धरा है।"

बहरहाल, उस दिन यही सब बातें हुईं। कुछेक दिन बाद, सतीन्द्र चला भी गया। सँझली दीदी के बेटे-बेटियों का आचार-व्यवहार-बर्ताव, बिल्कुल अपनी माँ जैसा ही है। इन बच्चों से बातें करके मुझे बेहद खुशी होती है, क्योंकि इन बच्चों से जब बीते हुए दिनों की बातें करती हूँ, तो ये लोग समझते हैं।

यह सब कितने जमाने पहले की बात है? मैं लिखती रहती हूँ, लिख-लिखकर पढ़ती भी रहती हूँ। देखें, सँझली दीदी की तरह मैं पढ़ी-लिखी नहीं हूँ। ऐसा मौका ही नहीं आया। लेकिन यह सतीन्द्र काफी बढ़िया कलम ख़रीदकर दे गया है। बड़े आराम से पकड़ती हूँ और लिखना शुरू कर देती हूँ। नीरेन्द्र और उसकी बहू मुझे बरजते भी हैं कि मैं दिन में लिखा करूँ, रात में नहीं।

"दूध बुआ, अपना कहने को बस, आप ही रह गई हैं, हमारा और कोई नहीं है।"

लेकिन लिखते-लिखते, मैंने महसूस किया, साधु भाषा या प्रचलित भाषा में लिखते हुए काफी गड़बड़ होती है। वाकई हैरत है! नीरेन्द्र की पोती की जुबानी सुनकर, ऐसा क्या हो गया? सन्तान-जन्म के पहले और बाद में, कुल मिलाकर, टूनी पूरे छः महीने यहाँ रही। उन दिनों वह मुझे किताबें और अखबार पढ़-पढ़कर सुनाया करती थी।

सच्ची, वह लड़की ख़ासी दुलसइ है और मुँहलगी भी! उसका बाप मुझे 'दूधबुआ' बुलाता है, इसलिए वह मुझे 'दूध दादी' बुलाती है।

जब मेरी माँ के जमाने के बर्तन-भांडे बेचे जा रहे थे, उस वक्त दूध की कड़ाही किसी ने नहीं ली। बड़े भइया के बेटे तो आए ही नहीं, मँझले भइया का बेटा, अमल, विदेश में रहता था, सँझले भइया की शादी, बेटी का जन्म-मृत्यु, सारी घटना विदेश में ही हुई। छोटा, सत्येश, मुझसे काफी छोटा था। उसी के बेटे इस मकान की सार-सम्हाल, देखभाल करते रहे।

हाँ, तो बर्तन-भांडों के प्रसंग में मैंने कहा, "जिसको, जो लेना हो, ले ले!" मेरी माँ की गृहस्थी के बर्तन वाकई देखने लायक थे। अगर एक साथ बीस लोग भी खाने बैठते, तो फूल-कांसे की बड़ी-बड़ी थालियाँ, ढक्कनदार गिलास, गयेश्वरी कटोरे, क्षेतुरी कटोरी से लेकर घी की कटोरी तक, नमक रिकावी कतार-दर-कतार सजा दी जाती थीं। अहा, कैसी शोभा नजर आती थी! माँ के सभी बेटे, पोते, नाती शायद ही कभी एक साथ इकट्ठे होते थे और जब इकट्ठे होते थे, वह धूमधाम और शान अद्भुत होती थी।

बर्तन-भांडों के बँटवारे के इन्तजाम के समय मैंने कहा, ''बप्पा का नाम लिखी हुई भात की थाली, पूरियों की तश्तरी, दूध का कटोरा, पानी का ढक्कनदार गिलास, नहाने का लोटा, पीकदान वगैरह अलग रख दो।''

नीरेन्द्र के बड़े भाई वीरेन्द्र ने पूछा, ''वे बर्तन कौन इस्तेमाल करेगा, दूध बुआ?''

''भई, मेरे जीते-जी तो यह मकान बिकने का नहीं और यह भी सुना कि नीरेन्द्र यहीं रहेगा,'' मैंने जवाब दिया।

नीरेन्द्र ने वे बर्तन अलग रख दिए, ''इनका जो करना है, कीजिएगा।''

उस वक्त सत्येश के दोनों बलवान बेटों। वीरेन्द्र और क्षेमेन्द्र ने लोहे की नक्काशीदार कड़ाही अलग उतारते हुए पूछा, ''ओ, दूध बुआ इस कड़ाही में क्या बनता था, जी?''

इस सवाल का जवाब देते हुए, मेरी जुबान लटपटा गई।

आखिरकार बेहद कमजोर-सी आवाज में मैंने बताया, ''उस कड़ाही ने ही तो मुझे, तुम लोगों की दूधबुआ, दूधमासी बनाया। मेरी माँ के लिए गऊथान था, गाएँ थीं, मगर मेरे लिए वह दूध का घर ही अपना था। रोज पाँच-सात सेर दूध उबालती थी। माँ के नाती-नातिनों को गिलास भर-भरकर दूध पिलाती थी। चूंकि मैं दूध पिलाती थी, इसलिए मँझली दीदी के बच्चे, मुझे 'दूधमासी' बुलाने लगे और पहली बार तुम्हीं लोगों ने मुझे 'दूध बुआ' कहना शुरू किया। उसके बाद तो सभी इसी नाम से बुलाने लगे। आज यह दूध की कड़ाही कौन-से काम आएगी?''

हाँ, वह कड़ाही लेने में किसी ने भी दिलचस्पी नहीं दिखाई।

शायद सन् 1900 में यह मकान बनकर तैयार हुआ। उस वक्त यह मकान बंद ही रहता था। बप्पा तो इस मकान में कुल पाँच-सात साल ही रहे।

माँ ने कहा, ''कलकत्ते में नहीं रहूँगी। यहाँ से डेरा-डंडा उठाकर, देश में जाकर रहूँगी!''

''यह असंभव है!''

''गाँव तो देवस्थान है! हवा-पानी अच्छा है। उसी मकान में रहा जाएगा।''

बेटे अपनी माँ को किस कदर मानते थे। कलकत्ते का मकान भी बप्पा ने ही खरीदा था। रिटायर होने के बाद, उस मकान में रहते-सहते भी रहे। कलकत्ते का मकान, वह रहेगा। यहाँ महाराज, नौकर रहते थे। वहाँ नौजवान छात्र भी रहते थे। अतिथि-अभ्यागत भी वहाँ डेरा जमाते थे। इसके अलावा, जो लोग स्वदेशी बन जाते थे, अबेर-सबेर वे भी पनाह लेते थे। बप्पा किसी को भी नहीं लौटाते थे। इसीलिए रानाघाट के तारिणी वकील, घोड़ा गाड़ी में सवार होकर, सियालदह के नजदीक उस मकान में आ पहुँचे। उनके साथ तेरह वर्ष की एक विधवा किशोरी और उसकी छब्बीस साला विधवा माँ भी आई थी।

वह बालिका और उसकी माँ, दोनों ही उस जमाने के नियम-मुताबिक एकवस्त्रा

थीं। आबरू ढाँकने के लिए मटके की मोटी-सोटी, खुरदुरी चादर, रेशमी कपड़ों से तैयार नहीं होती थी। उत्कृष्ट तसर, गरद, मटका या अंडी की तरह वह वस्त्र, अमीरी का प्रमाण नहीं था।

तीर्थ पर जाने से पहले, यह वस्त्र तीर्थ-कामना करने वाली विधवा औरतों को मिलता था। तारिणी घोषाल महाशय के फुफेरे भाई, तीर्थों के पंडा थे। वे ही तीर्थानुरागी औरतों को जुटाते थे और उन सबसे पाथेय वसूल करते थे। विधवा औरतों को वे खुरदुरे मटके की चादर बेचते थे। खुरदुरे मटके का थान!

बालिका की माँ ने तेरह वर्ष पूरा करते न करते एक बेटी को भी जन्म दिया और विधवा भी हो गई। लेकिन बालिका की दादी ने बहू को 'कुलक्षणी' कहकर, निकाल बाहर नहीं किया। उसका बेटा, उनकी इकलौती संतान! वह कभी भी स्वस्थ, सबल नहीं था। उसको 'संग्रहणी' का रोग था! ज़िंदगी भर उपलों की आँच पर कुटे चावल का भात खौलाकर, कच्चे केले और मसूर की तरी खाते रहे।

अपनी सत्रह साला उम्र में भी वे...अपरिणतकाय बालक जैसे नजर आते थे। दादी ने दस साला एक बच्ची से ब्याह करा दिया। दुलहन का चेहरा और सेहत, बरसात के मौसम में हरी-भरी कलमी लता की तरह दमकता हुआ और लावण्ययुक्त था। वे बेहद अनाथ और गरीब घर की लड़की लाई थीं। किसी अच्छे खाते-कमाते घर की लड़की पाना मुश्किल हो रहा था।

बेटे के जेठू ने कहा, "ऐसे लड़के के लिए, किसी सम्पन्न घराने की लड़की मिलना मुश्किल है। किसी गरीब-कंगले, कमर टुट्टे इंसान की बेटी तलाश करूँ। बस, वंश देखूँगा और लड़की देखूँगा।"

खैर, वैसी ही लड़की मिल भी गई।

सास ने बहू से सिर्फ इतना ही कहा, "मेरे बेटे को देखना, बेटी। मैं तुम्हें दासी बनाकर नहीं लाई हूँ।"

लेकिन पोते के लिए दुलहन ले आने के बावजूद दादी की उम्मीद पूरी नहीं हुई। दादी ने सोचा था, बेटा जितना भी जन्म-रोगी हो, उसकी जन्मपत्री में पूरी उम्र लिखी है! वे मर भी गईं, तो बहू पोते की देखभाल करेगी।

उनकी वह उम्मीद पूरी नहीं हुई। सत्रह की उम्र में विवाह! बीस पूरी होते न होते वह रोग भोगता हुआ चल बसा। इधर पुत्र वियोग में माँ पछाड़ें खा-खाकर रोये जा रही थी, उधर अर्थी घर से बाहर निकलते ही, बहू ने बेटी को जन्म दिया। गऊथान के पीछे जो कच्ची कोठरी थी, जहाँ बरसात के मौसम में ईंधन के काठ, उपले, नारियल के पत्तों की गड्डी वगैरह रखी जाती थी, वधू अपने बदन के लक्षण देखकर, वहीं कथरी बिछाकर लेटी हुई थी। उसकी परेशानी देखकर, नौकरानी, दइया को बुला लाई और बच्ची ने जन्म लिया।

उसका नाम पड़ा—छेमी, अभागी, पेची वगैरह! लेकिन उसके पिता के बड़े भाई

ने उसे एक सुंदर-सा नाम दिया। उनकी राय में इस युग में अश्रुतपूर्व आचरण की वजह से उनके खानदान में बेटियों की कमी थी। बहुएँ हमेशा लड़का ही जनती थीं।

बालिका की दादी को उसके बड़े दादा ने कहा, "चाची, गोपाल की मौत के लिए उनकी बेटी का अनादर न करना। गोपाल की बहू भी जिंदा है। आपका शोक ऐसा है कि कोई भी तसल्ली काफी नहीं है। लेकिन इनका मुँह देखकर, अपना कलेजा मजबूत कीजिए।"

उन्होंने अपनी पत्नी और पुत्रवधुओं से कहा, "मैं अपनी बिरादरी का मुखिया हूँ। इस गाँव का तारिणी घोषाल कलकत्ता जाकर वकील बन गया है। कलकत्ता जाना-आना भी है! मैं भी भारत की राजधानी देख आया हूँ। लेकिन, देखो, मेरे घर में अनाचार मत करना। चाची, गुट्टू की विधवा और बेटी, किसी की भी अवहेलना न हो, जमीन, पुष्करिणी, आम-कटहल के बाग—सबमें उनका बराबर हिस्सा होगा।"

दादी पोते का शोक सहन नहीं कर पाई। बच्ची की उम्र दो साल होते-न-होते, वे चल बसीं। विधवा बहू की ज़िंदगी जैसी गुजरनी चाहिए, वैसी ही गुजरती रही। बालिका ने सुन रखा था कि उसकी माँ किसी विधवा जेठी-सास के साथ हवन करती थी, लेकिन एकादशी का निर्जल उपवास नहीं किया जाता था। वह सबसे छिपकर साबु बताशे चबाकर पानी पी लेती थी। उस बच्ची को गोद में लेकर भगवान से प्रार्थना किया करती थी—"मेरी तरह, इस बच्ची को वैधव्य का दुख न देना, ठाकुर!"

यह कहना ही पड़ेगा कि जैसे ही वह लड़की दस साल की हुई, जेठू-दद्दू ने, घर-वर-खानदान-जन्मपत्री देख-दिखाकर, उसका ब्याह कर दिया।

दूल्हे की उम्र—सोलह साल! साँवला रंग! भारी-भरकम चेहरा! कटवा के करीब इन लोगों की जमीन-जायदाद, बड़ी-बड़ी पुष्करिणी और बाग-बगीचे! उसके ब्याह के बाद पता चला, उनके खानदान के रिवाज मुताबिक, विवाह के बाद, लड़की मायके ही रहेगी। जब वह ऋतुमती हो जाएगी, ऋतु-स्नान कर ले, तब वह गृहस्थी बसाने, यहाँ आएगी। विवाह में दान के बर्तन-भांडे वगैरह देने के बावजूद, जब वह गृहस्थी बसाने ससुराल आएगी, तो नियममाफिक उसे कटहल काठ की पीढ़ी और काफी कुछ दान वगैरह देना होगा।

जेठू-दद्दा ने किसी भी बात में एतराज नहीं किया।

उन्होंने अपने बेटों से कहा, "जो देना है, एक ही बार दूँगा, उसके बाद, बेटी अपनी ससुराल रहेगी और बेटी की माँ यहाँ।"

बालिका, पति समेत आई और यहाँ रह गई। पति लौट गया। वह सामिष रसोई में खाती थी और माँ निरामिष रसोई में खाती थी। उसे यही पता था कि सभी एक न एक दिन ससुराल जाती हैं, वह भी जाएगी। जैसे सभी औरतें घर-गृहस्थी चलाती हैं, वह भी चलाएगी। माँ और माँ जैसी औरतों की हिदायत पर उसने केला-फल, कटहल, थोड़ वगैरह कूटना भी सीख लिया। ये सब काम काफी धीरज के होते हैं।

इसके अलावा हमउम्र विवाहिता लड़कियों के साथ वह पोखर में छलांग भी लगाने लगी थी। उसके सोच-विचार भी अब आकार लेने लगे थे। बिना छालवाली मछली को वह हाथ भी नहीं लगाती थी। मसूर की दाल पानी की तरह फीकी-बेस्वाद लगती थी। उसकी उँगलियाँ इतनी चंचल थीं कि जब बड़ी बनाने बैठती थी, तो वे सुडौल नहीं होती थीं।

माँ ने समझाया, "यह सब नहीं सीखा, तो ससुराल में दुःख पाएगी।"

माँ की बात सुनकर उसने कहा, "इश्श्! वहाँ जाएगा कौन भला?"

"ऐसा नहीं कहते, बिटिया!"

"क्यों, कहने से क्या होता?"

"इंसान बड़ा दुःख पाता है, बिटिया!"

उस बच्ची का अभी ग्यारहवाँ साल भी पूरा नहीं हुआ था कि शोक संवाद आ पहुँचा। अब उसे ससुराल जाने की जरूरत नहीं रही, क्योंकि ननिहाल से लौटते हुए, गंगा में नाव उलट गई, जिसमें उसके पति, देवर समेत कई लोग भगवान को प्यारे हो गए।

बच्ची की माँ ने रो-रोकर आसमान सिर पर उठा लिया, "हे भगवान मेरी तरह, इस लड़की के भी भाग्य फूट गए। ऐसा सोना-सा पति, ऐसा स्वास्थ्य, ऐसी उमिर ...और वह चला गया?"

बालिका समझ गई, अब उसकी भी तकदीर में कोरा थान, एक बेला भात, एक बेला खोइ-दूध लिख गया। अब उसके लिए भी एकादशी, अम्बुवाची वगैरह का व्रत-उपवास शुरू हो गया। बड़े शौक से सहेजी हुई लाख की चूड़ी, कान के इयरिंग अब वह नहीं पहन पाएगी। उसे अन्दाजा हो गया, अब उसे भी अपनी माँ की तरह व्रत, उपवास करना होगा।

सन् 1897 का साल। इससे ज्यादा और कुछ भी नहीं सोचा जा सकता था। बालिका की ददिहाल गुलनोबलेपुर! बड़ा-सा गाँव! कायथों के साठ घर! तीन घर ब्राह्मणों के साथ नाऊ, ग्वाला, साहा, वैश्य वगैरह विभिन्न जातियों के लोगों का निवास! हाँ, घोषाल लोगों का दबदबा ज्यादा था। उस घर के एक शख्स तीर्थ-भ्रमण कराते थे, दूसरे नए-नए वकील बने थे और तीसरे रानाघाट में जमींदार के विद्यालय में शिक्षक थे।

जेठू-दादा बालिका को देखते ही, अपना चेहरा ढाँप लेते थे। चाची गुट्टू का ब्याह करके, बेचारी बहू को आग में झोंक गईं। बेचारी की कुल एक बेटी, वह भी अपना सब कुछ खो बैठी। बेटी की माँ का ही अभी तेइसवाँ साल पूरा नहीं हुआ था, बेटी अभी भी ग्यारह की नहीं हुई थी।

उन्हें भरोसा नहीं हुआ पुत्रवती माताएँ, लड़की को सम्मान के साथ रखेंगी या उसकी अवहेलना करेंगी।

आखिरकार उन्होंने तारिणी घोषाल से अनुनय किया, "अगर मैं परलोक चला जाऊँ, तो इन्हें किसी सच्चे इंसान के आश्रय में रखना। गाँव की सम्पत्ति भला कौन खरीदेगा? वैसे भी, संपत्ति का भाग-बँटवारा भी नहीं हुआ है। चाची, गुट्टू की बहुरिया, गुट्टू की बेटी के गहने मैं तुम्हें सौंपता हूँ। इन लोगों को जहाँ भी रखो, ये गहने बेचकर गुट्टू की बहुरिया के हाथ में रुपए रख देना।"

"आपके बेटों को क्या यह स्वीकार होगा?"

"मैं उन्हें बता दूँगा।"

"देखिए, मैं जिस सज्जन को जानता हूँ, उनके जैसा शरीफ और नेक शायद ही कहीं मिले। मैंने जो लिखाई-पढ़ाई की है, सब उन्हीं की मेहरबानी से! उनका बड़ा बेटा डिप्टी हो गया है, बाकी बेटे भी..."

"जाति कौन-सी है?"

"ब्राह्मण!"

"देखो, और चाहे जो भी करना, मगर उस बच्ची को काशी मत भेज देना। काशी भेज दोगे, तो महीने-महीने अगर मिलेगा भी तो कुल दो रुपल्ली। वैसे बहुत संभव है, कुछ भी न मिले...फिर उसको देखेगा कौन? मेरी सगी बुआ है, इतना तो कर ही देना।"

"लेकिन वे कलकत्ता में रहते हैं—"

"अच्छा ही तो है। वह शहर तो महासागर है। ऐसी जगह ये लोग किसी सज्जन की पनाह में रहेंगी..."

बस, यहीं तक बात हुई!

इसके बाद दो वर्ष पूरे होते-न होते जेठू-दादा चल बसे। तारिणी वकील गाँव पंचों को बताकर, उन दोनों विधवाओं को, मेरे बप्पा के पास ले आए।

बप्पा को उन्होंने सारा हाल कह सुनाया।

बप्पा उन माँ-बेटी को लेकर अन्दरमहल में ले गए और उन्होंने माँ को आवाज देकर कहा, "ये कायेथ घर की विधवाएँ हैं। हमारा तारिणी इन्हें लेकर आया है। मैंने इस बच्ची को बेटी कहा है। तुम्हारी छोटी बेटी या चौथी बेटी से भी कुछ बड़ी ही होगी। तुम्हें एक और बेटी मिल गई।"

असबाब सज्जित घर और माँ का रौबदार चेहरा देखकर, बच्ची की माँ जमीन पर बैठ गई और उसने हाथ जोड़कर विनती की, "न हो तो हम भीख माँगकर गुजारा कर लेवेंगी। आप दया करके, इस लड़की को अपनी शरण में ले लें।"

"भला सुनो। ए हो जी, जिनका यह घर है, उनके यहाँ जो रहता है, उसे भीख माँगकर खाने की नौबत नहीं आती। हमारी गिरस्ती बड़ी है। तो बड़ी सही! जिसका कांधा मजबूत हो, वही भार ढोता है।...अरे, इनको इनका कमरा दिखा दो। तुम लोग कपड़े बदल डालो, संध्या-पाठ करके ताजा संदेश खा लो और डाव पीकर

आराम करो! ताजा संदेश मिठाई में कोई दोष नहीं होता और कलकत्ता तो गंगा-तीर पर बसा है...''

बालिका को यहीं आश्रय नसीब हो गया।

मैं वही तेरह साल की लड़की, सुनयनी हूँ।

वह बालिका अपनी माँ का नाम नहीं जानती थी। यहाँ कभी, किसी ने मेरी माँ को नाम लेकर नहीं पुकारा! आज सोचती हूँ, बचपन में नाम देते ही क्यों हैं? फलाँ की बहू, फलाँ की माँ, फलाँ की विधवा, फलाँ की मासी, फलाँ की बुआ—यह कैसा अपमान?

मुझे अपनी जन्मदायिनी माँ का नाम नहीं मालूम। मेरी माँ काफी 'नतसिर' रहती थी। हमेशा सिर झुकाए हुए! मेरे नए पिता-माता की गृहस्थी में व्रत-उपवास का खास चलन नहीं था। पिता जितने उदार थे, उतने ही गृहस्थ, घर-बारी! हर बात पर नजर रखते थे।

दरवाजे पर हमेशा दरवान मौजूद रहता था—शिवलाल! उसके बेटे, भोले को, मेरे नए पिता बेहद प्यार करते थे। वे हर सुबह दो घंटे, बैठकखाने में बैठा करते थे। उस वक्त वे भोते को टुकड़ा-टुकड़ा कागज थमाते जाते थे। उसमें लिखा होता था—

ज्ञानेश्वर (सँझले भइया) का पेट चल गया है, अस्तु तरकारी वर्जित तरी सेवन करेगा।

—आज दशमी है। सुनयनी और उसकी माँ के लिए ताजा संदेश, फल, साबू और मिश्री आएगी।

—उस्तागर आएगा, लड़कियाँ समीजों की नाप दे दें।

आज सोचती हूँ, ऐसी तमाम बातों का वे ही ख्याल रखते थे। मेरी नई माँ का नाम भी सर्वेश्वरी था, गृहस्थी में भी वे वही थीं। लेकिन वे भी ऐसी छुटपुट बातों का ख्याल नहीं रखती थीं।

उस पिता की छत्रछाया में रहकर, मुझे सबसे पहली शिक्षा यह मिली कि लड़कियों के नाम की एक खास अहमियत होती है। मेरे वे माता-पिता बेटियों को उनके नाम से बुलाते थे। पिता के ही दबाव का नतीजा था कि यह जानकारी मिली कि मेरी गर्भधारिणी माँ का नाम अतसी था। अर्से से उन्होंने अपना यह नाम नहीं सुना था, इसलिए 'अतसी' नाम सुनते ही वे अचकचा जाती थीं।

दूसरी शिक्षा थी, इस घर का कोई भी बंदा, सिर्फ एक ही कपड़े में नहीं रहता था। बड़ी दीदी से लेकर, सबसे छोटी, तपोमयी तक, सब समीज पहनती थीं। मैं और माँ ने पहली बार यहीं समीज पहनना शुरू किया।

तीसरी शिक्षा थी, इस घर की मँझली भउजी मुझे लेकर बैठ गईं। उनका नाम था—वीणावादिनी! अनिन्द्य रूपवती! जवान उम्र में इतनी गम्भीरता, मैंने किसी में

भी नहीं देखी। ख़ैर, उनके बारे में बाद में! मँझली भउजी, दोपहर के वक्त, वर्ण-परिचय प्रथम भाग और स्लेट लेकर, मुझे पढ़ाने बैठती थीं। उस वक्त मुझे क्या पता था कि वे कितनी पढ़ी-लिखी और विदुषी महिला थीं।

यह शिक्षा जरूर चौंकाने वाली थी। पिता ने अपनी पाँचों बेटियों को स्कूल तो नहीं भेजा मगर जो मास्टर घर पर लड़कों को पढ़ाने आते थे, वे ही लड़कियों को भी पढ़ाते थे।

मेरा जन्म सन् 1886 में हुआ था। तेरह की उम्र पूरी करके, मैं कलकत्ता चली आई। यहाँ मैंने एक नई दुनिया में कदम रखा। लड़कियों का इतना सम्मान, उनके आहार पर ऐसी नजर, उन्हें नाम लेकर पुकारना—यह सब मेरे और मेरी सगी माँ के लिए बिल्कुल अपरिचित था।

मुझे सच ही बेहद दुःख है कि मेरी जन्मदायिनी माँ, ऐसी दुनिया में आकर भी, ज्यादा दिन नहीं रहीं। जब उन्होंने देखा कि मैं इस घर की बिल्कुल अपनी हो गई हूँ, तब शायद उन्हें लगा कि इस पार्थिव जगत् में उनकी जिम्मेदारी पूरी हो गई। अब वे न भी रहें, तो चलेगा।

उन्होंने जीने की चाह ही समेट ली। सर्दी, बरसात, हर मौसम में वे बार-बार नहाने लगीं। काफी छूतछात मानने लगीं। माँ को हमेशा बुखार, खांसी, बलगम रहने लगा। आज सोचती हूँ, मेरी अभागी माँ शायद दुःख झेलने के लिए ही इस दुनिया में आई थीं।

घर में कितनी ही तरह के लोग आते रहते थे। पिता ने उन्हें डॉक्टरी के किसी छात्र को भी दिखाया।

बाद में, उन्होंने माँ से कहा, "देखो, अतसी के रोग का नाम है—विधवा रोग! तारिणी उन लोगों को लाया था! खैर, सुनयनी तो बच जाएगी, लेकिन, अतसी नहीं बचेगी।"

"विधवा-रोग कौन-सा रोग है, जी?"

"यह रोग तुमने बचपन में जरूर देखा होगा। विधवा होते ही आहार से वंचित कर दिया जाता था। सामिष खाना तो वर्जित हो ही जाता है, गाँव में फल, तरकारी, सभी कुछ मिलता है, मगर...। तारिणी के गाँव में आम-केला-कटहल घर-घर में होता है! लेकिन अनाहार...न खा-खाकर, देह सूख जाती है। असमय-वैधव्य की तकलीफ देखकर ही तो..."

इतना कहकर, वे ठिठक गए।

मेरी जन्मदायिनी माँ वैद्य की दवा के अलावा और कुछ भी लेने को तैयार नहीं हुईं। उनकी मौत के समय, उनकी उम्र के अट्ठाइस साल भी पूरे नहीं हुए थे।

मैं रोती रही!

पिता ने मेरे माथे पर हाथ रखकर तसल्ली दी, "डरो मत, बिटिया! मैं तुम्हें मँझधार में बहाकर नहीं जाऊँगा। कितने भाई-बहन हैं तुम्हारे! तुम्हें माँ भी मिली है! तुम फिक्र क्यों करती हो?"

मेरे हाथ की दुर्बोध लिखावट, साधु और प्रचलित भाषा की गड़बड़ी।

मैंने लिखते-लिखते ही कहा, "देखा, टूनी, इसी देश की एक महिला, प्रधानमंत्री तक हो गई! आजकल औरतें कितना कुछ कर रही हैं। यह सब लिखने बैठूँ, तो लिखना कभी खत्म ही न हो। चलो, मैंने जिन लोगों को देखा है, मैं उन्हीं लोगों के बारे में लिखती रहूँ। तुम अपनी पसन्द-मुताबिक मेरे लेखन में से चुन-चुनकर उतारती रहो और अपने सतीन्द्र जेठू को भेजती रहो। अगर वह छापे, तो सच ही ताज्जुब की बात होगी। तुम लोगों को भी जानकारी हो सकेगी कि हमारे जमाने की औरतें, कम से कम इस परिवार की औरतें, छलनी-कड़ाही-चिमटा-कलछी भी इस्तेमाल करना जानती थीं और वक्त पड़ने पर, जो कुछ वे लोग अपना कर्तव्य समझती थीं, वह सब कर गुजरने का साहस भी रखती थीं।"

वैसे अपनी छाती का दूध पिलाए बिना ही, मैं सबकी दूधमासी, दूधबुआ बन गई थी, जिसे कहते हैं—न शादी न बियाह, किशना की माँ।

लेकिन उन दिनों मैं भी किसी-किसी वक्त, दूध की कड़ाही, दाल की हांडी उतारकर भाग जाती थी। हाँ, तो मैं अपने जाने-पहचाने लोगों के बारे में ही लिख रही हूँ, तुम इन्हें तरतीब दे लेना।

गुले-नोबलेपुर के '....गुट्टू' की बेटी, यह सुनयनी, अपने बाप की मौत के दिन, गऊथान के पीछे, टूटी-फूटी झोंपड़ी में पैदा हुई थी। उस दिन नौकरानी आकर, अगर दाई बुलाकर न लाती, तो माँ-बेटी, दोनों ही टें बोल गई होतीं।

बहरहाल, मुझे उस गाँव का नाम याद नहीं है। अतसी-माँ का चेहरा भी याद नहीं। बस, वर्षों तक, जब जिसने बुलाया, मैं उसके पास जाती रही, यथासाध्य करती भी रही।

माँ के साथ अक्सर जंग छिड़ जाती थी। जब मन होता था, सब भूल-भालकर बाहर चल देती थी।

सँझली दीदी का कहना था, "जो ठीक लगे, वही करना।"

ओ सँझली दीदी, मैंने वही किया। अब मैं अपने कमरे में, अपने बिस्तर पर सेवा-टहल लेती हूँ। अब मैं सेवा नहीं करती। आप लोगों के बारे में कोई नहीं जानता, इसलिए लिखे जा रही हूँ। मँझली भउजी अगर होतीं, तो यह देखकर कितनी खुश होतीं। यहाँ आने के बाद, मैंने उन्हें पहला खत लिखा था।

जब वे आईं, उन्होंने मुझे काली किनार की गरद सिल्क की साड़ी पहनाई, ऊपर से शॉल लपेट दिया।

''तुमने जो पहली चिट्ठी लिखी, यह उसका इनाम है। अब तुम मुझे लम्बे-लम्बे खत लिखा करना। जों किताबें भेजूँ, पढ़ना जरूर!''

[दूध दादी की आत्मकथा जैसा मैंने उतारी, बिल्कुल जस की तस आपको भेज रही हूँ, जेठू! इसमें बीच-बीच में चालू भाषा भी नजर आती है और यह कोई कम बात नहीं है। उनके लेखन को ज्यों का त्यों रखते हुए, अपनी सुविधा के लिए, चालू क्रिया पद जोड़कर, मैंने बस, इसे सजा दिया है। उनके पूरे लेखन की कॉपी करते-करते, मुझे पूरे पाँच वर्ष लग गए। इसके लिए मुझे माफ कर दीजिएगा। प्रणाम सहित, सुदर्शना (टीनू)। पुनश्च : आप दुबारा जब भी कभी जमशेदपुर आएँ, हमारे घर जरूर आइएगा। बरेन जेठू भी आए थे। अब वे वापस चले गए हैं।]

मेरे पिता स्वर्गीय प्राणरंजन

बाऊ जी ने मुझे पहले ही दिन 'बेटी' कहकर कबूल किया। अंत तक वे मुझे 'बेटी' ही कहकर बुलाते रहे। किसी भी दिन उन्होंने मुझे कायेत की बेटी नहीं कहा, न ही कभी कोई हिचकिचाहट जाहिर की। असल में, वे बिल्कुल अनोखे दर्जे के इंसान थे। मैंने जो गाना शुरू किया, इसके लिए उन्होंने ही मुझे उत्साहित किया था। धीरे-धीरे सभी ने प्रोत्साहन दिया। अम्मा से ही मेरी ज्यादा तकरार होती थी।

दूध-कमरे से मेरी गुनगुनाहट अगर उनके कानों तक नहीं पहुँचती थी, तो वे अपने पोते-पोतियों से कहती थीं, ''अरे, जरा जाकर देख तो सही! देखकर आ, वह लड़की क्या मुँह फुलाए बैठी है?''

काश, बाऊ जी की डायरी सलामत होती, तो कितनी ही बातों की जानकारी मिलती। अच्छा, वे सारी डायरियाँ क्या अमल उठा ले गया? या बड़े भइया के बेटों ने? सत्येश के बेटे तो तब तक सयाने नहीं हुए थे। वे लोग तो भइयों का कहना भी मानते हैं। काश, वे डायरियाँ मौजूद होतीं, तो कितनी ही बातों की जानकारी मिल जाती। मैंने तो जो लिखा है, वह तो याद करके लिखा गया है। लेकिन, बाऊ जी, और मँझली भउजी कहा करती थीं—''सुनयनी की याददाश्त बेहद तेज है। देखो, कैसे झटपट उसने लिखना-पढ़ना सीख लिया और उसे किताबें पढ़ना भी अच्छा लगता है।''

बाऊ जी कहते थे, ''यह किताबों का घर है, सुनयनी, खूब-खूब किताबें पढ़ा करो।''

बाऊ जी का चेहरा गुरु-गम्भीर था, लेकिन उनकी आँखों में स्नेह भरा होता था। बेटों के साथ ही नहीं, किसी से भी ज्यादा बातें करने की, उन्हें आदत ही नहीं थी।

कलकत्ता का वह मकान तिमंजिला था। पहली मंजिल पर बैठकखाना, दाहिनी तरफ एक के बाद एक, दो-दो कमरे! उसमें एक चौकी रखी हुई थी। उस पर एक चटाई बिछी हुई थी और एक तकिया रखा रहता था। एक मशहरी भी टँगी रहती थी, जो चारों तरफ से उठाकर यूँ ही पड़ी रहती थी।

उन दोनों कमरों में लालटेन भी मौजूद होती थी और हर रोज रेंड़ी के तेल का दीया भी जलता रहता था।

जब कभी दो-तीन लड़के आ पहुँचते, दरबान दरवाजा खोल देता था। वे लोग इत्मीनान से हाथ-मुँह धोते और रसोई में खाना खाने बैठ जाते थे। आराम से सापटे मिठाई खाकर, जूठी थाली उठाकर आँगन में रख देते। हाथ-मुँह धोकर, वे लोग कमरे में चले आते और दीए से लालटेन जलाकर, किताबें पढ़ने में जुट जाते।

बैठकखाने की बाईं तरफ के दोनों कमरे, सँझले भइया और सत्येश के थे। बाद में सँझले भइया डॉक्टरी पढ़ने चले गए। सत्येश ही किसी छोटे स्कूल में पढ़ता रहा।

बाऊ जी को इन दोनों बेटों की फिक्र थी कि ये दोनों सयाने होकर क्या करेंगे। बाऊ जी खुद किसी स्टेट में जज रह चुके थे। बड़ा बेटा बी.ए. पास करके, बिहार में कहीं डिप्टी-मजिस्ट्रेट बन गया। कुछ दिनों के लिए मैं बड़ी मामी के भी पास जाकर रही हूँ। बड़े भइया अँग्रेज साहबों के यहाँ नौकरी करते थे, यह बात बाऊ जी को खास पसन्द नहीं थी।

मँझले भइया किसी राजा के स्टेट में दीवान हो गए। पहले ये दोनों भाई—देवरंजन और ज्ञानरंजन थे। इसके बाद, बड़ी दीदी, मँझली दीदी, बरदा और प्रेमदा पैदा हुईं।

उन सबको नाम, बाऊ जी ने ही दिया।

अम्मा ने कहा, ''सुन्दर नाम है। बस, मुझे अपना ही नाम पसन्द नहीं है। सर्वेश्वरी....कैसा तो नाम है!''

''क्यों? बुरा क्या है? धम्मराइ के जमींदार की बेटी हो! कहा जाए, तो तुम्हारा नाम तो जरूरत से ज्यादा सार्थक है। सारा...सारा कुछ तुम्हारा है।''

''इस उमेश की मति-गति, देख रही हूँ, बेहद चंचल है। उसे...''

''इसका इलाज विवाह नहीं है। उमेश अपने अन्य भाइयों की तरह नहीं है। जब वह डॉक्टरी पढ़ने गया, तुमने कितना-कितना मना किया, उसने क्या तुम्हारी बात सुनी?''

''अगर आप कहते, तो शायद सुन भी लेता। उसे जब, जैसी जिद चढ़ती है, वह वैसा ही करता है। जब, जो सही लगता है, वही काम करता है! मुर्दों की चीर-फाड़ देखा, उन्हें छू-छा आया और मुझसे कहने लगा, 'अम्माऽ मुर्दे की भी भला कोई जाति होती है?' आप ही कहें, उपवीत अग्नितेजा! वह जनेऊ का तेज भला खो सकता है?''

"उस पर मुझे बेहद गर्व है, पता है? खैर, देशाचार तो काफी किया। लेकिन, अब उमेश और सत्येश का ब्याह जल्दी नहीं करूँगा।"

"फर्ज कीजिए, अगर वह विलायत जाना चाहे...?"

"भई, इतना खर्च करके, विलायत भेजने की, मेरी तो औकात नहीं है। अपनी कोशिश-तदबीर से अगर जाता है, तो जाए। मेरा कर्तव्य है, सुखदा और तपोमयी के लिए अच्छा लड़का ढूँढ़कर, उनका ब्याह करना। बस, यह काम पूरा हो जाए, तो मैं कलकत्ता त्याग सकता हूँ।"

उन दिनों, मेरी कैसी त्रिशंकु स्थिति! अम्मा-बाऊ जी जब बात कर रहे हों, उनके आस-पास भी नहीं फटकना चाहिए। मैं तो एकान्त पाकर, बगलवाले कमरे में कुवेला ही, फर्श पर पड़कर सो गई थी। अच्छी-खासी चिकनी जमीन, काली पॉलिश चमचमाती हुई। मैं गहरी नींद सो गई थी।

नींद टूटते ही, मारे खौफ के मेरी देह अकड़ गई थी। भीतरी बरामदे का दरवाजा, कमरे के अंदर से बंद था! पीतल की सिटकिनी! भारी-भरकम सिटकिनी खोलकर, अगर मैं बाहर निकलती, तो आवाज होती। उस कमरे से होकर, मैं बाहर निकलती कैसे?

उसके बाद! मैंने बाल तक नहीं सँवारे थे। अम्मा के राज में किसी को भी आराम-विश्राम नहीं था। वे खुद भी आलस्य नहीं करती थीं। शाम के वक्त बेटियाँ बाल सँवारें, कपड़े धोयें, यही नियम था। वैसे बाऊ जी भी भला कहाँ आराम करते थे? दोपहर दो बजे से चार बजे तक, सँझले भइया के कमरे में नलिनाक्ष बसु आया करते थे। वे बाऊ जी के भक्त और अनुयायी थे। सुखदा, तपोमयी और मैं, पढ़ने में जुटी होती थीं। मैं उन लोगों से उम्र में बड़ी थी, लेकिन वे दोनों फर्राटे से 'शकुंतला वनवास' पढ़ सकती थीं, बंकिमचन्द्र की 'रजनी' से डिक्टेशन ले सकती थीं; लम्बे-लम्बे गुणा-भाग कर सकती थीं।

उस वक्त भी मैं 'पहला भाग' और शुभंकरी की 'आर्या' में अटकी हुई थी! आज जाने किस वजह से, गुरु जी नहीं आए, इसीलिए मैं यहाँ आकर सो गई, इसीलिए इतना कुछ सुनने का मौका मिल गया।

अम्मा उसी वक्त संझा-बाती के लिए उठ आईं। बाऊ जी भी नीचे उतर गए। इस वक्त लोग-बाग उनसे मिलने आया करते थे। जब वे दोनों कमरे से बाहर निकल गए, मैं भी दबे पाँव बाहर निकल आई। मैंने फटाफट अपने बाल सँवारे, नल तक जाकर मैंने बदन धोया। मुझे अभी भी याद है, उस जमाने में हर कमरे में शेड लगी हुई, सेजबत्ती जलती रहती थी। पहली मंजिल के बैठकखाने में दीवार में जड़ी बत्ती जलती थी। लालटेन तो हाथ में लेकर चलने-फिलने के लिए थी।

बाऊ जी को उजली-धुली रोशनी पसन्द थी।

वे हमेशा हिदायत देते थे, "देखो, लालटेन की रोशनी में आँख का काम मत

किया करो।''

शाम के बाद, मैं अगले दिन के लिए तरी-तरकारी काटती। ढेर सारी चच्चड़ी सब्जी, सुक्तो की सब्जी, रसदार मछली—यह तो रोज ही पकायी जाती थी। बाऊ जी को निरामिष खाना पसंद था। थोड़ मोचा, कच्चा केला वगैरह काटते समय, मैं और सुखदा साथ बैठती थीं।

सुबह नाश्ते में चिड़वा, नारियल, बताशे और दूध! शाम को हम मसालेदार मुरमुरे बना लेती थीं। बारिश के दिनों में कटहल के बीज आग पर भूनकर, उसमें तेल-नमक-मिर्च डालकर, मुरमुरे में मिलाकर खाना, मुझे आज भी याद है।

ना, मैं मछली नहीं खाती थी। मुझे या मेरी माँ को यह कभी लगा ही नहीं कि मुझे भी मछली खाने का हक है।

खाते समय, अम्मा, महाराज जी से कहती थीं, ''उसके पत्तल पर घी डालो! घी डालो।''

बप्पा के लिए जो भी तरी-तरकारी बनती थी, वह मुझे भी परोसी जाती थी।

कहा न, बप्पा बिल्कुल अलग तरह के इंसान थे।

अम्मा आचारी जीव थीं।

अंदर महल में अम्मा का राज था।

ना, जिंदगी के इस दौर में मैं बेहद डरी-डरी रहती थी! मुझे हमेशा यही खौफ लगा रहता था, कहीं, कोई गलती न हो जाए, कहीं, किसी वजह से ये लोग नाराज न हो जाएँ।

इसी तरह, बाऊ जी सोने की चार चूड़ियाँ लेकर आए।

''सुनयनी को दे दो।'' उन्होंने कहा!

''बनवाईं या ख़रीदीं?''

''जो भी किया हो, उसी के रुपयों से किया है। तारिणी रुपए लेकर आया था। उसके जेठू-दादा उसे दे गए थे।''

बाऊ जी की उसी खूबसूरत, जिल्ददार डायरी में मैंने ये लाइनें पढ़ी थीं—'आज तारिणी दो अभागिन विधवा को लेकर आया।'

सुनयनी की माँ का निधन, इस सिलसिले में क्रिया-कर्म के लिए, पालकी में सवार होकर गंगा-घाट जाने का हवाला भी, बाऊ जी की उस डायरी में लिखा हुआ था।

मौत से पहले मेरी जन्मदायिनी माँ मुरकी माला हार, इयरिंग, अनन्त साँप मुँहा कंगन, बारह चूड़ियाँ, मेरी बुलाक, कनफूल और इकहत्तर रुपए सूची समेत, एक छोटी-सी थैली में बंद करके रख गई थीं।

बाऊ जी ने वह थैली, मुझे सौंपते हुए कहा, ''तुम्हारी माँ के गहनों के सहारे तुम्हारा ब्याह हुआ था। तारिणी ने मुझे जितने रुपए सौंपे थे, वे दो सौ रुपए थे।

उन्तीस रुपए की चूड़ियाँ बनवा दी हैं। बाकी हिसाब भी लिखा हुआ है, और सुनयनी तुम्हारे सौ रुपए में, सौ रुपए मिलाकर मैंने तुम्हारे नाम से बैंक में खाता खोल दिया था। तुम भी वे रुपए खर्च मत करना। ये रुपए तुम्हारे हैं, इन्हें रख लो।''

उन्होंने माँ से भी कहा, ''वह तो सोना-दाना पहनती नहीं नकुल से कहकर सोनार को बुलवा लो। ये चाहे तो गहने बेचकर, रुपए बैंक में रख सकती है या फिर जो चाहे करे।''

कितना बड़ा था, उनका मन!

मुझे आज भी याद है, उन्होंने अपने बेटों को सामने बिठाकर कहा, ''मेरे मरने के बाद, यह मकान तुम्हारी माँ का होगा और मैंने यह भी लिख दिया है कि सुनयनी, जितने दिनों जिन्दा रहेगी, इस घर में सम्मान सहित रहने का उसे पूरा-पूरा हक होगा। अगर तुम्हारे बेटे यह मकान न रखना चाहें, तो भी सुनयनी के जीते-जी यह मकान नहीं बेचा जा सकता। मैं उसे तुम्हारे गले नहीं मढूँगा।''

बाऊ जी के बेटे भी वैसे ही आज्ञाकारी! किसी ने, कभी बाऊ जी की बात नहीं काटी। उस दिन भी किसी ने विरोध नहीं किया।

बाऊ जी ने दुबारा कहा, ''तुम लोगों की माँ की देखभाल तो सुनयनी ही करेगी।''

उसके बाद, वे खामोश हो गए।

बाऊ जी संग्रहणी रोग के शिकार हो गए। अन्त तक वही रोग भोगते-झेलते रहे और उसी तकलीफ में उनका निधन भी हुआ। कलकत्ता से डॉक्टर बुलाए गए। उसी डॉक्टर की सलाह पर डॉक्टर वैद्यनाथ सरकार को बुलाया गया।

कार्तिक के महीने में कलकत्तावासी हवा-पानी बदलने के लिए दो महीने के लिए यहीं चले आते थे। वही मकान अब पोस्टऑफिस बन गया है। पहले वह छोटी कोठी थी। यानी बाऊ जी समझ गए थे कि लोग यहाँ आश्विन से लेकर फागुन तक सैर के लिए आते थे। उस जमाने में कितने ही लोग यहाँ या मधुपुर या गिरीडीह में मकान बनवा लेते थे, ताकि वे सैर के लिए आते-जाते रहें।

बाऊ जी चाहते थे कि छोटी कोठी को किराए पर उठा दिया जाए, ताकि अम्मा के हाथ में रुपए-पैसे आते रहें।

वे ऐसा इंतजाम कर गए थे कि अम्मा को किसी के आगे हाथ न फैलाना पड़े। वैसे भाई लोग भी अम्मा को रुपए भेजते थे, कलकत्ता का मकान जितने दिनों सलामत रहा, उसकी पहली मंजिल का किराया भी उन्हें ही मिलता रहा। अम्मा पति के जीते जी भी सर्वेश्वरी थीं; पति के न रहने पर भी वही मिजाज! वही रौब-दाब!

लेकिन बाबू जी की बातें क्या उनके नाती-पोते जान पाएँगे?

टूनी जब ये हवाले कलमबंद कर रही थी, उस वक्त उनके किस्से-कहानी बताने के लिए, अकेली मैं ही बच रही थी।

ऐसा होना तो नहीं चाहिए था, मगर ऐसा ही हुआ।

मैं तुम्हारे पिता के दादा की बात कर रही हूँ। तुम्हारे दादा मुझसे काफी... काफी छोटे थे। वह भी मेरे पहले ही चला जाएगा, यह तो नहीं सोचा था। देखो न, जो लोग आज के खून के भी खून थे, स–ब चले गए। मैं तुम लोगों की दूधदादी बनकर, जी रही हूँ।

मुझे अपने बाऊ जी की बातें ही याद हैं, चलो, वही बताऊँ।

वे बिल्कुल राजा मिजाज के इंसान थे। सुना है, उनका गाँव, जमुना नदी के किनारे था। जी नहीं, यह जमुना वह जमुना नहीं थी, जिसे देखकर गोविन्द राय ने लिखा था : 'बहती है निर्मल सलिल, सदा तटशालिनी जमुने!'

इसी कवि की लिखी हुई कविता 'कितने अर्से बाद' मैंने सँझली दीदी की जुबानी सुनी थी। उनका 'ज्ञानदा' नाम सार्थक हो गया था; विवाह भी सार्थक हुआ था। ज्ञान, बुद्धि, विद्या, रूप–हर नजर से वे अद्‌भुत व्यक्तित्व थे। जीजा जी भी उनके प्रति श्रद्धा करते थे। सारे मर्द उन्हें धन्य-धन्य कहते थे।

सँझली दीदी का ब्याह काफी शाही शान-शौकत से हुआ था। मेरी बड़ी दीदी भी पति की दुलारी थीं। लेकिन वे थीं, बहुत बड़े राजकर्मचारी की बीवी! खासी ठाठ-बाट से रहती थीं। साज-सज्जा भी खूब थी। लेकिन...सँझली दीदी की तरह उनके पास न तो विद्या थी, न आजादी।

खैर बाऊ जी का आदि निवास वाला गाँव, जमुना किनारे था। वह जमुना पबना जिला के किनारे-किनारे बहती रहती थी।

जब हम वैद्यनाथ चले आए, तभी उनके पास ही बैठे-बैठे उन्हीं की जुबानी ढेर-ढेर बातें सुनी थीं। सँझली दीदी भी कहती थीं, "मँझली दी और मँझली भउजी, दोनों को ही मेरे प्रणाम! वे दोनों भी यही सब कहती सुनती रहती थीं।"

बाऊ जी दुर्गानगर गाँव के सम्पन्न ब्राह्मण परिवार के बेटे थे। कई-कई भाई-बहन, जेठू, चाचा–कुल मिलाकर संयुक्त परिवार! बाऊ जी ने पहले पबना, बाद में ढाका में पढ़ाई-लिखाई की। जब वे कलकत्ता आए, तो उन्हें उस जमाने के शिक्षित और काकड़-धाकड़ लोगों का संग-साथ मिला।

बाऊ जी विद्यासागर महाशय पर अगाध भक्ति रखते थे।

बाऊ जी के ही एक दोस्त, एक महामनीषी व्यक्ति का रुझान धीरे-धीरे ब्राह्म समाज की ओर हो गया। उन्होंने ब्राह्म धर्म में दीक्षा भी ले ली।

सुना है, बाऊ जी के मन में भी यह इच्छा जाग उठी। उन्होंने विद्यासागर महाशय के आगे भी अपनी इच्छा जाहिर की।

यह भी सुनी हुई बात है कि विद्यासागर जी ने उनसे कहा था, "अपने आदि धर्म में रहकर ही लोक कल्याण का काम करके क्या एक आदर्श की स्थापना नहीं की जा सकती? देखो, मैंने जो सोचा, वही किया। लेकिन हाँ, सबसे पहले अपनी

माँ की अनुमति जरूर लेता था। माँ ने भी मुझे कभी 'ना' नहीं कहा।"

थोड़ा ठहरकर उन्होंने बातों की अगली कड़ी जोड़ी, "सुनो, प्राणरंजन, सुना है तुम अपने परिवार के बड़े बेटे हो। तुम्हारी माँ मौजूद है। कालधर्म मुताबिक तुमने विवाह भी किया है। यह भी सुना है कि वधू बिल्कुल बच्ची है! यह भी इस समाज की बहुत बड़ी पीड़ा है। दूध के शिशु का ब्याह हो जाता है। खैर, छोड़ो, तुम सोच देखो!"

हाँ, बाऊ जी ने ब्याह तो किया था, धामराहड़ के जमींदार घराने की बेटी से! उन्हें मालूम था, जब वे अपने पैरों पर खड़े हो जाएँगे, खुद कमाने लगेंगे, तब तक बीवी भी किशोरी हो जाएगी। उसके बाद ही वे उसे लेकर आएँगे। बहरहाल, वे ब्राह्म नहीं हुए! लेकिन आखिरी साँस तक ब्राह्म धर्म के प्रति उनका अनुराग बना रहा। वैद्यनाथ में ही उन्होंने घर बनाया, ताकि तरुणाई के उस दोस्त के पड़ोसी रह सकें।

यहाँ भी वे बेटी, बहू, पोते-पोतियों को बटोरकर ब्राह्म समाज मंदिर जाया करते थे। उनके निधन के बाद भी यह रिवाज काफी दिनों तक कायम रहा।

बाऊ जी अपने बारे में बहुत कम बोलते थे। मँझली दीदी ने बताया कि लगभग बीस साल की उम्र में वे काशी चले गए। इसके बाद ही, काशी में बगावत हुई। गंगा की छाती पर, नाव में सवार होकर वे किसी तरह कलकत्ता लौटे। उनका दिमाग बेहद तेज था और बी.ए. पढ़ते-पढ़ते ही, उन्होंने हुगली जिला के एक विशाल धनी जमींदार के यहाँ स्टेट-मैनेजर की नौकरी कर ली।

इस जमींदार के साथ उनकी माँ और सौतेली माँ की तरफ से मुकदमा चल रहा था।

सुना है, बाऊ जी गपशप के दौरान अक्सर कहा करते थे, "देखो, कभी कोई जमींदार बनने की ख्वाहिश मत पालना। अपने बच्चों को लिखाओ-पढ़ाओ, जिससे, जैसा हो सके, कमाए-खाए। मैंने जमींदारों की बड़ी खौफनाक तस्वीरें देखी हैं।"

ये तरुण जमींदार महोदय माँ और सौतेली माँ के खिलाफ मुकदमा लड़ रहे थे। इसके अलावा, माँ और सौतेली माँ ने भी एक-दूसरे के खिलाफ मुकदमा किया हुआ था। सारे मुकदमे एक साथ ही चलते रहे। भाग्य को प्रसन्न करने के लिए तीनों लोगों ने ही योग-यज्ञ-हवन की प्रतियोगिता शुरू कर दी। नतीजा यह हुआ कि एक लाख, इक्कीस हजार रुपए, सात आने, ग्यारह पाई सालाना आमदनी वाली जमींदारी की हालत दिनोंदिन खराब होने लगी, प्रजा की दुर्दशा बढ़ गई। जमींदार साहब के ससुर के अनुरोध पर ही, बाऊ जी, चूड़ाचन्द्रपुर जाकर, वहाँ के स्टेट-मैनेजर हो गए।

जमींदार के ससुर और बाऊ जी आपस में सलाह करके, उनके ये मामले निपटा सकते थे। हालाँकि इसमें डेढ़ साल का वक्त लग गया। ढाई साल बाद, बाऊ जी

ने यह काम खुद ही छोड़ दिया। जमींदारी की तरक्की के लिए क्या-क्या किया जाए, इस बारे में लिखित सलाह दी गई थी। सबसे जरूरी था, विद्यालय की स्थापना और दातव्य होमियोपैथ औषधालय की प्रतिष्ठा; विद्यालय के शिक्षक और होमियोपैथी डॉक्टर के आवास की व्यवस्था और उनकी तनखाह का निर्धारण!

उन्होंने जमींदार के ससुर को सलाह दी, "दामाद के लिए गृह-शिक्षक रखना आपका कर्तव्य है। अँग्रेजी सीखना भी अनिवार्य है। अभी उसे नायब-गुमाश्तों पर निर्भर रहकर चलना पड़ता है। वह निर्बोध और क्रोधी भी है।"

"असल में उसका धात् ही गरम है।"

"तो फिर कलकत्ता लाकर, उसका इलाज कराएँ। दामाद जी की सौतेली माँ झगड़ालू जरूर हैं मगर उनमें बुद्धि है।"

उन लोगों ने बाऊ जी को वेतन के अलावा एक मोहर और एक जोड़ी शॉल भेंट की! लेकिन यहाँ आने से पहले मुझे मायके में ही दो-दो वर्ण-परिचय ख़त्म करने पड़े थे। उन्होंने मुझे कॉपी भी थमा दी थी, ताकि मैं अपनी लिखावट सुधार सकूँ। उन्होंने मुझे एक निबंध लिखने को दिया–'महान् व्यक्ति किसे कहते हैं।' मैंने लिखा–"मेरे बाऊ जी महान् व्यक्ति हैं। वे दोपहर के वक्त भात के साथ पीठा मिठाई और खीर खाते हैं; घोड़े द्वारा खींची जाने वाली बग्घी में बैठकर, वे कचहरी और महल का परिदर्शन करते हैं।"

मेरा लेख देखकर, उन्होंने कहा, "अभी तुम्हें और पढ़ना-सीखना होगा।"

अब यह तो मुझे याद नहीं कि कितने दिनों तक, मगर इसके बाद, बाऊ जी ने कुछ दिन नदिया जिला के अंग्रेजी विद्यालय में प्रधान शिक्षक के ओहदे पर काम किया। उन दिनों अम्मा गाँव वाले मकान में रहती थीं। वहीं बड़े भइया और मँझले भइया पैदा हुए। अब बाऊ जी को यह फिक्र लगी कि कलकत्ता में घर नहीं बनाया, तो बच्चों की पढ़ाई-लिखाई नहीं होगी।

गाँव वाला मकान अभी भी कच्चा था। बरसात के मौसम में नदी बाँध तोड़कर बहने लगती थी।

अम्मा बताती थीं–"जैसे ही माटी में महीन-सी दरार नजर आती, उस नदी से काफी दूर, नया गाँव बनाना शुरू हो जाता।"

कमरों की टीन की छादन, खुद्दी-चावल, दरवाजे खिड़कियाँ काटकर, गाय-बछड़ों-लोगों समेत वहाँ उठा ले जाते। नया गाँव तो खैर बसाना ही होगा। नए गाँव का निर्माण शुरू होना है, यह तय होते ही पुष्करिणी को पहले से ही काट लिया जाता था। झोंपड़ी भी डाल ली जाती थी। लड़कियाँ, बूढ़े-बूढ़िया सब बैलगाड़ी में लद-फँदकर नए गाँव जाते थे।

गाँव की शुरुआत, मानो एक जंग ही होती थी। शाम होते ही आँगन में बड़ी-बड़ी मशालें जला ली जाती थीं। बाघ का डर जो रहता था!"

"डाकुओं का डर नहीं होता था?" मैंने पूछा।

"मेरे एक जेठू-ससुर थे, उनका नाम ही था—डकैत-कर्ता! बड़े-बड़े डाकुओं की तरफ से वे मुकदमा लड़ते थे और जब वे छूट जाते थे, तो उन लोगों को जमीन देकर, उनकी रिहाइश का भी बन्दोबस्त करते थे।"

उस जमाने के हरकारे-प्यादे काफी जबरजंग होते थे। ज़ब वे लोग लाठी-बरछा लेकर खड़े हो जाते थे, तो सभी दहशत में आ जाते थे। अम्मा ने जिंदगी में एक बार ही गाँव बनते देखा था।

प्राचीन दुर्गानगर चालीस साल पहले कायम रहा। बाद में वही गाँव टूटकर महिषखाली दुर्गानगर! वह गाँव भी बयालीस साल तक कायम रहा। उसके बाद, उसका नाम पड़ा—वाड़िच्या दुर्गानगर! माँ ने जैसा देखा था, यह गाँव बारह मील अंदर बसाया गया था।

बाऊ जी ने कहा, "अगर संभव हुआ, तो ईंटें तपाकर बड़ी कोठी बनाऊँगा; स्कूल की भी स्थापना करूँगा।"

अम्मा ने छूटते ही कहा, "कितने साल टिकेगा भला?"

बाऊ जी हँस पड़े, "पहाड़, नदी, इनको छोड़कर और कौन-सी चीज हमेशा टिकी रहती है? अगर मैं कोठी बनवाऊँ, तो मेरी मौत के बाद, मेरे नाती-पोते, गोद के नाती-पाते, देखेंगे तो सही! बस, उतने दिन कोठी टिकी रहे, काफी है। एक स्कूल भी बनवाऊँगा। जिले के लड़के..."

बाऊ जी की यह इच्छा काफी सालों बाद पूरी हुई, सँझली दीदी के ब्याह के बाद! सँझली दीदी के ससुर, बाऊ जी से काफी बुजुर्ग थे।

उन्होंने कहा, "देखो, प्राणरंजन, इस इलाके के लड़के ऊँची-ऊँची क्लासों तक पढ़ें। मैंने शहर में एक कच्चा मकान रख छोड़ा है। मिट्टी का घर है, टिन की छादन! चटाई-तकिया-मशहरी भी मौजूद है। चावल भी खरीद देता हूँ। एक बाह्मन है, जो पका देता है। लालटेन और तेल, दीया और रेंड़ी के तेल का भी इंतजाम है वहाँ। तुम तो जानते ही होगे। मैंने और विश्वास लोगों ने मिलकर यह इन्तजाम किया है! लिखाई-पढ़ाई में अगर आगे नहीं बढ़े...लेकिन, उसके बाद?"

"उसके बाद का जिम्मा मैंने लिया। अभी न हो, कलकत्ते में कोई मकान किराए पर ले लूँगा। लेकिन मैं अपना मकान भी जरूर बनाऊँगा। जिले के लड़के, वहाँ आकर पढ़ेंगे-लिखेंगे। कॉलेज में पढ़ेंगे....डॉक्टरी पढ़ेंगे..."

बहरहाल, गाँव में उन्होंने जब कोठी बनवाई, वे उसी स्टेट के दीवान थे। बाद में, वहीं जज नियुक्त किए गए।

जमुना की विरुद्ध धारा की तरफ जाते-जाते, उनकी गोदी का पोता, दुधमुँही पोती ने देखा, दुर्गानगर की दीवान-कोठी, जमुना अपनी गोद में खींचे लिए जा रही है। उन्होंने पक्की कोठी बनवा ली। उन दिनों वे बार-बार यहाँ नहीं आ पाते थे।

दुर्गोत्सव तक में उनका आना नहीं हो पाता था। वे खर्चा जरूर भेज देते थे। बाऊ जी की डायरी में ही मैंने पढ़ा है, उस जमाने में पचास रुपयों में दुर्गोत्सव होता था।

बाऊ जी जब दीवान और जज के ओहदे पर आसीन थे, उससे पहले ही कलकत्ते वाला मकान बन चुका था।

मुझे उसी मकान में आश्रय मिला। अब तो, खैर, वह मकान भी नहीं रहा। वह घर-मकान आखिर कहाँ चला जाता है, जब उसके मालिक, उन्हें बेच देते हैं?

सँझली दीदी, दूर के रिश्ते के किसी भाई, मनोरंजन के बारे में ढेर-ढेर बातें किया करती थीं, जो स्वदेशी करता था। मुमकिन है, मैंने भी उसे देखा हो, लेकिन अब मुझे याद नहीं है। नीचे कितनी-कितनी ही तरह के लोग आया करते थे, मैं हमेशा तो वहाँ नहीं जाती थी।

हाँ, सँझली दीदी कभी-कभार जरूर आया करती थीं। उनको आजादी थी। वे अपने बाल-बच्चों के साथ मायके आती थीं और महीने-दो महीने यहीं रहती थीं। बच्चा होने के समय तो वे अपनी माँ के पास आती ही थीं। पहले कलकत्ता! फिर वैद्यनाथ में!

सँझली दीदी ने ही मुझे बताया, "ओ, सुनयनी, कितनी पुरानी बात है? मनो दादा एक दिन एक लंब-तड़ंग, अति सुन्दर लड़का लेकर आए। मुझसे कहा—इसे देख रख, ज्ञानदा! इस लड़के ने खाली हाथों से बाघ मारा है।"

बाद में जब मैंने अखबार में उस शख्स के संघर्ष और मौत की खबर पढ़ी, तो सोचती रही, वाकई सँझली दीदी कितनी तकदीर वाली थीं। उन्होंने जतिन मुखज्या को अपनी आँखों से देखा था।

जब यह खबर मिली, उस दिन अम्मा के घर में चूल्हा नहीं जला। सँझली दीदी कहाँ ढाका में थी, उनके यहाँ भी उस दिन खाना नहीं चढ़ा।

मैंने भी सोचा, आज खाना-वाना तो बनाना नहीं है। बैठे-बैठे अखबार ही अक्षर-अक्षर पढ़ डालूँ।

बाऊ जी ने कहा, "जंग जारी है, वे लोग इसके लिए हथियार लेने..."

अम्मा ने कहा, "ऐसे कब तक चलेगा? जाने कब से तो..."

बाऊ जी, अम्मा और मैं उस दिन दूध पीकर ही रह गए। इसके काफी बाद, जतिन मुखज्जे की बीवी, बेटे वैद्यनाथ में भी आकर रहे थे। मुझे धुँधला-धुँधला सा याद है, गोरी-चिट्टी रूपवती। मानो उसके अंदर आग धधक रही हो। लिखने बैठो, तो ढेर-ढेर बातें हहराकर उमड़ आती हैं। एक बात अच्छी तरह याद है। बाऊ जी बेटे-बेटियों के ब्याह के सिलसिले में, हमेशा यह खोज करते थे कि घर कैसा है, खानदान कैसा है, पढ़ाई-लिखाई का माहौल है या नहीं।

यह सब देख-सुनकर ही, वे ब्याह की स्वीकृति देते थे।

वैसे जैसा वे चाहते थे, हमेशा वैसा ही नहीं मिला।

हाँ, वे उदार थे। उस जमाने की भाषा में जिसे कहते हैं, 'ब्राह्मभावापन्न'! वे बिल्कुल वही थे। सरकारी नौकरी से उन्हें परहेज था। जब, जिस स्टेट में कामकाज किया, वहाँ स्कूल खोलने, दवा-दारू का इंतज़ाम करने में प्रोत्साहन दिया। लड़कियों के प्रति श्रद्धा, उनके खानदान और उस जिले के अनगिनत परिवारों में मौजूद थी। मँझली दीदी के जो समधी बने उनकी सगी बुआ तो अजीबोगरीब कांड कर बैठीं।

उनके इकलौते बेटे को, बच्चा समझकर, उनके जेठू-काका लोगों ने उसका खून कर डाला। उस वक्त यही विधवा औरत घर के पुराने नौकर को साथ लेकर, नाव की राह, सदर शहर पहुँची और उन्होंने अंग्रेज मजिस्ट्रेट के सामने धरना दिया।

फिर तो यह मुकदमा भी चला! गुनहगारों को सजा भी मिली और उन लोगों को जेल की भी हवा खाना पड़ी।

ऐसी ही एक हवा चली थी, सँझली दीदी की ससुराल वाले गाँव में!

सँझली दीदी की शादी, हर तरह से बेहतर हुई थी। उस परिवार में किसी तरह का खास गँवारपन नहीं था। वे लोग खास लकीर के फकीर भी नहीं थे। औरतों का सम्मान करते थे। हाँ, रुपया-पैसा नहीं था। सँझली दीदी का दूल्हा, बेहद पत्नी-भक्त था। ढाका में एक गरीब वकील!

गरीब क्यों था?

'स्वदेशी' वकीलों के पास पैसा नहीं होता था।

बड़े-बड़े केस उन्हें क्यों नहीं मिलते थे?

वे 'स्वदेशी' लोगों का केस लड़ते थे।

बाऊ जी हमेशा कहते थे, ज्ञानदा मेरे बच्चों में सबसे बढ़कर है! हीरा है! उसका ब्याह भी काफी बेहतर हुआ।

सँझली दीदी की नाव को हमेशा अनुकूल हवा मिली। उन्हें कुछ वसूल करने की जरूरत नहीं पड़ी।

चलो, सँझली दीदी के बारे में ही लिखूँ। उनके जैसी औरत न हुई, न होगी।

वैसे सतीन्द्र चाहे जो कहे, इतनी लंबी जिंदगी की आत्मकथा भला लिखी जा सकती है? तो मैं यह सोचती हूँ कि और कितने साल मुझे जीना है!

सँझली दीदी का जन्म सन् 1884 में हुआ।

मेरा जन्म सन् 1886 में!

यह जो मैंने सन् 1973 से लिखना शुरू किया है, इस वक्त मेरी उम्र सत्तासी साल है।

बाऊ जी इतने सालों जिंदा रहे या कहूँ इतने सालों हमारे बीच मौजूद रहे, उनके बेटे-बेटियों को उतनी उम्र नहीं मिली।

जाने कितनी-कितनी मौतें हुईं, कितनों के क्रिया-कर्म का इंतजाम करना पड़ा। जाने कितना-कितना दूध उबालती रही, कितना-कितना दही जमाया। यह सब सोचने

बैठो तो हैरत होती है।

मैं ही भला इतने दिनों कैसे जिंदा हूँ?

दूध-भतीजों, दूध-भांजियों का कहना है, ''किसी भी दिन मिलावट की चीजें नहीं खाईं! जो भी खाया, असली माल खाया। हर रोज घड़ी के काँटों पर जागीं-सोयीं। पहाड़ों से आयी विशुद्ध और ताजा हवा में साँस लेती रहीं, इसीलिए इतने दिनों बची हुई हैं।''

हाँ, शायद यही...शायद यही सच है!

वे सब ऊँचे-ऊँचे यूकेलिप्टस के पेड़, जाने कभी के गिर चुके हैं।

बगीचे का कुआँ, नीरेन्द्र ने दस वर्ष पहले ही भर दिया था।

''दूध बुआ, जाने कब तो ठोकर खाकर गिर-गिरा पड़ें या फिर उनकी प्राणप्रिय गइया ही कुएँ में जा पड़े, इसे भर ही दिया जाए।''

जिस चबूतरे पर बैठकर बाऊ जी सूर्योदय दर्शन करते थे, अब वह भी टूट-फूट चुका है। कलावती की बहू, प्रेमरानी को भी मैं कलावती ही बुलाती थी। छुटकी नात-पतोहू का नाम शायद रेवती है। वे लोग तो उसे 'रेवती' नहीं बुलाते।

यह नात-पतोहू, अपनी ददिया-सास की तरह बेहद कर्मठ और फुर्तीली है। जुबान मानो चाकू की धार। वह मेरी काफी देखभाल करती है। उसने ही उस टूटी-फूटी जगह पर टूटी चहारदीवारी की ईंटों से घेर कर, अच्छा-खासा चबूतरा गढ़ दिया है और उसे मिट्टी से तीप भी दिया है। यहाँ दोपहर के वक्त बैठी-बैठी वह सूप में दाल चुनती है। इसके अलावा चावल-गेहूँ पछोरकर रखती है; ट्रांजिस्टर सुनती है।

वह अपने बेटे या पति की कतई परवाह नहीं करती। पोस्टऑफिस में भी झाडू लगा देती है, वहाँ के लोगों को पानी पिलाती है। इसके लिए वह तनखाह भी पाती है। नीरेन्द्र ने उसे बकरी खरीद दी है, वह उसे पाल-पोस रही है। वह अपने रुपए-पैसे पोस्टऑफिस में जमा करती है। जहाँ अम्मा का गऊथान और सब्जी-खेत था, वहाँ वे लोग भी खेती करते हैं।

उसने मुझसे कहा है। तुम जब मर जाओगी, बूढ़ी दादी, तब मैं तुम्हारे कमरे में चली आऊँगी।''

उन लोगों का गाँव भी, किसी जमाने में काफी दूर था। अब करीब आ गया है। बस से आधे घंटे का रास्ता! मैंने उससे पूछा, ''खेती-बारी करोगी?'' जवाब में वह हँसते-हँसते लोटपोट हो गई। उसका बेटा 'इलेकिटरी' मिस्त्री था, उसकी अपनी दुकान थी! दुकान की बगल में थोड़ी-सी खाली जगह भी है। रेवती वहाँ चाय की दुकान खोलेगी। बेटे का बाप आटे की चक्की बैठाएगा।

''यह सब करने के लिए रुपए?''

''वह जगह बस-सड़क के नजदीक है। थोड़ी-सी जगह बेच दूँगी, तो इतने-इतने रुपए मिलेंगे कि चाय की दुकान, आटा-चक्की, बड़े आराम से हो जाएगी।''

अब मैंने चकित होना छोड़ दिया है। उसकी ददिया सास कलावती और उसका पति हुड़वा, अपनी माँ का साम्राज्य सम्हालता था और डाँट-डपट सुनता था। दांड़ोय नदी के करीब वाले गाँव से जग्गो सन्थाल आकर, कुएँ से पानी खींचता था, जाड़े की शामों में सूखे पत्ते जलाकर, आग तैयार कर देता था। सभी दीदी और भाभियाँ अगर उसे दो-एक फटे-पुराने कपड़े थमा देतीं, तो वह निहाल हो जाता था।

रेवती हमेशा नायलॅन पहनती थी और कंघी-पट्टी करके, हमेशा फिट्फाट नज़र आती थी।

नीरेन्द्र ने कहा, "जमाना बदल गया है, दूध बुआ!"

"हाँ, सो तो है!"

मैं तो सिर्फ यह सोचती रहती हूँ, मँझली दीदी ने उस जमाने में भी औरतों के लिए क्या किया, क्या नहीं किया। लेकिन, उन दिनों के मुकाबले, आज की औरतें काफी आगे बढ़ चुकी हैं।

लड़कियों के इतने सारे स्कूल नहीं थे।

इतनी सारी लड़कियाँ स्कूल नहीं जाती थीं।

आजकल लड़कियाँ सलवार-कमीज पहनकर साइकिल चलाते हुए, स्कूल-कॉलेज जाती हैं, दफ्तरों में नौकरी-चाकरी करती हैं; पहाड़ चढ़ती हैं, खेल-कूद में शामिल होती हैं! आजकल औरतों की कितनी जयजयकार है!

चलो, मैं उस जमाने के भले-भले पक्ष बताऊँ।

हम लोगों का समय, बिल्कुल और तरह का था। और उस जमाने में मेरी मँझली दीदी, प्रेमदा देवी कैसे जंजीर तोड़कर निकल आईं! वे तिहत्तर वर्ष की उम्र में चली गईं, मानो असमय ही चली गईं।

सन् 1882 में जन्म, 1910 में विधवा हो गईं।

मँझली दीदी : प्रथम पर्व

बाऊ जी ने उनका नामकरण, अपनी सोच के मुताबिक ही किया था। बड़ी बेटी का नाम—वरदा था! वह भी देवी मइया का ही नाम था। जो वरदायिनी हो, वही वरदा! मँझली बेटी—प्रेमदा! मँझली दीदी के जन्म से पहले, प्रेम भाई, बाऊ जी के पास काफी आते-जाते थे।

सँझले भइया ने मुझे बताया, "वे पंजाब के बाशिन्दा हैं। पूरे साल भर तक वे भारत में इधर-उधर घूमते-भटकते रहते थे।"

"वे क्या संन्यासी थे?"

"सुनयनी, तुम कितनी बुद्धू हो! वे भला संन्यासी क्यों होने लगे? वे गेरुआ कुर्ता और लुंगी तो इसलिए पहने रहते थे, ताकि कपड़े जल्दी मैले न हों। असल में वे यहाँ क्यों आते हैं, पता है?"

"और क्यों? बस, यूँ ही!"

"बाऊ जी से रुपए लेने आते हैं।"

"समझ गई! वे हिमालय में, कहाँ तो आश्रम बनाने वाले हैं।"

"खाक़-पत्थर! असल में..."

"क्या? असल में क्या, सँझले भइया?"

"बम बनाने का मसाला खरीदेंगे, बम बनाएँगे।"

"हाय राम! बाऊ जी जानते हैं?"

"स-ब जानते हैं। खैर, छोड़ो, इस घर में और किसी को यह बात नहीं पता है। अच्छा, बड़ी दीदी आ गईं न?"

"वह तो कल ही..."

"अम्मा वो हंड़िया सिकहर पर चढ़ा गई है। तुम दसेक छेने की लजीज जलेबी ला सकती हो?"

"अम्मा को अगर पता चला न..."

"तुम न सच ही बौड़म ही रह गईं! अम्मा तो इस वक्त भूनी मौसी से गपशप में मगन हैं। वह चार बजे उतरेंगी ऊपर से।"

"देखिए, मुझे बुद्धू-बौड़म ना कहें।"

"बुद्धू नहीं, बुद्धिन बोलूँ?"

"सँझले भइया!"

"चलो, छोड़ो, बाऊ जी की दुलरुई बिटिया, कहीं रो ही न पड़े। जाओ, ले आओ!"

"सँझले भइया, तुम्हारे लिए अम्मा से कितनी डाँट सुननी पड़ती है, वही सोच रही हूँ।"

"सुनो, लौटते-लौटते रात के ग्यारह बज जाएँगे। दरवाजा खोल देना।"

क्यों? इसलिए कि उन्हें यार-दोस्तों के साथ भूत-कोठी देखने जाना था। मुर्दा जलाने तो वे हरदम ही चल देते थे। अम्मा खूब-खूब डाँटती थीं। अम्मा को सामाजिक आचार, नियमों के प्रति काफी आस्था थी। सँझले भइया न जात देखते हैं, न पांत। हर जात का मुर्दा फूँकने चल देते हैं, इस बात से वे बेतरह नाराज रहती थीं।

सँझले भइया ने मीठी मुस्कान बिखेरते हुए कहा, "अम्मा, मुर्दे की भला कोई जात होती है? हमें तो मुर्दों की चीर-फाड़ भी करनी पड़ती है।"

"सुनो, उमेश, मेरी बात मानो, डॉक्टरी पढ़ना छोड़ दो।"

"ऐसा कहीं होता है भला, अम्मा? मैं आपका नालायक बेटा ही सही!"

"इसीलिए मैं उनसे कहती रहती हूँ...मुझे तुम्हारा ब्याह कर देना है।"

"बाऊ जी की बात बड़े भइया, मँझले भइया ने तो कभी नहीं टाली! नौकरी करने के बाद ही..."

"वे भला सुनेंगे? छात्र जीवन में ही ब्याह न हुआ, तो..."

वैसे सँझले भइया अम्मा के सर्वाधिक प्रिय थे। मेरा तो ख्याल है, बाऊ जी के भी वही सबसे अधिक लाड़ले थे। उनका एक बेटा इस कदर स्वाधीनचेता है, बाऊ जी को यह बात बेहद अच्छी लगती थी।

अम्मा समझती थीं, सँझले भइया मुझसे ऐसी बहुत-सी बातें कहते-सुनते हैं, जो वे उन्हें नहीं बताते।

इसलिए जब उन्हें गुस्सा आता था, वे मुझे ही डाँटना शुरू कर देती थीं। मुझे, सुखदा, तपोमयी को और सत्येश को भी!

बाऊ जी उनकी यह मुद्रा देखकर हल्के-से हँसकर कहते, "तुम उनकी बातों में उलझती ही क्यों हो? बेटियों को जो डाँटती रहती हो, सुखदा और तपोमयी तो ब्याह होते ही विदा भी हो जाएँगी! रह गई सुनयनी! वह तो रहेगी, मेरी देखभाल करेगी, तुम्हारी सेवा करेगी, उसे मत डाँटा करो। कितनी किस्मत से ऐसी बेटी मिली है।"

अम्मा हमें हिदायत देती थीं, "जाओ अगर कोई और काम न हो, तो अपनी लिखावट सुधारो। देखो, ज्ञानदा तो किताबों से सिर ही नहीं उठाती। ये लोग बिल्कुल और ढंग की निकलीं, सुनयनी और हाँ, जरा धोबी का हिसाब भी लिख रखना।"

सुनयनी! इस घर में किसी को, पुकार के नाम से नहीं बुलाया जाता था। सबको उसके पूरे नाम से संबोधित करते थे। यहाँ यही रिवाज था। एकमात्र सँझले भइया ही कहते थे–बुद्धू! बौड़म! डरपोक!

सत्येश मुझसे सटकर बैठ जाता था और उनके मंतव्य पर विरोध जाहिर करता था, "मेरी सुनयनी दीदी न बुद्धू है, न बौड़म। आपको कुछ पता नहीं!"

मुझे यह 'आप' कहना, बेहद अच्छा लगता था। आदर-सम्मान के बारे में कैसी अद्भुत शिक्षा थी! मैंने अम्मा से ही सुना है, उनकी सास भी अपने बेटों को भी आप-आप संबोधित करती थीं–प्राणरंजन जब कह रहे हैं, तो अमुक खाना ही बना लो। दिनेश कह रहे हैं कि परसों सदर जाएँगे, ऐसा करो केदार से कहकर, धोबी के यहाँ से कपड़े ले आए।

अम्मा भी इसी तरह बातें किया करती थीं, उमेश बात नहीं सुनते या देवरंजन लिखते हैं कि उन्हें च्यवनप्राश चाहिए, वरदा लिखते हैं कि पूजा में जब्बलपुर जाएँगे।

भइया लोग और दीदियाँ, अम्मा भी बाऊजी को 'आप' ही कहती थीं। शायद ऐसा ही चलन रहा होगा, मैं भी गाँव में, दादा तुल्य लोगों को 'आप' ही कहती थी।

यानी जिंदगी भर आप और तुम के अलावा और कुछ नहीं सुना।

लेकिन मँझली दीदी ने जाने से पहले कहा, "सुनयनी, तू मेरे ही पास रह,

तू मुझे अपनी मालती जैसी लगती है।''

मालती उनकी बड़ी बेटी थी, शेफाली उनकी छोटी बेटी!

हाँ, तो मैं प्रेम भाई के बारे में बता रही थी। मँझली दीदी के जन्म से कुछेक दिनों पहले ही प्रेम भाई इस घर में आए थे। राज्य इस्टेट में, दीवान जी के घर। वहाँ तो इनको लेकर काफी हलचल मच गई।

प्रेम भाई की बातें सुनने के लिए, शाम के वक्त शहर के नामी-गिरामी, उच्च पदस्थ लोग, शिक्षक वगैरह सभी हस्तियाँ आती थीं।

प्रेम भाई ईश्वर, सृष्टिकर्ता के बारे में व्याख्यान देते थे।

वे धाराप्रवाह बोलते जाते—सर्व जीव को प्रेम, सर्व जीवों के प्रति दया—यह तो करना ही चाहिए। हाँ, जब कभी जरूरत पड़े, फूत्कार भी उठना चाहिए। देह में शक्ति और मन में अनुभूति हो, तो फूत्कार उठना चाहिए। इतना कहते हुए, वे एकदम से गा उठते—

प्रेम बाजार में हैं सभी एकाकार,
जो है मातृप्रेम, वही भ्रातृप्रेम
संसार-सन्तति, प्रेम बिना कुछ ना
प्रेम-धार में बहते सभी
अन्तर बूझे ना, देखे ना भीतरी नयन
जीवन भी प्रेम है, मृत्यु भी प्रेम
दुनिया-संसार, उनका प्रेम पारावार

वे दुबारा गा उठते—

उनके प्रसाद बिन, बरसाए कौन इतना प्यार?

अपने में डूबे-डूबे वे अगली पंक्ति गाते थे—

सच्चा प्रेम करे रौशन, जहाँ अंधियार

यानी उनका हर गीत 'प्रेम' शब्द से शुरू होता था।

बाऊ जी ने कहा, ''क्यों, प्रेम भाई, कहीं आप अपनी ही प्रशंसा तो गाया नहीं करते?''

''अरे, साहब, मैं कौन होता हूँ? और आप भी भला कौन होते हैं? उस प्रेम-परमात्मा में ही मगन हो रहें, राजवस्त्र और भिखारी के जीर्ण-वस्त्र में जो फर्क होता है, वह आप नहीं समझेंगे।''

अम्मा को देखकर उन्होंने भविष्यवाणी की, ''बेटी होगी। उसे नाम दीजिएगा 'प्रेम' शब्द से ही! 'प्रेम' शब्द में बड़ी शक्ति होती है, जननी!''

औरतों को वह 'जननी' रहित कोई सम्बोधन नहीं करते थे। हाँ, यह जरूर लगा कि अम्मा को मन ही मन, काफी दुविधा थी। उस वक्त प्रेम भाई ने कुछ नहीं कहा। शाम की सभा उन्होंने भजन से शुरू की—''प्रेम नगर में बनाऊँगी घर

मैं, तजके सब संसार!'' और ''प्रेम से देखूँ, नाही बिचारूँ, प्रेम में होऊँ मगन!''

मैंने सुना है, उस दिन उनके गीतों में इतना तीव्र आवेग था कि बाऊ जी ने महसूस किया, कमरे में रौशन दीवालगीरी और ज्यादा उजला उठी है। रौशनी और तेज हो उठी है!

सँझले भइया, अम्मा सभी लोग यही कहते रहते थे कि दुनिया में जो भी अच्छी-अच्छी चीजें होती हैं, वह सब इस घर में बहुत पहले ही हो चुकी हैं। मैंने तो कुछ भी नहीं देखा। सब इसी किस्म की बातें किया करते थे।

अम्मा कहती थीं, ''उस वक्त तुम पैदा ही नहीं हुई थीं, तो देखतीं कैसे?''

उस दिन प्रेम भाई ने बताया, '' 'प्रेम' शब्द को हम बेहद छोटा करके देखते हैं। हालांकि 'प्रेम' एक ऐसा शब्द है, जिसका अर्थ चराचरव्यापी है। स्नेह, ममता, करुणा, ईश्वरानुराग सभी कुछ तो प्रेम है। अपनी संतान के लिए माँ का जो खिंचाव होता है, वही संतान-प्रेम है। सिर्फ क्या इंसान? कौए के बच्चे को भी हल्का-सा छू लो, तो कौई एकदम से रोती फिरेगी। अब यह जो प्राणरंजन हैं न, हरिण का शिकार करने के इरादे से जनाब ने बन्दूक उठाई। अचानक हरिण की आँखों पर नजर पड़ गई, एकदम से ख्याल आया कि इस निष्पाप प्राणी को क्यों मारूँ? सभी कुछ तो ईश्वर की सृष्टि है। मेरे दीक्षागुरु, दुष्ट को सजा देते थे दूसरी तरफ सड़क के कुत्ते को उठाकर घर ले आते और उसके घावों पर मरहम लगाते थे।''

यह जो प्रकृति है, जिसने प्रेमवश जल, मिट्टी, अरण्य सृजन करके जीव-जगत को आश्रय दिया, वह क्या प्रेम का परिचय नहीं है?

''श्री राधा के बारे में सोचो, मीरा के बारे में सोचो। ईश्वर-प्रेम में मतवाली कितनी ही विभूतियों की हम पूजा करते हैं...भई, औरत-मर्द की प्रणय-लीला ही तो एकमात्र प्रेम नहीं होता। अनन्त प्रेम की धारा तो सर्वत्र प्रवाहित रहती है। हम इंसान इसे समझ ही नहीं पाते।''

इतना कहकर, वे गा उठे—'प्रेम बिना सूना संसार!'

बाऊ जी को यह गीत, ख़ासतौर पर पसंद था! मैं यह गीत सीखने से रह गई, यह गीत उन्हें सुना भी नहीं पाई।

इसके बाद मँझली दीदी पैदा हुईं। मँझली दीदी दीर्घांगी थीं! गोरा-चिट्टा रंग तो नहीं था! रंग साँवला था, मगर खूबसरत थीं। गर्दन की गढ़न ऐसी सुडौल, सँझले भइया को वे रानी जैसी लगती थीं। बाद में, मँझली भउजी के मकान में जाने कितने-कितने देशों की कितनी ही मूर्तियों की तस्वीरें देखने को मिलीं। मँझली दीदी की गर्दन, कंधा, माथा—सबकुछ मूर्ति जैसी नजर आती थी।

मँझली दीदी, सुखदा, तपोमयी सभी का दिमाग अपेक्षाकृत छोटा था। मगर मँझली दीदी का रंग गाय के विशुद्ध घी जैसा था। मुखश्री बेहद सुंदर! बाल भी रेशम जैसे! बाल खास घने नहीं थे, लेकिन उनकी शोभा ऐसी थी कि लगता था

ढेर-ढेर बाल हैं।

पढ़ाई-लिखाई में उनकी खासी दिलचस्पी थी। आठ वर्ष की होते-न-होते, वे मुँह जुबानी सवाल लगाने लगी थीं। उनमें तेज भी काफी था। अम्मा गुस्से से बिफरकर कहती थीं, "उस लड़की का नाम तेजस्विनी होता, तो बेहतर था।"

मँझली दीदी भी अपनी प्रबल प्रतापी अम्मा की बात अगर गलत होती, तो वे फौरन टोक देती थीं। हालाँकि इस ओर मेरा ध्यान काफी बाद में गया।

मँझली दीदी का ब्याह बाऊ जी ने ऐसे घराने में क्यों किया, यह मुझे कभी समझ में नहीं आया। अम्मा के ही कोई रिश्तेदार यह रिश्ता लाए थे। उन लोगों का उत्तरपाड़ा के आस-पास कहीं रिहायशी मकान था। उस जमाने के नियम मुताबिक उनका संयुक्त परिवार था। लड़के ने एफ.ए. का इम्तहान तो दिया था, मगर पास नहीं कर सका। उसके मँझले भाई किसी सौदागरी ऑफिस में नौकरी करते थे।

लड़का देखकर बाऊ जी को लगा, लड़के का चेहरा जरूर साँवला है, मगर सेहत से तन्दुरुस्त है। परिवार में बड़ा भाई ही मालिक मुख्तार है। वह कहीं नौकरी-चाकरी नहीं करता। परिवार की अपनी जमीन है, बाग-बगीचे हैं और ढेरों तालाब हैं। उनका अंदाजा था कि लड़का बड़ा शांत और दब्बू स्वभाव का है। उस जमाने में शांत-चुप्पे स्वभाव के बंदे को भव्य-सभ्य ही समझा जाता था। ब्याह-शादी और-और लोगों के माध्यम से ही पक्की होती थी।

उस जमाने में लड़की देखने-दिखाने का रिवाज न मैंने देखा, न सुना। उन दिनों औरतों को ढेर-ढेर संतानें होती थीं। परिवार भी खासे बड़े-बड़े होते थे। आबादी अनगिनत! जो औरतें दुलहन बनकर आती थीं, उनका मायका और ननिहाल भी होता था। उन लोगों का शादी-ब्याह होते-होते, परिवार और बढ़ जाता था।

नतीजा यह होता था कि विराट आत्मीय-स्वजन के माध्यम से सन्देशा आते ही, ब्याह की बात छेड़ी जाती थी। लड़की देखकर पसन्द करने या खारिज करने का नियम नहीं था। ऐसा करने पर निन्दा होती थी, अमुक ने बताया कि अमुक का बेटा है—खानदान अच्छा है। गाँव-गोत्र ठीकठाक है! घर में लिखने-पढ़ने का चलन है। घर की बहू-बेटियाँ खत-वत लिख लेती हैं, हिसाब-किताब भी लिख लेती हैं—सबकुछ ठीक ही है।

बाऊ जी खुद नौकरिया मानस थे, वह भी किसी गैर-ब्राह्मण राजा के इस्टेट में! मँझले बेटे ने भी बाद में वही काम शुरू किया। बड़ा बेटा जब डिप्टी बन गया, उस नौकरी के बारे में भी किसी के मन में हिचकिचाहट नहीं जागी। बाऊ जी ने जब बेटियों का ब्याह किया, उस वक्त बड़े भइया या मँझले भइया ने नौकरी में कदम नहीं रखा था।

अभी उनके ब्याह के बारे में बाऊ जी में खास उत्साह नहीं था, मगर लोग-बाग दबाव डालने लगे थे, "कलकत्ता जब आए ही हो, तो उनका ब्याह भी कर दो न!"

मँझली दीदी पूरे दस साल की हो चुकी थीं। उनका ग्यारहवाँ वर्ष शुरू हो गया था। बाऊ जी ने बड़ी बेटी की तरह, मँझली बेटी को भी छोटी पिटारी भरकर गहने दिए। वे सारे गहने सैंडर्ड माप के थे। बेटी को चाँदी के गहने पहनाए गए। सिर्फ गले में सोने की एक चेन।

सारा कुछ निपट गया। लेकिन दामाद जब जोड़ी समेत आया और पैर छूकर वापस चला गया, तो सास ने वहाँ से कहला भेजा, "साल भर के अंदर बहू को विदा कर दें। चौदह साल की उम्र तक लड़की, अगर मायके में रही, तो वह जवान हो जाएगी। कम उम्र में ही अगर वह यहाँ रहना-सहना शुरू कर दे, तभी वह घर और घर वालों को जान-पहचान सकेगी। और फिर हमारी यह बहू तो रूप में साक्षात् लक्ष्मी है। मैंने अपनी गोद की बेटी ब्याह दी है, इसलिए अब वह मेरे पास आकर रहे।"

सो, ग्यारहवाँ साल पूरा-पूरा करते ही, मँझली दीदी ससुराल चली गईं।

मँझली दीदी बताती थीं, "सास जी मेरे बालों में मसाले में भीगा, नारियल का तेल चुपड़ती थीं, ताकि बाल घने हों। मुझे बहलाने के लिए हाट से गुड़िया खरीद लाती थीं और ननद के साथ गुड़िया खेलने की हिदायत देती थीं।"

मैं गुटुर-गुटुर सुनती रहती थी।

"उनके यहाँ के खाने में बहुत ज्यादा मिर्ची होती थी, मेरा मुँह जलने लगता था। इसलिए सास मुझे तसल्ली देकर कहती थी—अच्छा, पत्तल में दूध-गुड़ देती हूँ, सान-सानकर खाओ। मैंने उनसे साफ कह दिया, मैं पत्तल में दूध नहीं पीती।"

"किसमें पीती हो?" उन्होंने पूछा।

"क्यों? कटोरा में! हमारे यहाँ, सबका नाम लिखा हुआ, हर किसी का अलग-अलग कटोरा है, दूध उसी में पीती थी।"

यह सुनकर सास जी ने, जेठ से कहकर बाऊ जी के नाम चिट्ठी लिखाई—बहूरानी के लिए नाम लिखा हुआ कटोरा भेज दें।

मँझली दीदी ने ही बताया, "उन दिनों समीज पहनने से निन्दा होती थी। कटे हुए कपड़े का कुछ पहनने से, हाथ का पानी अशुद्ध माना जाता था। वैसे वे लोग आदमी शरीफ थे, भलेमानस! लेकिन ध्यान-धारणा, आचार-नियम—सबकुछ अलग तरह का था।"

मँझली की ननद, जेठानी सिर्फ एक साड़ी पहनती थीं। मँझली दीदी की माँ तक समीज पहनती हैं, यह सुनकर उनकी चचेरी सास ने कहा, "देखो, नौकरी की जगह पर वह सब चलता है, बहू। गाँव-घर में ऐसा नहीं चलता। ये सब बातें किसी से कहना मत, बड़ी बदनामी होगी।"

मँझली दीदी को बदनामी की वजह समझ में नहीं आई। 'बदनामी होगी,' 'निन्दा करते हैं'—इस क़िस्म की बातें, उन्होंने कभी सुनी ही नहीं थीं।

मँझली दीदी ने मुझसे कहा, "देख, सुनयनी, बेटी का ब्याह करने से पहले, ससुराल की ध्यान-धारणा, रीति-रिवाज—इन सबका मिलान कर लेना चाहिए। अगर न देखा, तो...सुखदा और तपो को ही लो! किस कदर दकियानूस, पुरातनपंथी हैं वे लोग! लेकिन संतान प्रसव करने के लिए आखिर तो वैद्यनाथ आईं न? यहाँ छः महीने रहकर, बेटे को बड़ा करके, तब अपने घर लौटीं! मालती और शेफाली की ससुराल भी मेरी ही तरह हुई! खैर, मैंने तो अब सोचना छोड़ दिया है।"

वहाँ अंदर तो अंदर, बाहर तो बाहर! मँझली दीदी को सबसे ज्यादा हैरत, अंदरमहल के सोने के कमरे देखकर होती थी। हर कमरे में खिड़की के फ्रेम के नीचे एक जोड़ा दरवाजे, ऊपर एक जोड़ा और दरवाजे।

"नीचे के दरवाजे कभी खोले ही नहीं जाते थे। ऊपर के दरवाजे से टुकड़ा भर आसमान नजर आता था। आसमान देखने के लिए भी मन इतना छटपटाता रहेगा, इसका मुझे अंदाजा नहीं था।"

तपोमयी भी उनकी बातें सुन-सुनकर लंबी-लंबी उसाँसें भरती रहती थी।

"ऐसा ही होता है, मँझली दीदी! बाऊ जी बिल्कुल अलग ढंग के इंसान थे। विद्यासागर जी को उन्होंने अपनी आँखों से देखा था; उनसे बातें की थीं, सोच सकती हो?"

"तुम लोग बिल्कुल अलग किस्म की हो, तपो! पुरानी जमींदारी चाल, तुम्हारा बेटा भी चला रहा है। कुछ भी हो, चन्दननगर आखिर है तो शहर! तुम लोगों की छत पर मैंने भी तो चहलकदमी करके देखा है न! रास्ते-घाट पर कितनी-कितनी रोशनी नजर आती है।"

"लेकिन, सड़क पर चलूँ, गंगा-किनारे देवी जगधात्री का विसर्जन देखूँ, ऐसा कभी नहीं हुआ!"

"अच्छा ही तो हुआ! अब तुम्हारे बेटे, नौकरी-चाकरी के लिए बाहर तो निकले। बर्फ तो टूटी। रुकावट तो हटी।"

"हाँ, अब नातिन-पोतियाँ स्कूल-कॉलेज में पढ़ रही हैं। बहुओं को अबाध आजादी है। चौथी दीदी के लिए जब जरा आराम के दिन आए, तो उनकी आँखें जाती रहीं।"

"पति से सुखदा उतना नहीं डरती थी, लेकिन बेटे से खासा खौफ खाती थी। मैंने उसे काफी डाँट लगाई। उसे अमानुष तक कह डाला। वक्त रहते, उसने अपनी माँ की आँखों पर ध्यान नहीं दिया; डॉक्टर को नहीं दिखाया।"

सुखदा का दूल्हा वाकई काफी भलामानस था।

ये तमाम बातें, इसी मकान में चर्चित होती थीं। मैं वे तमाम बातें सुना करती थी और सोचा करती थी कि अगर मेरी भी घर-गृहस्थी होती, मेरे भी बाल-बच्चे होते, तो मैं भी तो उस घटाटोप जंगल में जिंदगी गुजार रही होती। वह जिंदगी कैसी

होती, यह सोचते हुए मेरी रूह काँप जाती है।

यह भी हकीकत है कि कलकत्ता में कदम रखने से पहले की ज़िंदगी कैसी थी, अब वह याद भी नहीं आती। अम्मा से जब मेरी लड़ाई नहीं होती थी, तब शाम के वक्त, मैं अम्मा के पाँवों में कविराजी तेल मालिश करते हुए, उनसे खूब-खूब बातें किया करती थी।

अम्मा कहती थीं, ''सुनयनी, मन ऐसी चीज है कि इसे जो याद रखना होता है, बस, वही याद रखता है, जो याद नहीं रखना होता है, उसे भुला भी देता है। वह तो अच्छी तकदीर लेकर आई थी, अपनी बेटियाँ, अपने-अपने घर की हो गईं। बस, तू ही मेरी बेटी बनकर, रह गई। सुख-दुःख साथ-साथ झेलते हुए, कितने सारे साल गुजर गए।''

अचानक वे चीख उठतीं, ''हड्डुया, कलावती, देखो, वह हनुमान, गऊथान की छादन पर खुराफात मचाए है! सच्ची, हनुमान के मारे तो नाक में दम हो गया है...''

मन की थैली खुली रखती थी न! इस बात से अचानक वह बात याद आ गई।

मँझली दीदी की ससुराल के अंदरमहल के आँगन में धूप भी आती थी और आसमान भी नजर आता था।

''अंदर का सबकुछ अलग-थलग था, समझी? मैं खिड़की-दरवाजे खोलकर अंदर की पोखर में नहाती थी, कपड़े धोती थी। वैसे मारे शर्म के मैं गड़ भी जाती थी। बदन पर समीज नहीं होती थी। बस, गमछा लपेटकर डुबकी लगाओ। वहाँ कोई सेजखाना यानी प्राइवेट जगह भी तो नहीं थी। बाँस से घेरा हुआ सेजखाना! जब अम्मा या बहुएँ गाँव आती थीं, तो उसी तरह के सेजखाने में जाती थीं। मैं तो जन्म से ही पक्के दालान में रही-सही। पक्के सेजखाने में जाती रही। उन दिनों कलकत्ता में तो कुएँ वाला पखाना था। मेहतर आकर मैले की टोकनी सिर पर उठाकर ले जाता था।''

''काफी तकलीफ होती थी न?''

''जब नयी-नयी थी, तब जरूर असुविधा होती थी। चचेरे देवर की बहुरिया बहुत अच्छा गाती थी। उसके मायके के गाँव में वैष्णव-भक्तों का अखाड़ा था। उससे कितना कहा कि कोई गाना बताओ न रांगा'दी!''

हाँ, टूनी, हमलोग भी जिद करते रहते थे कि कोई 'गाना बताओ'। उस जमाने में यही रिवाज था।

मँझली दीदी ने कहा, ''हम नान्ही-नान्ही बहुएँ यह सोच-सोचकर मरी जाती थीं कि कहाँ बैठकर गाना सुनें कि गाने की आवाज सास के कानों तक न जाए। काफी सोचने के बाद, खिड़की के सामने, पोखर-किनारे पहुँच गईं। वहाँ, घाट पर

बैठी-बैठी रांगा दीदी गाना गाया करती थीं। बेहद मद्धिम आवाज में।''

मैंने कहा, ''मेरे बाऊ जी को गाना बेहद पसंद था। हमारे घर में तो रोज गानों का दौर चलता है।''

''मेरी ननद को उसके पति ने छोड़ रखा था। वे ननद साहिबा बारहों महीने मायके में अड्डा गाड़े रहती थीं और हम सब पर कड़ी नजर रखती थीं।''

उन्होंने ही पूछा, ''अच्छा, ये बात है? गाना कौन गाता है, छोटी बहू?''

मेरा सरल मन! मैंने बता दिया, ''क्यों? ब्रजलाल मिश्र, आनन्दीराम दत्त! ये लोग तो वहीं रहते-सहते हैं। वही आते हैं! कलकत्ते से भी लोग-बाग आते हैं। अम्मा को 'जात्रा' नाटक देखना, बेहद पसंद है, राजमहल में जात्रा-पाला नाटक होते हैं।''

''तुम लोग क्या अंदर, आड़ से सुनती हो?''

''राजमहल गईं, तो जहाँ रानी साहबा बैठती हैं, वहीं हम भी बैठकर देखती हैं।''

''और अपने यहाँ?''

''बैठकखाने में गाना वगैरह होता है। हम सब अम्मा के साथ, एक कोने में बैठी रहती हैं।''

सुना है, इसी बात को लेकर मँझली दीदी की ननद ने घर भर में हड़कंप मचा दिया। ये सब बातें दोपहर को हुई थीं। रात होते-होते, घर के सभी लोग जान गए कि छोटी बहू के मायके में औरतों को लाज-हया बूँद भर भी नहीं है। छोटी बहू के बाप की सारी करतूत, बिल्कुल साहबी कायदे की है। वहाँ गाने-बजाने का जलसा होता है और धींग-धींग लड़कियाँ-औरतें सामने बैठकर नजारा करती हैं, गाने सुनती हैं।

ऐसी ही कितनी-कितनी बातें! भाइयों के साथ बहनें भी पंडित जी से पढ़ती थीं। बहुओं की सास, अबेर-सबेर कलछी सँभालती थीं। बहुएँ अपनी कुँवारी उम्र में रसोई में कदम नहीं रखती थीं। ऐसी ही जाने कितनी-कितनी बातें।

मँझली दीदी ने बताया, ''मैं तो थी टिन की राधा! नमक गुड़िया! आँच लगते ही पिघल जाती थी; पानी में फेंक दिया जाता, तो गल जाती। मेरी इन बातों की वजह से कितना-कितना झमेला हुआ, पता है?''

''आपकी ननद को किसी ने कुछ नहीं कहा?''

''वह तो घर की बेटी थी! गाँव की बेटी थी! रात-दिन मुहल्ले में चक्कर लगाती थी। इसकी बात उससे लगाती थी। लेकिन, कहना ही पड़ेगा, मेरी सास वैसी नहीं थीं। वे और मेरी चचेरी सास, मुझे समझाती रहती थीं।''

मेरी सास ने मुझे समझाया, ''ऐसे हड़हड़ाकर बातें मत किया करो, बहू! यह गाँव है, ग्रामीण जगह! बात-बात में तिल का ताड़ बन जाता है और फिजूल का झमेला बढ़ जाता है।''

"उसके बाद?"

"रात को जब मेरे जेठ खाने बैठे, तो उनका चेहरा तमतमाया हुआ था। अपना गुस्सा जाहिर करने के लिए, उन्होंने कटोरा जोर से परे हटा दिया, मछली उठाकर फेंक दी। उन्होंने मेरी सास पर ही गुस्सा उतारते हुए, जवाब तलब किया—बड़े घर की बेटी तुम लाई ही क्यों? यहाँ तो न गाने-बजाने की मजलिस है, न सैर-सपाटे के लिए जोड़े घोड़ों की फिटिन गाड़ी। उस पर से, घर में अटकाए रखना! आपने सुना नहीं? यहाँ तो न बग्गी पर सैर है, घर के अंदर आठों पहर कैद रखा, सो ऊपर से।"

"जिंदगी में मैंने कभी किसी की जुबानी, अपने लिए कड़ी बात नहीं सुनी। ये बातें सुनकर, मेरी आँखों के आगे मानो अँधेरा छा गया। मैं फर्श पर लेटी-लेटी, मुँह ढँके-ढँके रोती रही...रोती रही!"

"उसके बाद क्या हुआ, मँझली दीदी?"

"इस तरह मुझे डाँट-डपटकर, बहला-फुसलाकर भी वे मुझे राह पर नहीं ला सके। मैं भी बेहद जिद्दी थी।" अंत में, मेरी सास ने कहा, "बहू अगर तुम नहीं खाओगी, तो हममें से कोई खाना नहीं खाएगा। तुम क्या सभी को उपासी रखोगी?"

"इतना सुनकर, आप उठ बैठीं?"

"हाँ, उठ बैठी। मैंने एक भी बात नहीं की, लेकिन उनके करीब आ बैठी। खाना खाते हुए भी औरताना गपशप नहीं हुई। उस दिन, मेरी सास मेरे कमरे में ही सोयीं और मुझे अपने सीने से लगाए रहीं।"

"यानी वे बहुत अच्छी थीं?"

"आज समझ सकती हूँ, उन दिनों नहीं समझती थी। वे चार-चार बेटों की माँ थीं, परिवार में सबसे बड़ी। लेकिन बड़े बेटे से डरती थीं। चीख-चिल्लाहट, झगड़ा-झमेले से खौफ खाती थीं। उस ननद से भी डरती थीं।"

"ननद से किसी ने कुछ नहीं कहा?"

"वह तो करमजली थी। दूल्हे ने तो जाने कब ही दूसरा ब्याह कर लिया था। उसकी टरटराहट क्या-क्या गुल नहीं खिलाती थी!"

जब वह ससुराल में ही थी, पति ने दूसरा ब्याह कर लिया। इन लोगों की इज्जत को चोट लगी। ये लोग अपनी बेटी लौटा लाए।

एक दिन उसी बेटी ने सवाल किया, "मैं न हो सौतन के साथ ही घर-बार चलाती। भइया मुझे वहाँ से क्यों ले आए?"

"यानी वह सौतन के साथ रहने को भी राजी थी?"

"हँसाओ मत, सुनयनी। उन दिनों यह तो आम नजारा था। हर कोई मेरे पिता के खानदान जैसा नहीं होता।"

"बे-चा-री! उसका भी जीवन..."

"हाँ, पानी में ही बह गया था! पति की साध तो पूरी हुई नहीं! उसे बाल-बच्चा हुआ नहीं! सो, ननद ने अम्मा से कई-कई बार कहा कि न हो मँझले भइया के साथ ही मुझे वहाँ भेज दो। वहाँ मैं झाड़ू खाकर भी पड़ी रहूँगी। लेकिन ऐसा नहीं हुआ। जेठ जी ने साफ मना कर दिया, बहनोई आकर ले जाएँ, तो वे मना नहीं करेंगे, लेकिन उनसे खुद यह काम नहीं होगा।"

"अच्छा, मँझली दीदी, उनके दूल्हे ने दूसरी शादी क्यों कर ली?"

"अरे, भई, वे भी तो लाड़ली-दुलारी थीं। हक-नाहक गुस्सा होकर, मायके चली आती थीं। उन दिनों बाऊ जी जिंदा थे। बेटी कहती थी कि वहाँ नहीं जाऊँगी, गोबर लीपने में मुझे हीक आती है। ये लोग भी कह देते थे—मत जा। लेकिन वहाँ से जब कोई लिवाने आता था, तो भेज देते थे। अंत में जाने किस बात पर तो ठन गई। उस बार जब आईं, तो साल भर रह गईं। उधर, दामाद किसी जमींदार के यहाँ नौकरी करता था! वहाँ का अमीन था। अच्छा रोजगार करता था। बड़ा भाई था, माथे पर गृहस्थी का बोझ था! सो तंग आकर उसने दूसरा ब्याह रचा लिया, मैंने तो यही सुना है।"

"यानी इनकी जिंदगी चौपट हो गई?"

"हाँ, सो तो हो ही गई। गृहस्थी की इतनी साध थी, लेकिन पूरी नहीं हुई। जब तक सास जिंदा थीं, फिर भी चलता रहा। लेकिन बाद में बहुएँ बर्दाश्त नहीं कर पाईं। सो, चोरी-छिपे अपने गहने बेच-बेचकर..."

"पैसों का क्या करती थीं?"

"तीर्थ पर निकल पड़ती थीं।"

"वहाँ भी तीरथ के पंडे होते थे?"

"वे भला कहाँ नहीं होते थे, सुनयनी? गंगासागर, तारकेश्वर, नवद्वीप—इन सब तीर्थों में तो सालोंसाल ले जाते थे। जिस बार वे नाव पर सवार होकर, कुंभ-स्नान के लिए प्रयाग गईं, सुना है, उसी बार भीड़ में कहीं गुम हो गईं।"

"अच्छा, आप अपने बारे में कुछ बताएँ न!"

"ननद के लिए मुझे दुःख है। वे सुंदर-सुंदर कथरी सिलाई करती थीं। कमरे के लिए डोरी का सिकहर बुनती थीं। जाड़े में दोपहर को मुझे साथ लेकर बैठती थीं। कांथा सिलाई करते-करते मुझे बताया करती थीं कि उनकी बनाई हुई कथरी ओढ़ने में ननदोई को बड़ा सुख मिलता था।"

"वे बिल्कुल गुम ही हो गईं?"

"पता नहीं! उनकी तो उम्र भी खास नहीं थी, सूरत-शक्ल से भी बुरी नहीं थीं। तीरथ पर जाती थीं, मगर बदन पर थोड़ा-बहुत सोना-दाना तो होता ही था।"

मँझली दीदी ढेर सारी बातें बताया करती थीं।

"औरतों पर, उस जमाने में काफी जुल्म ढाए जाते थे। उनके साथ हद नाइंसाफी

होती थी। उत्तरपाड़ा, कोन्नगर—वगैरह कलकत्ता के आस-पास ही थे। शैशव में ही ब्याह, अकाल में विधवा, विधवा के लिए सख्त आचार-नियम, ये सभी कुछ मौजूद थे। उनकी ससुराल जैसे संपन्न घरानों में लड़की के ब्याह के वक्त, माँ से कोई सलाह-मशविरा नहीं किया जाता था।''

मँझली दीदी की एक चचेरी देवरानी थीं। चौदह साल की उम्र में विधवा हो गईं। ससुरालवालों ने उन्हें मायके भेज दिया। वहाँ बाप मर चुके थे। माँ का कोई जोर नहीं चलता था। भाइयों ने उन्हें दुबारा ससुराल भेज दिया। मुहल्लेवालों ने उनके जेठ को समझाया, ''देखो, भइया, मुट्ठी भर चावल और साल में दो-तीन थान साड़ी, तुम दे ही सकते हो!''

मँझली दीदी ने देखा था, वह लड़की, पीने का पानी लाने, निरामिष रसोई के कामकाज, प्रसूति और बच्चे की सेवा—ऐसे लाखों कामों में इस कदर व्यस्त रहती थी कि उसे नहाने-खाने तक की फुर्सत नहीं मिलती थी। सबसे ज्यादा चोट उस वक्त लगती थी, जब लड़की पैदा होते ही, लोग-बाग उसकी जन्मदायिनी को थू-थू करने लगते थे। मँझली दीदी की सास का जोर इसलिए चलता था, क्योंकि वह बेटों की माँ थीं। उनकी चचेरी सासों में एक को तो हर बार लड़की ही होती रही। उन्हें एक भी बेटा नहीं हुआ। उन्हें कितने-कितने ताने-व्यंग्य-बाण झेलने पड़ते थे।

''और तुम्हारी जिन्दगी कैसी थी?''

''मेरे वे तो भाई के डर से केंचुआ बने रहते थे। भइया जो कहें, वही ब्रह्म वाक्य!''

''आपकी देखभाल करते थे?''

''अंदरमहल में तो वे रात को ही आते थे। खाने और सोने! दोपहर के वक्त, जब वे खाने आते थे, मेरी सास ही उन्हें परोसती-खिलाती थीं।''

''और आप?''

''धीरे-धीरे प्रमोशन मिलता रहा। पहले साग चुनना, उसके बाद, सब्जी काटना! वैसे मछली छीलने-काटने में मैंने कभी हाथ नहीं लगाया। तेरह की उम्र होते ही, मैंने कलछी थाम ली। चौदह पूरा होते ही, मालती पैदा हुई। ससुराल में सभी हताश-निराश! मानो सर्वनाश ही हो गया। छः महीने के बाद, बेटी को लेकर ससुराल आई। बड़े भइया और घर के ब्राह्मण, नन्द ठाकुर मुझे वहाँ छोड़ने गए। बाऊ जी अब तक बखूबी समझ चुके थे कि उन्होंने कैसे घर में अपनी बेटी ब्याही है! उन्होंने मालती के लिए हाथों का बाला, गले के लिए मटरमाला दी। ब्राह्म समाज की एक महिला की मदद से उन्होंने बच्ची के लिए कपड़े भी बनवाए। बर्तन-भांडे, चावल, घी, मिठाई वगैरह सैकड़ों उपहार के साथ मुझे ससुराल भेजा—''

''............''

''ससुराल पहुँचकर, मैं तो अंदरमहल में चली गई। उतना सब भेंट-उपहार

देखकर, अंदरमहल व ले तो परम प्रसन्न! बेटी मानो फूलों की डाली हो! भई, पितृमुखी, कन्या सुखी! बेटी ने बिल्कुल बाप की सूरत पाई थी।''

जेठ जी ने बड़े भइया से कहा, ''पहले ही, लड़की हो गई, यह तो अशुभ है!''

भइया चुप!

''बेटी होने से भला चलता है?''

भइया भी बहस में उस्ताद!

उन्होंने कहा, ''देखिए, आप लड़के के बड़े भाई हैं, मैं लड़की का बड़ा भाई! मेरे बाप-दादा हमेशा कहते रहे, माँ न होती, तो संतान नहीं आती; बहन न होती, तो स्नेह-संबंध नहीं बनता! पत्नी न होती, तो संग-साथ नहीं मिलता, बेटी न होती, तो सेवा नहीं मिलती। हम सबने भी उसी ढंग से सोचना सीखा है। आपकी बात का क्या जवाब दूँ, बताएँ?''

अंदर से सास जी ने जेठ को संदेशा भेजा।

उन्होंने कहला भेजा, ''वे हमारे रिश्तेदार ठहरे! उनके आराम का इंतजाम करो। वे नहा-धोकर जरा कुछ खाएँ-पीएँ। आज नहीं, वे कल जाएँ।''

उस बार जेठ जी ने इससे ज्यादा बात नहीं बढ़ाई।

दो साल होते-न-होते शेफाली पैदा हुई। मँझली भउजी ने बेटियों को नाम दिया—कुन्दमाला और मालती माला! यह बताना फिजूल है कि ये नाम, उनके पित्रालय में स्वीकार नहीं किए गए।

''किसने नहीं माना? बेटी के बाप ने?''

''भाई के डर से उनकी तो जुबान ही नहीं फूटती थी। लेकिन रात के वक्त सोती हुई बेटियों को टकटकी बाँधकर देखा करते थे और कहते थे—''बेटियाँ, मानो फूलों की डाली हैं।'' बेटियाँ सच ही बेहद खूबसूरत थीं।

मँझली दीदी का जन्म सन् 1882 में!

चौदहवें साल में मालती का जन्म! सन् 1896 में!

सोलहवें साल में शेफाली का जन्म! सन् 1898 में!

अठारहवें साल में हरलाल का जन्म, सन् 1900 में!

बीसवें साल में गोविन्द लाल का जन्म, सन् 1902 में!

और छब्बीसवाँ वर्ष पूरा होते-न-होते विधवा हो गईं, सन् 1909 में!

मँझली दीदी ने कहा, ''जेठ लोगों से मैं बात नहीं करती थी, लेकिन जब बाल-बच्चा होनेवाला होता था, तो माँ के पास ही गई, उन लोगों ने इसे मान भी लिया था। यहाँ मेरा आदर-जतन होता था। जब यहाँ से लौटती थी, ढेर सारे उपहार-भेंट लेकर जो लौटती थी! हरलाल के जन्म के साथ ही, अम्मा ने एक नौकरानी, रोहिनी को भी साथ भेज दिया। उसकी माँ, अपने दो-दो बच्चों के साथ अब भी मायके

आती थी। रोहिनी को निकुंज डॉक्टर लेकर आए थे।''

उन्होंने कहा, ''रोहिनी की माँ प्रसव कराती थी, नवजात शिशु की सेवा-टहल करती थी। रोहिनी बहुत अच्छी मालिश करती है। बच्चों की देखभाल करना भी जानती है।''

अम्मा ने कहा, ''रोहिनी, न हो, प्रेमदा के साथ चली जाए। बाल-बच्चों की सार-सँभाल करेगी और हाँ, प्रेमदा, उस घर की चाहे जैसी भी रीत हो, अपने बच्चों को कुर्ता-जाँधिया पहनाकर, हमेशा उन्हें सभ्य-भव्य रखना।''

इस काम में रोहिनी काफी माहिर थी। पुराने-पुराने मगर मजबूत और मुलायम कपड़े काट-काटकर, वह बच्चों के कपड़े भी तैयार करना जानती थी।

अपने साथ रोहिनी को ले आने पर, जेठ जी ने शुरू-शुरू में काफी हो-हल्ला मचाया। लेकिन मैं भी बिना लड़े, हथियार नहीं डालनेवाली थी।

मैंने सास के जरिए कहला भेजा, ''हरलाल लड़का है। उसकी खास देखभाल की जरूरत है! इसके अलावा, बेटियाँ निरी बच्ची हैं, उनकी भी देखभाल जरूरी है।''

मँझली दीदी ही बताया करती थीं कि उनके इस सन्देशे के जवाब में जेठ ने उनकी सास के जरिये सवाल किया, ''बेटे-बेटियाँ की माँ के रहते, और दूसरी औरत की जरूरत भी क्या है?''

मैंने सास जी के जरिये ही जवाब दिया, ''उनसे, कहिए, बच्चों की माँ को भी आराम-विश्राम की जरूरत होती है, वर्ना बेटे की देखभाल में मन कैसे लगाएगी?''

उन दिनों 'बेटा' शब्द पर जोर देना पड़ता था। 'बेटे' का मर्म वे समझते थे। उनका अपना बड़ा बेटा भी खास स्वस्थ नहीं था, बारहों महीने कोई न कोई रोग भोगता रहता था।

इतनी सब बहस-मुबाहिसों के बाद रोहिनी बहाल हो गई। वह बड़े जतन से बेटों की तेल मालिश करती और उन्हें धूप में लिटाए रहती, मानो गरम-गरम पानी में घास तैर रही हो। वह उन्हें बड़े जतन से नहलाती-धुलाती। रोहिनी की देखा-देखी, अन्य बहुओं ने भी सीखा-पढ़ा। रोहिनी बड़े जेठ के छोटे बेटे और छोटी बेटी की भी देखभाल करने लगी।

गाँव भर में यह खबर फैल गई, ''छोटी बहूरानी के बच्चों को देखा कैसे खिले-खिले लगते हैं, फल-फूल रहे हैं। इस घराने के बच्चों का चेहरा कैसा प्राणवान है...कितनी देखभाल होती है उनकी।''

सास ने कहा, ''छोटी बहू, तुमने इस घर में कदम रखा, तो गृहस्थी का चेहरा बदल रहा है। अब बाल-बच्चे साफ-सुथरे रहते हैं। तुम्हारी देखा-देखी, तो और-और बहुएँ भी कैसी बन-सँवरकर रहना सीख रही हैं।''

हरलाल के बाद, गोविन्दलाल पैदा हुआ। अब जाकर जेठ भी कहने लगे कि बेटी के बाद बेटा हुआ, अच्छा ही कहना होगा।

मँझली दीदी ने कभी यह भी नहीं छिपाया कि वे जितनी बार मायके जाती हैं, हर बार किताबें भी लाती हैं। अपने कमरे में बैठे-बैठे ही लड़के-लड़कियों को अक्षरों की पहचान कराने लगीं। कहना ही होगा कि उन्हीं की जिद पर जेठ ने कोठी के अंदर ही एक पाठशाला खोल दी। बच्चे सबकी आँखों के सामने पढ़ें। शेफाली और मालती के साथ घर की और बेटियाँ और धीरे-धीरे उनके नाते-रिश्तेदारों की लड़कियाँ भी उस स्कूल में आने लगीं।

कविराज महाशय ने जेठ से कहा, "यह एक अच्छा काम किया तुमने। पाठशाला खोलो, सबके लिए तालाब-पोखर कराओ। तुम्हारे दादा-परदादा ये सब काम किया करते थे, सड़क के किनारे-किनारे पेड़ भी लगाते थे।"

तमाम लड़कियों के बीच मँझली दीदी की बेटियों पर ज्यादा नजर पड़ती थी। वे दोनों ही खूबसूरत थीं। घर में वे दोनों हाथ की सिलाई की समीज पर कसी हुई साड़ी पहनती थीं। बाल सँवारती थीं, कैंची डिजाइन की चोटियाँ बनाती थीं। ये दोनों ही लड़कियाँ सास की भी बेहद दुलारी थीं।

सन् 1909 में मँझली दीदी विधवा हुईं। पति अचानक ही नहीं गुजर गए, काफी भुगत कर गुजरे।

मँझली दीदी ने ही बताया, "एक तो बुखार, उस पर से दस्त की बीमारी। खाने के बारे में मार-काट नहीं मानते थे। कविराज का इलाज वगैरह अच्छा था, दवाएँ भी अच्छी थीं। लेकिन उनकी फरमाइश होती थी—बड़की की माँ से कहो कि कटहल का बीज आग पर भूनकर, तेल-नून मिलाकर ला दे।"

कोठी के बाहरी हिस्से में रहते थे। कविराज बात-बात पर दौड़े हुए नहीं आते थे। मँझली दीदी कविराज की हिदायत मुताबिक रोगी को पथ्य भेजती रहती थीं।

मरीज की सेवा में तैनात था, मँझले जेठ का बेटा। कविराज महाशय ने भी कह-सुनकर अपने छात्र, नवीन को भेजा। वह मूथाघास की जड़ पीसकर, उसमें माप मुताबिक ठण्डा पानी मिलाकर पिलाता। भोजन के नाम पर चिड़वा धोकर उसे भिगो दिया जाता और उसको छानकर उसका पानी दिया जाता या उपले जलाकर, परुवा का भात खिलाते थे। मरीज खाना ही नहीं चाहता था।

मैंने सास के जरिए पूछा, "उत्तरपाड़ा के राजमहल से डॉक्टर नहीं बुलाया जा सकता?"

जेठ ने कहा, "छोटी बहू क्या सर्वविद्या की जानकार है? वैद्य जी का इतना नाम-डाक है, उस पर भरोसा नहीं है?"

मँझली दीदी ने कहा, "मैंने बेतरह जिद पकड़ ली, एक बार उन्हें देखने जाऊँगी।" मेरी ज़िद, भयंकर जिद होती थी।

जेठ के बेटे ने समझाया, "चच्ची, आँख से देखकर क्या करोगी?"

मैंने खासी जिद भरे लहजे में कहा, "एक बात का जवाब दो, जगदीश, अगर

कुछ ऊँच-नीच हो गया, तो किसका जाएगा? मेरा ही न? तुम चाहे जो कहो, मैं उन्हें देखने जाऊँगी ही। माँ, काकी-माँ वगैरह जाती हैं, उन्हें देखती हैं, धरना देती हैं, माँ रोती रहती है, मैं उन्हें देखने जाऊँगी ही जाऊँगी।''

बस, इसी एक दिन जगदीश अपने बाप की अनुमति लेने नहीं दौड़ा।

उसने कहा, ''चलिए, चच्ची, मैं ले चलता हूँ।''

घर के मर्द कमरे से बाहर जाकर खड़े हो गए। मुहल्ले के लोग, बाऊ जी की वजह से मेरा सम्मान करते थे। मैं उनकी बगल में जाकर खड़ी हो गई। उनका चेहरा देखकर मैंने अपने चेहरे पर आँचल रख लिया। उनका रंग यूं भी साँवला था, अब जैसे बिल्कुल काला पड़ गया था। आँखें मानो कोटर में धँस गई थीं। वे अपनी मुट्ठी बाँध रहे थे और खोल रहे थे। उनका पेट फूला हुआ था।

उस वक्त मुझे इतना भी होश नहीं रहा कि कमरे में कौन मौजूद है, उनकी बात कौन-कौन सुन रहा है।

मैंने धीमी आवाज में पूछा, ''बहोत तकलीफ हो रही है न?''

उन्होंने आँखें खोल दीं, ''छोटी बहू?''

''बहोत तकलीफ हो रही है? कहाँ तकलीफ है?''

''हर जगह! बे-हद तकलीफ है! असहनीय!''

मैंने जगदीश से पूछा, ''दस्त की तकलीफ है, तो पेट क्यों फूल गया है?''

मेरे सवाल का जवाब देने के बजाय, जगदीश ने कहा, ''चलिए, चच्ची, वैद्य जी आनेवाले हैं।''

''उसके बाद?''

''और क्या...?''

मँझली दीदी ने स्वाभाविक सूखी आवाज में कहा, ''वैद्य जी अच्छे थे, सब कुछ अच्छा था, लेकिन मेरा ख्याल है कि वे लोग उनका रोग पकड़ ही नहीं सके।''

आखिरी वक्त में उन्होंने कहा, ''भइया जी, छोटी बहू? बच्चे?''

जेठ ने भी उन्हें आश्वस्त किया, ''मैं हूँ न! देखूँगा नहीं?''

इसके तीन दिनों बाद ही वे चले गए।

मँझली दीदी ने अजीब-सी हँसी बिखेरते हुए कहा, ''उन्हें ले जाने से पहले, मुझे उनके सामने ले गए। उस वक्त उनका चेहरा बिल्कुल शांत था। कहीं किसी रोग-कष्ट का निशान नहीं था। उस वक्त मैं न तो छाती पीट-पीटकर रोयी, न पछाड़ें खाईं। मैं जैसे पत्थर हो गई थी।

यह दुःखद समाचार पाकर बाऊ जी, बड़े भइया, मँझले भइया भी आए। जब वे आए, तब जाकर पता चला कि दामाद की बीमारी के बारे में उन्हें खबर ही नहीं दी गई थी। चुंचुड़ा के पोस्ट ऑफिस से टेलीग्राम पाकर, उन्हें खबर मालूम हुई।

अंदरमहल में अजीब कोहराम मचा हुआ था। मँझली दीदी कोरा थान पहनकर,

अपने बेटे-बेटियों को लेकर बैठी हुई थीं। सास जमीन पर लोट-लोटकर रोये जा रही थीं। विधवा जेठी सास, विधवा फुफेरी सास, अन्य विधवा औरतें मँझली दीदी को घेरे हुए बैठी थीं।

"ओ बहुरिया, जरा रो!"

मँझली दीदी के कानों तक मानो उनकी आवाज पहुँच ही नहीं रही थी। वे तो पत्थर की बुत बन गई थीं। बेटे-बेटी उनसे चिपके हुए थे।

सन् 1909 का जमाना! मँझली दीदी की उम्र कुल छब्बीस साल थी!

पति की उम्र थी छत्तीस!

बाऊ जी ने उनके माथे पर हाथ रखा। बस, वह हाथ थामकर, वे पहली बार रो पड़ीं।

बाऊ जी ने यह भी नहीं पूछा कि उन्हें खबर क्यों नहीं दी गई? कोई डिग्रीयाफ़्ता डॉक्टर क्यों नहीं बुलाया गया?

उन्होंने, सिर्फ इतना ही कहा, "काम-काज निपट जाने पर, मैं इन लोगों को साथ ले जाऊँगा।"

"माँ, पोते-पोतियों को छोड़कर नहीं रह पाएँगी–" यह कहने का भी मौका नहीं मिला।

सास ने कहा, "ठीक है, ले जाएँ, समधी जी, अपनी माँ के पास जाकर, जरा वह शांत होगी।"

मँझली दीदी के जेठ भी अजीब फजीहत में फँस गए। पिछले साल मालती की उम्र ग्यारह और शेफाली नौ साल की थी। उस साल जेठू-ससुर का निधन हो गया, तो कालशौच लग गया। बेटियों को ब्याहने की साध पूरी नहीं हुई, इसलिए जेठ परेशान थे।

उनकी योजना सुनकर, मँझली दीदी ने भी अपने पति से कहा, "अच्छा ही हुआ! इत्ती-सी उम्र में उनका ब्याह न करो। जब ब्याह करो भी, तो पहले लिखाई-पढ़ाई देखना और उसकी नौकरी के बारे में भी पता कर लेना।"

खैर, इस साल उनका ब्याह जरूर हो जाना था। लेकिन इस साल पिता की मृत्यु! फिर अशौच का साल! लड़कियाँ इस साल बारह और दस वर्ष की हो जाएँगी। वैसे रजस्वला होने के बाद भी ब्याही जा सकती हैं, हालाँकि यह शास्त्र के विरुद्ध है। अब और एक साल टल गया तो...जेठ जी ने ठीक ही किया। शास्त्र उलट-पलटकर देखें, तो विधान भी मिल जाएगा और बेटियों का ब्याह भी हो जाएगा।

छोटे भाई की अकाल मृत्यु के फौरन बाद ही उन्हें इस किस्म का सोच-विचार भी करना ही पड़ा। उन्होंने भाई के श्वसुर को भी यह बात बता दी।

बाऊ जी ने कहा, "देखिए, यह वक्त, ऐसी बातों के लिए नहीं है। अभी तो सारा कामकाज ठीक-ठीक हो जाने दें। उसके बाद प्रेमदा और बच्चों को मुझे

ले जाने दें। उसका मन शांत होने दें। ब्याह तो खैर करना ही है। तुम्हारे अलावा अब उनका रहा भी कौन?''

''मेरा छोटा भाई कहता था कि बहूरानी का मन है कि लड़का लिखा-पढ़ा हो, नौकरी करता हो, शहर से...''

''बेटा, लिखा-पढ़ा तो होना ही चाहिए, यह बहुत जरूरी है। शहर का मतलब सिर्फ कलकत्ता ही तो नहीं होता। चुंचुड़ा, वर्धमान, ढाका, जैसोर, इधर मेदिनीपुर, तुम लोगों की तरफ...वो चंदननगर, श्रीरामपुर–सभी तो शहर ही हैं।''

''शहर में क्या आचार-विचार होता है?''

''जो रखता है, उसके पास होता है। कितने नामी खानदान के लोग...अब तो नौकरी भी अनगिनत ढंग की होती हैं। चाय बागान का दफ्तर, पाट कारखाने का दफ्तर, बड़े-बड़े मर्चेण्ट हाउस के दफ्तर...''

''फिलहाल, कामकाज तो निपट जाने दें। जरूर ले जाइएगा। हरलाल और गोविन्दलाल का मुखड़ा देखते ही...''

श्राद्ध का कामकाज निपटते ही बाऊ जी और दोनों भाई मँझली दीदी और बच्चों को लेकर वैद्यनाथ चले आए। कुछेक महीने आराम से गुजर गए।

मँझली दीदी ने कहा, ''वे लोग बच्चों के लिए क्या कोई घर-वर लेकर रहेंगे? चुंचुड़ा में रहे, तो बच्चों का पढ़ना-लिखना भी होता रहेगा। वहाँ...''

बाऊ जी का कहना था, ''इसी बात का तो दुःख है। हुगली कहो, या कोई और जगह हो...अब तो गाँव-गाँव में भी स्कूल खुल गए हैं। लड़कियों के लिए भी स्कूल खुल गया है। लेकिन उनके जेठू हैं कि कीचड़ में ही पैर गाड़े बैठे हैं। हिलने का नाम ही नहीं ले रहे हैं! मँझले की बीवी को भी आपके साथ नहीं भेजा–''

''वही...जमीन-जमा का मामला! उतने सारे तालाब-पोखर, बाग-बगीचे...'' मँझली दीदी अम्मा को बताती रहीं, ''उनके पिता तो भाई के डर से सिटपिटाए रहते थे। उनको किसी दिन भी जुबान खोलते...''

''हाँ, बड़े भाई को बिल्कुल बाप की जगह मानते थे।''

''हाँ, तभी तो!''

अभी छः महीने भी नहीं गुजरे थे कि मँझले जेठ का खत आ पहुँचा–जगदीश का ब्याह था! साथ ही उनकी मँझली बेटी का भी! शास्त्रोचित सलाह लेकर ही यह इन्तजाम किया गया है। माँ चाहती थीं, उनके पोते-पोती लौट आएँ। बहूरानी भी लौट आएँ, तो उन सबको खुशी होगी।

मँझले जेठ, खुद ही उन्हें लेने के लिए आ पहुँचे। ''माँ-अम्मा (भाई या बहन की सास), ब्याह के फौरन बाद ही माँ और चाची गया-काशी-प्रयाग-मथुरा-वृन्दावन चली जाएँगी।''

मँझली दीदी ने आड़ से ही कहलाया कि वे भी उन लोगों के साथ जाएँगी।

खाना-पीना निपट जाने के बाद, जेठ बाऊ जी के पास आ बैठे और उन्होंने सारी बातें विस्तार से बताईं, "छोटे भाई की मौत के बाद, साल भर तक कोई भी शुभ काम नहीं किया जाता, जितनी यह बात सच है, उतनी ही यह भी सच है कि प्रायश्चित्त कर लेने के बाद, शुभ काम किया जा सकता है।"

बाऊ जी भला क्या कहते? कहने को था भी क्या?

उस दिन मँझली दीदी बच्चों को लेकर मंदिर गईं और पूजा कर आईं, अगले दिन मँझले जेठ भी पूजा चढ़ा आए। यही बात तय हुई। बच्चे ब्याह में शामिल होने के ख्याल से ही बेहद खुश थे।

बाऊ जी ने कहा, "नवीन कंपाउंडर भी साथ चला जाए। वह भी तो कलकत्ता जाने को कह रहा था।"

मँझली दीदी ने बच्चों की पेटी जँचा दी। बाऊ जी ने जगदीश की बहू और मँझले ससुर की बेटी के लिए रुपये थमा दिए।

उसके बाद, पाँच या सात दिनों बाद, नवीन कंपाउंडर का बाऊ जी के नाम ख़त आ पहुँचा। ब्याह तो खैर हो गया, मगर साथ ही मालती और शेफाली का भी ब्याह हो गया। अकेले मँझले जेठ की बेटी का ही ब्याह नहीं हुआ।

नवीन कंपाउंडर खुद आकर यह खबर देने की हिम्मत नहीं जुटा पाए। वे डरे हुए थे।

खौफ उन्हें बाऊ जी का नहीं था, बल्कि मँझली दीदी का था।

खबर पाकर मँझली दीदी ने क्या किया?

मैंने देखा, बाऊ जी का चेहरा, तमतमाकर आगभभूका हो आया था। अम्मा के भी होंठ कस गए। सुनयनी, याद है, तुम उस वक्त ज्ञानदा के यहाँ गई हुई थीं। खुदीराम को फाँसी तो पहले ही लग चुकी थी। यतीश गाँव गए हुए थे। सुना है, जाने किस केस के सिलसिले में उन्हें पबना जाना पड़ा था। ज्ञानदा की ससुराल भी उसी गाँव में थी। लेकिन उस गाँव के घर-घर में स्वदेशियों की हवा चल रही थी। यतीश के घर में एक अदद लाइब्रेरी भी थी। और मेरी ससुराल? बिल्कुल दकियानूस, बाबा आदम के जमाने की! पोंगा पंथी!

सुखदा को पहुँचाने के लिए, उनके जेठ का बेटा ही वैद्यनाथ आया था। उसे लेकर मँझली दीदी कलकत्ता चली गईं। चूँकि उनका निरम्बु उपवास था, इसलिए उन्होंने कुछ भी मुँह में नहीं डाला।

नाव लेकर, वे गाँव के घाट पर गईं और उन्होंने उससे कहा, "मैं अकेली ही जाऊँगी। अकेली ही लौटूँगी भी! तू, बस, मुझे कलकत्ते वाले डेरे तक पहुँचा देना!"

वैसे भी वे गोरी-चिट्टी थीं। उस पर से गुस्से और अपमान ने उनकी त्वचा में आग धधका दी थी। वे पैदल-पाँव चलती हुई, सदर दरवाजे से सीधे अंदर दाखिल हुईं। कोठी की हालत देखकर, यह साफ जाहिर था कि शुभ कार्य संपन्न हो चुका

है। उनके जेठ, बैठकखाने में, कई लोगों को लेकर बैठे हुए थे। उन्हें देखकर, सब हत्वाक!

मँझली दीदी अंदरमहल की तरफ बढ़ गईं और दरवाजे की आड़ में खड़ी होकर उन्होंने कहा, "बेटियों के ब्याह की खबर उनकी माँ को क्यों नहीं दी गई? जगदीश अपने पिता से कह दो, हरलाल और गोविन्दलाल इसी वंश के लड़के हैं, इसलिए उनकी भी जिम्मेदारी भी तुम्हारे पिता की है। मैं जा रही हूँ और यहाँ कभी कदम नहीं रखूँगी। नहीं, जगदीश अब मैं अपने बेटों का मुँह तक नहीं देखूँगी। उन्हें देखकर शायद मेरा मन बदल जाए। मुझसे इतना दुराव-छिपाव क्यों किया गया? मेरी बेटियाँ पितृहीना जरूर थीं, मगर उनकी माँ तो जिंदा थी!"

जिस रास्ते से वे आई थीं, उसी राह लौट गईं।

जगदीश उनके पीछे-पीछे दौड़ा आया, "चच्ची! चच्ची! सुनिए! सुनिए तो सही! कहाँ जाएँगी आप? घर चलिए! इससे..."

"इससे बातें बनेंगी, यही न? बनने दो! मैं तो सुनने नहीं जाऊँगी।"

मँझली दीदी की बेटियों का ब्याह कैसा हुआ था? जैसा मँझली दीदी का घर-बार था, बिल्कुल वैसा ही। मँझली दीदी के नाम निन्दा और बदनामी का तूफान बह गया।

मँझली दीदी ने बिल्कुल परवाह नहीं की।

उन्होंने कहा, "कलछी, छोलनी, कड़ाही, रसोई और जच्चाखाना—जिंदगी यही तो थी। लेकिन पति मर रहा हो, तो उसके करीब बैठने नहीं देंगे। बेटियों का ब्याह कर देंगे, उनकी माँ को आहट भी नहीं लगने देंगे। आखिर कहाँ तक बर्दाश्त होता?"

सुना है, मँझली दीदी की सास ने अपने बड़े बेटे से कहा, "तुमने मेरी बात नहीं मानी, उसकी बेटियों का ब्याह कर दिया। ख़ैर, जैसा ब्याह उसके बाप के जीते जी होता, अब वैसा ही करो। ऐसा न हो कि उसकी बेटियों से बस, हाथ झाड़ लो! याद रखो, किस खानदान की बेटी है वह! राजा जैसा बाप है! अपमान वह बिल्कुल बर्दाश्त नहीं करेगी।"

मँझली दीदी : द्वितीय पर्व!

वापस लौटकर, मँझली दीदी ने कहा, "अम्मा, मिशन के साधु लोग तीर्थ पर ले जा रहे हैं, मैं भी जरा तीर्थ कर आऊँ।"

तीर्थ को गई-गई मँझली दीदी शरत् को निकली थीं, फाल्गुन में लौटीं। लौटीं भी कब? बाबू जी की बीमारी की खबर पाकर! बाबू जी के आखिरी वक्त, वे उनके पास नहीं थीं। वे हमेशा इसी ताक में रहती थीं कि कौन तीर्थ पर जा रहा है और वे उन लोगों के साथ लग लेती थीं। इसी तरह उन्होंने दो साल शायद इसी तरह गुजार दिए। उन दिनों वे अपने मन की बातें भी कलमबंद करती जाती थीं। मालती की बेटी ने उनकी वे कविताएँ भी प्रकाशित कराई थीं। मैंने नहीं देखा।

उसके बाद, जरा थिर होने के बाद, उन्होंने कहा, "वे काशीवास करेंगी।"

भाई लोग तो तत्काल राजी हो गए। वे जो चाहें, करें। वे लोग उनके साथ हैं।

इतने दिन गुजर जाने के बाद, मँझली दीदी का दुःख कम भले न हुआ हो, थोड़ी-बहुत राख उस पर जरूर जम गई।

जगदीश उनकी बेटी-दामादों को उनके कलकत्ते वाले मकान में ले आकर, उनको दिखा गया। मँझली दीदी के जेठ ने नाप-जोख कर उनके बेटों के नाम जमीन-जायदाद भी लिख दी।

ये तमाम खबरें, मँझली दीदी अपने होठ कसे-कसे चुपचाप सुन लेती थीं। लेकिन जब उनके मँझले जेठ ने चुंचुड़ा में किराए पर घर लेकर, उनके बेटों के लिए स्कूल जाने का इंतजाम कर दिया, तो वे जरा खुश हुईं। चुंचुड़ा गंगा-किनारे स्थित था। वहाँ उनकी मँझली जेठानी के लड़के भी पढ़ रहे थे। मँझली दीदी के बेटों को उनकी बड़ी माँ और दादी माँ का लाड़-प्यार मिलता रहा।

मँझली दीदी ने कहा, "मैंने काशी जाने की बात कही थी। मैं वहाँ तीरथ-धर्म करने के लिए नहीं जा रही हूँ।"

अम्मा ने कहा, 'तुम्हें मैं रोकूँगी तो नहीं, लेकिन, अभी तो तुम्हारी उम्र तीस की भी नहीं हुई, लेकिन क्यों जा रही थीं, यह तो पूछ सकती हूँ?"

"अम्मा, काशी में एक बार मैं चार दिन रही थी, दूसरी बार दो दिन। वहाँ औरतों को बड़ी तकलीफ होती है, अम्मा!"

"अब तुम क्या करोगी, बिटिया?"

"महीन दादा कहते थे, वे लोग हाथ का काम किया करें। वहाँ सरस्वती बुआ थीं, बच्चों के कपड़े सिलाई-पुराई करती थीं। हम लोगों की समीज-वमीज भी सी देती थीं। उनकी बड़ी दुर्दशा थी, अम्मा! काशी में औरतों के लिए कुछ न कुछ करना जरूरी है, अम्मा!"

मँझले भइया और मँझली भउजी बेहद खुश हुए।

बड़े भइया ने कहा, "देखो, रुपयों का इंतजाम तो हो जाएगा, प्रेमदा!"

उस जमाने में, उस उम्र में मँझली दीदी ने काशी में एक महिला आश्रम तैयार कर डाला। शुरू-शुरू में बड़े भइया ने वहाँ के एक डॉक्टर को खत लिख दिया। मँझली दीदी महीने भर उसी के घर रहीं। उस डॉक्टर के यहाँ वे पहले भी ठहरी थीं। डॉक्टर की बीवी के गाँव में विधवा चारु दीदी से भी उनकी जान-पहचान हो चुकी थी।

इधर, उन्हीं दिनों, मिशन के स्वदेशी लड़कों से भी उनका संपर्क बना रहा। मिशन वालों ने भी उन्हें प्रोत्साहन दिया। शुरू-शुरू में महिला-आश्रम के लिए एक

मकान किराए पर लिया गया। काशी में वे गुंडे भी मौजूद थे, जो लड़कियों की खरीद-फरोख्त के दलाल थे। इसके बावजूद उन्हें बिल्कुल डर नहीं लगा।

जिन लोगों की मदद से मँझली दीदी का आश्रम बनकर तैयार हुआ, वे लोग बेशक उनके अपने लोग थे। खून के रिश्ते जैसे अपने लोग!

मँझले भइया जिस राज्य के स्टेट में नौकरी करते थे, वहाँ की रानी ने भी एक टुकड़ा जमीन खरीदकर, उस पर एक मंजिला मकान बनवा दिया।

मँझली दीदी की पहली सहकारी बनीं—चारु दीदी! बाद में तरला दीदी! प्रभामयी दीदी! ऐसी ही कई-कई औरतों ने आकर उनका हाथ बँटाया।

मँझली दीदी ने अपनी समीज, थान की धोती और गरम रेशम की चादर कभी नहीं छोड़ी। महिला आश्रम एक समय तीस औरतों का आवास बन गया। प्रभामयी दीदी ने उन पर निगरानी रखने का जिम्मा सँभाला।

मँझली दीदी बात-बात पर भड़क भी जाती थीं। बातचीत में भी बिल्कुल मुँहफट! स्पष्टवादिनी!

प्रभामयी दीदी जब कभी ज्यादा डाँट-डपट करतीं, तो यही मँझली दीदी कहतीं, "भई, वे ठहरीं जेलर! सब पर छड़ी घुमाती रहती हैं। लेकिन, जो बात तुमने कही, प्रभा, जरा अपनों की तरह, नरम आवाज में भी तो कह सकती हो?"

वैसे, कहाँ कौन-कौन आता था, कौन नहीं आता था, मैं अक्सर याद करने की कोशिश करती हूँ। लेकिन जिसे भेजना होता था, उन्हें खत लिख देना होता था। जेल के एक डॉक्टर, रिटायर होने के वक्त, शांतिमणि को ले आए।

"दीदी, यह बेचारी लड़की बेहद अबोध और मासूम है। बड़े-बड़े अत्याचार सहे हैं इसने। जायदाद के लिए मामला-मुकदमा हुआ, तो झूठी गवाही देकर, उसे जेल भेज दिया गया! अब ससुराल वाले उसे वापस लेने को तैयार नहीं हैं। भाई लोगों ने भी उसे कबूल नहीं किया, आप ही रख लें। जेल में इसने हाथ का काम-वाम सीख लिया है, तांत बुनना भी आ गया है।"

अब शांतिमणि आई, तो तांत भी आया। अंत में दस-दस करघों पर तांत बुना जाने लगा। आसन बुना जाने लगा, दरी बुनी जाने लगी।

लेकिन यह सब धीरे-धीरे, एक-एक करके हुआ।

मँझली दीदी के यहाँ कौन-कौन आता था?

जो भी लड़की विपन्न, निराश्रित, अकेली होती, अपने सभी लोगों के होते हुए, जो लावारिस होती, वह यहीं आ पहुँचती!

इन औरतों को क्या छलनी, कड़ाही, संड़सी, कलछी से मुक्ति मिल गई थी?

खैर, उस मुक्ति के बारे में तो खुद मँझली दीदी ने भी कभी नहीं सोचा था। वे लोग भी नहीं सोचती थीं।

लेकिन 'पकाने' को 'पकाना' सोचने-समझने का प्रचलन उस जमाने में

नहीं था।

मँझली दीदी कहती थीं, "पकाना-राँधना हो, तो और कोई काम-धाम नहीं किया जाता।"

महीने-भर दो-दो औरतें खाना पकाती थीं, दो-दो औरतें पकाने का सारा इंतजाम करती थीं। अचानक, दृश्य बदल गया। अब दो अधेड़ विधवाएँ खाना पकाने लगीं, रसोई का कामकाज बखूबी चलाने लगीं।

मँझली दीदी ने कहा, "उनका सात कुल में कोई नहीं है। गोदौलिया मैदान में ये दोनों औरतें खाना पकाने का काम करती थीं। अचानक दोनों ने कहा कि बहुत काम कर लिया, अब और नहीं। अब हम आपके आश्रम में काम करना चाहती हैं। इसलिए खाना पकाते वक्त, अब वे खाना पकाती थीं। बाकी समय तांत के सूत लपेटती थीं, लत्तों की गुड़िया के लिए, काले सूत के बाल तैयार करती थीं। और क्या? औरतों को ढेरों कहानी-किस्से सुनाती थीं।"

महिला आश्रम में, किसी-किसी लड़की का शादी-ब्याह भी होता था। मँझली दीदी अपने भतीजे-भतीजियों, भांजे-भांजियों—सबको पत्र भेजती थीं। कोई दस रुपये भेज देता, कोई पाँच रुपये। यूँ रुपये जुटा लिए जाते और उनका ब्याह संपन्न हो जाता।

किसी-किसी की तबीयत ज्यादा खराब हो जाती, तो उसे अम्मा के पास भेज देतीं, "जाओ, सेहत ठीक कर आओ।"

लड़कियों को बंगला पढ़ाने और गणित सिखाने की जिम्मेदारी, तरला दीदी पर थी।

मैं उन्हें ऊन बुनना सिखाती थी। बाँस की मुलायम-चिकनी सिलाइयाँ। तपोमयी का बेटा, शिशिर, पंजाब के जाने किस व्यापारी से ऊन का जुगाड़ कर दिया करता था। लेकिन, यह सब क्या झटपट हो गया था?

ऐसा भला संभव है?

शुरू-शुरू में अम्मा, भाई लोग, बहनें (जिस बहन की जितनी क्षमता होती) वगैरह मँझली दीदी को रुपये भेजा करती थीं। बाद में सिर्फ भतीजे-भतीजियाँ, भांजे-भांजी ही रुपये भेजते रहे।

काशी में मँझली दीदी खुद घूम-घूमकर चंदा उगाहती थीं।

उसके बाद, उन्होंने वार्षिक अभियान शुरू कर दिया। शुरू-शुरू में वे ऐसे किसी बहन या बहन की बेटी, भाई या भतीजे को, जिनका उनके घर में मान-सम्मान हो, उन्हें पत्र भेजती थीं।

उसके बाद ही, या तो मँझली दीदी या फिर चारु दीदी आ पहुँचती थीं। उनके साथ कई-कई सामान होते थे—दरी, मेजपोश, कपड़ों की गुड़िया, मफलर, पेठे का मुरब्बा वगैरह! जिसके भी घर आती थीं, यह उन लोगों की जिम्मेदारी होती थी कि

दो महीनों के अंदर-अंदर वे सारे सामान बेच दें। मँझली दीदी अम्मा के पास रहने चली आती थीं और चारु दीदी अपनी धर्म-बेटी के घर चली जाती थीं। उनकी यह धर्म-बेटी उन्हें कभी पुरी दिखाने ले गई थी।

वक्त होने पर मँझली दीदी दुबारा आतीं और रुपये-पैसे लेकर लौट जातीं।

बाद में, हरलाल और गोविन्दलाल भी नौकरी पर चले गए। वे लोग भी मँझली दीदी को हर महीने प्रणामी भेजा करते थे।

मालती का बड़े असमय ही निधन हो गया। उसकी बेटी का ब्याह भी किसी दुजहे लड़के से हुआ! मालती जैसी भली-मानस थी, यह बेटी भी अपनी नानी की तरह ही थी।

वह मँझली दीदी पर बेहद श्रद्धा रखती थी।

असल में, मँझली दीदी चार बहनें और चार भाई थे। उन लोगों के बेटे-बेटियों में अब कोई लाहौर, कोई भोपाल, कोई मुंगेर, कोई कलकत्ता में बस गया था। मँझली दीदी, उन सबके पास जाया करती थीं।

वे अपना खाना खुद पकाती थीं। छोटे-से भगोने में एक मुट्ठी चावल-दाल उबाल लेतीं और कांसे की छोटी-सी रिकाबी में उँड़ेलकर अपना खाना निपटा लेती थीं। शाम को वे खोइ-दूध लेती थीं। वे कहा करती थीं, ''खाना छोड़ना नहीं चाहिए। तुम लोग जैसे-तैसे पकाते हो, भई! मुझे यही खटका लगा रहेगा कि तुम लोगों ने बर्तन ठीक से नहीं धोया होगा...पानी में शायद धूल पड़ी हो...''

उनके यहाँ कैसी औरतें आश्रय पाती थीं?

नाम! सिर्फ नाम!

उन्होंने कभी, किसी से उसकी जाति नहीं पूछी।

अम्मा कभी-कभी सवाल भी करती थीं, ''ओ प्रेमदा, कौन किस जात की है, कभी पता नहीं किया?''

मँझली दीदी दाँत किटकिटाकर जवाब देती थीं, ''देखो, वे सब निराश्रित, बेघर लड़कियाँ हैं। और फिर, अगर कोई गैर-ब्राह्मण औरत आकर, अगर यह कहे कि वह ब्राह्मण है, तब? तब क्या करेंगे? इसलिए, मुझसे जितना हो सकता है, मैं उतनी औरतों को ले लेती हूँ।''

मरने से पहले उन्होंने चारु'दी से कहा, ''ओ चारु, आश्रम के दरवाजे कभी बंद मत करना।''

मँझले भइया भी कहते थे, ''अपनी जिंदगी में प्रेमदा कहाँ से चली और कहाँ आ पहुँची! वाकई, वह औरत धन्य-धन्य है।''

मँझली दीदी ऐसी ही थीं! अब तक अगर वे जिंदा होतीं, तो पूरे एक सौ अठारह साल की हुई होतीं।

सँझली दीदी

जी-हाँ, मैं सँझली दीदी की बात कर रही हूँ। उन्हें धार के विरुद्ध चलने की जरूरत ही नहीं पड़ी। वे सबकुछ कर गुजरने में सफल हुई थीं। उस जमाने में इतना सहयोग, कम ही औरतों को मिलता था। खैर, आज भी क्या वाकई मिलता है?

वैसी ही ससुराल! वैसा ही पति भी मिला था उन्हें! हालाँकि उनका ब्याह गाँव में हुआ था। जो गाँव दुर्गानगर की तरह बार-बार टूटता रहा, बार-बार नये सिरे से गढ़ा जाता रहा।

अपनी बड़ी दीदी की तरह वे उतने अमीर घर के डिप्टी पति की घरनी नहीं बनी थीं। उनमें सुखदा और तपोमयी की तरह प्राचीन जमींदार घराने के नाम-डाक का अहंकार भी नहीं था। मँझली दीदी की ससुराल से तो इतना ज्यादा फर्क था कि बताया नहीं जा सकता।

बाऊ जी ने बड़े शौक से यह ब्याह कराया था। सिर्फ इसी एक ब्याह के बारे में खुद फैसला लिया था।

अम्मा ने कहा, "उनमें बहुत ज्यादा बुद्धि है। पढ़ते ज्यादा हैं, कविताएँ लिखते हैं। यह लड़की तो बाप और भाइयों की बेहद लाडली है। इसका ब्याह करेंगे, बाप ही जानें!"

मँझली दीदी का ब्याह करके, बाऊ जी बेहद दुःखी हुए थे, काफी पछताये भी थे।

उन्होंने कहा, "उसका जैसा ब्याह देने से, उसका सम्मान हो, मैं ऐसे घर में उसका ब्याह करूँगा।"

इस ब्याह के बारे में बाऊ जी को उतना सोचना भी नहीं पड़ा। सँझली दीदी के श्वसुर के साथ, उनकी बहुत पहले ही जान-पहचान हो चुकी थी। उन्होंने जिन-जिन लड़कों की सिफारिश की थी, वे सब कलकत्ता में, उन्हीं के घर में आकर ठहरते थे।

सँझली दीदी के श्वसुर सिर्फ नाम के ही जमींदार थे। लेकिन उनकी जमींदारी बिल्कुल और तरह की थी। वैसे नाम के जमींदार उस गाँव में बहुतेरे थे। लेकिन, सबके सब मेहनत की कमाई खाते थे। उनमें से बहुतेरे लोग और-और जगह रहते थे।

सँझली दीदी के ससुर खुद भी किसी बहुत बड़े जमींदार की कचहरी में काम करते थे। उनकी सच्चाई और ईमानदारी तो कहानी-किस्सों की तरह मशहूर थी। यतीश बाबू कॉलेज के छात्र थे, बाद में उन्होंने वकालती की भी पढ़ाई कर डाली। उनके पाँचों भाई किसी न किसी काम के लिए खुद को तैयार कर रहे थे।

यतीश बाबू के पिता कहा करते थे, "कहीं नौकरी करने से बेहतर है, आदमी कोई स्वतंत्र काम-धाम करे।"

इधर बाऊ जी ने अम्मा से कहा, "इस बार, मैं वंश देखूँगा, लड़का भी देखूँगा, ज्ञानदा के वक्त में, पता नहीं क्या हो गया। तुमने भी इतना दबाव डाला–"

अम्मा ने भी फट जवाब दे डाला, "चलो मान लिया कि मैंने ही दबाव डाला था। खोज लेने वाले तो आप ही हैं न? ज्ञानदा की तकदीर में धन्य-धन्य लिखा होगा, तो वैसी शादी भी हो जाएगी। आप जैसा चाहते हैं वैसा ही लड़का देखिए।"

"तो फिर हरीश बाबू ही क्यों नहीं?"

"उनके गाँव में स्वदेशी का भाव, कुछ ज्यादा ही है, क्यों? सच है न?"

"नहीं, नहीं, ऐसी क्या बात है? लेकिन एक बात है, उनकी जमींदारी इत्ती-सी है! आमदनी के नाम पर कुछ भी नहीं। बड़े-बड़े स्टेट में वे मैनेजर का काम कर चुके हैं। आज भी कर रहे हैं।"

"यह तो अच्छी बात है।"

"सबसे बड़ी बात है, उस गाँव में उनकी लाइब्रेरी भी है। उस गाँव में किताब-अखबार भी पहुँचते हैं। उनकी पत्नी ने भी बंगला की अच्छी तालीम ली है। हाँ, स्वदेशी ख्यालात भी जरूर हैं, यह भी अच्छा ही है।"

"उनके बड़े बेटे से अगर प्रेमदा का ब्याह जो जाए, तो..."

"सवाल प्रेमदा के ब्याह का है, वर्ना मैं इतना परेशान भी नहीं होता। किसी और तरह के घर-बार की भी खोज नहीं करता–"

"फिर क्या बात है! वहीं देखें–"

"पता नहीं, यह कैसा रिवाज है, समाज में। अरे, बेटी का ब्याह अगर सोलहवें साल में किया जाए, तो क्या हर्ज है?"

अम्मा हमेशा सीधी-सच्ची बातें करनेवाली इंसान थीं।

उन्होंने कहा, "आपके सोचने भर से तो सारी बातें हल नहीं हो जातीं। ऐसा कुछ करेंगे, तो बेटी के लिए दूल्हा ही नहीं जुटेगा।"

"सब कुछ क्या कानून बनाकर ही करना होगा?"

"कानून से भी भला क्या होना है? विधवा-विवाह कानून बना तो था? बाम्हन-कायेथ-वैश्य के कितने घरों में विधवा-ब्याह हो रहा है? समाज में रांड़ों का तो कहीं कोई अंत नहीं है।"

"हाँ, कहती तो तुम सच ही हो।"

"देशाचार! इसे कहते हैं, देशाचार! अब क्या उपाय? अब अपना मन दुःखी न करें। वहीं विवाह की कोशिश करें। ये ठहरीं राजेन्द्रनन्दिनी कन्या! इन्हें धोबी-धुली, उजली समीज चाहिए। सफेद-बुर्राक साड़ी चाहिए। पान लगाएँगी, तो उँगलियों पर निशान पड़ जाएँगे। इन्हें सिर्फ किताब ही पढ़ना आता है–"

"क्यों, भई, बाकी कामकाज भी तो सीख रही हैं।"

"कहाँ, जी? कुछ कहो, तो कैसा हँस-हँसकर तसल्ली देती है कि वक्त आने

पर सब काम कर लेगी।''

''हाँ, कर ही लेगी। बेशक, कर लेगी।''

इस घर में यही बातें चलती रहीं। बाऊ जी ने पत्र लिख दिया। लड़के के पिता की अनगिनत शर्तें थीं। उन्होंने वे शर्तें लिख भेजीं। वह पत्र पाकर बाऊ जी का सीना दस हाथ का हो गया।

''देखा? देखा? क्या लिखा है? लिखा है—हमारी तरफ से कोई माँग नहीं है। आप अपनी बेटी को जो देना चाहें, दे दें। विवाह में सिर्फ उनके बेहद नजदीकी पनुह लोग, बराती जाएँगे। विवाह के अगले दिन नेग-चार होगा और उसके बाद मैं अपनी पुत्रवधू समेत लौट आऊँगा। हम सब गाँव-देहात के आम लोग हैं। विवाह में धूमधाम की जरूरत नहीं है।''

''...............'' अम्मा सुनती रहीं।

''उसके बाद, बहू यहीं रहेगी। मायके भी आया-जाया करेगी। लेकिन यतीश कमाने में सक्षम है, वह अपने पैरों पर खड़ा होगा उसके बाद, वे दोनों साथ रहेंगे। इस बारे में यतीश की राय पक्की है।''

''.................''

''बहू विद्यानुरागी है, इस बात से मैं खुश हूँ। यतीश जितने दिनों अपने पैरों पर खड़ा नहीं होता, बहू की पढ़ाई-लिखाई में कोई बाधा न आए, आप वहाँ से और मैं यहाँ से, इसका ख्याल रखा जाए।''

''.................''

''हम लोग पवित्र पुष्करिनी में नहाते हैं। नदी, नालों, पानी का यह देश! हमारे यहाँ बहू-बेटियों के तिए स्वतंत्र घाट और नहानघर मौजूद हैं। ग्राम यूनियन बोर्ड के प्रेसीडेंट के दामाद ने इस इलाके के घर-घर जाकर, उन्नत किस्म का शौचघर बनवा दिया है। यहाँ शहरी जीवन का सुख-आराम तो नहीं है, लेकिन साफ-सुथरा गाँव है। मेरे घर समेत, सभी घरों के साथ फूलों की बगिया भी जुड़ी है। मेरा ख्याल है, आपको यह गाँव पसंद आएगा।''

बाऊ जी परम खुश-खुश, अपने साथ मँझले भइया, सँझले भइया को लेकर गाँव देखने गए।

वहाँ से उन्होंने अम्मा को लिखा—स्टीमर घाट से नाव पर सवार होकर, छोटी-सी नदी की राह, गाँव पहुँच गए हैं। हरीश बाबू स्वागत के लिए खुद मौजूद थे। हमें लाइब्रेरी कमरे में ठहराया गया है। यहाँ एक ऊँची-सी चौकी लगी है। उजला-धुला बिछावन! गाँव के ही जुलाहों की बुनी हुई मशहरी टँगी हुई है। घास उखाड़कर, साफ-सुथरा, लिपा-पुता आँगन! लाइब्रेरी-कमरे की बगल में कचहरी-घर! आँगन के सामने ही ऊँचा-सा चंडी-मंडप। आँगन ऊँची छादन से ढँका हुआ। हरीश बाबू बता रहे थे कि यहाँ जात्रा-पाला नाटक-नौटंकी, गानों की महफिल लगती है। वे मुझे नदी-पार

के बाजार तक भी ले गए। आजकल वहाँ बांस के खूँटे पर टिन की छादन पड़ी हुई है। हरीश बाबू ने ही बताया कि इससे बाजार के व्यापारियों को सहूलियत हुई है। वे लोग बारिश के मौसम में इस छादन तले, रात भी गुजार सकते हैं। हरीश बाबू बातचीत में बेहद विनम्र हैं। मितभाषी भी हैं! सरल और आत्म-मर्यादा संपन्न इंसान!

हरीश बाबू की माँ से भी मिला। वे भी काफी शांत और सभ्य-भव्य औरत हैं।

उन्होंने कहा, "हरीश बता रहे थे कि आप लोगों का घर दुर्गानगर में है। बचपन में, मैं उस गाँव में गयी हूँ। वहाँ एक साल भयंकर आँधी-तूफान आया था...एकदम से बाढ़ आ गई थी। उस साल वहाँ के सारे घर-मकान, बाढ़ में डूब गए थे। नाव पर दुर्गा-पूजा हुई थी।"

मेरा मन सबसे ज्यादा यतीश को देखकर प्रसन्न हो गया। हरीश बाबू ने बताया कि उनके बड़े बेटे, महेश का विवाह तय हो चुका है। उन्होंने एक विधवा महिला को वचन दिया है कि वे उनकी बेटी को ग्रहण करेंगे। महेश को भी देखा। साँवला रंग, मजबूत काठी, ईषत् मुस्कान के बिना, उनकी जुबान से कोई बोल नहीं फूटता। पता चला, वे बेहद निर्भीक और तीक्ष्णबुद्धि हैं। कहीं, कोई कलह-विवाद छिड़ जाता है, तो वे घोड़े पर सवार होकर चल देते हैं।

यतीश के बारे में क्या बताऊँ? गोरा-चिट्टा रंग। आम कद। छरहरी गढ़न। इसीलिए जरा लंबा ही दिखता है।

हरीश ने कहा, "यह लड़का अजीब है। सौम्य-शांत! जरा-से में खुश! कॉलेज की पढ़ाई के बाद, वकालती पढ़ रहा है। इधर संस्कृत पढ़ने में भी उसका खूब मन लगता है। लाइब्रेरी में, उसी की वजह से किताबों की संख्या बढ़ती जा रही है। घर में भी उन्होंने लड़कियों को पढ़ाने के लिए, पाठशाला खोल ली है। यतीश जब घर आते हैं, वहाँ लड़कियों को पढ़ाते हैं।"

"यही है मेरा घर-द्वार, परिवार, समूचा परिचय!" हरीश बाबू ने कहा, "महेश आपके बेटों को चकविला के जंगल, ठाकुरानी का दलदल दिखा लाएगा। उस जंगल में बांस-वन समेत, और भी कई-कई तरह के ढेरों पेड़ हैं। सर्दियों में यहाँ बाघ तक घूमने निकल आते हैं। महेश कभी-कभार बाघ के शिकार पर भी जाते हैं। ठाकुरानी दलदल का उल्लेख, आपको जिला के इतिहास में मिल जाएगा। मेरा ख़्याल है, ठाकुरानी नदी जब अपनी दिशा बदल रही थी, तब यह विशाल दलदल छोड़ गई होगी, क्योंकि इस दलदल से नावों के लोहे की गलही, लंगर बाँधने की जंजीर वगैरह मिली है। आजकल, यह दलदल देवी-पक्ष के दिनों में, पाँच-पाँच गाँवों के लिए कमल के फूल पहुँचाता है। यह भी पता चला कि प्रसिद्ध 'देशवाणी' नामक, राजकोष की वजह से अकाल-मृत पत्रिका के संपादक, गोलकनाथ शर्मा का घर भी, इसी गाँव में है।

ग्राम-रक्षिका भद्रकाली देवी के वार्षिक पूजा में शामिल होने के लिए, वे आज भी कलकत्ते से यहाँ आते हैं।

मैं उन्हें पहचानता हूँ। कलकत्ता के मछुआरे टोले में गोलकनाथ का मकान, स्वदेश-प्रेमी नौजवानों के लिए एक आश्रय है।

हरीश के पाँच बेटे हैं—महेश, यतीश, दुर्गेश, गिरीश और योगीश! तीन बेटियाँ हैं—गंगा, यमुना, सरस्वती।

मेरे मन पर मानो शांति का प्रलेप पड़ा है। मेरी ज्ञानदा के लिए यह घर-वर, मानो करुणामय ईश्वर ने ही चुन रखा था।

यहाँ देशी तरीके से खाना पकाया जाता है। तीन-तीन किस्म की दालें पकाई जाती हैं। मिर्चवाली दाल, सब्जियों की दाल और खट्टी दाल। खैर, मछली का तो यह देश ही है। मछली तो होती ही है। भात के साथ मीठा-पीठा और खीर। अपने बचपन में भी मैं इसी तरह ताम-झाम से खाया करता था।

सुनो, ''मैं यहाँ रिश्ता पक्का करके ही लौट रहा हूँ। ऐसा सुंदर, सभ्य-शिक्षित खानदान आसानी से नहीं मिलता। मेरा मन कहता है, तुम्हारी बेटी सर्वसुखी होगी।''

सँझली दीदी का जन्म समय सन् 1884; ग्यारह साल की उम्र में उनका विवाह हो गया। यह मानना पड़ेगा कि यतीश बाबू को उनके प्रति अगाध श्रद्धा थी। सँझली दीदी जब पूरे बीस साल की हुईं, उन्होंने अपनी पहली संतान, सतीन्द्र को जन्म दिया। अम्मा तो बिल्कुल बौखला ही गई थीं। ऐसा नहीं था कि बेटी ससुराल में रहती नहीं थी। वह अक्सर वहाँ आकर रहती थी। जब भी वह मायके आती थी, दामाद को भी आमंत्रित किया जाता था। वे दोनों ही, यहाँ रहते थे।

लेकिन, उन्हें संतान नहीं हुई।

यह प्रसंग छिड़ते ही, सँझली दीदी हँसकर हट-बढ़ जाती थीं। मुझे बखूबी याद है, कलकत्ते वाले मकान में चूने की पुताई चल रही थी, सँझली दीदी, आराम से अपनी दोनों बाँहों में भारी बक्सा उठाए, खटखट सीढ़ियाँ चढ़कर, ऊपर पहुँच जाती थीं।

अम्मा ने गुस्से से उन्हें लताड़ते हुए कहा, ''बक्सा उठाकर नहीं चढ़ेगी? सीढ़ियों पर कुदक्कड़ी नहीं मारेगी? वह नहीं चढ़ेगी, तो और कौन चढ़ेगा? न बाल है, न बच्चा, सारी की सारी ताकत तो देह में जमा है न? इसकी ससुराल की भी हम बलिहारी जाती हैं।''

सँझले भइया के अलावा और कोई बेटा-बेटी अम्मा का मुँह लगा नहीं था। उस पर से सँझले भइया, तर्क दे-देकर अपनी बात कहते थे, अम्मा इस बात से और भड़क जाती थीं।

सँझले भइया ने कहा, ''ज्ञानदा भारी-बक्सा लेकर ऊपर चढ़ गई, तो क्या हो गया? देखा नहीं, उसके कंधे कितने चौड़े हैं। बदन में कितनी ताकत है।''

"उ-मे-श! सिर्फ डॉक्टर बन जाने से ही कोई समझदार नहीं हो जाता।"

सँझले भइया डॉक्टरी पढ़कर ही डॉक्टर बने थे। किसी बड़े डॉक्टर के साथ काम भी कर रहे थे। लेकिन मैं और सँझली दीदी उनके दिल की बात जानते थे।

वे विलायत जाना चाहते थे। पता नहीं, क्या तो अच्छी तरह सीखना चाहते थे, जिसकी पढ़ाई यहाँ नहीं हो सकती थी।

बाऊ जी इस बारे में खामोश ही रहते थे, क्योंकि खर्चा-पत्तर करके, बेटे को विलायत भेजने की हैसियत उनकी नहीं थी और अम्मा ने तो इस बारे में, जोरदार लहजे में, साफ-साफ ऐलान कर दिया था कि ब्याह के बाद, उन्होंने पति की सैकड़ों बात मानी; अब भी मानती हैं, मगर उनकी सारी बातें नहीं मानेंगी।

उमेश अगर विलायत गया, तो वह अखाद्य मांस-गोश्त खाएगा। इससे उसका जात-धर्म जहन्नुम में चला जाएगा।

सँझले भइया ने उन्हें समझाने की कोशिश की, "क्यों, और कुछ खाने से, जात नहीं जाती?"

बस, कुछ दिनों के लिए माँ-बेटे में बातचीत बंद! उसके बाद, दुबारा मेल हो जाता। फिर बातचीत बंद हो जाती।

अम्मा कहती थीं, "मेरा सँझला बेटा तो काला पहाड़ है। सँझली बेटी, तमाम हिसाब के बाहर! लेकिन देखो, दामाद कितना आज्ञाकारी है! ससुर लोग उसकी कितनी तारीफ करते हैं। सच्ची, ज्ञानदा बड़ी तकदीर वाली है।"

मँझली दीदी होठ दबाकर हँस पड़ती थीं। वैसे भी, सँझली दीदी की जुबानी, उनकी ससुराल के कहानी-किस्से सुनना बड़ा भला लगता था।

"सुबह से आप करती क्या हैं?"

"सब कुछ करती हूँ। सब्जी भी काटती हूँ, नारियल रेत देती हूँ, ददिया सास की पूजा की तैयारी भी कर देती हूँ। वे लोग जो-जो कहती हैं, सब कर देती हूँ।"

"कौन, क्या कहता है?"

"मेरी सास हैं, उनकी माँ हैं, मेरी ददिया सास भी हैं।"

यतीश बाबू की नानी परिवार की लगाम अपने हाथ में रखती थीं। उनकी इकलौती बेटी के साथ हरीश बाबू का विवाह हुआ था।

ब्याह से पहले ही उन्होंने कहा, "मैं भला अकेली कैसे रहूँगी?"

उनके मरने के बाद, जहाँ उनका दाह-संस्कार किया जाना था, उन्होंने मरघट में वह जगह तक खरीद ली। उनके पास जो गहना-गुरिया, रुपया-पैसा था, सब दामाद को सौंपकर, उन्होंने कहा, "इसे अलग जमा रखो। मैं अलग पकाऊँगी, अलग खाऊँगी और अलग घर में रहूँगी। जब मेरा मन करेगा, तीरथ पर निकल जाऊँगी। तुम मेरे बेटे जैसे हो। अब यह सारी जिम्मेदारी तुम्हारी।"

सँझली दीदी की यही ननिया सास पूरे परिवार की देख-रेख करती थीं। उनकी

जमा-पूँजी से उनके दामाद ने जो जमीन खरीदी उसके ख़जाने से ही उनका काम चल जाता था।

वहाँ, उस मकान का बाहरी हिस्सा, भीतरी हिस्सा, सब एक ही डिजाइन का था। लंबा-चौड़ा चौकोर आँगन। चारों तरफ टिन की छादनवाली कोठरी। रसोई के आँगन में, एक किनारे, सामिष रसोई! उसी विशाल आँगन में खाना-पीना होता था। दूसरी तरफ, निरामिष रसोई! छोटी पोखर किनारे थोड़ी-सी खाली जगह मैदान जैसी! बड़ी पोखर पुष्करिणी! ऐसी पुष्करिणी तो चारों तरफ मौजूद थी! बरसात के मौसम में पानी बाँध तोड़कर बहने लगता था। आँगन में इतना पानी भर जाता था कि इस घर से, उस घर में डोंगी या किश्ती पर आना-जाना होता था।

"वहाँ कैसा लगता है, सँझली दीदी?"

सँझली दीदी हँसकर जवाब देतीं, "अच्छा लगता है।"

सँझली दीदी जैसी छोटी उम्र की बहुओं को, ननिया सास खुद अपने पास सुलाती थीं। हक्कानी-सी पलंग। हाथ-पैर अच्छी तरह धो-पोंछकर, छोटी चौकी पर पैर रखकर, पलंग पर चढ़ जाओ। पलंग की चारों तरफ मशहरी अच्छी तरह खोंस दी जाती थी।

यतीश बाबू अपने छोटे भाइयों के जरिये, किताबें भेजते रहते थे। सँझली दीदी दीया जलाकर, उसकी रोशनी में बंकिमचंद्र के उपन्यास पढ़ा करती थीं। ननिया सास जमीन पर कंबल का आसन बिछाकर, जाप करती थीं, उसके बाद वे पलंग पर सोने आती थीं।

नानी पूछती थीं, "हाँ, तो नाती-बहू, उसके बाद क्या हुआ, बताओ तो? कपालकुंडला गई कहाँ?"

सँझली दीदी ने बताया, "इस बारे में काफी मतभेद उठ खड़ा हुआ।"

'कपालकुंडला' की कहानी सुनकर उन्होंने अपनी राय जाहिर की, "अरे, भई, वह घर-गृहस्थी करनेवाली इंसान नहीं थी। उसे गृहस्थी के बंधन में बाँधना सही नहीं हुआ।"

सँझली दीदी को बच्चा देर से हुआ, इस बारे में सँझली दीदी की ससुराल में कोई चर्चा उठी थी या नहीं, वह तो मुझे नहीं मालूम। लेकिन यतीश बाबू के बाकी भाइयों की बीवियाँ, भरपूर उम्र होने के बाद ही बच्चों की माँ बनी थीं। उम्र से पहले, उनमें से किसी ने संतान को जन्म नहीं दिया।

सँझली दीदी की सास कभी भी जोर-जोर से बात नहीं करती थीं, कभी बहुओं पर गुस्सा नहीं किया। बकौल सँझली दीदी, वे काफी खामोश, अति कोमल और निरासक्त महिला थीं।

बेटों को तो यही अफसोस रहा कि उनकी माँ ने उनसे कभी कुछ नहीं माँगा; कभी कोई फरमाइश नहीं की।

"यह कैसा अभिमान है?" सँझले बेटे दुर्गेश ने बुदबुदाकर कहा, "अम्मा अगर कहें, तो मैं उनके लिए बाघ का दूध भी लाकर दे सकता हूँ।"

एक दिन बड़े जेठ ने फरमाया, "दुर्गेश, तुम अक्सर कहते रहते हो कि अम्मा अगर चाहें, तो तुम उनके लिए बाघ का दूध तक ला सकते हो। लेकिन, जंगल में जाओगे, तो तुम्हें अपने शावक समेत बाघिन मिलेगी। मेरा कहना है, तुम शावक समेत बाघिनी ही उठा लाओ न!"

सँझली दीदी बताने लगीं, "सो, बेचारा लड़का अजब फजीहत में फँस गया।"

आखिरकार उसने पूछा, "अम्मा बाघ के दूध का क्या करेंगी?"

"यह तो वही जानें–"

इतना कहकर बड़े जेठ बाहर निकल गए।

दुर्गेश बुदबुदा उठा, "अम्मा क्या इतनी निष्ठुर हो सकती हैं, कि मुझे बाघ का दूध लाने के लिए भेज देंगी?"

सारा किस्सा सुनकर, सँझली दीदी की सास ने कहा, "यह अफसोस जाहिर करना बंद करो और पढ़ने-लिखने में मन लगाओ।"

तब तक सँझली दीदी की प्रशंसा घर-घर गूँजने लगी थी। सँझली दीदी कभी-कभार ससुराल का चक्कर लगा जाया करती थीं। तीन-चार महीने रह भी जाती थीं। ज्यादातर वे बाऊ जी के पास ही रहती थीं। ऐसा ही काफी-काफी दिनों तक चलता रहा।

बाद में, सँझली दीदी ने ही कहा, "ससुर जी अब नहीं चाहते। उनको बेहद शौक था कि सँझला बेटा चाहे सदर में या ढाका में या कलकत्ता में, दुःख-तकलीफ से ही सही, एकाध घर बना ले। अब चाहे जिस भी वजह से ऐसा हुआ कि बड़ा बेटा, गाँव छोड़कर और कहीं हिले-डुले भी नहीं।"

सँझला बेटा होमियोपैथी पढ़ने गया, लौटकर धीरे-धीरे गाँव में ही बस गया।

हाँ, मँझले बेटे ने घर बना लिया, जहाँ दोनों छोटे भाई रहकर पढ़-लिख सकते थे। असल में हरीश को अंदाजा हो गया था कि रुपये भेजकर, गाँव की गृहस्थी चलाना, अब काफी मुश्किल हो आया है।

खैर, वैसा कोई बड़ा मकान, झट से तो नहीं हुआ, लेकिन फिर भी एक घर तो बन ही गया। यतीश बाबू ढाका में वकालती करते रहे। सँझली दीदी ही गौरव से गद्‌गद होकर, पति की गृहस्थी बसाने चली गईं।

उन दिनों भी ऐसा प्रचलन आम नहीं था। बहुएँ, गाँव में ही, अपनी ससुराल में रहती थीं। कभी-कभार छुट्टी वगैरह में पति ही गाँव का चक्कर लगा जाते थे। नौकरिया पति भी झट से अपने बीवी-बच्चों समेत विदेश नहीं जाते थे। 'विदेश' का मतलब प्रचलित अर्थ विलायत नहीं था। अगर खुलना में गाँव है, तो जैसोर शहर भी विदेश ही माना जाता था।

सँझली दीदी के जेठ के लिए, अपने जिले का चुंचुड़ा, चन्दन नगर भी विदेश ही था।

विदेश में किराए के घर में रहने का मतलब होता था, डेरे में रहना।

बीवी के साथ अगर किराए के घर में रहते हों, तो लोग-बाग यही कहते थे, "पत्नी के साथ डेरे में रहता है।"

सँझली दीदी ये सारे किस्से हँस-हँसकर बताया करती थीं। यतीश बाबू की मासिक कमाई मामूली-सी ही थी। पहले-पहल उन्होंने जो डेरा लिया, वह एक मंजिला था। सामने की तरफ एक बड़ा कमरा, उससे सटा हुआ दूसरा कमरा। अंदर खाने का कमरा, रसोई, नहानघर और पखाना।

ऊपर तीन कमरे और एक निचले घेरे वाली छत। सीढ़ियों से ऊपर आते ही तीसरी मंजिल यानी छत! उसका घेरा काफी ऊँचा था। उस जमाने में ऐसे मकान का किराया बहुत ज्यादा होता था, पूरे ग्यारह रुपये!

नीचे, सामने का बड़ा कमरा, कचहरी घर! उस हॉल कमरे में यतीश बाबू और उनका मुहर्रिर बैठता था।

सँझली दीदी के ब्याह में, मुँह-दिखाई में जो रुपये मिले थे, उनके जेठ ने उन्हें सौंप दिये थे। विदेश में डेरे में भी गृहस्थी सजाने में रुपये तो खर्च होते ही हैं।

नाव की राह उनके बाऊ जी ने अपनी सँझली बेटी के लिए, मशहरीदार पलंग, दामाद के लिए किताबों की अलमारी जैसे असबाब भेज दिए।

अम्मा तो यही सोच-सोचकर परेशान थीं कि उनकी किताबमुखी बेटी, घर कैसे सँभालती होगी, जबकि उसके पास गोद का बच्चा भी है।

सँझली दीदी बार-बार लिखती रहीं, वे सुनयनी को भेज दें, उन्हें एक सहेली मिल जाएगी।

तब तक मैं दूध-मौसी, दूध-बुआ नहीं बनी थी। सँझली दीदी से मैं ठीक-ठीक दो साल छोटी थी। अम्मा पहली बार सुनयनी को विदेश भेज रही थीं। उन्होंने सँझली दीदी को लिखा—"देखो, सुनयनी बेहद आत्माभिमानी है। माँगकर खाने की उसे बिल्कुल आदत नहीं, भूख लगने पर भी वह मुँह से कुछ नहीं कहेगी। आज तक उससे किसी ने भी कोई रूखी बात नहीं की। जो कुछ थोड़ी-बहुत डाँट-डपट करती हूँ, मैं ही करती हूँ। तुम ठहरीं वैरागिन, घर-गृहस्थी में अनाड़ी। खूब एहतियात से, समेट-सँभालकर गृहस्थी चलाना। सुनयनी तुम्हें सबकुछ सिखा देगी।"

मैंने देखा, सँझली दीदी और यतीश बाबू ने बड़े उत्साह से अपने डेरे का घर सजा लिया था। साड़ी काटकर, हाथ से पर्दे सिलाई करके, खिड़की पर लटकाए जा चुके थे। दूसरी मंजिल के एक कमरे में, अलमारी। अलमारी में किताबें! सँझली दीदी के सोने के कमरे के बगलवाले कमरे में लिखने-पढ़ने के लिए मेज-कुर्सी! काँच के शेड में, दीवार-लैम्प! हर कमरे में चौकी! किसी भी कमरे में लेटा-सोया जा सकता

था। खुली-खुली, छोटी छत पर, बाद में गिरीश ने मिट्टी में गमले सजाकर, बगिया बना दी थी।

गिरीश ने वहीं रहकर पढ़ाई-लिखाई की और वकील भी बन गए। योगीश ने स्कूल और कॉलेज की पढ़ाई की।

खैर, अम्मा का यही ख्याल था कि सँझली दीदी कलछी-संड़सी-कलछुल-तवा के कामों में निरी अनाड़ी हैं।

यतीश बाबू ने शहर के चलन मुताबिक खाना पकाने के लिए महाराज, घर के कामों के लिए नौकर रख लिया था। उन दिनों, उस शहर में छपरा, दरभंगा, पटना जिले के लोग नौकरी करने आते थे। शहर के हर डेरे में ये नजर आ जाते थे।

बाद में, मैंने गौर किया, मुहर्रिर बाबू घर का सौदा-सुलुफ लाते थे। बाजार में आमड़ा, कच्ची इमली, बेर, जब जिस चीज का मौसम होता था, वे ले आते थे। यतीश बाबू को आमड़ा बेहद पसंद था।

सँझली दीदी काफी भोर-भोर उठकर, नीचे उतर आती थीं। वे सब्जी काटती थीं, महाराज को खाने के बारे में हिदायतें देती थीं।

दाल और मसाले वे खुद चुनती-बीनती थीं, छोटे-छोटे मर्तबानों में रखती थीं। नीचे-ऊपर के ताखों वगैरह की झाड़-पोंछ भी वे खुद करती थीं।

एक दिन उन्होंने कहा, "आज इतवार है। आज का निरामिष खाना मैं खुद पकाऊँगी। मैं पकाऊँगी और सुनयनी खाएगी। अम्मा तो यही समझती हैं कि मैं किसी भी लायक नहीं हूँ।"

उस दिन सँझली दीदी ने तीन-चार तरह के व्यंजन बनाए। उसमें 'चापड़घंट' खास सब्जी भी बनाई। उस दिन मैंने वही खाया।

"पता है, चापड़घंट पकाने के लिए सब्जी बड़े सलीके से काटी जाती है?"

सँझली दीदी सब्जी काटती जा रही थीं और बनाती जा रही थीं। थोड़, तोरू, बैंगन, परवल बगैरह की सब्जी उनके सामने पड़ी थीं। तवे पर मटर की दाल! सामने पिसा मसाला।

यह सब देखते हुए, मैंने कहा, "अम्मा अगर यह सब देखतीं, तो कितना खुश होतीं।"

"अरे, जब वहाँ जाऊँगी, तो वहाँ भी बना दूँगी।"

मैंने देखा, यतीश बाबू की गार्हस्थ्य-नीति ही बिल्कुल अलग है। सँझली दीदी के देवर के दो दोस्त भी घर पर खाना खाने आते थे। वे बड़े मजे से अंदर चले आते थे, आराम से उनसे गपशप करते थे।

उस जमाने में उस घर में तो क्या, कलकत्ता या वैद्यनाथ में भी चाय वगैरह का चलन नहीं था। मैं ही एक बार काशी, चारु दीदी के पास गई थी और वहीं से चाय का नशा सीख आई थी। जब मैं दूध-बुआ—दूध-मौसी बनी, उस वक्त पीतल

के भारी लोटे में दूध में चाय-पत्ती और गुड़ देकर उबाल लेती थी। घर में चीनी हो तो चीनी, गुड़ हो तो गुड़!

यतीश बाबू के कचहरी से लौटने से पहले, सँझली दीदी कपड़े बदलतीं, बाल सँवारतीं और उनके लिए मिश्री का शरबत लेकर, कमरे में दाखिल होतीं।

उस वक्त सतीन्द्र या तो उनकी गोद में होता था या मेरी गोद में। यतीश बाबू कपड़े बदलकर, जमकर बैठ जाते थे।

उसके बाद, वे दिन भर का हवाला देना शुरू कर देते कि अदालत में क्या-क्या हुआ। उसके बाद वे अखबार की खबरों के बारे में पूछताछ करते।

उस ज़माने में लॉर्ड कर्जन के बंगभंग प्रस्ताव पर समूचे शहर में हड़कंप मची हुई थी। उन लोगों में भी यही चर्चा गर्म थी। मुझे ऐसा लगता था, सँझली दीदी और यतीश बाबू, दोनों ही एक-दूसरे के लिए बने थे। सँझली दीदी को पूरी-पूरी आजादी मिले, इस तरफ उनके पति की पूरी-पूरी नजर थी बल्कि बहुत ज्यादा ही थी।

सँझली दीदी को खोकर, जीवन के आखिरी, कुछ दिन वे बेहद कष्ट में रहे।

वैसे उनको बच्चे कम नहीं हुए।

पहले सतीन्द्र! वह बचपन से ही कुशाग्र। बुद्धि में जितना तेज, उतना ही सफल छात्र भी।

गाँव के मकान में बड़ी धूमधाम से उसका अन्नप्राशन हुआ। महेश बाबू की पत्नी, सँझली दीदी से उम्र में छोटी थी। उनको एक बेटा और एक बेटी हुई। बेटी बड़ी थी। शांत लड़की; भरा-भरा चेहरा; उसे माँ का रूप नहीं मिला था। सँझली दीदी उसे 'बिमली' के नाम से पुकारती थीं।

उम्र में छोटी होने के बावजूद, वे बड़ी जेठानी की काफी श्रद्धा-भक्ति करती थीं। बड़ी जेठानी अपरूप सुंदरी। प्रखर व्यक्तित्व। बेहद गंभीर। सँझली दीदी कहा करती थीं, दीदी को कभी हँसते नहीं देखा।

बेटी विमलप्रभा, बेटा प्रसाद, बेटी, ब्याह के कुछ ही सालों बाद, ससुराल में ही चल बसी। प्रसाद भी किशोर उम्र में टायफायड का शिकार होकर, भगवान को प्यारा हो गया।

उस बीच, सँझली दीदी दो-मंजिला, बड़े मकान में आ चुकी थीं। अपनी कई-कई संतान, देवर के बच्चे, ननद के बच्चे! डेरे में रहनेवाले छात्र! मकान की निचली मंजिल, हर वक्त सरगर्म रहती थी।

बड़ा बेटा, सतीन्द्र! उसके बाद, बारी-बारी से तीन बेटियाँ—शैलजा, हेमवती, अपर्णा।

बच्चे जन्म देने के लिए, वे हर बार अम्मा के ही पास आती थीं। हाँ, उनके लिए ये सब नाम, हरीश बाबू ही लिखकर भेजते थे।

बाऊ जी ने कहा, "कैसी ससुराल है, देख लो। एक के बाद एक, तीन-तीन बेटियाँ, फिर भी कोई मलाल नहीं, कोई 'किंतु-परंतु' नहीं।"

यतीश बाबू भी अवाक् ही होते थे।

वे भी कहते थे, "गाँव में हमारे आत्मीय-स्वजन रहते हैं। हमारे किसी परिवार में, लड़की का अनादर नहीं होता।"

तीन बेटियों के बाद, दो बेटे—पुरन्दर और वासव। सातवीं संतान एक बेटी—जयन्ती। आठवीं संतान—लोकनाथ।

ऐसा तो हर जगह, अक्सर ही नजर आता था। बच्चों को इंसान बनाने, बच्चों का शादी-ब्याह करने—इसलिए सँझली दीदी अनन्य नहीं थीं।

पति-पत्नी के सहयोग से उस मकान में पढ़ाई-लिखाई, साहित्य, वैचारिक बहस-मुबाहसों का बिल्कुल अन्य परिवेश तैयार हो गया था। जिनसे देश-प्रेम जागे, ऐसी किताबें सँझली दीदी बहुत ज्यादा पढ़ती थीं। उनके बंगला किताबों के संग्रह में ऐसी-ऐसी किताबें भी मौजूद थीं, जो बड़े-बड़े धाकड़ पढ़ाकू के यहाँ ही मिलती थीं।

वैसे वे हमेशा की तरह ही बारहों महीने चुन्नटदार समीज, काली किनारदार, उजली-धुली मील की साड़ी पहनती थीं।

मैंने काफी बाद में उनसे पूछा था, "ओ सँझली दीदी, मैंने पिया की पियारी, बहुओं की तस्वीर देखी है, बहुरिया के बदन पर जैकेट-ब्लाउज होता है, अंग-अंग गहनों से दमकता रहता है। लेकिन, आप तो गहने पहनती ही नहीं।"

उन्होंने जवाब दिया, "सुनयनी, मैंने गहनों का गलत इस्तेमाल नहीं किया।" उन्होंने लंबी उसाँस भरकर कहा, "विशाल परिवार। देखा नहीं, मेरी बड़ी ननद ने अपनी समूची जिंदगी पति और बच्चों में ही गुजार दी। इन गहनों की वजह से कितने लड़के इंसान बने, कितनी ही लड़कियों का ब्याह हुआ...सो, गहनों का सही इस्तेमाल ही होता रहा। स्वदेशी वकील की घरनी के पास क्या ढेरों गहने हो सकते हैं?"

"......................"

थोड़ा ठहरकर उन्होंने गर्व भरे लहजे में कहा, "हमारे वे कहते हैं—तुम रत्नगर्भा हो! तुम अपने बेटों की देखभाल करो, बेटियों की देख-रेख करो, दामादों का ख्याल रखो। बस!"

लेकिन, यह सब बहुत बाद की बातें हैं। मैं इस मकान की निगरानी करती रही। सतीन्द्र, सँझली दीदी और यतीश बाबू को लेकर यहाँ आ पहुँचा। वह समय बड़े आनंद में गुजरा। बड़े सुख में बीते थे वे दिन।

उन्हीं दिनों, सँझली दीदी के जीवन के एक महा-मुहूर्त की साक्षी बनी थी मैं।

उन दिनों, वे अपने पहले वाले मकान में ही थीं। उनकी पड़ोसिनें, दोपहर के वक्त, उनके पास आया करती थीं। सँझली दीदी खुद ही बुला-बुलाकर, अपने

घर में जुटाती थीं। उनकी बातें सुनती थीं। उन लोगों को अखबार पढ़-पढ़कर सुनाती थीं। पड़ोसिनें भी इतनी पढ़ी-लिखी इंसान का अतिशय आदर-सम्मान करती थीं।

एक दिन, बगल के मकान की मालकिन, हाथ में एक पोस्टकार्ड लेकर हाजिर हुईं।

"ओ शैल की माँ, जरा यह चिट्ठी पढ़ देवेंगी? बड़ा-बड़ा हरफ में लिखा होता, तो हम पढ़ लेतीं। ई लिखावट हम नाय पढ़ सकतीं।"

सँझली दीदी ने वह ख़त पढ़ दिया। उसने बाद उन्होंने पड़ोसन से पूछा, "मृणालिनी आपकी बेटी है?"

"हमारी छोटी बेटी है। उसी के बारे में तो हम तुम्हें दुःख से बताती हैं। हमरे जंवाई का गुस्सा बड़ा चंडाल है, जी! पाँच बरिस से इतना-इतना समान...इतना-इतना नजराना पठाती हूँ, मगर उन लोगन का मन ही नाहीं मिलता।"

"वही तो उसमें भी लिखा है। पता नहीं किससे तो लिखवाया है।"

"उसकी ननद का बेटा होगा। वह लड़का अपने मामा के घर ही रहता है, मेनी को बड़ा मानता है।"

"मेनी ने लिखा है कि आप उसे बुला लें। आप अपने कर्ता को भेज दें।"

मेनी की माँ रोते-रोते चली गई।

सँझली दीदी ने लम्बी उसाँस छोड़कर कहा, "बेटी ने लिखा है, उसे जल्द-से-जल्द बुला लें, वर्ना वह डूब मरेगी।"

उनकी बड़ी-बड़ी आँखें तमतमायी हुई थीं।

सँझली दीदी ने कहा, "बेटियाँ ग्यारह की होती नहीं कि ये लोग ब्याह देते हैं। बेटियाँ पढ़ने-लिखने से कोसों दूर रहती हैं। दहेज की माँग इतनी ज्यादा होती है। ऐसी लड़कियों को देखकर मन हाहाकार कर उठता है। मैं समझ सकती हूँ, मँझली दीदी कितनी तकलीफ में चली आईं।"

"हाँ, सँझली दीदी।"

"चलो, और कुछ न भी कर पाईं, तो भी, जब मेरे बेटा-बेटी बड़े हो जाएँगे, तो मैं मुहल्ले की सभी लड़कियों को लिखना-पढ़ना सिखाया करूँगी। तुम देख लेना, मैं यह काम जरूर करूँगी।"

सँझली दीदी ने अपनी प्रतिज्ञा निभाई थी।

काफी-काफी दिनों के बाद, जब उनकी सँझली बेटी और छोटी बेटी इसी घर में थीं, उन दिनों सँझली दीदी के दूसरे घर के दो मंजिले के खाने के कमरे में, स्कूल बैठा करता था।

वहाँ अपर्णा पढ़ाती थीं; जयन्ती पढ़ाती थीं; सँझली दीदी पढ़ाने लगीं। अपर्णा वगैरह घर-घर घूमकर लड़कियाँ जुटा लातीं। हेमवती जब प्रसव के लिए मायके आतीं, तो वे भी पढ़ाती थीं। शैलसुता भी अपने दोनों बेटे, जेठ की मातृहीना बेटी-बेटे, ननदों

के बच्चे वगैरह ढेरों मातृहीनों की दुनिया का भार ढोते-ढोते, जब भी फुर्सत मिलती थी, वे मायके चली आती थीं।

शैलसुता भी बच्चों को पढ़ाती थी।

जब मैं वहाँ होती थी, उन्हें ऊन-सिलाई पर बुनना सिखाती थी।

सँझली दीदी के स्कूल में लड़कियाँ, बंगला और गणित में अभ्यस्त हो जाती थीं। उसके बाद अपर्णा और जयंती, उन्हें स्कूल में भर्ती करा आतीं।

अर्से से, यह सब काम सँझली दीदी ही किया करती थीं।

सँझली दीदी ने कहा, "सो, सुनयनी, याद है, वह काली-सी लड़की थी न? जिसमें बेभाव बुद्धि थी? मेरी पाठशाला में आया करती थी?"

"नहीं, मुझे तो याद नहीं आ रहा है, सँझली दीदी?"

"आज वही लड़की आई थी। अब वह स्कूल में अच्छी छात्रा है। किसी टीचर से उसकी शादी हो गई है। पति की मदद और उत्साह पाकर, वह प्राइवेट परीक्षाएँ देती रही। अब तो एम. ए. पास कर लिया। इस स्कूल में वह भी पढ़ती रही उसका कहना है—आप ही की वजह से मेरी जिंदगी और की और हो गई। ख़ैर, मुझे बेहद खुशी हुई।"

सँझली दीदी ने क्या एक ही किस्म का काम किया? कभी, किसी जमाने में भवाल कवि, गोविन्द दास की कविताएँ भी पढ़ती थीं; अपनी औकात भर उनको आर्थिक मदद भी देती रहीं।

जाने कब की तो बात है, अब याद भी नहीं है।

सँझली दीदी लालटेन जलाकर, सुबह के लिए सब्जियाँ काट रही थीं; मैं भी उनका हाथ बँटा रही थी।

यतीश बाबू किसी बच्चे को ले आए।

"सुनो, भवाल कवि का निधन हो गया है। यह उनका बेटा है।"

यतीश बाबू खुद भी बेहद दुःखी थे।

सँझली दीदी सब्जी छोड़कर उठ खड़ी हुईं। अपने हाथ धोकर, उन्होंने अपनी कलाई से एक चूड़ी उतार दी।

वैसी माँ न होती, तो उनके बाल-बच्चे ऐसे होते क्या? पुरन्दर कॉलेज में पढ़ रहा था। उन दिनों भी आतंकवादियों की खबरें पहुँचा करती थीं। कभी-कभार वह किसी-किसी को घर भी ले आता था।

यतीश बाबू के विशाल परिवार के दो-दो लोग शहीद हुए। कैसा अपूर्व गाँव था। बहरहाल, सँझली दीदी का ब्याह सुखद और सार्थक रहा।

अपर्णा जब लड़कियों को लेकर उनके कामकाज में शामिल हो गई, सँझली दीदी ने हमेशा उसका हाथ बँटाया; उसे सहयोग दिया।

सँझली दीदी और यतीश बाबू कैसे दंपति थे? शैलसुता का विवाह तो हरीश

बाबू ने ही किया। उस वक्त उसकी उम्र चौदह साल थी।

हेमवती के श्वसुर ने खुद ही लड़की का चुनाव किया और उसे ले गए। उस वक्त हेम लगभग सोलह साल की थी।

अपर्णा और जयन्ती ने अपनी-अपनी पसंद का विवाह किया। अपने श्वसुर का गुस्सा, लोगों का उद्वेग—वे दोनों निरुत्तर बनी रहीं। उन दोनों में एक का विवाह तेईस साल में, दूसरी का छब्बीस की उम्र में हुआ।

सँझली दीदी सिर्फ इसीलिए धन्य-धन्य नहीं थीं। शहरनुमा कस्बे बैठे-बैठे, उस दिन बेटों के दोस्त, दामादों के दोस्तों को लेकर साहित्य-चर्चा के दौरान बहस-मुबाहसे में भी उलझी रहती थीं।

जब-जब यह बात याद आती है, मेरा मन श्रद्धा से उमड़ आता है।

सतीन्द्र जब कुल बीस साल का था, एक दिन उसने अपनी माँ के सामने प्रस्ताव रखा, ''माँ, अब आप अंग्रेजी सीख लीजिए। आपको पढ़ने का इतना चाव है...''

सँझली दीदी ने अंग्रेजी पढ़ना भी सीख लिया। हाँ, लिखना नहीं सीखा। लेकिन अंग्रेजी साहित्य उन्होंने काफी दिल लगाकर पढ़ डाला।

सबसे बड़ा काम कौन-सा किया? उन्होंने लड़कियों को स्कूल नहीं भेजा। लड़के भी शैशव की उम्र में, स्कूल में भर्ती नहीं हुए। मँझली भउजी भेजा करती थीं, माँ सब पढ़ डालती थी। उसके बाद, अपने मुताबिक लिख लेती थीं।

अपने बेटे-बेटियों के लिए बंगला, इतिहास, भूगोल के पाठ लिख-लिखकर उन लोगों को पढ़ाया करती थीं; उन्हें गणित सिखाया करती थीं।

''भई, पहला पाठ बच्चे माँ से ही तो सीखेंगे न?'' उन्होंने कहा।

इसमें हैरत की क्या बात है? उस घर में हर वक्त, लगातार पढ़ना-लिखना, विचार-विमर्श, देश की बातें चला करती थीं। 'प्रवासी' पत्रिका में, वे लड़कियों पर हो रहे अत्याचार की खबरें पढ़ा करती थीं। वे बीच-बीच में मुझे खत भी लिखा करती थीं। उनके वे तमाम खत मेरे बक्से में सहेजकर रखे हुए हैं।

मुझे आज भी याद है, उन्होंने मुझसे कहा, ''चलो, पढ़ो तो, गोविन्द राय की वह कविता तो पढ़ो—कितने दिनों बाद, कहो, भारत रे...''

मैं वह कविता पढ़ने लगी।

सँझली दीदी ने बताया, ''ओ, सुनयनी, यह तोटक छंद में लिखा गया है। इसे यूँ पढ़ा जाता है—

कितने दि—नों बाद...?
कहो, भा-रत रे!
दुःख सा-गर तैरकर पा-र कर लेंगे?
अवसा-द हिम में

डूब-डूबकर
वह क्या अ-न्त में लोगे, रसा-तल
रे!"

मैं सुनती रही। सँझली दीदी अपनी याददाश्त से ही कविता सुनाती रहीं। उनकी उँगलियाँ भी अलस नहीं थीं। वे कागज के ढोंगे भर सुतली सहेजकर रखती थीं, कि बाद में काम आएँगे। मैं ऊन बुनना सिखाती थी। वे गपशप के दौरान ऊन के गोले बनाकर रख देती थीं। कांथा सीने के लिए, वे साड़ी की किनारी से धागा निकाल-निकालकर, काठी पर लपेट रखती थीं।

उनके होठों पर सदाबहार मुस्कान। आँखें भी हमेशा हँसती हुई। यतीश बाबू के कदमों की आहट तो इस हद तक पहचानती थीं कि सीढ़ियों पर चढ़ने की आवाज आते ही, वे कहती थीं—"ओ सुनयनी, तुम्हारे जीजा आ गए।"

अम्मा

अम्मा को मेरी बात-बात पर गुस्सा आता था और दुर्जय अभिमान होता था। मैं उन्हें वाकई भड़का देती थी; उन्हें नाराज कर सकती थी। माँ-बेटी में रोज ही खिटपिट लगी रहती थी।

सबसे ज्यादा नाराज वे तब होती थीं, जब मैं गुस्सा जताते हुए यह कहती थी, "हाँ-हाँ, मैं तुम्हारी कोख की संतान नहीं हूँ न! अब मैं तुम्हारे लिए शायद बोझ बन गई हूँ। आप सीधे-सीधे यही कह दें न कि चली जाओ।"

अम्मा छोटे कद की इंसान थीं, खासा बलिष्ठ, हट्टा-कट्टा चेहरा। दूधिया-सफेद बाल! उजली-धुली थान साड़ी। बड़े आबरू से बदन पर लपेटी हुई। जब वे नाराज होती थीं, तो उनके होठ कस जाते थे। उस वक्त पहले वे गुस्से में बोलती रहती थीं, उसके बाद दुःखी हो जाती थीं।

"क्या? कोख में नहीं रखा, इसलिए तुझे नजरों से दूर कर दूँगी? छिः सुनयनी, मैं तुझे निकाल बाहर करूँगी? वैसे भी तू जाएगी कहाँ, जरा सुनूँ? जाने के लिए कोई जगह है भला?"

"है न! मँझली दीदी का आश्रम।"

"वह तो अनाथ-असहाय के लिए है।"

"मैं भी तो वैसी ही लड़की हूँ।"

"लड़की? मैं पूछती हूँ, तुम्हारी उम्र कितनी हुई? ज्ञानदा से तो कुल दो साल छोटी हो—"

"एक ही बात है।"

इसके बाद अफसोस-वार्ता शुरू होती।

"चाहे जितना भी खिलाओ, दही-मक्खन गैर कभी होता नहीं अप्पन।"

शास्त्र की बात भला झूठ है? सभी शास्त्रों में लिखा है कि पराए को कभी बनाओ न अपना। वो जो कहते हैं न—

घर से पराया भला

पराए से जंगल भला

सो, घर का अपना तो कोई मेरे पास नहीं रहता। सब अपनी-अपनी गृहस्थी में रम गईं। अब गैर को जो अपना बना लिया, महापाप कर बैठी। अपने लिए तो जंगल ही भला। वैसे भी जंगल में ही तो पड़ी हूँ।

मैं अपनी हँसी दबाने के लिए, मुँह छिपा लेती।

अगले ही पल मैं कहती, "इसे तुम जंगल-वास कहती हो, अम्मा? ऐसा सजा-सजाया मकान, ऐसा बगीचा। गऊथान में गइया। खिदमत के लिए हर पल लोग मौजूद। इसे क्या वनवास कहोगी?"

"और नहीं तो क्या? इससे तो बेहतर है, त्रिकूट पर जा बसूँ। वहीं, कहीं, ओने-कोने में पड़ी रहूँगी। देख सुनयनी, बातों के व्यंग्य-बाण मुझसे नहीं सहे जाते। यह घर क्या मेरे अकेले का है? और अगर हिम्मत हो, तो सच बात कहो।"

"...................."

वे अपनी नन्ही-नन्ही उँगलियाँ हिला-हिलाकर बोलती जातीं, "वे क्या मुझे बेटों के हाथों सौंपकर जाते हैं। या तुम्हारे हाथ में? इतनी बड़ी बात तुम कह तो गईं, मैंने तुम्हें, कभी, किसी दिन गैर समझा है? मुझे तो अब यह याद भी नहीं रहा कि तुम मेरी कोखजायी नहीं हो। तुम न खाओ, तो मैं खाती नहीं हूँ। तुम कहीं जाती हो, तो साथ में यह लिखकर भेजती हूँ कि इस लड़की से कड़ी बात बर्दाश्त नहीं होती उसे अपना जैसा बर्ताव न करो, तो वह दुःखी हो जाती है। खैर, छोड़ो। मैं कल ही देवरंजन को लिख देती हूँ, वह आकर मुझे रायपुर ले जाए। नहीं तो मुझे किसी आश्रम में ही छोड़ आए।"

वे अपनी बात पूरी भी नहीं कर पाती थीं, कि मैं झट से उनका मुँह दबोचकर उन्हें चुप करा देती थी।

बस, फिर हम दोनों में मेल हो जाता।

मेरी अम्मा कोई मामूली इंसान नहीं थीं। जब-जब मैं सँझली दीदी के बारे में सोचती हूँ, अम्मा भी बेतरह याद आती हैं। पता नहीं किस जमाने के इंसान थे मेरे बाऊ जी और अम्मा।

छः या सात साल की उम्र में उनका ब्याह हो गया था। पहली संतान तब हुई, जब उन्होंने पंद्रह साल पूरे कर लिए।

अम्मा कैसी इंसान थीं?

जिद्दी थीं और उनके पति महोदय उनकी हर इच्छा का सम्मान करते थे।

बाऊ जी जितने 'ब्राह्मभावापन्न' थे, अम्मा वैसी नहीं थीं। वे जात-पाँत की बातें करती जरूर थीं। लेकिन जात-पाँत को लेकर अगर उनमें इतना ही गँवारपन होता तो वे मुझे इतना निःसंशय होकर कैसे ग्रहण करतीं?

वैसे सँझले भइया के संदर्भ में बिल्कुल और ही अम्मा को देखा था। मेरा ख्याल है, जन्म से ही जो संस्कार उनके अंदर थे बाद में वे उन्हें ही कसकर थामे रहीं।

जैसे-जैसे उनकी उम्र बढ़ रही थी, वैसे-वैसे उनके अंदर का दकियानूसी ख्याल बढ़ता ही गया। यह करने से धर्म नहीं रहता; यह करने से धर्म रसातल में चला जाता है।

ये तमाम विश्वास अतिशय उग्र हो उठे थे।

उसमें भी बहुत-सी बातों का हिसाब नहीं मिलता।

जैसे मँझले भइया का बेटा मेम ब्याह लाया।

जब उसे घर ले आया, तो अम्मा ने गरद सिल्क से उसका वरण किया था।

हालाँकि सँझले भइया को...

इसी तरह उनकी एक नातिन ने गैर-बिरादरी में ब्याह कर लिया, तो उसे आशीर्वाद के तौर पर दस रुपये भेज दिए थे।

हालाँकि सँझले भइया को...

जब वे राज स्टेट में थे। तब वे 'जात्रा' सुनने, गाना सुनने जाया करते थे। लेकिन वहाँ किसी दिन, उन्होंने मुँह में कुछ नहीं डाला। कभी कुछ नहीं खाया।

बाऊ जी ने हँसकर कहा, "रानी ने कहा, देखिए, आपके पति यहाँ तो खाते हैं।"

अम्मा ने कहा, "भई, वे तुम्हारे गुलाम हैं, तुम्हारे यहाँ नौकरी करते हैं। इसलिए वे खा ही सकते हैं। मैं ठहरी ब्राह्मण की बेटी, मैं भला खा सकती हूँ?"

बांऊ जी ने कहा, "तुम बाम्हन की बहू हो, यह बात तो तुमने एक बार भी मुझसे नहीं कही?"

माँ ने कहा, "आप भला अब बाम्हन रह गए हैं?"

ऐसी ही थीं मेरी अम्मा! उधर बाम्हनपन की अगर ज्यादा बातें सुनतीं या वैसे आचरण देखतीं, तो पानी पी-पीकर गालियाँ देतीं।

ऐसी गालियाँ मैंने उनके सगे भतीजे को कलकत्तेवाले घर में देते हुए सुना था। वे अस्पताल में भर्ती हुए, न्यूमोनिया से निरोग होकर घर लौटे। कलकत्ता में तीन दिन रहे, फिर पटना लौट गए।

तीनों दिन ही दूध, सन्देश, पपीता—यही सब खाकर रहे।

उनके जाने के दिन अम्मा ने पूछा, "जितेन, तुमने अपनी बुआ के यहाँ भात

क्यों नहीं खाया? तीनों दिन दूध पीकर ही गुजार दिये?''

''बुआ, मैंने सुना कि रसोई बनानेवाला महाराज राढ़ी बाम्हन है। तो मैं क्या राढ़ी के हाथ का पकाया भात खाता?''

बस, फिर कहाँ जाते? अम्मा तो एकदम से लहक उठीं।

''राढ़ी बाम्हन, बाम्हन नहीं होता क्या? यह जो तुम अस्पताल में पड़े थे, तुमको कौन-सा ब्राह्मण खिला-पिला रहा था? कौन बाम्हन तुम्हें दवा दे रहा था? किसके हाथ का पानी पीते थे तुम? तब कोई ख़्याल नहीं आया था?''

''मुसीबत में तो, सब चलता है, बुआ!''

''कौन-से शास्त्र में लिखा है, रे? अपने फूफा को नहीं जानते? हमको शास्त्र मत दिखाना। सुनो, मेरी बात कान खोलकर सुन लो, अब कलकत्ता में कभी जरूरत भी पड़े, तो इस घर में मत आना। सभी यहाँ खाते-पीते हैं। ये बड़े आए कहीं के शास्त्रज्ञ।''

इस वजह से जो मनमुटाव और गड़बड़ी हुई, वह कई-कई पीढ़ियों तक चलता रहा।

वे तो काँपते-थर्राते बाहर निकल गए।

बाऊ जी कहते थे, ''इत्ती नन्ही-सी थी, जब तुम्हें इस घर में लाया था। लेकिन, भई, आज तक तुम्हारा कूल-किनारा नहीं मिला।''

''रहने दो! यह सब कहने की जरूरत नहीं है। अब मैं इस उमिर में कहाँ बदलनेवाली?''

जब मैं अम्मा-बाऊ जी का जिक्र छेड़ती थी, सँझली दीदी की बेटी, हेमवती कहती थी, ''हाँ-हाँ, ये अपनी तरह रहती थीं, वे अपनी तरह रहते थे। ऐसा तो बिल्कुल संभव है, दूधमासी।''

हमारे जमाने में, लड़कियों और औरतों पर जो अत्याचार होते थे, उसके निशान काफी मोटे-मोटे होते थे। साफ जाहिर हो जाता था।

मँझली दीदी की ससुराल में बिल्कुल ऐसा ही होता था। इस घर और उस घर में, किसी भी बारे में, कोई मेल नहीं था। वहाँ तो यही समझा जाता था, समीज कटे हुए कपड़े से बनती है। इसलिए उसे पहनना अशुद्ध होता है। वैसे सिर्फ लड़कियाँ ही अशुद्ध मानी जाती थीं। कुल एक साड़ी पहनकर, अगर पानी पेश किया जाए, तो उसके हाथ का पानी शुद्ध माना जाता था।

कटा हुआ कपड़ा यानी समीज (उन दिनों तो साया-ब्लाउज की कल्पना बाऊ जी ने भी नहीं की थी)! यह सब सोचने का तो उन दिनों प्रचलन ही नहीं था।

अम्मा भी कहती थीं, ''जोड़ासांकू की ठाकुरबाड़ी में पोशाक-पहरावा बिल्कुल और ही किस्म का था। ऐसे-ऐसे और भी घर रहे होंगे। वे लोग उसी तरह के पोशाक पहना करते थे। सभ्य-भव्य, बदन ढँके रहनेवाली, रुचि-सम्मत।''

अम्मा कहती थीं, ''अजब-अजब ख्यालात हैं इनके। खाना पकाएँगी औरतें! परोसेंगी औरतें। लेकिन सिलाई किए हुए कपड़े बदन पर डालेंगी तो अशुद्ध कहलाएँगी। धन्य है, तुम्हारी ससुराल की बुद्धि-शुद्धि। जो ब्राह्मण बैठकर खाते हैं, वे लोग भले कपड़े-पोशाक पहनकर बैठें, आराम से खाना खाएँ, वे अशुद्ध नहीं होते? भइया, यह तो सरासर बुड़बकपन है।''

ख़ैर, अम्मा ऐसा कह सकती थीं, क्योंकि दुर्गानगर में एक बार उनकी समीज के बारे में बात छिड़ गई थी।

बाऊ जी ने कहा, ''बड़ी माँ, इसकी आदत तो मैंने ही उसे लगाई है। सिर्फ एक साड़ी में आबरू नहीं रहती। आबरू बनाए रखने की कोशिश में साड़ी को इधर-उधर से खींचने-खांचने में ही आदमी ठोकर खाता रहता है। अगर आप लोगों को इसमें कोई ऐतराज है, तो रहने दें, वह नहीं परोसेगी।''

इसे लेकर कम कोहराम नहीं मचा। लेकिन बाऊ जी अपनी बात पर अटल रहे।

अम्मा खुद भी तो महा-जिद्दी थीं।

उन्होंने भी ऐलान कर दिया, ''भई, जब मैं खाना पकाकर परोसती हूँ, तभी मेरे पति खाते हैं। उनका नाम तो देश-परेदश तक फैला हुआ है। चलो, अच्छा है, यहाँ मैं पकाने-परोसने में नहीं रहूँगी। यहाँ मैं बैठी-बैठी खाऊँगी, उठकर चली आऊँगी।''

बाऊ जी के काका ने कहा, ''प्राणरंजन, तुम देश के गौरव हो। तुम ही जिद करके, कोट को थामे रहो, तो देश में नयी हवा चल पड़ेगी।''

''मैं तो यही चाहता हूँ, काका! वक्त बदल रहा है, नयी हवा में जो-जो अच्छाइयाँ हैं, वह मैं भला क्यों न लूँ?''

''बाद में, जैकेट-कमीज भी दाखिल होगी—''

''दाखिल होगी, तो होने दें। मैं एक गैर-ब्राह्मण राज्य के स्टेट में रहता-सहता हूँ। रुपये भी भेजता रहता हूँ। कलकत्तेवाले घर में छात्र वगैरह भी रहते-सहते हैं। आप लोग भी आते-जाते रहते हैं। आप क्या मेरे रुपयों को अशुद्ध मानते हैं?''

''सोना-चाँदी क्या अशुद्ध होता है भला?''

''खैर, छोड़िए! आप मेरे गुरुजन हैं। मुझे ये बातें नहीं करनी चाहिए।''

अम्मा बेतरह भड़क जाती थीं, जब सुखदा या तपोमयी के ससुर-जेठ बात-बात में कहते—ब्राह्मण घर में यह नहीं चलता, वह नहीं चलता।

अम्मा दाँत किटकिटाकर कहती थीं, ''बाम्हन घरों में एक ब्राह्मण दो-दो औरतें ब्याह लाता है। फिर दो-दो अनाथ और झुंड भर बाल-बच्चों को मंझधार में बहाकर, पट से मर जाता है। ओ, आप ही के घर में सुना है—आप लोगों की ही जुबान से ऐसी बात निकल सकती है—इतनी सारी छिनालों के रहते, घर के कामकाज के

लिए, नौकर-नौकरानी की क्या जरूरत? ये औरतों को छिनाल-टिनाल कहना, कहाँ की बम्हनाई है? मेरे बेटों ने शिक्षित ब्राह्मण घरों में ब्याह किया है, मेरी बहुएँ सभ्य-भव्य तरीके से साया-ब्लाउज पहनती हैं। उन्हें देखकर, मेरी तो आँखें जुड़ा जाती हैं।''

अम्मा बहुत-सी बातों में तार्किक थीं।

किसी ने मंतव्य दिया, ''आपकी बेटियाँ तो गाना भी गाती हैं।''

अम्मा ने फट् जवाब दे डाला, ''उनका बाप उनको गाना सिखाता है। क्यों? गाना गाने में दोष है? ना, भइया, हमेशा भक्तिनों का भजन सुनते हुए, नींद खुली है, वे भी तो औरतें ही हैं।''

''भक्तिन और लड़कियाँ क्या एक हुईं?''

अम्मा, बाऊ जी से भी कहती थीं, ''आप जिनको शिक्षित कहते हैं, वे लोग ये कैसी बातें करते हैं? आपने जो कुछ किया, ठीक नहीं किया। इन लोगों के दिमाग में नये-नये विचार, नये ख्याल नहीं घुसेंगे।'' यानी ऐसे ढेरों प्रसंग थे, जिसमें अम्मा, बाऊ जी की सहधर्मी थीं।

किसी ने पूछा, ''प्रेमदा जिनको भेजती हैं, आप उनके जात-पाँत के बारे में जानती हैं?''

अम्मा हँस पड़ीं, ''भला जानूँगी नहीं? प्रेमदा उन्हें अपनी बेटियाँ कहती है। वे लोग अनाथ, असहाय, निरुपाय जात हैं। प्रेमदा ने उन्हें अपनी गोद में खींच लिया, इसलिए वे बच्चियाँ उसकी बेटियाँ हुईं न! मैं तो उनके नाती-पोतियों से ब्याह तो नहीं करा रही हूँ। वे लोग सेहत ठीक करने आई हैं। खाती-पीती-घूमती हैं, सो जाती हैं। उनमें से एक लड़की को तो मैं धन्य-धन्य कहूँगी। उसने मेरे लिए एक कांथा भी तैयार कर दिया। सफेद कपड़े पर, सफेद धागे से, छोटे-छोटे कमल फूल! उस पर, सुनयनी ने पुराने कपड़े का एक खोल भी चढ़ा दिया। हल्के जाड़े में, मैं वही ओढ़कर सोती हूँ।''

इस तरह मेरी अम्मा में प्राचीन विश्वास, प्राचीन संस्कार और बाऊ जी की संगति में कुछ-कुछ संस्कारों की मुक्ति—सब साथ-साथ मौजूद थे। बिल्कुल नयी राह के राही बाऊ जी को अम्मा ने और अम्मा ने बाऊ जी को कबूल भी कर लिया था। वैसे वे दोनों प्राणी अपने-अपने तरीके से चलते थे। आज समझ में आता है, वे दोनों दिखा गए कि ढेरों बेमेल के बावजूद साथ-साथ रहा जा सकता है। वे दोनों किसी प्रश्नातीत, दृष्टि-अगोचर बिंदु पर एकबारगी एकमेक हो गए थे।

हाँ, सँझले भइया का मामला मैं आज तक नहीं मिला पाई। आज अगर सँझले भइया लौट आएँ तो? न बुढ़ाये हुए, टूटे हुए सँझले भइया को शायद मैं कबूल नहीं कर पाती।

मेरे सँझले भइया तो निर्भीक, स्वप्नदर्शी और ऐसे जो मन में आया, उसे कर गुजरनेवाले शख्स थे। उस जमाने में सँझले भइया हर किसी के लिए परम पूज्य,

एक वीर पुरुष थे। वे अम्मा से बिल्कुल नहीं डरते थे। दुकान से हींग की कचौरी लाकर, हम सबको खिलाते थे।

हमें कचौरी थमाते हुए कहते थे, ''गंगाजल छिड़ककर लाया हूँ। इसे खाने में कोई दोष नहीं होगा।''

अम्मा का सबसे दुलारा बेटा—उमेश! सारे बेटा-बेटी एक तरफ, उमेश एक तरफ। उसी अम्मा ने जब उनसे मुँह फेर लिया, तो उन्हें क्या कम दुःख हुआ था?

आज लगता है, ऐसी दुरन्त जिद, अड़ियल स्वभाव—यह सब उन्हें अम्मा से ही मिला था। माँ-बेटे में बेहद मेल भी था। शायद इसीलिए ऐसा विच्छेद हो गया।

मेरी अम्मा के स्वभाव में 'डर-भय' नाम की कोई चीज नहीं थी। उनकी बातें, उन्हीं की जुबानी सुनी हैं। दस-बीस साल नहीं, ढेर-ढेर साल हम दोनों साथ-साथ जो रही थीं।

जाड़े के मौसम में, वे बाहरवाली खुली दालान में बैठी-बैठी देर-देर तक तेल लगाया करती थीं। खेत की सरसों का पिसा हुआ, ताज़ा-विशुद्ध तेल। वे खुद ही अपने हाथ-पाँव-बदन में चुपड़ती रहती थीं। हाँ, उनकी पीठ पर तेल मैं ही लगाती थी।

वे धूप में बैठी-बैठी तेल लगाती थीं। धूप-तपे पानी में नहाती थीं। स्वास्थ्य के नियम, अम्मा जैसा कोई नहीं जानता था। बेटियाँ जब प्रसव के लिए आती थीं, तो नवजात बच्चे की तेल मालिश करके, उसे धूप में लिटाना जरूरी होता था।

अम्मा कहती थीं, ''देखो, इसी तरीके से मैंने अपने बच्चों को पाल-पोसकर बड़ा किया है। इसीलिए तो कोई भी बच्चा, कभी सर्दी-खांसी का शिकार नहीं हुआ।''

मैं उनकी पीठ पर तेल-मालिश करती थी। तेल-मालिश पर्व पूरे एक घंटे तक चलता था। उस वक्त जाने कितनी-कितनी गपशप होती थीं।

—उस वक्त मैं दस साल की थी। दुर्गानगर में जितने ही पोखर थे, उतने ही घाट। एक बार पोखर में नहाकर मैं बाहर निकली, तो मेरी फुफेरी ननद ने पूछा—''भउजी, तुम्हारे एक पैर की पायल कहाँ है?''

''क्यों? पानी में गिर गया था?''

—और क्या? डर के मारे, मेरी तो सिट्टी-पिट्टी गुम। ससुर-भसुर नयी-नयी बहुओं को पाँव में पायल पहने रहने को कहते थे। रुनझुन की आवाजें गूँजेंगी, तो बड़े-बुजुर्गों को पता चल जाएगा कि कौन आ रही है, हट-बढ़ जाएँगे। मैं घर पहुँची, तो सिर झुकाए-झुकाए, जमीन पर बैठी-बैठी रोती रही।

''उसके बाद?''

—ननद ने जाकर तुम्हारे बाऊ जी को आड़ में बुलाकर सारा किस्सा बताया। वे भी कुछ कम नहीं थे। उन्होंने कहा—चलो, आज अंदर की पोखर में ही नहा आऊँ। घाट तो खाली पड़ा है। वे गए, डुबकी लगा-लगाकर खोजा और पायल मिल गई।

पायल लाकर ननद को थमाते हुए कहा—तुम लोगों की हिम्मत तो कम नहीं है। तुम लोग पोखर के बीचोंबीच चली गई थीं? अगर कहीं दम घुट जाता, तो? ननद ने कहा—अब हम उतनी दूर नहीं जाएँगे।

ससुराल वे कभी-कभार ही आती थीं। बाऊ जी ही पहुँचा जाते थे, फिर वापस भी लिवा ले जाते थे। जब देवरंजन पैदा हुआ, बड़ी धूमधाम से उसका अन्नप्राशन हुआ। उस बार वहाँ मैं तीन महीने रुक गई।

"उसी समय ही क्या...?"

—हाँ, बाघ के माथे पर लोटा मार दिया था।

यह कहानी मैंने जाने कितनी बार सुनी थी और यह कहानी मैंने अपने भतीजे-भतीजी, भांजे-भांजी, नाती-नातिन सबको सुनाई है।

दुर्गानगर में, सँझली दीदी की ससुराल में, घर से काफी दूर पर मिट्टी फेंककर सड़क ऊँची की गई थी। उसके बाद, बांस का सख़्त मचान बनाया गया था। नीचे की राह अभी भी ढलुई थी। मचान पर चढ़कर, दो-एक क़दम आगे बढ़ते ही, बांस की दीवार। सिर पर छादन, सामने चिक का दरवाजा। मचान के बीचोंबीच गोलाकार कटा हुआ नीचे मिट्टी पर ढेर सारा चूना बिखेरा हुआ। ऐसा पखाना दो-तीन महीने इस्तेमाल किया जाता था। उसके बाद सारा मचान तोड़ दिया जाता था और पखाना कहीं और तैयार किचा जाता था।

पखाने तक जाने की राह में दोनों तरफ घने-घने पेड़ों की आड़। शाम-रात वहाँ तक जाने के तिए किसी को साथ ले जाने की हिदायत थी।

अम्मा ने बताया, उस दिन उन्होंने साथ चलने के लिए किसी को आवाज नहीं दी। उस वक्त शाम हो चुकी थी। समूचा घर लोगों से भरा हुआ। उन्होंने सुन रखा था, यहीं कहीं बाघ भी मौजूद है। लेकिन घर की चौहद्दी में कभी बाघ-वाघ नहीं घुसा था।

—शाम का वक्त! उत्तर दिशा में हवा बह रही थी। पीतल के भारी से लोटे में पानी लेकर मैं बैठी हुई थीं। हाय माँ! अचानक मच्-मच् आवाज सुनाई दी। पूरा मचान हिलने लगा। चिक से सिर निकालकर देखा, एक भारी-भरकम बाघराम, दरवाजे की तरफ पीठ किए, आराम से बैठ गए।

—बाघ गंध नहीं सूँघ सकता, यह बात तो बहुत दिनों बाद, ज्ञानदा के मँझले बेटे ने किताब पढ़कर मुझे बताई। उसी ने मुझे समझाया कि सब बाघ, इंसान को अपना आहार नहीं बनाते।

"..................."

—ख़ैर, उन दिनों तो इतना सब जानती नहीं थी। हमेशा से यही सुनती आई थी कि साँप का लिखा और बाघ का देखा...। तक़दीर में अगर सर्पदंश लिखा हो, तो मौत उसी तरह आएगी। मैं मन ही मन भगवान को पुकारती रही। शायद उस

बाघराम का भी पेट भरा हुआ था। उसकी कचर-कचर आवाज सुनकर, मैंने सोचा, जनाब सो रहे हैं। इधर जाड़े की शाम! रोशनी कम होती जा रही थी। मैंने सोच लिया अब बाघ तो खा ही जाएगा। लेकिन, क्या दबोचते ही, एकदम से निगल जाएगा? मैंने हिम्मत बटोरी और उठ खड़ी हुई। पानी से भरा लोटा उठाकर, दोनों हाथों से निशान साधकर बाघ के सिर पर दे मारा। बाघ घबरा गया। वह तो पूँछ उठाकर सरपट भागा और सीधे धान-खेत में जा छिपा और इधर मैं भी "बाघ! बाघ! खा गया रे!" चिल्लाते-चिल्लाते, घुटनों के ऊपर तक साड़ी उठाए, दे दौड़!

"उसके बाद?"

वैसे मैं यह सवाल करती जरूर थी, लेकिन वे क्या बताएँगी, मुझे खूब पता था। ये सब किस्से सुनते...सुनते...सुनते...सुनते, मन में पैठ गये थे। फिर भी मैं सुनने को उत्सुक रहती थी।

किस्सा-कहानी कहना, यूँ बतियाते रहना, उन्हें बेहद प्रिय था। मेरे अलावा उनकी बातें और कोई सुनना भी कहाँ चाहता था? उनके पास तो मैं ही होती थी। एक बार यही किस्सा नीरेन्द्र को भी सुनाया। सत्येश की चार बेटियाँ थीं और तीन बेटे! उसके तीनों बेटों को अपने माँ-बाप का ही रूप और गढ़न मिला था। सत्येश की बहू, विद्युतलता का तेज़ दिमाग और कर्मठता भी उन तीनों को ही मिला था।

मैं जिस ज़माने की बात कर रही हूँ, उस वक्त नीरेन्द्र अठारह साल का गबरू जवान था। वह दादी से मिलने आया था। एक बार तो मिहीजाम से लगातार साइकिल चलाकर ही आ पहुँचा। वह भी सीधे रास्ते से नहीं। घुमावदार रास्ते से। घूम-घूमकर आया था। शाम को बातों ही बातों में अम्मा ने यही किस्सा छेड़ दिया।

नीरेन्द्र ने कहा, "यह किस्सा तो मैं कई बार सुन चुका हूँ।"

अम्मा का चेहरा कैसा तो फक्क पड़ गया।

बाद में मैंने नीरेन्द्र को समझाया, "माना कि यह कहानी तुमने सुनी है, मैंने भी सुनी है। सभी ने सुनी है, नीरेन्द्र! लेकिन उन्हें सुनाना अच्छा लगता है। तुमने उन्हें रोक दिया, वे दुःखी हो गईं।"

नीरेन्द्र पछतावे से भर उठा, "यह मैंने क्या किया, दूध बुआ?"

"ठीक है! अब से ऐसा मत करना। और कितने दिन बोलेंगी-बतियाएँगी? तुम जरा जल्दी-जल्दी आया करो। तुम्हें वह प्यार भी ज्यादा करती हैं। आज ही की बात लो। आज उन्होंने तुम्हारे लिए पूरी, गोभी की तरकारी और खीर बनाने को कहा है।"

"हाँ, अम्मा, तुम बताओ, उसके बाद क्या हुआ?" मैंने अम्मा से पूछा।

—उसके बाद तो भयंकर कोहराम मच गया। बाघ कहाँ से आ गया? बहुरिया किसी को साथ लिए बिना गई क्यों? यही सब। अंत में मेरी चचिया सास ने कहा—बहुरिया कितनी हिम्मती है। कितना साहस है। उसकी जगह मैं होती, तो बाघ

तो हमें निगल ही गया होता। उसके बाद, कई दिनों तक जो हलचल-हड़कंप मची रही...

अम्मा हँस पड़ीं।

"और बताइए न!"

—अच्छा, तू जरा मेरी कमर मालिश कर दे। हाँ, तो मैं बता रही थी—गाँव में घर के कामकाज के लिए ढेरों लोग थे। बर्तन माँजनेवाली, कपड़े कचारनेवाली, आँगन बुहारनेवाली, लीपनेवाली, गऊथान के काम के लिए अलग से आदमी! उस ज़माने में लकड़ियाँ चीरने के लिए, उपले पाथनेवाले, मछलियाँ छीलने-काटनेवाले—अलग-अलग कामों के लिए अलग-अलग लोग होते थे। ऐसे तीस-चालीस कामगर! ज्यादातर औरतें ही होती थीं।

"इतने सारे लोग, अम्मा?"

—अरे, भई, घर भी तो बड़ा था, कमरे भी ढेर सारे थे; लोग भी ज्यादा थे। असल में, जो लोग जेठ जी का काम करते थे, उन्हें 'खानसामा' कहा जाता था। वे लोग ही दिन ढले, करीब चार बजे लालटेन के काँच वगैरह पोंछते थे, बत्ती उकसाते थे, तेल भर-भरकर कमरों में पहुँचा देते थे। हाँ, तो नौकरानियों की मेहरबानी से, अगले दिन चारों तरफ यह खबर फैल गई कि फलाँ घर की फला बहू ने बाघ को मारकर खदेड़ दिया।

"अरे, बताती क्यों नहीं? इतनी हिम्मत का काम किया था तुमने।"

—खैर, कहानी में गाय तो पेड़ पर भी चढ़ जाती है न! खबरों में धीरे-धीरे बाघ बढ़कर दो हो गया। अब यह कहानी बनने लगी कि मैंने दरबानों की, लोहे की घुंडीदार लाठी उठाकर, बाघों को बेदम पीटा। जाने कितने-कितने लोग मुझे देखने के लिए दौड़े आए। मैं तो मारे शर्म के जमीन में गड़ गई। तेरे बाऊ जी ने उस वक्त तो कुछ नहीं कहा। बाद में मुझे एक रंगीन तस्वीर भेजी—बाघ की पीठ पर आसीन देवी दुर्गा! उसके नीचे लिखा हुआ था—'किसी-किसी इलाके में यह देवी परम पूज्या हैं।' मैंने वह तस्वीर छिपाकर रख दी। हाँ, री, वह तस्वीर अभी भी है या नहीं?

"नहीं है, अम्मा।"

लेकिन, यह सब बताते हुए मुझे बेहद गर्व होता है।

एक बार, केदार-बद्री यात्रा के दौरान मेरी एक साधु से भेंट हुई थी। वे हिमाचल के साधु थे। उन्होंने मुझे 'शेरांवाली माँ' यानी व्याघ्रवाहिनी दुर्गा की एक तस्वीर भेंट की थी। वह तस्वीर देकर, उन्होंने मुझसे कहा, "बंगाल के बाघ काफी मशहूर हैं। लेकिन वहाँ दुर्गा सिंहवाहिनी हैं। यह अंचल, बाघों का इलाका है। ये लोग व्याघ्रवाहिनी की पूजा करते हैं।" मैंने उन्हें अम्मा के बारे में बताया था। उनका किस्सा सुनकर वे कितने खुश हुए! उन्होंने कहा—नारी शक्ति ही वास्तविक शक्ति होती है। बाघ

कहो या सिंह, स्त्री जाति अगर अस्त्र थाम ले, तो पशु प्रवृत्ति का दमन होता है।

वह मढ़ी हुई तस्वीर आज भी मौजूद है। अम्मा के कमरे के एक कोने में ताखे में शिवलिंग स्थापित है। अम्मा उनके सामने धूप-दीप जलाती थीं। मैं भी नमो-नमो कर लेती थी। बस, माँ-बेटी की तरफ से पूजा यहीं तक!

अम्मा के कमरे में बाऊ जी की तस्वीर! उनके चेहरे से लेकर सीने तक का तैल-चित्र! दीवार से लगी अलमारी में बाऊ जी की कॉपी, उनका चश्मा, मसाले की नन्ही-सी डिबिया और एक शॉल! जिंदगी भर प्राप्त अनगिनत मानपत्र, सोने-चाँदी के मेडल—यह सब तो अम्मा ने जाने कभी के अपने बेटों में बाँट दिये थे।

अम्मा बखूबी जानती थीं, उनका सूरज अस्तगामी हो चुका था। लेकिन, वे पश्चिम की तरफ पीठ घुमाकर, पूर्व दिशा की ओर टकटकी बाँधे देखा करती थीं।

उनके साहस और निर्भीकता का परिचय तो काफी बाद में भी मिलता रहा था।

उन दिनों बाऊ जी राज स्टेट के जज थे। किसी दुर्धर्ष डाकू को उन्होंने सख्त सजा दी थी।

यह उस जमाने की बात है, जब सँझली दीदी भी काफी छोटी थीं। काफी बड़ी-सी कोठी! बाहर अनगिनत दरबान, पहरेदार।

अंदर कोठी का आँगन ऊँची चहारदीवारी से घिरा हुआ। बाहर निकलने के विशाल दरवाजे के ऊपर और नीचे खील अँटी हुई। उस पर से भारी-भरकम ताला पड़ा हुआ। आँगन के पार दर-दालान! अम्मा वहाँ बैठी-बैठी सब्जी काट रही थीं।

ऐसे समय, धड़धड़ाते क़दमों से, वह चहारदीवारी लाँघकर, चंद डाकू आँगन में कूद पड़े। उनमें से एक बंदा, सीढ़ी पर खड़े-खड़े सबको डराता-धमकाता रहा—फलाँ आदमी को सजा देने का बदला, वे जरूर लेंगे।

पता है अम्मा ने क्या किया? उनके आँचल में चाबी का भारी गुच्छा बँधा हुआ था। वे उठ खड़ी हुईं। आँचल कमर में खोंस लिया। उन्होंने वह चाबी का गुच्छा डाकू के माथे की तरफ जोर से दे मारा और भरपूर दम लगाकर, दरबान, चौकीदार को आवाजें देने लगीं और बर्तनों में से परात, किनारीदार थालियाँ उठा-उठाकर, उन डाकुओं की तरफ फेंकती रहीं।

सभी लोग दौड़ते हुए आ पहुँचे। उन डाकुओं को पकड़ भी लिया गया।

बाऊ जी के पास खबर पहुँची।

सभी डाकू पकड़े गए।

रानी ने कहा, "आपसे, आपकी ठकुराइन में साहस-बल ज्यादा है। मुसीबत में वे होश नहीं खोतीं। यह क्या मामूली बात है?"

उन दिनों यह खबर अखबारों में भी छपी थी। अम्मा बताती थीं कि उन्हें

कितनी शर्म आई थी। चूँकि वह खबर तमाम-तमाम अखबारों में छपी थी, इसलिए अनगिनत लोगों को खबर हो गई।

बाऊ जी ने कहा, "देखो, मकान के अंदर किसी मर्द को नहीं रहने दोगी, तुम्हें अपनी यह जिद छोड़नी होगी। मैं जज की नौकरी करता हूँ। तरह-तरह के फैसले सुनाता हूँ। इंसान मेरा दुश्मन हो ही सकता है। फिर कब, क्या हो जाए, कौन जानता है?"

बहरहाल, उस दिन से अंदरमहल में उस दरवाजे के बाहर दरबान-चौकीदारों का घर बनवा दिया गया।

अम्मा का दुर्धर्ष साहस मँझली दीदी को मिला था। और अड़ियल, अक्खड़ जिद मिली थी सँझले भइया को।

अम्मा को प्रचंड आघात सँझले भइया ने ही दिया। अम्मा ने भी पलटकर वही आघात उन्हें लौटा दिया और इसके लिए अम्मा ने जिंदगी भर अपने को माफ नहीं किया।

नहीं, सँझले भइया के बारे में ज्यादा कुछ नहीं बताया जाएगा। आज, इस उम्र में भी मुझे तकलीफ होती है।

जब वे कलकत्ते में, मेडिकल कॉलेज में पढ़ रहे थे, तभी से उनका सपना था गाँव में जैसे इलाज का इंतजाम नहीं है, मैं वह इंतजाम करूँगा।

उन दिनों अक्सर यह खबर प्रकाशित होती थी—सरकार सोच रही है, गंभीरता से सोच रही है, जेलों के साथ, सिर्फ पागलों का अस्पताल रखना ही काफी नहीं है।

सँझले भइया ने कहा, "यह कलकत्ता भारत की राजधानी जरूर है। लेकिन, देख लीजिए, यहाँ स्त्री-रोग, शिशु रोग और पागलों के इलाज की कोई स्वतंत्र व्यवस्था नहीं है। अपने देश मे जरा-जरा करके, इतना कुछ तो कर रहे हो, लेकिन..."

अम्मा ने सवाल किया, "इसमें तुम क्या कर सकते हो?"

"इस देश में ही सीखने-पढ़ने से कुछ नहीं होगा, अम्मा!"

"तो क्या विलायत जाओगे?"

"मेरे पास क्या इतनी दौलत है कि विलायत जाऊँ?"

"देखो, उमेश, विलायत जाओगे, तो न तो धर्म रहेगा, न जात!"

इस बात को लेकर कितना वाक्-वितंडा हुआ, कितनी अशांति हुई, यह बतानेवाली बात नहीं। बाऊ जी ने तो साफ कह दिया कि उनके पास इतने रुपये नहीं हैं कि बेटे को विलायत भेज सकें।

इस बात से भी अम्मा को गहरी चोट लगी।

"अच्छा, आपके पास रुपये होते, तो आप उसे भेज देते?"

"तुम्हारा जितना भी विरोध हो...वह तो पढ़ने के लिए जाना ही चाहता है।"

"आप, बस यही समझ पाए न? मैंने बार-बार इसरार किया, उसका ब्याह कर दें। लेकिन आप यही कहते रहे कि वह शादी नहीं करना चाहता। अरे, वह नहीं चाहता, तो जोर-जबर्दस्ती ही उसका ब्याह कर देते। तब तो वह आगे कोई बात नहीं करता?"

इसी तरह सब चलता रहा; सबकुछ चलता रहा। सँझले भइया की मन की बात, सँझली दीदी जानती थीं। उन दिनों सतीन्द्र पैदा नहीं हुआ था। सँझले भइया यहाँ आखिरी परीक्षा देकर, विलायत चले जाएँगे, अगर वह यह बात जानतीं भी, तो बतातीं कैसे?

सँझले भइया ने कहा, "ज्ञानदा, अगर तुमने यह बात किसी को बताई, तो मेरा मरा मुँह देखोगी।"

सँझली दीदी ने एक शब्द भी कभी नहीं बताया। हाँ, यह खबर जरूर मिली कि सँझली दीदी की कलाई में जो सोने की पट्टी बँधी रहती थी, अचानक वह गुम हो गई। वह हाल ही में अपनी ससुराल से लौटी थीं, वहीं कहीं पोखर में गिर गई।

अम्मा ने उन्हें खूब-खूब डाँटा।

बाऊ जी ने कहा, "ठीक है, दुबारा बनवा दूँगा।"

यह भी सुनने में आया कि सँझले भइया ने अपने सोने-चाँदी के सारे मेडल बेचकर, कुछ रुपये उठाए थे। बाद में...काफी बाद में, सँझली दीदी को लिखे गए एक खत से पता चला कि वे किसी कंपनी के जहाज में, तनख्वाह के तौर पर सिर्फ खाने की खुराकी पर, डॉक्टर बन गए। उस जहाज में केबिन के नाम पर कबतूर का दरबा नसीब हुआ। कलकत्ता से वे बंबई कैसे पहुँचे, इसका विवरण भी लिखा हुआ था। खैर, वह दास्तान अगर नहीं भी सुनी, तो क्या फ़र्क़ पड़ता है?

जाने से एक दिन पहले, कलकत्तेवाले मकान की दूसरी मंज़िल के बरामदे से रस्सी लटकाकर, उन्होंने अपना ट्रंक और बिस्तर नीचे उतारा। उनका प्राण-प्यारा दोस्त, माखनलाल नीचे घोड़ागाड़ी में उनका इंतजार कर रहा था। बाऊ जी के नाम एक खत लिखकर छोड़ गए और सँझले भइया फुर्र हो गए।

सुबह-सवेरे वह खत देखकर, अम्मा जिंदगी में पहली और आखिरी बार चक्कर खाकर गिर पड़ीं। उनकी नजरों के सामने जैसे उनकी समूची दुनिया ही डोल गई। डॉक्टर-वैद्य बुलाए गए। मैं और सँझली दीदी बेहद दबे-दबे पाँव चलती-फिरती रहीं। बड़े भइया आ पहुँचे; मँझले भइया आ गए। बाऊ जी का चेहरा गंभीर। बीच-बीच में वह कमरे में आते, अम्मा को देखकर वापस लौट जाते।

इसी बीच, बाऊ जी के नाम एक छोटा-सा ख़त लिखकर, सँझले भइया जहाज में सवार हो गए। ख़त डाक से आया था।

बाद में सँझली दीदी ने कहा, "काश, सँझले भइया अपनी यात्रा का हवाला भी लिख भेजते, तो कितना कुछ पता चलता। हमें नहीं लिखा, न सही, बाऊ जी

को ही लिख भेजते।"

अम्मा ने जब बिस्तर छोड़ा, बाऊ जी ने कहा, "मेरे साथ अब उसका कोई रिश्ता नहीं रहा और देखो, मुझे रिश्ता रखने को कहना भी मत। मैं तुम्हारा यह हुक्म नहीं माननेवाला।"

सँझले भइया चले गए। चार साल तक वहाँ रात के वक़्त नौकरी करते थे और दिन के वक़्त पढ़ाई करते रहे। बाद में, वहीं उन्हें स्कॉलरशिप भी मिल गई। उनकी पढ़ाई जारी रही। वे मानसिक रोग के डॉक्टर भी बन गए। इस देश में तो उनकी नौकरी पक्की ही थी।

तय यह हुआ कि राँची के करीब कांके में मानसिक रोग का अस्पताल बनाया जाएगा। जब तक वह अस्पताल बनकर तैयार नहीं होता, उतने दिनों सँझले भइया बहरामपुर जेलख़ाने के पागल वार्ड में चिकित्सक के तौर पर बहाल रहेंगे।

सँझले भइया विलायत से मेम ब्याह कर ही स्वदेश लौटे थे। उनकी एक बेटी भी हो चुकी थी। लेकिन वे अपनी मेम बीवी को फिलहाल वहीं छोड़ आए थे।

यह समाचार जानने के बाद, अम्मा ने कहा, "मेरे तीन ही बेटे हैं—देवरंजन, ज्ञानरंजन, सत्येशरंजन। उसका नाम क्यों लिया जा रहा है?"

बहरहाल, सँझले भइया कांके के उसी अस्पताल में पहली बार सुपरिंटेंडेंट बन गए। उन्हें दिल की कोई तकलीफ शुरू हो गई थी। इसलिए उन्हें कोई तकलीफ न हो, इसलिए सुपर को जो बंगला दिया गया था वह पहली मंजिल पर था। डेपुटी सुपर का फ्लैट दूसरी मंज़िल पर था।

सँझले भइया अपनी बीवी-बच्ची को राँची ले आए। उस वक्त बाऊ जी नहीं रहे थे। दुस्साहस के दम पर ही, वे वैद्यनाथ आए। वे डाकबंगले में ठहर गए। जब उन्होंने अम्मा को अपने आने की खबर भेजी, अम्मा ने उस चपरासी के जरिए ही कहला भेजा, वह उनकी नजरों के सामने हरगिज न आएँ।

उन दिनों सँझली दीदी और तपोमयी वैद्यनाथ में ही थीं। हम सब मारे कौतूहल के बेहाल थीं।

आखिर, सँझली दीदी ने हिम्मत बटोरकर, अम्मा से कहा, "अम्मा, सँझले भइया अपनी बहू को लेकर गेट के बाहर ही खड़े रहेंगे, अंदर नहीं आएँगे बस, आपको देखकर चले जाएँगे।"

अम्मा ने कोई जवाब नहीं दिया। वे बाहरी दालान में आकर बैठ गईं। हम सब खड़ी रहीं।

सँझले भइया गोद में बेटी को लिए, बीवी समेत टमटम से उतरे। उन्होंने अम्मा की तरफ देखा।

अम्मा की निगाहें भी उनके चेहरे पर गड़ी रहीं। सँझले भइया सेफ्टीपिन लगाकर, अपनी बीवी को लाल गरद सिल्क की साड़ी पहनाकर लाए थे। वे बेहद मासूम लग

रहे थे। अगले ही पल, उनकी बीवी ने आगे बढ़कर, गेट पर हाथ रखा, वह शायद अंदर आना चाहती थी।

लेकिन अम्मा उठ खड़ी हुईं और धीरे-धीरे अंदर कमरे में चली गईं। सँझले भइया ने भी हाथ हिलाया और बीवी-बच्ची समेत वापस लौट गए।

इसके बाद हुआ यह कि राँची का हवा-पानी उनकी बीवी को रास नहीं आया। वे अपनी बेटी समेत वापस लौट गईं।

सँझले भइया दो-एक बार और आए। डाकबंगले से चपरासी को टिफिन कैरियर देकर हमारे यहाँ भेजते थे। उन्हें अम्मा के हाथ का बनाया हुआ खाना जो खाना होता था।

चपरासी नीचे खड़ा रहता था। अम्मा ऊपर से ही टिफिन के कटोरदानों में निरामिष तरकारी, खीर, दूधपूली उँड़ेल देतीं।

उफ! अम्मा किस कदर प्यासी होती थीं! चपरासी से सँझले भइया के बारे में कितने-कितने सवाल पूछा करती थीं। कितनी-कितनी खोज-खबर लिया करती थीं।

फिर भी कितने प्रचंड अभिमान से पत्थर की चट्टान बनकर रह गईं। उस चट्टान में कभी-भी हल्की-सी दरार तक नहीं पड़ी।

अम्मा के जीते जी ही सँझले भइया इंतकाल कर गए। दिल का रोग! शायद वे अपनी बीवी-बच्ची के पास ही लौट रहे थे। स्वेज नहर से होकर जाते-जाते रास्ते में ही बीमार पड़ गए। शायद पोर्ट सैयद में उन्होंने आखिरी साँस ली। खबर मिली, वहीं उनका आखिरी संस्कार कर दिया गया। वह अंत्येष्टि-संस्कार कैसा था, यह कोई नहीं जानता।

मेरी अम्मा जिंदगी भर सँझले भइया के लिए पछतावे की आग में जलती रहीं।

उनकी आखिरी बीमारी के वक्त बड़े भइया, मँझले भइया, सत्येश, बहुएँ... सभी लोग आ पहुँचे।

अचानक अम्मा ने कहा, "देवरंजन, मैं जानती हूँ, इस बार मैं नहीं उठूँगी। मैं डॉक्टर की दवा नहीं खाऊँगी। अगर तुम लोग जिद करोगे, तो मैं नहानघर में घुसकर, अंदर से दरवाजा बंद कर लूँगी।"

थोड़ा ठहरकर उन्होंने दुबारा कहा, "सुनो, तुम सब लोग सुनयनी को पूरे आदर-सम्मान के साथ रखना। जब मैं नहीं रहूँगी, यह मकान उसका होगा। उसके बाद...जो मन आए, सो करना।"

उसी रात उन्होंने कहा, "सुनयनी अपने सँझले भइया को बेहद प्यार करती थी; उसकी बड़ी सेवा-जतन करती थी।"

इतना कहकर, उन्होंने करवट बदल ली। उसके बाद वे और चार दिन जिंदा रहीं। जरा-जरा करके, वे खत्म हो गईं।

अम्मा गईं...तो, एक युग चला गया। अगर वे सात साल और जी जातीं, तो

पूरे सौ साल की हो गई होतीं।

मैं : सुनयनी

सच्ची मुझे समझ में नहीं आता, मैं क्या दूधबुआ या दूधमासी हूँ? या और कुछ? हाँ, छलनी-कड़ाही-संड़सी-कलछी लेकर मैंने ढेरों काम किए हैं।

कड़ाह-कड़ाह दूध उबाले हैं।

टोकरी-टोकरी पूरियाँ उतारी हैं।

बाऊ जी की सेवा, अम्मा की ख़िदमत मैंने कोख-जायी बेटी की तरह की है। उसके बाद यह मकान अगोरते...अगोरते...पल-पल रखवाली करती रही...

...आखिर नीरेन्द्र ने आकर मुझे महामुक्ति दी। अब मेरे लिए करने को कुछ भी नहीं है।

देखो, मैं काफी...काफी सोचती हूँ। बहोत सोचती हूँ।

हेमवती ही मुझे हद से ज्यादा प्यार करती थी।

वह अक्सर सवाल करती थी, "पता नहीं कैसे तो आप अम्मा की इतनी बड़ाई करती हैं! मैं तो बचपन से यही देखती आई कि जब, जिसको अपनी गृहस्थी में जरूरत पड़ी, आपको ले गया।"

हेम ही कहा करती थी, "ज़िंदगी भर के लिए आपको दूधमासी और दूधबुआ बनाकर रख छोड़ा–"

उफ, हेम, तूने बस, यही देखा?

मँझली दीदी कहा करती थीं, "सुनयनी, कौन, किसे छुट्टी देता है? छुट्टी तो लेनी पड़ती है। अब मुझे ही देख न–"

मँझली दीदी एक दुनिया छोड़कर आई थीं, उन्होंने आश्रम की दुनिया गढ़ ली। उसी दुनिया में डूबी-डूबी, उन्होंने विदा ली। लेकिन वह तो उनकी, अपने ही हाथों रची-गढ़ी दुनिया थी।

मैं भी अपने लिए मुक्ति खोज लेती, हेम!

बाऊ जी के चले जाने के बाद से ही मैंने अपने को छुट्टी देना शुरू कर दिया था।

अम्मा के पास अक्सर ही कोई न कोई आता रहता था। कभी बेटी, कभी बहू, कभी नाती-पोते, कभी पोती-नातिनें!

मैं हर रोज शाम को केदार बाबू के यहाँ चली जाती थी। वे तीर्थ महाराज थे। भ्रमण विशारद।

वे कहा करते थे, "चल, सुनयनी, चलेगी?"

"मैं कहाँ जाऊँ?"

"चल, हिमालय की तरफ चलते हैं। वहाँ बर्फ की सड़क पर चलना-फिरना! झुग्गी-झोंपड़ी में वास करना।"

केदार बाबू का भतीजा, बादल कहा करता था, "चलिए न! इतना लंबा सफ़र! चलते-चलते, आपका गाना सुनते-सुनते, काफी सारा वक्त आराम से गुज़र जाएगा।"

वह ऐसे हँस-हँसकर बातें करता था, मानो मैं कलछी-संड़सी के मोह-बंधन से कभी किसी दिन मुक्त नहीं हो पाऊँगी।

पहली बार तो मैंने दन्नू से कड़ाही उतारकर, अम्मा से कहा, "मुझको रुपय्ये दीजिए! मुझे तीर्थ पर जाना है–"

"कौन-सा तीर्थ? किसके साथ?"

"केदार बाबू का भतीजा ले जाएगा।"

"सुनयनी, उसकी तो उम्र..."

"बुड्ढा नहीं है। वैसे भी, बूढ़ों के साथ मैं क्यों जाऊँ?"

मँझले भइया, मँझली भउजी भी वहीं मौजूद थीं।

मँझले भइया ने कहा, "अच्छा है। खूब अच्छा है।"

मँझली भउजी ने खाकी रंग के कपड़े का एक खूबसूरत-सा बैग सिला दिया।

उन्होंने कहा, "चलो, अब तुम्हें केड्स चाहिए, मोजा चाहिए और गर्म कपड़े चाहिए। मैं सब दिए दे रही हूँ।"

मैंने पहली बार देखा, वैद्यनाथ से बादल और बस, चंद लोग ही जुट पाए थे।

मैंने पूछा, "बस, यही चंद लोग?"

"आप चलिए न! कलकत्ते में कुछ और लोग जुट जाएँगे।"

कलकत्ते में उन्हीं लोगों के रिश्तेदारों का एक और छोटा-सा दल आ जुटा। हरिद्वार से ही राह-राह, पैदल-पैदल! ख़ैर, तीर्थ तो बेशक था! लेकिन, सैर का आनंद कहीं ज्यादा था। पक्के दो महीने मैं घूमती-फिरती रही।

यह भी लिख डालना बेहतर है कि सँझले भइया के चले जाने के बाद, मेरा मन बेतरह हाहाकार किया करता था।

सँझली दीदी पूछती थीं, "मन ही मन बेतरह तकलीफ होती है न? असहनीय तकलीफ?"

मैं जवाब देती थी, "होगी नहीं? मुझसे वे कितनी-कितनी बातें किया करते थे। कितनी सारी बातें। हर वक्त तो सिटपिटायी रहती हूँ, सँझली दीदी! अम्मा के डर से मेरी तो सिट्टी-पिट्टी गुम रहती थी। काश, सँझले भइया होते, तो सब कुछ सहज लगता।"

सँझली दीदी ने कहा, "मैं समझती हूँ, सुनयनी।"

शायद यतीश बाबू से मेरी कई-कई बार बातें हुई होंगी।

मेरे बारे में, अम्मा से, सँझली दीदी की बेहद साफ-साफ बातें हुई थीं।

इस दौरान मैं और तीन बार हिमालय की सैर कर आई।

बादल हमारे भ्रमण का दलपति था। सारा इंतजाम वही करता था। बूढ़े-बूढ़ी कैंसिल! उसके दल में वही जाते थे, जो सैर-तफरीह के प्रेमी थे। हम लोग तीर्थ की राह ही सैर-सपाटे के लिए निकलते थे। लेकिन हम सीधे देहरादून चले गए, कुछेक दिन वहाँ रहे। पीपलधारा में वहाँ के किसी महाजन के घर ठहरे थे, इसीलिए तो मुझे यह देखने का मौका मिला कि अलकनन्दा की ही एक शाखा अलग होकर सप्तधारा में झर गई है।

बादल की हिदायत थी, "जहाँ भी जाएँ, यही कहिएगा कि हम तीर्थयात्री हैं। 'तीर्थ' शब्द सुनते ही पहाड़ी लोग आपकी श्रद्धा-भक्ति करेंगे।"

मुझे बेहद मजा आता था। वह मुझसे काफी छोटा था। कभी वह कहता था, उसने अभी तक ब्याह नहीं किया यानी वह शादीशुदा नहीं है। कभी कहता था—ब्याह तो किया है उसने, लेकिन बीवी उसके पास नहीं रहती। कभी यह भी कहता था कि अपनी बेटियों तक का ब्याह करके, वह फारिग़ हो चुका है।

वैसे उसे दवा-दारू के पौधों, बीजों, जड़ी-बूटियों से गहरा लगाव था।

वह अपने साथ एक मोटी-सी कॉपी ले जाता। उसमें वह एक-एक पौधे-पेड़, पत्ते-पत्तियों के नाम लिखता रहता था।

उसका कहना था, "कलकत्ता जाकर इन सबका वैज्ञानिक नाम जान लूँगा।"

"उसके बाद?"

"काफी कुछ सीख-पढ़ लूँगा।"

"सीख-पढ़कर क्या करोगे, बादल?"

"किसी दिन यहीं आकर इलाज करूँगा।"

अपनी ज़िंदगी में, मैं अठारह बार केदार-बद्री गई हूँ। तीन बार अमरनाथ भी हो आई हूँ।

उस बार, कुछ ही दिनों पहले लौटी थी। नन्दनकानन में तितलियों और आर्किड फूलों का मेला देखकर लौटी थी। मेरा मन खुशी से डगमग था। मैं परम खुश थी।

सँझली दीदी और अम्मा के बीच हो रही बातचीत में अपना नाम सुनकर, मेरे कान खड़े हो गए।

"अच्छा, अम्मा, सुनयनी की क्या उम्र होगी, बताएँ तो? उसकी ज़िंदगी का तो कोई भी साध-आह्लाद पूरा नहीं हुआ। यूँ ही घूमती-फिरती है, दूर-दूर की सैर पर निकल जाती है। इससे हम सब चैन की साँस लेते हैं। बाऊ जी ने कहा था—वह मेरी बेटी है। तो आप भी यह मान लीजिए न, कि यह बेटी भी आप ही की है। बस, जरा आज़ाद ख़्याल है।"

"यही तो मुझे अच्छा लगता है। मैं क्या समझती नहीं कि उसका शादी-ब्याह

नहीं हुआ, घर-गृहस्थी नहीं बनी, उसका मन हाहाकार किया करता है।''

''नहीं, हाहाकार तो ख़ैर नहीं करता। मँझली दीदी ने देखा है, सुखदा और तपोमयी ने भी देखा है। वह तो कहती है, वैसे घर में अगर उसे रहना पड़ता, तो वह अपने गले में फाँसी लगा लेती।''

''छिः छिः आत्महत्या का नाम नहीं लेते।''

''सुनयनी आज़ाद-ख्याल लड़की है।''

''भई, मैं तो उसे बाँधकर नहीं रखती। उसका जब मन होता है, वह चल देती है।''

''हाँ, बस, बीच-बीच में हाँफ उठती है।''

''उसका जितना मन करे, घूमे न ज्ञानदा! बस, हर बार लौटकर मेरे ही पास आए। तुम लोग तो अपनी-अपनी दुनिया में जा बसी हो। मेरे लिए तो अपनी कहने को सिर्फ सुनयनी ही है न!''

''मुझे बुरा लगता है! चूँकि उसके आगे-पीछे कोई नहीं है, इसलिए हम सब, अपने आफत-विपद में उसे खींच ले जाते हैं।''

''तुम लोगों ने उसे खाक्-पत्थर पहचाना है। वह तो अपने सगों के पास जाती है। तुम सबके पास जाना, उसे अच्छा लगता है। क्यों? वह चन्दननगर तो कभी नहीं जाती। प्रेमदा और तुम! बरदा की बात तो छोड़ ही दो। वह तो जैसे होकर भी न हो।''

''सुनयनी की ज़िंदगी भला कैसे गुज़रेगी, अम्मा?''

''याद है, तुम लोगों के बाऊ जी से मैं कितना झगड़ा करती थी। वह जो कहा करते थे कि क़ानून बन जाएगा, तो बाल-विवाह बंद हो जाएगा। मेरा सवाल था, क़ानून बन गया, तो विधवा-विवाह चालू किया जा सका?''

''आप क्या...''

''उन्होंने ही उमेश से कहा था, कोई उदार मन का सभ्य-भव्य लड़का मिल जाता, तो सुनयनी का विवाह कर देता। मैंने उनसे कहा कि सच्चा लड़का खोज लाओ न! मेरा भगवान जानता है, यह बिल्कुल सच बात है। अब वे नहीं रहे। उमेश जहाँ कहीं भी है, मौजूद है। लेकिन, ज्ञानदा, तुम्हारे बाऊ जी ने लाख चाहा, मगर यह काम पूरा नहीं कर पाए।''

''यानी आप भी सहमत थीं?''

''हाँ, सहमत क्यों नहीं होती? तुम्हारे बाऊ जी हमेशा अच्छी बातों के अलावा, कभी बुरी बात तो नहीं करते थे। विधवा-विवाह का जो नतीजा निकला, उससे तो विद्यासागर भी दुःखी हुए थे। रुपइय्ये दो, तब ब्याह करते थे। ब्याह करने के बाद, त्याग भी देते थे। ऐसे-ऐसे पाप तो ढेरों हुए हैं न?''

''अम्मा, तुम नमस्य हो।''

अम्मा फिर किटकिटा उठीं, "हाँऽ, तुम लोग तो यह समझती नहीं। हमेशा यही सोचती रहती हो कि मैं कोई आचार-नियम में धँसी हुई कोई गुस्सैल बुढ़िया भर हूँ। लेकिन, ज्ञानदा, सुनयनी मेरे लिए, सगी बेटी से भी बढ़कर है। मैं उसे दुःख नहीं उठाने दूँगी। उसे अगर घूमना-फिरना अच्छा लगता है, तो घूमे-फिरे। अकेली-अकेली तो वह घूम-फिर नहीं सकेगी। प्रेमदा की तरह अगर तुम लोगों ने भी कुछ गढ़ा होता, तो वह भी उसमें शामिल हो सकती थी।"

"मैं तो अभी भी..."

"मैं नहीं चाहती कि वह किसी के कहने पर कुछ करे। उसकी अपनी जो मर्ज़ी होगी, वही करेगी, वही क़बूल करेगी।"

"हाँ, बादल के साथ जाती है, सैर करती है, यही अच्छा है।"

"लेकिन, बादल भी क्या थिर रहेगा? भइया लोग जिस राह गए, वह खुद भी क्या उसी राह नहीं चल पड़ेगा?"

इन बातों ने मुझे बेतरह बेचैन कर दिया। अम्मा इतने दिनों से इतना कुछ सोचती रही हैं? उन्होंने बाऊ जी से भी मेरी शादी के बारे में बात की?

यह तो हुई रात की बात।

सुबह-सवेरे ही मेरा और अम्मा का धुआँधार झगड़ा बस, होने ही वाला था। मैं भी अनमनी-सी जाने किन ख्यालों में डूबी थी। दूध उफन-उफन कर गिरता रहा।

अम्मा तैश खा गईं, "भई, वह रानी है रानी! मामूली कामों में उसका मन नहीं लगता। उतना सारा दूध! क्यों, जी, सुनयनी अब आश्रम क्या भेजोगी? दूसरों का सामान, भला इतनी लापरवाही बरतते हैं?"

केदार बाबू के आश्रम में तेरह अदद अनाथ बच्चे रहते थे। अम्मा उनके लिए, वहाँ दूध भेजती थीं। फल वगैरह भी भेजती रहती थीं। बीच-बीच में मैं उन बच्चों के लिए हलवा वगैरह भी बना देती थी।

बादल या बबुआ आकर ले जाते थे।

अम्मा ने उस वक़्त चाहे जो कहा हो, मगर मैं पिछली रात उनकी बातें सुन चुकी थी। इस वक्त मुझे उनकी किसी बात पर भी गुस्सा नहीं आया।

मैंने कहा, "चलिए, अम्मा, तीर्थ करके लौटी हूँ। आज न हो, उन सबको पेड़े खिला दूँगी।"

अम्मा और मेरे लिए एक गाड़ी बिल्कुल तय थी। एक ताँगा गाड़ी, जिसे बैजनाथ चलाता था। अम्मा की तरफ से उसे पाँच रुपये मिलते थे। बाकी वक्त मेहनत-मशक्कत करो; किराया उठाओ। बस, हमारी जरूरत के वक़्त, हाज़िर रहो।

मैं और अम्मा आश्रम का चक्कर लगा आए।

बादल ने कहा, "आप लोग बड़े अच्छे दिन आई हैं। गौरी शेखर बाबू का पत्र आया है। उन्होंने हमारे बच्चों के स्कूल को पाँच सौ रुपये दान करने की इच्छा

जाहिर की है।"

"मेरे बेटे रुपये भेजते हैं या नहीं?"

"अलबत्तू भेजते हैं। दोनों बेटे भेजते हैं।"

"सुनयनी भी काफी खुश-खुश लौटी है। घूम-फिरकर उसे बड़ा आनंद आया है।"

"वे तो खुद ही गाना गा-गाकर दूसरों को आनंद देती हैं।"

"हाँ, तो, अगली बार किस तरफ...?"

"सोच रहा हूँ, एक बार अमरकंटक हो आऊँ।"

"ऐसे घूमते-भटकते हुए कितने दिन गुज़ारोगे, बादल?"

"जितने दिन संभव हो सका..."

अब इसके आगे, मैं अपने बारे में क्या बताऊँ? अमरकंटक से वापस लौटते हुए, वह जबलपुर में ही रुक गया।

उसने मुझसे कहा, "इस बार मुझे लंबी छुट्टी चाहिए। मैं अपनी दवाओं का कामकाज पूरा कर डालूँ। मगर आप घूमती-फिरती रहें। खूब सैर करें–"

बस, बादल से वह मेरी आखिरी भेंट थी। बाद, में खबर मिली, पंजाब पुलिस को बादल की तलाश थी, क्योंकि उसके दो-दो भाई सशस्त्र राजनीति करते थे। बादल किसी तरह पूर्व भारत की तरफ चला आया था। बीच के दौरान की बातें...लिखना संभव नहीं हुआ, टूनी!

अम्मा शायद जानती थीं, शायद न भी जानती हों। वे मेरे सिर पर हाथ फेरते हुए खामोश बैठी रहीं।

थोड़ा ठहरकर उन्होंने कहा, "उन लोगों का आश्रम लगता है अब उठ जाएगा।"

नहीं, वह आश्रम बंद नहीं हुआ। केदार बाबू की कोशिश से उसे मिशनवालों ने ले लिया। सुनती हूँ, आजकल वहाँ कृषि विद्यालय बन गया है। हेमवती ने ग़लत समझा था। सच्ची, उसे ग़लतफहमी हो गई थी। मुझे कभी, किसी ने इस्तेमाल नहीं किया।

मैं अपने भाई-बहनों के पास चली जाती थी। जब-तब तीर्थ पर भी निकल पड़ती थी। तीर्थ पर जाकर भी तो सैर हो जाती है न! बाद में तो ढेर-ढेर ट्रैवेल एजेंसियाँ बन गईं। तब तो काफी सुविधा हो गई।

थोड़ा-बहुत लिखना-पढ़ना भी सीखा ही था। बाकी कुछ किताबें पढ़-पढ़कर सीख लीं।

मैं मज़े में ज़िंदा रही; काफी सुख में ज़िंदगी गुज़ारी। ज़िंदगी के आखिरी दौर पर आकर देख रही हूँ, अप्राप्ति के मुक़ाबले प्राप्ति ज्यादा हुई है। न पाने के मुक़ाबले, मैंने पाया ज्यादा है। आज भले मेरी सोच बदल गई हो।

लेकिन उन दिनों भी छलनी-कड़ाही-संड़सी-कलछी के बंधन की उपेक्षा करके,

हम सप्तधारा की सातों धाराएँ देखने जा सकती थीं।

तब शायद, भगोना-पतीला-देगूची-बटलोई, कटकी हंड़िया में ही ख़त्म नहीं हो जाती। इन्हीं सबमें रीत जाने की नियति, मेरे हिस्से में शायद नहीं आती।

मँझली दीदी कहा करती थीं, "अपने को मुक्ति दे।"

सँझली दीदी भी हँस-हँसकर कहती थीं, "चल, आ, कविता पढ़ते हैं!"

अम्मा कहा करती थीं, "चल, तो आज जरा आश्रम घूम आएँ।"

आज, मैं कहती हूँ, "आज कोई कामकाज नहीं होगा। सिर्फ गपशप होगी। आज यही तो हुई...सिर्फ, गपशप।"

मन ही मन

प्रिय आगमनी मौसी,

ख़त पढ़कर आप दुःखी होंगी, मगर आपको यह खबर देना जरूरी है। आप लोगों ने तय किया था कि आप और माँ, साथ-साथ नैनीताल-अलमोड़ा-रानीखेत जाएँगी। माँ जाएँगी, इस बात से मैं भी बेहद खुश हुई थी। पिया और उसके बाऊ जी भी खुश थे। असल में पिया के बाऊ जी तो हर वक्त ही कहते रहे थे कि तुम्हारी माँ जिंदगी भर स्कूल में पढ़ाती रहीं। स्कूल में कितनी ही छुट्टियाँ पड़ीं, तुम्हारी माँ की सहेलियाँ सैर के लिए इस-उस देश जाती रहीं, लेकिन वे कभी नहीं जा सकीं। आप भी कभी, कहीं नहीं गईं। आप तो अंदर की सारी बातें जानती हैं। खैर, इस बार सारी तोड़-जोड़, तैयारियाँ चल रही थीं। लेकिन अत्यंत दुःखद खबर है, इसे हमारा दुर्भाग्य कह लें। हमें लगा था कि मलेरिया है, मगर यह कोई और ही बीमारी है। वे डेंगू बुखार की शिकार हो गई हैं। साथ ही, छोटी-मोटी अन्य तकलीफें! इन दिनों वे अस्पताल में हैं, लेकिन अगले हफ्ते वे घर आ जाएँगी। डॉक्टर ने आराम करने की़ सलाह दी है। अस्तु, माँ नहीं जा सकेंगी। माँ ने कहा है कि आप जरूर हो आएँ। किसी भी वजह से जाना खारिज मत कीजिएगा। हमारा प्रणाम् स्वीकार करें। आपके यहाँ फोन होता, तो फोन पर ही बात कर लेती। माँ ने आप सबको अपना स्नेह कहा है।

इति,

आपकी प्रिय
नन्दिनी

विजया,

नन्दिनी के खत से सारी खबर मालूम हुई। मुझे नहीं मालूम कि यह खत

पहले तुम पढ़ोगी या नन्दिनी ही पहले पढ़ेगी। ख़ैर, अगले हफ़्ते के बाद, मैं तुम्हारे पास आने की सोच रही थी, मगर अब जाना नहीं हो सकेगा, क्योंकि मैंने तो यहाँ सारी तैयारियाँ, पहले ही कर डाली थीं। अगर निकली, तो महीने भर की सैर पर निकलूँगी। ब्रतती यहाँ रहने को राजी हो गई थी। तुम्हारे बिना, मेरा भी जाने का मन नहीं है। अब सारा बंदोबस्त बदलना होगा। तुम्हारे हाथ का लिखा कोई खत मिल जाता, तो मन को चैन आता। खैर, नन्दिनी से कहना कि तुम किस अस्पताल में हो, यह खबर शांति बाबू को फोन पर दे दे। शांति बाबू का घर हमारे मुहल्ले में ही है। उनसे बाजार में रोज मुलाकात होती है। अगर उन्हें खबर भेजी जाए, तो मुझे मिल जाएगी। उन्हें फोन मिला, तो वे मुझे बता देंगे। देखो, जिंदगी भर हम आपस में कहते-सुनते रहे हैं कि जिम्मेदारियाँ खत्म होते ही, हम अपने बारे में सोचेंगे। थोड़ा-बहुत ऐश करेंगे; सैर-सपाटे करेंगे। 'भ्रमण' पढ़-पढ़कर हम योजनाएँ बनाया करते थे। अब किस दिल से तुम्हें छोड़कर, अकेली निकल पड़ूँ, बताओ?

नन्दिनी का फोन मिले, तो तुमसे मिलने आऊँ। मेरा हार्दिक स्नेह-प्यार लेना।

तुम्हारी,
आगमनी

आगमनी ने खत लिखकर, लिफाफा बंद किया और खुद ही लेटर-बॉक्स में डाल आई। चूँकि आदत से लाचार थीं, इसलिए अभी भी सारे काम खुद ही कर डालने की कोशिश करती थीं। विजया और आगमनी! आगमनी ने स्कूल में पहले क़दम रखा था, विजया ने बाद में। उन्हें देखकर, बाकी अध्यापिकाएँ कहा करती थीं, ऐसी दोस्ती नजर नहीं आती। यानी विजया नहीं रुकेगी? आगमनी उदास हो आईं। उनकी जिंदगी क्या यूँ ही गुजर जाएगी?

कलिका नन्दी ने कितना-कितना इसरार किया था, बहुत दूर तो है नहीं, 'पूजा' में हमारे यहाँ, कासिम बाजार आइए न! आप आएँगी, तो मेरी सास भी खुश होंगी। मुर्शिदाबाद में भी काफी कुछ देखने को है।

दोनों ने एक-दूसरे की आँखों में देखा। मुर्शिदाबाद का जिक्र आते ही, जाने कितनी-कितनी बातें याद आती हैं। 'भ्रमण' पत्रिका क्या वे यूँ ही रखती थीं? वे पत्रिकाएँ पढ़ती थीं और मन ही मन हिसाब लगाया करती थीं।

नहीं, कलिका की ससुराल वे दोनों नहीं जा पाईं। जाने के नाम पर, एक बार शांतिनिकेतन जरूर हो आईं। गेस्ट-हाउस तो वे सोने के समय आती थीं। बाकी वक्त सिर्फ पैदल-पैदल घूमना और देखना। कैसा खुला-खुला, उन्मुक्त आकाश! क़तार-दर-कतार खूबसूरत पेड़ों की शोभा! मानो चारों तरफ मुक्ति ही मुक्ति!

वे दोनों अन्यत्र कहीं नहीं गईं। जातीं भी कैसे? आगमनी और विजया की

जिंदगी ही कुछ ऐसी थी कि वे दोनों ही एक-दूसरे की मित्र हुए बिना, कुछ भी नहीं बन सकती थीं। यह दोस्ती होनी ही होनी थी।

सोचने बैठो, तो आगमनी का मन आज भी अतल अँधेरे में डूब जाता है। आज उनकी उम्र पैंसठ है। अपनी बाइस साला उम्र में ही वे जान गईं कि उनके बप्पा, उनका विवाह नहीं कर सकेंगे। उनका विवाह होगा भी नहीं। बदन पर उजले दाग ढँके नहीं जा सकते थे। बाद में उन्होंने सुना कि ये सफेद दाग, दरअसल कोई रोग नहीं है। शुरू-शुरू में ही अगर इलाज करा लिया जाए, ये दाग ठीक हो जाते हैं। लेकिन उन दिनों चोरी-छिपे, जाने कौन-सा तो मलहम वे लगाती थीं, कोई फायदा नहीं हुआ। माँ-बाप आगमनी की छोटी बहनों के ही ब्याह की बात छेड़ते रहते थे।

पहले माँ ही शुरू करती थीं, बप्पा उनके ताल पर ताल दिया करते थे।

"उसका ब्याह तो खैर होना ही नहीं है। बाकी बेटियाँ ऐसी नहीं हैं कि खुद अपना ब्याह कर लें। वही जरा तेज-तर्रार थी।"

बप्पा सिर हिलाते रहते थे।

"न रुपया-पैसा है, न जमीन-जायदाद..."

इतिहास में बी. ए. ऑनर्स की डिग्री लेने के बाद, आगमनी नौकरी के लिए आवेदन लिख-लिखकर भेजने लगी। उस वक्त तक भी सारा कुछ खास चौपट नहीं हुआ था। उनके पूर्व स्कूल की बड़ी'दी यानी प्रधान अध्यापिका उसकी कोई मदद भले न कर पाईं, मगर उन्हें उससे हमदर्दी थी।

उन्होंने तसल्ली दी, "देखो, परेशान मत होओ। सफेद दाग बहुतों को होते हैं। नौकरी के मामले में यह कोई रुकावट नहीं है।"

खैर, आखिरकार उन्हें स्कूल की नौकरी मिल ही गई। शुरू-शुरू में वे कंचरापाड़ा से आना-जाना करती थीं। घर में भी कुछ रुपये देती थीं।

उस वक्त उन्हें नहीं मालूम था कि भविष्य में क्या होगा।

उन दिनों, उन्हें यह भी पूर्वाभास नहीं था कि वे प्राइवेट एम. ए. पास करेंगी, बी. एड. करेंगी।

उन्हें यह भी नहीं पता था कि किसी दिन उन्हें अपनी माँ-बहनों की जिम्मेदारी लेनी होगी। भविष्य तो पहले से नजर नहीं आता।

बप्पा अचानक ही चल बसे। सन् 1977 में बप्पा किसी गैर-सरकारी दफ्तर में आठ सौ रुपये तनख्वाह पाते थे, आगमनी दो सौ रुपये देती थी।

अचानक माँ ने जवाब तलब किया, "इतने कम रुपये क्यों देती है?"

"क्यों? अपने बारे में जरा भी न सोचूँ?"

"दो सौ रुपये में अलग कमरा, खाना-पीना...खुद ही सोच जरा।"

अतिशय दुःखी और आहत होकर, पूरे सात दिन की दौड़-धूप के बाद, दमदम में स्कूल के करीब ही उन्हें एक कमरा मिल गया। वे इस किराये के कमरे में चली

आई। वह घर उनके ही स्कूल के कैशियर के किसी रिश्तेदार का था।

बाद में तो उन्हें दो कमरोंवाला घर ही लेना पड़ा। अपनी माँ-बहनों को वे रखती कहाँ?

अब माँ नहीं रही। जब तक वे जिंदा थीं, वे इस ख्याल से परेशान रहीं कि बेटियाँ खुद ब्याह कर लेने का इल्म नहीं जानतीं, उनका क्या बनेगा? लेकिन दोनों बहनों ने ही अपना-अपना दूल्हा चुन लिया और उनसे ब्याह कर लिया। हाँ, खर्च आगमनी को ही करना पड़ा। उधार लेकर भी, लोकाचार के नाम पर समाज के नेम-नियम का पालन करना पड़ा।

माँ चली गईं। बहनें भी अपने-अपने मन की हो गईं। उन दोनों के ब्याह के बाद भी, उनकी अनगिनत माँगें पूरी करती रहीं। इस दौरान, खासकर विजया का खोंचा खा-खाकर, एक गैर-सरकारी हाउसिंग में, पंद्रह फुट बाई दस फुट के दो कमरोंवाला, एक फ्लैट भी आखिर खरीद डाला। थोड़ा-थोड़ा करके, वे रुपये भी चुका दिए गए। वैसे रिटायर होने के कुछेक साल पहले से ही, दोनों बहनों का आना-जाना अचानक काफी बढ़ गया।

आगमनी को आखिर कहना ही पड़ा, "देखो, भई, मैं अपना घर तुम्हें या तुम्हारी संतानों को नहीं दूँगी। मैं सारे नाते-रिश्ते तोड़ चुकी हूँ, फिर भी तुम लोग रिश्ता क्यों बनाए रखना चाहती हो, मुझे क्या पता नहीं है?"

विजया ने पूछा, "घर का करोगी क्या, यह बताओ।"

"अभी तो रह लूँ। उसके बाद या तो इसे बेचकर किसी अच्छे-से वृद्धावास में चली जाऊँगी, या फिर आश्रम को दान कर जाऊँगी। आश्रमवाले तो औरतों को वहाँ रखते हैं, हाथ का काम वगैरह सिखाते हैं। तुम भी बीच-बीच में मेरे पास आकर रह लेना। यूँ भी हमारा आराम से चल रहा है।"

"हम लोग बाहर कब निकलेंगे, बताओ तो।"

"मेरे फिक्स्ड डिपोजिट के रुपये, मुझे अगस्त में मिलनेवाले हैं। उसके बाद हम लंबी सैर पर निकल चलेंगे, ठीक है?"

"ठीक है!"

"अच्छा, चलो, अब चाय पीते हैं।"

दोनों मित्रों ने उस बित्ते भर के बरामदे में बैठे-बैठे चाय पी। यूँ कभी-कभी विजया रात को वहाँ रुक भी जाती थी।

"सुनो, हम लोग ट्रैवेलर्स चेक ले लेंगे।"

"सो तो लेना हो होगा।"

"ज्यादा सामान भी नहीं लेंगे। बेकार का वजन भी नहीं बढ़ाएँगे।"

"वजन कैसा? यहाँ-वहाँ घूमना ही तो है। रास्ते में फैंसी सूटकेस लेकर जाने से क्या फायदा? शचिन बाबू का वह भांजा है न, उसका 'चलो, चलें' ट्रैवेलिंग बहोत

अच्छा है। बेफिक्री रहेगी। मजे से घूमेंगे-फिरेंगे, आराम से देखेंगे और लौट आएँगे। कुछ दिनों बाद, फिर जाएँगे।''

यही सब कहते-सुनते विजया के चेहरे पर उम्र से ज्यादा बुढ़ापा, उनींदी आँखों के निशान उभर आए। अंग-अंग से मानो उम्र झरती रही।

छोटी बच्ची की तरह, विजया ने मचलकर कहा, ''सबसे पहले हम पहाड़ देखेंगे। पहाड़ देखने का इतना-इतना मन करता है कि क्या बताऊँ...''

आगमनी का चिर दिन का सपना था—सागर!

आगमनी अभी तक कहीं नहीं गईं, उन्होंने कोई भी जगह नहीं देखी, यह सुनकर, उनके घर के सामनेवाले मदर डेयरी बूथ का कर्मचारी दिलीप तक हँसता था।

''आप भी क्या बात करती हैं, दादी, आप अभी तक कहीं नहीं गईं, कुछ नहीं देखा, ऐसा भी भला कहीं होता है?''

आगमनी काफी कड़ियल औरत! विजया अंदर से बेहद कड़ी, लेकिन बाहर से काफी नरम-कोमल!

आगमनी ने लगभग हाँकने के ही लहजे में जवाब दिया, ''कहीं गई नहीं, लेकिन देखा जरूर है।''

''समुद्र देखा है?''

''ब्रिगेड में, जन-समुद्र टी.वी. पर देखा है न!''

''दादी, आप भी न...खूब हँसाती हैं।''

''क्यों, वह समुद्र नहीं था? लहर नहीं थी? सागर-गर्जन नहीं था?''

''आपने पहाड़ भी नहीं देखा?''

''क्यों, टाटा बिल्डिंग देखा है, चैटर्जी इंटरनेशनल देखा है। एक दफा धापा में कूड़े-गंदगी का पहाड़ भी देख चुकी हूँ। अच्छा, छोड़ो, अपनी कहो। तुम्हारी क्या खबर है? यहीं काम करने से भला चलेगा? इससे बेहतर की कोशिश नहीं करोगे?''

''देखो, दादी, नौकरी के इम्तहान मैं अब नहीं दूँगा। मेरे पास ले-देकर, बी. कॉम. की डिग्री है, उसकी बदौलत, बेहतर नौकरी मुझे मिलने से रही। उनके पूछे हुए सवाल भी मेरी समझ में नहीं आते। यहाँ दो वेला, बस, सुबह और शाम! दोपहर को थैले-बैग बेच लेता हूँ। लेकिन इन्हीं सबके दौरान, मैं दीघा, पुरी, पारसनाथ देख आया। सभुंदर तो खैर, हर जगह एक जैसा ही होता है। पारसनाथ छोटा होने के बावजूद, है तो पहाड़ ही।

यानी दिलीप तक समुंदर-पहाड़ देख आया था। एक आगमनी थीं, जिंदगी भर पैसा कमाती रहीं, माँ-बहनों की देखभाल करती रहीं, कंजूस की तरह यथासंभव पैसे जमा करती रहीं। उनका टी. वी. अभी तक श्वेत-श्याम था। वे कुल एक अदद बंगला

अखबार रखती थीं। उनके और विजया के नाम 'भ्रमण' पत्रिका, उन्हीं के पते पर आती थी।

दोनों वह पत्रिका पढ़तीं और उन्हीं ख्यालों में डूब जातीं।

मन ही मन कहीं भी गुम हो जाने की तो मनाही नहीं है न! मन ही मन वे काफी दूर-दूरान्तर तक घूम-फिर आई थीं।

सचमुच का जाना तो इसी बार होगा।

सबसे पहले वे दोनों हिमालय जाएँगी, फिर कहीं और! खर्च भी वे दोनों हिसाब से करेंगी।

आगमनी ने तो ठंडे प्रदेशों में जाने के लिए, अपने दोनों के लिए राजस्थानी लिहाफ भी खरीद रखा है।

विजया भी काफी दिनों से, अपने दोनों के लिए भारी-भरकम कार्डीगन बुन रही थी। ऊन के रंगों के चुनाव में अच्छी-ख़ासी बहस हो गई। कार्डीगन में कॉलर जुड़ेगा या नहीं, इस बात पर भी बहस छिड़ गई। अंत में किसी तरह फैसला हो गया। विजया ने दोनों की उम्र मुताबिक गहरा नीला रंग और भूरा रंग चुना और दोनों के लिए खूबसूरत-से कार्डीगन भी बनकर तैयार हो गए। सैर पर जाने के लिए, जरूरी खरीद-फरोख्त, इसकी उत्तेजना भी क्या कम थी?

शचिन बाबू के भांजे ने फैंसी मार्केट से, कम दाम वाला एक ट्रैवेल बैग भी ला दिया था। फ्लास्क घर में ही पड़ा था। यह फ्लास्क, आगमनी की प्रिय और सफल छात्रा फिमली, उनके लिए सिंगापुर से लाई थी।

फिमली के डैडी अपने सेक्रेटरी से ब्याह करने का ऐलान करते हुए, फिमली और उसकी माँ को छोड़कर चले गए, तो फिमली एकदम से दिशाहारा हो उठी थी। मारे शर्म के वह गड़ गई थी। उस वक्त उसकी उम्र भी तो कुल पंद्रह साल थी।

उस वक्त आगमनी ने कुछ दिनों के लिए फिमली को लाकर अपने पास रखा था। फिमली की माँ भी उनकी छात्रा रह चुकी थी, अब फिमली उनकी छात्रा थी।

बाद में फिमली की माँ ने अपना वर्तमान फ्लैट बेचकर, बाइपास रोड पर एक सरकारी फ्लैट खरीद लिया और उसे लेकर उसी फ्लैट में चली गईं। फिमली हर परीक्षा में बेहतरीन रिजल्ट करके, आगे बढ़ती गई और अब वह खुद किसी एनजीओ में नौकरी कर रही है। सिंगापुर-मनीला-हांगकांग से उसने आगमनी को कार्ड भी भेजा था। तीन साल पहले, वह उनके लिए फ्लास्क ले आई थी। वे उसे बड़े एहतियात से इस्तेमाल करती हैं। यह फ्लास्क गिर भी पड़े, तो टूटता नहीं। जब वे सैर पर जाएँगी, तो इसमें चाय खरीदकर भर लेंगी और दोनों जन मजे-से चाय पिएँगी।

वैसे उनकी जिंदगी अलग किस्म की थी और विजया की बिल्कुल अलग किस्म की। बस, एक ही जगह, वे दोनों मिलती-जुलती थीं। दोनों को, जिंदगी में काफी तकलीफें उठाकर चलते रहना पड़ा था। दोनों को ही जीवन के कर्त्तव्यों से कभी

फुर्सत नहीं मिली; फुर्सत उन दोनों ने ली भी नहीं। दोनों को ही संचय करना पड़ा; दूसरों के प्रति अपनी जिम्मेदारी निभानी पड़ी।

वे दोनों अपनी खुशी मुताबिक, अपने लिए भी कुछ कर सकती हैं, उन्हें कभी यह ख्याल ही नहीं आया।

एक ऐसा भी वक्त आया, जब दोनों जन को लगा, अब क्यों? बचे-खुचे जीवन में, अब अगर उन दोनों ने अपने-अपने को फुर्सत नहीं दी, तो उन्हें कभी छुट्टी नहीं मिलेगी।

चलो, आगमनी, निकल पड़ें।

विजया की जिंदगी बिल्कुल अलग ढंग से शुरू हुई।

सूरत-शक्ल से वे अच्छी-खासी थीं। पिता की आर्थिक स्थिति भी ठीकठाक थी। लेकिन काफी अच्छे नंबरों से बी. ए. पास करने के बावजूद, उनके पिता ने उन्हें एम. ए. पढ़ने की अनुमति नहीं दी। वे जरा दकियानूस थे।

उनके पिता ने कहा, "लड़कियों के स्कूल में पढ़ो, महिलाओं के कॉलेज में पढ़ो, लेकिन एम. ए. का मतलब है—सहशिक्षा! तुम्हारा ब्याह कर देना, मेरा फर्ज है, सो तुम्हारा ब्याह कर दूँ। ब्याह के बाद, तुम एम. ए. करो, कैरियर गढ़ो, यह तुम्हारा पति समझेगा।"

विजया की माँ की भी यही राय थी।

विजया ने ही बताया था कि उसके पिता तीन भाई थे। तीनों कमोबेश सफल और समृद्ध। तीनों अपने-अपने ढंग से रहते थे। तीनों में बस, एक ही जगह बेतरह मेल था। काका और जेठू की बेटियों ने कॉलेज में पढ़ाई की और पास भी कर लिया। लेकिन, उसके बाद, फौरन उनका ब्याह हो गया। जेठू की छोटी बेटी, पापड़ी ने घर से भागकर शादी कर ली। बस, उसी दिन से घर में सख्ती और बढ़ गई।

विजया की शादी जिस शख्स से हुई, वे सच ही भलेमानस हैं। वे टी-बोर्ड में नौकरी करते हैं। काफी नरम मिज़ाज के शख्स। विजया की ससुराल बाग-बाजार में थी, मगर वहाँ वह कम ही रही थी। ब्याह के बाद ही पति की पदोन्नति हो गई और वे विजया समेत लैंसडाउन चले आए। जब तक विजया ने नन्दिनी को जन्म दिया, उसके पिता ने अपने बड़े और मँझले बेटे का विवाह कर दिया। नन्दिनी के जन्म पर उनके फकीर दत्त लेन वाले घर में, आनंद की सीमा नहीं रही।

विजया की ससुराल में भी नन्दिनी अनादर से गहण नहीं की गई, लेकिन उस घर के अधिकांश लोगों को चाव था कि उसकी अगली संतान बेटा ही हो। विजया को खुद भी यह बात उतनी महत्त्वपूर्ण नहीं लगी। ऐसा ही तो होता है। उसे अपने सास-ससुर कहीं से भी दकियानूस नहीं लगे। उसके अपने घर में भी तो लड़कियों का अच्छा-सा ब्याह ही बेहद जरूरी समझा जाता था।

सबसे अच्छी बात यह थी कि उसका पति नन्दिनी को पाकर ही परम खुश था।

"पता है, आगमनी, उस वक्त भी लैंसडाउन में इतने सारे फ्लैट-मकान नहीं बने थे। हम लोग दो-मंजिला मकान की पहली मंजिल पर रहते थे। सजा-सँवरा मकान। नन्दिनी के पिता मितभाषी थे। दफ्तर के बाद, सीधे घर चले आते थे।"

"उन्हें सबकुछ बिल्कुल वक्त पर चाहिए था, लेकिन इस वजह से मुझे कोई असुविधा नहीं होती थी।"

"क्यों? वक्त गुजारने में कोई परेशानी नहीं होती थी?"

"मैं किताबें पढ़ा करती थी। घर के क़रीब ही लाइब्रेरी थी। मैंने एम. ए. देने का इरादा जाहिर किया। उन्होंने कहा, प्राइवेट पढ़कर मैं परीक्षा दे ही सकती हूँ। ना, नौकरी करने की मैंने कभी नहीं सोची थी। कभी उनसे कहा भी नहीं। वैसे अगर मैं नौकरी की इच्छा जाहिर भी करती, तो मुझे नहीं लगता कि वे खास राजी होते।"

"..............."

"मैं तो किसी और वजह से नौकरी में आई। अब मैं सभी से यही कहती हूँ कि बेटी की शादी करनी हो, तो करो, लेकिन बेटी जरूरत पड़ने पर या उसका मन होने पर, कोई भी कामकाज कर सके, यह भी जरूर देख लें।"

"आजकल तो यही होता है।"

"कहाँ होता है, विजया? अखबार में आए दिन अभिभावकों की तरफ से यही विज्ञापन छपता है—शिक्षिता लड़की, ब्राह्मण या कायस्थ गोत्र, राशि अलाँ-फलाँ।"

"नहीं, 'लड़की चाहिए' के बजाय आजकल बहुतेरे विज्ञापनों में 'नौकरीशुदा लड़की चाहिए' की फरमाइश भी होती है।"

"हाँ, यह भी सच है। लेकिन, हर जगह अभिभावक ही प्रधान भूमिका लेते हैं। एक नजर से यह अच्छा भी है। वे लोग भी आखिर अपनी लड़की का भला ही चाहते हैं। लेकिन जब मुझे अपनी छात्रा, नीपा का ख्याल आता है..."

"आज की दुनिया में सबकुछ एक साथ चल रहा है। ब्याह दे रहे हैं, ब्याह कर रहे हैं, ब्याह तोड़ रहे हैं, दुबारा ब्याह कर रहे हैं। उसी के साथ नीपा की तरह 'वधू-हत्या' भी जारी है।"

"आजकल लड़कियाँ भी खूब..."

"निष्ठुर होती हैं"—आगमनी की जुबान पर यह शब्द आते-आते रुक गया। इस शब्द के साथ, विजया की बेटी, नन्दिनी का जिक्र भी जरूर उठता। पति या सास की वजह से नहीं, बेटी की वजह से विजया की जिंदगी इस हाल में पहुँच गई। ऐसी स्वार्थी और नासमझ लड़की, आगमनी ने कम ही देखी हैं।

ब्याह के चार साल बाद, नन्दिनी पैदा हुई। विजया की कोख, संतान के जन्मदान में कहीं अक्षम तो नहीं है, उसके मायके-ससुरालवालों को तो यह शक होने लगा था।

पूरे चौबीस साल की उम्र में विजया माँ बनी। उसके बाद ही, उसके जीवन

में सर्वाधिक निर्मम प्रहसन सामने आ खड़ा हुआ।

विजया को आज भी बखूबी याद है। उस दिन सन् 1962 की दस अगस्त थी। हाँ, वे वह तारीख भी कभी नहीं भूलीं।

हर दिन की तरह, उस दिन भी, नन्दिनी के पिता, अनिमेष, अपने काम पर निकल गए। दफ्तर की गाड़ी रोज-रोज नहीं आती थी, उस दिन भी नहीं आई। उस दिन जो बाहर निकले, विजया से उनकी आखिरी भेंट थी।

दफ्तर के बाद, अनिमेष घर नहीं लौटे।

वैसे वह वक्त ऐसा भी नहीं था कि शहर में कहीं खूब विक्षोभ या अशांति हो। उन दिनों भी शहर असुरक्षित नहीं था। उन दिनों भी सड़कों पर झाड़ू लगाकर सफाई होती थी; हाइड्रेंट में गंगा का गँदला पानी आता था। लेक में शाम की सैर जोखिमयुक्त थी; अपने बच्चों को स्कूल में भर्ती कराने के लिए अभिभावकों को यूँ दौड़ना नहीं पड़ता था; रोज-रोज गाड़ी या बस या ट्रक राहगीरों को कुचलती नहीं थी; रोज-रोज बेमौके कत्ल-खून भी नहीं होते थे यानी "घर से निकले, फिर नहीं लौटे–" ऐसी घटनाएँ, दाल-भात नहीं हुई थीं।

बंगला फिल्में सुपर-डुपर चलती थीं; बंगला गीत बेहद जनप्रिय थे। 'पूजा' में किसका, कौन-सा गीत निकलनेवाला है, इस पर संवाद होते थे। यह, वह जमाना था, जब लोग जन्मदिन, विवाह, जनेऊ, विवाह-वार्षिकी पर किताबें उपहार में देते थे। यह वह जमाना था, जब यह लवण-हृद नगरी नहीं बना था; जब उत्तर-पूर्व-दक्षिण में फैलते-फैलते, कलकत्ता शहर ने तमाम धान-खेत, जलाशय, पोखर, गाँव के गाँव को निगल नहीं लिया था।

रवीन्द्रनाथ की कविता की तरह कलकत्ता, कलकत्ता में ही सीमाबद्ध था। दैनिक अखबारों में हर रोज खून-बलात्कार, ड्रग और हथियार, किराए के खूनी और बड़ी-बड़ी चोरी-डकैती, धोखाधड़ी, जालसाजी की खबरें नहीं हुआ करती थीं।

ऐसे जमाने, ऐसे वक्त अनिमेष घर नहीं लौटे।

उस दिन विजया के भाई-भाभी आए हुए थे, वर्ना पता नहीं वह क्या करती।

भाभी को विजया के पास छोड़कर भाई दौड़ पड़े थे।

कहाँ, कहाँ, कहाँ गए थे?

कहाँ-कहाँ वे नहीं गए? घर में दफ्तर के लोगों की भीड़ उमड़ आई। विजया की ससुराल के सभी लोग दौड़े आए। उसके मायके के लोग भी जमा हो गए।

अनिमेष रोज की तरह दफ्तर से निकले थे, बस-स्टॉप की तरफ बढ़े थे।

उसके बाद ही लापता? निरुत्तर!

अब विजया और उसकी तीन साला बच्ची को, इस घर में अकेले तो नहीं छोड़ा जा सकता था।

वे दोनों कहाँ जाएँ?

माँ-बाप के पास ही जाएँ!

विजया नहीं गई। अनिमेष यहीं लौटेगा। वह कहीं और क्यों जाए?

उसके पिता ने, उसके श्वसुर से कहा, "हाँ, यह बात भी है। ऐसा करता हूँ, मैं अपने छोटे बेटे को ही वहाँ भेज देता हूँ।"

दफ्तर ने कम दौड़-धूप नहीं की। पुलिस ने कम तलाश नहीं की! खोज-बीन की हिदायतें जारी थीं।

विजया ने बताया, "सभी अखबारों में तस्वीरें; हावड़ा-सियालदह स्टेशन पर तस्वीरें! सोच सकती हो, कितने सालों तक कोशिश-तदबीर चलती रही?"

"कितने साल?"

"तीन साल!"

वह क्या साधु-संन्यासी हो गया? जन्मपत्री क्या कहती है?

विजया की सास किस ज्योतिषी, किस गणक के पास नहीं गईं? वे सबके पास दौड़ी थीं।

अंत में लाचार होकर, विजया के पिता ने अखबारों में इनाम देने का भी ऐलान किया—"खोज-खबर देनेवाले को पाँच सौ रुपये का इनाम।"

पुलिस ने कहा, "यह ऐलान पढ़कर सैकड़ों लोग खबर देंगे और आप लोग दौड़ते फिरेंगे। इससे तो बेहतर है आप यह ऐलान करें कि वह व्यक्ति अगर कहीं नजर आया, तो वे खबर करें। यही बात तो हम लोग भी कह रहे हैं। खोया हुआ बंदा मिल जाए, तभी तो आप रुपये देंगे न!"

वह मकान बंद करके, वहाँ दरबान बिठाया, विजया को पहले ससुराल ले जाया गया।

एक महीना गुजरा! दो महीना गुजरे। उसके बाद, विजया का सारा सामान धीरे-धीरे इस घर से ससुराल पहुँच गया। हाँ, करीब दो साल तक विजया ससुराल में ही रही। जाने कितने-कितने सवाल जिंदा रह गए।

—अनिमेष क्या अचानक अपनी याददाश्त खो बैठा था?

अंग्रेजी फिल्म 'रेंडम हार्वेस्ट' और बंगला फिल्म 'हारानो सुर' के प्रभाव में आकर, किसी जमाने में स्मृति-भ्रष्ट होने के बारे में काफी चर्चा थी।

सास ने कहा, "जरूर ऐसा ही कुछ हुआ होगा। वर्ना अब तक कोई खबर क्यों नहीं मिली?"

कोई खबर नहीं का मतलब था, शिनाख्तहीन मृत देह! भिखारी मुर्दाघरों में घूम-घूमकर, दुर्घटना में मृत लोगों की खोज-खबर लेगा।

विजया उन जगहों पर नहीं जाना चाहती थी।

"मुझसे देखा नहीं जाएगा—"

ससुर ने कहा, "भई, जन्मपत्री में तो ऐसा कोई संकेत नहीं है। इसमें तो

दोनों प्राणियों के लिए राजयोग लिखा है।"

करीब दो साल तक यह जुमला भी काफी प्रचलित रहा, "अचानक वैराग्य सूझ गया होगा, इसीलिए कहीं चला गया।"

विजया किसी वक्तव्य पर कान नहीं देती थी।

ऑफिसवालों को भलेमानस कहना चाहिए, क्योंकि काफी दिनों तक अनिमेष की तनख्वाह का चेक, वे लोग विजया को देते रहे। अनिमेष और विजया का ज्वाइंट एकाउंट था। चेक वहीं जमा कर दिया जाता था।

ससुर ने कहा, "रुपये उसके ही रहने दो। उसकी बेटी है...उसी के लिए।"

नन्दिनी को ससुरालवालों ने लाड़-प्यार दे-देकर एकदम से सिर पर ही चढ़ा लिया था।

विजया ने कहा, "जरा सोच देखो! एक हक्काना-सा कमरा! उसमें, उस ज़माने का हक्कानी-सा पलंग। बड़ी-बड़ी अलमारी, ड्रेसिंगदान? उस विशाल पलंग पर अकेली मैं और नन्दिनी!"

धीरे-धीरे समूचे घर पर नन्दिनी ने ही कब्जा जमा लिया।

इतनी सारी गुड़िया! इतने खिलौने! जिसकी उसने फर्माइश भी नहीं की, वह भी हाजिर। विजया की डाँट-डपट पर सास दौड़कर आ पहुँचती।

बड़ी और मँझली जिठानियों ने कहा, "अहा! इस बेचारी नन्ही जान पर भला यूँ डाँट-डपट करते हैं?"

वही वक्त विजया को सबसे ज्यादा भुतहा लगता था। हर दिन उसे माँग में सिंदूर भरकर, हाथ में शांखा-लोहा पहनकर, सुहागिनों की तरह साज-बाज करना होता था।

प्रायः सभी ने कहा, "सुनो, सावित्री व्रत कर डालो। जेठ महीने की कृष्ण चतुर्दशी को सावित्री व्रत करने से, कोई बंदा, जहाँ कहीं भी हो, लौट आता है।"

ऐसे में विजया का मन बिल्कुल अचल, विभ्रांत हो आता था। ऐसा क्या हो सकता है? इंसान यूँ गुम कैसे हो सकता है? हर इतवार के दिन अनिमेष पंखों की झाड़न लिए किताब, कुर्सी, मेज खुद झाड़ता था। उसने किसी दिन भी नहीं कहा, "ये सब काम तुम नहीं कर सकतीं?"

वह अपने दफ्तर के कपड़े तक तहा लेता था; मोची बुलाकर, जूते भी पॉलिश करा लेता था।

घर और दफ्तर! सैर-सपाटे का बेहद कम शौक! या तो वह अपने घर में पड़ा रहता था या हद से हद विजया के घर चला जाता था।

उसके यार-दोस्त भी ज्यादा नहीं थे। बस, छात्र जीवन के दो-चार साथी! हाँ, दफ्तर के सहकर्मियों की दावत पर, कभी-कभी उनके यहाँ भी हो आता था।

विजया कहती भी थी, "वक्त नहीं गुजरता, जी?"

"तो किताब पढ़ो! रेडियो सुनो!"

नन्दिनी को प्रैम में लिटाकर, वे दोनों टहलते हुए कभी-कभार मैडोक्स स्क्वायर भी निकल जाते थे।

ऐसा एक शख्स, अचानक लापता कैसे हो सकता है? ऐसा शख्स, जो हर इतवार को गोश्त खरीदने जाता था; दिन में चार गोल्डफ्लेक्स सिगरेट पीता था; रेडियो पर क्रिकेट-कमेंटरी सुनता था; हर शुक्रवार को रेडियो-नाटक सुनता था? उसी के नाम पर विजया हर रोज माँग में सिंदूर भरती है। वही सब साड़ियाँ पहनती है, जिसमें लाल रंग की लहरिया हो या जिसकी लाल किनारी हो। सुबह नींद से जागते ही, करीब घंटा भर तो नन्दिनी के पीछे ही गुजर जाता था। उसके बाद, नीचे आकर वे सब्जियाँ काटती थी और सबके लिए नाश्ता तैयार करती थी। जब बाहर निकलती थी तो भरी भीड़ में अनिमेष को खोजती रहती थी।

दफ्तर में अनिमेष की फाइल कितने दिनों खुली रही?

पुलिस ने कितने दिनों अनिमेष की खोज जारी रखी?

विजया सेन किसी अदृश्य काँच की कोठरी में जा बैठी थी।

बातचीत कम करती थी, और लगभग कभी हँसती नहीं थी।

दो साल बाद ही, श्वसुर ने हिस्सा-बाँट शुरू कर दिया। उनकी तो जैसे सारी ताकत ही टूट गई थी।

सास कभी-कभी यहाँ तक सुनाने लगी, "जितनी सुलक्षणी लगती थी, उतनी है नहीं! अगर इसके लक्षण शुभ होते, तो पति यूँ छोड़कर चला जाता?"

सुनने में आया, ससुर साहब, मकान, गाँव की जमीन, अपनी वकालती से अर्जित धन-दौलत सभी कुछ वसीयत कर देंगे।

यह खबर मिलते ही, विजया के बापू आ पहुँचे। अगर बँटवारा हो रहा है, तो विजया और नन्दिनी का भी तो एक हिस्सा होगा।

"उनकी बात क्यों उठ रही है? अनिमेष क्या नहीं है?"

यही तो सबसे मुश्किल सवाल था, जिसका जवाब दोनों परिवारों के पास नहीं था।

ससुर ने कहा, "अनिमेष जब लौट आएगा, तो उसे, उसका हिस्सा मिल जाएगा। बहूरानी के हिस्से का तो सवाल ही नहीं उठता। बारह साल इंतजार करना होगा। अगर फिर भी अनिमेष न लौटा, तो..."

विजया शांखा तोड़ देगी, सिंदूर मिटा देगी—यह बात कोई जुबान पर नहीं लाया।

विजया के पिता ने कहा, "नन्दिनी आपकी पोती है। विजया को और उसको ...आखिर वे दोनों भी तो आपकी अपनी हैं।"

विजया पिछवाड़े के बरामदे में पथरायी-सी बैठी रही।

ऐसे में सास ने सुनाया, "मेरा तो ख्याल है कि आपकी बेटी ही सुलक्षणी

नहीं है और आप पोती का वास्ता दे रहे हैं? पोती ही भला कौन-सी सुलक्षणी है? बाप उस तरह से..."

"छिः छिः यह आप कैसी बातें कर रही हैं, समधिन जी?"

"मेरा दिल फट गया है, समधी जी। बहुरिया को देखते ही, मुझे अपना बेटा याद आता है। पोती पर नजर पड़ते ही...देख नहीं रहे, इनकी तबीयत दिनोंदिन गिरती जा रही है...गिरती ही जा रही है..."

पिछले दो सालों से विजया पत्थर की बुत बनी हुई थी, अब मानो उसमें हरकत जाग उठी। मानो वह नींद से जागी हो।

बाहरवाले कमरे में जाकर, उसने कहा, "बापू मुझे यहाँ से ले चलो।"

विजया के बापू को विजया और नन्दिनी को साथ लेकर ही लौटना पड़ा। मायके लौटकर भी विजया अपनी बेटी को लिए-लिए खड़ी रही।

"मैं किस कमरे में रहूँगी?" उसने पूछा।

"यह भी कोई सवाल हुआ? तू अपने कमरे में रहेगी।"

बाद में बापू ने उसे समझाया, "असल में तू दुःख-शोक से कातर हो आई है, लेकिन यूँ फट् से वहाँ से चले आना शायद सही नहीं हुआ।"

विजया ने भी उत्तेजनाहीन, उदासीन लहजे में जवाब दिया, "काफी दिनों से मैं सुनती आई हूँ कि तुमने मेरी जाली जन्मपत्री दिखाई थी। मेरी वजह से ही उनका बेटा...। शुरू में तो नन्दिनी को लाड़-दुलार देकर बंदरिया बना दिया, लेकिन इन दिनों उसे भी...। ऐसी हालत में बेटियाँ आखिर अपने माँ-बाप के दरवाजे ही तो आती हैं।"

"ओफ ओ! मेरा मतलब यह नहीं था। मैं तो यह कह रहा था कि इस लड़की का भी आखिर कोई हक है। यह जो वे लोग बँटवारा करने जा रहे हैं..."

"कानून की बात तो रहने ही दो, बापू! मुकदमा करके, रिश्तों का दावा नहीं किया जा सकता, न ही रिश्ते सलामत रहते हैं।"

विजया ऐसी चटांग-चटांग बातें भी कर सकती है, उसके बापू को अंदाजा भी नहीं था।

"तुम्हें अपनी बेटी के बारे में फिक्र करने की जरूरत नहीं है।" उन्होंने हताश आवाज में कहा।

"फिक्र तो मुझे रहेगी! तुम लोग जरा मेहरबानी रखना, उसे लाड़-दुलार देकर बढ़ावा मत देना। उस घर में लोग उसे सिर पर चढ़ाए रहते थे। तीन महीने तक वहाँ खूब प्यार दिखाया। उसके बाद जैसे ही तोता को बुखार आया और उसे आँव पड़ने लगा, तभी से उसे बरजना शुरू हो गया—खबरदार, उस कमरे में मत जाना! खबरदार, उसका फल मत माँगना!"

"अच्छा, छोड़। ये सब बातें छोड़ और तू अंदर चल।"

ख़ैर, मायके में भी विजया ने घरवालों को कैसी फजीहत में डाल दिया, वह अवर्णनीय है। उसने अपना मन इतना मजबूत कैसे कर लिया और ऐसा एक फैसला ले बैठी, यह तो वह आज भी नहीं सोच सकती।

काश, मन का यह जोर, उसके ब्याह से पहले भी होता।

"पता है, आगमनी, अनिमेष अगर साथ होता, तो शायद मैं पति-संतान-घर-गृहस्थी में ही जिंदगी गुजार देती। मेरी दादी-नानी का जमाना कैसा था, मुझे नहीं मालूम। मेरा वक्त भी क्या बहुत ज्यादा बदला था? ग्रेजुएट बना दिया, ब्याह कर दिया, अपनी औकात भर सजा-धजाकर विदा कर दिया, बस! हो गया।"

"लेकिन, उसके बाद?"

"सभी कुछ तो बदल गया। वह बंदा दफ्तर से फिर कभी लौटा ही नहीं! उसकी खोज-खबर लेने की, यथासाध्य सभी ने कोशिश की, सबको उम्मीद थी कि अगर वह लौट आया तो, सारा कुछ शायद फिर बदल जाए। लेकिन उस घर में भी लोगों को मेरी वजह से परेशानी होती रही, यहाँ बाबूजी भी परेशान! ऐसा भी नहीं था कि उन्होंने मुझे निकाल बाहर किया। उन लोगों ने ऐसा कुछ नहीं किया, मगर, हाँ, जमीन-जायदाद में नन्दिनी का भी हक है, इसको भी कोई तवज्जोह नहीं दी।"

"इधर बाबूजी को लगा, उनका अपना घर भी अब बेच-बाच देना जरूरी है। लेकिन ऐसे में मुझे कहाँ रखा जाए, इस बारे में भी कोई फैसला जरूरी था।"

"फिर क्या किया?"

"पता नहीं क्यों तो मुझे हद परेशानी होने लगी। मुझे समझ में आ गया, अपना इंतजाम मुझे खुद करना होगा। सो, शादीशुदा होने के सारे चिह्न तो मौजूद रहे, लेकिन मैंने अपनी तरफ से कुछेक फैसला लिया। मैं न तो कुँवारी थी, न सुहागिन; न विधवा, न पति-परित्यक्ता! मेरी अजीब हालत थी। पति लापता हो गया था। लेकिन उसे लापता होने को मैंने तो नहीं कहा था। मैं इस बारे में कुछ भी नहीं जानती थी।"

सच्ची, अजीब बौखलाहट में फँस गई थी मैं! मेरी विकट स्थिति थी।

सबसे पहले मैंने अपने एकाउंट की जाँच की और पता किया, मेरे एकाउंट में कितने रुपये हैं। सो, करीब दस हजार रुपये मौजूद थे। मैंने लगे हाथ, उसमें से आठ हजार रुपये फिक्स्ड कर दिए।

बेटी को ले जाकर सेंट मेरीज में भर्ती कर दिया। वह स्कूल, घर से ज्यादा दूर नहीं था। लड़कियों का ही स्कूल था। मैं ही उसे रिक्शे से पहुँचा आती थी और पैदल-पैदल घर लौट आती थी। स्कूल की छुट्टी के समय, पैदल-पैदल उसे लेने जाती और उसे लेकर रिक्शे में लौट आती।

बाबूजी ने कहा, "गाड़ी उसे ले जाया करेगी और ले भी आया करेगी।"

"नहीं, बाबूजी, ढेरों लड़कियाँ रिक्शे से ही आती-जाती हैं!"

हाँ, उस जमाने में कलकत्ता में, मुहल्ले के रिक्शे में, बच्चों को बेखटके स्कूल भेज दिया जाता था। वे लोग सही-सलामत घर लौट आते थे।

उन दिनों नन्दिनी ने विजया की नाक में दम कर दिया।

सुबह-सुबह वह नहीं उठेगी।

झटपट तैयार नहीं होगी।

खाने में देर करेगी।

विजया दाँत पीसते हुए, उसे वक्त पर सारे काम कराती थी।

माँ, बाबूजी, भाभियाँ—सभी कहते थे, "लड़की इतना रो-धो रही है। आज उसे रहने ही दो!"

"देखो, माँ, बचपन में तुमने हम लोगों को इतना सिर नहीं चढ़ाया, उसे भी मत चढ़ाओ। मुझ जैसी, कीचड़ की तलैया बनी, अगर वह सयानी हुई, तो उसका नहीं चलेगा।"

"क्यों? उसे क्या नौकरी करनी है?"

"अभी वह क्लास वन में जाए, फिलहाल वही लक्ष्य मेरे सामने है।"

बाबूजी धीमे लहजे में ऐतराज उठाते, "मैं क्या अपनी नातिन के लिए रिक्शे का किराया तक नहीं दे सकता?"

"वाह! महीने-महीने सौ रुपये, तुम मेरे हाथ खर्च के लिए देते हो न? फिर रिक्शा-किराया अलग से क्यों?"

"तू न, बेहद बदल गई है।"

नहीं, मैं बदली नहीं थी। वक्त के साथ-साथ चल रही थी।

मैंने सेंट मेरीज स्कूल में पढ़ाना शुरू कर दिया। इस बात से श्वसुर बेहद दुःखी हुए, बाबूजी को भी कहीं चोट लगी।

विद्या लोग दान करते हैं। इस घर की लड़की स्कूल में पढ़ाकर रोजगार करेगी?

श्वसुर साहब का तर्क था, इससे उनकी इज्जत में बट्टा लगेगा। लोग यही तो कहेंगे कि पति के जीते जी, श्वसुर ने पुत्रवधू और पोती को वंचित कर दिया। इसीलिए विजया ने नौकरी ली है।

बाबूजी को यह एतराज था कि वे मेरा सारा खर्च तो उठा रहे हैं, फिर मैं नौकरी क्यों...

लाचार विजया को आखिर कहना ही पड़ा, "मैं काम इसीलिए कर रही हूँ, क्योंकि मैं चाहती हूँ कि मैं काम करूँ। मुझे पता है, तनख्वाह कुछ खास नहीं है, फिर भी इस वक्त, मुझे अपने लिए इसी की जरूरत है।"

विजया को हैरानी में डालते हुए अचानक उसके बड़े भइया भी टपक पड़े, "भई, जो औरतें पढ़ा रही हैं, उनमें से बहुत-सी शादीशुदा हैं। इधर यह भी सच

है कि अनिमेष गुम हो गया है। पच्चीससाला बी. ए. पास एक लड़की, घर में बैठी-बैठी आखिर करेगी भी क्या?"

हाँ, यह भी सच था कि विजया अपने पैरों पर खड़ी होना चाहती थी।

"सोच, देखो, आगमनी, सन् 1967 के जमाने में, मेरे बाबूजी और श्वसुर किन ख्यालात से चिपके बैठे थे! खैर, इसके लिए शायद मैं ही जिम्मेदार थी।"

मैंने ब्याह के समय कोई एतराज नहीं किया। ब्याह के बाद हद से हद रेडियो सुनते-सुनते ऊन बुनती रही या कहानी-किस्से की किताबें पढ़ती रही। वही मैं, अचानक अपनी इच्छा का झंडा क्यों लहराने लगी?

विजया ने धीमे लहजे में कहा, "अनिमेष होते, तो पता नहीं वे क्या कहते। लेकिन अब तो यही सच है कि वे नहीं हैं। वे जिंदा भी हैं या नहीं, यह भी कोई नहीं जानता।"

दो साल वह ससुरालवालों की इच्छा-मुताबिक चलती रही। जिस दिन अनिमेष घर नहीं लौटा, नन्दिनी बेहद छोटी थी। वह दुर्घटना विजया के लिए दुःस्वप्न जैसी थी। अजीब-सी शर्म! अजीब-सा निर्मम दुःस्वप्न, जिसने उसे दिन-रात बाँधे रखा था! उन दिनों उन लोगों ने जो कहा, वह सब करती रही।

ऐसा करना सही है या गलत, यह उसने नहीं सोचा।

अब वह अजीब-सी बेचैनी महसूस कर रही थी, बेटी को पढ़ा-लिखाकर शिक्षित बनाना, उसे इंसान बनाना, अब उसी की जिम्मेदारी थी। उस जिम्मेदारी का यह पहला चरण था। हाँ, तनख्वाह खास नहीं थी। चलो, तब तक वह एकाध और डिग्रियाँ ले लेगी या कोई और काम कर लेगी।

यूँ काम करते हुए, बेटी की जिम्मेदारी निभाना क्या संभव है?

चलो, कोशिश तो कर देखें।

उन दिनों विजया को बार-बार ये सब ख्याल आते रहे, लेकिन उसने जुबान से कुछ नहीं कहा। अनिमेष जीवित है या मृत, यह पता किए बिना उसके श्वसुर नन्दिनी को उसके पिता का हिस्सा देने को राजी नहीं थे। खैर, नहीं देते, तो न दें। किसी दिन कुछ दिया भी, तो वह नन्दिनी का ही होगा।

इसी के साथ, उसके मन में यह ख्याल भी जागता रहा कि उसके पिता भी अपने बेटों के रहते, बेटी को कुछ देंगे या नहीं देंगे, यह भी पूरी तरह अनिश्चित है।

"सीधी-सच्ची बात यह थी, आगमनी, कि मुझे लगा श्वसुर जी क्या देंगे, बाऊ जी क्या करेंगे, इस आसरे क्यों बैठी रहूँ? मैंने सोचा, मैं खुद अपने पैरों पर खड़ी होऊँगी! सख्त होऊँगी, तभी अपना आपा साफ-सुथरा और आत्म-निर्भर लगेगा।"

—नहीं, किसी दिन दूसरा विवाह भी कर सकती हूँ, ऐसा ख्याल कभी नहीं आया। यूँ भी बारह साल इंतजार करने का नियम ही था। उसे मानना चाहिए या

नहीं, मैंने कभी यह भी नहीं सोचा।

बाऊ जी ने यह जरूर कहा, ''घर में बैठे-बैठे क्या कुछ नहीं किया जा सकता?''

विजया ने अवाक् होकर जवाब दिया था, ''हमारे घर में कौन घर बैठे-बैठे कुछ कर रहा है? हाँ, बड़ी मौसी की तरह रसोई की व्यंजन-विधियों पर किताबें लिखी जा सकती हैं; पत्र-पत्रिकाओं में कविताएँ भेजी जा सकती हैं, लेकिन मेरी इन सबमें कोई दिलचस्पी नहीं है, मेरी कुछेक सहेलियाँ डॉक्टरेट पूरी करके, कॉलेज में पढ़ा रही हैं, कुछेक तो नौकरी भी कर रही हैं। आजकल हर कोई, हर कुछ करता है। सभी बाहर काम करती हैं, बाऊ जी! आजकल यह सब मान-सम्मान की बातें सोचना हास्यास्पद है। नन्दिनी की जो उम्र है, जब वह सयानी होगी, तो उस जैसी लड़कियाँ अपना-अपना कैरियर गढ़ने में जुटी होंगी।''

बच्चों के एक स्कूल में पढ़ाने के प्रसंग में इतनी-इतनी बातें?

बाऊ जी ताज्जुब में पड़ गए थे।

विजया ने कहा, ''वहाँ भी सुनती हूँ, 'यह घर' तुम भी कहते हो, 'यह घर'। मैं पूछती हूँ, हम किस बात में इतने विशिष्ट हैं? इतने अहम हैं? इसी सड़क पर, हमारे पड़ोसियों को देखो! ऐसा तो नहीं है कि हम किसी विराट खानदान के लोग हैं। समाज में हमारे ढेरों अवदान हैं। ऐसा कुछ तो नहीं है न, बाऊ जी!''

''तू...तू बेतरह बदल गई है, बिटिया!''

''नहीं, बाऊ जी, इन बातों का पहले ख्याल न आया हो, ऐसी बात नहीं है। लेकिन इस प्रसंग में कभी यूँ बातचीत करनी होगी, यह नहीं सोचा था। जब वे नहीं लौटे, तो इसके तीन महीने बाद से ही मैंने यह सब सोचना शुरू कर दिया था।''

माँ हतवाक्!

''यानी तूने मान लिया था कि अब वह नहीं लौटेगा?'' माँ ने पूछा।

''वह लौटेगा या नहीं; जिंदा भी है या नहीं, यह सब तो मेरे ख्याल से भी परे है। फर्ज करो, वह लौट भी आया...मैं भी तो यही चाहती हूँ कि वह लौट आए। मैं तब भी नौकरी करूँगी। मैं घर में दुबकी बैठी नहीं रहूँगी।''

''क्यों, हम लोग रहती हैं या नहीं?''

''इसीलिए तो तुम मुझे समझ नहीं पा रही हो।''

''अच्छा?''

''घर में दुबककर न बैठी हो, ऐसी किसी को तुमने नहीं देखा? शीला'दी, बड़ी मौसी की ननद की बेटी है न? वह सरकारी नौकरी करती है, घर-गृहस्थी भी सँभालती है। उसके बेटे भी लायक निकले! आजकल भला कोई ऐसा सोचता है कि जो औरतें काम करती हैं, वे अपने पति, सन्तान, घर-गृहस्थी से उदासीन हैं? तुमलोग भी अब जरा ठोस जमीन पर पाँव रखो; जरा यथार्थवादी बनो।''

बाद में भइया ने कहा, ''अच्छा किया, साफ-साफ सुना दिया! तेरी भाभी तो

बेहद खुश हुई। वह खुद भी तो नौकरी करना चाहती है। लाइब्रेरियन की डिग्री लेकर, भला वह घर में बैठी रहेगी?"

"तुम लोगों की बात अलग है, भइया! मेरी बात बिल्कुल अलग! मुझे अपनी बेटी को पाल-पोसकर बड़ी करना है। जैसी मेरी माली हालत है, बिल्कुल उसी के अनुरूप।"

ना, अंत में विजया मायके में नहीं रुकी! खूब मन लगाकर, उसने एम. ए. पास किया; टीचर्स ट्रेनिंग ली। उसे पढ़ाने का ही काम करना था, मगर इसकी तैयारी में ही तीन-चार साल गुजर गए।

जब उसने स्कूल ज्वाइन किया, उस वक्त नन्दिनी की उम्र दस साल थी।

हाँ, आगमनी।

उस वक्त बाऊ जी ने कहा, "तुम जिंदगी भर यहाँ रह सकती हो।"

लेकिन विजया ने कहा, "यहाँ मैं क्यों रहने लगी? भविष्य में भइया लोग यह मकान बेच भी तो सकते हैं, या फिर उन लोगों में घर का बँटवारा भी तो हो सकता है। उन लोगों को भला मैं परेशानी में क्यों डालूँ? जरूरत पड़ी, तो मैं कोई घर किराए पर ले लूँगी या आजकल जैसा चलन है, कोई छोटा-मोटा घर बना लूँगी।"

वैसे खुद विजया ने भी इतनी दूर तक नहीं सोचा था कि वह इतना कुछ कर पाएंगी। उसके बाऊ जी और श्वसुर को भी इसकी उम्मीद नहीं थी। वैसे उन्हें यह बात पसंद भी नहीं आई थी। कुल 35-36 उम्र। बच्ची भी छोटी। यूँ अकेले-अकेले रहना...

सन् 1972 का समय। उन दिनों कलकत्ता महा भयंकर दौर से गुजर रहा था। विजया ने गड़िया और नाकतला के करीब, छोटा-सा एक मंजिला मकान खरीद लिया।

अनिमेष को गए हुए पूरे सात साल गुजर गए। विजया के श्वसुर ने नन्दिनी के नाम दस हजार रुपये लिख दिए। वे रुपये उसी के नाम पड़े रहे। विजया के पास अपने चंद जेवर और थोड़ी-सी जमा-पूँजी थी।

बाऊ जी ने कहा, "रहने दे, बाकी रुपये मैं दे दूँगा।"

"तुम क्यों दोगे, बाऊ जी?"

"तू बिल्कुल ही खाली, बेसहारा हो जाएगी?"

"क्यों? मेरे थोड़े-बहुत रुपये तो बैंक में जमा हैं। हर महीने थोड़ा-थोड़ा करके जमा करती रहती हूँ। मामूली ही रकम सही। इसके अलावा बैंक में जो गहने पड़े हैं, उस पर बैंक कुछ उधार भी दे देगा।"

"वहाँ जाकर, तू रह सकेगी?"

"हमारे यहाँ भूगोल की एक टीचर है, वह उधर से ही आती है। एक कमरे

में वह रहेगी, किराया देगी। अरुणा विधवा है। उसके एक बेटा भी है, नरेन्द्रपुर में पढ़ता है। बस, चल जाएगा।''

''तू इतना सब कर सकेगी?''

''अभी जो हाल है, हमेशा तो वैसा नहीं रहेगा। वहाँ भी घर-द्वार, आबादी बढ़ जाएगी। अरुणा बता रही थी कि सन् 65 में वहाँ बेहद कम दामों में घर-द्वार, जमीन बेची गई थी।''

''हाँ, वह घर भी किसी डॉक्टर का है।''

''उनकी बेटियाँ ब्याह के बाद आसाम और त्रिपुरा चली गई हैं। अब वे अपना घर बेच देना चाहते हैं।''

''अगर तू चाहती है, तो खरीद ले। मगर अभी वहाँ रहने की बात मत सोचना।''

विजया ने उस वक्त दृढ़ विषय-बुद्धि का परिचय दिया। उस घर में रहने-सहने में वाकई तकलीफ हो रही थी। कुछेक सालों में ही उनके वकील ही, पहले बैच के प्रमोटर बन गए। वहाँ कई छः मंजिला मकान बन गए।

विजया का मकान उन्होंने ही खरीद लिया। इसके बदले में विजया को तीसरी मंजिल पर एक अदद फ्लैट मिल गया।

तीसरी मंजिल पर ढेर-ढेर उजाला। ढेर-ढेर हवा। बस की सड़क भी काफी करीब! धीरे-धीरे उनके मकान और आस-पास के मकानों में भी लोग-बाग आ बसे।

विजया ने अपने विवाह के समय के सारे असबाब-पत्तर बेच डाले। आजकल फ्लैटों में वैसे भारी-भरकम सामान भला कौन रखता है? उसने मन ही मन संकल्प किया, चाहे जैसे भी हो, बेटी को वह कर्मठ और प्रतिभाशील बनाएगी। उसे भरपूर जतन से बड़ी करेगी।

सच्ची, यह ताज्जुब की बात थी। पूरे सात साल गुजर गए, अनिमेष का अब तक कोई अता-पता नहीं मिला। स्कूल ज्वाइन करते समय भी न वह सधवा थी, न विधवा, न पति-परित्यक्ता! सामाजिक तौर पर उसकी यही स्थिति कायम रही।

''क्यों? तुम्हारे परिवार में...?''

''नहीं, भइया-भाभी आते-जाते रहते थे। बाऊ जी को यह फ्लैट देखना नसीब नहीं हुआ। वे बहुत पहले ही चले गए। माँ ने यह घर देखा था। नन्दिनी के दादा-दादी-जेठू-काका-बुआ यानी अपनी ससुराल और मायकेवालों के लिए मैं दुर्बोध पहेली थी। बाद में, मुझे लगा, मेरे ससुराल के लोगों ने कहीं से राहत की साँस ली। मैंने तो कभी नन्दिनी का वास्ता देते हुए भी, उन पर कभी कोई दावा नहीं किया। खैर, कभी, कुछ दावा करने का ख्याल तक नहीं आया।

सन् 1959 में मेरा ब्याह हुआ। सन् 1962 में नन्दिनी का जन्म।

सन् 1965 में अनिमेष लापता! सन् 1977 की अगस्त में वह पूरे बारह साल की हो जाएगी। वे लोग नजर भी रखते थे; खोज-खबर भी लेते थे।

हाँ, कभी-कभार नन्दिनी के लिए उपहार भी लाते थे। उसे अपने साथ ले जाने को भी उतावले रहते थे। कभी-कभार मैंने उसे जाने की इजाजत भी दे दी, मगर मैंने गौर किया, इससे नन्दिनी का नुकसान ही हो रहा है।

इस बात का वह किसी हाल भी मिलान नहीं कर पाती थी कि इतना प्यार उँड़ेलनेवाली दादी, इतनी-इतनी ममता देनेवाली नानी...इतने सारे अपने लोगों के रहते, मैं उन सबके यहाँ आना-जाना क्यों नहीं रखती? उन सबसे मिलती क्यों नहीं? हाँ, नन्दिनी बात-बात मे अंग्रेजी की बुकनी बिखेरने लगती थी। अंग्रेजी मीडियम में पढ़ाया जाए, तो सभी बच्चे क्या ऐसे ही होते हैं? पता नहीं!

सुनो, आगमनी, मैं कभी, कहीं नहीं गई। उन लोगों के स्कूल की देख-रेख में, अध्यापिकाएँ, छात्राओं को दार्जिलिंग, कलिंगपांग, पुरी वगैरह जगहों पर घुमाने ले जाती थीं।

लेकिन यह भो तो सच है कि नन्दिनी का लिखाई-पढ़ाई में बिल्कुल मन नहीं लगता था।

मैं उसे अक्सर समझाती रहती थी, "ना, मैं इतना ज्यादा जेब-खर्च नहीं दे सकती। सुनो, इस बार अच्छा रिजल्ट करना। तुम्हें अपने पैरों पर खड़ा होना है।"

अंत में एक दिन नन्दिनी ने सुना ही दिया, "मैं तुम्हारी तरह स्कूल टीचर नहीं बनना चाहती।"

"खैर, टीचर नहीं बनना चाहती, मत बनो। लेकिन, कुछ तो बनोगी। कम से कम स्कूल का रिजल्ट अगर अच्छा नहीं किया तो आगे चलकर, क्या करेगी?"

"पता नहीं!"

मैंने उसे गाना के स्कूल में भेजा; ड्राइंग स्कूल में भर्ती कराया, मगर उसे किसी में भी दिलचस्पी नहीं थी। मैंने तुम्हें सारी बातें बताई हैं, सारी बातें! इतने साल मैं जो कहीं आ-जा नहीं सकी, उसकी वजह, जितना तुम जानती हो, उतना और कौन जानता है?

मेरा ख्याल था, माँ और बेटी, हम दोनों में खूब-खूब दोस्ती होगी। मैं उससे अपनी सारी बात कहूँगी, वह मेरी हर बात समझेगी। वह तो देख ही रही है, मैं कितने दबे हाथों खर्च करती हूँ, कितना नाप-जोखकर चलती हूँ, लेकिन उसके बारे में मैंने कभी कोई कमी उठा नहीं रखी। वह तो जानती है, उसके लिए ऐश-विलास का सामान भले न जुटा सकी, उसकी जरूरतें हमेशा पूरी करती रही।

लेकिन, उसका मन ही नहीं मिलता।

माध्यमिक का इम्तहान देने के बाद, उसने पहली बार मुझसे सवाल किया, "माँ, मेरे पापा क्या नहीं हैं?"

"तुम्हें तो सब मालूम है।"

"वे जिंदा हैं या मर गए, तुम्हें यह भी नहीं मालूम?"

"नहीं, नन्दिनी, मुझे नहीं मालूम! आज यह सवाल क्यों?"

"रूमी कहती है, यह बड़ी अजीब बात है।"

"कौन-सी बात?"

"यह जो पापा...अचानक ही गुम हो गए...। वह कह रही थी, तुम्हारे साथ जरूर उनका कोई...?"

अब विजया उसे कैसे समझाए कि उसके पापा से उसकी कभी, कोई अनबन नहीं हुई।

"वे तो ऐसे इंसान थे कि...हमारे बीच, कभी, कोई...ये सब बातें तो मैंने तुझे बार-बार बताई हैं। हाँ, अपने दादा-नाना के यहाँ भी तुमने बहुत कुछ सुना होगा। इसके अलावा मैंने खुद भी...जब तू क्लास सेवन में थी...तुझसे सारी बातें खोलकर बताई थीं। इतने सबके बाद भी, तू पूछ रही है? क्यों? बताओ।"

"रूमी कह रही थी, तुम विधवा हो, लेकिन अभी भी..."

आगमनी! आगमनी! शुरू-शुरू में मुझे लगा था, मारे तनाव के, मेरे माथे की नसें फट जाएँगी। अगले ही पल, मैंने अपने को संयत किया और उसे फिर समझाया।

विजया ने सारी बातें एक बार फिर समझाई। उनके जमाने में पंद्रह साल की लड़की को, कम से कम उनके परिवार जैसे परिवार में, खास समझदार नहीं समझा जाता था।

अब वे समझ सकती हैं, बेहद मूल धारणा थी। अपनी संतान को, माँ-बाप को मित्रवत् समझना चाहिए। उनमें हर बात खुले मन से होनी चाहिए। उन्हें कबूल करना चाहिए कि उनकी संतान में पर्याप्त समझदारी है और उसका दिमाग काफी परिपक्व है।

इसीलिए विजया ने कहा, "तुम जब तीन साल की थीं, एक दिन तेरे पापा घर नहीं लौटे।"

"पापा क्यों नहीं लौटे?"

"वह तो...पता नहीं चला..."

"तुम लोगों ने उन्हें खोजा नहीं?"

"तुझे एक फाइल दूँगी, खुद ही पढ़ देखना।"

"रूमी कहती थी, विधवा औरतें, सिंदूर नहीं लगातीं।"

"रूमी को बता देना, बारह साल इंतजार करने के बाद, सिंदूर पोंछ देना होता है...यही नियम है।"

नन्दिनी को करीब खींचकर, उसका बदन सहलाते हुए, विजया ने कहा, "कितने-कितने दिनों तक खोज चलती रही...कितने दिनों तक..."

"हम लोग दादी-माँ के घर में क्यों नहीं रहे?"

"दो साल तक रही तो थी। देखो, नन्दिनी, हम उस घर में रहे थे; तुम्हारे

मामा के घर में भी रहे थे। लेकिन तुम्हारे बारे में माँ और बाप, दोनों की जिम्मेदारी निभाना, मेरा ही फर्ज बनता था न?''

नन्दिनी खामोश!

''इसलिए मैंने नौकरी कर ली, किसी तरह यह फ्लैट किया; तुम्हें अच्छे से अच्छे स्कूल में पढ़ाया-लिखाया...''

''रूमी लोग जोधपुर पार्क में रहती हैं। उनका घर कितना खूबसूरत है। उनके पास गाड़ी भी है...''

''गाड़ी खरीदने की औकात तो मेरी नहीं है। मुझसे जितना हो सका, बड़ी तकलीफ उठाकर, तुम्हारे लिए बचाती रही, जमा करती रही, ताकि तुम्हें कोई तकलीफ न हो।''

नन्दिनी की आँखों का सवाल ज्यों का त्यों बना रहा।

''अब तुम खुद अपना कैरियर बनाओ! तुम्हारी अपनी जिंदगी होगी। तब शायद ...हर किसी के पास क्या गाड़ी होती है, नन्दिनी?''

''हम लोग क्या गरीब हैं?''

''तुम्हारा क्या ख्याल है? अच्छे स्कूल में तुम्हें पढ़ाया, हर छुट्टी में स्कूल की तरफ से घूमने जाती रहीं। मैंने तुम्हारी परवरिश में कोई कमी तो नहीं रखी।''

माध्यमिक की परीक्षा में नन्दिनी ने काफी खराब रिजल्ट किया।

आगमनी ने विजया से तभी कहा, ''बाप है नहीं, मर गया या जिंदा है, यह भी पता नहीं। अकेली माँ ने बेटी को पाल-पोसकर बड़ी किया। यह ऐसी कौन-सी बड़ी बात है कि लोग अभी तक बातें करते हैं?''

विजया हँस पड़ी।

बारह साल पूरे होने पर, तारीख मिलाकर, उन्होंने एक दिन अपनी माँग में चमकती, सिंदूर की पतली-सी लकीर, शैम्पू करके धो डाली, सोने के पत्तर में मढ़ा, लोहा उतार दिया और स्कूल चली गई।

उस दिन जब वह घर लौटी तो उसकी भाभी और कभी-कभार दिख जानेवाली उसकी बड़ी ननद, उसका इंतजार कर रही थीं।

''तुम क्या स्कूल गई थीं, विजया?''

''हाँ, क्यों?''

''आज तो...आज तो...''

''हाँ, मुझे याद है। तुम लोग क्या मुझे विधवा सजाने आई हो?''

''नहीं, नहीं, ऐसी बात नहीं है...''

ननद ने कहा, ''सभी कुछ का एक नियम होता है। विजया।''

स्कूल और कंधे का बैग उतारते हुए विजया ने पूछा, ''मैं तो चाय पीने जा रही हूँ, आप पीएँगी? और भाभी, आप? एइ, नन्दिनी, चाय पिएगी?''

"ना—ऽ—ऽ!"

"तो चीख क्यों रही है?"

"जाओ, तुम चाय पियो—" इतना कहकर नन्दिनी कमरे से बाहर निकल गई।

उसने अपने कमरे में जाकर, तेज वोल्यूम पर रेडियो ऑन कर दिया।

बड़ी ननद ने छूटते ही कहा, "उसके मन को तो चोट लगेगी ही, विजया। यह क्या कम बड़ी बात है?"

उनकी आँखें विजया को बड़े गौर से निरखती रहीं।

विजया के बदन पर हल्की नीली प्रिंट की साड़ी, सफेद ब्लाउज! कानों में मोती के कनफूल! एक हाथ में घड़ी, दूसरे हाथ में सोने की पतली-सी एक चूड़ी।

"भई, मैं चाय मँगवा रही हूँ! बकुल की माँ, जरा चाय तो बना लाना।"

"ये सब फर्नीचर बनवाए हैं?"

"नहीं, नीलामी में ख़रीदे।"

"सुना, दो-दो बाथरूम हैं। अच्छा है। फ्लैट तो अच्छा है।"

"हम दोनों के लिए काफी है।"

"जगह भी अच्छी-भली है। अब तो तुमसे शायद रोज ही मुलाकात हो।"

विजया की आँखों में सवाल उभर आया।

"मेरे बेटे ने मूर एविन्यू में घर बनाया है न, अब मैं वहीं आ जाऊँगी।"

"ओ, अच्छा!"

"चलो, अब आना-जाना रहेगा! रिश्ता बना रहेगा। तुमने तो सारे रिश्ते-नाते ही जैसे तोड़ लिए।"

"किसने? मैंने?"

"हाँ, जैसी रीत है, भई! आज अगर अनिमेष होता, तो..."

"देखिए, आज सुबह ही मैंने सिर धोकर नहा लिया; लोहा भी उतार दिया। वह 'नहीं' है, इसकी मुझे खबर नहीं है; वह 'है' इसकी भी मुझे खबर नहीं। उस वक्त मेरी बेटी तीन साल की थी, आज पंद्रह साल की हो चुकी है। मेरे आस-पास ऐसा कोई नहीं था, जो मुझे बताता कि उस घर में नन्दिनी का अधिकार है और मेरा भी! इसीलिए चली आई। जो नहीं है, अगर वह होता, तो सारा कुछ ही और तरह का होता।"

भाभी ने कहा, "चलो, छोड़ो, विजया! उठो, हाथ-मुँह धोकर, कपड़े बदल डालो और चाय पियो! हाँ, सुना कि..."

"हाँ, सेकंड डिवीजन...वह भी इतने कम नंबर से...अब दाखिला दिलाने में तो..."

"अंग्रेजी मीडियम में पढ़ाया-लिखाया..."

"हाँ, सोचा तो यही था कि अपना कैरियर बनाएगी..."

"इस उम्र के बच्चे...वह तो शुक्र है कि इन स्कूलों में राजनीति का बोलबाला नहीं है..."

"नहीं, ये लोग काफी कुछ और तरह के हैं—"

उन्हीं दिनों एक और पीढ़ी भी फल-फूल रही थी। नक्सल आंदोलन की तरह और कोई आंदोलन रोकने के लिए, सरकार ने पहले हिप्पी संस्कृति को मदद दी; युवा-शक्ति की परवरिश शुरू कर दी। खबरदार, राजनीति की बात तो करना भी मत! बस, फुटबाल, फंक्शन, नाट्योत्सव, रवीन्द्र-नजरुल-सुकान्त पर जलसे, दुर्गा से लेकर काली पूजा—इन सबमें मगन रहो। आलोक सज्जा, प्रतिमा और मंडप की सजावट पर रुपये उड़ाओ, उड़ाते रहो।

यह ऐसा नहीं था कि सहसा ही बंगाली अपने को भूल गया। उस जमाने की नयी पीढ़ी के लिए, एक समझी-बूझी परिकल्पना के तहत आत्मकेंद्रित और आत्मस्थ बनाने की व्यवस्था की गई थी। इसीलिए सन् 1978 की महा-बाढ़ के हादसे के बावजूद शरद उत्सव के धूम-धड़क्के में कहीं, कोई कमी नहीं आई थी।

नन्दिनी उसी दौर की फसल थी।

माध्यमिक के बाद, अंत में उच्च माध्यमिक! या प्री-यू! काफी हाथ-पाँव जोड़कर, आखिरकार कालीघाट के क्रिश्चियन कॉलेज में दाखिला दिलाया।

कुछ दिनों तक नन्दिनी, विजया को ब्लैकमेल भी करती रही।

"हुँह; पैसा बचाने के लिए मुझे इस कॉलेज में ठूँस दिया।"

"..............."

"डोनेशन देकर किसी और कॉलेज में भी तो भर्ती कर सकती थी!"

"..............."

"तुम मेरी सालगिरह पर पार्टी क्यों नहीं देतीं?"

आगमनी ने कहा, "वह तुम्हें तंग कर रही है। तकलीफ दे रही है। लगता है, यही उसका रोग बन गया है। यह तो उसके बड़ी हो जाने की निशानी है।"

उसके बाद ही नन्दिनी के दिमाग में एक नया फितूर सवार हुआ। उसकी माँ को उसके बारे में कोई फिक्र नहीं है। उसकी माँ उसे प्यार नहीं करती। पहलेवाले स्कूल में उसको बुद्धि देनेवाली थी—रूमी!

अब उसकी मॉडेल थी—दीपशिखा!

दीपशिखा रोज-रोज नयी-नयी साड़ियाँ पहनकर आती थी।

दीपशिखा के बालों की स्टाइल बिल्कुल अलग किस्म की होती थी।

"माँ, अब मैं स्कूल की बच्ची नहीं रही, जो इस तरह बाल बनाऊँ—"

इस किस्म के छुटपुट विद्रोह करते-करते ही, नन्दिनी ने एक दिन विजया के जीवन की बुनियाद ही हिलाकर रख दी। जिस दिन वह घर नहीं लौटी...!

उस वक्त अगर आगमनी न होती, तो विजया पता नहीं क्या करती। उसे

कहाँ खोजने जाती? पुलिस से क्या कहती? पुलिस भी भला क्या पूछताछ करती?

बेटी जब तीन साल की थी, तो बाप लापता हो गया और सत्रह की उम्र पूरी होते न होते बेटी लापता!

सबसे पहले नन्दिनी के जेठू, मामा, बुआ आ धमके! सभी की एक राय! बेटी को माँ का संग-साथ नहीं मिलता, इसीलिए...

आगमनी ने कहा, ''बेचारी माँ तो बेटी के पीछे हड्डियाँ गलाती रही...जी तोड़ मेहनत करती रही...छुटपन में तो तब भी कहे में रहती थी, बात सुनती थी। लेकिन बड़ी होने के बाद, अपने उतारे हुए कपड़े तक जमीन पर फेंके रखती है, कुछ कहो या पूछो, तो जवाब नहीं देती। एक प्याली चाय तक नहीं बनाती। हर वक्त या तो रेडियो खोले बैठी रहती है या अपने ही किसी काम में...''

विजया की जुबान पर सिर्फ एक ही सवाल—ऐसा क्या हो सकता है?

विजया की भाभी ने बाद में आगमनी से कहा, ''देखा, इस उम्र में भी समस्या! हम लोग तो सच ही किसी काम की नहीं, कुछ भी करती-धरती नहीं और इसमें जितना आत्मसम्मान है, इसने कभी किसी से मदद नहीं माँगी।''

''मदद भी किससे ले? मेरा कोई है नहीं, सिर्फ मैं ही हूँ। उसके सभी लोग मौजूद हैं, फिर भी कोई नहीं। उस पर से आजकल सभी लोग अपनी-अपनी जिंदगी में इस कदर व्यस्त हैं कि एक-दूसरे को वक्त भी नहीं दे सकते। खैर, तुम बताओ, तुम क्या कहना चाहती हो?''

''मैं कह रही थी, जब वह लौट आए, तो उसे किसी साइकियाट्रिस्ट को दिखा लें...''

''पहले, वह लौट तो आए।''

नहीं, अखबारों में 'नन्दिनी, लौट आओ' छपाने की जरूरत नहीं पड़ी। वह दीपशिखा के साथ जमशेदपुर चली गई थी।

दीपशिखा की माँ ने रुखाई से कहा, ''मुझे तो पहले ही शक पड़ गया था कि वह अपने घर में बताकर नहीं आई है।''

नन्दिनी दो दिनों बाद ही लौट आई थी। माँ-बेटी में काफी, का-फी तू-तू मैं-मैं हुई, काफी झड़प हुई। इस तकरार में नन्दिनी की बुआ ने मुख्य भूमिका निभाई।

लेकिन विजया ने साफ सुना दिया, ''उसकी जिम्मेदारी मुझ पर ही है। आप उसे क्या समझाएँगी? यही कि मैं माँ की तौर पर निरर्थक रही हूँ? ऐसी नाटकीय बातें सुनने में मुझे कोई दिलचस्पी नहीं है।''

आगमनी ने भी कहा, ''भई, उसने पूरा-पूरा ध्यान तो दिया, लेकिन कोई नतीजा नहीं निकला। उस लड़की को समझाओ, कितनी मुश्किलें झेलकर उसने घर खरीदा, कितनी कम मदद मिली उसे! बेटा लापता है, इसलिए उसके दादा ने भी उसे घर के हिस्से से वंचित कर दिया...''

"हाँ, समझाऊँगी।"

"बेटी बिल्कुल ही बिगड़ जाएगी, विजया, तुम जरा सख्ती करो–" आगमनी ने विजया को समझाया।

ना, नन्दिनी ने विजया को काफी तकलीफें दी हैं। माँ ने इतनी-इतनी तकलीफें झेलीं, खुद अपनी आँखों से देखने के बावजूद, बेटी को उससे कोई हमदर्दी नहीं है। क्यों?

उसने बी. ए. भी जैसे-तैसे ही पास किया। वह अच्छी गायिका बन सकती थी, मगर उसने गाना छोड़ दिया।

विजया ने कहा, "मैं कहीं जाऊँ भी तो कैसे जाऊँ? किसी छुट्टी में कहीं जाना तय भी करूँ, तो वह क्या साथ जाएगी?"

"अब वह क्या कहती है, क्या करेगी?"

"थियेटर करने की झख चढ़ी है। उन लोगों की 'तिर्यक' नामक कोई नाटक-संस्था बनी है। गनीमत यही है कि जिसने यह नाटक-दल बनाया है, वह जीत राय, हमारी ही बिल्डिंग का लड़का है। जीत राय की माँ से तो तुम परिचित हो न? हाँ, हाँ, वही अर्चना'दी!"

जीत और बुलू, दोनों भाई-बहन ही नाटक करते थे, पढ़ाई में रिजल्ट भी अच्छा करते थे। "ख़ैर, रिहर्सल अनवर शाह रोड में होती है, यही गनीमत है।"

"दीपशिखा के अलावा उसकी और कोई सहेली नहीं है?"

"नन्दिनी की तो किसी के साथ भी दोस्ती ज्यादा दिनों तक नहीं टिकती। मुझे बुरा भी लगता है..."

"चलो, ठीक है, नाटक ही करे!"

विजया ममता से भर उठी, "चलो, नाटक करके उसका मन खुश होता है, तो वही सही! मैंने तो यहाँ तक कहा कि बुलू किसी नर्सरी स्कूल में पढ़ाती है, जीत का अपने गायकों का एक बैंड है, उसमें वह गाता है। तू भी कोई काम कर ले न!"

"वे लड़के शरीफ तो हैं न?"

"वे बच्चे बेहद सीरियस हैं। अब नन्दिनी क्या करेगी, मुझे तो कुछ सूझता ही नहीं! उसकी नजर में, स्कूल में पढ़ाना बेहद छोटी बात है, घृणित काम! अगर कोई बेहद स्मार्ट नौकरी मिल जाती, तो शायद कर लेती। मैं सोच रही हूँ, मैं भी सुबह की शिफ्ट में स्कूल जाया करूँ, तब दिन के वक्त घर पर रह सकूँगी..."

"देह साथ नहीं देगी, विजया!"

"आजकल अपने गाने पर भी जोर दे रही हूँ! गला भी ठीक-ठाक ही है; काफी दिनों तक सीखा-पढ़ा भी है; अभ्यास करती रहे तो..."

ना, गाने के स्कूल में गाना सिखाना, बेहद बोरिंग है, आज थियेटर में जुटी

है, कल इसे भी छोड़ सकती है।

जीत, बुलू या गगन या सहाना, या फिर नील—ये बच्चे बिल्कुल और तरह के थे। वे लोग थियेटर भी बेहद सीरियस भाव से करते थे, क्योंकि वे जानते थे कि बाकी जिंदगी उन्हें यही नहीं करना है। जीत एक लघु पत्रिका भी निकालता था—'एकाक्ष'!

"'एकाक्ष' का मतलब क्या होता है, जीत?"

"क्यों, मौसी? इसका मतलब है—अति एकाग्रता! एक ही तरफ अक्षि या आँखें या दृष्टि!"

हालाँकि जीत जादवपुर में एम. ए. में पढ़ता था। उसके माँ-बाप, दोनों ही सरकारी दफ्तर में काम करते थे। बेटे-बेटियों के साथ उनका दोस्ती का रिश्ता था।

विजया कहती थी, "आगमनी, वे लोग ही सच्चे अर्थों में अपने बेटे-बेटियों को इंसान बनाने में सफल रहे। बुलू अपनी माँ के कामों में कितना हाथ बँटाती है; जीत भी बाजार-वाजार करता है, सौदा-सुलुफ कर देता है।"

"तुमने अपनी बेटी से कभी काम नहीं कराया?"

"अगर कहती भी तो वह नहीं करती। उसके पापा काफी व्यवस्थित किस्म के घरबारी थे।"

"उनकी याद आती है?"

"हाँ, लगता है आती है, ऐसा कह सकती हो तुम! यह भी कह सकती हो कि लगता है, मैं भूली नहीं। सिर्फ 'लगता है' कहना शायद सही नहीं है।"

"ब्याह करने का ख्याल आता है?"

"नहीं जी, एकाक्ष!"

विजया की सारी चिंता-फिक्र बेटी को लेकर ही थी। उसके बाद, बेहद कम-सी मेल-मुलाकात में, नन्दिनी ने 'तिर्यक' नाटक-दल के नाटककार, वरुण से ब्याह कर लिया। विजया तो हतवाक्! एक ही हाउसिंग में यह परिवार और वह परिवार! उफ! कितना कोहराम...कितना तूफान मचा था।

चलो, मान लिया कि दोनों ने रजिस्ट्री ब्याह कर लिया, लेकिन इस वजह से क्या एक रिसेप्शन...एक पार्टी भी नहीं दी जाए?

जीत ने कहा, "वाकई, तूने तो कर दिखाया, नन्दिनी! अभी तो नाटक मंचित भी नहीं हुआ था।"

रिसेप्शन भी हो गया। वरुण के कॉलोनीवाले घर में नन्दिनी से रहा नहीं गया। तीन महीने बाद ही वह विजया के घर लौट आई। हाँ, विजया बेटी-दामाद के साथ ही रहने लगी।

आखिर तो यह घर बेटी का ही है, वहाँ, वह अलबत् रह सकती है।

विजया को वरुण के माता-पिता बेहद भलेमानस और प्यारे लगे थे। नन्दिनी

भी काफी खुश-खुश नजर आई थी।

इस दौरान, वरुण ने जाने किस फिल्म की स्क्रिप्ट लिखी थी। उस फिल्म को लोगों की काफी प्रशंसा मिली। उन दोनों ने कहीं और मकान ले लिया और वहीं जा बसे।

उसके बाद से वरुण स्क्रिप्ट लिखने लगा है; फिल्मों के लिए गीत भी लिख रहा है और आजकल तो सीरियलों के लिए भी स्क्रिप्ट लिख रहा है।

लेकिन, उन दिनों, उन दोनों प्राणियों का अलग घर लेकर रहना, खास सफल नहीं हुआ। करीब डेढ़ साल होते न होते नन्दिनी लौट आई। नहीं, वह बखूबी समझ गई थी, यह ब्याह भयंकर भूल थी।

"वरुण के सारे दोस्त बेहद शरीफ और भलेमानस हैं, माँ।"

बहरहाल, विजया, आगमनी ने खूब-खूब कोशिश की, उन दोनों में सुलह हो जाए।

पता नहीं क्यों तो, सुलह नहीं हुई।

वरुण ने हताश लहजे में शिकायत की, "वह मंझोले ढंग से चलना ही नहीं चाहती। बीच की राह चलना, उसके बूते के बाहर है। मेरे काम-काज में भी उसकी कोई दिलचस्पी नहीं है। मेरे यहाँ ढेर-ढेर लोगों का आना-जाना है, मगर उसे किसी से मिलना-जुलना पसंद नहीं है। वह किसी से मिलना ही नहीं चाहती। एक नहीं, दो-दो नौकरानी रखना, एक सौ बीस रुपये घर-किराया देना—यह मेरी औकात के बाहर है। इतना खर्च मैं कैसे चलाऊँ, बताइए?"

स्कूल किराए पर लेकर रिसेप्शन देने, उनका घर सजाने, गहने देने (नन्दिनी ने उन गहनों की माँग की थी) में, विजया अच्छे-खासे आर्थिक-दबाव में आ पड़ी थी।

वैसे उनका विवाह-विच्छेद तीन साल बाद हुआ। इस बीच नन्दिनी ने किसी दफ्तर में बैठकर, फोन पकड़ने, संदेश लेने का काम यानी सेक्रेटरी का काम पकड़ लिया था। तनख्वाह तीन सौ रुपये।

विजया ने कहा, "चल, यही कर—"

अब नन्दिनी का पति था—अमित! उनकी बेटी की ही उम्र अब चार साल थी। अमित जेनरल इंश्योरेंस में अच्छी नौकरी करता था। उसने कूदघाट में एक फ्लैट भी खरीद लिया था।

दोनों प्राणी आते-जाते रहते हैं।

अब नन्दिनी अक्सर कहा करती थी, "उस वक्त अगर तुमने दो बेडरूम का फ्लैट लिया होता, माँ, तो हम भी यहीं रह सकते थे। अब, यह घर बेच दो। हम भी वह मकान बेच देते हैं। दोनों मिलकर कोई बड़ा फ्लैट खरीद लें।"

अमित से विवाह करने से पहले, एक वक्त ऐसा भी गुजरा, जब वह कई-कई

काम, कई-कई नौकरी, करती और छोड़ती रही।

आगमनी को समझ में नहीं आता था कि वह उसकी कौन-सी बात याद रखे, कौन-सी भूल जाए। नन्दिनी जिस दफ्तर में काम करती थी, उसने वह नौकरी छोड़ दी और सेल्स का काम ले लिया। जिंदगी में उसकी एक शुभाकांक्षी मित्र जुटी थी—कलकत्ते की एक एंग्लो-इंडियन लड़की—मेरिल!

मेरिल किसी हॉस्टल में रहकर नौकरी करती थी। वह विजया को बेतरह प्यार करती थी।

उसने कहा, "नन्दिनी कितनी तकदीरवाली है। उसके घर में उसकी माँ है।"

मेरिल की माँ नहीं थी। पिता दूसरा विवाह करके, केरल चले गए थे। भाई कोई बंबई, कोई बंगलौर में!

"मेरिल, बिटिया, तुझे अकेलापन नहीं लगता?"

"क्यों? अकेलापन क्यों लगेगा, आंटी?"

मेरिल ने बताया कि उनके समाज में माँ-बाप अपने बच्चों को बस, लिखना-पढ़ना सिखा देते हैं। उसके बाद भी उनका झूठ-झमेला सुलझाते रहेंगे, हमारे यहाँ, इसकी कल्पना तक नहीं है। बेटे-बेटी भी नौकरी-चाकरी में लग जाते हैं, विवाह करके अपनी अलग दुनिया बसाते हैं। उनके यहाँ यही रिवाज चलता है।

नन्दिनी ने पूछा, "घर में कितने रुपये देती हो?"

"घर में रुपये? क्यों? मैं घर में रुपये क्यों देने लगी?"

"इसलिए कि कमाई तुम्हारी है? तुम रोजगार करती हो?"

"भई, मेरी माँ भी तो कमाती है।"

"तुम्हारी दुनिया के तो रंग-ढंग ही निराले हैं। ख़ैर, छोड़ो, तुम रुपये जमा क्यों नहीं करतीं? मैं तो जमा करती हूँ।"

ये सब बातें विजया को किसी ने नहीं बताईं। अमित से ब्याह करने से पहले भी, वह किसी और शादीशुदा लड़के से ब्याह करने को पगला उठी थी, आगमनी को इसकी भी जानकारी थी।

उसी लड़के की बीवी ने, विजया के घर आकर माँ-बेटी, दोनों पर गाली-गलौज बरसाकर, उनका भूत भगा दिया। उसके बाप ने दामाद को दहेज में इतने-इतने रुपये दिए; उसे इतनी ऊँची नौकरी दिलाई, वह सब क्या यूँ ही? अपने पति को वह 'चौधुरी' बुलाती थी।

उसने कहा, "चौधुरी को आपकी बेटी ने लोभ दिखाकर फँसा लिया है। उसे यह घर और आपके गहने वगैरह मिल जाएँगे। आप ऐलान कर दीजिए न, उसे कुछ नहीं मिलेगा, फिर देखिए, कैसा सटक लेगा वह!"

इसी तरह विजया को सताते-सताते, तकलीफ देते-देते...अमित ने उससे विवाह कर लिया, यही परम ताज्जुब की बात थी।

अमित ने पहले ही कबूल कर लिया था कि उसने पहले भी विवाह किया था। उसकी पत्नी एक बेटा छोड़कर चल बसी। बेटे का सारा खर्च-पानी अमित ही देता है। बेटा अपनी बुआ के पास रहता था; सातवीं क्लास में पढ़ता था। अमित की उम्र बयालीस साल! नन्दिनी भी तीस साल की तो हो ही चुकी थी।

वैसे यह विवाह भी कामयाब नहीं होता।

लेकिन इस बार विजया ने नन्दिनी से साफ-साफ कह दिया, "कैरियर तो तुम्हारा बननेवाला नहीं। एक बात मैंने अमित से भी कह दी है कि जिस-तिस बहाने से मेरे घर न आए और मुझे परेशान न करे।"

अमित ने भी कहा, "मैंने भी उसे पहले से ही आगाह कर दिया है कि मैं उसे बैठी रहने नहीं दूँगा। मेरी जो कमाई है, उसमें तुम्हें घर का कामकाज भी निपटाना होगा और कहीं पार्ट-टाइम नौकरी भी करनी होगी।"

"तुम मेरी बेटी को नहीं जानते। वह तुम्हारे बेटे से अच्छा बर्ताव नहीं करेगी।"

"खैर, मेरा बेटा तो दीदी के पास ही रहेगा। दीदी-जीजा जी भी उसे नहीं छोड़ेंगे। बस, वे बेटे को साथ लेकर कभी-कभार मेरे यहाँ चले आते हैं।"

इस ब्याह के बारे में आगमनी और विजया को संशय था। लेकिन, यह ब्याह जाने कैसे तो कामयाब हो गया। दरअसल, अमित में बुद्धि थी, व्यक्तित्व भी था। बीच-बीच में वह विजया की जरूरत वगैरह के बारे में भी पूछताछ कर जाता था।

जब वह कूदघाट में फ्लैट खरीद रहा था, उसने कहा, "आपका यह घर, बाद में, नन्दिनी को ही मिलेगा। मैंने सोच रखा है, यह फ्लैट बेटे को दे दूँगा। वैसे इतने दिनों आपने अकेले ही गुजार दिए, बेहतर हो, अब आप हमारे साथ आकर रहें।"

ना, विजया कभी अकेली नहीं रही। नन्दिनी का स्वभाव और उसकी करतूतों के सैकड़ों झमेले में उलझी हुई उसकी जिंदगी बेतरह भाराक्रांत थी।

"नहीं, नहीं, अकेली रहना मुझे अच्छा ही लगता है। बकुल की माँ, मेरी हमउम्र है। बीच-बीच में वह यहीं रह जाती है। उसका छोटा बेटा किसी कैसेट या डेकोरेटर की दुकान पर काम करता है। वह भी मेरे ढेरों काम कर देता है। इसके अलावा अड़ोसी-पड़ोसी भी हैं। रिटायर करने के बाद, मैं और आगमनी जरा सैर-वैर किया करेंगी। अभी तक, मैं देश के किसी भी हिस्से में नहीं आई-गई।"

बहरहाल, अब विजया और आगमनी रिटायर हो चुकी थीं। इतने दिनों बाद, अब जाकर, उनकी आशंकाएँ-दुविधाएँ खत्म हुईं।

अब चाहे जैसे भी हो, अमित ने नन्दिनी को अपने काबू में कर लिया था। पिया और अमित के साथ नन्दिनी की छोटी-सी गृहस्थी!

आगमनी ने कहा, "बाप कभी मिला नहीं, सो तुम्हें ब्लैकमेल किया करती थी। अमित उसे काबू में रखता है।"

"हाँ, वह मुझ पर भरोसा नहीं करती थी। अमित पर वह बेहद भरोसा भी

करती है; पूरा-पूरा विश्वास भी।''

''असल में, उसे अमित जैसा पति ही चाहिए था।''

''अब मुझे भी बेहद अच्छा लगता है। कभी-कभी मैं वहाँ जाती हूँ, लेकिन रात को नहीं रुकती। कभी-कभी वे लोग भी आते हैं। मगर रात को नहीं रुकते।''

''अब, जरा अपने को भी देखो। अपनी सेहत ठीक रखो।''

''हाँ, प्रेशर की दवा लेनी पड़ती है, वैसे ठीक-ठाक ही हूँ।''

इतने सबके बाद, नन्दिनी का वह खत पाकर, आगमनी को समझ में नहीं आया कि वह क्या करे!

नहीं, अस्पताल में नहीं, विजया से उसके घर पर ही भेंट हो गई।

बकुल की माँ ने कहा, ''ज्यादा कुछ मत पूछना, मौसी, वे अभी-अभी घर लौटी हैं, लेकिन लगता है, उन्हें फिर...''

विजया यह बात पहले ही सुन चुकी थी।

उसके होठों पर उदास हँसी बिखर गई, ''अमित ही जाने क्या-क्या तो इंतजाम कर रहा है। मुझे फिर अस्पताल में भर्ती होना होगा।''

''हुआ क्या है, डॉक्टर ने कुछ बताया?''

''डेंगू के धक्के से ही बिस्तर पकड़ लिया है। और भी जाने क्या-क्या तकलीफ है। काफी सारे टेस्ट कराने को कहा है।''

''विजया...''

''वे लोग मुझसे कुछ छिपा रहे हैं, आगमनी, लेकिन मैं अच्छी तरह समझ रही हूँ...डॉक्टर को शक है कि...''

''चुप रहो, जी!''

''खून में हीमोग्लोबिन...''

''कहां न, चुप करो...''

''अब तुम्हीं बताओ, घूमने कैसे जाती? अपना इलाज, दवा-दारू...रुपये तो लगेंगे न!''

''समझ गई।''

''लेकिन तुम अपना जाना खारिज मत करो। तुम मुझसे वादा करो...मुझे छूकर कहो...'' विजया ने आगमनी का हाथ पकड़ लिया।

''................''

''तुम जाओ...मुझे सारे अहवाल चिट्ठी में लिख-लिखकर बताती रहना। मैं पढ़ तो सकती हूँ। अगर पढ़ने लायक भी नहीं रही, तो अमित ही पढ़कर सुना दिया करेगा। तुम वादा करो...''

"ठीक है, विजया, ऐसा ही करूँगी।"

"तुम्हारी आँखों से ही मैं दुनिया दर्शन कर लूँगी।"

"हाँ, विजया, तुम्हारी खैर-खबर लेने के लिए, बहुत ज्यादा लोगों का आना-जाना तो नहीं है?"

"नहीं! आनेवाला ऐसा है भी कौन? वे लोग भी अब नाता-रिश्ता नहीं रखते। वैसे मैं उन लोगों को दोष भी नहीं देती। उन दोनों के ही घर में हमारी पीढ़ी के जो लोग हैं, उनको एक या दो बच्चे हैं। वे बच्चे ही अब बड़े हो गए हैं। कोई स्वदेश में है, कोई विदेश में। सब अपनी-अपनी दुनिया में व्यस्त! किसी-किसी के माँ-बाप भी अब रिटायर हो चुके हैं, कोई दूसरे-दूसरे कार्यों में व्यस्त हो गए हैं। मैं भी संपर्क नहीं रख पाती..."

"चलो, ज्यादा लोगों का न आना ही बेहतर है। तुम्हें आराम रहेगा..."

"इस बारे में तो डॉक्टर ने ही मना कर रखा है। मुझे भी काफी थकान लगती है। आजकल मैं बहुत ज्यादा ही सोने लगी हूँ। तुम...?"

"मैं? अमित के आने तक रुकती हूँ..."

अमित ने कहा, "चलिए, मैं आपको कुछ दूर तक पहुँचा आऊँ! चलते-चलते राह में बताता हूँ! माँ ने कुछ बताया?"

"डॉक्टर क्या कहते हैं?"

"पहले टेस्ट-वेस्ट तो करा लूँ। उन्होंने जो-जो हिदायत दी हैं, वह सब जाँच..."

"लेकिन, मुझे तो जाना ही होगा, बेटा।"

"हाँ, ऐसा हुआ, तो उन्हें बेहद शांति मिलेगी। सच्ची, जिंदगी भर उन्होंने..."

"लेकिन, अभी तो उनका जाना हो भी नहीं सकेगा। उनके इलाज में ही अभी जाने कितना खर्च लगेगा..."

"मुझसे तो वह लेने को ही राजी नहीं होंगी।"

"मैं, तुम्हें...मेरा मतलब है, तुम्हारे नाम...नहीं, नहीं, उसे ही लिखती रहूँगी, तुम उसे पढ़कर सुना दिया करना। अगर उससे हर बार पढ़ा न जाए, तो तुम ही..."

"नहीं, नहीं, उनकी आँखें बिल्कुल ठीक हैं।"

"सेहत तो बे-ठीक है...!"

"हाँ, सो तो है।"

"समझ तो मैं भी गई हूँ...मेरा मतलब है, कुछ-कुछ अंदाजा तो मुझे भी हो गया है। थोड़ा-बहुत आभास उसे खुद भी हो चुका है। असाधारण बुद्धि है उसमें...गजब की सहनशक्ति है। बेटी को लेकर...खैर, तुम लोग खैरियत से रहना... सकुशल रहना, बेटा! कुछ दिनों की बीमारी में कैसी सूरत निकल आई है।"

"अस्पताल वालों ने भी यही कहा..."

"असल में बेहद चुप्पी जो है! सब कुछ अंदर ही अंदर दबाए रखती है।"

"................"

"लेकिन, मुझसे कुछ नहीं छिपाती! अच्छा, चलती हूँ! बस आ गई..."

प्रिय विजया,

तुमसे मैंने वादा किया था, सवसे पहले हिमालय जाऊँगी और वहाँ से तुम्हें खत लिखूँगी।

मैंने ट्रैवल लवर्स के साथ जो बंदोबस्त किया था, हम जैसों के लिए, यही सही है।

ये लोग जान-पहचानवाले तो होते ही हैं, भरोसेदार भी होते हैं। यूँ भी हम लोगों ने यही तय किया था कि तीरथ-व्रत बाद में करेंगे, पहले जरा सैर-तफरीह कर लें। मेरे साथ जान-पहचान के भी कुछ लोग हैं। डॉक्टर मजुमदार, उनकी पत्नी, हमारे मुहल्ले का शेखर–जिसने हमें जयनगर से असली पटाली गुड़ लाकर दी थी, उसकी माँ भी हमारे साथ हैं। मजुमदार गिन्नी को हम लोग मन ही मन ताम्बूलेश्वरी कहती हैं। पान और जर्दे के बगैर, वह नहीं रह सकती। शेखर की माँ को हम निर्झरिणी कहती हैं। उनकी जुबान ही कभी नहीं थमती। हम लोग जिसकी जिम्मेदारी में सैर के लिए निकली हैं, वह पल्लव और उसकी बीवी बेहद भलेमानस और प्यारे लोग हैं। राह में हमारे खाने-पीने-सोने, हर सुविधा का उन दोनों ने ख्याल रखा है। राह के खूबसूरत दृश्यों के बारे में क्या लिखूँ...कहाँ तक बयान करूँ? वैसे भी इन एक्सप्रेस ट्रेनों के काँच से बाहर का ख़ास कुछ नजर भी नहीं आता।

तुम्हें छोड़कर, अकेली आई हूँ, इस बात से भी मन बेहद उदास है।

मुझे लग रहा है, मैं बेहद स्वार्थी हूँ। अगले ही पल मुझे ख्याल आता है, कि मुझ पर बहुत बड़ी जिम्मेदारी है। मेरी निगाहों से तुम भी तो देख रही हो। इसलिए मुझे अपने को स्वार्थी नहीं समझना चाहिए।

मेरे सहयात्री ज्यादातर बंगाली ही हैं। पल्लव इन जगहों पर बहुत ज्यादा आता-जाता रहा है, यह समझने में भी ज्यादा देर नहीं लगी।

डॉक्टर मजुमदार बता रहे थे कि आज से पैंतीस साल पहले, जब वे इस तरफ पहली बार आए थे, तब काठगोदाम में उतरे थे और वहाँ से बस में नैनीताल गए थे। उन दिनों सैर का चलन और पर्यटन उतना उन्नत नहीं था। उसके बाद, वे जितनी बार इस तरफ आए, सारा कुछ तेजी से बदलते हुए देख रहे हैं।

खैर, यह तो होना ही था।

ये लोग मुझसे ज्यादा नहीं उलझते। मेरी उम्र जो इन सबसे ज्यादा है और बातचीत भी मैं कम ही करती हूँ।

मेरा मन तो तुम्हारे पास पड़ा हुआ है।

मैं यथासमय लखनऊ पहुँच गई थी। रात नौ बजकर बीस मिनट पर, नैनीताल एक्सप्रेस से लालकुआँ पहुँची। वहाँ से बस में सवार होकर, पल भर में हम हलद्वानी पहुँच गए।

'जिम कॉर्बेट ओमूनी बस' हम दोनों ही पढ़ चुकी हैं। वह किताब मैंने तुम्हें भेंट भी की थी। नन्दिनी ने वह किताब जाने किसे तो उठाकर दे दी, कभी वापस ही नहीं मिली। वही कॉर्बेट, अपने जमाने में, हलद्वानी अपने घर से पैदल-पैदल नैनीताल जाया करते थे।

वह जमाना ही बेहतर था, जब रास्ते इतने आसान नहीं थे और हम गाड़ी, घोड़ों पर भी उतने निर्भर नहीं थे। क्यों? भगवान के दिए हुए दो पाँवों से ही काम चल जाता था।

हलद्वानी बस-स्टैंड पर, ढेरों बसें हमारा इंतजार कर रही थीं। वहाँ से नैनीताल, बस की राह, कुल अड़तीस किलोमीटर के फासले पर है।

मजुमदार गृहिणी ने याद दिलायी, "पिछली बार मैं यहाँ पान के लिए तरस गई थी, शेखर!"

"शेखर नहीं, मौसी, पल्लव!"

"अरे, एक ही बात है।"

"मिलेगा। आपको पान भी मिलेगा। टूरिस्ट सीजन में नैनीताल, हूबहू कलकत्ता बन जाता था। बस की राह, नैनीताल पहुँचने में पूरे डेढ़ घंटे लग गए। बस जैसे-जैसे ऊपर चढ़ती गई, वैसे-वैसे मेरा रोमांच भी बढ़ता गया। पहाड़ की चढ़ाई जो शुरू हो गई थी। विजया, तुषार मौली हिमालय तक पहुँचना, तुम्हारी वजह से संभव हुआ, विजया? अपने पर यह खर्च सार्थक हुआ। वक्त रहते, अगर हम आए होते, तो और अच्छा लगता। लेकिन तब तो आए नहीं। इस-उसकी फिक्र करने में ही, अपने लिए हमने काफी सारा वक्त गँवा दिया।

हाँ, तो बीच राह में रुककर, हमने चाय भी पी। पता नहीं रास्ते की यह-वह चीज खाना, मुझसे सहन होता या नहीं! मेरे झोले में बिस्कुट था, वही मैंने खुद भी खाया और दूसरों में भी बाँटा।

समूचे रास्ते मैं पहाड़ देखती रही। घुमावदार राह से हम ऊपर चढ़ते गए और कभी दाहिनी, कभी बायीं तरफ के दृश्य निहारते रहे। मन-ही-मन मैं चकित भी थी, ईश्वर की यह कैसी विचित्र लीला है। जहाँ, जो चीज शोभा दे, ऊपरवाले ने बड़े जतन से वहाँ-कहाँ वही कुछ सजा रखा है। पहाड़ की गोद से उतरती हुई नदियाँ, काकचक्षु जैसी धाराएँ। ऊँचे-ऊँचे पेड़ों पर नजर डालो, तो इस मार्च महीने में ही अपने पत्ते त्यागकर, नये पत्तों में सजने के लिए प्रतीक्षारत!

वैसे हम जैसे अनाड़ी और नौसिखुआ यात्रियों के लिए मार्च का महीना ही

यात्रा के लिए बेहतर होता है। इस वक्त, मेरे-तुम्हारे जैसे सैलानी, ऑफ-सीजन में रियायती दरों पर टिकट कटाते हैं, वैसे ही सैकड़ों लोग सैर के लिए निकल पड़ते हैं। खासकर जवान उम्र के सैलानी! छात्रों में सैर की प्यास देखकर भला ही लगता है। लेकिन उन लोगों की आँखें इतना कुछ देखती हैं या नहीं, यह मुझे नहीं मालूम। वे लोग तो कान में वाकूमैन घुसेड़े, गाना-बजाना ही सुनते रहते हैं।

वासवी कह रही थी, "सीजन में ध्वनि-प्रदूषण बहुत ज्यादा बढ़ जाता है। लोग-बाग़ जोर-जोर से कैसेट बजाते रहते हैं।" यहाँ, बस-स्टैंड के पास ही तल्लीताल झील है और एक तरफ मल्लीताल स्थित है। नैनीताल पहुँचकर मैं मुग्ध हूँ। विस्मित हूँ।

कैसी विशाल झील और उसके पानी को सुरक्षित रखते हैं, ये पहाड़!

वासवी ने मुझे एक भ्रमण-पत्रिका थमा दी है। लेकिन, मैंने वह पत्रिका खोलकर भी नहीं देखी। अब मैं उसे क्या बताऊँ कि मैंने और तुमने भ्रमण की जिल्ददार किताब पढ़-पढ़कर, जानकारी लायक सारी बातें जान-समझ ली हैं। मन ही मन हम इन रास्तों पर जाने कितनी ही बार सैर करते रहे हैं। हमने मुग्ध आँखों और मन से शहर-शहर की शोभा देखी है। अपनी प्रीति'दी के पोते का, पहाड़-चढ़ाई का शौक देखकर, मुझे बेहद खुशी होती है।

वाकई, घूमने-फिरने, पहाड़-चढ़ाई का शौक बहुत अच्छा शौक है।

पैदल-पाँव घूमते रहो; भर-भर आँखों निहारते रहो और प्रकृति का अबाध ऐश्वर्य, दिल की गहराइयों में महसूस करते रहो!

जहाँ हम लोगों के ठहरने का इंतजाम किया गया था, वहाँ इस मौसम में ख़र्च कम लगता है।

वासवी कह रही थी, "शेखर'दा हम यात्रियों को ऐसे ऑफ सीजन में लेकर आते हैं। हमें भी इसी सीजन में आना अच्छा लगता है। इन दिनों अतिरिक्त भीड़ भी नहीं होती।"

यह पर्वतीय शहर अंग्रेजों ने बनवाया था। किसी जमाने में इसका जो रंग-रूप था, आज वैसा नहीं रहा।

मेरी तो आँखें अभिभूत हैं। जो भी देखती हूँ, जुबान से तारीफ झरने लगती है! उफ! कैसा अद्भुत है! कैसा दिव्य!

मजुमदार बताते रहते हैं, "पहले यह ऐसा नहीं था, पहले यह ऐसा था।"

मैं भी कहती हूँ, "पहले यह कैसा था, यह तो मैंने नहीं देखा। मैं तो यह सब पहली बार देख रही हूँ, इसका आनंद आप क्यों छीन रहे हैं?"

सभी लोग नाव में सवार होते हैं, हम लोग भी हुए। झील के किनारे, नैनी देवी का मंदिर बेहद खूबसूरत लगा। तल्लीताल से मल्लीताल, मैं रिक्शे पर नहीं घूमी। वासवी और मैं पैदल-पैदल ही देख आए। एक जमाना था, जब इन जगहों में सैलानियों के कदम नहीं पड़े थे। यहाँ सिर्फ स्थानीय लोग ही रसे-बसे थे। ये जो दूरागत पहाड़,

करीब के पहाड़, कितने-कितने लाख वर्ष पुराने हैं, कौन जाने।

जब इंसान यहाँ नहीं रहते थे, उस वक्त भी ये पेड़ मौजूद थे।

जब यहाँ कोई भी इंसान नहीं रहेगा उस वक्त भी ये सलामत रहेंगे।

वैसे प्रकृति के इस महान् सौंदर्य में, कहीं, कोई उदासीनता भी मौजूद है। इन सबके सामने, अपना आपा किस कदर तुच्छ लगता है, क्या बताऊँ!

यहाँ की हवा में ठंडक महसूस होती है। लेकिन चलते हुए समूची देह गर्म हो जाती है। अभी तो एक शॉल भर से काम चल जाता है। लेकिन, रात में मुझे ठंड लगती है।

हम दोनों ने तय किया था, बाहर जाकर हम निरामिष ही खाएँगे। मैं निरामिष खा रही हूँ और मुझे अच्छा भी लग रहा है। बाकी लोग भी निरामिष ही खा रहे हैं, लेकिन शेखर की माँ को खासी शिकायत है।

कभी उनकी शिकायत होती है, ''खाना अच्छा नहीं है–''

कभी वे नाराज होती हैं, ''तरकारी बिल्कुल बेस्वाद है।''

कभी वे क्षुब्ध होकर कहती हैं, ''इन लोगों को रोटी बनानी नहीं आती–''

इंसान का मन इतनी छोटी-छोटी बातों में भी उलझ सकता है? अरे, हिमालय की गोद में आए हो, आँखें भरकर इसकी खूबसूरती निहारो! क्या खाया, क्या नहीं खाया, यह सब सोचकर क्यों परेशान होते हो?

जब वे खाने बैठती हैं, मुझे भी उकसाती हैं, ''बताइए न! मैंने ठीक कहा या नहीं? खाने में बिल्कुल स्वाद नहीं है! अतिशय खस्ता है न?''

मैंने कोई जवाब नहीं दिया, बस, सारा खाना चाट-पोटकर खा लिया।

बाद में मैंने कहा, ''भई, अच्छा खाना खाने तो आई नहीं हूँ, घूमने-फिरने, सैर करने आई हूँ। मुझे तो खाना भी बेहद पसंद आ रहा है।''

तुम्हें तो पता है, मेरी बातें बेहद कटी-कटी, साफगो होती हैं और स्वभाव से भी गंभीर हूँ मैं!

वह महिला चुप कर गईं।

बाद में वासवी ने मुझसे कहा, ''आपने हम सबको बचा लिया, मौसी! शेखर'दा की माँ अक्सर ही हमारे साथ चल पड़ती हैं और ऐसी ही चुभती हुई बातें करती रहती हैं...''

''भई, उन्हें इतनी परेशानी होती है, तो साथ आती ही क्यों हैं?''

''शेखर'दा तो उनके इकलौते बेटे हैं। वे उन्हीं के साथ रहती हैं। ऐसे ही पटर-पटर, कटी-कटी बातें करती रहती हैं, काफी कलह भी होती है। जब वे बाहर निकलती हैं, तो वे लोग बेचारे कुछ दिन चैन से रहते हैं। हाँ, तो सुनो, मल्लीताल से रोप-वे में बैठकर, मैं स्नो-व्यू प्वाइंट देखने नहीं गई, विजया! अगर जाती, तो पहाड़ों के बर्फ-ढँके शिखर भी देख लेती। मैं चाइना-पीक भी नहीं गई। अभी अल्मोड़ा,

चोकरी और कौशानी जाने का कार्यक्रम है। पल्लव बता रहा था कि ऐसी तुषार शिखरमाला नजर आएगी, जो अतुलनीय है। वह सब देखकर, आँखें जुड़ा जाएँगी।''

तुम्हें बीमार देखकर आई हूँ न, तब से मैंने सोच लिया है कि अपने को कुछ बचाकर चलूँ। मैं बीमार नहीं होना चाहती। इसके अलावा, सबकुछ एक बार में ही देख लूँ, मैं यह भी नहीं चाहती। जब हम दोनों आएँगी, तब सा–रा कुछ देखूँगी।

वासवी और पल्लव, दोनों ने ही तस्वीरें उतारी हैं। ख़ैर, वे लोग हर ट्रिप में ही तस्वीरें उतारते हैं और जो लोग उस ट्रिप में जाते हैं, अगर वे चाहें, तो तस्वीरें खरीद लेते हैं।

मैंने उनसे कह दिया है, मुझे अपनी तो नहीं, लेकिन तमाम जगहों की दो-दो तस्वीरें चाहिए। जो पैसे लगेंगे, मैं दे दूँगी।

नैनीताल में दो दिन गुजारकर, आज हम अल्मोड़ा पहुँची हैं। हमने सुबह सात बजे की बस ही पकड़ी थी। पल्लव ने अच्छी सीटें ही बुक करा ली थीं। मैं डबल सीट पर, हमेशा शेखर की माँ की बगल में ही बैठती हूँ।

उनकी बकबक भी कम रहेगी। संगी-साथी भी चैन से रह सकेंगे।

मैं उनमें कोई दिलचस्पी नहीं दिखाती। बीच-बीच में अपना चश्मा उतारकर, उनकी तरफ एकाध बार देख लेती हूँ, बस! इतने से ही काम बन जाता है। इस बात से पल्लव भी किस कदर खुश है, तुम समझ सकती हो।

उसने मेरे कानों में फुसफुसाकर कहा, ''मैंने आपके लिए बैग खरीदा है, मौसी, ऊन का बैग! कलकत्ता पहुँचकर आपको दूँगा। आप बहुत अच्छी हैं, मौसी!''

पल्लव बेचारे की अजब मुश्किल है। शेखर सैकड़ों तरह के कामकाज करता है, पल्लव उसके यहाँ नौकरी करता है। वासवी जाने किसके साथ तो शिशु-शिक्षा पर डॅकू फिल्म बनाती है। डॉकूमेंटरी को ही डॅकू कहते हैं।

देखा, नये-नये शब्द भी सीख रही हूँ।

यह वासवी भी खासी दिलचस्प लड़की है। सलवार-कमीज पहनकर चली थी! अब जींस पहने रहती है। जरा हमारा जमाना याद करो तो! उम्र कुल बारह या तेरह की होती नहीं थी कि चलो, अब साड़ी पहनो। साड़ी पहने रहने की ही आदत पड़ जाती है।

आजकल की लड़कियों के लिए इन सबकी सुविधा हो गई है।

अल्मोड़ा या इधर के अन्यान्य इलाके पल्लव लोगों के लिए काफी परिचित हैं। ये जगहें नैनीताल की ढलान पर स्थित हैं। नैनीताल के मुकाबले जरा नीचे। यहाँ भी काफी घनी आबादी! घर-द्वार! दुकान-पाट!

पल्लव ने कहा, ''यहाँ एक दिन ही काफी है।''

मजुमदार साहब ने बताया, "देखने लायक जगह है–विन्सर!"

अगले ही पल मजुमदार हँस पड़े, "दादी, हम लोग तो कई बार आ चुके हैं। हर बार 'विन्सर' के बारे में काफी सुना है। लेकिन अभी तक, जिसे कहते हैं, अपनी आँखों से देखना, वैसे कभी नहीं देखा। सिर्फ नाम भर ही सुना है।"

"क्यों? देखा क्यों नहीं?"

"इसलिए कि वहाँ तक बस नहीं जाती। ग्यारह किलोमीटर की चढ़ाई, वह मेरे वश की बात नहीं।"

उनकी पत्नी ने कहा, "क्यों? जीप तो जाती है।"

"हाँ, जाती तो है! वैसे भी, अगर अलग से जीप लूँ, तो संगी कहाँ मिलेंगे?"

"क्यों डॉक्टर बाबू?"

"अरे, इन्हें जाना ही नहीं है–" उनकी पत्नी ने कहा, "विन्सर में न बिजली है, न मंदिर-वंदिर। सिर्फ जंगल ही जंगल है।"

पल्लव ने कहा, "अभयारण्य न? जिन लोगों को जंगल प्रिय है, वे लोग ही जाते हैं।"

डॉक्टर ने कहा, "वही तो! भई, जहाँ लोग-बाग हों, बाजार हों, दुकान हों–ये सब हों, तभी मुझे अच्छा लगता है। इतनी अधिक नीरवता, इतने पेड़-पौधे, मुझे बिल्कुल नहीं सुहाते।"

शेखर की माँ ने छूटते ही कहा, "अल्मोड़ा आपको बेहद पसंद है? आप तो यहाँ अक्सर आते हैं।"

उन्होंने धीमी आवाज में कबूल किया, "हाँ, सो तो आता हूँ।"

मैंने प्रसंग बदलने के इरादे से पूछा, "क्यों, पल्लव, तुम विन्सर गए हो?"

दोनों ने एक-दूसरे की आँखों में देखा।

पल्लव ने जवाब दिया, "विवाह के बाद ही वहाँ गया है। सारा इंतजाम शेखर भाई ने ही कर दिया था। उनकी तरफ से यह मेरे विवाह का उपहार था।"

बहरहाल, मैं जहाँ भी जा रही हूँ, खुश होती हूँ। अल्मोड़ा में, बाजार के बीच ही एक दो-मंजिला होटल है। हम उसी होटल में ठहरे हैं। वहाँ से नीचे देखते हुए, कुछ खास मजा नहीं आया।

लेकिन ऊपर आकर, सारी धारणा बदल गई। चौड़े बरामदे के पार विस्तृत घाटी! पुरानी डिजाइन के घर! बड़े-बड़े मकान; बेहद निस्तब्ध और शांत!

उसी दिन मैं रामकृष्ण मिशन भी हो आई। अल्मोड़ा का मिशन तो, स्वामी विवेकानन्द की वजह से, तीर्थस्थल ही बन गया है। मुझे वह जगह बेहद पसंद आई। मैंने देखा, उनके यहाँ ठहरने की भी व्यवस्था है। लेकिन, मुझ जैसी यात्रियों के लिए वही जगह बेहतर है, जो बाजार दुकानों के करीब हो।

आज दिन भर बदली छायी रही। यह अकाल मेघ है! असमय के बादल!

इन दिनों आकाश में बादल नहीं होते। इसीलिए हमने पैदल-पैदल चढ़ाई करके देवी-मंदिर तक जाने का जोखिम नहीं उठाया। उस तरफ के मंदिर वगैरह भी नहीं देखे। मजुमदार और उनकी पत्नी अभी थोड़ी देर मिशन में ही रुकेंगे, उसके बाद लौटेंगे।

शेखर की माँ ने कहा, ''वे दोनों हर बार वहाँ जांते हैं, कुछ देर वहीं रहते हैं।''

हम लोग पैदल-पैदल ही लौट आए।

पल्लव ने बताया, ''अल्मोड़ा सैलानियों के लिए खास आकर्षक नहीं है। पहले तो यह गुमनाम-सी, छोटी जगह थी।''

मैंने भी कहा, ''विवेकानन्द कितना सारा रास्ता, पैदल-पैदल तय करके, यहाँ तक पहुँचे होंगे, जरा सोचो।''

''हाँ, मौसी...''

''रवीन्द्रनाथ ने भी यहीं, कहीं आस-पास अपनी बेटी को, किसी टीबी अस्पताल में रखा था।''

''यहाँ तक वे आते कैसे थे?''

''रवीन्द्रनाथ के पिता तो अक्सर ही हिमालय-भ्रमण पर आते थे। तभी रवीन्द्रनाथ भी आए थे।''

''रवीन्द्रनाथ के पिता?''

''क्यों, उनकी लिखी हुई, 'जीवन स्मृति' नहीं पढ़ी?''

पति-पत्नी एक-दूसरे की आँखों में देखते हुए, एकदम से सकुचा गए। उस दिन होटल लौटने के बाद, नहा-धोकर खाना-पीना निपट जाने के बाद, मैं उनके पास बैठकर नोट लेती रही। तुम्हें सारा विवरण जो लिखना होता है। सबकुछ तरतीब से न लिखने से, भला चलेगा?

उस दिन उन्हीं दोनों से मजुमदार की कहानी भी सुनी। उनके बड़े भाई रामकृष्ण मिशन में ही दीक्षित हैं। वे अल्मोड़ा में ही रहते थे। यहीं उनका निधन भी हुआ। मजुमदार खुद भी भक्त जीव हैं। बड़े भाई की वजह से ही, वे बीच-बीच में अल्मोड़ा आते रहते थे। यह सब सुनकर भी मुझे अच्छा ही लगा।

सुना है, उनके बड़े भाई ने ही मजुमदार को डॉक्टरी पढ़ाई; अपने एक और भाई को वकालती पढ़ाई। बहन का ब्याह किया। उन्होंने खुद ब्याह नहीं किया। जीवनभर वे अविवाहित रहे और रिजर्व बैंक में नौकरी करते रहे। दुनियादारी की जिम्मेदारी पूरी करने के बाद, वे मिशन में चले आए।

यह सब सुनकर, मन कहीं से चंगा हो आया। वैसे हमारे मुहल्ले में मजुमदार का भी अच्छा-खासा नाम-सम्मान है।

पता है, विजया, इस अल्मोड़ा में ही एक आश्चर्यजनक तजुर्बा भी हुआ। उस

रात, हिसाब और अंदाजे के बाहर अचानक घनघोर बादल घिर आए, बिजली कड़कने लगी, बादल गरज उठे और फिर घंटे भर तक मूसलाधार बारिश हुई।

गजब थी यह जानकारी! मानो महा असीम के सामने मैं महज एक धूल-कण हूँ। बिजली की चमक से समूची घाटी, रोशनी से झिलमिला उठी। जितनी जोर-शोर से बादलों की दौड़, बारिश भी उतनी ही तेज़ी से दौड़ती हुई! सन्-सन् बहती हुई हवा!

मैं तो देखती रही, बस, देखती रही।

प्रकृति का ऐसा सौंदर्य मैंने पहले कभी नहीं देखा।

हमें यहाँ तीन कमरे मिले हैं। एक कमरे में मजुमदार दंपति, एक में पल्लव दंपति और तीसरे कमरे में, मैं और शेखर की माँ!

कमरे में कदम रखते ही, अहसास हुआ वे बेतरह नाराज हैं।

"आप दरवाजा खोलकर जो बाहर निकल गईं, कोई घुस आता, तो? क्या कांड होता, होश है?" उन्होंने रुखाई से कहा।

मुझे ऐसा कोई ख्याल ही नहीं आया था।

"असल में, ऐसा दृश्य देखने को नहीं मिलता, इसीलिए..."

"मान लीजिए, आप ही को कुछ हो जाता, तो?"

"माफ कीजिएगा, दीदी, इतना कुछ ख्याल ही नहीं आया।"

मैं लेट गई लेकिन मन ही मन काफी दुःखी हो आई। कुछ ही देर पहले, आकाश-बादल-बिजली बारिश देखकर लग रहा था, मानो वैसा नजारा देखने का सुनहरा मौका पाकर, मैं परम भाग्यवती हूँ। मानो पहली बार प्रकृति के विराट रूप का अनुभव हो रहा हो! मेरे मन में अनुभूतियों का समुद्र उमड़ पड़ा।

उनकी कड़वी-कसैली बातों से मन के वे कोमल अहसास कहीं गुम हो गए।

दिल की गहराइयों में कहीं भयंकर शून्यता भर गई।

मुझे तुम्हारी याद आ रही है। सुनो, मैं और तुम जून-जुलाई-अगस्त में आएँगे। यहीं, इसी होटल में रहेंगे। उन दिनों अल्मोड़ा में सैलानी ज्यादा नहीं होते होंगे। बस, इस खूबसूरती को मैं और तुम देखते-निरखते रहेंगे।

तुम्हारी सलाह मुताबिक सबसे पहले हिमालय ही चली आई। पल्लव से भी यहाँ के बारे में ढेर-ढेर बातें सुनती रही हूँ।

हम दोनों जब सख्त-समर्थ थीं, तब थोड़ी-बहुत राह, पैदल भी तय कर सकती थीं। खैर, जो नहीं हुआ सो नहीं हुआ।

पैदल-पैदल चले बिना ही, हम दोनों हिमालय की कितनी-कितनी सारी जगहें देख सकती हैं, पता है? ट्रेन से पठानकोट होते हुए डलहौजी जा सकती हैं। या फिर

बस से ही चलेंगे! बेहद शांत जगह है। सुना है, धौलाधर पर्वतमाला बेहद असाधारण है।

लेकिन वहाँ रहना जरूरी है।

अभी तो कौशानी जा रही हूँ। वहाँ सात दिन रहूँगी। इसी तरह का ही इंतजाम किया गया है। बिन्सर छोड़ ही दो, चोकरी तक भी जांना नहीं हो सकेगा।

शेखर की माँ सैकड़ों बहाने बना रही है।

पल्लव और वासवी बेहद शर्मिन्दा हैं। घूमने-फिरने में मेरा इतना आग्रह, मेरा इतना नोट वगैरह लिखना–यह सब देखकर वे दोनों बेहद खुश हैं।

वासवी ने तो कहा, ''एक फूल या तितली देखकर, आप इस कदर खुश होती हैं, ऐसे सैलानी हमारी किस्मत में कम ही जुटते हैं।''

वासवी कहती है, ''आप कितना कुछ जानती हैं कितना पढ़ी हैं। सच्ची, मौसी अब मैं खूब अच्छा-सा एक और टूर-प्रोग्राम बनाकर, आपको बताऊँगी।''

मजुमदार की पत्नी को देखा, बेहद भली औरत हैं। पति का बेहद ख्याल रखती हैं। मजुमदार भी पत्नी की हर बात मानते हैं।

यह मजुमदार की पत्नी, जहाँ भी मिल जाती है, तस्वीरों वाले पोस्टकार्ड खरीदकर, चिट्ठियाँ लिखा करती है।

''इतनी चिट्ठियाँ किसे लिखा करती हैं?'' मैंने पूछा।

मैं मजुमदार को पहचानती हूँ, लेकिन उनके घर-परिवार की खबर तो मैं नहीं रखती।

''हाय रब जी! मेरे और उनके कितने सारे भतीजे-भतीजी, भांजे-भांजी हैं, उनके भी बेटे-बेटी हैं, उन सबको कार्ड नहीं भेजा, तो वे लोग मुँह फुला लेंगे। मेरी गृहस्थी बहुत लंबी-चौड़ी है, दीदी। मैं उन सबकी 'बड़ी माँ' हूँ। जो बच्चे रिश्ते में मेरे बेटे-बेटी, दामाद, बहूरानी हैं, उन सबकी मैं 'बड़ी माँ' ही हूँ। उस पर से, उनके जो बाल-बच्चे हैं, मैं उनकी भी 'बड़ी माँ' हूँ। मेरे जेठ की बेटी को एक बेटी हुई है, बड़ी होकर, वह भी मुझे 'बड़ी माँ' ही कहेगी।''

बाद में वासवी ने कहा, ''ये मियाँ-बीवी खुद तो निस्संतान हैं। लेकिन ये महिला तो हमारे साथ कई बार आ चुकी हैं। सच ही, ये बेहद भली औरत हैं। इनकी कोई फरमाइश नहीं, कोई नाज-नखरा नहीं है।''

''इतना पान-जर्दा क्यों खाती हैं?''

''सच्ची, दाँत चौपट होते जा रहे हैं।''

''डॉक्टर की पत्नी हैं...दाँत और मसूड़ों के कैंसर के लिए...इन सब लत की तो मनाही है।''

''सच्ची, आप तारीफ के काबिल हैं। अपने को कितना सख्त...कितना मजबूत रखा है आपने।''

अब उन लोगों की समझ में कहाँ आएगा, विजया? हमारी-तुम्हारी जिंदगी जैसी रही...! असल में, खुद ही अपने को ठीक रखना होता है। हमारे साथ, यह जो लड़का है,...जो लड़की है...तुम्हारे बेटी-दामाद से कुछ ही छोटे होंगे, लेकिन बेहद भले मानस हैं।

मैंने उनसे कहा, "हमारा जमाना और था! हम लोग मामूली तरह से रहते थे; मामूली चाल में चलते थे; ऐश-विलास से नफरत करते थे!..."

"............."

"और असली और विशुद्ध खाते थे।"

"............."

"हाँ, तुम कह सकती हो, वह जमाना और था, आज के जमाने से बिल्कुल अलग। खैर, छोड़ो, कौशानी में हम पूरे सात दिन रहेंगे न?"

"हाँ, सो तो रहेंगी। चोकरी या बिन्सर तक आप लोगों को ले जाना मुश्किल होता।"

"सबसे बड़ी मुश्किल, तो शेखर की माँ हैं।"

वे दोनों मियाँ-बीवी खामोश रहे।

"कौशानी में वे पैदल चल पाएँगी?"

"शेखर भाई के विशेष अनुरोध पर, उन्हीं के एक दोस्त, दलीप पांडे ने, एक टाटा सूमो दिया है—"

"यानी हम गाड़ी में घूमेंगे?"

"दलीप पांडे की गाड़ियों की सर्विस हल्द्वानी में है। शेखर भाई ने तो पहली बार गाड़ी माँगी है। वे जितनी बार कलकत्ता जाते हैं, शेखर भाई ही उनके लिए गाड़ी का इंतजाम कर देते हैं। और..."

"क्यों, कोई बात छिपा भी रहे हो न?"

"शेखर भाई ने कहा है, चाहे जैसे भी हो, करीब दस दिन उन्हें वहीं रोके रखना। इस बार आगमनी मौसी जा रही हैं; डॉक्टर बाबू भी साथ हैं। हो सकता है, माँ रुक भी जाएँ। उनके कलकत्ता लौटते ही, बीस दिन बाद, उन्हें दक्षिण भारत-भ्रमण पर भेज दूँगा।"

"लेकिन उन्हें तो घर से बाहर निकलना अच्छा नहीं लगता—"

वासवी ने छूटते ही कहा, "अब, जरा सोचिए! ये महिला कितनी अभागिन हैं! हर कोई उनसे थक गया है!"

"उन्हें क्या कुछ भी समझ में नहीं आता?"

"बस, इसी तरह चलाती आई हैं, सबने कबूल भी कर लिया है...। शेखर भाई बताते हैं कि उनके पिता निपट भलेमानस हैं। वे ऊँची आवाज में कभी बात नहीं करते। हमेशा इन महिला की ही आवाज गूँजती रहती है।"

"शेखर भाई चूँकि इकलौते बेटे हैं, इसलिए फँस गए बेचारे!" वासवी ने कहा।

"शेखर की बहू तो कहीं नौकरी करती है न?"

"उन लोगों की दवा की दुकान है न, वही चलाती है।"

"खैर, छोड़ो, उनकी वजह से, हम सब भी आराम से सैर करेंगे।"

"चलिए, राह के लिए कुछ खरीद-फरोख्त कर डालूँ।"

दुकानें तो नीचे ही थीं। मैंने भी थोड़े-से बिस्कुट, सूखे मेवे और फल खरीद लिए।

पल्लव ने कहा, "मौसी, जो रुपये हमने लिए हैं, उसमें सारे खर्च शामिल हैं, आपको मालूम है?"

"भइया, मैं तो पहली बार यात्रा पर निकली हूँ। हिसाब-किताब तुम ही जानो। मुझे इतना हिसाब नहीं आता। यह जो मैं इतना सुख उठा रही हूँ...इतने मजे में हूँ, इसका दाम भला चुकाया जा सकता है?"

"अगस्त में नन्दन कानन चलिएगा। फूल और ऑर्किड देखने! अपनी आँखों से देखे बिना, आप कल्पना भी नहीं कर सकतीं।"

"वहाँ तितली भी है?"

"बे–शक!"

"जरूर चलूँगी, पल्लव! तितलियों के बारे में मेरे पास एक किताब भी है। सभी तितलियाँ तो मैं नहीं पहचान पाऊँगी, मगर कोई बात नहीं, न भी पहचाना, तो क्या हुआ? देख तो लूँगी।"

"ठीक है, तो तय हो गया! आप चलिएगा! हम ही आपको ले जाएँगे। जरूर ले जाएँगे।"

कौशानी पहुँचने में बहुत सारा वक्त लग गया। रास्ते में, किसी जगह रुककर, हमने आलू के गर्मागर्म पराठे और अचार खाकर हाइ-टी निपटायी। ये लोग जैसी चाय बनाते हैं न, विजया, उसमें जितना दूध होता है, उतनी ही चीनी, लेकिन पीने में मजा आ जाता है।

इन लोगों ने जिस होटल में हमारे ठहरने का इंतजाम किया है, वह जगह गांधी आश्रम के करीब ही है। होटल पहुँचकर, हम सबने गर्म पानी से नहा लिया। जूते तो मेरे पास कुल एक ही जोड़ी हैं। लेकिन तुम्हारी सलाह मुताबिक मोजे मैं कई जोड़े ले आई हूँ। वासवी का कहना है, यहीं मैंने बुद्धि का काम किया। अब तुम यह पढ़कर ताज्जुब में मत पड़ जाना कि शेखर की माँ यहाँ पहुँचते ही नींद में गुडुप् हो गईं। उन्होंने साफ ऐलान कर दिया, थोड़ी देर लेटे बिना, वे वहाँ से हिलेंगी भी नहीं।

इस बीच मैंने उनके मोजे, रूमाल धो-धाकर, उन्हें काफी खुश कर दिया। भई, इतना तो करना ही चाहिए। उन्हीं की बदौलत हम आराम से गाड़ी में सवार होकर

घूम-घाम रही हैं।

शाम को गांधी आश्रम का परिदर्शन करके, वापसी में कुछ दूर हम सब अलस भाव से पैदल-पैदल टहल भी आए।

जिधर भी नजर जाती थी, दूर-दूर तक खूबसूरत प्रकृति लेटी हुई। उदासीन-से तुषार पर्वत, पाइन और देवदास के लंबे-लंबे पेड़ और शाम के वक्त इन पेड़ों से जैसे धुआँ लिपट जाता है। जिसकी वजह से हवा मानो धूपगंध से भर उठती है। ये तमाम अनुभव, इनको जीने का सुखद अहसास, मैं लिखकर कैसे बयान करूँ?

रात को मैं जल्दी ही सो गई, क्योंकि सुबह हमें गांधी आश्रम से सूर्योदय देखना था।

बर्फ ढँके पहाड़ों के शिखर मानो बर्फ के सागर में आकाश-छूती लहरें हों, जो आसमान की तरफ उठते-उठते अचानक स्तब्ध हो गए हों।

पहले पूर्व दिगन्त के आकाश में लाल-सुर्ख अबीर बिखर गया। उसके बाद चढ़ते सूरज की किरणों से समूचे पर्वत शिखर मानो चौंधिया उठे हों। ये नजारे देखते-निरखते, मानो मेरी आँखों की प्यास नहीं बुझती।

मजुमदार ने कहा, ''हिमालय धरती का सबसे तरुण पर्वत है। करोड़ों-करोड़ों सालों से वह आहिस्ते-आहिस्ते चढ़ाई चढ़ रहा है और धीरे-धीरे उसका कद भी ऊँचा...और ऊँचा होता जा रहा है।''

मैंने कोई जवाब नहीं दिया।

सूर्योदय देखते हुए, उसकी उजली-धुली किरणों में नहाकर, मैं लौट आई। अब मैं टूरिस्ट लॉज के विशाल अहाते में जाऊँगी। वहाँ से मैं पहाड़-दर-पहाड़, पर्वतमालाएँ देखूँगी। पता नहीं उनके कितने-कितने नाम होंगे। मैं पहले से ही सारा कुछ नहीं जानना चाहती। बस, मैं बैठी रहूँगी और धीरे-धीरे जानती चलूँगी। झरे हुए पत्तों पर चहल-कदमी करूँगी। इस वक्त मेरे मन में गहरी शांति विराज रही है।

तुमने कहा था, इसलिए मैं हिमालय आई हूँ।

हिमालय देखे बिना, भारत को जानना असंभव है।

याद है, मैं और तुम गीत सुना करते थे—''कोथाउ आपार हारिये जाबार नेइ माना—'' यानी कहीं हमारे गुम जाने को नहीं मनाही! मन ही मन!...''

मैं तो सिर्फ आँखों से ही देखती हूँ।

तुम तो मन-मन में देख रही हो! मन की गहराइयों से!

यह खत तुम्हें जल्दी से जल्दी मिल जाए, इसलिए इसे टूरिस्ट होम के एक कलकत्ता-यात्री दंपति को सौंप दिया है।

वे लोग इसे हावड़ा से पोस्ट कर देंगे। तब तुम्हें यह खत जल्दी से मिल जाएगा।

अमित, नन्दिनी, पिया—सबको मेरा स्नेह! बकुल की माँ को हमेशा अपने पास रखना!

हाँ, बाथरूम में अकेली मत जाना! बाथरूम का दरवाजा अंदर से बंद मत करना! जब भी बाथरूम जाना, बकुल की माँ को दरवाजे पर खड़ी रखना।

सुनो, बिस्तर के करीब एक कॉलिंग बेल लगा लो। किसी को जोर से आवाज मत लगाना और मन ही मन यही दोहराती रहना—मुझे सेहतमंद होना है! मुझे ठीक होना है! मैं ठीक हो जाऊँगी!

प्यार, विजया, ढेर-ढेर प्यार,

तुम्हारी,
आगमनी

खत पूरा करके, आगमनी ने उसे लिफाफे में भर दिया। बड़े एहतियात से लिफाफे पर विजया का नाम-पता लिखा और लिफाफे को गोंद से चिपका दिया। लिफाफे पर सेलोटेप भी जड़ दिया।

निःशब्द! निस्तब्ध! घर!

अभी दिलीप आता ही होगा! उसने वादा किया है कि वह हावड़ा स्टेशन से यह खत डाक में डाल देगा।

वह यह खत जरूर पोस्ट कर देगा। जरूरत के वक्त आगमनी ने कभी रुपये-पैसों से उसकी मदद की थी। किसी समय वह उनके घर के बरामदे में भी रह चुका था।

उन दिनों कलकत्ता में दंगे छिड़ गए थे। लोडशेडिंग भी बढ़ गई थी। हर वक्त बस भी नहीं चलती थी।

सारा कुछ समेटकर, आगमनी ने सन् 1997 की जिल्ददार 'भ्रमण' पत्रिका को भी अलमारी में रख दिया था।

अभी तो उन्हें काफी-काफी घूमना होगा, मन ही मन!

दिलीप ने कॉलिंग-बेल बजाई।

आगमनी दरवाजा खोलने को उठ खड़ी हुई।

प्रिय विजया,

तुमसे मैंने वादा किया था, इसलिए मैं हिमालय हो आई। मैंने सोचा, हमेशा दूर-दूर ही नहीं जाऊँगी। बस, निकल पडूँगी। सब कुछ नयी निगाह से देखूँगी। तुम्हारी-मेरी जैसी परिकल्पना थी, एक बार मनसा मेला देखने, मनसातला भी जाऊँगी। वहाँ हम दोनों नगेन भद्र महाशय के घर ठहरेंगे और रात को भी वहीं रुक जाएँगे। पता है न वे कौन हैं? अपनी सुचरिता भद्र के जेठू हैं। एक बार वे वहाँ के एम. एल. ए. रह चुके हैं। बेहद शरीफ व्यक्ति हैं।

तभी कहते हैं, समाज दुष्ट लोगों से भर गया है।

लेकिन, मैंने और तुमने तो हमेशा अनगिनत भले लोग भी देखे हैं। देखो, हमेशा ही, अच्छे और बुरे, दोनों तरह के लोग बसे होते हैं। समाज में ऐसा कभी भी नहीं हुआ कि शत-प्रतिशत सभी लोग सज्जन या दुर्जन हों।

तुम जानना चाहोगी, सुचरिता के जेठू का जिक्र क्यों कर रही हूँ?

उस दिन मुझे तुम्हारी खबर अमित ने ही तो दी थी। डॉक्टर बराट के नर्सिंग होम में खबर मिली कि तुम्हें क्लिनिक में भर्ती कराया गया है। कुछ दिनों वहीं रहोगी। वहाँ के इलाज से तुम्हें फायदा भी हो रहा है। यह सब खबर पाकर मैं निश्चिंत हुई।

भगवान को लाख-लाख धन्यवाद है कि तुम्हें जिस किस्म का ल्यूकोमिया हुआ है, वह 'एक्यूट' किस्म का नहीं है। इतनी-सी बात ने मुझे ढेर-ढेर राहत दी है। अमित मुझसे संपर्क बनाए हुए है, इसके लिए मैं उसकी बेहद कृतज्ञ हूँ।

अच्छा, सुनो, हिमालय-भ्रमण से मुझे दो-तीन फायदे हुए हैं, तुम्हें बताऊँ, तो तुम खुश होगी। नंबर एक—शेखर ने बताया कि उसकी माँ, मेरी प्रशंसा में पंचमुख हैं। यह भी बता रहा था, उसने जिंदगी में, अपनी माँ को कभी किसी की प्रशंसा करते नहीं सुना।

नंबर दो—पल्लव और वासवी, बेहद प्यारे दोस्त के रूप में मिले हैं। उन दोनों ने बेहद खूबसूरत-सा टूर-प्रोग्राम बना दिया है। मैंने उनसे कह दिया है, अगली बार मैं और तुम दोनों जाएँगे। जहाँ-जहाँ जाएँगे, वहाँ-वहाँ कुछ दिन रुकेंगे। पाँच दिनों की तूफानी-सैर, हमें सूट नहीं करती।

उससे मैंने यह भी बता दिया है कि हम दोनों ही ऐसी तूफानी सैर में विश्वास ही नहीं करते। अल्मोड़ा में उस पुराने, थके-थके चेहरेवाले, काठ निर्मित उस होटल में अगर मैं न ठहरी होती, तो वैसी आँधी-बारिश-बिजली-गर्जन—इसका, तो तजुर्बा नहीं होता न?

कौशानी में भी अगर सात दिन रुकी न होती, तो पेड़ों में नये पत्ते खिलते हुए भला कैसे देख पाती?

नंबर तीन—डॉक्टर मजुमदार ने मुझे एक खत थमाया है। तीन दिनों पहले वे खुद मेरे कमरे में हाजिर हुए। वे मुझे छोड़नेवाले नहीं हैं।

उन्होंने पूछा, "दूर के पहाड़ तो देख आईं, करीब ही एक मंदिर है, वह नहीं देखेंगी?"

देखो न, मैं और तुम सोचा करते थे, अगर हम बाहर निकले भी, तो कैनिंग जाएँगे, सुलता विश्वास के घर या फिर काकली की ससुराल, टाकी जाकर रहेंगे। सैर का मजा तो मन में ही महसूस किया जाता है न!

हम सोचा करते थे, आँखों से जो हम देखेंगे, जो कुछ मन को खुशी देगा,

उसमें सैर-तफरीह का स्वाद मिलेगा। आज मैं मजुमदार के साथ साइंथिया जा रही हूँ।

चार दिनों में लौट आऊँगी। उसके बाद, तुम्हें खत लिखूँगी।

विजया, याद है, शांतिनिकेतन जाकर हम कितनी-कितनी खुश हुई थीं? साइंथिया भी उसी वीरभूम में ही स्थित है।

मजुमदार ने कहा, "हमारे गाँववाला घर वहीं है। हम लोग तो कलकत्ता में ही रहते हैं। अब मेरे जेठू-भाई का नाती, प्रतीप, वहाँ रहता है। हमारे यहाँ दुर्गा पूजा नहीं होती, मगर दूसरी-दूसरी पूजा होती है।"

सुनने में आया, प्रतीप ख़ासा संपन्न कारोबारी है। उसका केबल टीवी का कारोबार है; डीप-ट्यूबवेल का भी कारोबार है, प्रेस वगैरह भी है।

अपने काका के सम्मान में उसने गाड़ी का इंतजाम किया है। वैसे उसकी गाड़ियाँ कलकत्ते में भी चलती हैं और वहाँ भी। मेरा मन है, आपको भी वहाँ घुमा लाऊँ। जानती हैं न, राह में बने हुए रिश्ते काफी मधुर होते हैं। अब आप हमलोगों की दीदी हैं। मैं आपका भाई हूँ। कंकन, मेरी पत्नी ने कहा—दीदी को भी ले चलो।

"वे आपके साथ नहीं आईं?"

"उसका तो विराट संसार है न! निस्संतान होने से जो होता है। मेरे मँझले भाई की छोटी नातिन और मेरा भांजा यहीं रहकर पढ़ते हैं। उसकी दादी का नतिन-दामाद अचानक ट्रांसफर होकर, यहीं आ गए हैं। इसके अलावा, उसके कुत्ते, पंछी, खरगोश, गमलों की बगिया—विशाल दुनिया है उसकी।"

"चलिए, इन्हीं सबमें वे मगन तो हैं।"

"तो फिर तय हो गया, हम कल ही रवाना हो रहे हैं। ठीक है?"

यह सब तो थी कल की बात। साइंथिया में प्रतीप लोगों का 'मजुमदार लॉज' देखकर, मैंने समझा, ये लोग काफी समृद्ध हैं।

रास्ते में मजुमदार साहब ने ही बताया कि उनके गाँव के घर-मकान-जमीन—सब कुछ की जिम्मेदारी जेठू के हाथ में थी।

चूँकि उन्होंने अपने भतीजों को सबकुछ से वंचित कर दिया था, इसलिए सारी जिम्मेदारी मजुमदार के बड़े भाई को उठानी पड़ी।

"ख़ैर, अब तो काफी अच्छे रिश्ते हैं। अब किसी को, किसी से कोई उम्मीद नहीं, कोई अपेक्षा नहीं है। इसलिए कभी-कभार आना-जाना होता रहता है..."

"हाँ, सो तो है, दूर-दूर रहो, तो रिश्ते कायम रहते हैं और बेहतर भी रहते हैं।"

मजुमदार इसी रास्ते आते-जाते हैं।

रास्ते में, चाय की एक बड़ी-सी दुकान के मालिक से उन्होंने पूछा, "बेटा कैसा है?"

"आप न होते, तो...कैसे मैं उसे भर्ती कराता? पता नहीं, क्या होता।"

"भई, पहले तुम्हारी छोटी-सी दुकान थी, धीरे-धीरे हालत बेहतर हो गई। बेटे को शराब की लत पड़ गई...अब अगर दुबारा उसने शराब पी, तो नहीं बचेगा। जान से जाएगा।"

दुकानदार ने काफी श्रद्धा-भक्ति से, हमें बेहतरीन किस्म के दाल के बड़े खिलाए और चाय पिलाई। साइंथिया पहुँचकर, मैंने देखा, मजुमदार की वहाँ काफी मान-प्रतिष्ठा है। इंसान अगर डॉक्टर हुआ, तो जैसा होता है।

मजुमदार ने कहा, "लोगों के पास अब पैसा है; इलाज वगैरह में काफी खर्च भी करते हैं। कलकत्ते में तो मैं ही गाइड होता हूँ। लेकिन ये लोग हरदम बॉम्बे-वेलोर, शंकर नेत्रालय भी जाते-आते रहते हैं।"

कहना ही पड़ेगा, प्रतीप ने अपने छोटे दद्दू की काफी खातिर-तवज्जो की।

"आपको मैं दादी-माँ ही कहूँगा, है न, दादी? आखिर आप मेरे दद्दू की दीदी जो ठहरीं।" प्रतीप ने कहा।

"तुम्हें जिस भी तरह से पुकारना अच्छा लगे, उसी संबोधन से पुकारो, बेटा!"

इनका आदि मकान सड़क के ऊपर नहीं था। कभी इसके सामने बागान हुआ करता था। वहाँ अब मजुमदार फार्मेसी, मजुमदार ऑर्डर सप्लायर्स, बिल्डिंग कॅन्ट्रैक्टर वगैरह काफी कुछ खड़े हो गए थे।

'मजुमदार लॉज' यानी प्रतीप का रिहायशी मकान काफी आधुनिक डिजाइन का था। सजा-सँवरा! आधुनिक! बांकुड़ा की तपायी मिट्टी का घोड़ा, केरल का मुखौटा, चेन्नई का नटराज! वगैर-वगैरह काफी कुछ!

मुझे उन लोगों ने पहली मंजिल में ही ठहराया है। मजुमदार भी उसी मंजिल में ठहरे हैं। कल भोर-भोर हम निकल पड़ेंगे। इसलिए नीचे ही रहना बेहतर है!

प्रतीप ने गर्वभरी मुद्रा में कहा, "हमारे यहाँ अनगिनत नामी-गिरामी-दामी लोग आते हैं, ठहरते हैं। आपने 'सपने में भेंट' सीरियल देखा है, दादी?"

"नहीं, प्रतीप, सीरियल वगैरह मैं...?"

"उस सीरियल की शूटिंग हमारे ही दालान में हुई थी।"

"तेरे फॉर्म का क्या बना?"

"बनेगा...बन जाएगा...नीतू का ही मन नहीं है—"

प्रतीप और विनीत दो भाई हैं। मैंने प्रतीप की बहुरिया को भी देखा। बेहद प्यारी लड़की है। लगा, काफी पढ़ी-लिखी भी है।

खाने की मेज पर उसने कहा, "आप मेरी मौसी को जानती हैं, पहचानती भी हैं—सुजाता दत्त बर्मन!"

"सुजाता तो ज्यादा दिन...शायद कॉलेज के दिनों में ही कहीं चली गई थी–"

"पटना–"

"अभी भी वह वहीं है?"

"मौसा और मौसी, दोनों ही अमेरिका चले गए।"

मजुमदार ने कहा, "नीपा, किसी गाने के स्कूल में प्रिंसिपल है।"

"अच्छा ही तो है।"

"हाँ, अपने कामकाज में मगन रहती है। इसके अलावा इतवार को वे दोनों 'प्रौढ़ शिक्षा' की क्लासें चलाते हैं।"

नीपा हँस पड़ी, "हमारा एक ही तो बेटा है। वह दार्जिलिंग के नॉर्थ प्वाइंट में पढ़ता है। मेरे पास तो फुर्सत ही फुर्सत है।"

"नीतू की बीवी कैसी है?"

"अभी भी तो वह दिल्ली में है! साल भर हो गया...आपको गोश्त का शोरबा दूँ?"

"नहीं, नहीं, इस उम्र में भोजन-लोभ अच्छी बात नहीं है।"

"यह बात आप, अपने पोते को समझाएँ। हर वक्त कारोबार की चिंता, कुबेला खाना खाएँगे। तेल-मिर्च बिना जुबान को सुहाता नहीं और मांस रोज-रोज चाहिए..."

"................"

"यह बात तो उसके बाप को भी नहीं समझा पाई।"

"................"

"खाने-पीने के मामले में हम सब बेहद स्वेच्छाचारी हैं...मतलब, बहुत-से लोगों को देखती हूँ न!"

"................"

"आएगा! आएगा! समझ में आएगा! थोड़ी और उम्र बढ़ जाये..."

खाना-पीना निपटाकर, कुछ देर उन्हीं के बरामदे में बैठी रही! खासा लंबा-चौड़ा बरामदा! बरामदे की जालीदार ग्रिल के बाहर, माधवीलता का पेड़।

नीपा ने कहा, "मैं ही कभी-कभी बैठती हूँ यहाँ! सुबह मैं यहीं बैठकर चाय पीती हूँ।"

मजुमदार ने कहा, "नीपा किताबें खूब पढ़ती है। इसीलिए मैं उसे उपहार के तौर पर हमेशा किताबें ही देता हूँ।"

नीपा! बेहद लंबा कद! छरहरा बदन! आँखें बेहद गहन-गंभीर।

नीपा ने ईषत् हँसकर कहा, "बेटे को मैं बंगला में खत लिखती हूँ, बेटा अंग्रेजी में जवाब देता है। मेरे अलावा यहाँ कोई किताबें नहीं पढ़ता।"

मैंने कहा, "असल में बंगाली ही बंगला पढ़ना भूलता जा रहा है।"

"छोटे दद्दू पढ़ते हैं।"

"भई, मेरा झुकाव तो किसी और तरफ भी है।"

अचानक नीपा ने प्रसंग बदला, "चलिए, अब सो जाइए। कल से आप लोगों को सफर करना है।"

"हाँ, दीदी को जरा गाँव-गंज दिखाऊँगा। दीदी न, बेहद जागरूक और अच्छी सैलानी हैं, नीपा! जो भी देखती हैं, एकदम से फिदा हो जाती हैं।"

"जाड़े के मौसम में, रामपुरहाट के बिल्कुल भीतरी हिस्से में बसे, उस गाँव तक उन्हें ले जाऊँगा।"

"वहाँ क्या है?"

"वैसे तो, कुछ खास नहीं! छोटा-सा गाँव है। कुछेक साल और इमली के पेड़ हैं। पुरानी-सी एक झील है। अभी भी जाड़े के मौसम में पंछी आकर जुटते हैं। ऐसा लगता है, जैसे मरी हुई नदी का स्रोत है! उसमें रेत ही ज्यादा है, पानी तो मामूली-सा! और काश फूलों की झाड़ी!"

"मैं तो यह विवरण सुनकर ही मुग्ध हूँ।"

"इस जिले में ऐसे अनगिनत गाँव मिलेंगे, जहाँ अभी भी सर्दी के पंछी-पखेरू आते हैं। ग्रामवासी उन्हें जिलाए रखते हैं।"

यह खबर ही कितनी सुखद है। है न, विजया? अब अपनी आँखों से देखूँ या न देखूँ। कहीं, किसी गाँव में आज भी पंछी आते हैं; कुछ दिनों रहते हैं, ग्रामवासी उनकी हिफाजत करते हैं, यह सब सुनकर मन भर उठता है।

कल मजुमदार के साथ छोटे-से सफर पर निकल पड़ूँगी। नीपा का भी जाने का मन था, लेकिन उसे मौका नहीं मिला।

बाहर निकलकर, रास्ते में मजुमदार ने बताया, "प्रतीप के लिए तो बस, बिजनेस और व्यापार! उसने अपनी जिंदगी कुछ ज्यादा ही व्यस्त कर ली है। बिचारी नीपा को ही काफी कुछ सँभालना पड़ता है।"

"इतना कुछ वह सँभाल कैसे पाती है?"

"आजकल की लड़कियाँ बहुत कुछ करने की ताकत रखती हैं, दीदी! अच्छा, थोड़ा तो पैदल चलना होगा, आपको तकलीफ तो नहीं होगी? ज्यादा नहीं, बस थोड़ा-सा पैदल का रास्ता है।"

"आपने हिमालय सफर के दौरान तो मुझे देखा है।"

"वही देखकर तो भरोसा हुआ है..."

ड्राइवर ने कहा, "बड़े भइया, गुल्ला को कह देता हूँ, ऑटो-रिक्शा मिल जाएगा।"

"वह तो वीरचन्दपुर जाते समय मिलेगा। डाबूक तो हम पैदल ही जाएँगे न!"

मैंने दबी जबान से कहा, "एक रिक्शा मिल जाए, तो..."

“अच्छा, चलिए तो सही...”

पता है, विजया, दोनों तरफ हरे-भरे धान-खेत! वैसे बारिश न होगी, तो खेती नहीं लहलहाएगी! लेकिन, यह सब भूल जाओ। अगर तुम समृद्ध किसान हो, तो सैलो सिंचाई से ही साल में तीन-तीन बार खेती लहराएगी।

मजुमदार ने पूछा, “क्यों कैसा लग रहा है?”

—रास्ते में लाल मिट्टी! दोनों ओर हरियाली।

“वीरभूम कभी अच्छी तरह देखा है?”

“वही, कुल एक बार! शांतिनिकेतन। लेकिन ताराशंकर को इतना-इतना पढ़ा है कि अब कुछ जानने को बाकी नहीं है।”

“हाँ, ठीक-ठीक।”

“एक बात पूछूँ?”

“स—ब पूछिए! मेरे भइया...मेरे लिए बेशक अहम हैं...वही और क्या! लेकिन मुझे कोई दीदी नसीब नहीं हुई। वे बारह वर्ष की उम्र में ही चल बसीं। मेरे बाद एक बहन थी...हाँ, पूछिए न?”

“आप ठहरे डॉक्टर! बेहद व्यस्त प्राणी! मुझे सैर कराने ले आए...इतना वक्त आपको कैसे मिलता है?”

मजुमदार ईषत् हँस पड़े।

“रोजगार-धंधा करता रहा हूँ...अभी भी करता हूँ। बाल-बच्चे हैं नहीं! अल्मोड़ा के बारे में तो आपको पल्लव लोगों से जानकारी मिल ही गई...वहाँ मैं अपने भाई जी के लिए ही जाता हूँ! यहाँ मैं साल भर में एक बार आता हूँ...अकेले ही आता हूँ।”

“अच्छा, हर साल आते हैं?”

“लगभग, हर साल! भइया कभी इन जगहों में आया करते थे। वे क्यों आते थे, क्या खोजते रहते थे, मुझे नहीं मालूम! हालाँकि उनका झुकाव मिशन की तरफ ही था, फिर भी गाँव-गिरामों के तीर्थ वगैरह की तरफ भी उनका काफी झुकाव था।”

“आपको भी काफी पसंद है न?”

“हाँ! मेरी पत्नी को तो हमेशा ही यह खौफ रहता है, किसी दिन मैं...खैर, छोड़िए ये बातें।”

थोड़ा ठहरकर उन्होंने सकुचाए लहजे में बताया, “वही...गाँव के बच्चों में पढ़ने की कुछेक किताबें बाँटता हूँ। कभी इलाज के लिए...। वैसे हम कुछ लोगों ने एक ‘सेवा संघ’ भी बना रखा है...आपका मन हो, तो एक बार वहाँ भी ले चलूँगा।”

“हाँ, जाऊँगी! विजया को भी ले चलूँगी।”

“आपकी वह दोस्त? जो बीमार हैं?”

“हाँ, उसी का नाम है—विजया!”

"आप हैं, आगमनी...वे, विजया! क्या खूबसूरत मेल है!"

"वैसे आपको भी नये सिरे से जान रही हूँ—"

"अरे, नहीं! मैं भला कौन होता हूँ?"

"सुनिए, सच्चा इंसान क्या आसानी से मिल पाता है?"

मजुमदार परम प्रसन्न! मैंने उन्हें एक लवंग थमा दिया। उन्होंने मुँह में रख लिया।

"आपकी पत्नी बेतहाशा जर्दा खाती हैं न?"

"हाँ, बस, वही नहीं छोड़ सकी! पहले, वह सिर्फ चाय पीती थी। इत्ता जरा-सा भात चुगती थी। ख़ैर, अब वह पहले से बेहतर-हाल है। लेकिन, हद् ज़िद्दी है। अरे, लीजिए, हम पहुँच गए। इस गाँव का नाम है—डाबुक! इसलिए यहाँ डाबुकेश्वर शिव का मंदिर है। काफी ऊँचा-सा मंदिर! अच्छा, 'बंगाल के मंदिर' पढ़ी है आपने?"

"ना, नहीं पढ़ी!"

"अच्छा, आपको वह किताब दूँगा! पढ़ लीजिएगा। यह मंदिर ज्यादा पुराना नहीं है। अभी डेढ़ सौ साल भी नहीं हुए। बंगला रीति से निर्मित चार-मंजिला मंदिर! मगर काफी शांति है इस जगह!"

मैं वह मंदिर देखते-देखते अनमनी हो आई और अपने ही ख्यालों में डूब गई।

"उस तरफ, कभी अतिथिशाला हुआ करती थी।"

"वह तो अभी भी है न!"

"सुना है, किसी जमाने में यहाँ ढेर-ढेर दर्शक आया करते थे। कभी मौका मिले, तो अमलेन्दु की किताब 'राढ़ की संस्कृति' पढ़ लीजिएगा।"

"ठीक है, जरूर पढ़ूँगी।"

विजया, उस गंभीर, खूबसूरत, प्रशस्त मंदिर को निहारते हुए, मुझे तुम्हारी याद क्यों आने लगी?

"यहाँ नित्यभोग में, मछली अर्पित की जाती है।"

एइ, विजया, तुम जल्दी-जल्दी ठीक हो जाओ तो!

"जो आमतौर पर मंदिरों में नहीं चढ़ाई जाती—"

मैंने पूरा दम लगाकर, अपने को लौटा लाने की कोशिश की, "असल में यह सब मुझे अकेले नहीं देखना था! जब वह आएगी न, तो देखिएगा, वह कैसी प्यारी जीव है!"

"लौटने के बाद, आप खाना खाएँगी न, दीदी!"

"देखिए, नीपा की मेहरबानी से काफी डटकर नाश्ता करके, निकली हूँ। लंच भी वहीं निपटा लिया था।"

कुछ देर मैं मंदिर में ही बैठी रही। अगर मैंने 'भ्रमण' किताब न पढ़ी होती, तो दुआर से इतनी दूर, ऐसी शांत, सौम्य, मन जुड़ा देनेवाली जगह, कहीं और भी

है, इसका पता ही नहीं चलता।

लाल मिट्टी के रास्ते के किनारे-किनारे, बच्चे स्कूल जा रहे थे। मोड़ पर साग-सब्जी बेचनेवाला कुँजड़ा, दूसरी तरफ मुड़ गया।

"जाड़े के दिनों में बस, लइया-चिड़वा और पटाली गुड़ खाकर पानी पी लो, बस पेट भर जाता है।"

"ठीक है, जाड़े के मौसम में वीरभूम घूमने आऊँगी। आप मेरे गाइड बनेंगे या नहीं, मेरे लिए यह जानना जरूरी है।"

मजुमदार ने जोर का ठहाका लगाया।

"चलिए, अगर मैं नहीं आया, तो अपने से भी अच्छा और काबिल गाइड साथ कर दूँगा।"

"वह कौन है?"

"बंकिम मंडल! बेहद प्यारा लड़का है! वीरभूम घूम-घूमकर देखता है, तस्वीरें उतारता है, नोट करता रहता है! रिसर्च के इरादे से उसने सारा कुछ शुरू किया था। अब तक जितना लिख चुका है, वह रिसर्च ही है, मगर किताब लिखने का ख्याल, अब उसके दिमाग से निकल चुका है। अब उसमें देखने और जानने की उत्सुकता ही, काफी बढ़ गई है। हाँ, उसके कुछ लेख जरूर प्रकाशित हुए हैं।"

हम लोगों को तो ऐसे लड़कों की कोई जानकारी भी नहीं हो पाती। हम ऐसे लड़कों को पहचानती भी नहीं। मुझे कहीं दुःख ही हुआ! देखो, हम कितना कुछ नहीं जानतीं, कितना कुछ हमने नहीं देखा, कितना कुछ हमारे पढ़ने से छूट गया। ख़ैर, छोड़ो, कुल्लमकुल एक ही जिंदगी तो मिली है। उसमें आखिर कितना कुछ पा सकते हैं, बताओ?

गुल्ला के ऑटो में सवार होकर, हम दोनों महातीर्थ, वीरचन्द्रपुर पहुँच गए। गौर-निताई के निताई या नित्यानंद का गाँव!

"काफी पुराना गाँव है, क्यों?"

"हाँ, दीदी, भइया यहाँ अक्सर आया करते थे। तीस साल पहले तक, जब कुएँ की खुदाई होती थी, पोखर साफ किया जाता था, तो उसमें से मूर्ति निकलती थी। चलिए न, 'वीरचन्द्रपुर गौरव गाथा' खरीद देता हूँ। उसमें सारा कुछ लिखा है।"

वाकई, यह जगह काफी श्रद्धेय लगी। काफी दिव्य-पवित्र! नित्यानन्द के बेटे, वीरचन्द्र ने ही इस सुविशाल बांके मंदिर का निर्माण कराया था। जूता उतारकर, मजुमदार हाथ जोड़कर खड़े हो गए। मैंने भी जूते उतार दिए और कुछ देर हाथ जोड़कर खड़ी रही।

मजुमदार साहब ने कहा, "पहले इस मंदिर का नाम था–एकचक्रा! लोगों का विश्वास है कि अपने अज्ञातवास के दौरान, पांडव यहाँ आए थे। लेकिन यह वीरचन्द्रपुर गाँव, वीरचन्द्र के नाम से ही विख्यात है। यह जगह वैष्णव भक्तों के

लिए महातीर्थ है।''

विशाल अठ-मंजिला बांका राम मंदिर! सामने ही नाट्यमंदिर!

हम दोनों वहीं बैठ गए। वे हमें बताते रहे, मैं आँखें मूँदे सुनती रही। हाँ, मैं तुम्हारे बारे में ही सोच रही थी। अनिमेष को लापता हुए, पूरे बारह वर्ष गुजर जाने के बाद, पहले दिन जब तुम स्कूल आई थीं, तुमने हल्के हल्दी रंग की, मलमल की साड़ी पहन रखी थी, जिसकी किनारी, काले रंग की थी। पतली-सी माँग! कच्चे-पक्के बाल, कसकर बाँधे हुए। तुम बिल्कुल रानी जैसी लग रही थीं। कमाल है! ऐसा मंदिर, ऐसी नाट्यशाला, ऐसा प्यारा भ्रमण-संगी! इसके बावजूद सबको पीछे धकियाकर तुम मेरे सामने खड़ी हो।

अभी भी यहाँ देखने को काफी कुछ है। तुम्हें अंदाजा है कि आज रात हम नित्यानन्द आश्रम की अतिथिशाला में ठहरनेवाले हैं? मजुमदार यहाँ के जाने-पहचाने इंसान हैं। उनके भइया का नाती और ज्यादा जाना-पहचाना शख्स! प्रतीप तो खैर, हर जगह ही सुपरिचित है।

आज रात मैं यहीं रहूँगी।

नीपा ने बड़ा टिफिन कैरियर भरकर खाना हमारे साथ रख दिया था। फ्लास्क भरकर चाय भी दी है। वह चाय हम रास्ते भर पीते रहे। चलो, दुकान से दुबारा चाय खरीद लेंगे। आज रात हम यहीं रुकेंगे। मजुमदार बता रहे थे, वापसी में हम मौड़ीश्वर शिवमंदिर भी देखेंगे। सुना है, वहाँ का 'शिव-पोखर' एक विशाल और प्राचीन झील के रूप में लहरा रहा है।

उसी झील में आधा डूबा हुआ, शिव-मंदिर है। पत्थर के शिवलिंग पानी में ही रहते हैं। आँखों की आड़ में! साल में एक बार यहाँ विशाल मेला लगता है। पुरोहित पानी में डुबकी लगाकर, शिवलिंग उठा लाए। देवाधिदेव शिव, तीन दिनों तक, अपने अगणित भक्त जनों की पूजा स्वीकार करते हैं। उसके बाद, दुबारा जल के अतल में चले जाते हैं।

यहाँ से साइंथिया जाऊँगी। नीपा से मैंने वादा किया है, वापसी में मैं एक रात उसके यहाँ जरूर रुकूँगी। उस वक्त उसकी 'साक्षरता शिक्षा' में नियुक्त शिक्षक-शिक्षिकाएँ भी आएँगी। सभी छात्र-छात्राएँ भी आएँगी। सभी नौजवान हैं। नीपा ने कहा—एक शाम हमें दीजिए।

मैंने भी एक शाम देने का वादा किया है।

अगला दिन, हमारी वापसी का दिन है। उसके बाद, तुम्हारे आमने-सामने बैठकर मैं तुम्हें उस पलाश के पेड़ की कहानी सुनाऊँगी, जिसमें इन दिनों कच्ची हल्दी रंग के पलाश खिले हैं। लाइन के किनारे फणिमनसा का भी एक विशाल पेड़ है, मैं

तुम्हें उस पेड़ के बारे में भी बताऊँगी। दूर से देखो, तो ऐसा लगता है, मानो कोई आसमान की तरफ बाँहें फैलाए खड़ा है। अभ्रमौलि हिमालय के बाद ही ग्राम-बंगाल के डाबुकेश्वर शिव! हमारी सैर-तफरीह ऐसी ही होती है। क्यों, तुम क्या कहती हो?

अमित, नन्दिनी और पिया को मेरा प्यार देना। बकुल की माँ से कहना, मैं फुर्सत मिलते ही पहुँच जाऊँगी।

अब तुम्हें और ज्यादा क्या कहूँ? मेरा ढेर-ढेर प्यार लेना!

तुम्हारी,
आगमनी

आगमनी ने खत पूरा करके, लिफाफे में भर दिया। मन से नहीं, महज अभ्यासवश! हाँ, अभ्यासवश ही हाथ ने लिफाफा बंद किया, और गोंद से चिपका दिया। लिफाफे पर सेलोटेप भी लगा दिया।

यह खत भी दिलीप ही ले जाएगा। विजया यही समझेगी कि उसे साइंथिया से आखिरी रात यह खत मिला है और हावड़ा से पोस्ट किया है।

उन्होंने 'भ्रमण' किताब, बड़े जतन से अलमारी में रख दी।

विजया, इस तरह की भ्रमण-कथाएँ आखिर कितने दिनों लिखूँगी?

जितने दिनों अमित तुम्हारी बीमारी और इलाज की ठीक-ठीक जानकारी नहीं देता। जितने दिनों वह तुम्हारे हाल-समाचार की जानकारी नहीं देता, उतने दिनों मुझे लिखते रहना होगा। अमित ने लिखा है, मेरे हिमालय-भ्रमण का खत तुम्हें एक नहीं, कई-कई बार सुनाना पड़ता है।

कल वे बाहर निकलेंगी और किसी दुकान से विजया को फोन करेंगी।

तुम अच्छी हो जाओ, विजया, मुझे अकेली मत करना!

उसके बाद विजया ने अपने को भी हिदायत दी—जितने दिनों विजया है, उतने दिनों तुम्हें छुट्टी नहीं मिलने की! विजया जब तुम्हारा खत सुनती है, वह भी मन ही मन दूर...सैर पर निकल जाती है।

उसे वंचित कैसे करें?

इस बार वे समुन्दर-तट की तरफ सैर के लिए निकल जाएँगी।

हिमालय! गाँव! समुन्दर! उसके बाद?

उसके बाद क्या सचमुच कुछ भी नहीं बचा रहता? आगमनी इसका भी पता कर लेंगी।

●●●